AMANTE LIBERTADA

J.R.
WARD

Universo dos Livros Editora Ltda.
Rua do Bosque, 1589 – Bloco 2 – Conj. 603/606
Barra Funda – Cep: 01136-001 – São Paulo/SP
Telefone/Fax: (11) 3392-3336
www.universodoslivros.com.br
e-mail: editor@universodoslivros.com.br
Siga-nos no Twitter: @univdoslivros

AMANTE LIBERTADA

J.R. WARD

São Paulo
2012

UNIVERSO DOS LIVROS

Título original
Lover Unleashed

Diretor editorial
Luis Matos

Assistentes editoriais
Bóris Fatigati
Raíça Augusto
Raquel Nakasone

Tradução
Carolina Curassá Rosa

Preparação
Guilherme Summa

Revisão
Arlete Zebber
Paula Fazzio

Arte
Camila Kodaira
Karine Barbosa

Capa
Zuleika Iamashita

Dados Internacionais de Catalogação na Publicação (CIP)
(Câmara Brasileira do Livro, SP, Brasil)

W259a Ward, J. R.

Amante Libertada / J. R. Ward ; [tradução de Carolina Curassá Rosa]. – São Paulo : Universo dos Livros, 2012.
556 p. – (Irmandade da Adaga Negra)

Tradução de: Lover Unleashed

ISBN 978-85-7930-315-9

1. Vampiros. 2. Ficção. 3. Romance.
I. Título. II. Série.

CDD 813.6 22

EM MEMÓRIA DE MARGARET BIRD

Dedicado a você:

Você,
um "Irmão" de fato.
Acho que está exatamente
onde deveria estar – e
não sou a única a pensar assim.

Agradecimentos

Dedico imensa gratidão aos leitores da Irmandade da Adaga Negra e mando um alô aos Cellies!

Muito obrigada por todo apoio e orientação: Steven Axelrod, Kara Welsh, Claire Zion e Leslie Gelbman.

Obrigada a todos da NAL – esses livros são um trabalho de equipe, de verdade.

Obrigada, Lu e Opal e todos nossos moderadores, por tudo que fizeram puramente pela bondade que há em seus corações! A Ken, que está sempre comigo, e Cheryle, que é a Rainha da Assinatura Digital.

Com amor a D. – e uma gratidão eterna a minha tão especial... Kezzy. Skittles nunca foi tão sexy.

Com amor a Nath, que está comigo a cada passo do caminho, com paciência e bondade.

Obrigada, tia LeE! Todos amam você aqui – e a lista está maior agora, não?

Também agradeço ao doutor Jess, que é, e continuará a ser, uma das pessoas mais inteligentes que eu já conheci – tenho muita sorte por me aturar. A Sue Grafton e Betsey Vaughan, que completam meu Comitê Executivo.

Nada disso seria possível sem meu amado marido, que é meu conselheiro, cuidador e visionário; minha maravilhosa mãe, jamais poderei retribuir tanto amor; minha família (tanto os de sangue quanto os que foram adotados) e meus queridos amigos.

Ah, e o melhor cão de companhia de uma escritora, é claro.

Glossário de termos e nomes próprios

Ahstrux nohtrum: Guarda particular com licença para matar, nomeado(a) pelo Rei.

Ahvenge: Cometer um ato de retribuição mortal, geralmente realizado por um macho amado.

As Escolhidas: Vampiras educadas para servirem à Virgem Escriba. São consideradas membros da aristocracia, embora sejam voltadas mais para as coisas espirituais do que temporais. Têm pouca, ou nenhuma, interação com os machos, mas podem acasalar com guerreiros a fim de reproduzir sua espécie, segundo a orientação da Virgem Escriba. Têm a capacidade de predizer o futuro. No passado, eram utilizadas para satisfazer a necessidade de sangue de membros solteiros da Irmandade, mas tal prática foi abandonada pelos Irmãos.

Chrih: Símbolo de morte honrosa no Antigo Idioma.

Cio: Período fértil das vampiras. Em geral, dura dois dias e é acompanhado por intenso desejo sexual. Ocorre pela primeira vez aproximadamente cinco anos após a transição da fêmea e, a partir daí, uma vez a cada dez anos. Todos os machos respondem em certa medida se estiverem por perto de uma fêmea no cio. Pode ser uma época perigosa, com conflitos e lutas entre os machos, especialmente se a fêmea não tiver companheiro.

Conthendha: Conflito entre dois machos que competem pelo direito de ser o companheiro de uma fêmea.

Dhunhd: Inferno.

Doggen: Membro da classe servil no mundo dos vampiros. Os *doggens* seguem antigas e conservadoras tradições de servir a seus superiores, obedecendo a códigos formais no comportamento e no vestir. Podem sair durante o dia, mas envelhecem relativamente rápido. Sua expectativa de vida é de aproximadamente quinhentos anos.

Ehnclausuramento: *Status* conferido pelo rei a uma fêmea da aristocracia em resposta a uma petição de seus familiares. Subjuga uma fêmea à autoridade de um responsável único, o *tuhtor*, geralmente o macho mais velho da casa. Seu *tuhtor*, então, tem o direito legal de determinar todos os aspectos de sua vida, restringindo, segundo sua vontade, toda e qualquer interação dela com o mundo.

Ehros: Uma Escolhida treinada em artes sexuais.

Escravo de Sangue: Vampiro macho ou fêmea que foi subjugado para satisfazer a necessidade de sangue de outros vampiros. A prática de manter escravos de sangue caiu em desuso, mas não é ilegal.

Exhile dhoble: O gêmeo mau ou maldito, o segundo a nascer.

Fade: Reino atemporal onde os mortos reúnem-se com seus entes queridos e ali passam toda eternidade.

Ghia: Equivalente a padrinho ou madrinha de um indivíduo.

Glymera: A nata da aristocracia, equivalente à corte no período de Regência na Inglaterra.

Hellren: Vampiro macho que tem uma companheira. Os machos podem ter mais de uma fêmea.

Inthocada: Uma virgem.

Irmandade da Adaga Negra: Guerreiros vampiros altamente treinados para proteger sua espécie contra a Sociedade Redutora. Resultado de cruzamentos seletivos dentro da raça, os membros da Irmandade possuem imensa força física e mental, assim como a capacidade de recuperarem-se de ferimentos rapidamente. Não é constituída majoritariamente por irmãos de sangue. São iniciados na Irmandade por indicação de seus membros. Agressivos, autossuficientes e reservados por natureza, vivem apartados dos vampiros civis e têm pouco contato com membros das outras classes, a não ser quando precisam se alimentar. Tema para lendas, são reverenciados no mundo dos vampiros. Só podem ser mortos por ferimentos muito graves como tiros ou uma punhalada no coração.

Leelan: Termo carinhoso que pode ser traduzido aproximadamente por "muito amada".

Lhenihan: Fera mítica reconhecida por suas proezas sexuais. Atualmente, refere-se a um macho de tamanho sobrenatural e vigor sexual.

Lewlhen: Presente.

Lheage: Um termo de respeito utilizado por uma submissa sexual para referir-se a seu dominante.

Libbertador: Salvador.

Lídher: Pessoa com poder e influência.

Lys: Instrumento de tortura usado para remover os olhos.

Mahmen: Mãe. Usado como um termo identificador e de afeto.

Mhis: O disfarce de um determinado ambiente físico; a criação de um campo de ilusão.

Nalla/ nallum: Um termo carinhoso que significa "amada"/ "amado".

Ômega: Figura mística e maligna que almeja a extinção dos vampiros devido a um ressentimento contra a Virgem Escriba. Existe em um reino atemporal e possui grandes poderes, entre os quais, no entanto, não se encontra a capacidade de criar.

Perdição: Refere-se a uma fraqueza crítica em um indivíduo. Pode ser interna, como um vício, ou externa, como uma paixão.

Primeira Família: O Rei e a Rainha dos vampiros e sua descendência.

Princeps: O nível mais elevado da aristocracia dos vampiros, só suplantado pelos membros da Primeira Família ou pelas Escolhidas da Virgem Escriba. O título é hereditário, não pode ser outorgado. Eles formam o Conselho dos *Princeps*.

Redutor: Membro da Sociedade Redutora. Humano sem alma empenhado na exterminação dos vampiros. Os *redutores* só morrem se forem apunhalados no peito; do contrário, vivem eternamente, sem envelhecer. Não comem nem bebem e são impotentes. Com o tempo, seus cabelos, pele e íris perdem toda a pigmentação. Cheiram a talco de bebê. Depois de iniciados na sociedade por Ômega, conservam uma urna de cerâmica, na qual seu coração foi depositado após ter sido removido.

Ríhgido: Termo que se refere à potência do órgão sexual masculino. A tradução literal seria algo aproximado de "digno de penetrar uma fêmea".

Rytho: Forma ritual de lavar a honra, oferecida pelo ofensor ao ofendido. Se aceito, o ofendido escolhe uma arma e ataca o ofensor, que se apresenta desprotegido perante ele.

Shellan: Vampira que tem um companheiro. Em geral, as fêmeas não têm mais de um macho devido à natureza fortemente territorial deles.

Sociedade Redutora: Ordem de assassinos constituída por Ômega com o propósito de erradicar a espécie dos vampiros.

Sympatho: Espécie dentro da raça vampírica, caracterizada pela capacidade e desejo de manipular emoções nos outros (com o propósito de troca de energia), entre outras peculiaridades. Historicamente, foram discriminados e, em certas épocas, caçados pelos vampiros. Estão quase extintos.

Transição: Momento crítico na vida dos vampiros, quando ele ou ela transforma-se em adulto. A partir daí, precisam beber sangue do sexo oposto para sobreviver e não suportam a luz do dia. Geralmente, ocorre por volta dos vinte e cinco anos. Alguns vampiros não sobrevivem à transição, sobretudo os machos. Antes da mudança, os vampiros são fisicamente frágeis, inaptos ou indiferentes para o sexo, e incapazes de se desmaterializar.

Trayner: Termo usado entre machos em sinal de respeito e afeição. Pode ser traduzido como "querido amigo".

Tuhtor: Guardião de um indivíduo. Há vários graus de *tuhtors*, sendo o mais poderoso aquele responsável por uma fêmea *ehnclausurada*.

Tumba: Cripta sagrada da Irmandade da Adaga Negra. Usada como local de cerimônias e como depósito das urnas dos *redutores*. Entre as cerimônias ali realizadas, estão as iniciações, funerais e ações disciplinadoras contra os Irmãos. O acesso a ela é vedado, exceto aos membros da Irmandade, à Virgem Escriba ou aos candidatos à iniciação.

Vampiro: Membro de uma espécie à parte do *Homo sapiens*. Os vampiros precisam beber sangue do sexo oposto para sobreviver. O sangue humano os mantêm vivos, mas sua força não dura muito tempo. Após sua transição, que geralmente ocorre aos vinte e cinco anos, são incapazes de sair à luz do dia e devem alimentar-se na veia regularmente. Os vampiros não podem "converter" os humanos por meio de uma mordida ou transferência de sangue, embora, ainda que raramente, sejam capazes de procriar com a outra espécie. Podem se desmaterializar por meio da vontade, mas precisam estar calmos e concentrados para consegui-lo, e não podem levar consigo nada pesado. São capazes de apagar as lembranças das pessoas, desde que recentes. Alguns vampiros são capazes de ler a mente. Sua expectativa de vida ultrapassa os mil anos, sendo que, em certos casos, vai além disso.

Viajante: Um indivíduo que morreu e voltou vivo do Fade. Inspiram grande respeito e são reverenciados por suas façanhas.

Virgem Escriba: Força mística conselheira do Rei, também é guardiã dos registros vampíricos e dispensadora de privilégios. Existe em um reino atemporal e possui grandes poderes. Capaz de um único ato de criação, que usou para trazer os vampiros à existência.

PRÓLOGO

1761, ANTIGO PAÍS

Xcor viu seu pai sendo morto após cinco anos de sua transição. Aconteceu diante de seus olhos, mas, mesmo com a proximidade, não poderia imaginar o que houve.

A noite começou como qualquer outra, a escuridão caiu sobre a paisagem de florestas e cavernas, as nuvens encobriam a luz da lua para ele e para aqueles que viajavam a cavalo com ele. Seu grupo de soldados era composto por seis homens fortes: Throe, Zypher, os três primos e ele próprio. E seu pai.

Bloodletter.

Antigo membro da Irmandade da Adaga Negra.

O que os fez sair naquela noite foi o que os chamava ao serviço após cada pôr de sol: procuravam redutores, *aquelas armas sem alma de Ômega, que achou por bem exterminar a raça vampira. E os encontravam. Frequentemente.*

Mas aqueles sete machos não eram membros da Irmandade.

Ao contrário dos aclamados Irmãos, eram um grupo secreto de guerreiros. Aquele grupo de bastardos liderados por Bloodletter não era nada além de soldados: sem cerimônias. Nada de serem adorados pela população civil. Nada de louvores. A linhagem deles poderia ser aristocrática, mas todos foram abandonados por seus familiares por terem nascido com defeitos ou fora de um acasalamento santificado.

Nunca seriam outra coisa senão pedaços de carne dispensáveis dentro da grande guerra pela sobrevivência.

Porém, mesmo isso sendo verdade, eram a elite dos soldados, os mais cruéis, os braços mais fortes, aqueles que foram provados ao longo do tempo pelo feitor mais rígido da raça: o pai de Xcor. Escolhidos a dedo e com sabedoria, esses homens eram mortais contra o inimigo e não seguiam nenhum código de conduta quando se tratava da sociedade vampira. Também não seguiam nenhum código quando se tratava de matar alguém: não importava se a presa era um assassino, um humano, um animal ou um lobo. Sangue seria derramado.

Eles fizeram um, e apenas um, juramento: seu pai era o senhor deles e ninguém mais. Aonde quer que ele fosse, eles iriam, e isso era tudo. Muito mais simples que toda aquela porcaria elaborada pela Irmandade – mesmo Xcor sendo um candidato por linhagem, não teve interesse em ser um Irmão. Não se importava com a glória, uma vez que nada se comparava ao doce prazer do assassinato. Melhor deixar de lado a tradição inútil e o ritual desgastado para aqueles que se recusam a empunhar qualquer outra coisa que não seja uma adaga negra.

Usaria qualquer arma disponível.

E seu pai faria o mesmo.

O clamor dos cascos abrandou e depois ficaram em silêncio quando os lutadores saíram da floresta em um enclave de carvalhos e arbustos. A fumaça das lareiras das casas pairava na brisa, mas não havia nenhuma outra confirmação de que tinham chegado, finalmente, à pequena cidade que procuravam: no alto, sobre um íngreme penhasco, havia um castelo fortificado que se apresentava como uma águia empoleirada, sua fundação era como garras fincadas na rocha.

Humanos. Guerreando entre si.

Que entediante.

Ainda assim, era preciso respeitar a construção. Talvez, se Xcor se estabelecesse algum dia, massacraria a dinastia daquele lugar e tomaria posse daquela fortaleza. Muito mais eficiente roubar que construir.

– Para a aldeia – seu pai ordenou. – Avancemos para a diversão.

A notícia era de que havia redutores *ali, as bestas pálidas misturavam-se e confundiam-se com os moradores do vilarejo que tinham escavado lotes de terra e construído casas de pedra à sombra do castelo.*

Isso era uma típica estratégia de recrutamento da Sociedade: infiltrar-se em uma cidade, tomar os machos um a um, assassinar ou vender as mulheres e crianças, fugir com armas e cavalos e mudar-se para uma localidade próxima em maior número.

Xcor tinha a mesma mentalidade do inimigo nesse aspecto: quando acabava de lutar, sempre pegava tudo o que podia antes de dirigir-se para a próxima batalha. Noite após noite, Bloodletter e seus soldados abriam caminho ao longo do território que os seres humanos chamavam de Inglaterra e, quando alcançavam a ponta do território escocês, viravam-se e colocavam-se em direção oposta, indo sempre para o sul, até chegarem ao calcanhar da Itália, quando davam meia-volta outra vez. Em seguida, percorriam novamente os muitos quilômetros que tinham caminhado até ali. E faziam isso de novo. E mais outra vez.

– Deixemos nossas provisões aqui. – disse Xcor, apontando para uma árvore de tronco grosso, que havia caído sobre um riacho.

Enquanto faziam a transferência dos modestos suprimentos, não havia nada além do ranger de couro e do bufar ocasional de um garanhão. Quando tudo estava guardado sob o flanco do carvalho abatido, montaram outra vez sobre seus animais e reuniram os cavalos de raça – que eram as únicas coisas de valor, além de armas, que possuíam. Xcor não via utilidade em objetos de beleza ou conforto – para ele, eram nada além de um peso que o induzia à queda. Um cavalo forte e um punhal afiado? Isso sim tinha um valor inestimável.

Enquanto os sete andavam até a aldeia, não fizeram qualquer esforço para silenciar as batidas dos cascos de seus cavalos. Contudo, não houve gritos de guerra. Era um desperdício de energia, seus inimigos não precisavam de um convite para vir saudá-los. O único ato de boas-vindas foi um humano ou dois espiando para fora de suas portas e, em seguida, voltando rapidamente a trancarem-se em seus domicílios. Xcor os ignorou. Em vez de importar-se com isso, examinou as casas baixas de pedra, a praça central e as lojas de comércio fortificadas, procurando por alguma forma bípede, pálida como um fantasma e fedendo como um cadáver revestido em melado.

Seu pai andou até ele e sorriu com um toque de maldade.

– Talvez possamos colher os frutos dos jardins por aqui mais tarde.

– Talvez. – murmurou Xcor enquanto seu cavalo jogava a cabeça para trás. Na verdade, não estava muito interessado em deitar-se com fêmeas ou subjugar machos, mas não se podia negar nada a seu pai, mesmo quando se tratava de suas extravagâncias na hora do lazer.

Sinalizando com as mãos, Xcor direcionou três de seu grupo para a esquerda, onde havia uma pequena estrutura com uma cruz em cima de seu telhado pontiagudo. Ele e os outros seguiriam à direita. Seu pai faria o que quisesse. Como sempre.

Forçar os garanhões a permanecer em um galope contínuo era uma tarefa que desafiava até mesmo o mais vigoroso dos braços, mas estava acostumado com o cabo de guerra e sentou-se com firmeza na sela. Com um propósito sombrio, seus olhos penetraram as sombras produzidas pelo luar, procurando, sondando...

O grupo de assassinos que saiu do abrigo de ferragens possuía uma grande quantidade de armas.

– Cinco – Zypher rosnou. – Bendita noite.

– Três – Xcor interrompeu. – Dois ainda são seres humanos... porém, matar esses dois... também será um prazer.

– Qual devemos atacar, meu senhor? – Seu irmão de armas disse com um grande respeito que era dedicado por merecimento e não por ser o primogênito.

– Os humanos – Xcor disse, deslocando-se para frente e preparando--se para o momento em que incitaria seu cavalo a partir. – Se há outros redutores *por perto, isso os atrairia ainda mais.*

Estimulando o grande animal e afundando-se na sela, sorriu quando os redutores *mantiveram-se firmes com suas correntes e armamentos. No entanto, as duas pessoas junto a eles não ficariam tão firmes. Embora os dois estivessem equipados para lutar, dariam meia-volta e correriam quando vissem a primeira exibição de presas como cavalos assustados por um tiro de canhão, razão pela qual deu um solavanco de forma abrupta para a direita logo após galopar apenas alguns passos. Atrás da cabana do ferreiro, puxou as rédeas e desmontou do corcel. Seu garanhão era um animal selvagem, mas obediente quando tratava-se de desmontar e aguardar...*

Uma fêmea humana irrompeu pela porta dos fundos, sua camisola branca era como uma faixa brilhante na escuridão, enquanto esforçava-

-se para ficar em pé sobre a lama. No instante em que ela o viu, ficou paralisada de terror.

Reação lógica: ele era duas vezes o tamanho dela, talvez três, e não estava vestido para dormir, mas para a guerra. Quando a mão da fêmea ergueu-se até a garganta, ele farejou o ar e sentiu seu perfume. Hummm, talvez seu pai gostasse daquela flor de jardim...

Quando o pensamento lhe ocorreu, soltou um rosnado baixo que incitou a moça a uma corrida desenfreada; a visão da tentativa de fuga fez o predador dentro dele vir à tona. Com uma sede de sangue percorrendo suas entranhas, lembrou-se que havia se passado semanas desde que tinha se alimentado de alguém de sua espécie e, apesar daquela garota ser apenas uma humana, poderia ser o suficiente para aquela noite.

Infelizmente, não havia tempo para se divertir naquele momento... Apesar disso, seu pai iria atrás dela mais tarde, com certeza. Se Xcor precisava de um pouco de sangue para vencer as dificuldades, conseguiria tal fonte com aquela mulher, ou com qualquer outra.

Dando as costas para a fuga, parou com firmeza sobre o chão e desembainhou a arma escolhida: embora as adagas servissem, preferiu a foice, cabo longo e modificado para um coldre amarrado em suas costas. Era especialista em empunhar aquele grande peso e sorriu enquanto manejava ao vento a lâmina cruel e curvada, esperando para jogar a rede sobre aqueles dois peixes que, com certeza, estavam nadando até ele...

Ah, sim, como era bom estar certo.

Logo após uma luz brilhante surgir e um estalo eclodir da passagem principal, os dois humanos vieram gritando em direção aos fundos da casa do ferreiro como se estivessem sendo perseguidos por carrascos.

Mas estavam errados, não? O carrasco estava esperando ali.

Xcor não gritou ou amaldiçoou. Sequer rosnou. Começou a correr com a foice, havia um equilíbrio uniforme entre as duas mãos enquanto as coxas poderosas encurtavam a distância. Só de olhar para ele, os humanos derraparam em suas botas, braços soltos, como asas de patos pousando sobre a água.

O tempo pareceu desacelerar quando caiu sobre eles, sua arma favorita fez um grande círculo, atingindo os dois na altura do pescoço.

As cabeças foram decepadas com um golpe único e limpo. Os rostos surpresos brilharam e desapareceram à medida que a parte removida do cor-

po girava, o sangue espirrou e salpicou no peito de Xcor. Com a ausência de crânios, a parte inferior dos corpos caíram sobre o chão com uma graça curiosa e líquida, aterrissando inanimados com os membros retorcidos.

Agora sim ele gritava.

Virando-se, Xcor fixou suas botas de couro na lama, respirou fundo e soltou um rosnado enquanto manejava a foice, o aço avermelhado pedia mais sangue. Apesar de suas presas serem meros seres humanos, o impulso de matar era superior a um orgasmo, a sensação de que havia tirado uma vida e deixado cadáveres para trás percorria seu corpo como uma bebida alcoólica.

Chamou seu cavalo assoviando, que foi até ele rapidamente após o comando. Com um salto, montou na sela, a foice erguida em sua mão direita enquanto lidava com as rédeas com a esquerda. Dando um golpe com força, incitou o corcel ao galope, percorrendo rapidamente um caminho estreito e sujo e emergindo no auge da batalha.

Seus colegas lutavam com todas as forças, o som das espadas colidindo e gritos bombardearam a noite quando o demônio encontrou seu inimigo. E assim como Xcor havia previsto, mais uma meia dúzia de redutores *veio correndo a toda velocidade sobre seus garanhões de raça, como leões que foram libertos para defender seu território.*

Xcor entrou em cena e avançou contra o inimigo, envolvendo as rédeas no punho e brandindo a foice enquanto o cavalo corria em direção aos outros com os dentes à mostra. Sangue negro e partes de corpos voaram quando passou por entre os adversários, ele e seu cavalo trabalhavam como uma unidade naquele ataque.

Quando atingiu mais um assassino com sua lâmina e o cortou ao meio na altura do peito, soube que tinha nascido para fazer isso, era a maior e melhor maneira de usar seu tempo sobre a terra. Era um assassino, não um defensor.

Não lutava pela raça... mas por si mesmo.

Tudo aconteceu muito depressa, a névoa noturna rondava os redutores *caídos, que contorciam-se em poças do próprio sangue oleoso e negro. Houve poucos feridos dentre o grupo de Xcor. Throe tinha um corte no ombro, feito por alguma lâmina. Zypher estava mancando, uma mancha vermelha escorria de sua perna, ensopando a bota. Nenhum deles estava mais lento ou mesmo preocupado.*

Xcor deteve o cavalo, desmontou e voltou a colocar a foice no coldre. Sacou a adaga de aço e começou sua ronda para esfaquear os assassinos, lamentou o processo que enviava o inimigo de volta a seu criador. Queria mais luta, não menos...

Um grito ecoou e ele ergueu a cabeça. A mulher humana de camisola estava correndo pela estrada de terra batida do vilarejo, seu corpo pálido em uma fuga desgovernada, como se tivesse sido expulsa de um esconderijo. Logo atrás dela, o pai de Xcor montou em seu cavalo e galopou rápido; o corpo maciço de Bloodletter pendia em um dos lados da sela quando a alcançou. Na verdade, não houve, de fato, uma corrida: quando ficou ao lado dela, pegou-a com o braço e atirou-a sobre seu colo.

Não houve parada, nem mesmo uma diminuição da velocidade depois da captura, mas uma marca foi feita: com seu cavalo galopando a toda velocidade e a humana se debatendo, o pai de Xcor ainda conseguiu atingir a garganta delgada com suas presas, prendendo-se no pescoço da mulher como se fosse detê-la apenas com os caninos.

Ela teria morrido. Com certeza, ela teria morrido.

Se Bloodletter não tivesse morrido primeiro.

De fora do turbilhão do nevoeiro surgiu uma figura fantasmagórica como se fosse formada pelos filamentos de umidade que percorriam o ar. E no momento que Xcor viu o espectro, estreitou os olhos e valeu-se de seu olfato aguçado.

Parecia ser uma mulher. De sua espécie. Vestida com uma túnica branca.

E seu cheiro lembrou-o de algo que não conseguiu localizar.

Ela foi diretamente ao encontro de seu pai, mas parecia não ter a menor preocupação com o cavalo ou com o guerreiro sádico que logo viria atrás dela. No entanto, seu pai estava fascinado por ela. No instante em que a notou, largou a humana como se não fosse nada além de um osso do qual já houvesse comido toda a carne.

Isso estava errado, Xcor pensou. De fato, ele era um macho de ação e poder e dificilmente um membro do sexo frágil o intimidaria... mas tudo em seu corpo advertia que aquela entidade etérea era perigosa. Letal.

– Ei! Pai! – gritou. – Vire-se!

Xcor assoviou para seu cavalo, que atendeu ao comando. Montando sobre a sela, estimulou os flancos do animal, lançando-se a toda velocidade para que pudesse cruzar o caminho do pai, um pânico estranho o incitando.

Tarde demais. Seu pai lançou-se sobre a fêmea, que agachou-se lentamente.

Meu Deus, ela ia saltar por cima do...

Com um impulso coordenado, ela flutuou no ar e pegou a perna de seu pai, usando-a para montar sobre o cavalo de um salto. Então, agarrou o sólido peitoral de Bloodletter, saltou para um lado e levou o macho ao chão com ela, como se fossem apenas um. A investida poderosa desafiava a questão de ser do sexo feminino e sua natureza espectral.

Ora, não era um fantasma, mas um ser de carne e osso.

O que significava que poderia ser morta.

Enquanto Xcor preparava-se para lançar seu garanhão contra eles, a fêmea soltou um grito nada feminino: mais ao estilo do grito de guerra de Xcor, o berro trespassou o ruído dos cascos trovejantes abaixo dele e os sons do grupo que reunia-se para combater aquele ataque inesperado.

Contudo, não havia necessidade de uma intercessão imediata.

Seu pai, após o choque de ser tirado de sua sela, rolou de costas, desembainhou seu punhal e rosnou como um animal. Com uma maldição, Xcor freou e interrompeu o resgate, pois, com certeza, seu pai assumiria o controle. Bloodletter não era o tipo de homem a quem se ajudava – havia agredido Xcor por isso no passado, uma lição que foi duramente aprendida e que sempre seria lembrada.

Ainda assim, desmontou e aproximou-se da situação para reagir no caso de haver mais alguma "Valquíria" saindo do meio da floresta.

E foi assim que ele a ouviu, claramente, dizer um nome.

– Vishous.

A raiva de seu pai deu lugar a uma breve confusão. E antes que pudesse retomar sua autodefesa, a figura fantasmagórica começou a brilhar com uma luz profana.

– Pai! – Xcor gritou ao aproximar-se correndo.

Mas era tarde. E o contato foi feito.

Chamas irromperam sobre o rosto rude e barbado de seu pai e tomaram seu corpo, como se fosse feno seco. E com a mesma graça que ela o derrubou, a fêmea saltou para trás e observou enquanto seu pai tentava apagar o fogo debatendo-se freneticamente, sem sucesso. No meio da noite, ele gritava enquanto era queimado vivo, suas roupas de couro não ofereceram proteção alguma para sua pele e músculos.

Não havia chance alguma de aproximar-se o suficiente do fogo e Xcor derrapou até parar, levantando o braço para se proteger e curvando-se para se afastar do calor que ficava exponencialmente mais intenso.

Durante todo o tempo, a fêmea ficou sobre o corpo que se contorcia e tinha espasmos... O brilho laranja iluminava o rosto belo e cruel.

A vadia estava sorrindo.

E foi então que ela ergueu o rosto para ele. Quando Xcor teve uma visão correta de seu rosto, recusou-se, em um primeiro momento, a acreditar no que via. Ainda assim, o brilho das chamas não mentia.

Xcor observava uma versão feminina de Bloodletter. O mesmo cabelo negro, a mesma pele e olhos claros. A mesma estrutura óssea. Além disso, a mesma luz vingativa em seu olhar violento, aquele arrebatamento e satisfação ao causar uma morte era uma combinação que Xcor conhecia muito bem.

Ela partiu logo em seguida, desaparecendo na neblina de uma maneira que não condizia com a desmaterialização de sua espécie, mas, sim, fez isso como um sopro de fumaça, desvanecendo-se devagar em princípio e, em seguida, rápida e definitivamente.

Assim que sentiu-se capaz, Xcor correu para seu pai, mas não havia mais nada a ser salvo... mal havia algo para ser enterrado. Afundando os joelhos diante dos ossos fumegantes e do fedor de queimado, teve um momento de fraqueza deplorável: lágrimas derramaram-se dos olhos. Bloodletter tinha sido um bruto, mas como sua única descendência masculina, Xcor e ele eram bem próximos... Na verdade, eram quase membros de um mesmo corpo.

– Por tudo o que é mais sagrado – Zypher disse com voz rouca –, o que foi isso?

Xcor piscou com força antes de olhar por cima do ombro.

– Ela o matou.

– Sim. E fez mais alguma coisa.

Quando o grupo de bastardos aproximou-se dele, um a um, Xcor teve de pensar no que dizer, no que fazer.

Erguendo-se com firmeza, quis chamar seu cavalo, mas sua boca estava seca demais para assoviar.

Seu pai... um inimigo e, ao mesmo tempo, seu porto seguro, estava morto. Morto. E aconteceu tão rápido, rápido demais.

Por uma fêmea.

Seu pai havia partido.

Quando conseguiu, olhou para cada um dos machos diante dele, os dois montados nos cavalos, os dois em pé e o que estava a sua direita. Com uma nítida percepção, soube que não importava o que o destino tivesse reservado, seria moldado pelo que havia acontecido naquele momento, aqui, agora.

Não havia se preparado para isso, mas não se afastaria do que deveria fazer:

– Ouçam bem, pois só direi uma vez. Ninguém vai dizer nada. Meu pai morreu em uma batalha contra o inimigo. Eu o queimei para homenageá-lo e mantê-lo sempre comigo. Jurem isso para mim agora.

Os bastardos com quem ele vivia e lutava há muito tempo juraram e depois que suas vozes profundas desvaneceram-se no ar noturno, Xcor inclinou-se e passou os dedos pelas cinzas. Erguendo as mãos até o rosto, traçou uma listra com a fuligem desde as bochechas até as grossas veias que percorriam cada lado do pescoço... em seguida, acariciou o crânio duro que era tudo o que havia restado de seu pai. Segurando os restos carbonizados que ainda soltavam fumaça, reivindicou os soldados a sua frente como seus.

– Sou o único senhor agora. Liguem-se a mim neste momento ou serão meus inimigos. O que me dizem?

Não houve hesitação alguma. Os machos se ajoelharam, retiraram suas adagas e irromperam o grito de guerra antes de enterrarem as lâminas na terra a seus pés.

Xcor observou as cabeças inclinadas e sentiu que um manto caía-lhe sobre os ombros. Bloodletter estava morto. Sem vida, seria transformado em lenda a partir daquela noite.

E, seguindo o que é certo e apropriado, o filho substituiria o pai agora, comandando aqueles soldados que não serviriam a Wrath, o rei que não os governava; nem à Irmandade, que não se dignificava a descer àquele nível... Serviriam a Xcor e somente a ele.

– Vamos seguir na direção de onde a fêmea veio – anunciou. – Vamos encontrá-la mesmo que levem séculos, pois ela deve pagar por aquilo que fez esta noite. – Nesse momento, Xcor conseguiu assoviar alto e claro para seu cavalo. – Levarei, pessoalmente, a morte ao esconderijo daquela fêmea.

Subindo em seu cavalo, reuniu as rédeas e incitou o grande animal a cruzar a noite. Seu grupo de bastardos entrou em formação e o seguiu, disposto a morrer por ele.

Enquanto trovejava ao sair da aldeia, colocou o crânio de seu pai dentre as roupas de couro que usava nas batalhas, bem em cima do coração.

Aquela vingança seria sua. Mesmo que o matasse.

CAPÍTULO 1

DIAS ATUAIS
HIPÓDROMO DE AQUEDUCT, QUEENS, NOVA YORK

– Quero enlouquecer você.

O Dr. Manny Manello virou a cabeça para a direita e olhou para a mulher que tinha falado com ele. Não foi a primeira vez que tinha ouvido essas palavras e a boca pela qual elas saíram tinha silicone suficiente para preencher uma boa almofada. Mas, ainda assim, foi uma surpresa.

Candance Hanson sorriu para ele e ajeitou seu chapéu retrô com uma mão bem manicurada. Aparentemente, ela tinha decidido que a combinação de dama refinada com uma dose de atrevimento era atraente – e talvez fosse, para alguns rapazes.

Caramba, em outro momento de sua vida, ele provavelmente teria dado em cima dela seguindo a teoria do "por que não?". Agora? Seguia a ideia do "não é pra tanto".

Sem se deixar abater pela falta de entusiasmo do médico, ela inclinou-se para frente, exibindo um par de seios que não exatamente desafiava a gravidade. Na verdade, aquilo era mais como mostrar o dedo médio, insultar a mãe e pisar no calo de alguém – uma falta de educação.

– Sei de um lugar aonde poderíamos ir.

Ele apostava que sim.

– A corrida já vai começar.

Ela fez beicinho. Ou talvez fosse o efeito das aplicações para aumentar os lábios. Deus, há dez anos ela devia ter um rosto jovem; agora, os anos tinham adicionado uma pátina de desespero nela – junto ao processo normal de envelhecimento, contra o qual ela lutava como um boxeador.

– Depois, então.

Manny afastou-se sem responder, sem saber exatamente como ela tinha conseguido entrar na área dos proprietários. Deveria ter sido na confusão que havia para voltar àquele local depois de selarem os cavalos – e, sem dúvida, estava acostumada a entrar em lugares que, tecnicamente, não lhe eram permitidos: Candance era um daqueles tipos sociais de Manhattan que só se diferenciava de uma prostituta por não ter um cafetão e, de muitas maneiras, era como uma vespa qualquer: ignorava o incômodo causado e ia pousar em outra coisa.

Ou em outra pessoa, como era o caso.

Erguendo o braço para mantê-la distante, Manny inclinou-se sobre o corrimão da cabine e esperou que sua garota saísse para a pista. Tinha sido colocada na parte externa, e isso era bom: preferia não ficar muito perto dos outros e percorrer uma distância extra nunca a incomodou.

O hipódromo de Aqueduct, no Queens, Nova York, não tinha o prestígio de um Belmont ou Pimlico ou do venerável pai de todos os hipódromos, o Churchill Downs. Contudo, não era de se jogar fora. A instalação tinha uma arena de quase três quilômetros, uma pista de turfe e outra para corridas de curta distância. A capacidade total era de, aproximadamente, nove hectares. A comida era medíocre, mas ninguém ia até lá para comer e havia algumas corridas grandes, como a daquele dia: a Wood Memorial Stakes tinha uma bolsa de 750 mil dólares e, como era realizada em abril, era uma boa referência para os candidatos ao prêmio Triple Crown...*

Ah, sim, lá estava ela. Lá estava sua garota.

Quando os olhos de Manny fixaram-se em GloryGloryAllelujah, o barulho da multidão, a luz brilhante daquele dia e a fila vacilante

* Algumas modalidades de esporte como o surfe e o jóquei e outras competições como o pôquer oferecem um prêmio especial na terceira vitória consecutiva, o Triple Crown. (N. da T.)

composta pelos outros cavalos desapareceram. Tudo o que ele via era sua magnífica égua negra, sua capa capturava a luz do sol e reluzia, as pernas finas se flexionavam, os cascos delicados erguiam-se e voltavam a pousar na pista de areia. Como ela media quase um metro e setenta, o jóquei parecia um pequeno mosquito em suas costas, e essa diferença de tamanho representava a divisão do poder. Ela deixou isso claro desde o primeiro dia de treinamento: poderia tolerar os pequenos seres humanos, mas estavam apenas a passeio na corrida. Ela estava no comando.

Seu temperamento dominador já havia lhe custado dois treinadores. O terceiro? O cara parecia um pouco frustrado, mas era apenas seu senso de controle que estava sendo espancado até a morte: Glory destacava-se e isso, simplesmente, não tinha nada a ver com ele. E Manny não tinha a menor preocupação com os egos inflados de homens que dominavam cavalos a vida inteira. Sua garota era uma lutadora, sabia o que estava fazendo, e ele não tinha o menor problema em deixá-la assumir o controle. Queria apenas assisti-la divertir-se ao acabar com a concorrência.

Quando seus olhos a encontraram, lembrou-se do otário de quem a tinha comprado há pouco mais de um ano. Aqueles vinte mil dólares tinham sido um roubo, considerando sua linhagem, também uma fortuna se pensasse no temperamento dela, e ainda não estava claro se conseguiria autorização para correr. Era uma égua indisciplinada de um ano de idade que já esteve prestes a ser afastada. Ou pior: de ser transformada em comida de cachorro.

Mas ele acertou. Desde que a deixasse liderar e comandar o show, era um espetáculo.

Quando a formação de cavalos aproximou-se do portão, alguns começaram a bater os cascos e a bufar, mas sua garota estava firme, como se soubesse que era inútil desperdiçar energia antes do jogo. Ele achava que as chances eram boas apesar da posição no pódio, pois o jóquei montado em seu dorso era uma estrela: sabia exatamente como lidar com ela e, nesse sentido, era mais responsável pelo sucesso da garota do que os outros treinadores. Sua estratégia era apenas certificar-se de que ela conhecia os melhores percursos, deixá-la escolher e ir.

Manny levantou-se e segurou o corrimão de ferro pintado na frente dele, juntando-se à multidão que saía de seus assentos, e começava a exibir uma quantidade incontável de binóculos. Quando seu coração começou a bater forte, ficou contente, pois fora dali encontrava-se muito próximo do sedentarismo, ultimamente. A vida que levava estava em um estágio de entorpecimento terrível no último ano ou um pouco mais, e talvez essa fosse a razão pela qual aquela égua era tão importante para ele.

Talvez ela também fosse tudo o que ele tinha.

Não era bem assim.

No portão, havia um movimento frenético: quando se trata de amontoar quinze cavalos fortes com patas da espessura de varetas e com glândulas adrenais disparando como obus em minúsculas caixas de metal, você não perde tempo. Em mais ou menos um minuto, o campo foi fechado e as pistas foram restringidas pelos trilhos.

Uma batida de coração.

Um sino.

Bang.

Os portões foram abertos, a multidão rugiu e os cavalos avançaram como se tivessem sido lançados de bocas de canhões. As condições eram perfeitas. Clima seco. Frio. Estavam a toda velocidade na pista.

Não que sua garota se importasse com isso. Correria na areia movediça se fosse necessário.

Os cavalos puros-sangues trovejaram, o som dos cascos e a voz do locutor chicoteavam energia nas arquibancadas a ponto de ficarem em um estado de êxtase. Porém, Manny manteve a calma, permanecendo com as mãos firmadas no trilho na frente dele e seus olhos sobre o campo, enquanto o grupo de cavalos fazia a primeira curva em uma confusão tensa de dorsos e caudas.

O telão mostrava-lhe tudo o que precisava ver. Sua égua estava na penúltima posição, apenas galopando enquanto todos os outros empreendiam uma corrida mortal – inferno, seu pescoço sequer estava totalmente estendido. No entanto, o jóquei estava fazendo seu trabalho, facilitando o caminho dela para avançar na pista, dando-lhe a opção de correr ao redor do grupo ou cortar caminho através deles quando estivesse pronta.

Manny sabia exatamente o que ela iria fazer. Entraria pela direita em meio aos outros cavalos como uma bola de demolição.

Era o jeito dela.

E foi assim que, quando os outros abriram distância, ela começou a pegar fogo. A cabeça baixa, o pescoço alongado, seu passo começou a acelerar.

– Caramba – Manny sussurrou. – Você consegue, garota.

Quando Glory adentrou a pista verde, transformou-se em um raio de luz que ultrapassava os outros corredores, a explosão de velocidade era tão poderosa que qualquer um se perguntaria se aquilo não era de propósito: apenas vencê-los não era o suficiente, ela tinha que fazer isso no último quilômetro, deixando as selas dos outros bastardos na poeira, no último minuto possível.

Manny riu do fundo da garganta. Ela era seu tipo de garota.

– Meu Deus, Manello, olha só como ela avança.

Manny assentiu com a cabeça sem olhar para o cara que falou em seu ouvido, pois a liderança do grupo estava mudando: o potro que estava à frente perdia sua força, ficando para trás quando suas pernas pareceram ficar sem combustível. Em resposta a isso, o jóquei o golpeou, chicoteando-lhe o traseiro – algo que obteve o mesmo sucesso de quando alguém amaldiçoa um carro cujo tanque esvaziou. O potro que estava em segundo lugar, um animal grande e castanho com jeito de mau e um passo que poderia englobar um campo de futebol, aproveitou imediatamente a desaceleração, e seu jóquei permitiu que o cavalo estendesse sua cabeça totalmente.

Os dois ficaram emparelhados por apenas um segundo antes que o cavalo castanho assumisse a liderança da corrida. Mas não seria por muito tempo. A garota de Manny tinha escolhido seu momento para contornar os três cavalos e fazer com que ele ficasse totalmente tenso.

Sim, Glory fazia o que tinha nascido para fazer, orelhas unidas à cabeça, dentes expostos.

Ela ia roubar o doce da boca daquele garanhão. E era impossível não extrapolar e pensar que participariam de corridas importantes como a Kentucky Derby...

Tudo aconteceu tão rápido.

Tudo chegou ao fim... em um piscar de olhos.

Com um golpe intencional, o potro bateu em Glory, o impacto brutal enviou-a para os trilhos. Sua garota era grande e forte, mas não poderia suportar um contato corporal assim, não quando corria a mais de sessenta quilômetros por hora.

Por uma fração de segundo, Manny ficou convencido de que ela se reergueria. Apesar da maneira como inclinou-se e cambaleou, esperava que encontrasse um ponto de equilíbrio e desse uma lição de boas maneiras àquele bastardo.

Só que ela caiu. Bem na frente dos três cavalos que tinha ultrapassado.

O massacre foi imediato, os cavalos mudaram totalmente a direção para evitar o obstáculo no caminho, os jóqueis seguraram as rédeas com força na esperança de permanecerem montados.

Todos fizeram isso. Exceto Glory.

Quando a multidão exclamou, Manny lançou-se para frente, ultrapassando os limites da cerca e saltando sobre as pessoas, cadeiras e barricadas até chegar à pista.

Além dos trilhos. Na arena.

Correu até ela. Anos de prática do atletismo levaram-no a uma velocidade vertiginosa até o cerne daquela situação.

Ela estava tentando se levantar. Mas que coração grande e feroz... estava lutando para erguer-se do chão, seus olhos encarando o grupo como se não desse a mínima por estar ferida; só queria pegar de jeito aqueles que a deixaram na poeira.

Tragicamente, sua perna dianteira tinha outros planos: enquanto se debatia, a perna direita vacilava na altura do joelho; e Manny não precisava de sua experiência como ortopedista para saber que ela tinha um problema.

Um problemão.

Ao aproximar-se dela, viu que o jóquei estava em lágrimas.

– Dr. Manello, eu tentei... Oh, Deus...

Manny escorregou na areia e arremeteu-se em direção às rédeas enquanto os veterinários aproximavam-se e o telão voltava-se para o drama.

Quando três homens de uniforme aproximaram-se dela, seus olhos não emitiam mais aquele sentimento selvagem... passaram a expressar dor e confusão. Manny fez o possível para acalmá-la, permitindo que balançasse com força a cabeça o quanto quisesse enquanto acariciava seu pescoço. Ela se acalmou quando lhe deram um tranquilizante.

Ao menos a tentativa desesperadora de andar, mesmo mancando, cessou.

O veterinário-chefe olhou para a perna e balançou a cabeça, algo que no mundo das corridas era um sinal universal para "será necessário sacrificá-la".

Manny aproximou-se do rosto do cara.

– Nem pense nisso. Estabilize o que estiver quebrado e leve-a para o hospital veterinário de Tricounty. Entendido?

– Ela nunca mais correrá novamente... isso parece uma fratura múlti...

– Tire meu maldito cavalo da pista e leve-o ao Tricounty...

– Não vale a pena...

Many agarrou a jaqueta do veterinário e puxou o "Sr. Falar é Fácil" até ficarem face a face.

– *Faça isso. Agora.*

Houve um momento de incompreensão total, como se ser insultado fosse algo novo para o profissional teimoso.

E assim que os dois entenderam o que estava acontecendo, Manny rosnou:

– Não vou perdê-la, mas estou totalmente disposto a sacrificar você. Bem aqui. E agora.

O veterinário encolheu-se, afastando-se, como se soubesse que estava correndo perigo de levar um belo golpe.

– Certo... certo.

Manny não ia perder seu cavalo. Nos últimos doze meses, lamentou a perda da única mulher com quem se preocupou na vida, questionou sua sanidade e passou a se embebedar de uísque mesmo odiando a coisa.

Se Glory partisse agora... não sobraria muita coisa nessa vida, sobraria?

CAPÍTULO 2

CALDWELL, NOVA YORK
CENTRO DE TREINAMENTO, COMPLEXO DA IRMANDADE

Caramba... Que droga... mas que inferno...

Vishous estava em pé no corredor do lado de fora da clínica médica da Irmandade com uma das mãos fechadas sobre os lábios e o polegar mexendo freneticamente em um tique irritante. No entanto, não havia nada a ser dito, não importava quantas vezes ele friccionasse o pequeno isqueiro.

Tic. Tic. Tic...

Com uma repulsa total, lançou a maldita coisa na lixeira e agarrou a luva revestida de chumbo que cobria sua mão. Ao tirar o pedaço de couro, olhou para a palma da mão brilhante, flexionando os dedos, arqueando-a em direção ao punho.

A coisa era em parte um lança-chamas, em parte uma bomba nuclear, capaz de derreter qualquer metal, transformar pedra em vidro e deixar em pedaços qualquer avião, trem ou automóvel que quisesse. Essa também era a razão pela qual conseguia fazer amor com sua *shellan* e um dos dois legados que sua mãe divina havia lhe dado.

E uma maldita segunda visão que era tão divertida quanto a rotina de lidar com a "mão da morte".

Aproximando a arma mortal de seu rosto, acendeu a ponta do cigarro artesanal que fazia, mas não chegou perto demais ou prejudicaria seu sistema de envio de nicotina ao corpo e teria que desperdiçar seu tempo criando outro, curando-se. E não tinha paciência para isso mesmo em um dia bom, quanto mais em um momento como aquele...

Ah, a adorável tragada.

Encostando-se contra a parede, plantou suas botas de combate no chão de linóleo e fumou. Aquele prego de caixão não fez muito pela sua expressão deprimente, mas isso era melhor do que a opção que tinha passado por seus pensamentos nas últimas duas horas. Ao colocar a luva de volta pensou em sair dali com seu "dom" e incendiar alguma coisa, qualquer coisa...

Era mesmo sua irmã gêmea que estava do outro lado da parede? Deitada em uma cama de hospital... paralisada?

Jesus Cristo... Trezentos anos de idade e só então descobrir que se tem uma irmã.

Boa jogada, mamãe. Muito legal mesmo.

E pensar que ele achava ter resolvido todos os problemas com seus pais. Porém, apenas um deles estava morto. Se a Virgem Escriba seguisse pelo caminho de Bloodletter e descansasse em paz, talvez ele conseguisse encontrar um ponto de equilíbrio.

No entanto, pensando em como as coisas estavam e naquela tentativa absurda de Jane no mundo humano... Tudo aquilo estava fazendo com que ele...

Sim, não havia palavras para isso.

Pegou seu telefone celular. Verificou. Colocou de volta no bolso de sua jaqueta de couro. Caramba, isso era tão típico. Jane colocava seu foco em algo e isso era tudo. Nada mais importava.

Claro que ele era exatamente assim, mas em momentos como aquele, gostaria muito de ser atualizado.

Maldito sol. Prendia-o dentro de casa. Ao menos se estivesse com sua *shellan* não haveria possibilidade de o "grande" Manuel Manello negar alguma coisa. V. simplesmente golpearia o desgraçado, jogaria o corpo no Escalade e traria aquelas mãos talentosas até ali para operar Payne.

Para ele, o livre-arbítrio era um privilégio, não um direito.

Quando terminou de fumar o cigarro artesanal, apagou-o na sola de suas botas de combate e jogou a bituca no lixo. Queria muito uma bebida – exceto refrigerante ou água. Meio engradado de vodka o afastaria um pouco daquele abismo, mas com um pouco de sorte permitiriam que ele ajudasse na sala de cirurgia em breve, e precisava estar sóbrio para isso.

Entrando na sala de exames, os ombros ficaram tensos, os molares se fecharam e, por uma fração de segundo, não sabia o quanto mais poderia suportar. Se tinha uma coisa que o tirava do sério era quando sua mãe aprontava das suas, e era difícil imaginar algo pior do que a mentira de todas as mentiras.

O problema era que a vida não vinha com um "botão" de reiniciar, como o video game, que se pode pressionar quando ele trava por tentarem inserir alguma vantagem ou trapaça no jogo.

– Vishous?

Fechou os olhos por um instante ao som daquela voz suave e baixa.

– Sim, Payne – terminou a frase no Antigo Idioma. – *Sou eu.*

Cruzando a sala, reassumiu seu posto na banqueta com rodas ao lado da maca. Deitada embaixo de vários cobertores, Payne estava imobilizada, com a cabeça em um bloco e um colar cervical que ia do queixo à clavícula. Uma intravenosa ligava o braço dela a uma bolsa pendurada em uma extremidade de aço inoxidável e havia uma tubulação embaixo conectada ao cateter que Ehlena lhe dera.

Mesmo a sala de azulejos sendo clara, limpa e brilhante e os equipamentos e suprimentos médicos tão ameaçadores quanto xícaras e pires em uma cozinha, parecia que estavam em uma caverna suja cercados por ursos.

Seria tão bom se pudesse sair e matar o filho da mãe que tinha colocado sua irmã naquela condição. O problema era... isso significava que teria de acabar com Wrath, e que grande confusão essa morte traria. O maldito filho da mãe não era apenas o Rei, era um Irmão... e esse era o pequeno detalhe pelo qual a estadia dela ali havia sido consensual. As sessões de luta que os dois vinham travando nos últimos dois meses os deixaram em forma – e, claro, Wrath não fazia ideia com quem lutava, pois estava cego. Uma fêmea? Bem, dedução óbvia. As sessões aconteciam do Outro Lado e não havia machos por lá. Mas a falta de visão do

Rei significava que ele perdia o que V. e todos os outros observavam ao entrarem naquela sala: a longa trança preta de Payne era da cor exata do cabelo de V. e sua pele do mesmo tom que a dele, tinha a mesma constituição: alta, magra e forte. Mas os olhos... cara, os olhos.

V. esfregou o rosto. Seu pai, Bloodletter, teve um número incontável de bastardos antes de ser assassinado em uma batalha contra *redutores* no Antigo País. Mas V. não se importava com nenhuma dessas relações aleatórias com as fêmeas.

Payne era diferente. Os dois tinham a mesma mãe e não era uma *mahmen* qualquer. Era a Virgem Escriba. A grande mãe da raça.

Era uma vadia, isso sim.

O olhar de Payne deslocou-se e a respiração de V. saiu com dificuldade. A íris que o encontrou era da cor de gelo branco, assim como a sua, e a borda azul-marinho em torno dela era algo que via todas as noites no espelho. E a inteligência... a inteligência que havia nas profundezas árticas daquela brancura era exatamente a mesma que havia dentro dele também.

– *Não consigo sentir nada* – Payne disse.

– Sei. – V. repetiu balançando a cabeça: – *Eu sei.*

Sua boca se contorceu e exibiu algo que poderia ter sido um sorriso em outras circunstâncias.

– Pode falar no idioma que quiser – disse com um inglês bem marcado. – Sou fluente em... muitos.

Ele também. O que significava que era incapaz de formular uma resposta em dezesseis línguas diferentes. Maravilha.

– Sua *shellan*... já lhe disse alguma coisa? – disse pausadamente.

– Não. Gostaria de tomar mais analgésicos? – Ela parecia mais fraca que da última vez que a vira.

– Não, obrigada. Eles fazem com que eu me sinta... estranha.

Essa frase foi seguida por um longo silêncio. Que ficou mais longo. E ainda mais longo.

Cristo, talvez ele devesse segurar a mão dela – afinal, ela podia sentir algo acima da cintura. Sim, mas o que poderia oferecer com essa atitude? Sua mão esquerda estava tremendo e a direita era mortal.

– Vishous, o tempo não está...

Quando sua irmã gêmea deixou a frase pairando no ar, ele a terminou mentalmente: *do nosso lado*.

Ele queria que ela estivesse errada. Contudo, quando se trata de lesões na coluna, assim como derrames e ataques cardíacos, boas oportunidades de recuperação são perdidas a cada minuto que o paciente passa sem tratamento.

Era melhor que aquele humano fosse tão bom quanto Jane havia dito.

– Vishous?

– Sim?

– Gostaria que eu não tivesse vindo até aqui?

Franziu a testa com força.

– De que diabos está falando? Claro que gostaria de ter você comigo.

Enquanto seu pé ficava batendo no chão de nervosismo, perguntou quanto tempo mais precisaria ficar antes que pudesse sair para outro cigarro. Simplesmente não ia conseguir respirar enquanto estivesse sentado ali, sem poder fazer nada enquanto sua irmã sofria e seu cérebro engasgava-se com as perguntas. Tinha um milhão de "o que?" e "por que" instalados em sua cabeça, só que não podia perguntar nada para ninguém. Parecia que Payne poderia entrar em coma a qualquer momento por causa da dor, portanto, não era uma boa hora para se fazer um social, cheio de perguntas, com direito a cafezinho.

Caramba, os vampiros podiam se curar como um relâmpago, mas não eram imortais.

Poderia muito bem perder sua irmã gêmea antes de sequer conhecê-la melhor.

Seguindo esse raciocínio, ele deu uma olhada para ver seus sinais vitais no monitor. A raça vampira tinha pressão sanguínea baixa, mas a dela estava quase ao nível do chão. A pulsação estava lenta e irregular, como uma bateria de escola de samba formada apenas por garotos brancos. E o sensor de oxigênio teve de ser silenciado, pois o alarme de alerta soava continuamente.

Quando seus olhos se fecharam, ele temeu que fosse a última vez... e o que havia feito por ela? Nada, exceto gritar quando lhe fizera uma pergunta.

Inclinou-se para mais perto dela, sentindo-se um idiota.

– Tem de aguentar firme, Payne. Estou tentando conseguir o que você precisa, mas você tem de ser forte.

As pálpebras de sua irmã ergueram-se e ela olhou para ele de sua cabeça imóvel.

– Trouxe muitos inconvenientes a sua casa.

– Não se preocupe comigo.

– Isso é o que sempre fiz.

V. franziu a testa outra vez. Era evidente que toda essa coisa de irmão/irmã era uma novidade apenas para ele. Tinha de descobrir como, diabos, ela sabia sobre ele.

E o que sabia.

Droga, lá estava outro momento em que desejaria ser menos durão.

– Está tão confiante nesse curandeiro que procura – ela murmurou.

Ah, não mesmo. A única coisa de que tinha certeza era que se o desgraçado a matasse haveria um funeral duplo naquela noite... assumindo que haveria alguma coisa restante do humano para enterrar ou queimar.

– Vishous?

– Minha *shellan* confia nele.

Os olhos de Payne ergueram-se e ficaram assim. Será que ela estava olhando para o teto?, V. se perguntou. Seria a lâmpada cirúrgica que havia sobre ela? Algo que ele não conseguia ver?

Num determinado momento, ela disse:

– Pergunte-me quanto tempo passei nas mãos de nossa mãe.

– Tem certeza de que tem forças para isso? – Quando ela olhou para tudo a seu redor, exceto para ele, quis sorrir. – Quanto tempo?

– Em que ano estamos na Terra? – Quando ele respondeu, seus olhos se arregalaram. – De fato. Bem, foram centenas de anos. Fui aprisionada pela nossa *mahmen* por... centenas de anos da minha vida.

Vishous sentiu as pontas de suas presas formigarem de raiva. Aquela mãe deles... Já deveria saber que a paz que tinha encontrado com sua fêmea não duraria muito.

– Está livre agora.

– Estou – olhou para baixo em direção às pernas. – Não conseguirei viver em outra prisão.

– Isso não vai acontecer.

Então, aquele olhar gélido tornou-se astuto.

– Não posso viver assim. Entende o que estou dizendo?

O interior dele congelou completamente.

– Ouça, vou trazer aquele médico até aqui e...

– Vishous – ela disse com voz rouca. – De fato, faria isso se pudesse, mas não posso e não há outra pessoa a quem possa recorrer. Você me entende?

Quando encontrou os olhos dela, quis gritar, suas entranhas se contorceram, gotas de suor brotaram em sua testa. Era um assassino por natureza e treinado para isso, mas aquela não era uma habilidade que tinha a intenção de praticar com alguém de seu sangue. Bem, tirando sua mãe, claro. Talvez seu pai, só que o cara tinha morrido por conta própria.

Certo, reformulando a frase: não era algo que exerceria com sua irmã.

– Vishous. Você...?

– Sim. – Olhou para baixo, para sua mão amaldiçoada e flexionou o maldito pedaço de seu corpo. – Eu entendo.

Dentro de sua pele, em sua essência, seu eixo interno começou a vibrar. Era o tipo de coisa pela qual se tornou intimamente familiarizado ao longo de sua vida... e também era um choque total. Não tinha sentido aquilo desde que Jane e Butch apareceram; e voltar a sentir era... terrível!

No passado, isso o levaria direto aos trilhos do sexo perigoso e *hard-core*, ficaria à beira do abismo.

Só que na velocidade do som.

A voz de Payne era fraca:

– O que me diz?

Droga, ele tinha acabado de conhecê-la.

– Sim – flexionou sua mão mortal. – Vou cuidar de você. Se chegarmos a isso.

Quando Payne olhou em direção à gaiola que era seu corpo meio-morto, o perfil sombrio de seu irmão gêmeo era tudo o que conseguia enxergar e desprezou-se pela posição em que o colocou. Gastou muito tempo desde que tinha chegado àquele lado tentando descobrir outra saída, outra opção, outra... qualquer coisa.

Mas o que ela precisava era algo que não se podia pedir a um estranho.

Por outro lado, ele era um estranho.

– Obrigada, meu irmão – ela disse.

Vishous assentiu com a cabeça uma vez e voltou a olhar para frente. Na verdade, ele era muito mais que a soma de suas características faciais e do enorme tamanho de seu corpo. Até bem pouco tempo atrás, quando aprisionada por sua *mahmen*, teve de observá-lo por muito tempo nas tigelas do santuário das Escolhidas e soube quem ele era no instante em que surgiu naquela água rasa; tudo o que teve de fazer foi olhar para ele e enxergar a si própria.

Que vida ele levou. Começando com o campo de guerra e a brutalidade de seu pai... e agora isso.

Sob sua postura fria, ele vociferava. Podia sentir em seus ossos uma ligação entre eles que lhe dava uma visão que ia além daquilo que seus olhos conseguiam lhe informar: por fora, estava contido como uma parede de tijolos, seus componentes todos em ordem e encaixados no lugar; no entanto, por dentro, ele fervia... e a dica externa era sua mão direita enluvada. Por baixo do acessório, uma luz brilhava... e ficava cada vez mais brilhante – especialmente depois que fizera o pedido.

Ela percebeu que aquele poderia ser o único momento que teriam juntos, e seus olhos fecharam-se outra vez.

– Está unido a uma fêmea curadora? – Ela murmurou.

– Sim.

Quando houve apenas silêncio, ela desejou poder encará-lo, mas ficou claro que respondeu apenas por educação. Ainda assim, acreditou nele quando disse que estava contente por estar ali. Ele não diria uma mentira assim, não por que se preocupasse com a moral ou a ética, mas sim porque viu que tal esforço seria um desperdício de tempo e energia.

Payne deitou seus olhos outra vez sobre a cabeça dele, que parecia ter um anel de fogo sobre ela. Desejou que segurasse sua mão ou a tocasse de alguma maneira, mas já havia feito pedidos demais.

Deitada sobre a maca com rodas, seu corpo parecia muito estranho, pesado e leve ao mesmo tempo, e sua única esperança eram os espasmos que corriam por suas pernas e faziam cócegas em seus pés, fazendo com que repuxassem. Certamente, se aquilo estava acontecendo nem tudo estava perdido, disse a si mesma.

Só que, mesmo quando acalentava tal pensamento, uma pequena e silenciosa parte de sua mente dizia que o telhado cognitivo que estava tentando construir não suportaria a chuva que estava prestes a cair em sua vida: quando movia as mãos, mesmo sem conseguir enxergá-las, podia sentir os lençóis frios e macios e a mesa lisa e gelada sobre a qual estava. Mas quando pedia que seus pés fizessem o mesmo... Era como se estivesse nas águas mornas e serenas das piscinas de banho do Outro Lado, encapsulada em um abraço invisível, sentindo absolutamente nada.

Onde estava aquele curandeiro?

O tempo... estava passando.

Quando a espera passou do insuportável para a extrema agonia, era difícil saber se a sensação de asfixia era devido a sua condição ou pelo silêncio da sala. Na verdade, ela e seu irmão gêmeo estavam mergulhados no silêncio... só que por razões muito diferentes: ela não iria a lugar algum, mesmo com muito entusiasmo; e ele estava prestes a explodir.

Desesperada por algum estímulo, alguma coisa, qualquer coisa, murmurou:

– Fale um pouco sobre o curandeiro que está chegando.

A brisa de ar frio que atingiu seu rosto e o aroma de especiarias escuras que percorreram seu nariz diziam que era um macho. Tinha de ser.

– É o melhor – Vishous murmurou. – Jane sempre fala dele como se fosse um deus. – O tom não era muito educado, mas o fato era que vampiros machos não gostavam muito de outros em torno de suas fêmeas.

Quem poderia ser esse dentre os machos da raça?, Payne perguntou-se. O único curandeiro que conseguira enxergar nas tigelas era Havers, e, com certeza, não havia razão alguma para procurarem por ele.

Talvez houvesse outro que ela não tinha observado; afinal, não passava tanto tempo tentando recuperar o atraso com o mundo e, de acordo com seu irmão gêmeo, haviam se passado muitos, muitos e muitos anos entre sua prisão e a liberdade...

De repente, a exaustão interrompeu sua linha de raciocínio, penetrando em sua medula, pressionando-a ainda mais sobre a mesa de metal.

No entanto, quando fechou os olhos, conseguiu suportar a escuridão apenas durante um rápido momento antes do pânico fazer suas pálpebras se abrirem. Enquanto estivera presa por sua mãe, tinha plena consciência de que poderia movimentar-se sem limites em um espaço livre; mas dentro daquele local opressivo, onde os minutos se arrastavam, aquela paralisia era muito parecida com o que tinha sofrido durante centenas de anos. Razão pela qual fizera aquele pedido terrível a Vishous. Não poderia ficar ali daquele lado apenas para reproduzir aquilo pelo que sempre havia lutado de maneira tão desesperada para escapar.

Lágrimas escorreram de seus olhos, fazendo com que a fonte de luz verde brilhante vacilasse. Como desejava que seu irmão segurasse sua mão...

– Por favor, não chore – disse Vishous. – Não... chore.

Na verdade, ficou surpresa por ele ter notado.

– Sim, você está certo. Chorar não cura nada.

Aumentando sua força de vontade, buscou ser forte, mas foi uma batalha. Embora seu conhecimento das artes medicinais fosse limitado, uma lógica simples anunciava onde estava o erro: como era de uma linhagem extremamente forte, seu corpo começou a recuperar-se no momento em que havia sido ferida na sessão de luta com o Rei Cego; contudo, o problema era que o processo regenerativo, que em uma situação comum salvaria sua vida, tornava sua condição ainda mais terrível – e era muito provável que aquilo fosse permanente.

Vértebras quebradas tentando se regenerar não conseguiam alcançar um resultado muito bom, e a paralisia em suas pernas era um testemunho desse fato.

– Por que fica olhando o tempo todo para sua mão? – ela perguntou, ainda olhando para a luz.

Houve um momento de silêncio, superior a todos os outros.

– Por que acha que estou fazendo isso?

Payne suspirou.

– Porque o conheço, meu irmão. Sei tudo sobre você.

Quando ele não disse nada, o silêncio era tão agradável quanto os inquéritos que havia no Antigo País.

Oh, o que será que ela havia desencadeado? E onde todos estariam quando tudo chegasse ao fim?

CAPÍTULO 3

Algumas vezes, a única maneira de se saber quão longe se foi é voltando ao ponto de onde se iniciou.

Quando Jane Whitcomb, médica, entrou no complexo hospitalar São Francisco, foi sugada de volta a sua antiga vida. De alguma maneira, foi uma viagem curta – há apenas um ano ela era a chefe do departamento de traumatologia daquele lugar, morava em um apartamento cheio de coisas de seus pais, passando vinte horas por dia correndo entre a emergência e as salas de cirurgia. Não mais.

Um indício certo de que a mudança era definitiva foi a maneira como ela entrou no centro cirúrgico: não havia razão para preocupar-se com as portas giratórias ou aquelas que precisavam ser empurradas na recepção. Ela atravessou as paredes de vidro e passou despercebida pelos seguranças que estavam no balcão. Fantasmas são bons nisso.

Desde que fora transformada, conseguia ir a lugares e ultrapassar coisas sem que ninguém fizesse ideia de que estava por perto. Mas também poderia ficar tão corpórea quanto a pessoa ao lado, assumindo uma forma sólida, de acordo com a sua vontade. Em dado momento era absolutamente etérea; em outro, era como a humana que havia sido, capaz de comer, amar e viver. Isso era uma grande vantagem ao exercer o cargo de cirurgiã particular da Irmandade.

Como agora, por exemplo: de que outra maneira ela seria capaz de se infiltrar no mundo dos humanos outra vez sem quase nenhum barulho?

Percorrendo o chão de pedra polida da recepção, passou pela parede de mármore onde estava inscrito o nome dos benfeitores e abriu caminho pela multidão de pessoas. Naquele congestionamento humano, muitos rostos eram familiares, desde o pessoal da administração até os médicos e enfermeiros com quem trabalhou durante anos. Mesmo anônimos, os pacientes estressados e suas famílias pareciam íntimos dela... de alguma maneira, as máscaras de tristeza e preocupação eram as mesmas, não importava quais fossem as características faciais que as moldavam.

Quando se dirigiu às escadas, estava buscando seu antigo chefe, e, Cristo, teve vontade de rir. Ao longo de todos aqueles anos trabalhando juntos, tinha surpreendido Manny Manello de muitas maneiras; mas aquilo ia superar vários acidentes de carro, avião ou uma explosão de edifício. Tudo isso junto.

Flutuando ao atravessar uma saída de emergência de metal, ela subiu a escada dos fundos. Os pés não tocavam os degraus, pairavam sobre eles enquanto subia como fumaça, sem esforço algum.

Aquilo tinha de funcionar. Tinha que convencer Manny a lhe acompanhar para cuidar daquela coluna lesionada, e ponto final. Não havia outras opções, nada de imprevistos, nada de virar à direita ou à esquerda naquela estrada: aquele era o passe final... e estava rezando para que o goleiro não pegasse aquela bola.

Que bom que ela tinha um bom desempenho sob pressão e que conhecia aquele homem como a palma de sua mão.

Manny aceitaria o desafio; mesmo isso não fazendo sentido algum para ele, ficaria lívido por saber que ela ainda estava "viva". Além disso, não seria capaz de recusar ajuda a um paciente necessitado – simplesmente não estava programado para isso.

No décimo andar, atravessou outra parede e entrou na seção administrativa do departamento cirúrgico. O local era equipado como um escritório de advocacia, todo escuro, sombrio e luxuoso. Fazia sentido: o centro cirúrgico era uma fonte enorme de renda para qualquer hospital universitário, e o dinheiro era gasto para recrutar, manter e abrigar aqueles seres mimados e arrogantes que abriam pessoas para que elas sobrevivessem mais.

Dentre o grupo que operava com os bisturis no Hospital São Francisco, Manny Manello estava no topo da pirâmide, chefe não apenas de uma subespecialidade, como ela tinha sido, mas de todo o conjunto da obra. Isso significava que era uma estrela de cinema, um sargento e o presidente dos Estados Unidos ao mesmo tempo, tudo isso englobado em um cara com pouco mais de um metro e oitenta de altura. Tinha um temperamento terrível, uma inteligência impressionante e um pavio de mais ou menos um milímetro de comprimento, e isso em um dia bom. E seu trabalho era tão valioso quanto uma pedra preciosa.

As operações de maior rentabilidade do cara sempre foram aquelas feitas em atletas profissionais: ele tratou vários joelhos, quadris e ombros que teriam provocado muitos finais de carreira no futebol, baseball ou no hóquei. Mas também tinha muita experiência com tratamentos de coluna e, apesar da atuação de um neurocirurgião ser interessante se considerasse as radiografias de Payne, aquele era um problema ortopédico: se a medula espinhal fosse rompida, nada do que fizessem em termos neurológicos ajudaria. A ciência médica não tinha avançado tanto assim.

Quando dobrou a extremidade da mesa de recepção, teve de parar. À esquerda estava seu antigo escritório, o lugar onde passava horas incontáveis lidando com papéis e fazendo reuniões de consulta com Manny e o resto da equipe. Agora, lia-se o nome na placa fixada na porta: DR. THOMAS GOLDBERG, CIRUGIÃO-CHEFE DO DEPARTAMENTO DE TRAUMATOLOGIA.

Goldberg era uma excelente escolha; ainda assim, por alguma razão, doía ver o nome de outra pessoa ali.

Mas até parece. Esperava que Manny preservasse sua mesa e seu escritório como um monumento em homenagem a ela? A vida continua. A dela. A dele. A do hospital.

Voltando à realidade da situação, caminhou pelo corredor acarpetado. Mexia sempre em seu jaleco branco, com a caneta em seu bolso e com o celular que, até agora, não havia tido motivos para usar. Não havia tempo para explicar seu retorno do mundo dos mortos ou persuadir Manny ou ajudá-lo a entender o que estava prestes a expor; e não havia escolha, mas, de alguma forma, tinha de levá-lo com ela.

Em frente à porta fechada, preparou-se e, em seguida, atravessou...

Ele não estava atrás da mesa, ou trabalhando em algo na mesa de conferências da sala de reuniões.

Verificou rapidamente em seu banheiro privativo... nada ali também... não havia nenhuma umidade nas portas de vidro ou toalhas molhadas sobre a pia.

De volta ao escritório, ela respirou fundo... e o aroma suave de sua loção pós-barba pairando no ar a fez engolir em seco. Deus, sentia a falta dele.

Balançando a cabeça, andou ao redor da mesa e olhou a desordem. Arquivos de pacientes, pilhas de memorandos interdepartamentais, relatórios de Assistência ao Paciente e de Avaliação de Qualidade. Como era um pouco depois das cinco da tarde de um sábado, esperava encontrá-lo ali: as provas de seleção não eram realizadas nos finais de semana; então, a menos que estivesse de plantão ou lidando com um algum caso na traumatologia, deveria estar bem ali atrás daquela confusão de papéis. Manny era *workaholic*: trabalhava vinte e quatro horas por dia, sete dias por semana.

Saindo do escritório, verificou a mesa de sua secretária. Nada ali também: seus compromissos eram mantidos no computador, protegidos por senha.

A próxima parada era o centro cirúrgico. O São Francisco tinha diferentes níveis de salas de operação, todas organizadas por especialidades. Ela foi diretamente à seção que ele costumava atuar. Olhando pelas janelas de vidro e portas duplas, viu que estavam operando uma terrível fratura múltipla. Embora os cirurgiões usassem máscaras e toucas, poderia dizer que nenhum deles era Manny. Seus ombros eram grandes o suficiente para esticar até mesmo o maior uniforme cirúrgico disponível e, além disso, as músicas que soavam ao fundo não eram o estilo dele. Mozart? Sem chance. Pop? Nem morto: Manny ouvia rock clássico e *heavy metal*. Aliás, se não fosse contra o protocolo, os enfermeiros usariam um protetor de ouvidos durante todos os procedimentos com ele.

Caramba... Onde diabos estava? Não havia conferências naquela época do ano e ele não tinha vida fora do hospital. As únicas opções que restavam era que estivesse no Commodore: desmaiado de cansaço no sofá de seu apartamento ou na academia do arranha-céu.

Quando saiu dali, pegou o celular e ligou para o sistema de atendimento do hospital.

– Sim, alô? – disse quando a ligação foi atendida. – Gostaria de falar com o Dr. Manuel Manello. Meu nome? – que droga! – Ah... Hannah. Hannah Whit. Pode retornar a ligação neste número.

Quando desligou, percebeu que não fazia ideia do que dizer caso ele retornasse a ligação, mas resolveu dar destaque ao pensamento positivo... e rezou para que tivesse a habilidade inata de realizar aquela tarefa. O fato era: se o sol baixasse no horizonte, um dos Irmãos sairia do complexo e faria algum trabalho mental em Manny para facilitar o processo de levá-lo até lá.

Contudo, não seria Vishous. Outra pessoa. Qualquer pessoa. Seus instintos diziam-lhe para deixar os dois tão afastados quanto possível: já tinham uma emergência médica em processo, e a última coisa de que precisava era de seu antigo patrão sendo pressionado porque seu marido tinha um instinto territorial e poderia decidir rachar, ele próprio, uma coluna a qualquer momento. Pouco antes de sua morte, Manny estava interessado em mais do que apenas uma associação profissional com ela; portanto, a menos que tivesse se casado com uma das Barbies que insistia em namorar, provavelmente ainda estava solteiro... E a regra dizia que o coração ficava ainda mais afeiçoado à pessoa ausente; então, seus sentimentos devem ter persistido.

Por outro lado, era possível que a insultasse sem piedade por mentir para ele sobre toda a coisa de estar "morta e enterrada".

Pelo menos ele não se lembraria de nada daquilo; contudo, quanto a ela, temia nunca mais se esquecer das próximas vinte e quatro horas.

O Hospital Equino Tricounty era uma instalação de última geração em todos os sentidos. Localizado a quinze minutos do hipódromo de Aqueduct, o local tinha tudo, desde salas de operação e um serviço completo de quartos de recuperação até piscinas para hidroterapia e exames que forneciam imagens avançadas. E seu quadro de funcionários era composto por pessoas que viam os cavalos como muito mais do que uma fonte de lucros sobre quatro patas.

Na sala de cirurgia, Manny analisava as radiografias da perna dianteira de sua garota e desejou ser o único a entrar ali para resolver o problema: conseguia ver claramente as fissuras na imagem, mas isso não era o que o preocupava. Havia vários ligamentos que haviam sido rompidos e manchas acentuadas orbitando ao redor dos centros nervosos do osso alongado que mais pareciam luas ao redor de um planeta.

Só porque ela era de outra espécie não significava que não poderia fazer a operação. Assim que o anestesista fizesse seu trabalho em segurança, ele poderia cuidar do resto. Osso era sempre osso; mas não bancaria o idiota.

– O que acha? – perguntou.

– Minha opinião profissional – respondeu o veterinário-chefe – é de que está muito ruim. É uma fratura múltipla deslocada. O tempo de recuperação será extenso e não é possível garantir que ela sequer possa reproduzir.

O que era uma zica total: cavalos foram feitos para ficar em pé com seu peso distribuído sobre quatro pontos de maneira uniforme. Quando uma perna era quebrada, não se tratava tanto da lesão em si, mas o fato de que era preciso redistribuir o peso e contar, desproporcionalmente, com as partes que ainda estavam boas no corpo para ficar em pé. E esse era o grande problema.

Ao considerar aquilo que examinava, a maioria dos proprietários escolheria a eutanásia; mas sua garota tinha nascido para correr, e aquela lesão catastrófica faria disso impossível, mesmo se fosse apenas para o lazer... isso se ela sobrevivesse. Como médico, estava muito familiarizado com a crueldade do trabalho "salvador" de seus colegas que acabavam levando o paciente a viver em condições piores do que a morte – ou não faziam nada além de prolongar, de maneira dolorosa, o inevitável.

– Dr. Manello? O senhor ouviu o que eu disse?

– Sim. Ouvi. – Pelo menos aquele cara, ao contrário do idiota na pista, parecia tão arrasado quanto Manny.

Afastando-se, foi até onde a deitaram e colocou uma das mãos sobre sua bochecha arredondada. Sua pelagem negra brilhava sob a iluminação e, em meio ao cenário de ladrilho claro e aço inoxidável, parecia uma sombra projetada ao acaso e esquecida no centro da sala.

Por um longo momento, observou como sua grande caixa torácica expandia-se e contraía-se com a respiração. Só de vê-la na maca com as belas pernas esticadas como bastões e sua cauda pendendo sobre o ladrilho fê-lo perceber que animais como ela deveriam ficar em pé: aquilo que via era completamente contrário à natureza, e injusto.

Mantê-la viva apenas para que não tivesse de enfrentar sua morte não era a resposta certa.

Preparando-se para a situação, Manny abriu a boca...

A vibração dentro do bolso de seu terno o interrompeu. Com um palavrão, tirou o celular e verificou. Era do hospital. Hannah Whit? Com um número desconhecido?

Não era ninguém que conhecesse e ele não estava de plantão.

Provavelmente um erro do atendimento.

– Quero que opere – ouviu-se dizendo enquanto guardava o telefone de volta.

O curto silêncio que se seguiu deu-lhe tempo de sobra para perceber que impedi-la de partir cheirava a covardia. Mas não poderia insistir naquele melodrama psíquico ou perderia a sanidade.

– Não posso garantir nada. – O veterinário voltou a olhar as radiografias. – Não sei dizer o que vai acontecer, mas posso jurar que... farei meu melhor.

Deus, agora sabia como as famílias se sentiam quando dizia isso a elas.

– Obrigado. Posso assistir?

– Com certeza. Vou pegar algo para o senhor vestir e sabe como fazer a higienização antisséptica, certo, doutor?

Vinte minutos depois, a operação começou e Manny assistiu próximo à cabeça de Glory, acariciando sua crina com as mãos envolvidas com as luvas de látex, mesmo sedada. Enquanto o veterinário-chefe trabalhava, Manny teve de tirar o chapéu para a metodologia e habilidade daquele homem... as únicas coisas corretas desde que Glory havia caído. O procedimento terminou em menos de uma hora, com os fragmentos ósseos ou removidos ou encaixados no devido lugar. Então, imobilizaram a perna, retiraram a égua da sala de cirurgia e a colocaram em uma piscina para que não quebrasse outra perna quando o efeito da anestesia passasse.

Manny ficou com ela até que acordasse e, em seguida, acompanhou o veterinário até o corredor.

– Os sinais vitais são bons e correu tudo bem na operação – o veterinário disse –, mas essa vitalidade pode mudar rapidamente. E vai levar tempo até sabermos o que conseguimos alcançar.

Nossa. Aquele pequeno discurso era exatamente o que dizia aos familiares mais próximos e outros parentes quando achava que era hora de irem para casa descansar e esperar como o paciente reagiria ao pós-operatório.

– Ligaremos para o senhor – falou o veterinário. – Vamos mantê-lo informado.

Manny tirou as luvas e pegou seu cartão de visitas.

– No caso de ainda não terem todos os meus dados nos registros.

– Temos sim – de qualquer forma, pegou o papel. – Se alguma coisa mudar, será o primeiro a saber, e lhe darei as informações pessoalmente, a cada doze horas, que é o intervalo entre as minhas rondas, quando passo visitando todos os leitos.

Manny assentiu e estendeu a mão.

– Obrigado. Por cuidar dela.

– Por nada.

Depois de apertarem as mãos, Manny assentiu outra vez junto às portas duplas.

– Importa-se se eu me despedir dela?

– Não. Pode ir.

Dentro do quarto outra vez, passou um momento com sua égua. Deus... aquilo doía.

– Segure firme, garota – teve de sussurrar, pois não conseguia respirar direito.

Quando se ergueu, a equipe o observava com uma tristeza que sabia que ia permanecer.

– Vamos cuidar dela. – o veterinário disse gravemente.

Acreditava mesmo que cuidariam e foi a única coisa que o levou de volta ao corredor.

As instalações do Tricounty eram extensas e precisou de um tempo considerável para trocar de roupa e seguir seu caminho até a saída onde tinha estacionado, próximo à porta da frente. À frente, o sol se punha, um brilho de um tom pêssego se espalhava, iluminando o céu como se Manhattan estivesse em chamas. O ar estava frio, mas perfumado, pois o início da primavera esforçava-se para trazer vida à paisagem árida do inverno, e ele respirou tão fundo que ficou tonto. Deus, o tempo tinha passado como uma neblina, mas agora, com os minutos se arrastando, percebeu que aquele ritmo frenético tinha esgotado sua fonte de energia. Era isso ou tinha batido contra um muro de tijolos e desmaiado.

Enquanto procurava a chave do carro, sentiu-se mais velho do que Deus. Sua cabeça estava dando fortes pontadas e sua artrite no quadril o estava matando. Aquela corrida que havia empreendido para chegar à pista e ficar ao lado de Glory ia além de seus limites.

Não foi assim que imaginou o final do dia. Achou que estaria comprando bebidas para os proprietários que tinha derrotado... E talvez, no resplendor da vitória, seguisse a generosa sugestão oral da Sra. Hanson.

Ao entrar no carro, ligou o motor. Caldwell estava a mais ou menos quarenta e cinco minutos ao norte de Queens, e seu carro conseguia fazer a viagem de volta ao Commodore praticamente sozinho. Isso era muito bom, pois era quase um zumbi naquele momento. Nada de rádio. Nenhuma música no iPod. Ninguém telefonando também.

Ao pegar a estrada, observou o caminho à frente e lutou contra o impulso de dar meia-volta e... sim, e fazer o quê? Descansar em paz ao lado de seu cavalo?

A questão era: se conseguisse chegar em casa logo, poderia conseguir ajuda. Tinha uma garrafa de uísque esperando por ele e poderia ou não ir com calma ao usá-la. Até onde dizia respeito ao hospital, estava de folga até segunda pela manhã, às seis horas, e tinha planos de ficar bêbado e permanecer assim.

Guiando o volante revestido de couro com uma das mãos, procurou, com a outra, em meio a sua camisa de seda, sua representação do Cristo crucificado. Segurando a cruz de ouro, fez uma oração.

Deus... por favor, permita que ela fique bem.

Não poderia suportar perder outra de suas garotas. Não tão cedo. Jane Whitcomb tinha morrido há um ano, mas isso era o que o calendário dizia. O tempo do luto era diferente – nele havia transcorrido apenas um minuto e meio.

Não queria passar por isso outra vez.

CAPÍTULO 4

No centro de Caldwell havia vários prédios altos, cheios de janelas espelhadas, mas nenhum era como o Commodore. Com trinta andares, estava entre os mais altos daquela floresta de concreto e os sessenta apartamentos que abrigava eram totalmente fantásticos, ao estilo de grandes empresários como Donald Trump, revestido de mármore e detalhes cromados; tudo era muito bem projetado.

No vigésimo sétimo andar, Jane entrou no apartamento de Manny, procurando por sinais de vida, e o que encontrou foi... nada. Literalmente. A casa do cara aproximava-se mais de uma pista de dança do que uma pista de obstáculos: a mobília era composta de três objetos na sala e uma cama enorme na suíte principal. Ponto. Bem, e algumas banquetas de couro ao redor do balcão da cozinha. Quanto às paredes? A única coisa que havia pendurado ali era uma TV de plasma do tamanho de um outdoor. Não havia tapetes sobre os pisos de madeira, apenas mochilas de academia... mais mochilas de academia... e calçados esportivos.

Nada disso indicava que era desorganizado; não tinha coisas suficientes para ser considerado assim.

Com um pânico crescente, entrou no quarto dele e viu mais ou menos meia dúzia de uniformes cirúrgicos deixados em pilhas no chão, como poças d'água após uma tempestade e... nada mais.

Mas a porta do armário estava aberta e ela entrou...

– Meu Deus... mas que droga.

Havia um conjunto de três malas alinhado no chão, onde deveria estar uma pequena, uma média e outra grande... mas a do meio não estava lá. Então, concluiu o que estava acontecendo ao considerar os espaços vazios que havia entre os cabides de calças e camisas: estava fora, em uma viagem. Talvez durante todo o fim de semana.

Sem muita esperança, discou para o sistema de atendimento do hospital e chamou-o outra vez...

Notou que estava recebendo outra chamada e amaldiçoou quando observou o número.

Respirando fundo, respondeu:

– Oi, V.

– Nada?

– Nada no hospital ou no apartamento. – Um rosnado sutil chegou até ela pelo telefone e ampliou a angústia da busca que ainda não tinha dado em nada. – Também procurei na academia, vindo para cá.

– Invadi o sistema do Hospital São Francisco e consegui os horários dele.

– Onde ele está?

– Tudo o que diz lá é que Goldberg está de plantão, certo? Olha, o sol se pôs. Vou sair daqui em, mais ou menos...

– Não, não... fique com Payne. Ehlena é ótima, mas acho que deveria ficar com ela.

Houve uma grande pausa, como se ele soubesse que estava sendo despistado.

– O que vai fazer agora?

Apertou o telefone e perguntou-se a quem deveria recorrer. Deus? À mãe dele?

– Não tenho certeza. Mas liguei para ele. Duas vezes.

– Ligue quando encontrá-lo. Vou pegar vocês.

– Posso levá-lo até em casa...

– Não vou machucá-lo, Jane. Não tenho a menor intenção de deixá-lo em pedaços.

Sim, mas considerando o tom de voz frio, teve de se perguntar sobre aqueles planos bem intencionados de vampiros cheios de autocontrole e blá, blá, blá... Acreditava que Manny viveria para tratar da irmã gêmea de V. Mas, e depois? Tinha suas reservas... especialmente se as coisas dessem errado na sala de cirurgia.

– Vou esperar aqui mais um pouco; talvez ele apareça, ou ligue. Se isso não acontecer, penso em outra coisa.

No longo silêncio, praticamente conseguia sentir uma corrente de ar frio chegando através do celular. Seu companheiro fazia muitas coisas direito: lutar, fazer amor, lidar com qualquer coisa relacionada à informática. Ser forçado a ficar parado? Não era bem uma de suas competências inatas. Na verdade, era garantia de deixá-lo enlouquecido.

Ainda assim, o fato de não confiar nela fez com que se sentisse distante dele.

– Fique com sua irmã, Vishous – disse em um tom de voz equilibrado. – Manterei contato.

Silêncio.

– Vishous. Confie em mim e vá ficar ao lado dela.

Ele não disse coisa alguma depois disso. Apenas desligou.

Quando pressionou a tecla *end* do telefone, soltou um palavrão.

Uma fração de segundo depois estava discando outra vez e no instante em que ouviu uma voz profunda atender, teve de enxugar uma lágrima que, se pensasse em toda sua natureza translúcida, era muito, muito real.

– Butch – ela resmungou –, preciso de sua ajuda.

Quando o pouco que restava do pôr do sol desapareceu e a noite bateu seu cartão de ponto, assumindo o turno seguinte, o carro de Manny deveria ter ido para casa. Deveria ter sido levado por si só direto para Caldwell.

Ao invés disso, acabou chegando ao extremo sul da cidade, onde as árvores eram grandes e as extensões de grama superavam as de asfalto em até dez vezes mais.

Fazia sentido. Os cemitérios deveriam ter longos trechos de terra, pois não se podia enterrar um caixão no concreto. Bem, até poderia... se se tratasse de um mausoléu.

O cemitério Bosque dos Pinheiros ficava aberto até as dez da noite, seus grandes portões de ferro permaneciam escancarados e seus inúmeros postes de iluminação forjados em ferro emitiam uma luz amarelo-manteiga ao longo do labirinto de ruas. Quando entrou, foi para a direita, os faróis do carro iluminando o local ao longo das lápides e do gramado.

Em última análise, o local para onde se dirigia não significava nada: não havia um corpo embaixo da lápide de granito que ia visitar – não restara nada para ser enterrado. Nada de cinzas para colocar em uma vasilha, também... ou, pelo menos, nada que se pudesse separar com certeza de dentro de um Audi que havia pegado fogo.

Depois de dar, mais ou menos, um quilômetro de voltas, tirou o pé do acelerador e deixou o carro deslizar até estacionar. Até onde conseguia ver, era o único no cemitério, mas isso não era problema para ele. Não havia razão para se ter uma audiência.

Quando saiu do carro, o ar frio não ajudou a limpar sua mente, mas deu algo para seus pulmões fazerem quando inalou profundamente e caminhou sobre a grama áspera da primavera. Teve o cuidado de não pisar em nenhuma tumba enquanto avançava... claro, os mortos não saberiam que estava andando acima deles, mas parecia uma coisa respeitosa a fazer.

O túmulo de Jane estava à frente, e desacelerou o passo quando aproximou-se daquilo que não havia sido deixado por ela, por assim dizer.

Ao longe, o apito de um trem cortou o silêncio... e o som vazio e lúgubre era um clichê tão grande que se sentiu em um filme o qual nunca assistiria sentado em casa, muito menos pagaria para ver em um cinema.

– Droga, Jane.

Inclinando-se, passou os dedos sobre as marcas irregulares da lápide. Foi ele quem tinha escolhido a pedra escura de azeviche, pois ela não teria gostado nem um pouco de algo pastel ou desbotado. E a inscrição também era simples e descomplicada, apenas seu nome, datas e uma frase na parte inferior: DESCANSE EM PAZ.

Sim. Deu a si mesmo nota dez em originalidade por isso.

Lembrava-se exatamente onde estava quando soube que ela tinha morrido: no hospital, claro. Era final de um longo plantão que tinha começado com o joelho de um jogador de hóquei e terminado com a reconstrução espetacular de um ombro, isso porque o viciado decidiu tentar voar.

Saiu da sala de cirurgia e encontrou Goldberg esperando próximo às pias de higienização. Manny parou no meio do processo de retirar a máscara cirúrgica ao dar apenas uma olhada no rosto pálido de seu colega. Com a coisa pendurada em seu queixo como um babador, exigiu saber o que diabos havia acontecido de errado – contando o tempo todo que se tratava de um acidente com quarenta carros engavetados na estrada ou um acidente de avião ou um hotel incendiado... algo relacionado a uma tragédia que englobasse toda uma comunidade.

Só que quando olhou sobre o ombro do cara e viu cinco enfermeiras e três outros médicos... Todos com a mesma aparência de Goldberg... E nenhum deles correndo para chamar outros funcionários para assumirem plantão ou preparando as salas de cirurgia.

Certo. Tinha acontecido algo que englobava toda uma comunidade. A comunidade *deles*.

– Quem? – perguntou.

Goldberg olhou para trás, em direção a sua tropa de apoio e foi então que Manny entendeu. E mesmo com as entranhas congeladas dentro dele, agarrou-se a uma esperança irracional de que o nome que estava prestes a sair da boca de seu colega cirurgião não fosse...

– Jane. Acidente de carro.

Manny não perdeu tempo.

– Quando ela deu entrada?

– Não chegou a dar entrada.

Com isso, Manny não disse nada. Terminou de tirar a máscara de seu rosto, amassou-a e descartou-a na lata de lixo mais próxima.

Quando foi passando por eles, Goldberg abriu a boca outra vez.

– Nem uma palavra – Manny ladrou. – Nem. Uma. Palavra.

Os outros funcionários começaram a tropeçar entre eles mesmos para sair do caminho, dividindo o grupo com a precisão de um pedaço de tecido cortado ao meio.

Voltando ao presente, não conseguia se lembrar onde tinha ido ou o que tinha feito depois disso... não importava quantas vezes voltasse sua mente àquela noite obscura, esses momentos eram como um buraco negro. Contudo, em dado momento, percebeu que tinha chegado em seu apartamento, pois acordou ali dois dias depois e viu que ainda estava com o uniforme cirúrgico respingado com o sangue do último paciente que havia operado.

O mais irritante de tudo era o fato de que Jane tinha salvado tantas pessoas vítimas de acidentes de carro. A ideia de ter sido levada dessa maneira levava-o a pensar que o Ceifeiro da Morte veio atrás dela para cobrar todas as almas que tinha afastado do alcance de suas garras mortais.

O som de outro apito de trem o fez querer gritar.

O trem e aquele *pager* apitando.

Hannah Whit. Outra vez?

Mas que diabos...

Manny franziu o cenho e olhou para a lápide. Salvo engano, a irmã mais nova de Jane chamava-se Hannah. Whit. Whitcomb?

Só que ela tinha morrido muito cedo.

Não tinha?

Loucura. Total.

Deus, deveria ter trazido seus tênis para essa aventura, Jane pensou enquanto andava sem rumo pelo apartamento de Manny. Outra vez. Teria deixado o apartamento se tivesse uma ideia melhor de onde ir, mas seu cérebro, mesmo sendo tão astuto, não conseguia enxergar outra opção...

Seu telefone tocando não era exatamente algo bom. Não queria dizer a Vishous que quarenta e cinco minutos depois não tinha nada de novo para relatar.

Pegou o celular.

– Oh... Deus.

Aquele número. Aqueles dez dígitos que sempre estiveram registrados na discagem rápida de todos os telefones que teve antes daquele. *Manny.*

Quando pressionou a tecla *send*, sua mente estava em branco e seus olhos cheios de lágrimas. Seu velho e querido amigo e colega de profissão...

– Alô? – ele disse. – Senhorita Whit?

Ao fundo, ouviu o soar fraco de um apito de trem.

– Alô? Hannah? – Aquele tom... era exatamente o mesmo de anos atrás: baixo, impositivo. – Tem alguém aí?

Aquele apito baixo soou outra vez.

Jesus Cristo... ela pensou. Sabia onde ele estava.

Jane desligou e saiu rápido do apartamento, do centro da cidade, atravessando a toda velocidade pelos subúrbios.

Viajando em um borrão à velocidade da luz, suas moléculas atravessaram a noite em uma corrida alucinante que percorreu quilômetros como se fossem centímetros.

O cemitério Bosque dos Pinheiros era o tipo de lugar que precisava de um mapa para se localizar nele, mas quando se é uma forma etérea no ar, pode-se percorrer uma centena de acres em apenas um piscar de olhos.

Quando tomou forma na escuridão perto de sua sepultura, respirou fundo e quase chorou.

Lá estava ele, em carne e osso. Seu chefe. Seu colega. O único a quem deixou para trás. E ele estava em pé atrás de uma lápide negra na qual havia seu nome esculpido.

Certo, agora sabia que tinha tomado a decisão certa quando não havia ido ao funeral. O mais perto que chegou disso foi lendo a notícia no *Caldwell Courier Journal* – e a imagem de todos aqueles cirurgiões, funcionários do hospital e pacientes emocionou-a demais. Mas aquilo era muito pior.

Manny parecia exatamente como ela mesma se sentia: arruinado por dentro.

Jesus, aquela loção pós-barba ainda cheirava bem... e apesar de ter perdido um pouco de peso, era um pedaço de mal caminho, com aquele cabelo escuro e aquele rosto rígido. Seu terno era de risca de giz e feito sob medida... mas havia sujeira em volta da bainha da calça muito bem passada. E seus sapatos estavam sujos também, fazendo com que ela se perguntasse onde diabos ele estivera. Com certeza não tinha ficado assim por causa da sepultura; depois de um ano, o solo ainda estava plano e coberto com grama bem aparada...

Oh, espere. O túmulo devia estar assim desde o primeiro dia. Ela não tinha deixado nada para ser enterrado.

Quando os dedos dele descansaram sobre a pedra, soube que foi ele quem tinha escolhido a sepultura. Ninguém mais teria tido o bom-

-senso de fazer exatamente o que ela gostaria que fizesse. Nada de muitos detalhes rococós ou dizeres complicados; curto, doce, no ponto.

Jane limpou a garganta.

– Manny...

Ele ergueu a cabeça, mas não olhou para ela... como se tivesse ouvido a voz dela apenas em sua mente.

Assumindo uma forma totalmente corpórea, ela falou mais alto.

– Manny.

Sob qualquer outra circunstância, a reação teria sido uma profusão de risos. Mas ele se virou, em seguida, gritou, tropeçou na lápide e caiu sentado no chão.

– Mas que... diabos... você está fazendo aqui? – ele engasgou. A expressão em seu rosto começou com um sentimento de horror, mas rapidamente mudou para a descrença absoluta.

– Sinto muito.

Era totalmente ridículo, mas foi tudo o que saiu de sua boca.

E parecia mais do que poderia suportar. Encontrar aqueles olhos castanhos fez com que, de repente, ela não tivesse nada a dizer.

Manny ergueu-se com um salto, e seu olhar escuro subia e descia observando o corpo dela.

E, por fim, subiu... fixando-se em seu rosto.

Foi quando a raiva veio. E também uma dor de cabeça, evidentemente, considerando a maneira como ele estremeceu e esfregou as têmporas.

– É algum tipo de piada?

– Não – ela desejava que fosse. – Sinto muito mesmo.

O olhar severo e cruel era dolorosamente familiar, e que ironia sentir-se nostálgica com um olhar ameaçador como aquele.

– Você *sente* muito.

– Manny, eu...

– Eu a *enterrei*. E você *sente* muito? Que *porcaria* é essa?

– Manny, não tenho tempo para explicar. Preciso de você.

Ele a encarou por um longo momento.

– Você aparece depois de um ano *morta* e diz que *precisa* de mim?

A realidade de quanto tempo havia se passado pesou sobre ela. Acima de tudo.

– Manny... não sabia o que lhe dizer.

– Oh, mesmo? Que tal: ah, puxa, por falar nisso, estou viva.

Ele a encarou. Apenas a encarou.

Então, com uma voz rouca, disse:

– Você faz alguma ideia do que foi perdê-la? – passou rapidamente a mão sobre os olhos. – Tem noção?

A dor no peito dela fez com que a respiração ficasse difícil.

– Sim. Porque perdi você... perdi minha vida com você e no hospital.

Manny começou a andar, aproximando-se e afastando-se da lápide. E, embora ela quisesse, sabia que não devia aproximar-se demais.

– Manny... se houvesse alguma maneira de voltar para você, eu voltaria.

– Você voltou. Uma vez. Pensei que era um sonho, mas não. Não era.

– Não.

– Como entrou no meu apartamento?

– Apenas entrei.

Ele se deteve e olhou para ela, a lápide ficou entre eles.

– Por que fez isso, Jane? Por que forjou sua morte?

Bem, na verdade, não havia forjado.

– Não tenho tempo para explicar agora.

– Então, que diabos está fazendo aqui. Que tal explicar isso?

Ela clareou a garganta e disse:

– Estou com uma paciente cujo tratamento exige além da minha capacidade e quero que dê uma olhada. Não posso dizer para onde vou levá-lo, não posso lhe dar muitos detalhes e sei que isso não é justo... mas eu *preciso* de você – Queria arrancar os cabelos. Cair aos prantos. Abraçá-lo. Mas continuou, por que era isso o que tinha de fazer. – Estou procurando por você há mais de uma hora, então, estou atrasada. Sei que está chateado e confuso e não o culpo. Mas fique com raiva de mim mais tarde... Apenas venha comigo agora. *Por favor.*

Tudo o que pôde fazer foi esperar. Manny não se convencia por alguém falar demais, não conseguiria persuadi-lo assim. Escolheria ir... ou não.

E, infelizmente, se fosse a segunda opção, ela teria de chamar os Irmãos. Por mais que amasse e sentisse falta de seu antigo chefe,

Vishous era seu homem e se sentiria uma maldita se deixasse alguma coisa acontecer com a irmã dele.

De uma forma ou de outra, Manny operaria alguém naquela noite.

CAPÍTULO 5

Butch O'Neal não era o tipo de cara que deixava uma dama em perigo.

Era alguém à moda antiga... o policial... o devoto, o católico praticante que havia nele. Dito isso, ao receber a ligação da amável e talentosa Dra. Jane Whitcomb, o cavalheirismo não seguiu o instinto impulsivo. Nem um pouco.

Ao colocar o pé para fora do Buraco e correr ao longo do túnel em direção ao centro de treinamento da Irmandade, seus interesses e os dela estavam totalmente alinhados, mesmo sem se levar em conta toda a questão de "ser um cavalheiro": os dois temiam que V. perdesse o controle outra vez.

Já exibia todos os sinais: tudo o que tinha de fazer era olhar para ele e ver que a tampa da panela de pressão estava trancada com força sobre todo aquele calor e confusão. O que aconteceria com toda aquela pressão? Teria de encontrar uma vazão de alguma maneira e, no passado, isso aconteceu das piores maneiras possíveis.

Saindo da porta oculta e emergindo no escritório, Butch virou à direita e desceu ao longo do corredor que levava às instalações médicas. O sopro sutil de tabaco turco no ar disse-lhe exatamente onde encontrar seu alvo, não que houvesse alguma dúvida.

Próximo à porta fechada da sala de exames, ajeitou os punhos da camisa e ergueu o cinto. A batida na porta foi suave. Já o batimento cardíaco estava forte.

Vishous não respondeu com um "entre". Ao invés disso, o Irmão saiu e fechou a porta atrás de si.

Caramba, ele parecia estar mal. E suas mãos tremiam ligeiramente quando pegou um de seus cigarros para preparar. Enquanto lambia a coisa para selá-la, Butch enfiou a mão no bolso para oferecer o isqueiro, acendendo a chama e erguendo-a à frente. Quando seu melhor amigo inclinou-se para o brilho laranja, reconheceu cada detalhe daquele rosto cruel e impassível. Jane estava absolutamente certa. O pobre coitado estava sobrecarregado e segurava tudo aquilo.

Vishous inalou profundamente e, então, recostou-se contra a parede de concreto, os olhos perspicazes fixos à frente, as botas de combate plantadas solidamente no chão. Em determinado momento, murmurou:

– Não vai perguntar como estou?

Butch inclinou-se da mesma maneira, aproximando-se bem de seu amigo.

– Não precisa.

– Anda lendo mentes?

– Sim. Esse sou eu.

V. inclinou-se para o lado e bateu as cinzas no lixo.

– Então, pode me dizer no que estou pensando, certo?

– Tem certeza que quer que eu solte um monte de palavrões tão perto de sua irmã? – Quando isso produziu uma risada curta, Butch olhou para o perfil de V. As tatuagens ao redor do olho do cara estavam especialmente sinistras, se considerasse as marcas de preocupação que o cercavam, como se fossem nuvens em um inverno nuclear.

Não quer que eu faça isso em voz alta, V. – disse suavemente.

– Ah. Faça uma tentativa.

Isso significava que V. precisava conversar, mas, considerando a situação, não daria certo forçar coisa nenhuma ali: o macho sempre "finalizava" as conversas, mas, pelo menos, estava indo melhor do que tinha ido... antes? Sim, sequer quebrou uma porta nem nada.

– Ela pediu para que cuide dela se isso não der certo, não foi? – Butch disse, pronunciando o que mais temia. – E não estamos falando de cuidados paliativos de enfermagem.

A resposta de V. foi soltar uma respiração que durou mais ou menos uns quinze minutos depois do infinito.

– O que vai fazer? – perguntou Butch, mesmo sabendo a resposta.

– Não vou hesitar. – O complemento da resposta "*mesmo que isso me mate*" ficou subentendido.

Maldita vida. Às vezes, as situações pelas quais as pessoas passavam eram cruéis demais.

Butch fechou os olhos e deixou a cabeça cair para trás, contra a parede. A família era tudo para os vampiros. Sua companheira, os Irmãos com quem lutava, seu sangue... era todo o seu mundo. E, segundo essa teoria, ele também sofria junto com V. e Jane e o resto da Irmandade.

– Com sorte, não chegará a fazer isso – Butch olhou para a porta fechada. – A doutora Jane vai encontrar o cara. Ela é como um cão farejador...

– Sabe o que me ocorreu há uns dez minutos?

– O quê?

– Mesmo que não fosse mais dia, ela gostaria de continuar sozinha para encontrá-lo.

Quando o aroma de vinculação do macho exalou, Butch pensou: "Certo, cara. Jane e o cirurgião conviveram juntos durante anos, então, se há algum tipo de persuasão a ser feito, ela terá mais oportunidades sozinha... isso concluindo que ela dará um jeito na coisa toda de voltar dos mortos. Além disso, V. era um vampiro. Caramba. Será que alguém precisava adicionar mais alguma dificuldade nessa confusão toda?".

Assim, considerando tudo, seria ótimo se o cirurgião tivesse mais de dois metros de altura, estrabismo e pelo de urso nas costas. Ser extremamente feio seria sua única vantagem se o macho vinculado em V. fosse acionado.

– Sem ofensa – Butch murmurou –, mas dá para culpá-la?

– É minha *irmã gêmea* que está em jogo – o cara passou com força uma das mãos ao longo dos cabelos escuros. – Mas que droga, Butch... minha *irmã.*

Butch sabia alguma coisa sobre como era perder alguém, então, sim, podia entender o que o macho na frente dele sentia. E, cara, não sairia do lado do Irmão: ele e Jane eram os únicos que conseguiam acalmar Vishous quando ficava assim. Jane já teria muita coisa para fazer ao lidar com o cirurgião e sua paciente.

O som do celular de V. fez os dois saltarem, mas o Irmão recuperou-se rápido e não deu tempo para que um segundo toque chegasse a seus ouvidos.

– Mesmo? Conseguiu? Obrigado... cara... sim. Sim. Encontro vocês na garagem. Certo. – Houve uma pequena pausa e V. olhou como se quisesse ficar sozinho.

Louco para desaparecer dali, Butch olhou para seus sapatos. O Irmão nunca fora muito bom em demonstrações públicas de afeto ou em conversar sobre coisas pessoais com Jane se houvesse alguém por perto. Mas como Butch era um mestiço, não conseguia se desmaterializar – e para onde, diabos, ele correria?

Após V. murmurar um rápido "tchau", tragou profundamente um de seus cigarros e disse em voz baixa ao expirar:

– Pode parar de fingir que não está a meu lado.

– Que alívio. Não sou muito bom nisso.

– Não tem culpa de ocupar espaço.

– Então, ela o encontrou? – Quando Vishous assentiu, Butch assumiu uma expressão mortalmente séria. – Prometa-me uma coisa.

– O quê?

– Não vai matar esse cirurgião. – Butch sabia muito bem como era dar uma volta lá fora e ter de retornar àquele mundo vampiro. No seu caso, deu tudo certo, mas e quanto a Manello? – Não é culpa do cara e nem problema seu.

V. balançou o cigarro sobre o lixo e olhou para cima, os olhos de diamante estavam frios como uma noite ártica.

– Vamos ver como ele vai se sair, tira.

Com isso, virou-se e entrou onde sua irmã estava.

Bem, pelo menos, o filho da mãe era honesto, Butch pensou junto com uma maldição.

Manny não gostava nem um pouco de outras pessoas dirigindo seu Porsche 911 Turbo. Na verdade, além de seu mecânico, ninguém mais o dirigia.

Contudo, naquela noite, permitiu que Jane assumisse a direção, pois, em primeiro lugar, era competente e poderia mudar as marchas sem destruir a transmissão; em segundo lugar, ela afirmava que a única maneira possível de levá-lo até onde precisavam ir era chegando lá dirigindo o automóvel ela mesma; e, em terceiro lugar, ainda estava se recuperando de ter visto alguém que havia enterrado aparecer de repente e dizer "Oi, tudo bem?". Então, talvez não fosse uma boa ideia comandar uma máquina pesada que estava correndo a cento e vinte quilômetros por hora.

Não conseguia acreditar que estava sentado ao lado dela, indo para o norte, no carro dele.

Mas é claro que disse sim ao pedido dela. Sua atitude era patética com relação a mulheres aflitas... e também era um profissional viciado em uma sala de cirurgia. Que óbvio!

Porém, ainda havia muitas perguntas e muita fúria. Sim, com certeza, esperava chegar a um lugar cheio de paz, luz, sol e de toda aquela besteira piegas, mas não estava preocupado com toda essa história de lugar perfeito, o que era irônico. Quantas vezes olhou para o teto durante a noite, aninhado em sua cama com uma garrafa de uísque, rezando por algum milagre que trouxesse sua antiga chefe do departamento de traumatologia de volta para ele?

Manny olhou para o perfil de Jane. Iluminada pela luz do painel do carro, ainda mostrava ser inteligente. Ainda mostrava ser forte. Ainda era seu tipo de mulher.

Mas isso nunca aconteceria. Apesar de toda aquela mentira grosseira sobre sua morte, havia um anel cinza escuro em sua mão esquerda.

– Você se casou? – ele disse.

Ela não olhou para ele, apenas continuou dirigindo.

– Sim. Casei.

Aquela dor de cabeça que surgiu no instante da aparição passou imediatamente de incômoda para horrível. Enquanto isso, memórias sombrias surgiam sob a superfície de sua consciência como se fossem o Monstro do Lago Ness, torturando-o e tentando trazer tudo à tona.

Contudo, teve de interromper aquele processo cognitivo de recuperar lembranças antes que tivesse um aneurisma por causa da tensão.

Além disso, não chegaria a lugar algum com isso... Por mais que tentasse não conseguiria entender o que sentia ali e tinha a sensação de que poderia causar danos permanentes se continuasse assim.

Quando ele olhou pela janela do carro, pinheiros e carvalhos mostravam-se altos e firmes sob o luar, o bosque que percorria os subúrbios de Caldwell ficava cada vez mais denso ao distanciarem-se da cidade e do nó asfixiante de pessoas e edifícios.

– Você morreu aqui – ele disse severamente. – Ou ao menos fingiu ter morrido.

Um ciclista encontrou o Audi de Jane entre as árvores, em um ponto da estrada não muito longe dali; o carro havia deslizado para fora do acostamento. Entretanto, não havia corpo... e não era por causa do fogo, que havia surgido após a queda.

Jane limpou a garganta.

– É triste, mas tudo o que tenho a dizer é "sinto muito". Sei que é uma droga.

– Não é exatamente uma festa para mim também.

Silêncio. Muito silêncio. Mas não queria ficar perguntando muita coisa se tudo o que receberia como resposta era um "sinto muito".

– Gostaria de poder ter lhe contado – ela disse de repente. – Você foi a pessoa mais difícil de ser deixada.

– Mas não abandonou seu trabalho, não é mesmo? Porque ainda está trabalhando como cirurgiã.

– Sim, estou.

– Como é seu marido?

Nesse momento, ela estremeceu.

– Vai conhecê-lo.

Ótimo. Que alegria!

Diminuindo a velocidade, ela virou à direita em direção a... uma estrada de terra? Mas que droga é essa?

– Para sua informação – ele murmurou –, este carro foi feito para pistas de asfalto, não para percursos assim.

– É o único caminho.

Para onde? Ele se perguntou.

– Você vai ficar me devendo algo muito grande por isso.

– Eu sei. Mas você é o único que pode salvá-la.

Manny piscou os olhos.

– Não disse nada sobre ser "ela".

– Isso importa?

– Se pensar que não estou entendendo nada do que está acontecendo, *tudo* importa.

Após percorrerem uns dez metros, começaram a passar por vários atoleiros que eram tão profundos quanto malditos lagos e, enquanto seu Porsche trepidava, sentiu algo arranhando seu estômago e apertou os dentes.

– Que se dane essa paciente, quero um reembolso pelo que está fazendo ao chassi do meu carro.

Jane soltou uma risadinha e isso fez com que o centro de seu peito doesse... mas tinha de cair na real. Os dois nunca estiveram, de fato, juntos. Claro, houve uma atração de sua parte, uma grande atração. E, talvez, um beijo. Mas isso foi tudo.

E agora ela era a Sra. de Outra Pessoa, e também tinha acabado de voltar do maldito mundo dos mortos.

Cristo, que tipo de vida ele tinha? Por outro lado, talvez aquilo fosse um sonho... Isso o animou, pois talvez Glory não tivesse se acidentado também.

– Não me disse o tipo de lesão – disse ele.

– Quebra na coluna vertebral. Entre C6 e C7. Nenhuma sensação abaixo da cintura.

– Droga, Jane... Isso é complicado.

– Agora sabe por que preciso tanto de você.

Mais ou menos cinco minutos mais tarde, aproximaram-se de portões que pareciam ter sido construídos durante as Guerras Púnicas, pelo menos dois séculos antes de Cristo... A coisa parecia estar fixada ali nos moldes de *Alice no País das Maravilhas*, os elos da corrente estavam enferrujados e quebrados em alguns lugares. E a barra que os atravessava? Aquela porcaria não valia nem o esforço de ser manuseada, não era nada além de um pedaço de arame usado para cerca de gado e que já tinha vivido dias melhores. No entando, a maldita coisa abriu sem problemas, e enquanto entravam, viu a primeira câmera de vídeo.

Ao avançarem a passos lentos, uma névoa estranha veio do nada, a paisagem ficou fora de foco até não conseguir enxergar nada que havia além de trinta centímetros à frente do carro. Cristo, era como se estivessem em um episódio de *Scooby-Doo*.

E, então, houve um progresso curioso: o próximo portão estava em condições um pouco melhores; o seguinte era ainda mais novo e o quarto parecia ter apenas um ano, no máximo. O último portão estava brilhando e parecia algo saído de Alcatraz: mais de sete metros de altura e avisos de alta voltagem espalhados por toda sua extensão. E aquele muro no qual o portão estava instalado? Não era bem para conter gado... Talvez dinossauros. E podia apostar que os tijolos deviam ter pelo menos meio metro de espessura.

Manny girava a cabeça de um lado a outro à medida que avançavam e começavam a descer por um túnel tão profundo e com uma estrutura tão forte que poderia atravessar por baixo do rio Hudson. Quanto mais desciam, mais a grande questão que o assolava desde a aparição intensificava-se em sua mente: por que forjar a morte? Por que provocar o caos que tinha causado na vida dele e na dos outros que trabalhavam com ela no Hospital São Francisco? Nunca tinha sido uma mulher cruel, mentirosa, não tinha problemas financeiros, nem nada do que fugir.

Agora sabia, mesmo que não tivesse dito uma palavra: Governo dos Estados Unidos.

Aquele cenário, aquela estrutura no sistema de segurança... Um local oculto nos subúrbios de uma cidade suficientemente grande, mas não tão grande quanto Nova York, Los Angeles ou Chicago? Tinha de ser o Governo. Quem mais poderia pagar por isso?

E quem era a mulher a quem trataria?

O túnel terminou em uma típica garagem subterrânea, com pilares e vagas limitadas por faixas amarelas... e, mesmo sendo tão grande, o local estava vazio. Havia apenas duas vans, que não conseguia distinguir muito bem a marca, com vidros escurecidos e um micro-ônibus que também tinha vidros filmados.

Antes mesmo de ela estacionar o Porsche na garagem, uma porta de aço abriu-se e...

Bastou um olhar no cara enorme que saiu dali e a cabeça de Manny explodiu, a dor atrás dos olhos ficou tão intensa que escorregou no banco do carro, os braços caíram e seu rosto contorceu-se de agonia. Jane lhe disse alguma coisa. Uma porta do carro foi aberta. Em seguida, a dele.

A brisa que o atingiu era seca e cheirava vagamente a terra... mas havia algo mais. Colônia. Uma fragrância amadeirada de especiarias que era, ao mesmo tempo, cara e agradável, mas também algo que despertava nele um desejo curioso de sair correndo.

Manny forçou as pálpebras a se abrirem. Sua visão estava muito turva, mas era incrível o que a necessidade obrigava alguém a fazer... E quando o homem a sua frente entrou em foco, viu-se encarando o filho da mãe de cavanhaque que tinha...

Com uma onda de dor, seus olhos reviraram e quase vomitou.

– Precisa liberar as memórias – ouviu Jane dizer.

Houve alguma conversa nesse ponto, a voz de sua antiga colega misturava-se com os tons profundos daquele homem com tatuagens nas têmporas.

– Isso o está matando...

– É arriscado demais...

– Como ele vai operar desse jeito?

Houve um longo silêncio. E, então, de repente, a dor foi retirada como se fosse um véu sendo levantado – toda aquela pressão saiu de dentro dele em um piscar de olhos. Em seu lugar, as lembranças inundaram sua mente.

A paciente de Jane. O Hospital São Francisco. O homem com o cavanhaque e... um coração de seis válvulas.

Manny abriu bem os olhos e encarou aquele rosto cruel.

– Conheço você.

– Tire-o do carro – foi a única resposta do cara de cavanhaque. – Não confio nos meus atos se tocar nele.

Que maravilha de boas-vindas. E havia alguém atrás do desgraçado. Um homem que Manny tinha cem por cento de certeza de que já havia visto antes... Contudo, deve ter sido algo muito rápido, pois não conseguia lembrar-se de seu nome ou de onde se conheceram.

– Vamos – Jane disse.

Sim. Grande ideia. Naquele momento, precisava de alguma coisa para se concentrar que não tivesse nada relacionado com aquela situação de não saber o que dizer.

Enquanto o cérebro de Manny lutava para processar o que estava acontecendo, percebeu que ao menos seus pés e pernas seguiam o programa. Depois que Jane o ajudou a sair do carro e a ficar em pé, começou a segui-la e ao cara de cavanhaque pela instalação que era tão insípida e limpa quanto um hospital: corredores sóbrios, lâmpadas fluorescentes no teto, tudo cheirava a produtos de limpeza.

Havia também câmeras de segurança que moviam-se em intervalos regulares, como se o edifício fosse um monstro com muitos olhos.

Enquanto caminhavam, sabia que não devia fazer qualquer pergunta. Bem, sabia disso e de que sua cabeça estava tão confusa que tinha a certeza de que se mover era o máximo de suas habilidades naquele momento. Em seguida, percebeu o cara do cavanhaque e seu olhar mortal... não era exatamente uma abertura para iniciar um bate-papo.

Portas. Passaram por muitas portas, todas as quais foram fechadas em seguida e, sem dúvida, trancadas.

Palavrinhas interessantes como *local secreto* e *segurança nacional* brincaram em seu crânio, e isso ajudou muito, fazendo-o acreditar que talvez pudesse perdoar Jane por desaparecer da vida dele... um dia.

Quando Jane parou diante de uma porta dupla, suas mãos brincaram com as lapelas do jaleco branco e, em seguida, com o estetoscópio no bolso. E essa reação só fez com que tivesse a sensação de que tinha uma arma na cabeça: na sala de cirurgia, nos incontáveis problemas graves que se passaram no departamento de traumatologia, ela sempre mantivera a calma. Era sua marca registrada.

Mas aquilo era pessoal, ele pensou. De alguma maneira, seja lá o que estivesse do outro lado daquelas portas, estava relacionado a alguém próximo a ela.

– Tenho bons equipamentos aqui – ela disse. – Mas não tudo. Não tenho ressonância magnética. Apenas tomografias e raios-X. Contudo, a sala de cirurgia é adequada e não só posso ajudar como também tenho uma excelente enfermeira.

Manny respirou fundo, muito fundo, recompondo-se. Com toda força de vontade, calou todas as perguntas, a persistente indignação em sua cabeça e a estranheza daquela viagem ao mundo da espionagem ao estilo 007.

Primeiro item em sua lista de coisas a fazer? Despistar o público revoltado dali.

Olhou por cima do ombro, em direção ao cara de cavanhaque.

– Vai precisar sair daqui, amigo. Quero você fora, no corredor.

A reação que teve depois disso foi... simplesmente fantástica, principalmente se fosse um dentista: o desgraçado exibiu um par de caninos tão longos quanto seu braço e rosnou, em alto e bom som, como um cachorro.

– Certo – disse Jane, posicionando-se entre eles. – Tudo bem. Vishous vai esperar lá fora.

Vishous? Será que tinha ouvido direito?

Por outro lado, a mãe do menino devia ser louca de pedra, considerando o pequeno espetáculo odontológico. Não importa. Tinha trabalho a fazer e, talvez, o filho da mãe mastigasse couro duro ou algo assim.

Entrando na sala de exames ele...

Oh... santo Deus.

Ah... meu Deus do céu.

A paciente sobre a mesa estava deitada como águas tranquilas... era provavelmente a coisa mais linda que ele já tinha visto: o cabelo era muito preto e trançado em uma corda grossa que pendia livre ao lado de sua cabeça. A pele era de um marrom dourado, como se ela fosse descendente de italianos e tivesse sido exposta ao sol recentemente. Olhos... seus olhos eram como diamantes, muito claros e brilhantes ao mesmo tempo, com apenas uma borda escura ao redor da íris.

– Manny?

A voz de Jane estava bem atrás dele, mas sentiu como se estivesse a quilômetros de distância. Na verdade, o mundo inteiro estava em outro lugar, nada existia além do olhar de sua paciente que o encontrou do alto daquela mesa com a cabeça imobilizada.

Finalmente havia acontecido, pensou. Durante a vida inteira perguntara-se por que nunca havia se apaixonado e agora sabia a resposta. Estava esperando aquele momento, aquela mulher, aquela hora.

Esta mulher é minha, pensou.

E mesmo sabendo que aquilo não fazia sentido algum, a convicção era tão forte que não conseguia questionar.

– Você é o curandeiro? – ela disse em uma voz baixa que parou seu coração. – Você está aqui... por mim?

Suas palavras tinham um sotaque forte – maravilhoso por sinal –, e havia também um tom um pouco surpreso.

– Sim. Sou eu. – Arrancou o casaco do terno e jogou-o em um canto, sem dar a mínima importância para onde havia caído. – Estou aqui por você.

Quando se aproximou, lágrimas deslizaram de seus olhos cobertos de gelo.

– Minhas pernas... sinto como se estivesse as movimentando, mas acho que não consigo.

– Doem?

– Sim.

Dor fantasma. Não era uma surpresa.

Manny deteve-se ao lado dela e olhou para seu corpo, que estava coberto com um lençol. Era alta. Pelo menos um metro e oitenta. E era constituída com uma força elegante. Era uma guerreira, pensou, observando a força de seus braços. Uma lutadora.

Deus, a perda da mobilidade em alguém como ela tirava-lhe o fôlego. Por outro lado, mesmo que se tratasse de alguém viciado em televisão, a vida em uma cadeira de rodas seria terrível; mas, para alguém como ela, seria uma sentença de morte.

Manny aproximou-se e pegou a mão dela... No instante em que fez contato, o corpo dele como um todo estremeceu, como se ela fosse a tomada do seu plugue interior.

– Vou cuidar de você – disse enquanto olhava diretamente em seus olhos. – Quero que confie em mim.

Ela engoliu a saliva quando uma lágrima cristalina deslizou de seus olhos. Por instinto, ele estendeu a mão e a deteve com a ponta do dedo...

O rosnado que infiltrou-se pela porta era uma ameaça, uma contagem regressiva para se afastar, mas não deu importância àquilo. Quando olhou para o cara de barbicha, sentiu como se estivesse rosnando de volta para o filho da mãe. O que, mais uma vez, não fazia sentido algum.

Ainda segurando a mão de sua paciente, exclamou para Jane:

– Tire esse bastardo miserável da minha sala de cirurgia. E quero ver os malditos exames e radiografias. *Agora*.

Ele ia salvar aquela mulher, mesmo se aquilo o matasse.

Quando os olhos do Sr. Cavanhaque brilharam em direção a ele com puro ódio, Manny pensou: "Bem, esse é o máximo que o cara pode fazer...".

CAPÍTULO 6

Qhuinn saiu sozinho em Caldwell, pela primeira vez na vida.

Quando pensou melhor sobre isso, concluiu que era quase uma impossibilidade estatística. Passou tantas noites lutando, bebendo e fazendo sexo dentro e ao redor dos clubes noturnos do centro da cidade que pelo menos um ou dois voos tinham de ter sido feitos sozinho. Mas não. Quando entrou no Iron Mask, estava sem a companhia de seus dois amigos pela primeira vez.

De qualquer forma, as coisas eram diferentes agora. Os tempos tinham mudado. As pessoas também.

John Matthew estava agora muito feliz casado; então, quando tinha uma folga, como naquela noite, ficava em casa com sua *shellan*, Xhex, fazendo a cama praticar uma série de exercícios de resistência. Sim, claro, Qhuinn era um *ahstrux nohtrum* e tudo mais, mas Xhex era uma *symphato* assassina totalmente capaz de cuidar de seu macho, e da Adaga Negra.

O complexo da Irmandade era uma fortaleza que nem mesmo uma equipe da SWAT poderia invadir. Assim, ele e John chegaram a um acordo... e deixaram isso em segredo.

Quanto a Blay... Qhuinn não ia pensar sobre seu melhor amigo. Não. De jeito nenhum.

Observando o interior do clube, iniciou sua máquina de seleção interna e começou a abrir caminho por meio das mulheres, homens e casais. Havia uma e apenas uma razão para ter ido até ali, e era a mesma que havia levado os outros góticos àquele local.

Não era um lugar para se procurar um relacionamento, sequer uma companhia. Tratava-se apenas de movimentar-se entrando e saindo e, quando tudo estivesse acabado, era o caso de dizer "Obrigado, moça" – ou "cara", dependendo de seu humor –, "Estou dando o fora". Porque ele ia precisar de outra pessoa. Ou outras pessoas.

Não investiria apenas uma vez naquela noite; sentia como se estivesse arrancando a própria pele, seu corpo latejava com força, necessitando de alívio. Cara, sempre gostou de transar, mas nos últimos dias sua libido tinha aumentado até crescer como um monstro.

Será que Blay não era mais seu melhor amigo?

Qhuinn fez uma pausa e olhou rapidamente uma vitrine antes de inclinar a cabeça sobre ela: caramba, não tinha mais cinco anos. Machos adultos não têm melhores amigos. Não precisam deles, especialmente se o macho em questão estivesse transando com outra pessoa. O dia inteiro. Todos os dias.

Qhuinn andou até o bar.

– Tequila. Dose dupla. E traga a melhor que tiver.

Os olhos da mulher aqueceram-se por trás do pesado delineador e dos cílios postiços.

– Já vai pagar a comanda?

– Sim – e considerando a maneira como ela escorregou a mão sobre o estômago achatado e desceu ainda mais pelo quadril, ele poderia ter pedido, com certeza, um pedaço dela também.

Quando ele estendeu o cartão de crédito, ela fez um movimento amplo com os seios para pegar a maldita coisa, inclinando-se de tal forma que poderia muito bem pegar algo no chão com os mamilos.

– Volto já, já com sua bebida.

Que surpresa.

– Ótimo.

Estava perdendo tempo ao sair rebolando como fez: não era nada disso que procurava naquela noite... não chegava nem perto. Sexo errado, para começar. E não ia investir em nada que tivesse cabelos escuros. Para dizer a verdade, não conseguia acreditar no que queria.

Tinha algumas limitações por ser daltônico, mas quando vestia apenas preto e trabalhava à noite, na maioria das vezes, isso não era grande coisa. Além disso, seus olhos desiguais eram tão perspicazes e sensíveis às variações de cinza que realmente percebias as "cores" – era tudo uma questão de gradação. Por exemplo, sabia quem eram as pessoas loiras no clube. Sabia a diferença entre as morenas e as de cabelos negros. E, sim, poderia enganar-se e interpretar mal se algum idiota tivesse feito uma tintura estranha, mas, mesmo assim, poderia dizer que havia algo estranho, porque o tom de pele nunca combinava direito com a cor artificial do cabelo.

– Aqui está – disse a *bartender*.

Qhuinn estendeu a mão, pegou o copo, bebeu a tequila e voltou a colocá-lo vazio sobre o balcão do bar.

– Vamos tentar isso mais algumas vezes.

– É pra já. – Exibiu seu par de seios novamente, sem dúvida com a esperança de que ele os agarrasse a qualquer momento. – Você é o tipo de cliente que gosto. Porque é óbvio que consegue lidar com uma boa bebida.

Uh-hum. Claro. Como se a habilidade de ingerir o equivalente a quatro doses de álcool de uma vez só fosse grande coisa. Deus, a ideia de que alguém, com esse sistema de valores, tivesse permissão para votar fazia com que ele desejasse encarar a vitrine outra vez.

Humanos eram patéticos.

Contudo, quando olhou para trás para observar a multidão, pensou que baixar a bola seria uma boa. Sentia-se patético sozinho naquela noite, especialmente quando viu dois homens em um canto, os dois separados apenas pelas roupas de couro que vestiam. Naturalmente, um deles era loiro. Assim como seu primo. Então, era claro que imagens hipotéticas de Blay e Saxton começaram a brincar em seu campo de polo interior, marcando seu gramado com pegadas e bosta de cavalo.

Só que não eram hipotéticos, mas reais: no final de todas as noites, quando as pessoas à mesa da mansão da Irmandade começavam a se dispersar depois da Última Refeição e a sair para resolver seus assuntos particulares, Blay e Saxton dirigiam-se discretamente para a grande escadaria e desapareciam no corredor do andar de cima, onde seus quartos ficavam.

Nunca tinham se dado as mãos, nunca tinham se beijado na frente de ninguém, e também não havia olhares de reprovação. Por outro lado, Blay era um cavalheiro, e Saxton era uma vagabunda elegante inserida de alguma maneira em um grande espetáculo.

Seu primo era uma verdadeira prostituta...

Não, não é, uma pequena voz soou. *Só o odeia porque está de caso com seu garoto.*

– Ele *não* é meu garoto.

– O que disse?

Qhuinn lançou um olhar ao espectador... e, em seguida, reassumiu seu ar durão. Bingo, ele pensou.

Ao lado dele estava um macho humano, mais ou menos um metro e oitenta com um cabelo fabuloso, rosto bonito e lábios muito agradáveis. As roupas não eram totalmente góticas, mas tinha algumas correntes na cintura e duas argolas em uma das orelhas. Mas foi a cor do cabelo que realmente fez a diferença.

– Estava falando sozinho – Qhuinn murmurou.

– Ah. Faço muito isso. – O sorriso foi breve e, em seguida, o cara voltou a cuidar de sua...

– O que está bebendo? – Qhuinn perguntou.

Um copo já na metade foi erguido.

– Vodka e tônica. Não suporto essa coisa de adocicar a bebida.

– Nem eu. Vou de tequila. Pura.

– Patrón?

– Nunca. Gosto da Herradura.

– Ah – o cara virou-se e olhou para frente em direção à multidão. – Gosta das coisas como são.

– Sim.

Qhuinn queria perguntar se o Sr. Vodka e Tônica estava observando os caras ou as garotas, mas permaneceu em silêncio. Cara, aquele cabelo era incrível. Grosso. Enrolado nas pontas.

– Está procurando por alguém em particular? – Qhuinn disse em voz baixa.

– Talvez. E você?

– Com certeza.

O cara riu.

– Tem muita mulher bonita aqui. Pode escolher.

Mas. Que. Droga. Que sorte a dele: um hétero. Por outro lado, talvez pudessem dividir alguma coisa e começar por aí.

O cara inclinou-se e ofereceu a palma da mão.

– Eu sou...

Quando os dois entreolharam-se completamente, o cara deixou a sentença à deriva, mas não tinha importância. Qhuinn não dava a mínima para o nome dele.

– Seus olhos têm cores diferentes? – o cara perguntou suavemente.

– Sim.

– Isso é muito... legal.

Bem, sim. Quando não se é um vampiro nascido na *glymera*. Se esse fosse o caso, seria considerado um defeito físico que significava ser geneticamente ruim e, portanto, uma vergonha para sua linhagem e absolutamente inabilitado para o acasalamento.

– Obrigado – Qhuinn disse. – Qual é a cor dos seus?

– Não pode dizer?

Qhuinn deu um tapinha sobre a lágrima tatuada perto do olho.

– Daltônico.

– Ah. Os meus são azuis.

– E você é ruivo, certo?

– Como sabe disso?

– Pelo seu tom de pele. Além disso, você é meio pálido e tem sardas.

– Isso é incrível – o cara olhou ao redor. – Está escuro aqui... não imaginava que conseguiria enxergar.

– Acho que posso – e acrescentou mentalmente: *e que tal se eu lhe mostrar alguns dos meus outros truques.*

O novo amigo de Qhuinn sorriu um pouco e voltou a observar a multidão. Depois de um minuto, disse:

– Por que está olhando para mim assim?

Porque quero transar com você.

– Você me lembra alguém.

– Quem?
– Alguém que perdi.
– Oh, droga, sinto muito.
– Tudo bem. A culpa é minha.
Pequena pausa.
– Então, você é gay, certo?
– Não.
O cara deu risada.
– Desculpe. Apenas imaginei que... Bom, acho que era um bom amigo.
Nenhum comentário.
– Vou encher o copo outra vez. Posso fazer isso para você também?
– Obrigado, cara.
Qhuinn virou-se e sinalizou para a atendente. Enquanto esperava ela se aproximar rebolando, planejou sua abordagem. Primeiro, um pouco mais de álcool. Em seguida, adicionaria algumas fêmeas à mistura. O terceiro passo seria entrar em um dos banheiros e transar com a(s) garota(s).
Então... Mais alguns olhares. De preferência quando um deles ou os dois estivessem dentro de uma mulher. Pois por mais que o ruivo de cabelo espetacular parecesse estar a fim das garotas, o filho da mãe tinha sentido alguma coisa quando os dois se entreolharam – e *hétero* é um termo relativo.
Assim como *virgem*.
Isso fazia com que os dois se enquadrassem nesses termos, não? Afinal, Qhuinn nunca, jamais, havia ficado com alguém de cabelo vermelho.
Mas aquela noite seria uma exceção.

CAPÍTULO 7

Enquanto Payne permanecia deitada sobre a mesa de metal e sob a estranha lâmpada que a iluminava, não conseguia acreditar que seu curandeiro era um humano.

– Entende o que estou dizendo? – Sua voz era muito profunda e seu sotaque estranho, mas já tinha ouvido antes: a companheira de seu irmão gêmeo tinha a mesma entonação e inflexão. – Vou começar a...

Enquanto falava com ela, inclinou-se para alcançar seu campo de visão, e ela gostou quando fez isso. Seus olhos eram castanhos, mas não o castanho de uma casca de carvalho ou de um couro velho ou da pele de um veado. Tinham uma bela sombra avermelhada, como o mogno polido... e era tão brilhante quanto, arriscaria dizer.

Houve uma enxurrada tamanha de acontecimentos desde sua chegada. Uma coisa ficou clara: sabia muito bem dar ordens e era bastante confiante no trabalho que fazia. Na verdade, também havia alguma coisa além disso... não se importava por seu irmão ter contraído um ódio instantâneo por ele.

Se o aroma de vinculação de Vishous ficasse ainda mais forte, seria possível enxergá-lo no ar.

– Está entendendo?

– As orelhas dela são pequenas demais.

Payne olhou o máximo que pôde em direção à porta. Vishous tinha voltado e suas presas estavam expostas como se estivesse preste a atacar. Felizmente, havia um macho ao lado dele que o detinha, como se estivesse segurando uma coleira forte: se o irmão dela fosse atacá-lo, era evidente que aquele homem de cabelos escuros estava preparado para conter Vishous e arrastá-lo para fora da sala.

Isso era bom.

Payne voltou a olhar para seu curandeiro.

– Entendo.

Os olhos do humano se estreitaram.

– Então, repita o que eu disse.

– Para quê?

– É o seu corpo. Quero ter certeza que sabe o que vou fazer com ele e estou preocupado que haja uma barreira linguística entre nós.

– Ela entende muito bem toda maldita palavra que diz...

O curandeiro olhou sobre o ombro.

– Você *ainda* está aqui?

O macho de cabelos escuros ao lado de seu irmão gêmeo colocou um braço em torno do peito de Vishous e murmurou alguma coisa com um sussurro. Então, voltou-se para o curandeiro, falando com um sotaque ligeiramente diferente.

– Precisa se acalmar, cara. Ou vou deixar que ele o transforme em picadinhos se continuar com esse tom. *Capisce?*

Em seguida, Payne teve de aprovar a maneira como seu curandeiro encarou a agressão:

– Quer que eu opere, então, será sob meus termos e do meu jeito. Se ele não ficar fora da sala, pode manusear você mesmo o bisturi. O que vai ser?

Houve uma grande comoção nesse momento, com Jane saindo rapidamente de onde estava examinando as radiografias de Payne e juntando-se ao grupo que discutia. Começou a falar baixo no início, até que, em dado momento, sua voz era tão alta quando o resto deles.

Payne limpou a garganta:

– Vishous. *Vishous. Vishous!*

Já que não conseguiu resultado algum, apertou os lábios e assoviou alto o suficiente para quebrar um vidro.

Como uma chama extinta, assim os ânimos de todos eles se acalmaram; contudo, a energia da raiva ainda pairava no ar como a fumaça do pavio de uma vela apagada.

– Ele deve me tratar agora – disse com fraqueza. – Ele deve... me tratar. É o meu desejo. – Seus olhos voltaram-se para o curandeiro. – Vai concentrar seus esforços para restaurar minha coluna vertebral, como assim a chama, e sua esperança é que a medula espinhal não esteja fraturada, mas apenas lesionada. Disse ainda que não pode prever o resultado, mas que quando estiver operando, será capaz de avaliar os danos de forma mais clara, certo?

Seu curandeiro lançou-lhe um olhar forte e poderoso. Profundo. Grave. Com uma característica própria que a deixava confusa... mas, ainda assim, não se sentia ameaçada. Destino, talvez fosse isso – na verdade, alguma coisa nos olhos dele fez com que... se desmanchasse por dentro.

– Lembrei-me de tudo corretamente? – ela questionou.

O curandeiro clareou a garganta.

– Sim. Lembrou-se.

– Então, opere... como você diz.

Perto da porta, ouviu-se o homem de cabelos escuros dizer algo para seu irmão gêmeo e, em seguida, Vishous levantou o braço e apontou seu dedo coberto por uma luva para o humano.

– Você não vive se ela não viver.

Amaldiçoando, Payne fechou os olhos e pensou outra vez que aquilo que havia desejado durante tanto tempo não havia sido conquistado. Melhor ter ido diretamente ao Fade que causar a morte de algum humano inocente...

– Feito.

Os olhos de Payne abriram-se rapidamente. Seu curandeiro estava firme e inflexível diante de todo o tamanho e força de seu irmão gêmeo, aceitando o fardo colocado sobre seus ombros.

– Mas você tem que sair – o humano disse. – Tire seu maldito traseiro daqui e fique lá fora. Não quero me distrair com sua impertinência.

O grande corpo de seu irmão contraiu-se nos ombros e no peito, mas, então, inclinou a cabeça apenas uma vez.

– Feito.

Em seguida, estava sozinha com seu curandeiro, com exceção de Jane e da outra enfermeira.

– Um último teste. – O curandeiro inclinou-se para o lado o pegou uma vareta fina de um dos balcões. – Vou deslizar essa caneta em cima do seu pé. Quero que me diga se sentir alguma coisa.

Quando assentiu com a cabeça, ele moveu-se para fora de seu campo de visão e ela fechou os olhos para se concentrar, esforçando-se para registrar algum tipo de sensibilidade. Qualquer coisa.

Se houvesse alguma reação, mesmo que fraca, seria um bom sinal, com certeza...

– Estou sentindo alguma coisa – ela disse com uma onda de energia. – No meu lado esquerdo.

Houve uma pausa.

– E agora?

Ela implorou para que suas pernas assimilassem alguma coisa e teve de respirar fundo antes de conseguir responder:

– Não. Nada.

O som dos lençóis macios sendo reposicionados foi a única confirmação de que estava coberta outra vez. Mas, pelo menos, tinha sentido alguma coisa.

Só que ao invés de dirigir-se a ela, seu curandeiro e a companheira de seu irmão gêmeo conversaram em voz baixa, fora do alcance de sua audição.

– Na verdade – Payne disse –, talvez devessem me incluir na conversa. – Os dois aproximaram-se e foi curioso ver que não pareciam satisfeitos. – É um bom sinal eu ter sentido alguma coisa, não?

Seu curandeiro chegou mais perto de sua cabeça e ela sentiu a força quente da palma de sua mão envolvendo a dela. Quando olhou para ela, foi cativada outra vez: os cílios eram muito longos, e uma sombra de barba por fazer surgia ao longo de seu rosto e de sua mandíbula forte. Seu cabelo espesso e escuro era brilhante.

E ela realmente gostava do perfume dele.

Mas ele não tinha respondido, tinha?

– Não é, curandeiro?

– Não estava tocando seu pé esquerdo naquela hora.

Payne piscou com aquela decepção inesperada. Porém, depois de todo aquele tempo imóvel, deveria estar preparada para uma informação como essa, não?

– Então, vai começar agora? – perguntou ela.

– Ainda não. – O curandeiro olhou para Jane e, em seguida, olhou para trás. – Vamos precisar transferi-la para um centro cirúrgico.

– Esse corredor não é longe o suficiente, amigo.

Quando a voz equilibrada de Butch foi registrada, V. quis arrancar a cabeça do cara. E o desejo ficou ainda mais forte quando o bastardo continuou:

– Que tal darmos um tempo fora daqui?

Um conselho lógico, é verdade. Mas, mesmo assim...

– Está começando a me irritar, tira.

– Que novidade. Ah, só uma observação: não estou nem aí.

A porta da sala de exames foi aberta e sua Jane saiu. Quando olhou para ele, seus olhos verdes de floresta não estavam felizes.

– E agora? – ele ladrou, sem saber se poderia lidar com mais notícias ruins.

– Ele quer transferi-la.

Depois de um tempo piscando como um tolo, V. balançou a cabeça, convencido de que tinha entendido errado.

– Como?

– Para o Hospital São Francisco.

– De jeito nenhum!

– Vishous...

– É um hospital humano!

– V...

– Você enlouqueceu...?

Naquele momento, o maldito cirurgião saiu e para seu crédito ou sua insanidade, aproximou-se de V.

– Não posso trabalhar nela aqui. Quer que eu tente e a paralise de vez? Use a cabeça... Preciso de uma ressonância magnética, microscópios, equipamento e uma equipe que não possuo aqui. Não temos tempo e ela não pode ser transportada para muito longe, além disso, se fazem parte do Governo dos Estados Unidos, podem enterrar os registros e garantir que não vaze nada para a imprensa, aliás, com a minha ajuda, a exposição será mínima.

Governo dos Estados Unidos? Mas que... Sim, que seja!

– Ela não vai ser transferida para um hospital humano. Ponto final.

O cara franziu a testa com a coisa de "humano", mas pareceu ignorar a informação.

– Então, não vou operar...

V. arremeteu contra o homem.

Aconteceu num piscar de olhos. Em um momento, estava estável com as botas de combate plantadas no chão, no outro, tinha partido para um voo livre... pelo menos, até chocar-se contra o médico e estampar a silhueta do bastardo sobre a parede de concreto do corredor.

– Entre e comece a cortar – V. rosnou.

O cara mal conseguia respirar, mas a falta de oxigênio não o impediu de bancar o durão. Encontrou o olhar de V.. Sem conseguir falar, gesticulou com os lábios: *Não. Vou. Fazer. Isso.*

– Deixe-o ir, V. Deixe que a leve para onde achar melhor.

Quando a voz de Wrath interrompeu o drama, o desejo de soltar fogos de artifício tornou-se quase irresistível. Como se precisassem de mais um espectador. E, aliás, dane-se o comando.

V. apertou ainda mais o pescoço do cirurgião.

– Não vai levá-la a lugar algum.

A mão sobre o ombro de V. foi pesada e a voz de Wrath lançou-se como um punhal.

– Não está no comando aqui. Ela é minha responsabilidade, não sua.

Coisa errada para se dizer. De muitas maneiras.

– Ela é meu sangue – ele rosnou.

– E eu sou o único responsável por colocá-la nessa cama. Oh, e ainda sou seu maldito Rei, então, fará como eu ordenar, Vishous.

Já estava prestes a dizer e fazer algo de que se arrependeria depois. Foi quando a sanidade de Jane o alcançou.

– V., neste momento, você é o problema. Não é a condição de sua irmã, nem a decisão de Manny. Precisa se afastar um pouco, esclarecer as coisas e pensar, não reagir. Estarei com ela o tempo todo e Butch virá comigo, não é mesmo?

– Com certeza – o tira respondeu. – E vou levar Rhage também. Ela não ficará sozinha nem por um minuto.

Silêncio mortal, durante o qual o lado racional de V. lutou para assumir o controle... e aquele humano recusava-se a ceder. Apesar do fato de estar a apenas um palmo de distância de um caixão, aquele filho da mãe continuava encarando Vishous.

Meu Deus, quase poderia respeitá-lo por isso.

A mão de Jane sobre o bíceps de V. não parecia nada com a de Wrath. Seu toque era leve, suave e cuidadoso.

– Passei anos naquele hospital. Tenho familiaridade com todas as salas, todas as pessoas, todo o equipamento. Não há um centímetro quadrado daquela instalação que eu não conheça como a palma da minha mão. Manny e eu vamos trabalhar juntos e garantir que ela entre e saia de lá o mais rápido possível... e que estará protegida. Ele tem plenos poderes naquele lugar por ser o chefe do centro cirúrgico e estarei com ela a cada passo...

Jane continuou falando, mas ele não ouviu mais nada. Uma súbita visão chegou até ele, como um sinal recebido de algum transmissor externo: com total clareza, viu sua irmã montada a cavalo, galopando à beira de uma floresta. Não havia sela, nem rédeas e seus cabelos estavam soltos, flutuando atrás dela sob a luz do luar.

Estava rindo, com uma alegria completa e absoluta.

Estava livre.

Ao longo de sua vida, sempre tinha visto imagens do futuro... então, sabia que aquela não era uma delas. Suas visões eram exclusivamente de mortes – de seus Irmãos, de Wrath, de suas *shellans* e de seus filhos. Saber como aqueles a seu redor morreriam fazia parte de sua reserva e de sua loucura: tinha conhecimento apenas do modo, nunca do momento que aconteceria e, portanto, não podia salvá-los.

Então, o que via agora não era o futuro; era o que desejava para a irmã que havia encontrado tarde demais e que corria o risco de perder cedo demais.

V., nesse momento, você é o problema.

Sem conseguir confiar em si mesmo para responder a qualquer um deles, largou o doutor como se fosse algo sem qualquer valor e se afastou. Quando o humano recuperou o fôlego, V. não olhava para ninguém a não ser Jane.

– Não posso perdê-la – disse com uma voz fraca, embora houvesse testemunhas.

– Eu sei. Vou estar com ela a cada passo. *Confie em mim.*

V. fechou os olhos brevemente. Umas das coisas que ele e sua *shellan* tinham em comum era que os dois eram muito, muito bons no que faziam. Quando dedicados ao trabalho, existiam em um universo paralelo que eles mesmos criavam para si: a luta para ele, a cura para ela.

Portanto, aquele era o equivalente dele jurando matar alguém por ela.

– Certo – ele resmungou. – Tudo bem. Mas preciso de um minuto com ela.

Empurrando as portas duplas, aproximou-se da cama de sua irmã gêmea e tinha plena consciência de que poderia ser a última vez que falaria com ela: vampiros, assim como seres humanos, poderiam morrer durante uma cirurgia. E morriam, não é mesmo?

Ela parecia pior que antes, deitada sem qualquer mobilidade, os olhos não estavam apenas fechados, mas apertados, como se estivesse com dor. Droga, sua *shellan* estava certa. Daria um tempo. Não acabaria com o maldito cirurgião.

– Payne.

Suas pálpebras levantaram-se lentamente, como se pesassem tanto quanto vigas.

– Meu irmão.

– Vai para um hospital humano, certo? – Quando ela assentiu, odiou que sua pele estivesse da cor do lençol branco. – Ele vai operar você lá.

Quando ela assentiu outra vez, seus lábios entreabriram-se e a respiração ficou curta como se estivesse tendo dificuldades para fazer isso.

– É o melhor.

Deus... e agora? Deveria dizer que a amava? Achava que sim, do seu jeito confuso mesmo.

– Ouça... tome cuidado – ele murmurou.

Que coisa idiota. Era um maldito frouxo idiota, mas era tudo o que conseguia fazer.

– Você... também – ela gemeu.

Agindo como se tivesse vida própria, sua mão boa estendeu-se e lentamente deslizou sobre a dela. Quando apertou ligeiramente, ela não se moveu ou reagiu e V. sentiu um pânico repentino de ter perdido a oportunidade, de que ela já tivesse partido.

– *Payne.*

Suas pálpebras vibraram.

– Sim?

A porta se abriu e Jane colocou a cabeça para dentro.

– Temos que ir.

– Sim. Tudo bem. – V. deu um aperto final sobre a mão de sua irmã, em seguida saiu da sala com pressa.

Quando foi para o corredor, Rhage já havia chegado, assim como Phury e Z. Isso era bom.

Phury era especialista em hipnotizar seres humanos – e já tinha feito isso antes no Hospital São Francisco.

V. aproximou-se de Wrath.

– Vai alimentá-la, certo? Quando ela sair da operação, vai precisar se alimentar e seu sangue é o mais forte que temos.

Quando expôs a exigência, teria sido ótimo se tivesse considerado antes que Beth, a rainha, poderia ter problemas em dividir seu companheiro assim. Mas, egoísta como era, não se importou.

Só que Wrath apenas assentiu.

– Minha *shellan* foi a primeira a sugerir isso.

Os olhos de V. fecharam-se com força. Aquela era uma fêmea de valor. Sem dúvida.

Antes de sair, lançou um olhar para sua *shellan*. Jane estava parada, firme como uma casa construída sobre uma rocha, seu rosto e seus olhos passavam força e certeza.

– Não tenho palavras – disse ele com voz rouca.

– Sei exatamente o que quer dizer.

V. parou a menos de um metro dela; estava preso ao chão, desejando ser um macho diferente. Desejando... que tudo fosse diferente.

– Vá – ela sussurrou. – Eu tomo conta disso.

V. deu uma última olhada para Butch e quando o tira consentiu uma vez, a decisão foi final. Vishous assentiu para seu garoto e saiu em seguida. Fora do centro de treinamento, entrou no túnel subterrâneo, subiu até o Buraco e percebeu prontamente que a distância física não ajudaria em nada. Ainda sentia que estava no meio de todo aquele drama... e não confiava nem um pouco em si mesmo... achava que acabaria voltando até lá "para ajudar".

Sair. Precisava sair e ficar longe de todos eles.

Rompendo a pesada porta da frente, andou em direção ao pátio e acabou parando em um lugar qualquer. Não conseguia mais avançar, assim como os carros alinhados lado a lado em frente ao chafariz.

Ao ficar ali parado como uma porta, um barulho estranho e contínuo chamou sua atenção. No começo, não conseguiu entender, mas, então, olhou para baixo. Sua mão enluvada estava tremendo e batendo em sua coxa.

Por baixo do couro revestido de chumbo, a mão brilhava o suficiente para ofuscar seus olhos.

Caramba. Estava bem perto de perder a cabeça, na verdade estava quase no seu limite.

Com uma maldição, desmaterializou-se e seguiu em direção ao lugar que sempre ia quando se sentia assim. Não desejava o destino ou a situação que tinha chegado naquela noite... mas, assim como Payne, o destino estava fora de seu controle.

CAPÍTULO 8

ANTIGO PAÍS
DIAS ATUAIS

O sonho era o mesmo de sempre. Já tinha séculos de idade e, ainda assim, as imagens eram límpidas e claras como na noite em que tudo havia mudado, há tanto tempo...

Mergulhado em seu sono profundo, Xcor via diante de si a aparição de uma mulher cheia de fúria, as brumas rodopiavam ao redor de suas vestes brancas e faziam-nas esvoaçar com o ar frio. Pela sua aparência, soube imediatamente o motivo pelo qual tinha saído da densa floresta... mas seu alvo ainda não tinha consciência de sua presença ou seu propósito.

Seu pai estava muito ocupado galopando seu corcel e investindo sobre a mulher humana.

Só que, nesse momento, Bloodletter viu o fantasma.

A partir daí, a sequência de acontecimentos definiu-se com o mesmo vigor que impulsionou Xcor naquele momento: ele deu um grito de alarme e incitou seu cavalo enquanto seu pai abandonava a fêmea humana que tinha apanhado e projetava-se em direção ao espírito. Nos sonhos, Xcor nunca chegava a tempo, sempre assistia com horror como a fêmea surgia da terra e derrubava seu pai.

Em seguida, o fogo... o fogo com o qual ela incendiou o corpo de Bloodletter era brilhante, branco e instantâneo, e consumia o corpo do pai de Xcor em questão de segundos... o cheiro de carne queimada...

Xcor endireitou-se rapidamente, a adaga junto ao peito, os pulmões bombeando, mas, ainda assim, não conseguia respirar direito.

Colocando as mãos sobre a cama e os cobertores, levantou-se e ficou muito contente por estar sozinho em seus aposentos. Ninguém precisava vê-lo daquele jeito.

Enquanto buscava voltar à realidade, sua respiração ecoava, atingindo-o várias vezes, pois os sons batiam nas paredes estéreis e multiplicavam-se até parecerem gritos. Apressadamente, foi até a vela que estava a seu lado no chão para acendê-la. Isso ajudou, e, em seguida, levantou-se para esticar o corpo. O processo de reativar os ossos e músculos e alinhá-los outra vez também ajudou seu cérebro.

Ele precisava de comida, de sangue e de uma luta; com isso, voltaria a ser quem era.

Depois de vestir-se com roupas de um couro bem curtido e colocar o punhal no cinto, saiu do quarto para o corredor. Ao longe, vozes distantes e o tilintar de pratos de estanho disseram-lhe que a Primeira Refeição era servida no andar de baixo, no grande salão.

O castelo onde ele e seu bando de bastardos moravam foi a única coisa que conseguiram tomar naquela noite quando seu pai tinha sido morto. Ele podia ser visto da pacata aldeia medieval que tinha amadurecido e tornado-se uma aldeia pré-industrial e, em seguida, aumentando ainda mais nos tempos modernos, transformando-se em uma cidadela com uma população aproximada de cinquenta mil humanos.

Com isso, poderia concluir que, considerando a prevalência do *Homo sapiens*, não passava de uma samambaia em uma floresta de carvalhos.

A fortaleza servia-lhe perfeitamente... e pelas razões que primeiro o atraíram para aquele lugar. As robustas paredes de pedra e o fosso com a ponte ainda permaneciam em seus lugares e funcionavam muito bem mantendo as pessoas afastadas. Além disso, havia muitas lendas sangrentas e várias histórias verdadeiras também que lançavam uma mortalha de murmúrios sobre suas terras, sua casa e seus machos. De fato, nos últimos cem anos, ele e seus soldados cumpriram bem o dever de propagar toda aquela besteira de mitos sobre vampiros ao "assombrarem" as estradas da região de tempos em tempos; algo fácil de fazer quando se é um assassino capaz de desmaterializar-se quando quisesse.

O "Bu!" nunca tinha sido tão eficaz.

Ainda assim, havia problemas: por terem dizimado, sozinhos, a população de *redutores* no Velho Mundo, tinham de encontrar maneiras de manter suas habilidades assassinas afiadas. Felizmente, os humanos mantinham-se afastados... no entanto, é claro, ele e seus irmãos tinham de permanecer em segredo, com suas verdadeiras identidades protegidas.

Aproximar-se dos humanos gerava retaliações.

Havia apenas uma única característica louvável neles: sua ira para com aqueles que cometiam atrocidades. Se os vampiros abatessem apenas estupradores, pedófilos e assassinos, tais "crimes" seriam tolerados. O fato era que, se fossem atrás de tipos morais, os humanos viriam como abelhas saindo de uma colmeia para proteger seu território; mas, e os infratores?

Olho por olho, como dizia a Bíblia.

E, com isso, seu bando de bastardos tinha alguns alvos para treinar.

Havia sido assim por duas décadas, sempre com a esperança de que o verdadeiro inimigo, a Sociedade Redutora, enviasse adversários mais apropriados para eles. Entretanto, não havia chegado ninguém e a conclusão de Xcor era que não havia mais *redutores* na Europa e que nenhum viria. Afinal de contas, ele e seus homens haviam viajado centenas de quilômetros em todas as direções, todas as noites, caçando infratores humanos; logo, deveriam ter se deparado com algum assassino em algum lugar, de alguma forma.

Ah, não encontraram nenhum.

Entretanto, a ausência era lógica. A guerra tinha mudado de continente há muito tempo: quando a Irmandade da Adaga Negra partiu para o Novo Mundo, a Sociedade Redutora foi atrás deles como cães, deixando apenas a escória para trás, para Xcor e seus bastardos eliminar. Durante muito tempo, o desafio foi suficiente: havia assassinos disponíveis, batalhas em ritmo acelerado e bons combates, mas esse tempo passou e os humanos não estavam à altura.

Pelo menos, os *redutores* poderiam ser considerados um desafio divertido.

Enquanto descia a tosca escada de pedra, um sentimento de densa insatisfação o tomou; suas botas esmagavam o chão antigo e gasto do corredor que deveria ter sido reformado há muito tempo. Lá embaixo, o amplo espaço que se desdobrava era uma caverna de pedra, com apenas uma enorme mesa de carvalho colocada diante de uma lareira, tão grande quanto uma montanha. Os humanos que haviam construído a fortaleza guarneceram suas paredes rústicas com tapeçarias, mas as cenas de guerreiros montados em corcéis de grande valor não tinham envelhecido melhor que qualquer um dos outros tapetes: os trapos e as fibras desbotadas pendiam caídos em seus alfinetes, a base de suas bainhas crescia mais e mais, certamente, serviriam para cobrir o chão em breve.

Em frente ao fogo ardente, seu bando de bastardos sentou-se nas cadeiras esculpidas para comer veado, perdizes e pombos que haviam sido caçados nos arredores da propriedade, limpos ainda no campo e cozidos na lareira, bebiam cerveja que preparavam e fermentavam nas profundas adegas de pedra debaixo da terra, e comiam naqueles pratos de estanho com facas de caça e garfos que também usavam para esfaquear algo.

Havia um pouco de eletricidade na mansão – na cabeça de Xcor, defitivamente não havia necessidade disso, mas Throe pensava diferente: o macho insistia que deveria haver um espaço para seus computadores, e isso requeria uma fiação irritante, muito discreta, nada interessante, nem perceptível. Mas havia um ponto positivo na modernização: embora Xcor não soubesse ler, Throe sabia e os humanos não eram os únicos que propagavam violência e depravação; eles ficaram fascinados por isso também... Com isso, as vítimas eram localizadas em toda a Europa.

O assento na cabeceira da mesa estava reservado para ele e, no segundo em que se sentou, os outros pararam de comer, abaixando as mãos.

Throe estava a sua direita, na posição de honra, e os olhos pálidos do vampiro estavam iluminados.

– Como estás?

Aquele sonho, aquele maldito sonho. Na verdade, estava estraçalhado por dentro, mas os outros não precisavam saber disso.

– Bem o bastante. – Xcor avançou com seu garfo e espetou uma coxa. – Pela sua expressão, arriscaria dizer que você está com algum propósito.

– Pois é – Throe ofereceu uma grande quantidade de folhas impressas, que pareciam ser uma compilação de artigos de jornais. No topo, havia uma fotografia em destaque, em preto e branco, e apontou para ela. – Quero esse cara.

O macho humano retratado tinha cabelos escuros, um ar de durão, com nariz adunco e sobrancelhas tão densas e espessas quando as de um macaco. As inscrições sob a foto e nas colunas da impressão não eram nada além de desenhos para os olhos de Xcor. Contudo, entendeu claramente a maldade que havia naquele semblante.

– Por que este homem em particular, *trayner*? – perguntou, mesmo sabendo a resposta.

– Ele matou mulheres em Londres.

– Quantas?

– Onze.

– Não chegou a uma dúzia, então.

Throe franziu a testa com um ar de desaprovação, o que era mesmo ótimo.

– Ele cortou pedaços delas ainda vivas e esperou que morressem para... possuí-las.

– Para transar com elas, você quer dizer? – Xcor rasgou a carne da coxa com as presas e quando não houve resposta, ergueu uma sobrancelha. – Quer dizer que ele transou com elas, Throe?

– Sim.

– Ah! – Xcor sorriu com malícia. – Que idiotinha imundo.

– Foram onze. Mulheres.

– Sim, você mencionou. Então, na verdade, ele é apenas um idiotinha tarado e pervertido.

Throe pegou os papéis de volta e os folheou, observando os rostos das inúteis mulheres humanas. Sem dúvida, estava rezando à Virgem Escriba naquele exato momento, na esperança de ser concedida a oportunidade de realizar um serviço público para uma raça que não passava de uma cerimônia de iniciação, que nada tinha a ver com o inimigo deles.

Patético.

E ele não poderia viajar sozinho... motivo pelo qual parecia tão deslocado: infelizmente, o juramento que aqueles cinco machos fizeram na noite em que Bloodletter tinha sido incinerado, ligou-os a Xcor com cabos de aço: não poderiam ir a lugar algum sem a aprovação e o consentimento dele.

Embora quando se tratava de Throe, podia dizer que aquele macho tinha se ligado a ele muito antes disso, não tinha?

No silêncio, os tentáculos do sonho de Xcor ressurgiram em sua mente... assim como a agonia em saber que ainda não tinha conseguido encontrar o espectro daquela fêmea. Isso não estava certo. Embora gostasse muito de ser o centro de todos os mitos que havia nas mentes humanas, não acreditava em fantasmas ou assombrações, feitiços e maldições. Seu pai havia sido atacado por alguém de carne e osso, e o caçador dentro dele desejava encontrar essa pessoa e matá-la.

– O que me diz? – Throe perguntou.

Era como ele: um herói.

– Nada. Ou eu disse alguma coisa?

Os dedos de Throe começaram a tamborilar sobre a velha madeira manchada da mesa e Xcor ficou contente em deixá-lo ali sentado bancando o baterista. Os outros simplesmente comiam, satisfeitos em esperar que a batalha fosse resolvida de uma maneira ou de outra. Ao contrário de Throe, os outros não davam a mínima com os alvos escolhidos... se tivessem comido, bebido e feito sexo não se importavam em lutar em qualquer momento ou lugar que fossem designados.

Xcor rasgou outro pedaço de carne e encostou as costas na cadeira de carvalho maciço, as tapeçarias gastas atraíram seus olhos. Sobre o tecido desbotado, as imagens de humanos saindo para guerra em garanhões que ele tanto apreciava e com armas até interessantes irritaram-no demais.

A sensação de que estava no lugar errado vibrou ao longo de seus ombros, deixando-o tão inquieto quanto Throe, seu segundo em comando.

Vinte anos sem nenhum *redutor*, erradicando meros humanos para manter suas habilidades bem treinadas... não era o tipo de existência adequada para seu bando ou para ele. E, ainda assim, havia alguns vampiros que permaneceram no Antigo País. Foi por isso que Xcor ficara no continente; esperava encontrar, dentre eles, aquilo que via apenas em seus sonhos: aquela fêmea, que tinha levado seu pai.

No entanto, onde toda aquela espera o havia levado?

A decisão com a qual ele tanto brincava mentalmente cristalizou-se mais uma vez, assumindo forma e estrutura, ângulos e arcos. Já havia pensado nisso antes e o ímpeto sempre enfraquecia; mas agora o pesadelo deu-lhe a energia que transformaria a ideia em ação.

– Iremos até Londres – ele pronunciou.

Os dedos de Throe silenciaram imediatamente.

– Obrigado, meu soberano.

Xcor inclinou a cabeça e sorriu para si mesmo, pensando que Throe poderia ter uma chance de acabar com aquele humano. Ou... talvez não.

Os planos de viagem, contudo, foram às vias de fato.

CAPÍTULO 9

HOSPITAL SÃO FRANCISCO
CALDWELL, NOVA YORK

Centros médicos eram como quebra-cabeças, exceto pelo fato de que suas peças não se encaixavam tão bem.

Mas isso não parecia tão ruim em uma noite como aquela, Manny pensou quando se preparava para a cirurgia.

De certa forma, ficou surpreso de tudo ter acontecido com tanta facilidade. Os capangas que haviam conduzido ele e sua paciente até ali haviam estacionado em um dos milhares de cantos escuros nos arredores do São Francisco; em seguida, Manny havia telefonado para o chefe de segurança e explicado que havia uma paciente VIP chegando pelos fundos, que exigia total discrição. O contato seguinte foi com a equipe de enfermagem, e a conversa foi a mesma: uma paciente especial estava chegando. Depois, ligou para o andar da cirurgia e deixou os técnicos da ressonância magnética a postos. O telefonema final foi para o pessoal da remoção e, como esperado, eles apareceram com a maca em um piscar de olhos.

Quinze minutos depois de terminar a ressonância, a paciente estava na sala de cirurgia VII, sendo preparada.

– Então, quem é ela?

A pergunta veio da enfermeira-chefe, mas ele já esperava por isso.

– Uma amazona olímpica. Da Europa.

– Bem, isso explica tudo. Ela estava murmurando alguma coisa e nenhum de nós conseguiu entender o idioma. – A mulher folheou alguns papéis... que com certeza ele rasgaria depois que tudo terminasse. – Por que o segredo?

– Ela é da realeza – e isso até que era verdade. Enquanto eram levados até ali, passou a viagem inteira observando seus traços majestosos.

Que patético. Muito estúpido e patético.

Sua enfermeira-chefe observou o corredor, seus olhos tinham um ar desconfiado.

– Isso explica também o detalhe da segurança... meu Deus, devem achar que somos ladrões de bancos?

Manny inclinou-se para dar uma olhada no corredor enquanto higienizava embaixo das unhas com uma esponja dura. Os três que tinham vindo com eles estavam no corredor a uns três metros de distância, seus corpos enormes; vestidos de preto, deixavam transparecer várias protuberâncias.

Armas, sem dúvida; talvez facas. Possivelmente, um lança-chamas ou dois, quem diabos saberia?

Isso tiraria da cabeça de alguém que o Governo Americano era só burocracia.

– Onde estão os formulários de consentimento? – a enfermeira perguntou. – Não há nada no sistema.

– Estou com todos eles – mentiu. – Trouxe a ressonância para mim?

– Está na tela... mas o técnico disse que deve ter algum erro. Ele gostaria de refazê-la.

– Deixe-me dar uma olhada primeiro.

– Tem certeza que quer se responsabilizar por tudo isso? Ela não tem dinheiro?

– Ela tem que permanecer anônima e eles vão me reembolsar. – Pelo menos, achava que sim... não que isso realmente importasse.

Manny enxaguou a coloração marrom do antisséptico que havia nas mãos e nos antebraços e os sacudiu. Mantendo os braços para cima, abriu a porta de vaivém com as costas e entrou na sala de cirurgia.

Duas enfermeiras e um anestesista estavam lá: elas checavam outra vez a bandeja de instrumentos que estavam sobre um pano cirúrgico azul e o anestesista regulava os gases e o equipamento que seria usado para manter a paciente desacordada. O ar estava frio para desestimular sangramentos e cheirava a adstringente. Os equipamentos eletrônicos zumbiam baixinho juntamente com as luzes do teto e da lâmpada cirúrgica acima da mesa de operação.

Manny examinou os monitores... e, no instante em que viu a ressonância magnética, seu coração começou a saltar dentro do peito. Com calma, analisou outra vez as imagens digitais, até não aguentar mais.

Olhando pelas janelas das portas de vaivém, reavaliou os três homens que estavam em pé do lado de fora da sala, com feições rígidas e olhos frios fixos nele.

Não eram humanos.

Seu olhar recaiu sobre a paciente. Ela também não era.

Manny voltou-se para a ressonância e inclinou-se para mais perto da tela, como se aquilo, de alguma maneira, resolvesse magicamente todas as anomalias que via.

Cara, e ele achava que o coração de seis válvulas do grandão de cavanhaque era estranho?

Quando as portas duplas abriram-se e fecharam-se em seguida, Manny apertou os olhos e respirou fundo. Então, virou-se e encarou a segunda médica que havia entrado na sala.

Jane estava tão envolvida com o uniforme cirúrgico que as únicas coisas possíveis de serem enxergadas eram seus olhos verdes-floresta por trás de uma máscara cirúrgica. Ele encobriu sua presença dizendo à equipe que ela era uma médica particular da paciente... o que não era uma mentira. Manteve em segredo o pequeno detalhe de que ela conhecia todos ali, assim como ele. Ela também agiu assim.

Quando os olhos dela voltaram-se para ele e fixaram-se assim, sem dar a impressão de pedir quaisquer desculpas, Manny quis gritar, mas tinha trabalho a fazer. Reorientando-se, afastou de sua mente todas as coisas que não o ajudariam de imediato e reviu o dano naquelas vértebras para planejar sua abordagem.

Conseguia enxergar que a área tinha fundido após uma fratura: a coluna tinha um padrão de nós ósseos perfeitamente alinhados e intercalados por pequenos eixos mais escuros... exceto a C6 e a C7, o que explicava a paralisia.

Não conseguia ver se a medula espinhal fora comprimida ou cortada completamente, e não saberia dizer a verdadeira extensão do dano até que entrasse nele em cirurgia. Mas não parecia nada bom; compressões espinhais eram fatais naquele delicado túnel de nervos, e danos irreparáveis poderiam ser causados em questão de minutos ou horas.

Motivo da pressa que tinham para encontrá-lo?, pensou Manny.

Olhou em direção a Jane.

– Quantas semanas se passaram desde que foi ferida?

– Foi... há quatro horas – ela disse tão baixo que ninguém mais pôde ouvir.

Manny recuou.

– O quê?

– Quatro. Horas.

– Houve uma lesão anterior?

– Não.

– Preciso falar com você, em particular. – Enquanto a puxava para o canto da sala, disse para o anestesista: – Espere aí, Max.

– Sem problema, Dr. Manello.

Segurando Jane com força, sussurrou:

– Que diabos está acontecendo aqui?

– A ressonância é autoexplicativa.

– Não é humana. Certo?

Jane apenas o encarou, os olhos fixos nos seus, inabaláveis.

– Onde diabos você se meteu, Jane? – perguntou em voz baixa. – Que diabos está fazendo comigo?

– Ouça-me com atenção, Manny, e acredite em cada palavra que eu disser. Vai salvar a vida dela e, como consequência, vai salvar a minha também. Ela é irmã do meu marido e se ele... – sua voz ficou entrecortada – Se ele a perder antes mesmo de ter a oportunidade de conhecê-la melhor, isso vai matá-lo. Por favor... pare de fazer perguntas que eu não posso responder e faça o seu melhor. Sei que não é justo, e faria qualquer coisa para mudar isso... só não posso perdê-la.

De repente, pensou nas dores de cabeça terríveis que teve durante o ano que se passou... todas as vezes que pensava nos dias que antecederam o acidente de carro. Aquela maldita dor tinha voltado no instante em que a viu outra vez... apenas para se levantar e revelar as camadas de lembranças que apenas percebia, pois era incapaz de retomá-las de verdade.

– Vai fazer isso para que eu não me lembre de nada – disse. – E também com os outros da equipe, não é? – Ele balançou a cabeça, conscientizando-se de que aquilo era muito, muito pior do que alguns agentes especiais do Governo Americano. Outras espécies? Coexistindo com seres humanos?

Mas ela não esclareceria isso de fato, não é mesmo?

– Maldita seja, Jane. De verdade!

Quando se virou, ela pegou seu braço.

– Fico devendo essa. Faça isso por mim e fico lhe devendo algo.

– Tudo bem. Então, que tal *nunca* mais aparecer na minha frente?

Deixou-a no canto e seguiu em direção à paciente, que havia sido virada de barriga para baixo. Curvando-se ao lado dela, disse:

– É o... – por alguma razão, queria usar seu primeiro nome com ela, mas por causa dos outros membros da equipe manteve o rigor profissional. – É o Dr. Manello. Vamos começar agora, certo? Não vai sentir nada, prometo.

Depois de um momento, ela respondeu com voz fraca:

– Obrigada, curandeiro.

Ele fechou os olhos ao som daquela voz. Deus, o efeito que apenas duas palavras pronunciadas por aquela boca exerceu nele foi épico. Mas exatamente pelo que ele sentia-se atraído? O que era aquele ser?

Uma imagem das presas do irmão dela passou por sua mente... e teve de arrancá-la dali. Haveria tempo para pensar naquele personagem de filme de terror.

Com uma maldição em voz baixa, acariciou o ombro dela e assentiu para o anestesista.

Hora do show.

As costas dela tinham sido esterilizadas pelas enfermeiras, em seguida, ele apalpou a coluna com os dedos, sentido o caminho que deveria percorrer enquanto as drogas faziam efeito e a deixavam inconsciente.

– Nenhuma alergia? – perguntou a Jane, mesmo já tendo perguntado antes.

– Não.

– Algum problema especial para o qual devemos ficar atentos enquanto ela estiver assim?

– Não.

– Tudo bem, então. – Alcançou o microscópio e aproximou o aparelho dele, mas não o colocou diretamente sobre ela.

Primeiro precisava fazer uma incisão.

– Quer música? – a enfermeira perguntou.

– Não. Nada de distrações nesse caso. – Estava operando como se sua vida dependesse disso, e não apenas porque o irmão daquela mulher o ameaçou.

Mesmo sem fazer qualquer sentido, perdê-la... não importava o que ela fosse... seria uma tragédia daquelas que não se conseguia descrever em palavras.

CAPÍTULO 10

A primeira coisa que Payne viu ao despertar foi um par de mãos masculinas. Era evidente que estava sentada e ligada a algum tipo de suporte que apoiava sua cabeça e seu pescoço, e as mãos em questão estavam na beirada da cama ao lado dela. Belas e hábeis, com as unhas bem aparadas, seguravam papéis e folheavam, com calma, muitas páginas.

O macho humano a quem elas pertenciam franzia a testa enquanto lia e usava um utensílio de escrita para fazer anotações ocasionais. Sua barba estava ainda mais crescida do que da última vez que a viu e, com isso, concluiu que já haviam se passado horas.

O curandeiro parecia tão exausto quanto ela.

Enquanto sua consciência voltava, percebeu um sinal sonoro sutil ao lado de sua cabeça... e uma dor incômoda nas costas. Tinha a sensação de que havia lhe dado algum tipo de poção para adormecer as sensações, mas ela não queria isso – melhor estar alerta. Sentia-se envolta em uma manta de algodão, algo estranhamente aterrorizante.

Ainda incapaz de falar, olhou ao redor. Ela e o macho humano estavam sozinhos e aquela não era a sala onde estiveram da última vez. Ouvia-se muitas vozes falando com aquele estranho sotaque humano lá fora, elas disputavam contra um fluxo constante de passos.

Onde Jane estava? A Irmandade...

– Me... ajude...

Isso chamou a atenção de seu curandeiro, que jogou as páginas sobre a mesa com rodinhas. Surgindo na frente dela, em pé, inclinou-se, seu perfume provocava um formigamento glorioso no nariz dela.

– Ei – ele disse.

– Não sinto... nada...

Pegou-lhe a mão e quando ela não conseguiu sentir nem o calor nem o toque, ficou extremamente agitada. Mas ele estava lá por ela.

– Shh... não, não, você está bem. Isso é apenas o efeito dos analgésicos. Você está bem e eu estou aqui. Calma...

A voz dele tranquilizou-a da mesma forma que a palma de sua mão faria se a estivesse acariciando.

– Diga-me – ela exigiu, com voz aguda –, o que... aconteceu?

– As coisas correram de forma satisfatória na sala de cirurgia – ele disse lentamente. – Redefini as vértebras e a medula espinhal não foi totalmente comprometida.

Payne esticou os ombros e tentou erguer a cabeça pesada e latejante, mas o aparelho sobre ela manteve-a bem onde estava.

– Seu tom... diz mais que as palavras.

Payne não teve uma resposta imediata do comentário que fez. Ele apenas continuou acalmando-a com as mãos que não conseguia sentir. Contudo, os olhos dele falavam por conta própria... e as notícias não eram boas.

– Diga-me – ela exclamou. – Eu mereço mais.

– Não foi um fracasso, mas não sei onde isso vai dar. O tempo nos dará informações mais do que qualquer outra coisa.

Ela fechou os olhos por um momento, mas a escuridão a apavorava. Abrindo bem as pálpebras, agarrou-se à visão de seu curandeiro... e odiou a culpa que havia naquele rosto bonito e sombrio.

– Não é culpa sua – disse ela asperamente. – Tinha que ser assim.

Ao menos disso ela tinha certeza. Ele tentou salvá-la e fez o seu melhor... a frustração nele era muito clara.

– Qual é o seu nome? – ele disse. – Não sei o seu nome.

– Payne. Meu nome é Payne.

Quando ele franziu o cenho outra vez, teve certeza de que a nomenclatura não o agradou*, e ela desejou ter nascido e sido chamada por outro conjunto de sílabas. Mas havia outra razão para o descontentamento, não? Ele a viu por dentro e, com certeza, concluiu que eram diferentes.

Ele tinha de saber que era um "outro ser".

– Aquilo que está pressupondo – ela murmurou –, não está errado.

– Seu curandeiro respirou e pareceu prender o ar por um dia inteiro.

– O que está passando em sua mente? Conte-me.

Ele sorriu um pouco e, ah, que sorriso bonito tinha. Muito bonito. Porém, era uma pena que não fosse um sorriso de bom humor.

– Agora...? – passou a mão pelo cabelo espesso e escuro. – Estou pensando se não deveria jogar tudo para o alto e bancar o idiota ao dizer que não sei o que está acontecendo. Ou dizer a verdade de uma vez.

– A verdade – ela disse. – Não posso me dar ao luxo de viver qualquer momento de falsidade.

– Muito bem. – Fixou os olhos nela. – Eu acho que você...

A porta da sala abriu-se um pouco e uma figura totalmente coberta olhou para dentro. Exalando um aroma delicado e agradável... Era Jane, oculta atrás de uma vestimenta azul e uma máscara.

– Está quase na hora – disse ela.

O rosto do curandeiro de Payne tornou-se vulcânico.

– Não concordo com isso.

Jane entrou e fechou-os ali.

– Payne, você está acordada?

– Sim – tentou sorrir e esperou que seus lábios estivessem se movendo. – Estou.

O curandeiro colocou-se entre elas, como se quisesse protegê-la.

– Não pode removê-la. Precisa esperar, pelo menos, uma semana. É cedo demais.

Payne olhou as cortinas que pendiam do teto ao chão. Tinha quase certeza de que havia janelas de vidro do outro lado da extensão de tecidos claros e plena certeza de que cada um dos raios de sol os trespassaria ao amanhecer.

---

* No inglês, o nome Payne remete a *pain* dor, sofrimento. (N.T.)

Nesse momento, o coração dela batia com força e sentiu isso por trás de sua caixa torácica.

– Preciso ir. Quanto tempo falta?

Jane verificou um objeto que indicava o tempo em seu pulso.

– Mais ou menos uma hora. E Wrath está vindo para cá. Isso vai ajudar.

Talvez fosse por isso que se sentia tão fraca. Ela precisava se alimentar.

Quando seu curandeiro estava prestes a abrir a boca, ela o interrompeu para falar com a *shellan* de seu irmão.

– Devo lidar com isso agora. Por favor, deixe-nos a sós.

Jane assentiu e afastou-se, saindo pela porta. Mas, sem dúvida, ficaria por perto.

O humano de Payne esfregou os olhos como se esperasse que isso mudasse sua percepção... ou talvez a realidade na qual estavam presos.

– Que nome gostaria que eu tivesse? – ela perguntou em voz baixa.

Ele deixou cair as mãos e a observou por um momento.

– Esqueça a coisa do nome. Poderia, simplesmente, ser honesta comigo?

Na verdade, tinha dúvidas se poderia fazer essa promessa. Apesar da técnica de enterrar memórias ser bem fácil, não estava muito familiarizada com as repercussões que isso traria e preocupava-se com a questão de que quanto mais se sabia, mais havia o que esconder e mais danos poderiam ser causados a ele.

– O que deseja saber?

– O que é você?

Seus olhos voltaram-se para as cortinas fechadas. Mesmo sendo protegida como foi, sabia sobre os mitos que a raça humana tinha construído em torno de sua espécie: mortos-vivos, assassinos de inocentes, sem alma e sem moral.

Dificilmente poderia orgulhar-se disso, ou perder seus últimos momentos tentando explicar.

– Não posso ser exposta ao sol – seu olhar voltou para ele. – Posso me curar muito, muito mais rápido que você. E preciso me alimentar antes de ser removida. Depois que fizer isso, ficarei estável o suficiente para viajar.

Manny olhou para as próprias mãos e ela imaginou que, provavelmente, ele estava pensando que não deveria tê-la operado.

E o silêncio que se estendeu entre eles tornou-se tão traiçoeiro e perigoso de ser atravessado quanto um campo de batalha. Ainda assim, ela ouviu-se dizendo:

– Há um nome para aquilo que sou.

– Sim. E não quero pronunciá-lo em voz alta.

Payne começou a sentir uma dor curiosa em seu peito e, com um esforço supremo, arrastou seu antebraço para cima até que a palma da mão repousasse sobre a dor. Estranho que todo seu corpo estivesse adormecido, mas pudesse sentir aquela dor...

De repente, o foco fugiu de sua visão.

Imediatamente, a expressão dele suavizou-se e ele se inclinou para acariciar o rosto de Payne.

– Por que está chorando?

– Estou?

Ele assentiu e ergueu o dedo indicador para que ela pudesse ver. Na ponta do dedo, uma única gota cristalina brilhava.

– Está sentindo dor?

– Sim. – Piscando rapidamente, tentou, mas não conseguiu focá-lo outra vez. – Essas lágrimas são muito irritantes.

O som da risada e a visão daqueles dentes brancos e regulares a levantaram, ao ponto de parecer estar acima da cama.

– Não é muito de chorar, não é mesmo? – ele murmurou.

– Nunca.

Ele inclinou-se para o lado e pegou um pedaço de tecido quadrado que usou para conter o que corria pela face de Payne.

– Por que as lágrimas?

Levou um tempo para dizer, e então, teve de fazê-lo:

– Vampira.

Recostou-se na cadeira ao lado dela e tomou um grande cuidado ao dobrar o quadrado e, em seguida, jogou a coisa em um pequeno contêiner de plástico.

– Acho que foi por isso que Jane desapareceu há um ano, não? – ele disse.

– Não parece chocado.

– Sabia que havia alguma coisa grande acontecendo – deu de ombros. – Vi as imagens da ressonância. Operei seu corpo.

Por alguma razão, aquela fraseologia a aqueceu.

– Sim. Você fez isso.

– No entanto, é parecida o suficiente. Sua coluna não é tão diferente ao ponto de eu não saber o que estava fazendo. Tivemos sorte.

Na verdade, ela não compartilhava da mesma opinião: depois de anos sem dar qualquer importância a machos, sentia uma atração mística em relação àquele diante dela, algo que gostaria de explorar se não estivessem naquela situação.

Mas como já havia aprendido há muito tempo, o destino raramente se preocupava com o que ela queria.

– Então – ele pronunciou –, vai dar um jeito em mim, certo? Vai fazer com que tudo isso desapareça. – Acenou com o braço de uma maneira vaga. – Não vou me lembrar de nada. Da mesma maneira que aconteceu quando seu irmão passou por aqui há um ano.

– Talvez sonhe com isso. Nada mais.

– É assim que sua espécie permanece em segredo.

– Sim.

Ele assentiu e olhou em volta.

– Vai fazer isso agora?

Queria mais tempo com ele, mas não havia razão alguma para que a visse alimentando-se de Wrath.

– Logo.

Ele fitou a porta e, em seguida, encarou diretamente o olhar dela.

– Vai me fazer um favor.

– Mas é claro. Seria um prazer servi-lo.

Uma de suas sobrancelhas ergueu-se e ela podia jurar que seu corpo exalou mais um pouco daquele delicioso aroma. Em seguida, ele ficou totalmente sério.

– Diga a Jane... que entendo. Entendo os motivos de ter feito o que fez.

– Está apaixonada pelo meu irmão.

– Sim, eu vi. Lá... onde estávamos. Diga a ela que está tudo bem entre ela e eu. Afinal, não se pode escolher por quem se apaixona.

Sim, Payne pensou. Sim, era uma grande verdade.

– Já se apaixonou? – ele perguntou.

Como os humanos não liam mentes, percebeu que tinha dito aquilo em voz alta.

– Ah... não. Eu... não. Nunca me apaixonei.

Mesmo aquele curto espaço de tempo com seu curandeiro foi um aprendizado. Ele a fascinava, desde a maneira como se movia, passando pelo modo como seu corpo preenchia o jaleco branco e as roupas azuis, até seu aroma e sua voz.

– É casado? – ela perguntou, temendo a resposta.

Ele riu em uma forte explosão.

– Claro que não.

Sua respiração soltou um suspiro aliviado, mesmo sendo estranho pensar que seu estado civil importava tanto. E, então, não houve nada além de silêncio.

Oh, a passagem do tempo. Era uma pena; e o que ela deveria dizer naqueles minutos finais que ainda restavam?

– Obrigada por cuidar de mim.

– O prazer foi meu. Espero que se recupere bem. – Olhou para ela como se estivesse tentando memorizá-la e ela desejou dizer para que parasse de tentar. – Estarei sempre aqui por você, certo? Se precisar de mim para ajudá-la... venha e me procure. – O curandeiro pegou um cartão pequeno e rígido e escreveu algo sobre ele. – Esse é o meu celular. Pode ligar.

Ele estendeu o braço e depositou o papel dentro da mão fraca que descansava sobre seu coração. Quando ela segurou o que havia recebido, pensou em todas as repercussões. E implicações.

E complicações.

Com um grunhido, tentou se mover.

O curandeiro foi ampará-la imediatamente.

– Precisa mudar de posição?

– Meu cabelo.

– Está puxando?

– Não... por favor, desfaça as tranças dos meus cabelos.

Manny congelou e apenas olhou para o rosto de sua paciente. Por alguma razão, a ideia de desfazer aquela trança grossa parecia muito próximo do ato de despi-la e, como era de se imaginar, seu desejo sexual estava pronto para isso.

Deus... estava com uma maldita ereção. Bem embaixo de seu uniforme cirúrgico.

Olha só, ele pensou, aquela era a lei imprevisível da atração no trabalho, acontecendo bem ali, naquele momento: Candance Hanson ofereceu-se para enlouquecê-lo, mas estava tão interessado nisso quanto em usar um vestido em uma festa. Mas aquela... fêmea? Mulher...? Pediu para que soltasse seus cabelos e já estava todo ofegante.

Vampira.

Em sua mente, ouvia a palavra sendo pronunciada por aquela voz com aquele sotaque... e o que mais o chocou foi sua falta de reação quando soube da novidade. Sim, se considerasse as implicações, sua placa-mãe começaria a chiar e faiscar: presas não estavam restritas ao Halloween e a filmes de terror?

E a coisa mais estranha era que não parecia estranho.

Aquilo e a atração sexual que estava tendo.

– Meus cabelos...? – ela disse.

– Sim... – ele sussurrou. – Vou cuidar disso.

Suas mãos não estavam com um leve tremor. Não. Não tremeram assim.

Elas chacoalhavam feito loucas.

O final da trança estava preso com o tecido mais macio que já havia sentido. Não era de algodão, nem de seda... Era algo que nunca tinha visto antes, e seus dedos de cirurgião pareciam desajeitados e ásperos enquanto trabalhava para desfazer o nó que prendia a trança. E os cabelos... bom Deus, seus cabelos negros e ondulados faziam aquele pano parecer um pedaço de urtiga, se fosse compará-los.

Centímetro a centímetro, separou as três partes, as ondas eram lisas e homogêneas. E, por ser um maldito filho da mãe, só conseguia pensar naquelas mechas caindo sobre o próprio peito nu... sobre seu abdômen... sobre seu pênis...

– É o suficiente – ela disse.

Com certeza é o suficiente. Obrigando seu devasso interior a voltar à terra da conversação educada e contida, obrigou suas mãos a pararem. Apesar da trança ter sido desfeita apenas até a metade, a revelação foi surpreendente. Se era linda com o cabelo todo amarrado, ficou resplandecente com aquelas ondas ao redor da cintura.

– Trance outra vez com isso dentro, por favor – ela disse, segurando o cartão com a mão vacilante. – Assim, ninguém vai encontrá-lo.

Ele piscou e pensou: cara, que óbvio. Inferno, não havia qualquer maneira do cara de cavanhaque encarar bem o fato da irmã ter estendido a mão e tocado seu cirurgião...

Mas não chegou a tocar, ele se corrigiu.

Bem, talvez tenha tocado *um pouco*. Ele gostaria mesmo era de penetr... hã, tocá-la.

Cala a boca, Manello, mesmo que não esteja falando em voz alta.

– Você é brilhante – ele disse. – Muito inteligente.

Aquilo a fez sorrir e, com isso, expôs a grande diferença. As presas eram brancas, afiadas e longas... e a evolução projetou-as para que cravassem em cheio em uma garganta.

Um orgasmo formigou no topo de sua ereção...

E, nesse momento, uma expressão severa passou sobre o rosto dela.

Oh, caaara.

– Hã... você pode ler mentes?

– Quando estou mais forte, sim. Mas seu perfume ficou mais intenso.

Então, ela o fazia suar e, de alguma forma, sabia disso. Só que... teve a impressão de que ela não tinha a menor ideia do motivo de tal reação, e isso era tão tentador quanto tudo mais que dizia respeito a ela: passava uma total inocência quando o encarou novamente.

Por outro lado, poderia não pensar nele sexualmente por ser humano. Acorda Manny, ela tinha acabado de despertar de uma cirurgia, algo que dificilmente reproduziria o clima de um feriado na praia.

Manny cortou sua segunda conversação interior e dobrou seu cartão de visitas ao meio. A melhor notícia sobre seu cabelo foi que levou apenas um minuto para camuflar o cartão na trança. Quando terminou, recolocou o pano e fez um laço, em seguida, teve o cuidado de ajeitar o comprimento ao lado dela na cama.

– Espero que o use – ele disse. – Espero mesmo.

O sorriso dela foi muito triste, dizendo-lhe que não havia muitas chances disso acontecer, mas convenhamos: era óbvio que o contato entre duas espécies diferentes não estava em suas listas de prioridades; caso contrário, o termo *banco de sangue* teria uma conotação totalmente diferente. Mas, pelo menos, tinha suas informações para contato.

– O que acha que vai acontecer? – ela perguntou, abaixando a cabeça em direção às pernas.

Seus olhos seguiram o exemplo dela.

– Não sei. É evidente que as regras são diferentes com você... então, tudo é possível.

– Olhe para mim – ela disse – Por favor.

Ele esboçou um sorriso.

– Nunca pensei que diria isso, mas... não quero – tentou, mas não conseguiu encará-la. – Só me prometa uma coisa.

– O que posso conceder-lhe?

– Ligue-me, se puder.

– Ligarei.

No entanto, ela não quis dizer isso. Não estava certo de como sabia disso, mas tinha plena certeza. Entretanto, por que ela ficou com o cartão? Não fazia ideia.

Olhou para a porta e pensou em Jane. Droga, deveria desculpar-se pessoalmente por ser tão intransigente com relação a tudo aquilo.

– Antes que faça isso, preciso...

– Gostaria de deixar algo de mim para trás. Com você.

Manny deu uma olhada em volta e fixou-se nela.

– Qualquer coisa. Quero qualquer coisa que possa me dar.

As palavras saíram em um rosnado misterioso e ele sabia muito bem que tinha uma entonação sexual... será que isso tornava-o um porco?

– Só que não poderia ser uma coisa tangível... – Ela balançou a cabeça. – Seria muito prejudicial a você.

Encarou o rosto belo e forte de Payne... e fixou-se em seus lábios.

– Tenho uma ideia.

– O que quiser. – A inocência naquele olhar o deteve. E acendeu sua libido como a uma fogueira.

Claro que não precisava de ajuda para sentir isso.

– Quantos anos você tem? – ele perguntou de repente. Poderia ser promíscuo, mas não faria nada com uma menor. Toda sua constituição física dizia que era uma adulta, mas quem saberia seu nível de maturidade...

– Tenho trezentos e cinco anos de idade.

Como assim? Claro, era um bom número de anos. Ela tinha de ser maior de idade no mundo deles, pensou.

– Então, pode se casar?

– Sim. Mas não estou com nenhum macho.

Então, havia um Deus.

– Sei o que quero. – Ela. Nua. Sobre ele. Mas, caramba, ele se contentaria com muito menos.

– O quê?

– Um beijo – ergueu as mãos. – Não precisa ser nada quente ou intenso. Apenas... um beijo.

Quando ela não respondeu, ele quis se matar. E pensou seriamente em entregar-se àquele irmão dela para receber a surra que merecia.

– Pode me mostrar como é? – ela sussurrou.

– Sua espécie não... beija? – Só Deus sabia o que faziam. Mas se alguma coisa da lenda era verdade, o sexo estava presente no repertório na maior parte do tempo.

– Eles se beijam. É que nunca beijei antes... Você está bem? – estendeu a mão. – Curandeiro?

Ele abriu os olhos... que evidentemente tinha fechado.

– Deixe-me perguntar uma coisa. Já esteve com um homem?

– Nunca com um homem humano. E... nem com um macho vampiro, também.

O pênis de Manny explodiu sob sua roupa. Que loucura. Nunca tinha se importado se uma mulher tinha estado com outro homem antes... ou não. Na verdade, as garotas com quem costumava sair perdiam a virgindade nos primeiros anos da adolescência... e nunca olhavam para trás.

Os olhos claros e pálidos de Payne o encararam.

– Seu aroma está ainda mais forte.

Provavelmente porque tinha começado a suar tentando não gozar.

– Gosto disso – ela acrescentou com uma voz profunda.

Houve um momento elétrico entre eles, algo que ele não conseguia acreditar que poderia ser apagado por algum truque de magia jogado sobre sua massa cinzenta. E, então, os lábios dela entreabriram-se e a língua rosa saiu para umedecer a boca... como se estivesse imaginando algo que lhe deu sede.

– Acho que quero provar você – ela disse.

Certo. Dane-se o beijo. Se ela quisesse comê-lo cru, estava pronto para isso. E isso foi antes de assistir as pontas de suas presas brancas estenderem-se ainda mais em sua mandíbula superior.

Manny sentia que estava ofegando, mas não conseguia ouvir nada, pois o sangue do corpo rugia em seus ouvidos. Maldição, estava prestes a perder o controle... e não em um sentido metafórico: estava, literalmente, a alguns centímetros de distância de arrancar aqueles lençóis e montar em cima dela, mesmo sabendo que estava imobilizada. E que nunca havia estado com alguém antes. E que não era da sua espécie.

Precisou utilizar-se de todas as forças que possuía para levantar-se e recuar.

Manny limpou a garganta. Duas vezes.

– Acho melhor adiar um pouco.

– Adiar?

– Para depois.

O rosto dela mudou instantaneamente, os traços adoráveis ficaram tensos e esconderam a frágil paixão que havia sangrado em sua expressão.

– Mas... é claro. É melhor.

Odiou machucá-la, mas não havia como explicar o quanto a desejava sem assumir um tom pornográfico. E ela era virgem, pelo amor de Deus. Merecia alguém melhor do que ele.

Deu uma última olhada persistente nela e disse para seu cérebro recordar-se disso. De alguma maneira, não queria perdê-la.

– Faça o que tem de fazer. Agora.

Os olhos dela desceram, percorrendo o corpo dele e detendo-se nos quadris. Quando percebeu que ela olhava para seu sexo – que estava chamando muita atenção –, escondeu discretamente com as mãos sua excitação por baixo do uniforme cirúrgico.

Sua voz era rouca:

– Está me matando. Não sou confiável com você assim. Então, tem de fazer isso, por favor. Deus, apenas faça...

CAPÍTULO 11

Ravasz. Sbarduno. Grilletto. Trekker.

A palavra *gatilho* debatia-se dentro do crânio de V. em todas as línguas que conhecia; seu cérebro trouxe à tona todo tipo de vocabulário para brincar um pouco – caso contrário, a coisa ia se canibalizar.

Enquanto ativava seu Google Tradutor, seus pés o levavam a caminhar na cobertura do Commodore sem parar; seu ritmo incansável transformava o local no equivalente a uma gaiola de *hamster* multimilionária.

Paredes negras. Teto negro. Piso negro. A visão noturna de Caldwell... algo que nunca o levou até ali.

Ao longo da cozinha, da sala de estar, do quarto e de volta à cozinha.

De novo. E de novo.

À luz das velas negras.

Havia comprado o apartamento há mais ou menos cinco anos, quando o edifício ainda estava em construção. Assim que o esqueleto surgiu na paisagem do rio, decidiu possuir a metade da cobertura do arranha-céu. Mas não era como uma casa... ele sempre tivera um lugar separado para dormir. Mesmo antes de Wrath estabelecer a Irmandade na antiga mansão de Darius, V. tinha o hábito de separar o local onde descansava e guardava as armas de suas... outras atividades.

Naquela noite, sentido-se daquela maneira, o fato de ter ido até ali era lógico e ridículo.

Ao longo de décadas e séculos, desenvolveu não apenas uma reputação dentro da raça, mas um lugar para machos e fêmeas que queriam o que ele tinha para oferecer. E assim que adquiriu aquela unidade, trouxe-os até seu buraco negro para um tipo muito específico de sexo: ali, derramava o sangue deles, fazia-os berrar e chorar, e, então, penetrava-os ou eles o penetravam.

Parou diante de sua mesa de trabalho; a velha madeira estava surrada e marcada não apenas por suas ferramentas, mas por sangue, orgasmos e cera de vela.

Deus, algumas vezes, a única maneira de saber quão longe se tinha chegado era voltando ao local onde tinha começado.

Estendendo a mão enluvada, pegou as tiras de couro grosso que usava para manter onde queria aqueles a quem submetia.

Costumava usar, corrigiu-se. Aquilo era passado; agora que tinha Jane, não fazia mais aquelas coisas... não tinha mais o impulso para isso.

Olhando para a parede, avaliou sua coleção de brinquedos: chicotes, correntes e arame farpado. Braçadeiras, mordaças e lâminas de barbear. Açoites. Quilômetros de correntes.

Os jogos que colocava em prática – *costumava* colocar – não eram para aqueles que tinham coração fraco, para iniciantes ou curiosos ocasionais. Para os verdadeiramente submissos, havia uma linha tênue entre a satisfação sexual e a morte – os dois tiravam-lhe do controle, mas a última era seu disparo final – literalmente. E ele era o mestre supremo, capaz de levar os outros aonde precisavam chegar... E até mesmo um centímetro mais longe. Era por isso que as pessoas vinham para ele.

Costumavam vir para ele...

Até ele, corrigiu-se.

Droga.

E foi por isso que o relacionamento com Jane foi uma revelação. Com ela em sua vida, não sentia a necessidade ardente por nada daquilo. Nem por aquele relativo anonimato, nem por aquele controle que exercia sobre seus submissos, nem pela satisfação que sentia ao infringir dor a si mesmo, nem pela sensação de poder ou pelos intensos orgasmos.

Depois de todo aquele tempo, pensou que tinha sido transformado.

Errado.

Ainda existia um interruptor interno nele e estava direcionado para a posição em que se lia "ligado". Por outro lado, o desejo de cometer matricídio era muito estressante – principalmente quando não se podia fazer nada em relação a isso.

V. inclinou-se e tocou um chicote de couro com bolas de aço inoxidável amarradas em suas extremidades. Quando o comprimento passou entre os dedos de sua mão sem luvas, sentiu vontade de vomitar... parado ali, daquela maneira, desejou oferecer qualquer coisa para obter um pouco daquilo que tinha antes...

Não, espere. Enquanto olhava sua mesa, revisou mentalmente tudo aquilo. Queria *ser* aquilo que teve. Antes de Jane, fazia sexo como um dominador, pois era a única maneira pela qual se sentia seguro o suficiente durante o ato – e parte dele sempre quis saber, especialmente enquanto estalava o chicote, por assim dizer, por que seus submissos queriam aquilo que ele oferecia.

Agora tinha uma boa ideia do motivo: o que martelava dentro da pele deles era tão tóxico e violento que precisavam de uma válvula de escape que fosse aberta a partir de seu próprio corpo...

V. caminhou até uma de suas velas pretas, sem se dar conta de que suas botas estavam atravessando o chão.

Então, a coisa colocou-se contra a palma de sua mão antes mesmo que percebesse que estava segurando. Sua vontade acendeu a chama... e, em seguida, inclinou a ponta acesa em direção ao peito, a cera quente e negra atingiu a clavícula e escorreu para baixo de sua regata. Fechando os olhos, deixou a cabeça cair para trás enquanto soltava um silvo por entre suas presas.

Mais cera em sua pele nua, mais fisgadas.

Quando começou a se sentir muito excitado, metade dele estava consciente e a outra sentia um barato total. Contudo, a mão enluvada não teve problemas com essa dupla personalidade. Foi até o zíper da calça e liberou seu pênis.

À luz da vela, observou-se levando o objeto para baixo e segurando-o sobre sua ereção... Em seguida, inclinou o pavio aceso para baixo.

Uma lágrima negra deslizou livremente da fonte de calor e atingiu queda livre em direção a...

– *Droga...*

Quando suas pálpebras relaxaram o suficiente para que pudesse abri-las, olhou para ver a cera endurecida sobre a borda da cabeça de seu pênis, a pequena linha abriu caminho por onde a cera havia sido derramada.

Dessa vez, gemeu profundamente quando abaixou a ponta da vela, pois sabia o que estava por vir.

Mais gemido. Mais cera. E uma maldição dita em voz alta seguida por outro silvo.

Não havia necessidade de ficar sem ar. A dor era suficiente, o movimento rítmico ao longo do pênis disparava choques elétricos em seus testículos, nos músculos de suas coxas e nádegas. Periodicamente, movia a chama para cima e para baixo para atingir as partes livres da carne, sua ereção pulava toda vez que era golpeada... até que sentiu que já era o suficiente para as preliminares.

Deslizando a mão livre sobre o pênis, colocou-se em pé.

A cera atingiu exatamente o lugar mais sensível... e a forte agonia foi tão intensa que quase caiu no chão... mas o orgasmo salvou suas pernas de vacilarem e o poder do gozo o enrijeceu da cabeça aos pés.

A cera negra espalhou-se por toda parte.

Sobre sua mão e suas roupas.

Assim como nos velhos tempos... exceto por uma coisa: havia um vazio. Caramba. Ah, espere... Isso também fazia parte de representar o papel de Deus. A diferença era que antes ele não sabia que havia outra coisa lá fora. Algo como Jane...

O som do telefone tocando deu-lhe a sensação de um tiro na cabeça: mesmo não sendo alto, o silêncio tinha sido quebrado como um espelho e os cacos mostravam-lhe o reflexo daquilo que não queria ver – apesar do feliz emparelhamento, estava li, em sua câmara de perversão, masturbando-se.

Recuou e arremessou a vela para o outro lado da sala, a chama extinguiu-se no meio do voo... única razão pela qual o maldito lugar não foi incendiado.

E isso foi antes de ver quem estava ligando.

Sua Jane. Sem dúvida, com um relatório do hospital humano. Pelo amor de Deus, um macho de valor estaria do lado de fora da sala de cirurgia, esperando sua irmã acordar, apoiando sua companheira. Ao invés disso, tinha sido excluído daquilo por ter perdido o controle e foi até ali para passar um tempo de qualidade com sua cera negra e sua ereção.

Pressionou o botão *send* enquanto voltava a colocar seu pênis ainda ereto para dentro da calça de couro.

– Sim.

Uma pausa. Durante a qual ele teve de se lembrar que ela não conseguia ler mentes e agradeceu muito por isso. Cristo, o que foi aquilo que tinha acabado de fazer?

– Você está bem? – ela disse.

Nem um pouco.

– Sim. Como está Payne? – Por favor, que as notícias não sejam ruins.

– Ah... ela conseguiu passar por tudo. Estamos voltando ao complexo. Ela reagiu bem e Wrath a alimentou. Os sinais vitais estão estáveis e parece estar relativamente confortável, embora não se possa dizer qual será o resultado a longo prazo.

Vishous fechou os olhos.

– Pelo menos ela ainda está viva.

Houve um longo momento de silêncio, quebrado apenas pelo zumbido calmo do veículo no qual ela estava viajando.

Em determinando momento, Jane disse:

– Pelo menos passamos pelo primeiro obstáculo e a operação correu tão bem quanto possível... Manny foi brilhante.

V. ignorou o comentário criteriosamente.

– Algum problema com a equipe do hospital?

– Não. Phury colocou sua mágica em prática. Mas no caso de haver deixado alguém ou alguma coisa passar, acho que seria uma boa ideia monitorar o sistema de registros por um tempo.

– Vou cuidar disso.

– Quando vai voltar para casa?

V. teve de cerrar os dentes quando terminou de fechar a calça. Em mais ou menos meia hora, suas bolas estariam tão azuis quanto o fundo das estrelas na bandeira americana: apenas uma vez nunca era o suficiente para ele. Precisava de cinco ou seis vezes para conseguir aquilo que necessitava em uma noite comum... e não havia nada de comum naquele momento.

– Você está na cobertura? – Jane disse em voz baixa.

– Sim.

Houve uma pausa tensa.

– Sozinho?

Bem, a vela era um objeto inanimado.

– Sim.

– Está tudo bem, V. – ela murmurou. – Pode pensar como está pensando agora.

– Como sabe o que há em minha mente?

– Por que haveria outra coisa dentro dela?

Deus... que fêmea de valor.

– Eu te amo.

– Eu sei. E posso dizer o mesmo. – Pausa. – Gostaria que... houvesse outra pessoa aí com você?

A dor na voz dela foi quase eclipsada pelo autocontrole, mas para ele a emoção soava tão alta e clara que parecia estar sendo emitida em um megafone.

– Isso é passado, Jane. Confie em mim.

– Eu confio. Não há dúvida disso. Cortaria sua mão boa para que eu acreditasse em você.

Então, por que perguntou?, pensou enquanto fechava os olhos e abaixava a cabeça. Bem, era óbvio. Ela o conhecia muito bem.

– Deus... Eu não a mereço.

– Sim, merece. Volte para casa. Veja sua irmã...

– Tem razão em me dizer o que fazer. Desculpe, fui um idiota.

– Tem o direito de ser. Tudo isso é muito estressante...

– Jane?

– Sim?

Tentou formar palavras, mas falhou; o silêncio estendeu-se entre eles outra vez. Maldição, não importava o quanto tentasse juntar frases, parecia que não existia uma combinação mágica de sílabas para expressar corretamente o que ele estava sentindo.

Por outro lado, talvez fosse menos culpa do vocabulário e mais do que tinha acabado de fazer consigo mesmo: sentia como se tivesse de confessar algo, mas não conseguia.

– Venha para casa – Jane interrompeu. – Venha vê-la e se eu não estiver na clínica, procure-me.

– Tudo bem. Eu vou.

– Vai ficar tudo bem, Vishous. E precisa se lembrar de uma coisa...

– Do quê?

– Sei com o que eu me casei. Sem quem é você. Não há nada que vá me chocar. Agora, desligue o telefone e vá para casa.

Depois que ele disse até logo e pressionou o botão *end*, não teve certeza sobre a coisa de "nada vai me chocar". Tinha surpreendido a si mesmo naquela noite e não foi no bom sentido.

Colocando o telefone de lado, enrolou um cigarro e tateou os bolsos para encontrar um isqueiro, antes que levasse aquele lixo que era de volta ao centro de treinamento.

Olhou ao redor e observou uma daquelas malditas velas negras. Sem qualquer outra opção, aproximou-se e inclinou-se para acender o cigarro.

Voltar ao complexo da Irmandade era a coisa certa a se fazer, um plano bom e sólido.

Pena que aquilo lhe dava vontade de gritar até perder a voz.

Depois que terminou de fumar, quis apagar as velas e ir para casa. Quis mesmo.

Mas não foi o que fez.

Manny estava sonhando. Só podia ter sido isso.

Tinha uma vaga ideia de que estava em seu escritório, deitado de bruços sobre o sofá de couro onde cochilava regularmente. Como sempre, havia um uniforme cirúrgico enrolado sob a cabeça como um travesseiro e tirara o tênis.

Tudo isso era normal, como de costume.

Só que sua pequena soneca distorceu tudo... e, de repente, não estava sozinho. Estava sobre uma mulher...

Quando recuou surpreso, ela o encarou com olhos claros como o gelo, mas que estavam extremamente quentes.

– Como chegou aqui? – perguntou com voz rouca.

– Estou em sua mente – seu sotaque era estranho e muito sensual. – Estou dentro de você.

Então, percebeu que, sob seu corpo, ela estava nua e muito quente... e santo Deus, mesmo com toda aquela confusão, ele a desejava.

Era a única coisa que fazia algum sentido ali.

– Ensine-me – ela disse de maneira sombria, com os lábios entreabrindo-se e os quadris movimentando-se sob ele. – Possua-me.

A mão dela moveu-se entre os dois e encontrou a ereção de Manny. Fez ele gemer ao acariciá-la.

– Estou vazia sem você – ela disse. – Preencha-me. *Agora.*

Com um convite assim, não pensou sequer um segundo. Tateando, puxou o uniforme para baixo de suas coxas e, então...

– Oh, caramba... – gemeu quando seu pênis deslizou em direção ao núcleo escorregadio da mulher.

Um movimento a mais e estaria mergulhado profundamente dentro dela, mas forçou-se a não violar seu sexo naquele momento. Queria beijá-la primeiro e, mais precisamente, faria isso direito, pois... ela nunca tinha sido beijada antes...

Por que ele sabia disso?

Quem se importava?

E a boca não seria a única coisa a tocar com seus lábios.

Afastando-se um pouco, correu os olhos pelo pescoço dela, até sua clavícula... e percorreu ainda mais abaixo – ou ao menos tentou.

Foi aí que viu o primeiro sinal de que algo estava errado. Embora pudesse enxergar cada detalhe de seu rosto forte e belo e de seu longo cabelo negro trançado, a visão de seus seios estava nublada e permaneceu assim: não importava o quanto ele forçasse os olhos, não havia nitidez. Mas, de qualquer maneira, era perfeita para ele, não importava a aparência.

Perfeita *para ele.*

– Beije-me – ela suspirou.

Os quadris dele sentiram um impulso ao som de sua voz e quando sua ereção deslizou sobre o centro dela, o atrito o fez gemer. Deus, a sensação dela pressionando seu órgão, de seu pênis dividindo-a e enterrando-se nela, procurando por aquele doce local...

– Curandeiro – gemeu ao arquear-se para trás, sua língua saindo e deslizando-se sobre o lábio inferior... Presas.

As duas pontas brancas eram presas e ele congelou: aquele ser que estava embaixo dele, pronto para recebê-lo, não era humano.

– Ensine-me... possua-me...

Vampira.

Ele deveria ficar chocado e aterrorizado. Mas não ficou. De qualquer forma, aquilo que ela era incitava-lhe um desejo ainda maior de penetrá-la, com um desespero que o fazia suar. E havia algo mais... aquilo provocava nele um desejo de marcá-la.

Não importava o que aquilo quisesse dizer.

– Beije-me, curandeiro... e não pare.

– Não vou parar – ele gemeu. – Não vou parar nunca.

Quando ele inclinou a cabeça para levar seus lábios aos dela, seu pênis explodiu, o orgasmo que saiu dele espalhou-se sobre ela...

Manny acordou com um suspiro alto o suficiente para acordar os mortos.

E ah, droga, estava ereto, seus quadris rangendo o sofá enquanto memórias nebulosas e deliciosas de sua amante virgem faziam com que ainda sentisse as mãos dela sobre toda sua pele. Caramba, embora fosse claro que o sonho tivesse acabado, o orgasmo continuou vindo até que precisou cerrar os dentes e apertar um dos joelhos, o latejar do pênis bombeou uma onda de energia aos pesados músculos de suas coxas e peito, até não conseguir respirar.

Quando tudo acabou, jogou o rosto sobre as almofadas e fez o melhor que pôde para conseguir respirar um pouco, porque tinha a sensação de que a segunda rodada aconteceria muito em breve. Os tentáculos do sonho o atormentavam e faziam com que desejasse voltar àqueles momentos que não existiram, mas que, ainda assim, pareceram tão reais quanto a consciência do que sentia agora. Alcançando seus bancos de memória, puxou os arquivos de onde tinha estado, trazendo a fêmea de volta ao...

A dor de cabeça que se chocou contra suas têmporas o nocauteou... com certeza, se não estivesse na horizontal, teria caído com tudo no chão.

– Droooga...

A dor era impressionante, como se alguém tivesse martelado o seu crânio com um tubo de chumbo, e isso foi um pouco antes de conseguir reunir forças para virar-se e tentar se sentar.

A primeira tentativa em colocar-se na vertical não foi muito boa. A segunda só foi bem-sucedida por que apoiou os braços ao lado do tronco para impedi-lo de cair novamente. Quando sua cabeça ficou pendurada em seus ombros como um balão sem ar, olhou o tapete oriental e esperou até sentir que conseguiria percorrer o trajeto até o banheiro para tomar algum analgésico.

Tinha muito aquelas dores de cabeça, pouco antes de Jane ter morrido...

Pensar em sua antiga chefe do departamento de traumatologia trouxe nova onda de dores que o faziam desejar que alguém atirasse em sua cabeça.

Respirar superficialmente e com o propósito de pensar em nada, absolutamente coisa nenhuma, de alguma forma ajudou-o a enfrentar o ataque. Quando a maior parte da agonia passou, experimentou levantar a cabeça... Apenas para sentir se era o caso de uma pequena mudança de altitude provocar outro ataque.

O relógio antigo atrás de sua mesa marcava quatro e dezesseis.

Quatro da manhã? Que diabos andou fazendo desde que saiu da clínica veterinária?

Ao fazer uma retrospectiva, lembrou-se de que tinha saído do Queens depois de deixar Glory para trás e sua intenção era ir para casa. Estava claro que não fora isso o que acontecera. E não fazia ideia de quanto tempo tinha permanecido dormindo em seu escritório. Olhando para o uniforme cirúrgico, viu que havia gotas de sangue aqui e ali... e seus tênis estavam dentro da bota azul, que sempre colocava para operar. Parece que tinha trabalhado em algum paciente.

Um novo surto de dor eclodiu em sua mente, fazendo com que tensionasse cada músculo de seu corpo e lutasse por controle. Percebendo que a resposta física era sua única aliada, deixou de lado todos os processos cognitivos enquanto respirava lenta e uniformemente.

Concentrando-se no relógio, viu o ponteiro marcar dezessete... depois dezoito... depois dezenove...

Vinte minutos depois, finalmente, conseguiu levantar-se e dirigir-se com um impulso até o banheiro. O interior do cômodo era muito luxuoso, ao estilo Ali Babá, com uma quantidade de mármore, cristal e bronze suficiente para deixar o local digno de um castelo – mas, naquela noite, todo aquele brilho fez com que ele soltasse um palavrão.

Abrindo a porta de vidro do box, acionou as torneiras e, em seguida, voltou-se para a pia, abriu a porta do armário onde havia o espelho e pegou o frasco do remédio. Cinco comprimidos de uma vez eram mais do que a dose recomendada, mas ele era um médico, droga, e estava prescrevendo a si mesmo a tomar mais de dois.

A água quente foi uma bênção, tirando não apenas os remanescentes daquele orgasmo incrível, mas também a tensão das últimas doze horas. Deus... Glory. Esperava do fundo do coração que estivesse bem. E aquela fêmea que tinha ope...

Quando sentiu uma nova pontada se aproximando, afastou qualquer pensamento que estava prestes a iniciar como se fosse veneno e focou-se apenas na maneira como a ducha atingia sua nuca e ombros, caindo pelas costas e peito.

Seu pênis estava ereto, bem duro mesmo.

A ironia de que a maldita coisa continuava toda alegrinha, apesar do fato de sua cabeça e outras partes do corpo estarem totalmente vacilantes, não era motivo de riso. A última coisa que tinha vontade de fazer era praticar mais alguns exercícios com a palma da mão, mas tinha a sensação de que aquela ereção que exibia permaneceria ali como uma escultura no gramado: duraria por tempo indeterminado até que desse um jeito nisso.

Quando o sabonete escorregou do suporte de bronze e caiu em seu pé como uma bigorna, ele amaldiçoou e deu um pulo... então, abaixou-se e o apanhou.

Escorregadio. Oh, tão escorregadio.

Depois de colocar o sabonete em seu lugar, deslizou a mão para o sul e agarrou seu pênis. Quando começou a roçar sua mão para cima e para baixo, aquela coisa toda envolvendo água quente e sabão foi muito eficiente, mas, ainda assim, um mau substituto para aquilo que tinha acontecido sobre aquela mulher...

Uma dor aguda, precisa, diretamente em seu lóbulo frontal.

Deus, era como se tivesse soldados armados cercando qualquer pensamento sobre ela.

Com uma maldição, calou seu cérebro, pois sabia que tinha de terminar aquilo que havia iniciado. Apoiando um braço contra a parede de mármore, deixou a cabeça cair enquanto bombeava a si mesmo. Sempre teve um forte impulso sexual, mas aquilo era totalmente diferente: um desejo perfurando qualquer camada de civilidade e percorrendo o âmago do seu ser era uma novidade total.

– Droga... – Quando o orgasmo o atingiu, rangeu os dentes e apoiou-se contra as paredes úmidas do banheiro. A liberação foi tão forte quanto aquela que teve no sofá, causando espasmos pelo corpo até que o pênis não era o único a mover-se de maneira incontrolável: cada músculo parecia estar envolvido no gozo e teve de morder os lábios para não gritar.

Quando a sessão de masturbação finalmente terminou, seu rosto estava esmagado contra o mármore e respirava como se tivesse atravessado Caldwell correndo.

Ou talvez tivesse corrido até o Canadá.

Voltando a colocar-se sob a ducha, lavou-se outra vez e saiu, pegando uma toalha e...

Manny olhou para os quadris.

– Ah! Está de brincadeira?

Seu pênis estava tão ereto quanto da primeira vez: destemido. Orgulhoso e forte como apenas um idiota poderia ser.

Que seja. Tinha terminado o serviço com ele.

Se acontecesse o pior, poderia simplesmente esconder a maldita coisa em suas calças. Era óbvio que o método de "aliviá-lo" não estava funcionando e estava esgotado. Que inferno, será que ia pegar uma gripe ou coisa assim? Só Deus sabia, trabalhando em um hospital poderia contrair várias coisas.

Incluindo amnésia, evidentemente.

Manny envolveu uma toalha em torno de si e saiu para o escritório... apenas para ficar congelado. Havia um aroma estranho impregnado no ar... alguma coisa parecida com... especiarias escuras?

Não era sua colônia, isso com certeza.

Atravessando o tapete oriental com seus pés nus, abriu a porta e se inclinou. Os escritórios administrativos estavam escuros e vazios e o cheiro não vinha de nenhum lugar dali.

Franzindo a testa, olhou para o sofá. Mas sabia muito bem que se apenas pensasse naquilo que tinha acabado de acontecer, ficaria excitado.

Dez minutos depois, estava vestido em uniformes cirúrgicos limpos e tinha se barbeado. O Sr. Feliz da Vida, que ainda estava ereto como um monumento nacional, estava preso a sua cintura e amarrado no lugar como o animal que era. Quando pegou sua bolsa e a mala que havia usado na viagem, estava totalmente pronto a deixar o sonho, a dor de cabeça e toda aquela maldita noite para trás.

Após passar em frente às portas dos escritórios de departamentos cirúrgicos, desceu de elevador até o terceiro andar, onde localizavam-se as salas de cirurgia. Os membros de sua equipe estavam ocupados com suas tarefas, operando em casos de emergência, lidando com a instalação ou o transporte de alguns pacientes, limpando, preparando. Acenou para as pessoas, mas não falou muito... Então, até onde sabiam, nada de diferente estava acontecendo. O que era um alívio.

E ele quase conseguiu chegar ao estacionamento sem perder essa sensação.

Contudo, não foi mais possível seguir sua estratégia quando chegou aos quartos de recuperação. Queria sair correndo por entre eles, mas seus pés o detiveram e sua mente se agitava... de repente, sentiu-se obrigado a seguir em direção a um deles. Enquanto seguia o impulso, sua dor de cabeça retornava à vida com todas as forças, mas ele deixou que continuasse ao entrar em uma sessão isolada que estava no caminho da saída de incêndio.

A cama contra a parede estava impecável, os lençóis tão bem colocados que pareciam ter sido passados a ferro contra o colchão. Não havia anotações da equipe no quadro branco, nenhum alerta sonoro de alguma máquina, nenhum computador conectado.

Mas o aroma de antisséptico exalava no ar. E também um perfume...?

Alguém havia estado ali. Alguém que ele tinha operado, naquela noite.

E ela tinha...

A agonia o esmagou, Manny moveu-se e perdeu o equilíbrio, segurando no batente da porta e inclinando-se para manter-se em pé. Quando sua enxaqueca, ou o que quer que fosse, piorou, teve de se curvar.

Foi quando ele viu.

Franzindo o cenho contra a dor, tropeçou na mesa de cabeceira e ajoelhou-se. No chão, tateou o espaço até encontrar o cartão dobrado.

Sabia o que era antes mesmo de olhar para a coisa, e, por alguma razão, quando o apanhou, seu coração partiu pela metade. Segurando com força, olhou para seu nome, título, endereço do hospital, telefone e fax impressos ali. Com sua letra, no espaço em branco à direita do logotipo do Hospital São Francisco, havia escrito seu número de celular.

Cabelos. Cabelos escuros trançados. Suas mãos desfaziam a trança...

– Filho da mãe... – Apoiou a palma de uma das mãos no chão, mas não teve jeito e acabou caindo, atingindo o chão de linóleo com força antes de rolar de costas. Quando balançou a cabeça e deixou-a tensa contra a agonia, sabia que suas pálpebras estavam arregaladas, mas não dava a mínima se não conseguia ver nada.

– Chefe?

Ao som da voz de Goldberg, o franco-atirador em suas têmporas deu um tempo, como se seu cérebro tivesse estendido a mão para o auditório salva-vidas e tivesse sido arrastado para longe dos tubarões, ao menos, temporariamente.

– Ei – ele gemeu.

– Você está bem?

– Sim.

– Dor de cabeça?

– Nem um pouco.

Goldberg riu brevemente.

– Olha, tem alguma coisa acontecendo. Tive quatro enfermeiras e dois administradores que caíram ao chão assim como você. Chamei uma equipe extra e mandei os outros para casa, para descansarem.

– Bem inteligente da sua parte.

– Adivinhe o que vou dizer agora.

– Não diga nada. Estou indo, estou indo. – Manny forçou-se a se sentar e, então, quando se sentiu pronto, conseguiu levantar-se usando os trilhos da cama do hospital.

– Deveria estar de folga neste fim de semana, chefe.

– Eu voltei. – Felizmente, Goldberg não perguntou sobre os resultados da corrida de cavalos. Por outro lado, não sabia que participava de algo assim para perguntar. Ninguém fazia ideia de quais eram as atividades de Manny fora do hospital, e isso se devia, em grande parte, a ele nunca achar que houvesse algo mais importante comparado ao que faziam no hospital.

Por que a vida dele parecia tão vazia de repente?

– Precisa de uma carona? – o chefe da traumatologia perguntou.

Deus, sentia falta de Jane.

– Ah... – qual foi a pergunta? Oh, certo. – Tomei alguns analgésicos... vou ficar bem. Mande uma mensagem se precisar de mim. – Na saída, bateu no ombro de Goldberg. – Fica responsável por tudo até amanhã, às sete da manhã.

A reação de Goldberg não foi registrada.

Aquela falta de memória já parecia ser sua trilha sonora. Manny não conseguia entender nada ao se dirigir à ala norte de elevadores e descer até o estacionamento... Era como se a última rodada do ataque tivesse derrubado tudo, menos o tronco cerebral. Saindo, colocou um pé na frente do outro até que conseguiu chegar à vaga que lhe era designada...

Onde diabos estava seu carro?

Olhou em volta. Todos os chefes em atividade tinham lugares marcados no estacionamento e seu Porsche não estava na vaga que era dele. As chaves também não estavam no bolso do terno.

A única boa notícia era que enquanto ficava realmente irritado, a dor de cabeça cessou completamente... contudo, era óbvio que aquilo era resultado do analgésico.

Onde. Diabos. Foi. Parar. Meu carro?!

Cara, não se podia apenas abaixar a janela, ligar o carro, engatar a embreagem e sair. Era necessário passar o cartão que guardava em sua... A carteira tinha ido embora também.

Ótimo. Era tudo o que precisava: uma carteira roubada, um Porsche a caminho de uma loja de desmanche ilegal e um passeio até a polícia.

Não havia um gabinete de segurança no estacionamento, então, ele resolveu ir andando em vez de ligar, pois, caramba, seu celular tinha sido levado também, que droga...

Ele engoliu em seco, então parou. No meio do caminho para a saída, na fila onde pacientes e famílias estacionavam, havia um Porsche 911 Turbo. Do mesmo ano que o dele. Mesmos adesivos na janela traseira.

Mesmo número de placa.

Aproximou-se do automóvel como se houvesse uma bomba instalada dentro dele. As portas estavam destrancadas e foi cauteloso ao acomodar-se no banco do motorista.

Sua carteira, chaves e celular estavam sob o assento dianteiro.

– Doutor? O senhor está bem?

Ceeerto. Parece que havia duas canções na trilha sonora daquela noite: nada de memórias e pessoas fazendo a única pergunta que ele não conseguiria responder com sinceridade.

Erguendo o olhar, perguntou-se o que exatamente ele poderia dizer ao segurança: ei, alguém deixou algum brinquedinho meu nos Achados e Perdidos?

– O que está fazendo estacionado aqui? – o cara de uniforme azul perguntou.

Não faço ideia.

– Alguém estava na minha vaga.

– Caramba, deveria ter ligado, amigo. Daríamos um jeito nisso rapidinho.

– Você é o melhor – ao menos isso não era uma mentira.

– Bem, cuide-se... e descanse. Não parece muito bem.

– Excelente conselho.

– Eu deveria ser médico. – O guarda levantou a lanterna formando uma onda no ar. – Boa noite.

– Boa noite.

Manny entrou em seu Porsche fantasma, ligou o motor e engatou a ré. Ao dirigir em direção à saída do estacionamento, tirou seu cartão de acesso e usou-o sem problemas para abrir o portão. Então, já na Avenida São Francisco, virou à direita e dirigiu-se ao centro, para o Commodore.

Enquanto guiava, tinha certeza de uma coisa e de apenas uma coisa: estava perdendo sua tão prezada sanidade.

CAPÍTULO 12

V. já deveria estar em casa, Butch pensou, enquanto observava o Buraco.

– Deveria estar aqui – Jane disse atrás dele. – Disse-lhe para fazer isso há quase uma hora.

– É verdade, é verdade – Butch murmurou ao checar o relógio de pulso. Outra vez.

Levantou do sofá de couro e contornou a mesa de café, dirigindo-se à instalação de computadores do seu melhor amigo. Os Quatro Brinquedos, como eram chamados aqueles aparelhos de alta tecnologia, valiam pelo menos uns cinquenta mil... e isso era tudo o que Butch sabia sobre eles.

Bem, isso e como usar o *mouse* para localizar o chip de GPS instalado no telefone de V.

Não havia razão para começar do zero. O endereço lhe disse tudo o que precisava saber... e a informação também provocou uma reviravolta em seu estômago.

– Ele ainda está no Commodore.

Quando Jane não disse nada, Butch afastou o olhar dos monitores. A *shellan* de Vishous estava parada próxima à mesa de pebolim, com os braços cruzados sobre o peito, o corpo e perfil tão translúcidos que era possível ver a cozinha através dela. Depois de um ano, tinha se acostumado bem com suas várias formas e aquela indicava que estava pensando com afinco em alguma coisa: sua concentração consumia outros objetivos que não incluíam permanecer corpórea.

Butch estava disposto a apostar que estavam pensando a mesma coisa: o fato de V. ficar no Commodore até mais tarde, mesmo sabendo que sua irmã tinha acabado de ser operada e que estava bem ali no complexo, era estranho – especialmente se considerassem o humor do Irmão, e seus extremos.

Butch foi até o armário e pegou o casaco de camurça.

– Existe alguma chance de você... – Jane parou e riu um pouco. – Leu meus pensamentos.

– Vou trazê-lo de volta. Não se preocupe.

– Certo. Tudo... bem. Acho que vou ficar com Payne.

– Boa ideia – a resposta rápida ia além dos benefícios clínicos que a irmã de V. teria com a presença da médica a seu lado... e achava que Jane sabia disso. Claro, ela não era estúpida.

E só Deus sabia o que iria encontrar no apartamento de V. Odiaria pensar no cara traindo-a com alguma vadia, mas as pessoas cometiam erros, especialmente quando estavam sob pressão. Era melhor que alguém, que não fosse Jane, desse uma olhada no que poderia estar acontecendo.

Dirigindo-se à saída, deu a ela um abraço rápido... o qual ela retribuiu imediatamente, solidificando-se e apertando-o de volta.

– Espero que... – ela não terminou a sentença.

– Não se preocupe – disse a ela, mentindo sem receio.

Um minuto e meio depois, estava atrás do volante do Escalade e dirigia como um morcego saído do inferno. Embora vampiros pudessem se desmaterializar, Butch era um mestiço e, como tal, o truque mágico não estava em seu repertório.

O bom era que não tinha problemas em quebrar o limite de velocidade, em pedaços.

O centro de Caldwell ainda estava adormecido quando chegou lá e, ao contrário do que se via em um dia útil, quando os caminhões de entrega estavam operando e as pessoas começavam a se dirigir para o trabalho bem cedo, antes de o sol nascer, o lugar era uma cidade fantasma. Domingo era um dia de descanso – ou para entrar em colapso, dependendo do quanto se trabalhava, ou se bebia.

Quando era detetive de homicídios do Departamento de Polícia de Caldwell, familiarizou-se com o ritmo diurno – e noturno – daquele labirinto de becos e edifícios. Conhecia os lugares onde os corpos geralmente eram desovados ou ocultados e os maus elementos que faziam do assassinato uma profissão ou um entretenimento.

Fez muitas viagens como aquela, em uma corrida mortal, sem fazer ideia do que estava procurando. No entanto... quando comparava e pensava em seu novo trabalho inalando *redutores* com a Irmandade... Sentia a mesma sensação da onda de adrenalina que o percorria e do conhecimento cruel que a morte o aguardava.

E, assim, estava apenas a dois quarteirões do Commodore quando seu sentido aguçado disse-lhe que havia algo específico prestes a acontecer... *redutores*.

O inimigo estava próximo, e havia um bom número deles.

Não era instinto; era conhecimento. Desde que Ômega tinha feito aquilo com ele, tinha sido uma varinha de condão que indicava a localização do inimigo e, embora odiasse aquele mal dentro dele e não conseguisse praticar sua habilidade várias vezes seguidas, era uma arma letal naquela guerra.

Era a profecia *Dhestroyer* manifestada.

Com a nuca formigando freneticamente, estava algemado entre dois polos: a guerra e seu Irmão. Após um período no qual a Sociedade Redutora tinha se acalmado um pouco, havia assassinos surgindo em toda cidade; o inimigo deu uma de Lázaro, ressurgindo dos mortos, e renovou-se com novos membros. Logo, era muito provável que um de seus Irmãos estivesse tendo um fim de noite especial com o inimigo... nesse caso, logo entrariam em contato com ele para que cumprisse seu dever.

Caramba, será que era V.? Isso explicaria ficar fora até mais tarde.

Droga, talvez não fosse tão terrível quanto estavam imaginando. Com certeza estava próximo o suficiente do Commodore para justificar a leitura do GPS e, quando se está em uma luta mano a mano, não tem como pressionar um botão de *pausa* e enviar uma mensagem de texto dando uma previsão de quando chegaria em casa.

Quando Butch dobrou a esquina, os faróis do Escalade viraram-se para uma passagem longa e estreita, que era o equivalente urbano de um cólon: os edifícios de tijolos que formavam suas paredes estavam sujos e suados e a pista de asfalto pontuada por poças imundas.

– Mas que... porcaria é essa? – sussurrou. Tirando o pé do acelerador, inclinou-se sobre o volante... como se aquilo mudasse o que estava vendo.

Na outra extremidade, uma luta estava em andamento, três *redutores* enchiam de pancadas um único oponente, que não estava revidando.

Butch estacionou o carro e saiu rapidamente do banco do motorista, percorrendo o asfalto em uma corrida mortal. Os assassinos tinham formado um triângulo ao redor de Vishous e o idiota, filho da mãe, estava virando-se lentamente em círculos, mas não para golpear ou tentar se proteger. Deixava cada um deles ter uma chance com ele... e tinham correntes.

Sob a luz amarelada da cidade, o sangue vermelho escorria no couro preto e o corpo maciço de V. absorvia os golpes dos elos que voavam ao redor dele. Se quisesse, poderia agarrar as extremidades daquelas correntes, puxar os assassinos e dominar o ataque... não eram nada além de novos recrutas que ainda tinham a cor dos olhos e cabelos inalterada, ratos de rua que haviam sido induzidos há pouco mais de uma hora.

Meu Deus, considerando o autocontrole de V., poderia ter se concentrado e se desmaterializado para fora do ringue se quisesse.

Em vez disso, estava em pé com os braços erguidos colocados sobre os ombros, de modo que não havia barreira entre os impactos e seu tronco.

O idiota desgraçado ia acabar parecendo uma vítima de acidente de carro se continuasse com aquilo – ou pior.

Aproximando-se da pancadaria, Butch correu, pulou e desabou sobre o assassino mais próximo. Quando um deles atingiu a calçada, agarrou um punhado de cabelos escuros, puxou-o para trás e cortou profundamente a garganta. Sangue negro jorrou da jugular e espirrou ao redor do local, mas não havia tempo para virar o assassino e inalar a essência de seus pulmões – deixaria a hora da limpeza para depois.

Butch ficou em pé com um salto e pegou a extremidade de uma corrente que voava pelo ar. Dando um forte puxão, inclinou-se para trás e impulsionou o corpo, alavancando o *redutor* para fora da sessão de flagelo e atirou-o numa lixeira girando como o Diabo da Tasmânia.

Enquanto o morto-vivo via estrelas e transformava-se em um tapete de boas-vindas para os próximos lixos arremessados ali, Butch virou-se e estava pronto para acabar com aquela coisa... só que... Mas que surpresa! V. decidiu acordar e dar conta do negócio. Mesmo o Irmão estando claramente ferido, tinha uma força considerável quando chutou e atacou com suas presas expostas. Cortando a distância com aqueles dentes alongados, mordeu o ombro do *redutor* e agarrou-se a ele como um buldogue, em seguida, golpeou o intestino do filho da mãe com a adaga negra.

Enquanto toda aquela questão intestinal atingia o pavimento em uma bagunça desleixada, V. soltou a mordida e deixou o assassino cair esparramado, e então, não sobrara nada além de respiração crua e superficial.

– Que diabos... você... estava... fazendo? – Butch exclamou.

V. dobrou-se pela cintura e apoiou as mãos sobre os joelhos, mas era evidente que aquilo não tinha sido alívio suficiente para a agonia que havia dentro dele: a próxima coisa que Butch viu foi o Irmão caindo de joelhos ao lado do assassino que tinha estraçalhado e simplesmente... suspirar.

– Responda-me, idiota – Butch estava tão irritado, que estava prestes a chutar a cabeça do filho da mãe. – Que *porcaria* é essa que está fazendo?

Quando uma chuva fria começou a cair, sangue vermelho escorreu da boca de V. e ele tossiu algumas vezes. Isso foi tudo.

Butch passou uma das mãos pelo cabelo molhado e ergueu o rosto para o céu. Quando gotas finas salpicaram sua testa e bochechas, a bênção do refrescamento de alguma forma acalmou-o. Mas não fez nada para aliviar o vazio em seu estômago.

– Até onde ia permitir que aquilo chegasse, V.?

Não queria uma resposta; sequer estava falando com seu melhor amigo. Estava apenas olhando o céu noturno com suas estrelas desbotadas e a vasta extensão misteriosa, na esperança de obter alguma força. E, então, deu-se conta. Alguns pontos de brilho fraco que havia acima deles não vinham apenas das luzes da cidade... o sol estava prestes a flexionar seus bíceps brilhantes e iluminar toda aquela parte do mundo.

Tinha de agir rápido.

Enquanto Vishous cuspia outro coágulo de sangue no asfalto, Butch concentrou-se na adaga que estava em sua mão. Não havia tempo para inalar os assassinos, mas esse não era o ponto: depois de acabar sua tarefa como *Dhestroyer*, tinha de ser curado por V. ou se revolveria na terra enquanto Ômega continuava a consumi-lo. Mas, agora? Mal conseguia confiar em si mesmo para se sentar ao lado do Irmão na volta para casa.

Pelo amor de Deus, V. queria uma boa surra?

Bem, sentia como se o desgraçado fosse lhe dar uma.

Enquanto Butch esfaqueava o *redutor* com o vazamento intestinal, enviando-o de volta a Ômega, Vishous sequer piscou com o estalo e o brilho que surgiram ao lado dele. E não percebeu quando Butch aproximou-se do que estava com o pescoço fatiado, fazendo-o desaparecer.

O último assassino foi o Garoto do Lixo, que tinha conseguido juntar forças suficientes para erguer-se na lata, que era do tamanho de um carro, e pendurar-se na borda como um zumbi.

Correndo, Butch levantou a adaga acima do ombro, pronto para...

Quando estava prestes a golpeá-lo, um aroma pairou em seu nariz, algo que não era apenas a *eau1*[*] *d'* inimigo... mas outra coisa. Algo com o que estava muito familiarizado.

Butch terminou de dar a facada e, quando a chama desvaneceu, olhou para o topo da caçamba. Uma das metades da tampa estava fechada; a outra estava pendurada, torta para o lado de fora, como se tivesse sido descascada por um caminhão, e a tênue luz que o farol emitia não fosse suficiente para passar por ela. Aparentemente, o edifício cuja caçamba servia abrigava algum tipo de metalurgia, pois havia um emaranhado de metal dentro dela, parecendo uma peruca muito louca de Halloween...

E, dentre esses metais, havia algo pálido e sujo com dedos pequenos e finos...

– Droooga – ele sussurrou.

---

* *Eau* significa água em francês. A autora faz menção às águas de cheiro francesas. (N.E.)

Anos de treinamento e experiência fizeram-no voltar aos tempos de detetive, mas teve de se lembrar que não havia mais tempo para ele naquele beco. O amanhecer estava chegando e se não conseguisse terminar o que estava fazendo e voltar para o complexo, seria transformado em fumaça.

Além disso, seus dias como policial tinham passado há muito tempo.

Aquilo era assunto humano. Não dizia mais respeito a ele.

Com um humor horrível, correu para o carro, ligou o motor e acelerou, apesar da distância a ser percorrida resumir-se a apenas vinte metros. Quando pisou no freio, o Escalade guinchou e derrapou no asfalto úmido, parando apenas a um metro do corpo dobrado de V.

Enquanto o limpador do para-brisa do automóvel movia-se para lá e para cá, Butch desceu a janela do lado do passageiro.

– Entre no carro – ordenou, olhando para frente.

Nenhuma resposta.

– Entre nesse *maldito* carro.

De volta à clínica da Irmandade, Payne escontrava-se em outro quarto que não aquele onde estava antes e, mesmo assim, tudo parecia diferente: estava deitada imóvel em uma cama que não era sua em um estado de agitação impotente.

A única diferença era que agora seu cabelo estava solto.

Quando pensamentos sobre seus últimos momentos com seu curandeiro invadiram sua mente, ela permitiu que tomassem conta dela, cansada demais para lutar contra isso. Como será que ela o deixou? Tirar suas memórias parecia um roubo e, em seguida, seu olhar a assustou. E se ela tivesse feito algum mal a ele...

Ele era inocente nisso... usaram-no e, depois, descartaram-no, sendo que merecia algo muito melhor que essa atitude. Mesmo que ele não a tivesse curado, fez o melhor que podia, disso tinha certeza.

Depois que o tinha enviado para o lugar mais provável que poderia estar naquela hora da noite, foi torturada pelo arrependimento... e tinha total consciência de que não era confiável se mantivesse qualquer informação sobre como entrar em contato com ele. Aqueles momentos elétricos entre eles foram tentadores demais para que conseguissem afastar-se deles com tanta facilidade, e a última coisa que ela queria era roubar mais de suas memórias.

Com uma força vinda do medo, desfez sua trança para tirar aquilo que ele havia colocado ali para ela – até que o pequeno cartão caiu ao chão.

E agora ela estava ali.

Na verdade, a única solução para os dois era interromper qualquer comunicação. Se ela sobrevivesse... poderia procurá-lo... e para quê?

Ah, quem estava enganando? O beijo que nunca aconteceu. Seria por isso que iria procurá-lo. E não iam parar por aí.

Pensamentos sobre a Escolhida Layla vieram a sua mente, e ela desejou voltar àquela conversa que tiveram no espelho d'água há apenas alguns dias. Layla havia encontrado um homem com quem queria se vincular, e Payne havia pensado que ela tinha ficado louca... tal atitude mostrou-se ter sido tomada pela ignorância. Em menos tempo que se levava para fazer uma refeição, seu curandeiro humano tinha lhe ensinado o que podia sentir pelo sexo oposto.

Com certeza, nunca esqueceria a aparência dele, parado ao pé da cama com o corpo totalmente excitado e pronto para possuí-la. Os machos eram magníficos daquela maneira e que surpresa foi aprender isso.

Bem, seu curandeiro era magnífico. Não acreditava que teria sentido o mesmo por qualquer outra pessoa, e ficou imaginando como seria ter os lábios dele junto aos dela. O corpo dele dentro dela...

Ah, quantas fantasias alguém poderia criar quando se sente sozinho e melancólico.

Na verdade, que futuro poderiam ter juntos? Era uma fêmea que não se encaixava em lugar nenhum, uma guerreira presa dentro da pele tépida do corpo de uma Escolhida... sem contar com o problema da paralisia. Enquanto isso, ele era um homem vibrante e sensual de uma espécie diferente da sua.

O destino nunca trabalharia para uni-los e, talvez, isso fosse bom. Seria cruel demais – para os dois, pois nunca poderiam ter um acasalamento cerimonial ou físico: ela estava escondida no enclave secreto da Irmandade, e se o protocolo do Rei não os separasse, seu irmão, com certeza, faria isso e de maneira bastante violenta.

Não era para ser.

Quando a porta se abriu e Jane entrou, foi um alívio focar-se em outra pessoa. Payne tentou esboçar um sorriso para a companheira fantasmagórica do seu irmão gêmeo.

– Está acordada? – Jane disse, aproximando-se.

Payne franziu a testa ao ver a expressão tensa da fêmea.

– Está tudo bem?

– Mais importante: como você está? – Jane encostou o quadril na cama com os olhos observando os aparelhos que monitoravam cada movimento sanguíneo e pulmonar. – Consegue descansar melhor?

Nem um pouco.

– Sim, de fato. E agradeço por tudo que tem feito por mim. No entanto, diga-me, onde está meu irmão?

– Ele... não está em casa ainda. Mas chegará em breve. E vai querer vê-la.

– Eu também.

A *shellan* de V. pareceu ficar sem palavras nesse momento; e o silêncio disse muito.

– Não sabe onde ele está, não é? – Payne murmurou.

– Oh... conheço o lugar onde ele se encontra; conheço muito bem.

– Então, está preocupada com suas predileções? – Payne encolheu-se um pouco. – Perdoe-me. Fui brusca demais.

– Está tudo bem. Na verdade, eu prefiro o brusco ao educado. – Jane fechou os olhos por alguns instantes. – Então, você sabe... sobre ele?

– Tudo. Tudo mesmo. E o amava antes de sequer encontrá-lo.

– Como você... conseguiu...

– Saber? Esta é uma das possíveis atividades de uma Escolhida. As tigelas de visões permitiram-me observá-lo por todas as fases de sua vida. E ouso dizer que esta, com você, está sendo a melhor delas.

Jane fez um barulho evasivo.

– Sabe o que vai acontecer?

Ah, sempre a mesma questão... e quando Payne pensou sobre suas pernas, perguntou-se algo semelhante.

– Infelizmente, não posso dizer, só nos é mostrado o passado ou momentos do presente.

Houve um longo silêncio e Jane disse:

– Acho tão difícil acompanhar Vishous algumas vezes. Ele está bem diante de mim... mas não consigo chegar até ele. – Os olhos verdes-escuros brilharam. – Ele odeia emoção e é muito independente. Bem, eu sou assim também. Infelizmente, em situações como essa, sinto que não conseguimos ficar lado a lado, faz sentido? Deus, olha só o que estou dizendo. Estou divagando... parece que tenho problemas com ele.

– Pelo contrário, sei o quanto o adora. E tenho algum conhecimento sobre a natureza dele. – Payne pensou nos abusos cometidos contra seu irmão gêmeo. – Ele já lhe contou sobre nosso pai?

– Não.

– Estou surpresa.

Os olhos de Jane detiveram-se nos dela.

– Como era Bloodletter?

O que responder a isso?

– Digamos apenas que... eu o matei por aquilo que fez a meu irmão... e vamos encerrar o assunto assim.

– Deus...

– Era como o diabo, se aplicar às tradições humanas.

Jane franziu a testa com força suficiente para enrugá-la.

– V. nunca fala sobre o passado. Nunca. E mencionou apenas uma vez o que aconteceu com seu... – parou nesse momento. Todavia, na verdade, não havia razão para continuar uma vez que Payne sabia muito bem sobre o fato ao qual a fêmea se referia. – Talvez, eu devesse tê-lo pressionado, mas não fiz isso. Falar sobre coisas profundas o aborrece, então, deixo-o em paz.

– Conhece-o muito bem.

– Sim; e por conhecê-lo, estou preocupada com o que fez esta noite.

Ah, sim. Ele adorava aqueles amantes sangrando.

Payne estendeu a mão e acariciou o braço translúcido da médica... e ficou surpresa ao ver que o local onde tocou tornou-se corpóreo. Quando Jane começou a tomar forma, desculpou-se, mas a companheira de seu irmão gêmeo balançou a cabeça.

– Por favor, não se desculpe. Engraçado... apenas V. pode fazer isso comigo. Todos os outros simplesmente atravessam meu corpo.

E não havia metáfora nisso.

Payne falou em alto e bom som:

– Você é a *shellan* certa para meu irmão. E ele ama apenas você.

– Mas e se eu não puder dar o que ele precisa – a voz de Jane saiu entrecortada.

Payne não tinha uma resposta fácil para aquela pergunta, e, antes que pudesse formular alguma coisa, Jane disse:

– Não deveria estar conversando com você assim. Não quero que se preocupe conosco ou que fique em uma situação constrangedora.

– Nós duas o amamos e sabemos quem ele é; logo, não há nada pelo que se constranger. E antes que peça, não direi nada a ele. Tornamo-nos irmãs de sangue quando vinculou-se a ele e manterei sua confiança em meu coração.

– Obrigada – Jane disse em voz baixa. – Um milhão de vezes, obrigada.

Naquele momento, um acordo foi firmado entre elas, um vínculo sem palavras que constituía a força e a estrutura de toda família, fosse ela unida pelo nascimento ou pelas circunstâncias.

Que fêmea de valor, Payne pensou.

Isso a fez lembrar-se de outra coisa.

– Meu curandeiro. Como você o chama?

– Seu cirurgião? Está falando do Manny... do Dr. Manello?

– Ah, sim. Ele deixou uma mensagem para você. – Jane pareceu enrijecer. – Disse que a perdoa. Por tudo. Acho que deve saber a que ele se refere.

A companheira de Vishous suspirou, os ombros relaxaram.

– Deus... Manny – balançou a cabeça. – Sim, sim, eu sei. Espero realmente que ele saia bem dessa. Há muitas memórias apagadas naquela mente.

Payne não pôde mais ouvir.

– Posso perguntar... como você o conheceu?

– Manny? Foi meu chefe durante anos. O melhor cirurgião com quem eu já trabalhei.

– Ele está vinculado a alguém? – Payne perguntou com uma voz que esperava ter soado casual.

Jane riu.

– Não... embora Deus seja testemunha de que sempre havia mulheres ao redor dele.

Quando um rosnado sutil pairou no ar, a boa médica piscou surpresa e Payne silenciou rapidamente a possessão que não tinha direito de sentir.

– Que... que tipo de fêmea o agrada?

Jane revirou os olhos.

– Loira, com pernas longas e seios grandes. Não sei se conhece a boneca Barbie, mas este sempre foi seu tipo.

Payne franziu a testa. Não era loira nem tinha muito volume nos seios... mas, pernas longas? Poderia agradar nesse quesito...

Por que estava pensando assim?

Fechando os olhos, rezou para que aquele macho nunca, jamais encontrasse a Escolhida Layla. Mas como aquilo era ridículo...

A companheira de seu irmão acariciou seu braço gentilmente.

– Sei que está exausta, então, vou deixá-la descansar. Se precisar de mim, apenas pressione o botão vermelho no apoio da cama que virei atendê-la imediatamente.

Payne forçou-se a abrir os olhos.

– Obrigada, curandeira. E não se preocupe com meu irmão; ele vai voltar para você antes do amanhecer.

– Espero que sim – Jane disse. – Espero mesmo... Ouça, descanse e depois, no fim da tarde, iniciamos a fisioterapia.

Payne desejou um bom-dia à fêmea e cerrou os olhos outra vez.

Deixada ali sozinha, viu que conseguia compreender como a fêmea se sentia com a ideia de Vishous estar com outra pessoa. Imagens do curandeiro ao lado da Escolhida Layla deixaram-na enjoada... mesmo sem qualquer motivo para a indigestão.

Em que confusão se encontrava. Presa naquela cama de hospital, sua mente estava cheia de pensamentos emaranhados sobre um macho ao qual, de muitas maneiras, não tinha direito algum...

Ainda assim, a ideia dele dividindo aquela energia sexual com outra pessoa que não fosse ela deixou-a totalmente transtornada. Pensar que havia outras fêmeas ao redor de seu curandeiro, buscando o que ele parecia estar pronto para dar a ela, desejando aquela extensão rígida em seus quadris e a pressão de seus lábios contra sua boca...

Quando rosnou outra vez, soube que ter deixado aquele cartão com os contatos dele para trás foi a melhor coisa a fazer. Senão, teria feito uma carnificina com as amantes dele.

Afinal, não tinha problemas em matar.

Sua história já havia mostrado isso com clareza.

CAPÍTULO 13

Qhuinn entrou na mansão pela sala principal, o que foi um erro.

Deveria ter entrado na mansão pela garagem, mas a verdade é que aqueles caixões empilhados o assustavam. Sempre achava que as tampas seriam abertas e alguma coisa ao estilo *Noite dos Mortos Vivos* sairia dali para matá-lo.

Ainda assim, precisava muito superar essa covardia.

Graças ao relacionamento que tinha com os gays da casa, assim que abriu caminho pelo saguão de entrada, teve a visão clara de Blaylock e Saxton descendo a escadaria; os dois pareciam modelos ao se dirigirem à Última Refeição. Usavam calças, mas não eram jeans; blusas, não blusões, e sapatos, não botas de combate. Estavam limpos, bem barbeados, perfumados e penteados, mas não eram nem um pouco afeminados.

Na verdade, isso facilitaria muito as coisas. Pelo amor de Deus, desejava que um dos filhos da mãe se tornasse *drag queen*, enchesse-se de plumas e fizesse as unhas, mas não: continuavam a parecer dois machos muito atraentes que sabiam como gastar o dinheiro em lojas de grife... enquanto ele, por outro lado, serpenteava em seus couros e camisetas regatas... e, naquela noite em particular, ostentava cabelos desgrenhados por causa do sexo violento e perfume, se é que poderia chamar assim, da mesma linha de produtos de cuidados de uma vagabunda.

Por outro lado, poderia apostar que o que os separava do estado em que ele se encontrava era apenas um banho quente, cheio de sabão e uma visita ao armário: lamberia dinheiro se eles não haviam estado se pegando a noite toda. Pareciam muito satisfeitos e, ao mesmo tempo, famintos ao caminharem para o local onde faziam as refeições.

Quando atingiram o mosaico onde havia a representação de uma macieira em plena floração, os olhos azuis de Blay movimentaram-se e encararam Qhuinn dos pés à cabeça. O rosto do rapaz não demonstrou qualquer reação. Não mais.

A velha chama de dor não estava mais exposta... e isso não se devia ao fato de que o entretenimento que Qhuinn tinha acabado de ter era totalmente óbvio.

Saxton disse alguma coisa e Blay desviou o olhar... e lá estava. Um rubor naquele rosto adorável ao encontrar aqueles olhos cinza.

Não posso fazer isso, Qhuinn pensou. *Não esta noite.*

Evitando a cena na sala de jantar, encaminhou-se à porta abaixo das escadas e passou pela coisa. No instante em que se fechou, a conversa das pessoas foi interrompida e a escuridão silenciosa correu para cumprimentá-lo. Estava mais disposto a isso.

Desceu as escadas rasas, passou por outra porta codificada, entrou no túnel subterrâneo que ligava a casa principal ao centro de treinamento. Quando ficou sozinho, correu a todo vapor. Faltando pouco para suas pernas pararem de funcionar, teve de se inclinar contra a parede lisa. Deixando a cabeça cair para trás, fechou os olhos... e desejou colocar uma arma no meio dos olhos.

Ficou com o ruivo no Iron Mask.

Conseguiu deixar o hétero bem excitado.

E aconteceu exatamente do jeito que tinha previsto, começando com os dois conversando no bar e paquerando as garotas. Pouco depois, uma mulher de seios enormes aproximou-se deles com botas de plataforma pretas. Conversaram com ela, beberam com ela... com a amiga dela. Uma hora depois? Os quatro estavam em um banheiro, bem espremidos.

Essa tinha sido a parte dois do plano. As mãos atuavam em espaços reduzidos e quando havia muitas delas se movendo e arranhando, não se podia ter certeza daquilo que tocava. Ou que lhe acariciava. Ou sentia.

Em todo o tempo que esteve com as garotas, Qhuinn ficou pensando em uma estratégia para se livrar das fêmeas e isso levou muuuito mais tempo do que desejava. Depois do sexo, as garotas queriam algo mais... trocar telefones, dar uma volta, perguntaram se não queriam sair para comer alguma coisa.

Sim, claro. Não precisava de dígito algum, pois jamais ligaria para elas, não ia bater perna mesmo com pessoas que gostava, e o tipo de comida que poderia oferecer a elas não tinha nada a ver com um jantar gorduroso.

Após preencher os requisitos da vadia dentro dele, foi forçado a fazer uma lavagem cerebral nelas... o que o levou a um raro momento de compaixão pelos machos humanos que não podiam se dar a esse luxo.

E, então, ele e sua presa estavam sozinhos, o macho humano recostou-se contra a pia para se recuperar. Qhuinn fingiu estar fazendo isso ao encostar-se contra a porta. Eventualmente, seus olhos se encontraram. De maneira casual para o macho humano, de um jeito muito sério da parte de Qhuinn.

– O que foi? – o homem perguntou. Mas já sabia... pois as sobrancelhas franziram com força.

Qhuinn estendeu as mãos para trás e girou a chave, assim, não seriam perturbados.

– Ainda estou com fome.

De repente, o ruivo encarou a porta como se quisesse sair... mas seu pênis contava uma história totalmente diferente. Por trás do zíper daquele jeans... estava excitado.

– Ninguém nunca vai saber – Qhuinn disse de maneira sombria. Inferno, poderia fazer aquilo sem que o ruivo se lembrasse... contudo, se o cara não soubesse de nada sobre a questão vampira, não havia razão para remexer seu crânio e limpar as coisas lá dentro.

– Pensei que tinha dito que não era gay... – o tom foi um tanto melancólico, como se o cara não estivesse totalmente confortável com aquilo que seu corpo queria.

Qhuinn diminuiu a distância entre eles, colocando seu peito contra o do ruivo. Então, agarrou a nuca do cara e puxou-o contra sua boca. O beijo produziu o efeito planejado: tirou todo raciocínio lógico do banheiro e não deixou nada além das sensações para trás.

A coisa toda aconteceu a partir daí. Duas vezes.

Quando acabou, o cara não ofereceu seu número de telefone. Foi um espetáculo, mas era evidente que tinha sido algo experimental, uma primeira e única vez. Algo que não tinha problema algum para Qhuinn. Partiram sem dizer uma palavra, cada um seguindo sua vida, com o ruivo voltando para o bar... e Qhuinn saindo para passear nas ruas de Caldwell sozinho.

Apenas a chegada iminente do amanhecer o fez retornar.

– Que inferno... – disse a si mesmo.

A noite toda foi uma lição que o incomodou como um veneno de urtiga... Sim, havia momentos na vida em que um substituto funcionava: em uma reunião de conselho, por exemplo, quando enviava alguém para representar seu voto. Ou quando precisava de alguma coisa do mercado e dava sua lista a um *doggen*. Ou quando prometia jogar bilhar, mas ficava bêbado demais para segurar o taco e arrumava alguém para acertar suas bolas.

Infelizmente, a teoria do substituto não funcionava tão bem quando se queria ser o único a tirar a virgindade de alguém e a melhor ideia que tinha era ir a um clube, encontrar alguém com traços físicos semelhantes como... oh, digamos... mesma cor de cabelo... e transar com ele ao invés da pessoa desejada.

Em tal caso de substituição, você acabava se sentido vazio e não por que tinha gozado muito e estivesse flutuando em uma nuvem de pós-transa dizendo *ahhh, sim*.

Parado naquele túnel, sozinho, Qhuinn estava totalmente vazio. Uma cidade fantasma por dentro.

Pena que sua libido estava cheia de ideias brilhantes. Na silenciosa solidão, começou a imaginar como teria sido se fosse ele ao invés de seu primo a descer com Blay para o jantar. Se fosse ele quem estivesse dividindo não apenas uma cama, mas o quarto com o cara. Se conseguisse se levantar diante de todos e dizer: "Ei, esse é meu companheiro...".

O bloqueio mental que se seguiu após essa breve canção foi tão completo que temeu ter levado um soco na cabeça.

E esse era o problema, não era?

Ao esfregar seus olhos díspares, pensou no quanto sua família o odiava: foi criado para acreditar que o defeito genético de ter uma íris azul e outra verde significava que era uma maldita aberração e o trataram como uma vergonha para a linhagem.

Bem, na verdade, foi pior que isso: acabaram chutando Qhuinn para fora de casa e enviaram um guarda de honra para ensinar-lhe uma lição. E foi assim que acabou tornando-se um *viajante*.

Para pensar que nunca saberiam sobre as outras "anomalias" que nutria.

Como desejar estar com seu melhor amigo.

Cristo, ele não precisava de um espelho para ver o covarde e a fraude que era... mas não havia nada que pudesse fazer quanto a isso. Estava trancado em uma jaula sem que pudesse encontrar a chave, os anos de escárnio de sua família golpeavam-no e davam-lhe cólicas: a verdade por trás de seu lado selvagem é que era um maricas total. Blay, por outro lado, declarou quem era e encontrou outra pessoa.

Maldição, aquilo doía...

Com um palavrão, interrompeu o monólogo pré-menstrual e obrigou-se a continuar andando. Recuperava-se a cada passo, dando um jeito em sua bagunça interna ao consertar e fortificar os canos que vazavam.

A vida era feita de mudanças. Blay tinha mudado. John tinha mudado.

E, aparentemente, ele era o próximo da lista, por que não poderia continuar assim.

Ao entrar no centro de treinamento pelos fundos do escritório, decidiu que se Blay conseguiu virar a página, então, ele também conseguiria. A vida era como as pessoas determinavam que fosse, independentemente de onde o destino as colocava, a lógica e o livre arbítrio significavam que poderiam definir seu caminho da maneira que achassem melhor.

E não queria estar onde estava: nada de sexo anônimo. Nada de estupidez desesperada. Nada de arder em ciúmes e daquelas lamentações irritantes que não o levavam a lugar algum.

O vestiário estava vazio, já que não havia aulas de treinamento acontecendo, e ele se trocou, ficando nu antes de colocar a bermuda preta esportiva e um par de tênis da mesma cor. A sala de ginástica também funcionava como uma câmara de eco, o que era bom também.

Ligando o sistema de som, passou as músicas com o controle remoto. Quando a música "Clint Eastwood", dos Gorillaz, tocou, subiu em uma esteira e ligou o aparelho. Odiava fazer exercícios... simplesmente desprezava a natureza roedora daquilo tudo. Era melhor transar e lutar, era o que sempre dizia.

No entanto, quando se estava preso dentro de casa por causa da madrugada e determinado a tentar dar uma chance ao celibato, correr para chegar a lugar algum parecia bem interessante para consumir as energias.

Calibrando a máquina, posicionou-se sobre ela e cantou junto com a música.

Concentrando-se no concreto pintado de branco ao longo do local, deu uma passada após a outra, de novo e de novo, e mais outra vez, até não haver nada em sua mente nem em seu corpo além de passos repetitivos, a batida do coração e o suor que se formava no peito nu, no estômago e nas costas.

Pela primeira vez na vida, não acionou um ritmo alucinante: a velocidade foi calibrada para que o ritmo obedecesse a uma rotatividade constante, o tipo de ritmo que poderia manter durante horas.

Quando se está tentando fugir de si mesmo, gravita-se para situações fortes e desagradáveis, para os extremos, para a imprudência, para que seja forçado a lutar e agarrar com as unhas os terrenos acidentados de sua autoinvenção.

Assim como Blay era quem mostrava ser, Qhuinn fazia o mesmo: apesar de desejar estar lá fora com o... macho... que amava, não poderia fazer isso.

Mas, por Deus, ia parar de fugir da covardia. Tinha de dominar a si mesmo – mesmo se acabasse se odiando com todas as forças. Talvez, se fizesse isso, pararia de tentar distrair-se com sexo e bebida e descobriria o que *realmente* queria.

Além de Blay, é claro.

CAPÍTULO 14

Sentando-se ao lado de Butch no Escalade, Vishous tinha machucados distribuídos por seus quase dois metros de altura e seus mais de cem quilos.

Enquanto corriam a toda velocidade de volta ao complexo da Irmandade, cada centímetro latejava, a dor formava uma névoa que acalmava o grito dentro dele.

Logo, tinha conseguido alguma coisa de que precisava.

O problema era que o alívio já estava começando a desaparecer e o deixava furioso com o Bom Samaritano atrás do volante. Não que o tira parecesse se importar; ele discava aquele celular dele e desligava, discava de novo e desligava outra vez, como se os dedos em sua mão direita tivessem algum tique nervoso.

Provavelmente estava ligando para Jane e pensando melhor sobre isso. Ainda bem que...

– Sim, gostaria de comunicar um corpo – ouviu o tira dizer. – Não, não vou dar meu nome. Está em uma caçamba de lixo em um beco da Tenth Street, a dois quarteirões do Commodore. Parece ser uma mulher branca, final da adolescência, uns vinte anos... Não, não vou dar meu nome... Ei, que tal pegar o endereço e parar de se preocupar comigo...?

Enquanto Butch continuava a falar assim com a atendente, V. movimentou o traseiro no banco e sentiu as costelas quebradas em seu lado direito uivarem. Nada mal; se precisasse de outra surra para acalmá-lo, poderia fazer algumas flexões e a agonia voltaria com força total outra vez...

Butch jogou o celular no painel. Praguejou. Praguejou novamente.

Então, decidiu dividir os problemas:

– Até onde ia deixar aquilo chegar, V.? Até que o esfaqueassem? Deixassem você caído para queimar ao sol? O que seria ir longe o suficiente?

V. falou com os lábios inchados:

– Não muito adiante, é verdade.

– Adiante? – Butch balançou a cabeça, seus olhos estavam muito violentos. – Como é que é?

– Não finja... não sabe como é isso. Já o vi em uma bebedeira... Já o vi... – ele tossiu. – Já o vi completamente bêbado com um copo nas duas mãos. Então, não me venha com essa de que é "mais inocente que eu" pra cima de mim.

Butch voltou a se concentrar na estrada.

– Você é um filho da mãe miserável.

– Que seja.

Sim, a conversa pararia por aí.

No momento em que Butch estacionou em frente à mansão, os dois estavam retraindo-se e piscando como se estivessem sendo golpeados por um bastão: o sol ainda estava oculto no lado mais distante do horizonte, mas era o suficiente para espalhar um rubor no céu que estava apenas a alguns centímetros de distância de dizimar um vampiro.

Não cruzaram a entrada principal; sem chance. A Última Refeição estava preste a começar e, considerando o humor daqueles dois, não havia razão para alimentar a fábrica de fofocas.

Sem dizer nada, V. entrou no Buraco e fez o caminho mais curto até seu quarto. Não veria Jane ou sua irmã daquele jeito, não mesmo. Inferno, se considerasse as dores no rosto, não tinha como vê-las sem antes tomar um banho.

No banheiro, ligou a água e desarmou-se no escuro – isso envolveu apenas tirar sua adaga do coldre em volta da cintura e colocá-la sobre o balcão. Suas roupas estavam imundas, cobertas de sangue, cera e outras porcarias, e deixou-as cair no chão, sem saber ao certo o que faria com elas.

Então, colocou-se debaixo da ducha antes de ficar quente. Quando a água quente atingiu seu rosto e peitoral, silvou; o impacto desceu até seu pênis e o enrijeceu – não que ele tivesse qualquer interesse em fazer alguma coisa com a ereção. Apenas fechou os olhos enquanto seu sangue e o do inimigo escorriam de seu corpo e eram escoados para o ralo.

Cara, quando conseguisse terminar de lavar tudo aquilo, estaria pronto para colocar uma blusa de gola alta. Seu rosto estava terrível, mas talvez pudesse explicar isso com o fato de que esteve na rua lutando com o inimigo. Mas era suficiente para transformá-lo em um quadro preto e azul da cabeça aos pés?

Nem tanto.

Abaixando a cabeça, deixou a água cair no nariz e no queixo; tentou desesperadamente voltar para os carros alegóricos do entorpecimento que sentiu no carro, mas com a dor desaparecendo, sua opção alucinógena estava perdendo o controle sobre ele, e o mundo estava ficando nítido demais outra vez.

Deus, a sensação de estar fora de controle e irritado o sufocava, como se houvessem mãos em volta de sua garganta.

Maldito Butch. Metido a benfeitor, barulhento, que interferia na vida dos outros como um filho da mãe.

Dez minutos depois, ele saiu, pegou uma toalha preta, enrolou-se no tecido felpudo e entrou no quarto. Parando para abrir o armário, desejou uma vela negra em... deu uma olhada nas roupas de sua esposa. Além disso, só havia roupas de couro. Era o que acontecia com seu guarda-roupa quando se lutava para sobreviver e dormia nu.

Nenhuma blusa de gola alta à vista.

Bem, talvez não estivesse tão ruim assim...

Um rápido giro em direção ao espelho atrás da porta, e teve de fazer uma pausa. Parecia que tinha sido agarrado pelo monstro do Rhage, grandes faixas com vergões vermelhos envolviam seu tronco e estendiam-se sobre seus ombros e peitorais. Seu rosto era uma piada, um dos olhos estava tão inchado que a pálpebra estava quase inoperante... o lábio inferior profundamente rachado... o queixo parecia um esquilo escondendo nozes.

Ótimo: parecia um dos garotos de Dana White.[*]

Depois disso, pegou suas roupas sujas e enfiou-as no fundo do armário, em seguida, colocou a cabeça inchada como um balão para fora do quarto, no corredor, e ouviu. O canal de esportes estava tagarelando lá embaixo à esquerda, e alguma coisa líquida estava sendo servida à direita.

Dirigiu-se para o quarto de Butch e Marissa nu. Não havia razão para esconder os machucados de Butch... o filho da mãe viu tudo acontecer.

Quando entrou pela porta, encontrou o tira sentado na ponta da cama, cotovelos sobre os joelhos, um copo de uísque nas mãos e uma garrafa entre os sapatos.

– Sabe no que estou pensando agora? – o cara disse sem erguer os olhos.

V. poderia pensar em uma lista infernal de coisas.

– Diga-me.

– Na noite em que o vi se jogar da varanda do Commodore. Na noite em que eu pensei que tinha morrido – Butch tomou um gole do que estava no copo. – Achei que tínhamos superado aquilo.

– Se serve de consolo... eu também.

– Por que não vai ver sua mãe? Falar sobre essas porcarias com ela?

Como se houvesse alguma coisa que a fêmea pudesse dizer naquele momento...

– Eu a mataria, tira. Não sei como faria isso... mas eu a mataria por isso. Ela me deixou com aquele pai sociopata... sabendo exatamente como ele era, porque, afinal, ela vê tudo. Então, manteve um segredo relacionado a mim por trezentos anos, antes disso aparece no meu aniversário, tentando me colocar como uma referência para sua religião burra e estúpida. Mas eu poderia ter deixado tudo isso para lá, não é mesmo? Porém, minha irmã, minha irmã gêmea? Ela afastou Payne de mim, tira; manteve-a junto dela contra sua vontade. Por séculos. E nunca sequer me contou que eu tinha uma irmã. Isso é demais. Para mim chega. – V. encarou o uísque. – Tem um pouco disso aí sobrando?

* Presidente do UFC – Ultimate Fighting Championship. (N.P.)

Butch tirou a rolha da garrafa e estendeu a bebida. Quando V. a pegou, o tira disse:

– Mas acordar os mortos não é a resposta, e nem tentar se destruir como está fazendo.

– Você se habilita a fazer isso por mim? Porque estou enlouquecendo e preciso sair, Butch. De verdade. Sou perigoso aqui... – V. deu um gole na bebida e amaldiçoou quando a coisa deslizou em seus lábios, dando a sensação de que estava fumando um cigarro do lado errado. – E não consigo pensar em uma maneira de tirar isso de mim... Mas com certeza não vou voltar a praticar meus velhos hábitos.

– Não se sente tentado?

V. preparou-se e deu outro gole. Com uma careta, disse:

– Quero o prazer, mas não vou fazer isso com ninguém além de Jane. De jeito nenhum vou voltar para nossa cama com o fedor de alguma vadia em meu pênis... isso estragaria tudo, não apenas para ela, mas para mim também. Além disso, o que preciso agora é de um dominante e não de um submisso... e não há ninguém em quem eu possa confiar. – Exceto, talvez, por Butch, mas isso ultrapassaria muitos limites. – Então, estou preso: tenho um monstro gritando na minha cabeça e lugar algum para ir com essa besta... e isso está me enlouquecendo.

Meu Deus... ele disse isso. Tudo isso.

É isso aí, cara.

E o prêmio foi outro gole da garrafa.

– Caramba, meus lábios estão doendo.

– Sem ofensas, mas é benfeito... Você merece. – Os olhos castanhos de Butch se ergueram e, depois de um momento, sorriu um pouco, exibindo aquela coroa no dente da frente, bem como suas presas. – Sabe? Eu estava quase odiando você um minuto atrás, estava mesmo. E antes que me peça, as blusas de gola alta estão dobradas no final daquela fileira de cabides. Pegue uma calça de moletom também. Parece que bateram um martelo nas suas pernas e que suas bolas estão prestes a explodir.

– Obrigado, cara. – V. aproximou-se da fileira de roupas que estavam suspensas em cabides de cedro fino. Uma coisa que se podia dizer de

Butch era que seu guarda-roupa era cheio de opções. – Nunca pensei que ficaria contente por seu armário parecer o de uma maníaca por roupas.

– Acho que o termo é "especialista em vestir-se bem".

Com aquele sotaque de Boston as palavras soaram diferentes e V. se perguntou se alguma vez na vida chegou a não ouvir aquele sotaque de Boston em seu ouvido.

– O que vai fazer em relação a Jane?

V. colocou a garrafa no chão, puxou uma gola alta de caxemira sobre a cabeça e ficou decepcionado em ver que mal cobria seu umbigo.

– Ela já tem problemas suficientes. Nenhuma *shellan* precisa ouvir que seu macho saiu para levar uma boa surra... e não quero que diga a ela.

– Como vai explicar esses machucados, espertinho?

– O inchaço vai diminuir.

– Mas não rápido o suficiente... vai visitar Payne assim...

– Ela também não precisa ter o prazer dessa visão. Só vou me esquivar durante um dia. Payne está em recuperação e estável... pelo menos, foi o que Jane me disse... por isso, vou para minha oficina de ferragens.

Butch estendeu o copo.

– Importa-se?

– Entendido. – V. serviu seu amigo, tomou outro gole e, em seguida, vestiu uma calça. Erguendo os braços para os lados, deu uma volta. – Melhor?

– Tudo o que vejo são tornozelos e pulsos... e, para sua informação, está parecendo uma Miley Cyrus muito esquisita com essa barriga de fora. Nada atraente.

– Vá se ferrar! – Quando V. pegou a garrafa e deu outro gole, decidiu que ficar bêbado era seu novo plano. – Não posso fazer nada se você parece um maldito anão.

Butch riu com satisfação e, em seguida, voltou a ficar sério.

– Se fizer isso outra vez...

– Vai pedir para que eu tire suas roupas.

– Não é *disso* que estou falando.

V. puxou as mangas da blusa e não conseguiu nada com isso.

– Não precisa intervir, tira, não vou me matar. Não é esse o ponto. Sei onde está o limite.

Butch praguejou, seu rosto assumiu uma expressão sombria.

– Você diz isso e acredita que seja verdade. Mas as situações podem entrar em um turbilhão... especialmente as que está vivendo. Pode entrar na onda de... seja lá o que acha ser necessário... e a maré pode acabar virando contra você.

V. flexionou sua mão enluvada.

– Impossível. Não com isso... E não quero mesmo que fale com minha garota sobre isso. Prometa-me. Precisa ficar fora disso.

– Então, vai precisar falar com ela.

– Como posso dizer a ela... – sua voz ficou entrecortada e teve de limpar a garganta. – Como diabos posso explicar isso a ela?

– Como não explicar? Ela o ama.

V. apenas balançou a cabeça. Não conseguia imaginar-se dizendo a sua *shellan* que queria ser machucado fisicamente. Isso a mataria, e ele não tinha a menor intenção de que ela o visse daquela maneira.

– Olha só, vou dar um jeito nisso sozinho. Em tudo isso.

– É disso que tenho medo, V. – Butch consumiu o resto de sua bebida em um só gole. – Esse... é nosso maior problema.

Jane estava observando sua paciente dormir quando o celular soou em seu bolso. Não era uma ligação, mas uma mensagem de texto de V.: *To em casa. Vou p ofic. trab. Como ta P.? E vc?*

Seu suspiro não foi de alívio. Tinha chegado apenas dez minutos antes do sol erguer-se totalmente e não procurou vê-la ou visitar sua irmã?

Dane-se, ela pensou, ao se levantar e sair do quarto de recuperação.

Depois de passar algumas orientações a Ehlena, que estava na sala de exames da clínica atualizando os arquivos dos Irmãos, Jane andou decidida pelo corredor, virou à esquerda perto do escritório e passou pelos fundos do armário da despensa. Não havia razão para lidar com os códigos de bloqueio; simplesmente atravessou...

E lá estava ele, a pouco menos de vinte metros de distância do túnel, afastando-se dela... passou pelo centro de treinamento e caminhou, entrando ainda mais fundo na montanha.

As luzes fluorescentes no teto o iluminavam, atingindo seus ombros enormes e a parte inferior de seu corpo pesado. Passando pelo brilho daquelas luzes, seu cabelo parecia estar molhado e o aroma persistente do sabonete que sempre usava era a confirmação de que havia acabado de tomar banho.

– Vishous.

Disse o nome dele apenas uma vez, mas o túnel era uma câmara de ecos que fez com que as sílabas golpeassem as paredes e retornassem várias vezes, multiplicando-as.

Ele parou.

Foi a única resposta que ela recebeu.

Depois de esperar que ele dissesse alguma coisa, que se virasse... que a reconhecesse... descobriu algo novo sobre seu estado fantasmagórico: mesmo que, tecnicamente, não estivesse mais viva, seus pulmões ainda queimavam como se estivesse sufocando.

– Aonde foi esta noite? – ela disse, sem esperar uma resposta.

E, de fato, não a obteve. Mas ele parou bem debaixo de uma luminária, então, mesmo à distância, pôde ver seus ombros ficando tensos.

– Por que não se vira, Vishous?

Bom Deus... o que ele fez no Commodore? Oh, meu Deus...

Engraçado, havia uma razão pela qual as pessoas "construíam" suas vidas juntos. As escolhas que fazem como marido e mulher não são tijolos e o tempo não é uma argamassa, mas, ainda assim, elas constroem algo tangível e real. E, naquele momento, quando seu *hellren* recusava-se a se virar em direção a ela... inferno, apenas para mostrar seu rosto... ocorria um estrondoso terremoto, que abalava o que ela acreditava ser terra firme.

– O que fez esta noite? – ela disse sufocada.

Nesse momento, ele virou-se e deu dois grandes passos em direção a ela. Mas não foi para se aproximar. Foi para sair da luz. Mesmo assim...

– Seu *rosto* – ela engasgou.

– Lutei com alguns *redutores*. – Quando ela se aproximou, ele ergueu a palma de uma de suas mãos. – Estou bem. Só preciso de um pouco de espaço agora.

Tinha alguma coisa errada, ela pensou. E odiou o questionamento que surgiu em sua mente... a ponto de recusar-se a pronunciá-lo.

Só que tudo o que tinham ali era silêncio.

– Como está minha irmã? – ele disse de repente.

Com um nó na garganta, respondeu:

– Está descansando ainda. Ehlena está com ela.

– Deveria tirar uma folga e descansar.

– Eu vou. – Uh-hum, certo. Com as coisas entre eles como estavam, nunca mais conseguiria dormir de novo.

V. passou sua mão enluvada pelo cabelo.

– Não sei o que dizer agora.

– Esteve com outra pessoa?

Ele não hesitou nessa:

– Não.

Jane o encarou... e, então, suspirou lentamente. Uma coisa era certa sobre seu *hellren*, algo com a qual poderia sempre contar: Vishous não mentia. Tinha muitos defeitos, mas esse não era um deles.

– Certo – ela disse. – Sabe onde me encontrar. Estarei em nossa cama.

Foi ela quem se virou e começou a andar na direção oposta. Mesmo a distância partindo seu coração, não iria atormentá-lo com algo que não era capaz de fazer e se ele precisava de espaço... bem, daria isso a ele.

Mas não para sempre, com certeza.

Mais cedo ou mais tarde, o macho viria conversar com ela. Tinha de fazer isso ou ela iria... Deus, não sabia o que seria capaz de fazer.

Contudo, seu amor não sobreviveria para sempre nesse vácuo. Simplesmente não sobreviveria.

CAPÍTULO 15

O fato de José de la Cruz parar em um *drive-thru* para comprar alguma porcaria no centro de Caldwell era um clichê total. Todos sabiam que os detetives de homicídios bebiam café e comiam doces, mas isso nem sempre era verdade .

Algumas vezes, não havia tempo para fazer uma parada.

E, cara, dane-se o que esses programas de televisão e romances policiais dizem por aí... A realidade era que ele funcionava melhor com cafeína e um pouco de açúcar em sua corrente sanguínea. Além disso, vivia pelas rosquinhas; portanto, que o processassem.

A ligação que acordou a ele e a sua esposa aconteceu perto das seis da manhã, um horário que, se considerasse o número que observou ao atender a ligação, era quase civilizado: cadáveres, assim como aqueles que ficavam doentes, não seguiam as regras do horário comercial. Então, o horário quase tolerável era uma bênção.

E não era a única coisa boa em seu caminho: felizmente, por ser domingo, as estradas e rodovias estavam vazias, e seu carro sem identificação oficial fazia um trabalho excelente para sair dos subúrbios em uma situação assim... então, seu café ainda estava bem quente enquanto ele se dirigia para o distrito comercial, passando com cuidado pelos sinais vermelhos.

A fila de viaturas anunciou a localização onde o corpo havia sido encontrado, mais do que a fita de aviso amarela que tinha sido estendida por toda parte, como se fosse um laço sobre um maldito presente de Natal. Praguejando, estacionou paralelamente à parede de tijolos do beco e saiu, bebendo seu café e andando em direção ao amontoado de uniformes azuis.

– Ei, Detetive.

– E aí, Detetive?

– Oi, Detetive.

Assentiu para os garotos.

– Bom dia a todos. O que temos aqui?

– Não tocamos nela – Rodriguez fez um aceno com a cabeça em direção à caçamba. – Está lá, e Jones está tirando as primeiras fotos. O médico legista e o pessoal da perícia criminal estão a caminho. O misógino às avessas também.

Ah, sim, o fiel fotógrafo deles.

– Obrigado.

– Onde está seu novo parceiro?

– Chegando.

– Ele está pronto para isso?

– Vamos ver. – Sem dúvida, aquele beco sujo estava bem familiarizado com pessoas botando para fora aquilo que tinham comido; então, se o novato perdesse o almoço, não tinha problema.

José abaixou-se sob a faixa amarela e andou em direção à caçamba. Como sempre, quando se aproximava de um corpo, percebia que sua audição estava tão aguda que chegava a ser insuportável: a conversa mole dos homens atrás dele, o som das solas dos próprios sapatos no asfalto, a brisa fria vinda do rio que assoviava... tudo estava alto demais, como se o volume do mundo inteiro tivesse sido aumentado ao máximo.

E claro, a ironia era que o propósito dele estar ali, naquela manhã, naquele beco... o propósito de todos aqueles carros, homens e fitas de advertência estarem ali... estava perfeitamente em silêncio.

José segurou seu copo de isopor enquanto espiava por cima da tampa enferrujada da caçamba. A mão da moça foi a primeira coisa que viu, uma linha pálida de dedos com unhas quebradas e havia alguma coisa marrom embaixo delas.

Uma lutadora, não importava quem fosse.

Ao se deparar com outra garota morta, desejou profundamente que seu trabalho fosse tranquilo por um mês ou uma semana... ou, pelo amor de Deus, ao menos por uma noite. Caramba, dar uma desacelerada na carreira era o que estava pensando em fazer: quando se atua em tal área profissional, é difícil ficar satisfeito com o que se faz. Mesmo quando um caso era resolvido, ainda assim alguém estaria enterrando um ente querido.

O policial perto dele parecia ter um megafone quando falou.

– Quer que eu abra a outra metade?

José quase disse para o cara diminuir o volume, mas havia uma grande possibilidade de que estivesse falando como em uma biblioteca.

– Sim. Obrigado.

O policial usou um cassetete para levantar a tampa o suficiente para que a luz pudesse entrar, mas o cara não olhou para o que havia dentro. Apenas permaneceu ali, em pé, como um daqueles soldados da realeza britânica, dirigindo o olhar para o outro lado do beco, sem focar em nada.

Quando José ergueu-se na ponta dos pés e deu uma espiada, não culpou o policial por sua reticência.

Deitada em uma cama de metais retorcidos, a mulher estava nua, sua pele cinza e manchada exibia uma luminosidade estranha sob a luz do amanhecer. Considerando seu rosto e corpo, parecia estar no final da adolescência, uns vinte anos. Branca. O cabelo tinha sido cortado pela raiz, tão rente à pele que o couro cabeludo estava dilacerado em alguns lugares. Olhos...? Tinham sido removidos de suas órbitas.

José tirou uma caneta do bolso, esticou o corpo ao aproximar-se e separou cuidadosamente os lábios da garota. Sem dentes... não restou sequer algum nas gengivas irregulares.

Movendo-se para a direita, ergueu uma das mãos para ver a parte inferior da ponta dos dedos. Completamente removidas.

E a desfiguração não se limitava à cabeça e às mãos... Havia ranhuras profundas na pele, uma no alto de sua coxa, outra na parte inferior do braço e duas na parte de dentro de seus pulsos.

José amaldiçoou em voz baixa, pois tinha certeza de que ela havia sido desovada ali. Não havia privacidade suficiente no local para realizar esse tipo de trabalho... aquela porcaria exigia tempo e ferramentas... e equipamentos de contenção para mantê-la deitada.

– O que temos aí, Detetive? – seu novo parceiro disse atrás dele.

José olhou para Thomas DelVecchio Jr. sobre o ombro.

– Já tomou café da manhã?

– Não.

– Que bom.

Recuou um pouco para que Veck pudesse dar uma olhada. Como o cara era quinze centímetros mais alto do que ele, não teve de se esticar para ver o que havia lá dentro. Tudo o que fez foi dobrar os quadris. E, então, apenas olhou. Nada de inclinar-se contra a parede para vomitar. Nada de engasgos. Também não houve qualquer mudança drástica na expressão do rosto.

– O corpo foi desovado aqui – Veck disse. – Só pode ser.

– Ela.

Veck olhou para ele, seus olhos azuis-escuros eram inteligentes e imperturbáveis.

– Como?

– *Ela* foi desovada aqui: é uma pessoa, não uma coisa, DelVecchio.

– Certo. Desculpe. Ela. – O cara inclinou-se outra vez. – Acho que temos um colecionador de troféus.

– Talvez.

As sobrancelhas escuras se ergueram.

– Há muita coisa faltando... nela.

– Tem assistido aos noticiários ultimamente? – José limpou a caneta em um tecido.

– Não tenho tempo para TV.

– Onze mulheres foram encontradas assim no ano passado. Nas cidades de Chicago, Cleveland e Philly.

– Caraaamba – Veck colocou um pedaço de chiclete na boca e mastigou com força. – Então, deve estar se perguntando se este pode ser o início para nós.

Quando o cara rangeu os molares, José esfregou os olhos para dissipar as memórias que surgiram.

– Quando parou?

Veck limpou a garganta.

– De fumar? Mais ou menos há um mês.

– Como está indo?

– É um saco.

– Aposto que sim.

José colocou as mãos sobre os quadris e voltou a se concentrar. Como iriam fazer para descobrir quem era aquela garota? Havia inúmeras mulheres jovens desaparecidas no estado de Nova York... e isso considerando que o assassino não tinha feito aquilo em Vermont ou Massachusetts ou Connecticut e tenha dirigido até ali para depositá-la naquela caçamba.

Uma coisa era certa: nem morto permitiria que aquele filho da mãe começasse a atacar as garotas da cidade. Não ia acontecer enquanto estivesse no comando.

Quando se virou, bateu no ombro de seu parceiro.

– Dez dias, amigo.

– Para quê?

– Para voltar a montar na sela de um Marlboro.

– Não subestime minha força de vontade, detetive.

– Não subestime o que vai sentir quando for para casa e tentar dormir esta noite.

– Não durmo muito, mesmo.

– Esse trabalho não vai ajudar.

Nesse momento, a fotógrafa chegou com seus cliques, flashes e mau humor.

José indicou a direção oposta com a cabeça.

– Vamos sair daqui e deixá-la fazer seu trabalho.

Veck deu uma olhada e ficou surpreso quando a encarou melhor. A péssima receptividade foi uma novidade para ele... As mulheres gravitavam ao redor de homens como Veck; as duas últimas semanas provaram isso: elas ficavam sempre por perto na delegacia.

– Vamos, DelVecchio, vamos começar a procurar as peças desse quebra-cabeça.

– Entendido, detetive.

Normalmente, José pediria para que o cara o chamasse de de la Cruz, mas nenhum de seus "novos" parceiros duravam mais do que um mês, então, de que adiantaria? "José" estava fora de cogitação, claro... apenas uma pessoa chamou-o assim naquele trabalho e o desgraçado tinha desaparecido há três anos.

Levou mais ou menos uma hora para que ele e Veck investigassem o local e acabassem não conseguindo absolutamente nenhum material. Não havia nenhuma câmera de segurança no exterior dos prédios nem testemunhas tinham se apresentado, mas os caras da investigação criminal iriam rastrear tudo com seus distintivos, bolsinhas plásticas e pinças. Talvez aparecesse algo.

O médico legista chegou às nove, fez seu trabalho, e o corpo foi liberado para ser removido mais ou menos uma hora depois disso. E quando o pessoal precisou de uma ajuda com o cadáver, José ficou surpreso em ver que Veck colocou um par de luvas de látex e pulou naquela caçamba.

Um pouco antes do médico legista removê-la do local, José perguntou sobre a hora da morte e foi informado que tinha acontecido por volta do meio-dia do dia anterior.

Ótimo, ele pensou enquanto os carros e as vans começavam a partir. Quase vinte e quatro horas morta antes de encontrá-la. Poderia muito bem ter sido conduzida para fora do estado.

– Hora de acionar o banco de dados – disse a Veck.

– Estou nessa.

Quando o cara se virou e seguiu em direção a uma motocicleta, José gritou:

– Chiclete não é comida.

Veck parou e olhou sobre o ombro.

– Está me convidando para tomar café da manhã, detetive?

– Só não quero que desmaie no trabalho. Isso o deixaria constrangido e eu seria obrigado a examinar outro corpo.

– Que amável, detetive.

Talvez costumasse ser; mas agora só estava nervoso consigo mesmo e não sentia a menor vontade de comer sozinho.

– Encontro você no Vinte e quatro em cinco minutos.

– Vinte e quatro?

Certo, ele não era dali.

– Riverside Diner, na Eighth Street. Fica aberto vinte e quatro horas.

– Entendi. – O cara colocou um capacete preto e alavancou uma das pernas sobre algum tipo de engenhoca que parecia fazer parte do motor. – Eu pago.

– Faça como quiser.

Veck pisou a alavanca com força e ligou o motor.

– Sempre faço, detetive. Sempre.

Quando arrancou, deixou um rastro de testosterona no beco e, enquanto José arrastava-se preguiçosamente em direção a seu automóvel bege sem identificação, sentiu-se como um tiozinho de meia-idade em comparação a Veck. Deslizando para trás do volante, colocou seu copo quase vazio e completamente frio no porta-copos, e seu olhar deslocou-se da faixa para aquela caçamba.

Tirando o celular do paletó, ligou para a delegacia.

– Ei, é o de la Cruz. Pode passar a ligação para a Mary Ellen? – O tempo de espera foi de menos de um minuto. – Mary Ellen? Como vai? Bem... bem. Ouça, quero ouvir a ligação que denunciou o corpo que havia próximo ao Commodore. Sim. Claro... só preciso que a reproduza. Obrigado... não precisa correr.

José colocou a chave na ignição.

– Ótimo. Obrigado, Mary Ellen.

Sim, gostaria de comunicar um corpo. Não, não vou dar meu nome. Está em uma caçamba de lixo em um beco da Tenth Street, a dois quarteirões do Commodore. Parece ser uma mulher branca, final da adolescência, uns vinte anos... Não, não vou dar meu nome... Ei, que tal pegar o endereço e parar de se preocupar comigo...?

José apertou o telefone e começou a tremer.

O sotaque de Boston era tão claro e familiar que foi como se o tempo tivesse se envolvido em um acidente de carro e ricocheteado para trás.

– Detetive? Quer ouvir outra vez? – ouviu Mary Ellen dizer em seu ouvido.

Fechando os olhos, resmungou.

– Sim, por favor...

Quando a gravação terminou, ouviu-se agradecendo a Mary Ellen e sentiu que pressionou o polegar sobre o botão *end* do celular para finalizar a ligação.

Tão claro como água cristalina, estava sendo sugado para um pesadelo de dois anos atrás... quando entrou naquele apartamento fedorento e decaído, cheio de garrafas de uísque vazias e caixas de pizza. Lembrou-se de sua mão estendendo-se em direção à porta fechada de um banheiro, aquela maldita parte de seu corpo tremia por inteiro.

Estava convencido de que iria encontrar um corpo do outro lado. Pendurado no chuveiro por um cinto... ou talvez mergulhado em sangue ao invés de um banho de espuma.

Butch O'Neal teve uma vida difícil ao buscar realizar-se profissionalmente no departamento de homicídios. Bebia até altas horas e não só tinha fobia de relacionamentos como também era incapaz de estabelecer laços afetivos.

Só que ele e José eram próximos. Tão próximos quanto Butch foi capaz de ser com alguém um dia.

Contudo, nada de suicídio. Nada de corpo. Nada. Em uma noite, ele estava ali; na outra... havia sumido.

No primeiro mês, e até no segundo, José esperou ter alguma notícia... do próprio cara ou sobre um cadáver de nariz quebrado e um dente da frente com uma coroa mal feita aparecendo em algum lugar.

No entanto, dias transformaram-se em semanas que, por sua vez, tornaram-se estações do ano, e sentiu-se como um médico que descobriu ter uma doença terminal: finalmente soube como as famílias de pessoas desaparecidas se sentiam. E, Deus, nunca pensou que passaria por aquela longa, terrível e fria espera. Jamais imaginou que percorreria aquele território do "Não Saber de Nada"... Mas com o desaparecimento de seu parceiro, não só percorreu o maldito território como comprou um terreno, construiu uma casa e mudou-se para lá.

Agora, porém, depois de ter perdido todas as esperanças, depois de não acordar mais no meio da noite pensando onde o cara poderia estar... agora... tinha ouvido aquela gravação.

Claro, milhões de pessoas tinham aquele sotaque de Boston. Mas O'Neal possuía uma rouquidão reveladora em sua voz que não poderia ser replicada.

De repente, José perdeu a vontade de ir ao Vinte e quatro, não queria comer nada. Mas colocou seu carro sem identificação oficial em funcionamento e pisou no acelerador.

No momento em que olhou para a caçamba e viu aqueles olhos arrancados e aquele trabalho odontológico, soube que estava indo à procura de um *serial killer*. Mas não poderia imaginar que iniciaria outra busca.

Hora de encontrar Butch O'Neal.

Se fosse capaz.

CAPÍTULO 16

Uma semana depois, Manny acordou em sua cama com as dores latejantes de uma ressaca. A boa notícia era que pelo menos aquela dor poderia ser explicada: quando chegou em casa, tomou uísque até ficar chapado. E a bebida desempenhou seu papel, derrubando-o com força total como em um nocaute.

A primeira coisa que fez foi estender a mão e pegar o telefone. Com os olhos embaçados, ligou para o celular do veterinário. Os dois tinham combinado um ritual matinal e Manny agradecia a Deus pelo fato do cara também ser um insone.

O veterinário atendeu no segundo toque.

– Alô?

– Como está minha garota? – a pausa que se seguiu disse-lhe tudo o que tinha de saber. – Tão mal assim?

– Bem, os sinais vitais permanecem bons e ela continua tão estável quanto possível com a sedação, mas estou preocupado com uma possível inflamação nos cascos.

– Mantenha-me informado.

– Sempre.

Nesse momento, desligar era a única coisa que poderia fazer. A conversa tinha acabado e não era uma pessoa que jogava conversa fora... mesmo que fosse, um bate-papo não o ajudaria a conseguir aquilo que desejava: um cavalo saudável.

Antes do despertador disparar às seis e meia para que ele começasse a dura rotina, deu um tapa no rádio-relógio para que continuasse em silêncio e pensou: exercícios. Café. Voltar ao hospital.

Espere. Café, exercícios, hospital.

Definitivamente, precisava de cafeína primeiro. Não conseguiria correr ou levantar pesos naquela condição... e também não poderia operar máquinas pesadas – como um elevador, por exemplo.

Ao levar os pés ao chão e ficar na posição vertical, sua cabeça tinha um ritmo próprio de batidas e revoltou-se com a ideia de que talvez, apenas talvez, a dor não tivesse relação com a bebida: não estava doente nem desenvolvendo um tumor cerebral... Contudo, mesmo se estivesse, iria do mesmo jeito para o hospital; estava em sua natureza. Caramba, quando era jovem, lutava para ir à escola mesmo doente... mesmo quando teve catapora e ficou parecendo um desenho de ligar pontos, insistiu em pegar o ônibus.

Sua mãe ganhou aquela batalha em particular, e reclamou por ele ser exatamente como o pai.

Não foi um elogio, e ouviu isso a vida inteira... mas também não significava nada, pois nunca conheceu o cara. Tudo o que tinha era uma foto desbotada dele. A única coisa que acabou colocando em um porta-retrato... Por que diabos estava pensando sobre isso naquela manhã?

O café foi uma mistura instantânea suave. Vestiu as roupas esportivas enquanto a bebida ficava pronta e tomou duas canecas sobre a pia ao observar a fila do tráfego matutino sob a penumbra da madrugada nas proximidades da estrada que ia para o norte. A última coisa que fez foi pegar seu iPod e colocá-lo nos ouvidos. Claro que não era um tipo de cara falante, mas que Deus o ajudasse a não encontrar uma garota tagarela pela frente naquele dia.

Na sala de musculação, o local estava bem vazio, o que foi um grande alívio, mas isso não ia durar muito. Saltando na esteira mais próxima da porta, desligou o noticiário que estava passando na TV instalada no alto da parede e começou a malhar.

O som de Judas Priest em seu iPod embalou seus passos, sua mente desconectou-se e seu corpo rígido e dolorido teve o que precisava. Considerando tudo, estava melhor agora se comparado ao fim de semana anterior. As dores de cabeça ainda estavam lá, mas continuava a manter o ritmo de trabalho, a atender seus pacientes em dia e a administrar tudo.

No entanto, isso o fez pensar. Um pouco antes de Jane ter batido naquela árvore, teve dores de cabeça também. Então, se tivessem sido capazes de fazer uma autópsia no corpo dela, será que teriam encontrado um aneurisma? Por outro lado, qual seria a probabilidade dos dois sofrerem a mesma...

Por que fez isso, Jane? Por que forjou sua morte?

Não tenho tempo para explicar agora. Por favor. Sei que é pedir muito. Mas há uma paciente que precisa de você, desesperadamente... já estou procurando por você há mais de uma hora, então, estou atrasada.

– Droga. – Manny colocou os pés rapidamente na beirada da esteira e cerrou os dentes contra a agonia. Dobrando a parte superior do corpo sobre o painel do aparelho, respirou lenta e equilibradamente... ou pelo menos tentou o máximo possível que uma pessoa correndo a dez quilômetros por hora poderia conseguir.

Nos últimos sete dias, aprendeu por meio do método de tentativa e erro que, quando a dor o atingia, o melhor a fazer era tentar deixar a mente em branco e focar em nada. E o fato de que o simples truque cognitivo funcionava tranquilizava-o quanto à questão do aneurisma: se a parede de uma artéria cerebral estivesse prestes a explodir e formar um buraco em sua cabeça, não era uma estratégia de respiração ao estilo da ioga que em pouco tempo faria diferença.

Mas havia um padrão. Surgia com pensamentos sobre Jane... ou sobre aquele sonho erótico que continuava a ter.

Minha nossa, durante o sono teve orgasmos suficientes para aliviar toda sua libido. E, sendo o filho da mãe doente que era, a quase certeza de voltar a estar com aquela fêmea em suas fantasias o fazia ansiar pelo momento de colocar a cabeça no travesseiro pela primeira vez na vida.

Mesmo não podendo explicar o motivo pelo qual algumas cognições traziam as dores de cabeça, a boa notícia era que ele *estava* melhorando. Cada dia após aquele fim de semana, que parecia ser um buraco negro bizarro, sentia que voltava um pouco a ser o que era.

Quando restou pouco mais que uma dor incômoda, Manny voltou para a esteira e terminou o treino. No caminho para a saída, acenou para os retardatários do início da manhã que chegavam e escapou antes que alguém viesse com um "Oh, meu Deus, você está bem?", se visse que tentava controlar a respiração.

No apartamento, tomou um banho, colocou um uniforme limpo e um jaleco branco e, em seguida, agarrou sua maleta e seguiu para o elevador. Para evitar o trânsito pegou as ruas adjacentes que cortavam a cidade. A estrada estava lotada àquela hora do dia e teve bons momentos ouvindo a tradicional banda My Chemical Romance.

"I'm not okay" era uma música que, por algum motivo, não se cansava de ouvir.

Quando virou em direção ao complexo do Hospital São Francisco, a luz do amanhecer ainda não tinha surgido completamente, o que sugeria que o dia seria nublado. Não que isso importasse para ele; quando entrava no local, a menos que houvesse um tornado, o que nunca tinha acontecido em Caldwell, o tempo não o afetava nem um pouco. Inferno, já tinha ido trabalhar várias vezes ainda no escuro, indo embora quando escurecia novamente, mas nunca se sentiu como se estivesse perdendo seu tempo na vida, pois não era muito de "curtir a natureza".

Engraçado. Agora, porém, sentia-se um tanto deslocado.

Trabalhava naquele hospital desde que terminara sua residência cirúrgica pela Escola de Medicina de Yale e pretendia seguir para Boston, Manhattan ou Chicago. Em vez disso, deixou sua marca ali e, mais de dez anos depois, ainda estava onde tinha começado. Claro, ocupava o topo da pirâmide administrativa, por assim dizer, tinha salvado e melhorado vidas e já tinha ensinado uma geração de cirurgiões.

O problema era que, ao descer a rampa para a garagem, tudo aquilo, de alguma forma, parecia sem sentido.

Tinha quarenta e cinco anos de idade, com pelo menos metade do seu tempo útil dentro de uma caixa. O que tinha para mostrar? Um apartamento cheio de tênis Nike e um trabalho que tinha tomado conta das partes mais remotas de seu ser. Nada de esposa. Nada de filhos. As festas de Natal, Ano Novo e feriados nacionais eram passadas no hospital... Com sua mãe dando um jeito de comemorar essas datas sem ele e, sem dúvida, esperando por netos. Coisa que era melhor ela esperar sentada.

Cristo, com quantas mulheres tinha transado aleatoriamente ao longo dos anos? Centenas. Devia ser.

A voz de sua mãe veio como um tiro em sua cabeça: *Você é igual ao seu pai.*

Verdade. Seu pai também tinha sido um cirurgião. Com um traço errante.

Na verdade, foi por isso que Manny tinha escolhido Caldwell. Sua mãe havia trabalhado no São Francisco como enfermeira da UTI; batalhou para mantê-lo anos e anos estudando. E o que aconteceu quando se formou em medicina? Ao invés de orgulho, havia distância e reserva no rosto dela... Quanto mais próximo ficava do que havia sido seu pai, mais ela expressava aquela distância no olhar. A ideia dele era de que se estivessem na mesma cidade, estreitariam a relação ou algo assim. No entanto, não foi desse jeito.

Mas ela estava bem. Morava na Flórida naquele momento, em uma casa de repouso em um campo de golfe que ele pagava, jogando partidas de baralho com senhoras da mesma idade, jantando com as amigas de carteado e discutindo sobre quem esnobou quem nas festinhas agitadas do local. Ele estava muito feliz em poder ampará-la e essa era toda a extensão do relacionamento que mantinham.

Seu pai estava em um túmulo no cemitério Bosque dos Pinheiros. Morrera em 1983 em um acidente de carro.

Que coisa perigosa é um carro.

Estacionando o Porsche, desceu do veículo e foi pelas escadas ao invés do elevador para se exercitar. Em seguida, usou a passagem de pedestres para entrar no hospital, no terceiro andar. Quando passou pelos médicos e enfermeiras, apenas acenou e continuou andando. Geralmente, dirigia-se a seu escritório primeiro, mas não importava o que dissesse para seus pés, aquele não foi o lugar para onde acabou indo naquele dia.

Estava indo para os quartos de recuperação.

Disse a si mesmo que era para ver como os pacientes estavam, mas aquilo era besteira. Enquanto sua mente ficava cada vez mais difusa, ele ignorou o nevoeiro conscienciosamente. Inferno, aquilo era pior que a dor... e provavelmente estava hipoglicêmico por ter se exercitado e não se alimentado depois disso.

Paciente... estava procurando sua paciente... Sem nome. Ele não tinha um nome em mente, mas sabia qual era a sala.

Quando chegou à suíte mais próxima da escada de incêndio no fim do corredor, uma onda de excitação percorreu seu corpo. Certificou-se de que o jaleco branco estava colocado sobre os ombros e passou a mão pelos cabelos para ajeitá-los.

Limpando a garganta, preparou-se, entrou e...

O senhor de oitenta anos de idade deitado sobre a cama estava dormindo, mas não estava descansando, tubos entravam e saíam dele como se fosse um carro recebendo uma chupeta para recarregar a bateria.

Uma dor pungente socou a cabeça de Manny enquanto encarava o homem.

– Dr. Manello?

A voz de Goldberg atrás dele foi um alívio, pois deu-lhe algo concreto em que se agarrar... a borda de uma piscina, digamos assim.

Virou-se.

– Ei. Bom dia.

As sobrancelhas do cara se ergueram e, então, franziu a testa.

– Hã... o que está fazendo aqui?

– O que acha? Verificando um paciente. – Deus, talvez todos estivessem enlouquecendo.

– Pensei que ia tirar uma semana de folga.

– Como?

– Isso... hã... foi isso que me disse quando saiu esta manhã. Depois que... encontramos você aqui no quarto.

– Do que está falando? – Então, Manny acenou com a mão num gesto vago. – Ouça, deixe-me tomar café da manhã primeiro...

– É hora do jantar, Dr. Manello. São seis da tarde. Saiu daqui há doze horas.

A excitação que tinha aquecido seu corpo saiu correndo de dentro dele e foi substituída imediatamente por um banho frio de algo que nunca, jamais, havia sentido antes.

Um medo glacial percorreu-o e deu uma reviravolta em seus neurônios.

O silêncio constrangedor que se seguiu foi interrompido por uma agitação no corredor: pessoas passavam com sapatos baixos e confortáveis, apressando-se para atender pacientes ou empurrando carrinhos de roupa suja para a lavanderia ou levando refeições... jantar, naturalmente... de quarto em quarto.

– Eu vou... voltar para casa agora – Manny disse.

Sua voz era ainda mais forte do que nunca, mas a expressão no rosto de seu colega revelava a verdade sobre a situação: não importava o que dizia a si mesmo sobre sentir-se melhor, não era mais o mesmo. Parecia o mesmo; a voz soava como se fosse a mesma pessoa; andava da mesma maneira. Tentou até convencer a si mesmo de que era o mesmo.

Mas alguma coisa tinha mudado naquele fim de semana e temia que não houvesse volta.

– Gostaria que alguém o levasse para casa? – Goldberg perguntou timidamente.

– Não. Estou bem.

Precisou de todo o orgulho que tinha para não começar a correr quando se virou para sair: com muita força de vontade, ergueu a cabeça, endireitou a coluna e colocou um pé em frente ao outro calmamente.

Foi estranho, mas, ao sair, pensou em seu professor de cirurgia... o que tinha sido "aposentado" pela administração da escola quando fez setenta anos. Na época, Manny estava no segundo ano.

Dr. Theodore Benedict Stanford III.

O cara era um filho da mãe em sala de aula, o tipo de desgraçado que gostava mais quando os alunos davam respostas erradas, pois lhe proporcionava a oportunidade de repreender as pessoas. Quando a escola anunciou sua saída, Manny e seus colegas de classe fizeram uma festa de despedida para o pobre coitado, todos eles embebedaram-se celebrando o fato de serem a última geração a ser submetida às babaquices dele.

Manny estava trabalhando como zelador na escola naquele verão para conseguir algum dinheiro e estava esfregando o chão do corredor quando o carregador remanescente saiu levando as caixas finais do escritório de Stanford... e, em seguida, foi o velho quem saiu e desapareceu no final do corredor, passando por ali pela última vez.

Saiu com a cabeça erguida, descendo as escadas de mármore e partindo pela majestosa porta da frente com o queixo empinado.

Manny tinha rido da arrogância do homem, que não baixou a cabeça mesmo em face da idade e do fato de reduzirem seu valor a algo obsoleto.

Agora, caminhando da mesma maneira, perguntou-se se poderia ser verdade.

Era muito provável que Stanford tenha tido a mesma sensação que Manny experimentava naquele momento: a sensação de ser descartado.

CAPÍTULO 17

Jane ouviu uma agitação vindo do centro de treinamento. O barulho a acordou. Ergueu sua cabeça do travesseiro apoiando-se no antebraço e sua coluna estralou, pois estava curvada sobre a mesa.

Rompendo... e batendo...

A princípio, achou que era uma rajada de vento, mas houve um estalo em seu cérebro em seguida. Não havia janelas ali no subsolo. E seria necessária uma tempestade terrível para criar aquela quantidade de barulho.

Erguendo-se rapidamente da cadeira, deu a volta na mesa e saiu correndo pelo corredor em direção ao quarto de Payne. Tinha um motivo para que todas as portas estivessem abertas: havia apenas uma paciente e embora Payne fosse muito tranquila, se alguma coisa acontecesse...

Que *diabos* era aquele estardalhaço? Havia gemidos também...

Jane deslizou através do batente da porta da sala de recuperação e quase gritou. Ah, Deus... todo aquele *sangue*.

– Payne! – ela correu para a cama.

A irmã gêmea de V. estava em um descontrole selvagem, balançando os braços para todos os lados, os dedos agarravam os lençóis e a si mesma, as unhas afiadas arranhavam a pele dos braços, dos ombros e das clavículas.

– Não consigo sentir isso! – a fêmea gritou, presas expostas, olhos tão abertos que exibia claramente uma borda branca ao redor deles. – Não consigo sentir nada!

Jane aproximou-se com rapidez e agarrou um dos braços, mas seu aperto deslizou no instante em que o contato foi feito, afastando-a de todos aqueles arranhões escorregadios.

– Payne! – Se ela continuasse, as feridas ficariam tão profundas que os ossos seriam expostos. – Pare...

– *Não consigo sentir nada!*

A caneta Bic apareceu na mão de Payne do nada... só que, não, não foi mágica... A caneta era de Jane, aquela que guardava no bolso lateral de seu jaleco branco. No instante em que viu o objeto, todos aqueles golpes furiosos transformaram-se em uma sequência de imagens em câmera lenta enquanto a mão de Payne se erguia.

A punhalada era tão forte e decidida que nada poderia detê-la.

A ponta afiada trespassou o coração da fêmea, matando-a, e seu corpo lançou-se para frente, o suspiro da morte exalado por sua boca aberta.

Jane gritou:

– *Nããããão...*

– Jane... acorde!

O som da voz de Vishous não fazia sentido. Só que, então, ela abriu os olhos... para visualizar a completa escuridão. A clínica, o sangue e a respiração ofegante de Payne foram substituídos por uma mortalha visual negra que...

O brilho da chama de velas surgiu em seu campo de visão. A primeira coisa que viu foi o rosto tenso de Vishous; ele estava ao seu lado, mas não tinham ido para a cama juntos.

– Jane, foi só um sonho...

– Estou bem – ela deixou escapar, afastando o cabelo do rosto. – Estou...

Enquanto apoiava-se em seus braços e ofegava, não distinguia o que era sonho e realidade. Especialmente se levasse em conta que Vishous estava ao lado dela; não era apenas uma questão de não irem para a cama juntos ultimamente. Não estavam acordando juntos também. Achou que ele tinha dormido na oficina, mas talvez não tivesse sido o caso.

Esperava que não tivesse mesmo sido o caso.

– Jane...

No silêncio sombrio, ouviu na palavra toda a tristeza que V. nunca deixou transparecer antes em nenhuma outra situação. E ela se sentia da mesma maneira. Aqueles dias em que não tinham se falado muito, o estresse por causa da recuperação de Payne, a distância... a maldita distância... tudo era triste demais.

Porém, ali, à luz das velas, na cama deles, tudo aquilo enfraqueceu um pouco.

Com um suspiro, virou-se para o corpo quente e pesado de V. e o contato a transformou: sem intenção de assumir sua forma sólida, tornou-se corpórea, o calor fluía entre eles, ampliava-se e a deixava tão real quanto ele. Levantando o olhar, observou aquele rosto belo e feroz com a tatuagem sobre a têmpora, o cabelo negro que sempre penteava para trás, a sobrancelha com falhas e aqueles olhos pálidos e gélidos.

Durante a última semana, ela pensou e repensou sobre a noite em que as coisas tinham ficado tão difíceis. E apesar de boa parte daquilo ser decepção e ansiedade, havia uma coisa que não fazia sentido.

Quando se encontraram no túnel, Vishous estava usando uma blusa de gola alta. E ele nunca usava blusas assim. Odiava tais peças, pois achava que elas o sufocavam... o que era irônico, considerando o que o aliviava algumas vezes. Normalmente, vestia regatas ou andava nu, e ela não era estúpida. Poderia ser um cara durão, mas os hematomas surgiam em sua pele com a mesma facilidade de qualquer outra pessoa.

Disse que tinha lutado, mas era um mestre no combate mano a mano. Então, se estava todo roxo da cabeça aos pés, só havia uma razão para isso: havia permitido.

E ela teve de se perguntar quem tinha feito aquilo com ele.

– Você está bem? – V. perguntou.

Ela estendeu a mão e a colocou sobre o rosto dele.

– E você? Está bem?

Será que eles estavam bem?

Ele não hesitou.

– Com o que sonhou?

– Vamos ter que conversar sobre algumas coisas, V.

Os lábios dele se contraíram. E ficaram ainda mais tensos enquanto ela esperava. Finalmente, ele disse:

– Payne está como está. Faz apenas uma semana e...

– Não é sobre ela. É sobre o que aconteceu naquela noite quando saiu sozinho.

Nesse momento, ele se recostou, mergulhando nos travesseiros e unindo as duas mãos sobre o abdômen definido. Na penumbra, os músculos contraíram-se e suas veias projetaram sombras no pescoço.

– Está me acusando de ter ficado com outra pessoa? Pensei que já tínhamos resolvido isso.

– Pare de mudar de assunto – ela olhou para ele com firmeza. – E se quiser comprar uma briga, procure alguns *redutores* para isso.

Qualquer outro macho teria reagido com um rápido contra-argumento, com direito a toda uma carga dramática.

Em vez disso, Vishous virou-se para ela e sorriu.

– Quero ouvi-la.

– Prefiro que você fale comigo.

Aquela chama sensual com a qual estava tão familiarizada, mas que não tinha visto na última semana, borbulhou nos olhos dele enquanto movimentou-se em direção a ela. Em seguida, baixou o olhar e observou o sutiã que havia sob a camiseta simples com a qual havia adormecido.

Ela colocou o rosto no caminho do olhar dele, mas estava sorrindo também. As coisas tinham sido tão duras e tensas entre eles. Aquilo parecia normal.

– Não vou me distrair.

Quando um calor emanou do corpo dele em ondas, seu companheiro estendeu a ponta do dedo e deslizou ao longo de seu ombro. Então, abriu a boca, as pontas brancas de suas presas foram expostas e ficaram ainda mais longas quando lambeu os lábios.

De alguma maneira, o lençol que o cobria foi sendo puxado de seu abdômen. Escorregou mais, e mais. Era sua mão enluvada cumprindo seu dever e a cada centímetro exposto, os olhos de Jane tinham mais dificuldade em focar outra coisa. Ele parou um pouco antes da sua grande ereção ser exposta, mas deu a ela uma pequena amostra do que havia ali: as tatuagens em torno de sua virilha esticaram-se e movimentaram-se enquanto os quadris contraíam-se e relaxavam, contraíam-se e relaxavam.

– Vishous...

– O quê?

Sua mão enluvada mergulhou sob o cetim preto e ela não precisou ver para onde se direcionava para saber que envolveria seu pênis: o fato de que arqueava as costas disse-lhe tudo o que precisava saber.

Isso e a maneira como mordeu o lábio inferior.

– Jane...

– O quê?

– Vai ficar só olhando, não é mesmo?

Deus, Jane lembrava-se da primeira vez que o viu assim, estirado em uma cama, rijo, pronto. Estava lhe dando um banho de esponja e conseguiu lê-la como um livro: por mais que ela não quisesse admitir, estava desesperada para observar como ele se tocava até gozar.

E ela se certificou de que ele o fizesse.

Sentindo-se aquecida, inclinou-se para ele e aproximou tanto sua boca que quase tocou a dele.

– Ainda está desviando do assunto...

Em um piscar de olhos, a mão livre de Vishous agarrou-a pela nuca, prendendo-a. E toda aquela força passou pelo corpo dele, sendo direcionada entre as coxas dela.

– Sim. Estou. – Estendeu a língua e passou sobre os lábios dela. – Mas sempre podemos conversar depois. Sabe que nunca minto.

– Achei que sua linha de discurso estava baseada mais em... nunca estar errado.

– Bem, isso também é verdade. – Um rosnado escapou de dentro dele. – E, nesse momento... você e eu precisamos disso.

Aquela última parte foi dita com nada da paixão e toda a seriedade que ela precisava ouvir. E, quer saber, ele tinha razão. Os dois estavam andando em círculos nos últimos sete dias, pisando em ovos, evitando a mina terrestre que havia no centro do relacionamento. Conectar-se daquela maneira, pele com pele, iria ajudá-los a superar as palavras que tinham de ser ditas.

– Então, o que me diz? – ele murmurou.

– O que está esperando?

A risada que soltou foi baixa e satisfeita e seu braço contraía-se e relaxava quando começou a se acariciar.

– Puxe o lençol, Jane.

O comando saiu rouco, mas claro, e ela entendeu bem. Como sempre.

– Faça isso, Jane. Observe.

Colocou a mão sobre os músculos do peitoral dele e desceu-a sentindo seu abdômen definido, ouvindo o arfar de sua respiração entre os dentes. Ao puxar o lençol, engoliu em seco quando viu o pênis ultrapassando a altura do punho, oferecendo-se com uma lágrima singela e cristalina.

Quando ela estendeu a mão para tocá-lo, ele agarrou seu pulso, segurando-a.

– Olhe para mim, Jane... – ele gemeu. – Mas não me toque.

Filho da mãe. Odiava quando fazia aquilo. Adorava também.

Vishous não a soltou enquanto trabalhava em sua ereção com a mão enluvada, seu corpo ficou tão lindo quando encontrou um ritmo para movimentar a palma. A luz das velas envolveu a cena em um tom de mistério, mas... era sempre assim com V. Nunca sabia o que esperar com ele e não só por ser o filho de uma divindade. Estava pronto para o sexo o tempo todo; era durão, astuto, depravado e exigente.

E sabia que conhecia apenas uma versão diluída dele.

Havia cavernas profundas em seu labirinto subterrâneo, as quais ela nunca tinha visitado e nem poderia fazer isso um dia.

– Jane... – disse ele asperamente. – Seja lá o que estiver pensando, deixe para lá... Fique comigo aqui e agora e não continue pensando assim.

Fechou os olhos. Sabia com quem tinha se casado e quem amava. Quando se comprometeu com ele para a eternidade, tinha plena consciência de todos os homens e mulheres com quem esteve e da maneira como os possuiu. Só nunca imaginou que aquele passado ficaria entre eles...

– Não estava com ninguém – sua voz era forte e decidida. – Naquela noite. Juro.

Os olhos de Jane se abriram. Ele parou de tocar a si mesmo e permaneceu deitado.

De repente, a visão dela ficou turva pelas lágrimas.

– Sinto muito – ela resmungou. – Só precisava ouvir isso. Confio em você, de verdade, mas eu...

– Shh... está tudo bem. Estendeu a mão enluvada e limpou a lágrima de seu rosto. – Está tudo bem. Por que não pergunta o que está acontecendo comigo?

– É errado.

– Não, eu é que estou errado. – Respirou fundo. – Passei a última semana tentando forçar as coisas a saírem da minha boca. Odeio essa droga, mas não sabia o que dizer para que as coisas não se tornassem piores.

De alguma maneira, ela estava surpresa com a compaixão e compreensão. Os dois eram tão independentes, e era por isso que o relacionamento funcionava: ele era reservado e ela não precisava de muito apoio emocional e, normalmente, aquela matemática somava muito bem. Porém, não naquela semana.

– Também sinto muito – ele murmurou. – E gostaria de ser um macho diferente.

De alguma forma, ela sabia que estava falando sobre muito mais do que sua natureza reservada.

– Não há nada que não possa falar comigo, V. – Quando tudo o que obteve como resposta foi um "hmmm", ela disse: – Está muito estressado agora. Sei disso, e faria qualquer coisa para ajudá-lo.

– Eu amo você.

– Então, precisa conversar comigo. A única coisa que, com certeza, não vai funcionar é o silêncio.

– Eu sei. Mas é como observar um quarto escuro. Quero lhe dizer alguma coisa, mas não consigo... Não consigo entender nada do que sinto.

Ela acreditava nisso... e reconhecia que aquilo era algo com que as vítimas de abuso infantil tendem a lutar na idade adulta. O mecanismo de sobrevivência inicial que os ajudava a passar por tudo era a compartimentalização: quando tinham de lidar com coisas demais, dividiam o seu interior e armazenavam as emoções em um local muito, muito distante.

O perigo, claro, era a pressão invariavelmente construída sobre isso.

No entanto, ao menos o gelo entre eles fora quebrado, e encontravam-se naquele espaço calmo e semipacífico.

Como se tivessem vontade própria, os olhos de Jane repousaram sobre a ereção de V., que estava deitada sobre sua barriga e ia além de seu umbigo. De repente, o desejou tanto que mal conseguia falar.

– Possua-me, Jane – ele sussurrou. – Faça o que quiser comigo.

O que ela desejava fazer era chupá-lo e foi o que fez, curvando os quadris, tomando-o com sua boca, e sugando-o até o fundo de sua garganta. O som que reproduziu foi animalesco e seus quadris se ergueram, empurrando aquela extensão excitada do corpo dele contra seu rosto. Então, um dos joelhos dobrou-se de repente e já não estava apenas deitado, mas esparramado, quando se entregou a ela completamente, acariciando a parte de trás da cabeça de Jane enquanto encontrava um ritmo que o levasse...

O movimento do corpo dela era rápido e suave.

Com sua força tremenda, V. reposicionou-a em um piscar de olhos, girando-a e tirando os lençóis do caminho para que pudesse erguer seus quadris e colocá-la sobre o tronco dele. As coxas dela abriram-se diante de seu rosto e...

– *Vishous* – ela disse com os lábios sobre sua ereção.

A boca dele estava escorregadia, quente e direcionada bem ao alvo. Fundindo-se com o sexo dela, agarrou-a e sugou antes que a língua serpenteasse para fora e lambesse dentro dela. O cérebro dela não desligou, explodiu, e, sem nada para pensar, perdeu-se alegremente no que estava acontecendo agora e não no que tinha acontecido antes. Tinha a sensação de que V. sentia o mesmo... Ele acariciava, lambia e chupava, com as mãos entre suas coxas, enquanto gemia seu nome contra seu núcleo. Era difícil se concentrar no que ele fazia, pois estava fazendo o mesmo com ele. Sua ereção estava dura e quente em sua boca e havia puro prazer entre as pernas – aquelas sensações eram prova de que mesmo sendo um fantasma, suas reações físicas eram iguais às de quando estava "viva".

– *Dane-se, preciso de você* – ele amaldiçoou.

Em outra rápida explosão de energia, Vishous ergueu-a como se não pesasse mais do que um lençol e a mudança de posição não foi uma surpresa. Ele sempre preferiu gozar dentro dela, bem em seu interior, e abriu-lhe bem as pernas antes de colocá-la sobre seus quadris e meter a cabeça arredondada... *e penetrou profundamente.*

A invasão não foi apenas sexo, ele a reivindicava e ela adorava isso. Era assim que tinha de ser.

Jogando-se para frente e apoiando-se sobre os ombros dele, olhou em seus olhos enquanto moviam-se juntos, o ritmo aumentava até que gozaram juntos – os dois ficaram rígidos quando ele ainda arremetia contra a fenda de Jane, e o sexo dela o banhou com o orgasmo. Então, V. virou-a para que ficasse com as costas sobre a cama e se abaixou, voltando para onde havia começado com a boca, fundindo-a sobre ela, segurando as coxas enquanto a chupava.

Quando ela gozou com força, não houve interrupção ou pausa. Ele continuou, estendendo as duas pernas de Jane, separando-as e penetrando-a com um golpe firme de língua. O corpo dele era uma máquina de movimentos intensos sobre o dela, o forte aroma de vinculação espalhou-se pelo quarto durante o orgasmo dele, a semana de abstinência transformou-se em pó durante aquela gloriosa transa.

Quando o orgasmo subiu-lhe como a lava de um vulcão, ela o observou enquanto gozava, amando todas as partes de seu corpo, mesmo aquelas que às vezes ela se esforçava para entender.

Então, ele continuou. Mais sexo. E ainda mais.

Quase uma hora depois, estavam finalmente saciados, deitados sem se moverem e respirando fundo à luz das velas.

Vishous rolou os dois pela cama, mantendo-os unidos e seus olhos percorreram o rosto dela por um longo momento.

– Não tenho palavras. Dezesseis línguas, mas nenhuma palavra.

Havia amor e desespero na voz dele. Ficava mesmo um tanto deficiente quando se tratava de emoções e o fato de se apaixonar não tinha mudado isso... ao menos, não quando as coisas mostravam-se tão estressantes como agora. Mas tudo bem... depois desse tempo que passaram juntos, estava tudo bem.

– Está tudo bem. – Ela beijou seu peito. – Eu compreendo você.

– Queria tanto que você não precisasse disso.

– Você me entende.

– Sim, mas você é fácil.

Jane se apoiou.

– Sou a aberração de um fantasma. No caso de ainda não ter notado. Não é algo com que os homens costumam se empolgar muito.

V. puxou-a para lhe dar um beijo rápido e firme.

– Mas eu a terei pelo resto da minha vida.

– Terá mesmo. – Afinal, seres humanos não duram um décimo do que vivem os vampiros.

Quando o alarme disparou ao lado deles, V. encarou a coisa.

– Agora sei por que durmo com uma arma debaixo do meu travesseiro.

Quando ele estendeu a mão para silenciar o relógio, ela teve de concordar.

– Sabe? Poderia simplesmente atirar nele.

– Não, Butch viria até aqui encher o saco, e não quero estar com uma arma em mãos se ele vir você nua.

Jane sorriu e deitou-se quando ele saiu da cama e andou até o banheiro. Na porta, parou e olhou sobre o ombro.

– Eu vim ficar com você, Jane. Vim e fiquei com você todas as noites dessa semana. Não queria que ficasse sozinha, e não queria dormir sem você.

Com isso, entrou no banheiro e, momentos depois, ela ouviu o chuveiro ser aberto.

Ele era melhor com as palavras do que imaginava.

Espreguiçando-se satisfeita, sabia que tinha de levantar e se arrumar também... estava na hora de liberar Ehlena de seu turno na clínica. Cara, gostaria de ficar ali a noite toda. Talvez apenas um pouco mais...

Vishous saiu dez minutos depois para encontrar-se com Wrath e a Irmandade, e beijou-a quando estava saindo. Duas vezes.

Saindo da cama, ela usou o banheiro e, depois, foi até o armário e abriu as portas duplas. Pendurado no guarda roupas havia peças de couro... dele; blusas brancas simples... dela; jalecos brancos... dela; e jaquetas de motoqueiro... dele. As armas estavam trancadas num cofre à prova de fogo e os sapatos, no chão.

De muitas maneiras, sua vida era incompreensível. Uma fantasma casada com um vampiro? Até parece.

Mas olhando para aquele armário tão agradável e organizado, com suas vidas loucas repousando ali dentre as roupas e sapatos tão bem posicionados, sentiu-se bem sobre onde estavam. Ser "normal" não era tão ruim naquele mundo maluco; não era mesmo. Não importava como tal conceito passara a ser definido.

CAPÍTULO 18

No centro de fisioterapia da clínica, Payne estava fazendo seus exercícios – era assim que gostava de pensar que eram.

Deitada na cama do hospital com travesseiros apoiando a lateral de seu corpo, ela cruzou os braços sobre o peito e contraiu o estômago, puxando o tronco para cima em uma subida lenta. Quando colocou-se perpendicular ao colchão, esticou os braços e os manteve assim enquanto se deitava.

Depois de apenas uma sequência, seu coração estava batendo forte e sua respiração estava curta, mas permitiu-se apenas um breve momento para se recuperar e repetiu. E repetiu. E repetiu.

O esforço ficava cada vez mais exaustivo, até que o suor brotou em sua testa e os músculos de seu estômago começaram a doer. Jane havia lhe mostrado como fazer aquilo e acreditava ser algo bom... contudo, comparado com o que era capaz de fazer, isso era uma faísca em relação a uma fogueira.

De fato, Jane tentou que fizesse muito mais... trouxera até uma cadeira de rodas para ela se sentar e se locomover, mas Payne não conseguia suportar a visão da coisa ou a ideia de passar a vida "rolando" de um lugar a outro.

Na última semana, fechara sumariamente todas as avenidas da acomodação na esperança de um único milagre... que nunca se concretizou.

Parecia que séculos haviam se passado desde que havia lutado com Wrath... desde que havia conhecido a coordenação e força de seus membros. Havia tomado tanta coisa por certa e agora sentia falta de quem tinha sido, com uma tristeza que achava só ser possível expressar pelos que falecem.

Então, achou que tinha morrido. Seu corpo apenas não foi inteligente o suficiente para parar de funcionar.

Com uma maldição no Antigo Idioma, caiu para trás e permaneceu ali deitada. Quando foi capaz, encontrou a tira de couro que havia amarrado embaixo das coxas. A coisa estava muito apertada, sabia que prendia sua circulação, mas não sentia nem o aperto do laço, nem o doce alívio quando soltou o fecho e o couro pulou solto.

Tinha sido assim desde a noite que havia retornado àquele local.

Nenhuma mudança.

Fechando os olhos, entrou outra vez em uma guerra interna, depois que seus medos lançaram as espadas contra sua mente e os resultados foram ainda mais trágicos. Após sete ciclos de dias e noites, seu exército de racionalidade estava sofrendo pela falta de munição e por uma fadiga profunda. Assim, a maré estava virando. Primeiro, tinha sido impulsionada pelo otimismo, mas ele havia desaparecido; depois, houve um período de resoluta paciência, que não durou muito. Desde então, permanecia naquela estrada árida de esperanças infundadas.

Sozinha.

Na verdade, a solidão era a pior parte da provação: estava completamente separada de todas as pessoas que eram livres para ir e vir, dentro e fora do quarto, mesmo quando elas se sentavam e conversavam com ela ou atendiam as suas necessidades básicas. Confinada àquela cama, estava em outro plano da realidade deles, separados por um deserto vasto e invisível que conseguia visualizar claramente, mas era incapaz de atravessá-lo.

E era estranho. Tudo o que tinha perdido aguçava-se ainda mais quando pensava em seu curandeiro humano... algo tão frequente que não conseguia mais enumerar a quantidade de vezes que havia acontecido.

Oh, como sentia falta daquele homem. Muitas foram as horas que havia passado lembrando-se da sua voz, de seu rosto e daquele último momento entre eles... até as memórias transformarem-se em um cobertor com o qual se aquecia durante os longos e frios momentos de temores e preocupações.

Infelizmente, porém, muito parecido com o que aconteceu com seu lado racional, aquele cobertor foi se desgastando por excesso de uso e não havia como repará-lo.

Seu curandeiro não pertencia ao seu mundo e jamais retornaria... não foi nada além de um sonho breve e vívido, que se desintegrara em filamentos e fragmentos agora que havia acordado.

– Chega – disse a si mesma em voz alta.

Tentando manter-se com a força da parte superior do corpo, virou-se para o lado em direção aos dois travesseiros, lutando contra o peso morto que era a parte inferior do corpo enquanto se esforçava para...

O equilíbrio falhou por um momento e a fez cambalear mesmo estando de bruços, seu braço derrubou o copo de água que havia na mesa próxima a ela.

E, infelizmente, aquele não era um objeto adequado para impacto.

Quando se quebrou, Payne fechou a boca, que era a única maneira que conhecia para manter seus gritos dentro dos pulmões. Caso contrário, violariam o selo de seus lábios e não cessariam.

Quando achou que já dispunha de autocontrole suficiente, olhou para a lateral da cama em direção à bagunça no chão. Normalmente, seria uma coisa simples... algo foi derramado, alguém limparia.

Antes, tudo o que teria feito seria curvar-se e dar um jeito naquilo.

Agora? Tinha duas escolhas: ficar deitada ali e pedir ajuda como uma inválida. Ou pensar, elaborar uma estratégia e fazer uma tentativa de ser independente.

Levou um tempo para descobrir os pontos de apoio para suas mãos e, então, avaliar a distância até o chão. Felizmente, havia sido desconectada de todos os plugues que havia em seu braço, mas um cateter ainda permanecia... então, talvez, fazer aquilo sozinha fosse uma má ideia.

Ainda assim, não conseguia suportar a indignidade de ficar ali deitada. Tinha sido uma guerreira; agora, era uma criança incapaz de cuidar de si mesma.

Era insuportável.

Pegando alguns lenços de papel "Kleenex", como as pessoas os chamavam, baixou a grade da cama, agarrou a parte de cima e curvou-se sobre a lateral do corpo. A torção fez com que suas pernas sacudissem como as de uma marionete, um movimento muito sem graça, mas, ao menos, conseguiu alcançar o chão liso com a coisa branca e macia na palma da mão.

Ao se estender, tentando manter o precário equilíbrio na beirada da cama, sentiu-se cansada de ter assistência para tudo, ser cuidada, lavada e enrolada como um bebê recém-chegado ao mundo.

Seu corpo foi em direção ao vidro.

Sem perceber, escorregou a mão da aderência lisa da grade e com os quadris tão longe do colchão caiu de cabeça no chão, a força da gravidade foi muito forte para que pudesse vencê-la. Lançando as mãos para se apoiar, foi surpreendida pelo chão molhado, suas palmas escorregaram para baixo de seu corpo, que vacilou, e ela sentiu a força do impacto na lateral do rosto, a respiração explodiu em seus pulmões.

Então, não havia movimento.

Estava presa, a cama apoiando seus membros inúteis, colocando o tronco e a cabeça sobre os braços, esmagando-os contra o chão.

Puxando o ar em sua garganta, gritou:

– Socorro... *socooorro...*

Com o rosto espremido, os braços começando a ficar dormentes e os pulmões queimando por asfixia, a raiva acendeu dentro de si até seu corpo estremecer...

Primeiro veio um chiado. Em seguida, o barulho transformou-se em movimento quando seu rosto começou a escorregar sobre o ladrilho, a pele ficou tão tensa e fina que parecia estar sendo descascada. E, então, a pressão cresceu em sua nuca, a grossa trança puxava sua cabeça para trás ao mesmo tempo em que a estranha posição levava-a para frente.

Reunindo todas as forças, decidiu concentrar a raiva e manobrou os braços para que as mãos voltassem a espalmar sobre o chão. Após inalar o ar com força, empurrou e conseguiu girar o corpo para ficar de costas para cima...

A trança de cabelos caiu entre os suportes da grade da cama e prendeu-se com força ali, a espessa extensão manteve-a no lugar, enquanto repuxava dolorosamente do pescoço ao ombro. Presa e sem poder ir a lugar algum, poderia ver apenas suas pernas de onde estava, suas longas e esbeltas pernas sobre as quais nunca havia dispensado qualquer atenção.

Quando o sangue foi se acumulando gradualmente em seu tronco, observou a pele de suas panturrilhas ficarem brancas como papel.

Com os punhos fechados, enviou o comando para que os dedos dos pés se movessem.

– Maldição... *mexa-se...* – teria fechado os olhos para se concentrar, mas não queria perder o milagre caso acontecesse.

Não aconteceu.

Não tinha acontecido antes.

E estava começando a perceber que... não aconteceria.

Quando as unhas dos pés foram do rosa ao cinza, soube que tinha de entrar em um acordo com sua situação. E aquela parecia uma boa analogia para sua posição física atual.

Quebrada. Inútil. Um peso morto.

O colapso que finalmente se seguiu não trouxe consigo lágrimas ou soluços. Em vez disso, o estalo foi demarcado por uma sombria decisão.

– Payne!

Ao som da voz de Jane, fechou os olhos. Não era o salvador que desejava. Seu irmão... precisava do seu irmão gêmeo para fazer o que tinha de ser feito.

– Por favor, chame Vishous – disse com voz rouca. – Por favor.

A voz de Jane chegou bem perto.

– Vamos erguê-la do chão.

– Vishous.

Houve um clique e soube que o alarme que tinha sido incapaz de alcançar havia sido acionado.

– Por favor – ela gemeu. – Chame o Vishous.

– Vamos...

– *Vishous.*

Silêncio. Até que a porta foi aberta.

– Ajude-me, Ehlena – ouviu Jane dizer.

Payne tinha consciência de que sua boca estava se movendo, mas ficou surda quando as duas fêmeas ergueram suas costas até a cama e as pernas foram reinstaladas, alinhando-as paralelamente entre si, antes de cobri-las com lençóis brancos.

Enquanto diversos esforços de limpeza aconteciam tanto sobre a cama quanto no chão, Payne concentrou-se do outro lado do quarto, na parede branca, que havia encarado durante uma eternidade desde que tinha sido transferida para aquele espaço.

– Payne?

Quando não respondeu, Jane repetiu:

– Payne. Olhe para mim.

Moveu os olhos e não sentiu nada ao observar o rosto preocupado da *shellan* de seu irmão gêmeo.

– Preciso do meu irmão.

– Claro, vou buscá-lo. Está em uma reunião agora, mas vou fazer com que venha até aqui antes de sair. – Houve uma longa pausa. – Posso perguntar por que deseja vê-lo?

As palavras firmes e equilibradas diziam-lhe claramente que a boa curandeira não era boba.

– Payne?

Payne fechou os olhos com força e ouviu-se dizer:

– Ele me fez uma promessa quando tudo isso começou, e preciso que ele a cumpra.

Apesar de ser um fantasma, o coração de Jane ainda era capaz de parar dentro do peito, e quando se inclinou sobre a beirada da cama hospitalar, não havia nada se movendo por trás de sua caixa torácica.

– Que promessa foi essa? – questionou sua paciente.

– É um problema que diz respeito apenas a nós dois.

Até parece, Jane pensou, concluindo que estava entendendo direito.

– Payne, deve haver mais alguma coisa que possamos fazer.

Porém não fazia ideia do que seria. As radiografias mostravam que os ossos foram alinhados da maneira adequada, as habilidades de Manny consertaram tudo perfeitamente; no entanto, a espinha dorsal... essa era a parte imprevisível, um coringa. Tinha esperança de que alguma regeneração dos nervos fosse possível... ainda estava aprendendo sobre as capacidades físicas dos vampiros, muitas delas pareciam pura mágica comparadas com o que os humanos desempenhavam em termos de cura.

Mas estavam sem sorte; aquele não era o caso.

E não precisava ser um gênio para descobrir o que Payne estava buscando.

– Seja honesta comigo, *shellan* do meu irmão gêmeo. – Os olhos de cristal de Payne fixaram-se nos de Jane. – Seja honesta consigo mesma.

Se havia uma coisa que Jane odiava por ser médica era que lhe pedissem uma opinião subjetiva. Havia muitos incidentes mesmo quando a situação estava clara: um cara aparece na emergência com a mão arrancada dentro de uma bolsa de gelo e um torniquete ao redor do braço? Era preciso religar o membro e colocar os nervos de volta onde precisavam estar. Uma mulher em trabalho de parto com uma ocorrência anterior por problemas com o cordão umbilical do bebê? Cesariana. Fratura exposta? Abrir o local e consertar o ligamento.

Mas nem tudo era tão "simples". Geralmente, a névoa cinzenta do "talvez isso", "talvez aquilo" aproximava-se, e Jane tinha de encarar a situação nublada e obscura...

Oh, a quem ela estava enganando?

O aspecto clínico daquela equação tinha chegado a um resultado correto. Só não queria acreditar na resposta.

– Payne, deixe-me buscar Mary...

– Não queria falar com a fêmea conselheira há duas noites e não desejo falar com ela agora. Está acabado para mim, curandeira. E por mais que me doa chamar meu irmão gêmeo, por favor, vá e traga-o aqui. É uma boa fêmea e não é você que deve enfrentar isso.

Jane olhou para suas mãos. Nunca usou-as para matar. Nunca. Era um ato antiético não apenas com relação a sua vocação e compromisso profissional como também a seus valores pessoais.

E, ainda assim, enquanto pensava sobre seu *hellren* e o tempo que passaram juntos após acordar com ele, sabia que não poderia permitir que viesse até ali e fizesse o que Payne queria: Vishous havia dado um pequeno passo na direção oposta do precipício no qual estava prestes a se jogar e não havia nada que Jane não faria para impedi-lo de voltar àquele limite.

– Não posso buscá-lo – ela disse. – Desculpe. Mas simplesmente não vou colocá-lo nessa situação.

O gemido que surgiu da garganta de Payne era o desespero em seu coração que criava asas e começava a ser libertado.

– Curandeira, essa é a minha escolha. *Minha* vida. Não sua. Deseja ser uma verdadeira salvadora, então, faça parecer um acidente ou consiga-me uma arma e eu mesma faço isso. Mas não me deixe neste estado. Não consigo suportar e não vai fazer bem algum a sua paciente se eu continuar assim.

De alguma maneira, Jane sabia que isso aconteceria. Tinha visto claramente nas sombras pálidas sobre as imagens escuras da radiografia, aquelas que lhe deveriam dizer que tudo estava dando certo... e que, se não estivesse, a coluna vertebral tinha sido lesionada de forma irreparável.

Observou aquelas pernas tão imóveis sob o lençol e pensou sobre o juramento de Hipócrates que havia feito anos atrás: "Nunca causar dano ou mal a alguém" era o primeiro mandamento.

Era difícil achar que Payne não estava sendo prejudicada sendo mantida daquela maneira... especialmente porque não quis seguir o procedimento em um primeiro momento. Jane tinha sido a única a insistir por uma alternativa de salvação, transferindo seus motivos para a fêmea... e com V. foi a mesma coisa.

– Encontrarei um jeito – Payne disse. – De alguma forma, encontrarei um jeito.

Difícil não acreditar.

E havia uma grande chance de sucesso se Jane a ajudasse... Payne estava fraca e qualquer arma em sua mão seria um desastre esperando para acontecer.

– Não sei se consigo fazer isso – as palavras deixaram a boca de Jane lentamente. – Você é irmã dele. Não sei se ele me perdoaria.

– Ele não precisa saber.

Deus, que situação difícil. Se fosse ela presa naquela cama, sentiria a mesma coisa que Payne e gostaria que alguém executasse sua última vontade. Mas e o fardo de manter algo daquela magnitude oculto de V.? Como poderia fazer isso?

Só que... a única coisa pior do que isso seria se ele não voltasse daquele lado obscuro que havia dentro dele. E matar sua irmã? Bem, era como um trem expresso com destino ao que ele costumava fazer, não?

A mão de sua paciente encontrou a dela.

– Ajude-me, Jane. Ajude-me...

Quando Vishous deixou a reunião noturna com a Irmandade e dirigiu-se para a clínica no centro de treinamento, sentia-se mais como ele mesmo... e não no mau sentido. O sexo com sua *shellan* era uma missão importante para os dois, uma maneira de reiniciar tudo e não se limitava à questão física.

Deus, era muito bom ter voltado a se acertar com sua fêmea. Sim, claro, ainda havia problemas esperando por ele... e, bem, droga... quanto mais próximo chegava da clínica, mais o manto de estresse retornava, atingindo seus ombros como um par de carros: havia visitado sua irmã no começo de cada noite e, depois, novamente, ao amanhecer. Nos primeiros dias, houve muita esperança, mas agora... a maior parte daquele sentimento havia passado.

Entretanto, não importava. Ela precisava sair daquele quarto e era isso o que ele faria naquela noite. Estava fora da escala de trabalho e daria um passeio com ela pela mansão para mostrar que havia algo diferente além da gaiola branca de uma sala de recuperação para se viver.

Ela não estava melhorando fisicamente; então, a parte psicológica seria o que a levaria adiante. Tinha de levar.

Moral da história? Não estava preparado para perdê-la agora. Sim, esteve perto dela por uma semana, mas não significava que a conhecia melhor do que quando tudo começou... e achava que precisavam um do outro. Ninguém mais constituía a descendência direta daquela maldita divindade que era a mãe deles e, talvez, juntos pudessem resolver todas as porcarias que acompanhavam o nascimento dos dois. Pelo amor de Deus, não era como se houvesse uma sequência de estágios que ensinasse a ser filho da Virgem Escriba:

Oi, meu nome é Vishous. Sou filho da Virgem Escriba há trezentos anos.

OI, VISHOUS.

Ela me ferrou outra vez e estou tentando não ir até o Outro Lado para gritar e cometer um assassinato sangrento contra ela.

NÓS ENTENDEMOS, VISHOUS.

E por falar em sangue, gostaria de desenterrar meu pai e matá-lo outra vez, mas não posso. Então, vou apenas tentar manter minha irmã viva, mesmo estando paralisada, e tentar lutar contra o impulso de buscar um pouco de dor para conseguir lidar melhor com a dor dela.

VOCÊ É UM COVARDE, VISHOUS, MAS APOIAMOS ESSE SEU JEITO PATÉTICO.

Saindo do túnel e entrando no escritório, cruzou a porta de vidro e, então, caminhou a passos largos pelo corredor. Quando passou pela sala de exercícios, ouviu que alguém estava correndo como se os tênis estivessem pegando fogo, mas, fora isso, não havia ninguém por ali... e tinha a impressão de que Jane ainda deveria estar na cama, descansando, após ter cuidado muito bem dela.

Algo que deu ao macho vinculado nele uma boa dose de satisfação. De verdade.

Quando chegou à sala de recuperação, não bateu, mas...

Quando entrou, a primeira coisa que viu foi a agulha hipodérmica. A segunda visão foi de que o objeto estava sendo trocado de mãos, passando das de sua *shellan* e para as de sua irmã gêmea.

Não havia um motivo terapêutico para isso.

– O que está fazendo? – ele suspirou, subitamente aterrorizado.

A cabeça de Jane girou, mas Payne não olhou para ele. Seu olhar estava fixo na agulha, como se fosse a chave para o cadeado de sua cela.

E com certeza aquilo lhe ajudaria a sair daquela cama... direto para um caixão.

Que *diabos* está fazendo? – Não era uma pergunta. Ele já sabia.

– É minha escolha – Payne disse severamente.

Sua *shellan* o encarou.

– Sinto muito, V.

Uma névoa branca nublou sua visão, mas não fez nada para reduzir a velocidade do seu corpo ao se lançar para frente. Quando alcançou a beirada do leito, seus olhos clarearam e viu que sua mão enluvada agarrava com força o punho de sua *shellan*.

Seu toque da morte era a única coisa que mantinha sua irmã distante da morte. E dirigiu-se a ela, não a sua companheira.

– *Não ouse fazer isso!*

Os olhos de Payne estavam furiosos ao encontrar os dele.

– Você que não ouse!

V. recuou por um momento. Havia olhado no rosto de muitos inimigos, descartado muitos submissos sexuais e esquecido muitos amantes, tanto machos quanto fêmeas, mas nunca tinha visto um ódio tão profundo antes.

Nunca.

– Não é meu deus! – ela gritou para ele. – Não é nada além de meu irmão! E não vai mais me acorrentar neste corpo como nossa *mahmen* faria!

A fúria dos dois era tanta que, pela primeira vez na vida, havia perdido. Afinal, não fazia sentido entrar em conflito se seu oponente tinha força equivalente à sua.

O problema era que, se saísse de campo agora, voltaria para um funeral.

V. queria andar ao redor da sala para diminuir sua irritação, mas estaria perdido se se afastasse por um décimo de segundo sequer.

– Quero duas horas – ele disse. – Não posso detê-la, mas posso pedir que me dê cento e vinte minutos.

Os olhos de Payne se estreitaram.

– Para quê?

Ia fazer algo que seria inconcebível quando toda aquela coisa começou. Mas aquilo era um tipo de guerra e, consequentemente, não tinha como se dar ao luxo de escolher as armas... tinha de usar o que estava disponível em suas mãos, mesmo que odiasse a ideia.

– Vou lhe dizer *exatamente* o motivo. – V. tirou a agulha das mãos de Jane. – Vai fazer isso para que a culpa não me assombre pelo resto da minha maldita vida. O que acha desse motivo? Bom o suficiente?

As pálpebras de Payne cederam e houve um longo silêncio, interrompido quando ela disse:

– Vou lhe dar o que me pede, mas não vou mudar de ideia com relação a permanecer nesta cama. Certifique-se de suas expectativas antes de continuar... e fique ciente de que não vai adiantar argumentar com nossa *mahmen*. Não vou trocar essa prisão por outra ao lado dela, no mundo dela.

Vishous enfiou a agulha no bolso e desembainhou a faca de caça que ficava permanentemente presa ao cinto de sua calça de couro.

– Dê-me sua mão.

Quando ela a ofereceu, ele cortou a palma da mão com a lâmina e fez o mesmo com a própria carne. Então, V. uniu as feridas.

– Jure. Pelo sangue que compartilhamos, fará um juramento a mim.

A boca de Payne se contraiu como se, mais uma vez, ela tivesse sorrido se fosse uma circunstância diferente.

– Não confia em mim?

– Não – disse ele com voz rouca. – Nem um pouco, querida.

Um pouco depois, a mão dela agarrou a dele e um brilho de lágrimas formou-se sobre seus olhos.

– Eu juro.

Os pulmões de Vishous relaxaram e ele respirou fundo.

– Muito bem.

Soltou a mão, virou-se e caminhou até a porta. Assim que chegou ao corredor, não perdeu tempo ao se dirigir para o túnel.

– Vishous.

Ao som da voz de Jane, volveu-se e quis soltar um palavrão. Balançando a cabeça, disse:

– Não me siga, não ligue para mim. Nada de bom vai sair de mim se ouvir sua voz neste momento.

Jane cruzou os braços sobre o peito.

– Ela é minha paciente, V.

– Ela é meu sangue, Jane. – Frustrado, golpeou o ar com a mão. – Não tenho tempo para isso. Estou saindo.

Com isso, começou a correr. Deixando-a para trás.

CAPÍTULO 19

Quando Manny chegou em casa, fechou a porta, trancou... e ficou ali. Como uma peça da mobília. Com sua maleta na mão.

É incrível como, quando você enlouquece, sente que não consegue lidar com as opções do que fazer. Sua vontade não havia mudado; ainda queria assumir o controle de si mesmo... não importava o que estivesse acontecendo em sua vida. Mas não havia nada em que se agarrar, nada de rédeas naquela fera.

Droga, deveria ser assim que os pacientes de Alzheimer sentiam-se: a personalidade e o intelecto estavam intactos... mas estavam cercados por um mundo que não fazia mais sentido, pois não podiam se firmar nas memórias, associações e inferências.

Estava tudo ligado àquele final de semana... ou, ao menos, havia começado ali. Mas o que tinha mudado exatamente? Perdeu, no mínimo, a memória de uma daquelas noites, era só isso que podia dizer. Lembrou-se da pista de corrida, da queda de Glory e do veterinário. Em seguida, a viagem de volta a Caldwell, quando ele foi ao...

O prévio aviso de uma dor de cabeça surgindo fez com que xingasse e desistisse.

Andando até a cozinha, soltou a maleta e começou a encarar a cafeteira. Deixou-a ligada ao sair para o hospital. Ótimo. Seu café matinal ficou fervendo a noite inteira e era um milagre não ter queimado a droga do apartamento inteiro.

Sentando-se em uma das banquetas ao redor do balcão de granito, encarou a parede de vidro a sua frente. A cidade do outro lado da varanda brilhava como uma dama indo ao teatro com todos os seus diamantes; as luzes nos arranha-céus cintilavam e faziam com que ele se sentisse real e verdadeiramente sozinho.

Silêncio. Vazio.

O apartamento parecia-se mais com um caixão.

Deus, se não pudesse mais operar, o que faria...

A sombra surgiu do nada em seu terraço. Só que não era uma sombra... não havia nada translúcido na coisa. Era como se as luzes, as pontes e os arranha-céus fossem uma pintura em que alguém havia cortado um buraco no meio.

Um buraco que assumia a forma de um homem grande.

Manny levantou-se da banqueta, olhos fixos na figura. No fundo de sua mente, na sede de seu tronco cerebral, sabia que aquela era a causa de tudo, seu "tumor" estava ali, em pé, e caminhava... vindo até ele.

Como se tivesse sido convidado, aproximou-se e abriu a porta corrediça de vidro; o vento atingiu seu rosto com força, seu cabelo foi jogado para trás.

Estava frio. Oh, muito frio... mas o choque álgido não se devia apenas à noite gelada de abril. A baixa temperatura emanava da figura que permanecia em pé, imóvel e letal, a alguns metros de distância dele. Tinha a nítida impressão de que a explosão ártica era porque o filho da mãe vestido com roupas de couro o odiava demais; mas Manny não tinha medo. A resposta para o que estava acontecendo com ele estava ligada àquele homem enorme que havia aparecido do nada, a uns vinte andares acima do chão...

Uma fêmea... uma com cabelos escuros trançados... esse era o...

A dor de cabeça o impactou com força, atingindo-o na nuca e penetrando em direção ao crânio para golpear com força seu maldito lóbulo frontal.

Quando seu corpo cedeu, precisou apoiar-se na borda do balcão da cozinha e perdeu a paciência.

– Caramba, pelo amor de Deus, não fique aí parado. Fale comigo ou me mate, mas *faça* alguma coisa.

Mais vento no rosto.

E, então, uma voz profunda:

– Não deveria ter vindo aqui.

– Sim, deveria – Manny gemeu de dor. – Por que estou enlouquecendo e você sabe disse, não é? Que diabos fez comigo?

Aquele sonho... com a mulher que desejava, mas não conseguia ter...

Os joelhos de Manny começaram a falhar, mas para o inferno com isso.

– Leve-me até ela... e não brinque comigo. Sei que ela existe... Consigo vê-la todas as noites em meus sonhos.

– Não gosto nada disso.

– Sim, e eu estou curtindo uma festa aqui. – O *filho da mãe* ficou em silêncio. Quando percebeu que havia a possibilidade do bastardo misterioso agredi-lo, posicionou-se; Manny ia investir contra o cara e faria algum estrago nele. Ele certamente seria estraçalhado, mas não deixaria que ele o derrubasse sem lutar.

– Vamos lá – Manny disparou. – Faça isso.

Houve uma risada contida.

– Você me faz lembrar um amigo meu.

– Quer dizer que há outro idiota perdido na vida por sua causa? Ótimo. Podemos iniciar um grupo de apoio.

– Maldição...

O cara ergueu uma das mãos e então... as memórias explodiram na mente de Manny e fluíram através de seu corpo, as imagens e sons de seu fim de semana perdido voltaram com uma vingança.

Tropeçando para trás, colocou as mãos na cabeça.

Jane. Um local secreto. Cirurgia.

Vampira.

Um punho de ferro em seus bíceps foi tudo o que o impediu de cair no chão, o irmão de sua paciente o segurava.

– Precisa vir e cuidar da minha irmã. Ela vai morrer se não fizer isso.

Manny respirou pela boca e engoliu em seco. A paciente... sua paciente...

– Ela ainda está paralisada? – ele gemeu.

– Sim.

– Leve-me – exclamou. – Agora.

Se fosse o caso da medula espinhal ter sofrido um dano permanente, não havia nada clinicamente possível a fazer por ela, mas isso não importava. Tinha de vê-la.

– Onde está seu carro? – o filho da mãe de cavanhaque perguntou.

– Lá embaixo.

Manny desvencilhou-se e correu em direção à maleta. Havia deixado as chaves sobre o balcão da cozinha. Quando tropeçou e caiu, seu cérebro ficou confuso de uma maneira que o aterrorizou. Se houvesse mais um pouco desse "liga e desliga" de sua placa-mãe mental ia acabar sofrendo prejuízos permanentes. Mas essa era uma discussão para outro momento.

Tinha de ir até sua fêmea.

Quando alcançou a porta da frente, o vampiro estava bem atrás dele e Manny trocou suas coisas para a mão esquerda.

Com um giro rápido, lançou seu punho direito, que se encaixou em um arco perfeitamente calculado para golpear o queixo do cara.

Crack. O impacto foi sólido e a cabeça do desgraçado foi arremessada para trás.

Quando o vampiro voltou a olhar para ele e levantou o canto da boca em um rosnado, Manny não se intimidou.

– Isso é por brincar comigo.

O macho passou as costas da mão pela boca sangrenta.

– Belo gancho.

– Está à disposição – Manny disse ao sair do apartamento.

– Eu poderia tê-lo impedido a qualquer momento. Só para deixar claro.

Verdade, sem dúvida.

– Sim, mas não foi o que fez, certo? – Manny caminhou até o elevador, pressionou o botão para descer e olhou sobre o ombro. – Assim, isso faz de você um idiota ou um masoquista. A escolha é sua.

O vampiro se aproximou.

– Cuidado, humano... só está vivo por ser útil para mim.

– Ela é sua irmã?

– Não se esqueça disso.

Manny sorriu mostrando todos os dentes.

– Então, tem uma coisa que precisa saber.

– O quê?

Manny ergueu-se sobre os dedos dos pés e encarou o filho da mãe olho no olho.

– Se pensa que quer me matar agora, não é nada comparado ao que vai sentir quando eu a vir outra vez.

Estava praticamente rijo só de pensar na fêmea.

Com um sinal sonoro, as portas duplas do elevador se abriram e, então, ele avançou, entrou e virou-se. Os olhos do vampiro eram como lanças procurando um alvo, mas Manny minimizou a agressão.

– Só para que saiba a minha situação. Agora, entre no elevador ou desapareça como um fantasma até a rua. Pego você com o carro lá embaixo.

– Deve achar que sou um idiota, não é mesmo? – o vampiro rosnou.

– Na verdade, nem um pouco.

Pausa.

Depois de um momento, o vampiro resmungou alguma coisa e deslizou para dentro do elevador quando as portas começaram a se fechar. Então, os dois simplesmente ficaram lado a lado, observando a contagem regressiva dos números sobre as portas duplas...

Cinco... quatro... três... dois...

Como a contagem regressiva para uma explosão.

– Cuidado, humano. Não sou alguém a quem você queira pressionar.

– Não tenho nada a perder – A não ser a irmã daquele desgraçado enorme. – Acho que vamos ter que esperar para ver onde isso vai acabar.

– É isso aí.

Payne parecia um bloco de gelo sombrio enquanto encarava o relógio que havia próximo à porta do quarto. A face circular do aparelho era tão plana quanto a parede branca atrás dele, sem marcar nada além de doze números pretos separados por linhas pretas. As hastes do aparelho, uma negra e outra vermelha, percorriam seu caminho como se estivessem entediadas com aquele serviço, assim como ela estava ao observá-los trabalhando.

Vishous deve ter ido ver sua mãe. Onde mais iria?

Portanto, era uma perda de tempo. Com certeza, ele voltaria sem nada. Era pura arrogância pensar que "Aquela que não Podia ser Influenciada" se abalaria minimamente com os apuros pelos quais seus filhos passavam.

Mãe da raça. Que asneira...

Payne franziu a testa. O som começou do nada, com um ritmo fraco, mas, rapidamente, ficou mais alto. Passos. Passos pesados percorrendo o chão duro em ritmo acelerado, e havia dois pares de pés se aproximando.

Talvez não fosse ninguém além dos Irmãos de seu gêmeo vindo lhe fazer uma visita...

Quando a porta se abriu, tudo o que conseguiu ver foi Vishous em pé, muito alto e intransigente.

– Trouxe uma coisa para você.

Ele não chegou a se afastar, foi empurrado...

– *Querida Virgem Escriba...* – a boca de Payne se abriu, enquanto as lágrimas transbordavam de seus olhos.

Seu curandeiro irrompeu no quarto e, oh, era exatamente como se lembrava... peitoral largo, membros alongados, abdômen liso e um maxilar bem definido. Seu cabelos escuros estavam esticados, como se tivesse passado os dedos entre eles várias vezes, e estava respirando com dificuldade, a boca um pouco entreaberta.

– Eu *sabia* que você era real – ele desabafou. – Caramba, eu sabia!

A visão dele disparou algo nela, uma energia iluminou-a de dentro para fora, lançando suas emoções em queda livre.

– Curandeiro... – disse ela com voz rouca. – Meu curandeiro...

– Que inferno... – ouviu seu irmão dizer.

O humano de Payne virou-se para Vishous.

– Precisamos de um pouco de privacidade. Agora.

– Cuidado com essa maldita boca...

– Sou o médico dela. Você me trouxe aqui para que eu a avalie clinicamente...

– Não seja ridículo.

Houve uma pausa.

– Então, por que diabos estou aqui?

– Pelo exato motivo que eu lhe odeio, é por isso!

Aquilo provocou um grande silêncio... seguido por um soluço de Payne. Ela estava tão feliz em ver seu curandeiro em carne e osso. E aquele único suspiro fez a cabeça dos dois girarem em sua direção, o rosto do curandeiro mudou instantaneamente, passando da fúria à preocupação.

– Feche a porta quando sair – vociferou por cima do ombro enquanto se aproximava dela.

Passando as mãos sobre os olhos, Payne limpou suas lágrimas e observou seu curandeiro sentar-se ao lado da cama. Vishous tinha se virado e ia em direção à saída.

Ele sabia, ela pensou. Mais do que qualquer coisa que a mãe deles pudesse fazer por ela, trouxe a única coisa que garantiria seu desejo de continuar viva.

– Obrigada, meu irmão – ela disse, o olhar fixo nele.

Vishous parou. A tensão nele era tão grande, os dois punhos estavam fechados, e quando sua cabeça virou-se lentamente, seus olhos glaciais queimavam.

– Faria qualquer coisa por você. Qualquer coisa.

Com isso, continuou a sair... e quando a porta foi fechada com cuidado, percebeu que "Eu amo você" poderia ser dito sem que tal frase fosse pronunciada.

Ações significavam mais do que palavras.

CAPÍTULO 20

Quando os dois foram deixados sozinhos, Manny não conseguia tirar os olhos de sua paciente. Seu olhar percorria seu rosto, a garganta e aquelas mãos longas e adoráveis. Deus, tinha o mesmo aroma, aquele perfume dela infiltrava-se em seu nariz, percorria seu corpo e ia direto a seu pênis.

– Sabia que você era real – ele repetiu. Cristo, provavelmente era melhor ter dito outra coisa, qualquer outra coisa, mas era evidente que essas palavras eram tudo o que tinha: o alívio por não estar ficando louco era esmagador. Ao menos até o brilho luminoso das lágrimas de Payne ser registrado dentro dele... juntamente com a profunda falta de esperança em seu olhar. Tinha feito todo o possível por ela e, ainda assim, tinha falhado. Totalmente.

Contudo, sabia qual era sua condição antes daquele momento. Aquele irmão dela não voltaria ao mundo humano se as coisas deste lado estivessem indo muito bem.

– Como você está? – ele perguntou.

Quando encarou os olhos dela, ela balançou a cabeça lentamente.

– Oh... estou...

Quando não conseguiu terminar a frase, procurou a mão dela e segurou-a com firmeza. Deus, a pele era tão macia.

– Fale comigo.

– Minhas pernas... não estão melhores.

Ele resmungou em voz baixa. Queria fazer um exame nela e observar o que diriam as novas radiografias... talvez tomar algumas providências para que ela voltasse ao São Francisco e fizesse outra ressonância.

Mas, por mais importante que toda aquela avaliação fosse, poderia esperar. Agora, ela estava emocionalmente frágil e precisava, em primeiro lugar, de ajuda para lidar com a situação.

– Nenhuma sensação ainda? – ele disse.

Quando balançou a cabeça, uma lágrima escapou e deslizou por sua face. Ele odiava o fato de ela estar chorando, mas tão certo quanto o ar que respirava, nunca tinha visto nada tão lindo quanto aqueles olhos.

– Estou... cansada de ficar assim – disse com um estremecimento.

– E "assim" significa exatamente o quê?

– Aqui. Nesta cama, presa. – Ela não apenas manteve o olhar, mas foi além, penetrando nos olhos dele. – Não posso suportar essa tortura. Nem mais uma noite.

Ela estava mortalmente séria e, por uma fração de segundo, Manny sentiu um terror que cortou sua alma. Talvez para outra fêmea... ou macho, não importava... uma frase como aquela fosse uma liberação emocional de desespero. Para ela? Era um plano.

– Tem internet por aqui? – perguntou.

– Internet?

– Um computador com acesso à rede?

– Ah... acredito que exista um na sala maior, mais à frente, indo em direção àquela outra porta.

– Volto já. Fique aqui.

Aquilo a fez sorrir um pouco.

– Para onde eu iria, curandeiro?

– É isso que vou lhe mostrar.

Quando se levantou, teve de resistir à vontade de beijá-la e saiu apressado para ter certeza de que não faria isso. Não levou muito tempo para encontrar o computador em questão e ter acesso à rede, com a ajuda de uma enfermeira bastante atraente que se apresentou como Ehlena. Dez minutos depois, voltou para o quarto de Payne e parou na porta.

Ela estava ajeitando o cabelo, as mãos tremiam ao alisar a cabeça e deslizar ao longo da trança, como se estivesse procurando defeitos.

– Não precisa fazer isso – ele murmurou. – Está perfeita para mim.

Em vez de responder, ela corou e ficou um tanto agitada... foi a melhor coisa que pôde fazer, já que não conseguia dizer nada.

– Você me deixa sem palavras, de verdade.

Bem, agora, sua mente estava indo a lugares para os quais não deveria.

Observando-a por completo, esforçou-se para que sua mente mudasse de marcha.

– Payne, sou seu médico, certo?

– Sim, curandeiro.

– E isso significa que vou lhe dizer a verdade. Não vou disfarçar, nem esconder nada. Vou lhe dizer exatamente o que acho e permitir que tome sua decisão... e preciso que me ouça, tudo bem? A verdade é tudo o que tenho, nada mais nada menos que a verdade.

– Então, não precisa dizer nada, pois sei muito bem onde estou.

Ele olhou ao redor da sala.

– Já saiu daqui desde que voltou da cirurgia?

– Não.

– Então, está encarando essas quatro paredes vazias há uma semana, presa em uma cama, precisando que outra pessoa lhe ajude a alimentá-la, dar banho e lidar com suas necessidades físicas.

– Não preciso que me lembre – disse ela secamente. – Agradeço muito, mas...

– Então, como sabe onde está?

O franzir de sua testa foi profundo e obscuro... e também muito sensual.

– Isso é ridículo. Estou aqui – apontou para o colchão embaixo dela. – Estive, todos esses dias, *aqui*.

– Exatamente. – Quando o encarou, Manny diminuiu a distância entre eles. – Vou pegá-la e carregá-la, importa-se?

Nesse momento, as sobrancelhas dele se ergueram.

– Para onde?

– Para fora desta maldita gaiola.

– Mas... eu não posso. Tenho uma...

– Eu sei. – Com certeza ela estava preocupara com o cateter e, para evitar qualquer constrangimento, ele agarrou uma toalha branca limpa da mesa de cabeceira. – Vou cuidar disso e de você.

Depois que se certificou de que o equipamento estava seguro, tirou o lençol que a cobria e a pegou. Seu peso era sólido contra a parte superior do corpo de Manny e levou apenas um momento para abraçá-la, a cabeça repousou sobre o ombro dele e as longas, longas pernas penderam em seu braço. Seu perfume, sabonete, ou seja lá o que fosse, lembrava sândalo e algo mais.

Ah, sim... orgasmos.

Aqueles que sentiu quando sonhou com ela.

Ótimo, estava todo alegrinho e excitado.

Payne limpou a garganta.

– Sou muito pesada? Sou grande para uma fêmea.

– Você é perfeita para uma fêmea.

– Não de onde eu venho – ela murmurou.

– Então, eles usam os padrões errados.

Manny carregou sua preciosa carga pela porta da sala de exames. O lugar estava vazio, como ele havia solicitado – pedira à enfermeira... Elina? Elaina?... para que tivessem um pouco de privacidade. Não sabia onde isso acabaria.

Mantendo-a em seus braços, sentou em frente ao computador e colocou o objeto em um ângulo em que ela pudesse ver o monitor. Quando ela pareceu mais interessada em olhar para ele, não se importou nem um pouco... Mas não era algo propício à concentração. Nem foi por isso que a tirou daquela cama.

– Payne – disse.

– O quê?

Cristo, aquela voz rouca dela. Aquilo era capaz de rasgá-lo como uma faca e fazer com que sentisse a picada de dor que vinha junto com a ferida: desejá-la como ele o fazia e conter-se era um prazer agonizante que, de alguma maneira, era melhor do que qualquer sexo que já tivera antes.

Estava vivendo as melhores preliminares de sua vida.

– Deveria estar olhando para o monitor – disse enquanto acariciava o rosto dela.

– Prefiro olhar para você.

– Oh, é...? – quando sua voz ficou tão rouca quanto a dela, sabia que era hora de travar alguns diálogos internos do tipo "não faça isso, garotão".

Mas *dane-se.*

– Você faz com que eu sinta algo por todo meu corpo. Até mesmo em minhas pernas.

Bem, atração sexual faria isso com alguém. Os circuitos dele estavam tão iluminados quanto uma grande metrópole à meia-noite.

Só que havia um propósito maior para toda essa iluminação natalina, algo muito mais importante que uma rapidinha... ou mesmo uma sessão que durasse uma semana ou um mês ou, Deus os protegesse, um ano! Tratava-se de uma vida, a vida dela.

– Que tal você olhar só um pouquinho para o computador e, depois, pode olhar para mim o quanto quiser, pode ser?

– Tudo bem.

Quando ela sequer desviou o olhar de seu rosto, ele clareou a garganta.

– O computador, *bambina.*

– Italiano?

– Por parte de mãe.

– E por parte de pai?

Manny deu de ombros.

– Nunca o conheci, então, não posso lhe dizer.

– Seu pai é um desconhecido?

– Sim, isso mesmo. – Manny colocou o dedo indicador sob o queixo dela e inclinou a cabeça em direção ao computador.

– Veja.

Ele deu um tapinha no monitor e percebeu que ela estava prestando a devida atenção, pois franziu a testa, as sobrancelhas escuras baixaram sobre os olhos de diamantes.

– Este é um amigo meu... Paul – Manny não fez nada para esconder o orgulho em sua voz. – Também foi um paciente meu. Ele é demais... e está nesta cadeira de rodas há anos.

No início, Payne não teve certeza exata do que era a imagem... Estava se movendo, isso era certeza. E parecia ser... espere. Aquilo era um humano e estava sentado sobre algum tipo de engenhoca que deslizava pelo chão. Para mover a coisa, impulsionava seus grandes braços, o rosto fazia uma careta, a concentração era tão feroz quanto a de qualquer guerreiro no auge de uma batalha.

Atrás dele, havia um campo com três outros homens sobre equipamentos semelhantes e todos estavam fixos em Paul como se tentassem fechar a distância entre eles e seu líder.

– Isso é... uma corrida? – ela perguntou.

– É a maratona de Boston, grupo de cadeiras de rodas. Paul está chegando à colina mais íngreme, que é a parte mais difícil.

– Está à frente dos outros.

– Espere um pouco... está só começando. Ele não apenas venceu essa corrida... Ele meteu fogo nas rodas e arrasou.

Assistiram o homem ganhar por uma margem de distância imensa, seus braços enormes eram como o vento, o peito bombeava, a multidão dos dois lados da estrada rugia para apoiá-lo. Quando rompeu uma fita, uma mulher deslumbrante correu e os dois se abraçaram.

E nos braços da mulher? Havia um bebê da mesma cor de pele do homem.

O curandeiro de Payne inclinou-se e moveu um pequeno instrumento negro sobre a mesa para mudar a imagem na tela. A imagem em movimento desapareceu... em seu lugar, surgiu um retrato estático do homem sorrindo. Ele era muito bonito e brilhava de saúde; a seu lado, estava a mesma mulher ruiva e aquela criança de olhos azuis.

O homem ainda estava sentado, e a cadeira mostrava ser mais substancial do que aquela com a qual competia – na verdade, parecia-se muito mais com a cadeira que Jane trouxera para ela. Suas pernas pareciam desproporcionais em relação ao restante do corpo, eram pequenas e colocadas de maneira que as ocultava um pouco sob o assento, mas não se podia perceber isso... nem mesmo seu aparato para deslizar pelo chão. Só era possível observar sua força feroz e inteligência.

Payne estendeu a mão para a tela e tocou o rosto do homem.

– Quanto tempo...? – perguntou com voz rouca.

– Que ele está paralisado? Dez anos ou mais. Estava em sua bicicleta de cicloturismo quando foi atingido por um motorista bêbado. Fiz sete operações nas costas dele.

– Ele ainda está na... cadeira.

– Está vendo a mulher ao lado dele?

– Sim.

– Apaixonou-se por ele depois do acidente.

Payne virou a cabeça e encarou o rosto de seu curandeiro.

– Ele... pode ser pai?

– Sim. Pode dirigir um carro... pode fazer sexo, óbvio... e tem uma vida mais plena do que muitas pessoas que possuem duas pernas perfeitas. Ele é empresário, atleta, um grande homem, e tenho orgulho em chamá-lo de amigo.

Enquanto falava, seu curandeiro movia aquela pequena coisa preta e as imagens mudavam. Algumas eram do homem em outras competições atléticas, outras sorrindo por algum tipo de construção de edifícios de grande porte e outras com ele sentado diante de uma fita vermelha com um grande par de tesouras douradas na mão.

– Paul é o prefeito de Caldwell. – Seu curandeiro gentilmente direcionou o rosto dela para que olhasse outra vez o dele. – Ouça... e quero que lembre-se disso. Suas pernas são parte de você, mas não são seu corpo inteiro ou quem você é. Assim, onde quer que formos depois desta noite, preciso que saiba que não vale menos por causa da sua lesão. Mesmo em uma cadeira, continua do mesmo tamanho de sempre. A altura é apenas um número medido na vertical... e não significa nada quando se trata de caráter ou do tipo de vida que leva.

Ele estava falando muito sério e, se ela fosse verdadeira consigo mesma, poderia dizer que se apaixonou um pouco por ele naquele momento.

– Pode mover o... aquela coisa? – sussurrou. – Para que eu possa ver mais?

– Aqui... mova o mouse. – Pegou a mão dela e colocou sobre o objeto quente e alongado. – Esquerda e direita... para cima e para baixo... Entendeu? Ele muda a seta na tela. Clique quando quiser ver alguma coisa.

Precisou de algumas tentativas, mas, então, pegou o jeito da coisa... e era um absurdo, mas apenas mover a seta ao longo das diferentes áreas da tela e escolher o que desejava ver proporcionou-lhe uma animadora sensação de energia.

– Posso fazer isso – disse. Só que, neste momento, ela ficou constrangida. Considerando como a tarefa era simples, era algo pequeno demais para cantar vitória.

– Esse é o ponto – o curandeiro disse em seu ouvido. – Pode fazer qualquer coisa.

Ela estremeceu com isso. Provavelmente por aquilo ter sido mais do que meras palavras.

Voltou a se concentrar no computador. Ela gostou mais das imagens do homem nas corridas. Sua expressão de esforço agonizante e indomável força de vontade era algo que há muito tempo sentia queimar dentro do peito. Mas as fotos com a família reunida também estavam dentre as suas favoritas. Eram humanos, mas o vínculo entre eles parecia tão forte. Havia amor, muito amor, ali.

– O que me diz? – o curandeiro murmurou.

– Acho que veio em um momento perfeito. É isso o que digo.

Ela se mexeu um pouco em seus fortes braços e o encarou. Enquanto ficava ali, sentada em seu colo, desejou poder sentir mais dele, senti-lo por inteiro; mas da cintura para baixo só havia um calor não específico. Melhor que aquele frio que persistia desde a cirurgia, claro... mas havia muito mais para se obter.

– Curandeiro... – ela sussurrou, direcionado os olhos para a boca dele.

Suas pálpebras abaixaram-se, e ele pareceu parar de respirar.

– Sim...?

– Posso... – ela umedeceu os lábios. – Posso beijá-lo?

Ele pareceu estremecer, como se estivesse com alguma dor, mas aquele aroma que carregava explodiu; então, ele soube que desejava o mesmo que ela.

– Jesus... Cristo – exclamou.

– Seu corpo quer isso – disse ela, levando a mão até o macio cabelo que havia em sua nuca.

– Esse é o problema. – Diante do ar confuso que ela expressou, dirigiu um olhar quente aos seios dela. – Quero muito mais do que apenas um beijo.

De repente, houve uma mudança dentro de seu corpo, tão sutil que era difícil definir. Mas sentiu algo diferente ao longo de seu tronco e em todos os seus membros. Um formigamento? Estava muito envolvida com a energia sexual entre eles para se preocupar em definir tal sensação.

Serpenteando o outro braço ao redor do pescoço dele, disse:

– O que mais ele quer?

Seu curandeiro soltou um gemido profundo da garganta, e o som deu-lhe a mesma dose de poder que sentiu quando tinha uma arma em mãos. Se queria sentir aquilo outra vez? Era como uma droga.

– Diga-me, curandeiro. – ela exigiu. – O que mais ele quer?

Os olhos de mogno estavam em chamas e fixaram-se nos dela.

– Tudo. Ele quer cada centímetro de você... por fora... e por dentro, a ponto de não ter certeza se está pronta para tudo o que desejo.

– Eu decido – ela rebateu. Uma necessidade estranha que latejava enraizou-se em suas entranhas. – Decido com o que posso e com o que não posso lidar, certo?

Seu meio-sorriso foi muito malicioso, no bom sentido.

– Sim, senhora.

Quando um som baixo e rítmico preencheu o ar, ficou surpresa ao ver que era ela. Ronronando.

– Vou precisar perguntar outra vez, curandeiro?

Houve uma pausa, e então ele balançou a cabeça lentamente.

– Não. Darei a você... exatamente o que deseja.

CAPÍTULO 21

Quando Vishous abriu a porta da sala de exames, deu uma espiada para checar a organização dos assentos e isso o fez pensar com carinho em castrar alguém. Algo que, considerando sua experiência com facas em atos sexuais, já significava muito.

Por outro lado, sua irmã estava toda à vontade sentada em cima do Sr. Engraçadinho humano, os braços do homem ao redor dela, as cabeças aninhadas uma na outra. Só que não estavam olhando um para o outro... e essa foi a única razão pela qual V. não acabou com a festa: estavam observando a tela do computador... um homem em uma cadeira de rodas com um monte de outros caras na mesma situação que ele.

– A altura é apenas um número medido na vertical... e não significa nada quando se trata de caráter ou do tipo de vida que leva.

– Pode mover o... aquela coisa?

Por alguma razão, o coração de V. bateu com força quando o humano mostrou a sua irmã como usar um mouse. E, então, ouviu algo que deu-lhe motivos para ter esperança:

– Posso fazer isso – ela disse.

– Esse é o ponto – Manello disse suavemente. – Pode fazer *qualquer coisa.*

Bem, cara... Parece que surgiram vários ases naquele jogo, não? V. tinha se disposto a trazer o humano de volta àquela confusão apenas para que o impulso suicida de Payne passasse. Só que nunca poderia imaginar que o cara daria a ela mais do que um namorico, e, ainda assim, ali estava o filho da mãe... mostrando-lhe muito mais do que como beijar.

V. queria ser o único a salvá-la – e achou que, trazendo Manello, devia ter feito isso, mas por que não fez mais alguma coisa antes? Por que Jane não fizera? Deviam ter tirado Payne daquele lugar, levá-la para conhecer a mansão... comer com ela, conversar com ela, mostrar que seu futuro seria diferente, mas não desapareceria.

V. esfregou o rosto quando a raiva atingiu-o em cheio. Caramba, Jane... como poderia não saber que os pacientes precisavam mais do que remédios e banhos com esponja? Sua irmã precisava de um horizonte... qualquer um ficaria louco preso naquele quarto.

Maldição.

Olhou outra vez para sua irmã e para o humano. Os dois tinham o olhar fixo e parecia que só separariam suas cabeças com o auxílio de um pé de cabra, o tipo de coisa que incitava outra vez o desejo de V. de matar o desgraçado.

Quando sua mão enluvada foi até o bolso para pegar um cigarro, pensou em limpar a garganta ruidosamente. Ou isso, ou pegar sua adaga e fincá-la na cabeça do humano de ponta a ponta. O problema era: aquele cirurgião era uma ferramenta a ser utilizada até não ser mais necessária... e ainda não tinham atingido esse ponto.

V. forçou-se a sair pela porta...

– Como eles estão?

Quando virou-se, soltou o maldito cigarro. Butch o apanhou.

– Precisa de fogo?

– Que tal uma faca? – pegou a coisa de volta e sacou seu novo isqueiro, que funcionou muito bem. Depois de tragar e deixar a fumaça sair à deriva de sua boca, disse: – Vamos sair para tomar alguma coisa?

– Ainda não. Acho que precisa conversar com sua fêmea.

– Confie em mim. Não preciso. Não agora.

– Ela está arrumando uma mala, Vishous.

O macho vinculado nele ficou louco, mas, mesmo assim, obrigou-se a ficar ali na sala e continuar fumando. Graças a Deus, por sua dependência em nicotina, tragar aquele cigarro artesanal foi a única razão pela qual ele não soltou um palavrão.

– V., meu amigo, que diabos está acontecendo?

Ele mal conseguiu ouvir o cara por causa do grito que havia em sua cabeça, e não poderia chegar nem perto de uma explicação completa.

– Minha *shellan* e eu temos uma divergência de opiniões.

– Então, conversem sobre isso.

– Não agora – apagou o que sobrou do cigarro na sola de sua bota de combate e jogou a bituca fora. – Vamos.

Só que... bem, quando chegou o momento, não conseguia andar até a garagem onde o Escalade estava estacionado para fazer uma troca de óleo. Ficou, literalmente, incapaz de sair, os pés pareciam ter sido colados no chão.

Quando olhou para baixo em direção ao escritório, lamentou o fato de que apenas uma hora atrás parecia que as coisas tinham voltado a andar nos trilhos. Mas não; era como se a porcaria da situação anterior não fosse nada além de um aviso para o que estava acontecendo agora.

– Não tenho nada para dizer a ela, sério. – Como sempre.

– Talvez as palavras surjam na hora.

Duvido, pensou.

Butch bateu no ombro dele.

– Ouça. Você tem a noção de moda de um banco de praça e as habilidades interpessoais de um cutelo.

– Isso deveria estar me ajudando?

– Deixe-me terminar...

– O que virá em seguida? O tamanho do meu pênis?

– Ei, até lápis podem fazer um trabalho bem feito... Os gemidos que ouvi vindo do seu quarto provaram isso. – Butch o sacudiu. – Só estou dizendo... Que precisa daquela fêmea em sua vida. Não estrague tudo. Não agora... nem nunca. Entendeu?

– Ela ia ajudar Payne a se matar. – Quando o cara fez uma careta, V. assentiu. – Pois é, então, não é uma questão dos argumentos que um deu ao outro na discussão sobre quem deixou a tampa da pasta de dente aberta.

Depois de um momento, Butch murmurou:

– Deve ter tido uma razão muito boa para isso.

– Não há razão nenhuma. Payne é a única pessoa em quem corre o mesmo sangue que eu tenho nas veias, e ela ia tirar isso de mim.

Com a situação borbulhando ao redor de princípios como esse, o zumbido na base do cérebro de V. ficou muito mais forte e mais alto, tanto que se perguntou se não estava sofrendo um derrame... e, naquele momento, pela primeira vez na vida, teve medo de si mesmo e do que era capaz de fazer. Não machucaria Jane, claro... não importava quão aflito estivesse, nunca tocaria nela com raiva...

Butch deu um passo para trás e ergueu as mãos:

– Ei. Calma aí, amigo.

V. olhou para baixo. As duas mãos empunhavam suas adagas... e os punhos estavam fechados com tanta força que os objetos teriam de ser removidos cirurgicamente de suas mãos.

– Mantenha essas coisas... – disse ele, entorpecido – longe de mim.

Rapidamente, deu todas as armas ao seu melhor amigo, desarmando-se completamente. E Butch aceitou a carga com uma eficiência rápida e sombria.

– Sim... talvez esteja certo – o cara murmurou. – Conversarei com ela depois.

– Ela não é a única com quem precisa se preocupar, tira – Pois parecia que toda família estava tendo impulsos suicidas naquela noite.

Butch pegou o braço do cara quando estava virando-se para ir embora.

– O que posso fazer para ajudar?

V. filtrou uma imagem rápida e chocante em seu cérebro.

– Nada com que consiga lidar. Infelizmente.

Não pense por mim, filho da mãe.

V. chegou mais perto, deixando seus rostos a apenas um centímetro de distância um do outro.

– Não tem estômago para isso. Confie em mim.

Aqueles olhos cor de avelã fixaram-se nos dele e sequer piscaram.

– Ficaria surpreso com o que seria capaz de fazer para mantê-lo vivo.

De repente, a boca de V. se abriu, a respiração ficou difícil. E quando os dois uniram os peitorais, encarando um ao outro, conheceu cada centímetro do corpo do cara, sentindo tudo de uma vez.

– O que está dizendo, tira?

– Acha mesmo que *redutores* são a melhor opção? – Butch murmurou com voz rouca. – Pelo menos, posso garantir que não estará morto no final.

Imagens piscaram na mente de V., graficamente detalhadas e espantosamente pervertidas. E todas elas tinham Butch no papel principal.

Após um momento sem nenhum dos dois dizer uma única palavra, Butch recuou.

– Vá ver sua fêmea. Estarei esperando por você no carro.

– Butch. Não está falando sério. Não pode estar falando sério.

Seu melhor amigo encarou-o friamente.

– Até parece que não posso. – Virando-se, seguiu decidido pelo corredor. – Venha me encontrar depois, quando estiver pronto.

Quando V. observou o cara, ficou pensando se iriam sair para beber... ou se os dois passariam pela perigosa porta que o tira acabara de abrir.

No fundo, sabia que seriam as duas coisas.

Mas. Que. Droga.

Na sala de exames, enquanto Manny fixava-se nos olhos de Payne, teve a vaga impressão de que alguém estava fumando em algum lugar por perto. Conhecendo a sorte que tinha, era o idiota do irmão, e o grande bastardo estava se enchendo de nicotina antes de ir até lá para esfregar o chão com a boca de Manny.

Ainda assim, não importava. A boca de Payne estava apenas a alguns centímetros de distância de seus lábios, o corpo dela aquecido contra ele e seu pênis estava a ponto de descosturar suas calças. Era um homem com muita força de vontade e autodeterminação, mas parar o que estava prestes a acontecer estava muuuuito além de suas habilidades.

Estendendo a mão, acariciou a lateral de seu rosto. Quando o contato foi feito, os lábios dela se entreabriram e sabia que deveria dizer alguma coisa, mas sua voz tinha feito as malas e tomado um ônibus para fora da cidade, junto com seu cérebro, claro.

Mais perto. Puxou-a para mais perto e encontrou-a no meio do caminho, suas bocas se fundiram. E ainda que seu corpo tivesse toda a paciência de um tigre faminto, foi cuidadoso ao fazer contato. Deus, ela era macia... ah, tão macia... de uma maneira que estimulava seu desejo de deitá-la e penetrá-la com tudo o que tinha, seus dedos, sua língua, seu sexo.

Mas nada disso aconteceria naquele momento. Ou naquela noite. Ou sequer no dia seguinte. Não tinha muita experiência com virgens, mas tinha toda certeza de que mesmo se estivesse tendo uma resposta sexual, como lidar com as coisas se assumissem uma proporção avassaladora...?

– Mais – exigiu com voz rouca. – *Mais...*

Por uma fração de segundo, seu coração parou e ele repensou a questão de "ir com calma": aquele tom de voz não tinha relação alguma com uma garotinha perdida. Era o tom de uma mulher, pronta para o amor.

E, caramba, seguindo a teoria "não precisa pedir duas vezes", ele assumiu o controle, acariciando a boca dela com a sua antes de sugar o lábio inferior. Quando sua mão envolveu o pescoço de Payne, quis desfazer a trança e entrar nos cabelos dela... mas isso estaria muito perto de despi-la, e o local estava longe de ser privado.

E já estava perto o suficiente de ter um orgasmo, obrigado.

Deslizou a língua dentro dela e gemeu, os braços envolveram-na com firmeza... antes de dizer-lhes para que relaxassem ou ia quebrá-los do ombro para baixo. Cara, tinha gasolina pura no sangue dela, seu corpo estava em pleno funcionamento e rugia. Achava mesmo que aqueles sonhos eram quentes? A realidade fez com que a fantasia parecesse estar em temperatura ambiente comparada com o clima do planeta Mercúrio.

A língua trabalhou mais, entrando e saindo, até que precisou obrigar-se a recuar. O corpo dela sobre seu colo proporcionava uma sensação esmagadora em seus quadris – e aquilo não parecia justo, considerando que ela não conseguia senti-lo.

Respirando fundo, não levou muito tempo para descer a boca e acariciar com os lábios a extensão de seu pescoço...

As unhas dela apertaram seus ombros com tanta força que teria saído sangue de sua pele se estivesse nu... e aquilo excitou-o demais.

Cara, a ideia de que poderia haver mais do que sexo, de que ela poderia prender-se em seu pescoço e tomá-lo em mais de um sentido...

Com um silvo agudo, Manny afastou-se de sua pele e deixou a cabeça cair para trás, com a respiração entrando e saindo rapidamente de seus pulmões.

– Acho que precisamos desacelerar.

– Por quê? – ela disse, observando-o sem perder qualquer detalhe. Inclinando-se, ela rosnou. – Você quer isso.

– Oh, droga... quero.

Payne colocou as mãos na frente da camisa dele.

– Então, vamos continuar...

Ele segurou nos pulsos dela quando um orgasmo latejou na ponta de sua ereção.

– Precisa parar com isso. Agora.

Deus, ele mal conseguia respirar.

De repente, ela se afastou de seus braços e abaixou a cabeça. Limpando a garganta, disse asperamente:

– Acredite, sinto muito.

A vergonha que transpareceu nela dilacerou o peito de Manny.

– Não, não... não é você.

Quando ela não respondeu, ele ergueu-lhe a cabeça e se perguntou se ela fazia alguma ideia do que o corpo de um homem era capaz quando estava excitado. Cristo, será que sabia o que era uma ereção?

– Ouça-me com atenção – ele quase rosnou. – Eu a desejo. Aqui. No seu quarto. No corredor. Contra a parede. De qualquer jeito, em qualquer lugar. Fui claro?

Os olhos dela cintilaram.

– Mas, então, por que não...

– Primeiro, por que acho que seu irmão está lá fora no corredor. Segundo, você me disse que nunca esteve com ninguém antes. Eu, por outro lado, sei exatamente onde isso nos levaria e a última coisa que quero fazer é assustá-la indo rápido demais.

Os olhos dela continuaram fixos nele. E, depois de um momento, seus lábios exibiram um sorriso tão largo que uma covinha surgiu em seu rosto e seus dentes brancos e perfeitos brilharam...

Deus... as presas eram longas. Muito longas. E, caramba, tão afiadas.

Manny não estava aguentando: tudo o que conseguia fazer era imaginar como seria a sensação de ter uma delas roçando na parte inferior de seu pênis.

O orgasmo que havia nele tentou se liberar outra vez.

E isso foi antes da língua rosada de Payne surgir e contornar as pontas afiadas.

– Gosta?

O coração de Manny bateu com força.

– Sim. Caramba, sim...

De repente, as luzes se apagaram, a sala mergulhou na escuridão. E, em seguida, houve dois cliques... fechaduras? Será que eram as fechaduras das portas?

Sob o brilho da tela do computador, viu a mudança no rosto dela. Qualquer resquício de vergonha e paixão inocente desapareceu... Em seu lugar, surgiu uma ânsia forte e primitiva que lhe lembrou o fato dela não ser humana. Era uma bela predadora, um animal lindo e poderoso que era humana o suficiente para fazer com que ele se esquecesse de quem e do que ela realmente era.

Movendo-se sem pensar, Manny trouxe uma de suas mãos até o jaleco branco. No processo de se sentar com ela, as rígidas lapelas ergueram-se e agora ela as puxava para baixo, expondo seu pescoço.

Estava ofegante. Muito ofegante.

– Possua-me... – gemeu com dificuldade. – Faça... Quero saber como é.

Agora, era ela quem estava no controle, as mãos fortes aproximaram-se de seu rosto e arrastaram-se do pescoço até sua clavícula. Ela não teve que inclinar a cabeça dele, a garganta já estava exposta e convidativa.

– Tem certeza? – disse, o sotaque acentuava os sons de "r".

Ele respirava com tanta intensidade que não tinha certeza se poderia pronunciar alguma resposta, então, assentiu. E, preocupado de não ser o suficiente, colocou as mãos sobre as dela, pressionando-as contra ele.

Ela assumiu a partir daí, focando a jugular, seus olhos iluminados como estrelas. Quando avançou, foi devagar, eliminando os centímetros de distância entre suas presas e a carne dele com uma demora dolorosa.

O toque de seus lábios foi como veludo, só que a antecipação do que estava por vir deixou-o superconcentrado; então, tudo foi ampliado. Sabia exatamente quem ela era...

O roçar foi de uma suavidade cruel quando se aninhou nele.

Em seguida, a mão dela envolveu a nuca e segurou com uma força tão grande que poderia quebrar o pescoço de Manny se quisesse.

– Oh, Deus – ele gemeu, entregando-se completamente. – Oh... *droga*!

O golpe foi forte e certeiro, dois pontos se aprofundaram, a doce dor assaltou sua visão e audição até que tudo o que sentia era a sucção de sua veia.

Isso e um grande orgasmo percorrendo seus testículos e sendo impulsionado para fora de seu pênis. Seus quadris se contraíram contra ela quando sua ereção cresceu ainda mais e pressionou... e continuou a empurrar.

Não pôde ter certeza de quanto a liberação durou. Dez segundos? Dez minutos? Horas? Tudo o que sabia era que, a cada sucção que sentia, gozava um pouco mais; o prazer era tão intenso que poderia ser arruinado por aquela sensação...

Pois sabia que não encontraria isso em ninguém mais além dela. Vampira ou humana.

Segurando a cabeça dela com a palma da mão, empurrou-a para baixo, aumentando ainda mais a pressão, não importava se ela o consumisse até secar. Que maneira de morrer!

Cedo demais, ela se afastou, mas estava desesperado para que continuasse e tentou forçá-la a permanecer em sua garganta. No entanto, não era uma competição. Ela era tão forte fisicamente que ele acabou não protestando; e aquilo o fez gozar de novo.

Mesmo sobrecarregado como seu sistema nervoso estava, ainda conseguiu sentir o movimento de retração das presas em seu pescoço e soube o momento exato em que ela se retirou dele. Então, a dor da mordida foi substituída pelo golpe suave de uma lambida, como se ela estivesse selando a ferida.

Entrando em um semitranse, as pálpebras de Manny fecharam-se e sua cabeça pendeu sobre a coluna, como um balão vazio. Pelo canto do olho, observou o perfil perfeito de Payne; a iluminação do monitor foi suficiente para assisti-la lambendo o lábio inferior...

Só que não era o computador.

O protetor de tela havia sido ativado, e tudo o que o monitor exibia era um fundo negro com o logotipo do Windows.

Ela estava brilhando. Inteira. Da cabeça aos pés.

Supôs que tinham feito aquilo, e que coisa... extraordinária.

Só que a testa dela estava franzida.

– Você está bem? Talvez eu tenha sugado demais...

– Estou... – ele engoliu com dificuldade. Duas vezes. A língua parecia adormecida dentro da boca. – Estou...

O pânico instalou-se em seu belo rosto.

– Oh, céus, o que eu fiz...?

Manny esforçou-se para erguer a cabeça.

– Payne... a única maneira de ter sido melhor é se eu tivesse gozado dentro de você.

Ela sentiu um alívio momentâneo. E, então, perguntou:

– O que é gozar?

CAPÍTULO 22

No Buraco, Jane movia-se rápido pelo quarto. Abrindo o armário de portas duplas, começou a puxar as blusas brancas e jogá-las na cama por cima do ombro. Na pressa, cabides saíram da vara em que estavam pendurados e caíram ao chão ou rolaram na parte de trás do armário – e ela não poderia ter se importado menos.

Não havia lágrimas, o que era motivo de orgulho; por outro lado, todo seu corpo tremia tanto que tudo o que conseguia fazer era manter as mãos corpóreas.

Quando o estetoscópio escorregou de seu pescoço e caiu sobre o carpete ela parou para não pisar nele.

– Deus... mas que droga...

Esticando-se para pegar a coisa, olhou para e cama e pensou: "certo, talvez seja hora de parar com as camisas brancas". Havia uma montanha delas sobre os lençóis pretos.

Voltando-se para o quarto, sentou-se ao lado da pilha de roupas e encarou o armário. As regatas e as roupas de couro de V. ainda estavam bem organizadas. Já o seu lado... estava um desastre. Não era uma metáfora perfeita?

Só que... havia uma confusão total dentro dele também, não?

Deus... o que ela estava fazendo? Mudar-se para a clínica, mesmo que temporariamente, não era a resposta. Quando alguém se casava, permanecia firme e tentava consertar as coisas. Era assim que os relacionamentos sobreviviam.

Se partisse agora? Não saberia dizer como a situação dos dois acabaria.

Deus, o que tiveram de fato? Duas horas de normalidade? Ótimo. Maravilha.

Pegou o celular, criou uma nova mensagem de texto e encarou a tela. Dois minutos depois, fechou o celular. Era difícil colocar tudo o que tinha para dizer em 160 caracteres. Ou mesmo em seis páginas com 160 linhas cada.

Payne era sua paciente e tinha um dever para com ela. Vishous era seu companheiro e não havia nada que não fizesse por ele. E a irmã gêmea de V. não estava preparada para esperar mais tempo.

Embora, aparentemente, fosse algo que se dispusera a fazer pelo irmão. E, obviamente, Vishous tinha ido recorrer à mãe deles.

Só Deus sabia qual seria o resultado disso.

Olhando para a bagunça que havia feito no armário, Jane pensou na situação várias vezes, e chegava sempre à mesma conclusão: o direito de Payne de escolher seu destino superava o direito de qualquer pessoa de prendê-la naquela vida. Era cruel? Sim. Era justo para quem a amava? Com certeza não.

Será que a fêmea teria provocado danos maiores a si mesma se não houvesse uma maneira mais humana de fazê-lo? Cem por cento, sim.

Jane não concordava com o pensamento da fêmea ou com sua escolha, mas a ética daquilo estava muito clara, por mais trágico que fosse, e estava determinada a fazer com que Vishous ouvisse o lado dela da história.

Em vez de fugir, ficaria ali parada, de modo que quando chegasse em casa, ela estaria esperando por ele e poderiam resolver se ainda havia mais alguma coisa em comum juntos. Não estava se enganando. Poderia muito bem ser algo com que não conseguiriam lidar, e não poderia culpá-lo se esse fosse o caso. Família era família, afinal. Mas tinha feito o que a situação exigia de acordo com o dever que tinha perante sua paciente, que era o que os médicos faziam, mesmo quando tal ato lhes custava... tudo o que tinham.

Levantando-se, pegou os cabides do chão até chegar ao armário. Havia muitos ali dentro e ao redor das botas e sapatos, então, ela se abaixou, alcançando o fundo...

Sua mão atingiu algo macio. Couro... mas não era uma bota de combate. Sentada sobre os calcanhares, trouxe o objeto para perto dela.

– Mas que droga é essa? – As roupas de couro com as quais V. lutava estavam empurradas atrás dos sapatos...

Havia algo sobre a pele de couro... Espere. Cera. Era cera de vela negra. E...

Jane colocou a mão sobre a boca e deixou as calças caírem.

Já havia lhe dado orgasmos suficientes para saber o que era aquilo sobre o couro. E não era a única mancha. Havia sangue. Sangue vermelho.

Com uma terrível sensação de algo inevitável, estendeu-se dentro do armário mais uma vez e tateou até encontrar uma camiseta. Puxando-a para fora, viu mais sangue e cera.

A noite que havia passado no Commodore. Era a única explicação: não eram manchas antigas, relíquias esquecidas, a poeira remanescente da vida que levava anteriormente. Inferno, o aroma da cera ainda estava impregnado nas fibras.

Soube o exato momento em que Vishous entrou pela porta atrás dela.

Sem olhar, ela disse:

– Pensei que não estava com ninguém.

Levou um longo tempo para responder.

– Não estava.

– Então, como explica isso? – ela ergueu as roupas de couro, mas era desnecessário, afinal, havia outra pessoa no quarto?

– Isso não foi feito com outra pessoa.

Ela jogou as roupas de volta no armário e lançou a regata ali dentro também.

– Como você mesmo diz: não tenho nada para dizer agora. Realmente não tenho.

– Acha mesmo que transei com alguém por acaso?

– Que diabos significam essas roupas, então?

Ele não respondeu. Apenas ficou ali, parado perto dela, tão alto e forte... e um completo estranho, mesmo conhecendo seu corpo e rosto tão bem quanto a si mesma.

Esperou que ele falasse. Esperou mais um pouco, e, para passar o tempo, lembrou-se que a educação dele tinha sido terrível e que aqueles remanescentes estoicos e inflexíveis tinham sido a única maneira de sobreviver.

Só que simplesmente não era razão suficiente. Em algum momento, o amor deles tinha que merecer algo melhor que o silêncio fundamentado no passado.

– Foi com Butch? – ela disse, esperando que fosse o caso. Ao menos, se tivesse sido o melhor amigo de V., sabia que qualquer liberação teria sido acidental. Butch era um cara totalmente fiel a sua companheira e se submeteria a qualquer ato de dominação obscuro e estranho se isso fosse o remédio que V. precisasse tomar para manter-se equilibrado. Por mais bizarro que parecesse, *poderia* entender e superar.

– Foi? – ela disse. – Porque eu posso lidar com isso.

Vishous pareceu momentaneamente surpreso, mas, então, balançou a cabeça.

– Nada aconteceu.

– Então, está dizendo que sou cega? – ela resmungou. – Porque, a menos que me dê uma explicação melhor, tudo o que tenho são estas roupas de couro... e as imagens na minha mente, que estão me deixando doente.

Silêncio, apenas silêncio.

– Oh, Deus... como você pôde? – ela sussurrou.

V. apenas balançou a cabeça e disse no mesmo tom de voz:

– Digo o mesmo a você.

Bem, ao menos ela tinha um motivo para o que tinha acontecido com Payne, e não mentiu sobre isso.

Depois de um momento, V. entrou no quarto e pegou uma mochila que estava vazia.

– Aqui. Vai precisar disso.

Com isso, arremessou a coisa... e partiu.

CAPÍTULO 23

Na sala de exames, o curandeiro de Payne parecia quase morto, mas totalmente feliz com seu falecimento parcial.

Enquanto esperava que respondesse sua pergunta, estava mais preocupada com as condições de Manny do que ele mesmo. Seu sangue foi de uma riqueza incrível em sua língua, o vinho escuro deslizou no fundo de sua garganta e desceu por ela, inundando não apenas suas entranhas, mas todo seu corpo.

Foi a primeira vez que havia tomado de uma veia do pescoço. As Escolhidas, quando estavam no Santuário, não necessitavam do sustento do sangue, nem obedeciam ao ciclo de necessidades básicas; e isso quando não se encontravam em um modo de vida suspenso, como ela tinha estado. Ela mal se lembrava do momento em que se alimentara do pulso de Wrath.

Estranho... os dois tipos de sangue tinham um sabor muito parecido, contudo, o sabor do Rei era mais ousado.

– O que é gozar? – ela repetiu.

Seu curandeiro limpou a garganta.

– É... ah... é o que acontece quando se está com alguém e gosta muito disso.

– Mostre-me.

O riso que saiu foi aveludado e profundo.

– Adoraria. Confie em mim.

– É algo que eu... posso fazer por você?

Ele tossiu um pouco.

– Já fez.

– Mesmo?

Seu curandeiro assentiu lentamente, as pálpebras caíram.

– Com certeza. Então, preciso de um banho.

– E em seguida vai me mostrar. – Não era um pedido; era uma exigência. E quando os braços dele a envolveram, teve a impressão de que estava excitado. – Sim – ela resmungou. – Vai me mostrar tudo.

– Pode apostar que sim – disse ele sombriamente. – *Tudo.*

Quando a olhou como se conhecesse segredos que não poderia sequer imaginar, ela percebeu, mesmo com a paralisia, que valia a pena viver por isso. Aquela conexão e entusiasmo valiam mais que suas pernas e sentiu um terror repentino e gritante ao pensar que quase perdeu a possibilidade de vivenciar tais coisas.

Tinha de agradecer melhor seu irmão gêmeo; contudo, como ela conseguiria equilibrar esse presente?

– Deixe-me levá-la de volta para seu quarto. – Seu curandeiro levantou-se sem problemas, apesar do peso de Payne. – Depois de me limpar, vamos começar com um banho de esponja para você.

Seu nariz enrugou demonstrando desaprovação.

– Tão clínico.

Houve mais daquele sorriso misterioso.

– Não da maneira como vou fazer isso. Acredite. – Fez uma pausa. – Ei, pode acender a luz para mim, assim, não esbarro em nada. Você está brilhando, mas não tenho certeza se é o suficiente.

Payne ficou um pouco confusa... até que ergueu o braço. Seu curandeiro estava certo. Ela brilhava suavemente, sua pele lançava uma leve fosforescência... Seria aquela sua reação sexual?

Lógico, pensou. Pois a maneira como ele fez com que se sentisse por dentro era tão incontrolável, alegre e luminosa quanto a esperança.

Quando acendeu as luzes com a força do pensamento e destrancou as portas, ele balançou a cabeça e começou a andar.

– Caramba. Você tem alguns truques sofisticados, mulher.

Talvez, mas não aqueles que ela gostaria de ter. Gostaria de retribuir o que ele compartilhou com ela... mas não tinha segredos para ensinar a ele nem sangue para oferecer, já que humanos não apenas não precisavam disso como era algo capaz de matá-los.

– Gostaria de poder retribuir – murmurou.

– Pelo quê?

– Por vir até aqui e mostrar-me...

– Meu amigo? Sim, ele é uma inspiração...

Na verdade, tratava-se mais do homem em carne e osso perto dela do que aquele mostrado na tela.

– De fato – Payne hesitou.

Na sala de recuperação, ele a levou para a cama e a deitou com muito cuidado, ajeitando-lhe os lençóis e cobertores sobre o corpo para que nenhuma parte ficasse descoberta... reativando os equipamentos que tratavam de suas funções corporais... afofando os travesseiros atrás de sua cabeça.

Enquanto trabalhava, cobria seus quadris com alguma coisa em todo momento. Uma parte da roupa de cama. Seu casaco. E, em seguida, parou do outro lado da maca.

– Confortável? – Quando assentiu, ele disse: – Volto logo. Grite se precisar de mim, certo?

Seu curandeiro desapareceu no banheiro e fechou a porta... mas não completamente. Um facho de luz penetrou no box do chuveiro e ela viu claramente o braço que ainda vestia o casaco branco ser estendido, girar a torneira e esperar a água quente.

As roupas foram removidas. Todas elas.

E, então, houve um breve vislumbre da carne gloriosa quando se colocou sob a ducha e fechou a porta de vidro. Quando o ritmo da água mudou, soube que sua forma nua havia entrado embaixo da água.

O que ele parece, banhado pela água, liso, quente e tão masculino?

Movendo-se contra os travesseiros, ela se curvou para o lado... e se inclinou um pouco mais... e mais um pouco ainda, até ficar praticamente pendurada...

Ah, siiiim. O corpo dele estava de perfil, mas teve uma visão completa: com uma musculatura esculpida, seu peito e braços eram firmes sobre os quadris rígidos e as longas e poderosas pernas. Um pouco de pelos escuros assentava-se sobre o peitoral e formava uma linha que seguia em seu abdômen e descia, descia... bem embaixo...

Droga, ela não conseguia ver o suficiente, sua curiosidade era desesperadora e não havia como ignorá-la.

Como seria o sexo dele? Como seria senti-lo...?

Com um esconjuro, moveu-se desajeitadamente até ficar na beirada da cama. Dobrando a cabeça, fez o melhor que pôde para conseguir visualizar a exposição limitada na abertura da porta, mas, assim como ela havia mudado de posição, ele também tinha e estava de costas para ela agora... a parte inferior do corpo dele...

Engoliu em seco e esticou-se para cima para ver ainda mais. Enquanto desembrulhava o sabonete, a água caía sobre as omoplatas e escorria sobre as costas, percorrendo suas nádegas e coxas. E, então, uma de suas mãos apareceu sobre a nuca, a quantidade de sabão que havia acumulado nas palmas seguiu o caminho da água enquanto lavava o corpo.

– Vire-se... – ela sussurrou. – Deixe-me vê-lo por completo...

O desejo em seus olhos de obter maior acesso àquela visão só aumentou quando ele começou a passar o sabonete abaixo da cintura. Erguendo uma das pernas e depois a outra, as mãos foram tragicamente eficientes ao passarem pelas coxas e panturrilhas. Ela soube o momento quando pressionou seu sexo. Pois sua cabeça caiu para trás e os quadris ergueram-se tensos. Estava pensando nela. Tinha certeza disso.

E, então, ele se virou.

Aconteceu tão rápido que, quando seus olhos se encontraram, os dois recuaram.

Ao ser pega, vacilou contra os travesseiros e retomou a posição anterior, recolocando os cobertores com os quais tinha sido tão cuidadoso. Com o rosto em chamas, quis esconder-se...

Um guincho agudo ecoou pela sala e ela olhou para cima. Ele havia irrompido do banheiro, deixando o chuveiro aberto, o sabão continuava sobre os músculos abdominais e pingava...

Seu sexo foi um choque magnífico. Destacando-se de seu corpo, o órgão estava duro, grosso e orgulhoso.

– Você...

Ele disse algo além disso, mas estava cativada demais para dar alguma atenção, fascinada demais para notar. Dentro dela, uma fonte foi liberada, seu sexo inchou, preparando-se para aceitá-lo.

– Payne – disse ele, cobrindo-se com as mãos.

Instantaneamente, ela teve vergonha e colocou as mãos sobre o rosto quente.

– Na verdade, desculpe-me por tê-lo visto.

Seu humano agarrou a borda da porta.

– Não é isso... – balançou a cabeça como se quisesse organizá-la. – Tem consciência do que está fazendo?

Ela teve de rir.

– Sim. Acredite nisso, meu curandeiro... eu tenho plena consciência do que estava observando com tanto empenho.

– Você estava sentada, Payne. Estava de joelhos na beirada da cama.

Seu coração parou. Com certeza não o tinha entendido direito.

Com certeza.

Quando Payne franziu a testa, Manny lançou-se para frente... e, então, percebeu que estava nu. Condição que ocorria quando um indivíduo não apenas ficava com a bunda exposta ao vento, mas quando também expunha total e completamente sua ereção da mesma maneira que exibia uma roupa de festa. Voltando ao banheiro, puxou uma toalha e envolveu-a sobre seus quadris e, *só então*, voltou para a cama.

– Eu... não, deve estar enganado – Payne disse. – Eu não poderia...

– Estava...

– Apenas me estendi sobre...

– Como chegou na beirada da cama, então? E como voltou a ficar na posição anterior?

Seus olhos voltaram-se para o pé da cama, a confusão permeava as sobrancelhas apertadas.

– Não sei. Estava... observando você e era tudo o que sabia.

O homem nele ficou espantado e... estranhamente transformado. Ser desejado daquela maneira por alguém como ela?

Mas, então, o médico nele assumiu o controle.

– Bem, deixe-me ver o que está acontecendo, certo?

Ergueu os lençóis e o cobertor que estavam no final da cama e dobrou-os sobre o topo de suas coxas. Usando os dedos, deslizou-os sobre a sola do seu belo pé.

Esperava que se contorcesse, mas isso não aconteceu.

– Nada? – disse ele.

Quando ela balançou a cabeça, repetiu do outro lado. Em seguida, fez um movimento maior, envolvendo a palma das mãos ao redor dos tornozelos delgados.

– Nada?

Os olhos eram trágicos ao encontrar os dele.

– Não sinto nada e não entendo o que viu.

Fez um movimento ainda maior sobre as panturrilhas.

– Você estava de joelhos. Juro.

Um movimento maior ainda, até as coxas firmes.

Nada.

Deus, ele pensou. Tinha de ter algum controle sobre as pernas. Não havia outra explicação. A menos que... ele estivesse vendo coisas.

– Não entendo – ela repetiu.

Nem ele, mas ia fazer de tudo para descobrir.

– Vou rever seus exames. Volto já.

Fora da sala de exames, recebeu a ajuda da enfermeira e acessou o prontuário de Payne no computador. Com eficiência prática, revisou tudo: sinais vitais, radiografias... encontrou até mesmo o material dos exames que havia produzido no São Francisco, o que foi uma surpresa. Não fazia ideia de como tiveram acesso àquelas ressonâncias originais... havia apagado o arquivo logo depois que os resultados foram registrados no sistema. Mas ficou contente em vê-lo outra vez, com certeza.

Quando terminou, sentou-se na cadeira e o frio que atingiu seus ombros lembrou-lhe que não estava vestindo nada além de uma toalha.

Isso explicava o olhar arregalado da enfermeira quando falou com ela.

– Que diabos – murmurou, olhando para as últimas radiografias. A coluna estava perfeitamente em ordem, as vértebras bem alinhadas, o brilho fantasmagórico contra o fundo negro dava-lhe um quadro perfeito do que estava acontecendo com suas costas.

Tudo, desde o registro médico até o exame que havia acabado de fazer nela na cama, sugeria que sua conclusão original ao vê-la novamente estava correta: tinha feito o melhor trabalho técnico de sua vida, mas a medula espinhal havia sido danificada de maneira irreparável – isso era tudo.

De repente, lembrou-se da expressão no rosto de Goldberg quando ficou óbvio que a diferença entre noite e dia havia lhe escapado.

Esfregando os olhos, perguntou se estava, mais uma vez, ficando louco; contudo, sabia o que tinha visto... Não sabia?

E, então, deu-se conta.

Virando-se, olhou para o teto. Em todas as extremidades havia uma tomada ligada a um painel. O que significava que havia câmeras de segurança observando cada centímetro quadrado do local.

Tinha de haver uma na sala de recuperação. Tinha de haver.

Ficando em pé, foi até a porta e espiou o corredor, esperando que a boa enfermeira loira estivesse em algum lugar por perto.

– Olá?

Sua voz ecoou pelo corredor, mas não houve resposta, então, não tinha outra escolha a não ser andar descalço pelo local. Sem qualquer palpite sobre para onde deveria se dirigir, escolheu "direita" e andou rápido. Bateu em todas as portas, tentando abri-las em seguida. A maioria estava trancada, mas as que estavam abertas revelaram ser... salas de aula. E mais salas de aula. E um ginásio enorme, profissional.

Quando chegou em uma porta identificada como Sala de Musculação, ouviu alguém tentando quebrar uma esteira com o tênis e decidido a continuar assim. Era um humano seminu em um mundo de vampiros e, de alguma forma, duvidava que aquela enfermeira iniciaria uma maratona no horário de trabalho.

Além disso, se considerasse como os passos eram duros e pesados, quem quer que estivesse lá dentro era capaz de provocar um estrago, não apenas caminhar em uma esteira... e mesmo sendo suficientemente suicida para lutar com qualquer coisa que viesse para cima dele, estava ali para cuidar de Payne, não para massagear seu ego ou desenvolver suas habilidade no boxe.

Retornando, assumiu a direção oposta. Batia. Abria quando possível. Quanto mais longe seguia, menos ambientes de sala de aula encontrava e cada vez mais os locais transformavam-se em salas no estilo interrogatório da polícia. Na outra extremidade, havia uma porta maciça, saída diretamente de um filme, com painéis reforçados e aparafusados.

O mundo lá fora, pensou.

Caminhando até ela, jogou o peso contra a barra e... Surpresa! Saiu com tudo em uma garagem, onde seu Porsche estava estacionado no meio-fio.

– Que diabos você está fazendo aqui?

Seus olhos voltaram-se para um Escalade lustrado: janelas, rodas, grades, tudo era muito escuro.

Parado ao lado do carro estava o cara que tinha visto naquela primeira noite, o que pensava ter reconhecido...

– Já vi você em algum lugar – Manny disse quando a porta se fechou atrás dele.

O vampiro tirou um boné de beisebol do bolso e o colocou. *Red Sox*. Claro, o sotaque de Boston. Entretanto, a grande questão era: como, pelo amor de Deus, um vampiro poderia ter um sotaque daquela região?

– Bela peça de Cristo – o cara resmungou, olhando para a cruz no pescoço de Manny. – Está procurando suas roupas?

Manny revirou os olhos.

– Sim. Alguém as roubou.

– Então, eles poderiam se passar por médico?

– Talvez seja o Dia das Bruxas de vocês... como vou saber?

Sob a aba do boné azul-escuro, iluminou-se um sorriso, revelando uma coroa em um dos dentes da frente... bem como um par de presas.

Quando o cérebro de Manny ficou ainda mais tenso, a conclusão que chegou era inegável: aquele cara tinha sido humano antes. Mas como isso aconteceu?

– Faça um favor a si mesmo – o macho disse. – Pare de pensar, volte para a clínica e se vista antes que Vishous apareça.

– Sei que já o vi antes e, em algum momento, vou unir todos os pontos. Mas, de qualquer maneira, nesse momento, preciso acessar os registros das câmeras de segurança.

Aquele meio-sorriso sarcástico evaporou.

– Por quê?

– Porque minha paciente simplesmente se sentou sozinha... e não estou falando de levantar o tronco dos travesseiros. Não estava lá quando fez isso e preciso ver como aconteceu.

O *Red Sox* pareceu ter parado de respirar.

– O que... desculpe. Do que diabos está falando?

– Preciso transformar isso em charada ou alguma porcaria assim para você processar a informação?

– Vou desconsiderar isso... porque não preciso de você ajoelhado na minha frente só de toalha.

– Somos dois.

– Espere, está falando sério?

– Sim. Também não estou nem um pouco interessando em socá-lo.

Houve uma pausa. E, então, o bastardo soltou uma gargalhada.

– Você tem respostas espertas na ponta da língua, tenho de admitir... e, sim, posso ajudá-lo, mas precisa se vestir, cara. Se V. pegá-lo assim rodeando a irmã dele, vai precisar operar as próprias pernas.

Quando o cara começou a andar em direção à porta, Manny tentou organizar as lembranças. Não era do hospital.

– Paróquia de São Patrício. É de onde o conheço. Você costuma se sentar sozinho nos bancos de trás durante as missas da meia-noite e sempre usa esse boné.

O cara abriu a porta de entrada e colocou-se em pé ao lado dela. Não conseguia dizer onde seus olhos estavam focados por causa do boné, mas Manny estava disposto a apostar que não estavam sobre ele.

– Não sei do que está falando, amigo.

Até parece, Manny pensou.

CAPÍTULO 24

Bem-vindo ao Novo Mundo.

Quando Xcor saiu para a noite, tudo estava diferente: o cheiro não era dos bosques que havia ao redor do seu castelo; era um aroma almiscarado de fumaça e esgoto da cidade, e os sons não eram dos passos distantes e suaves dos veados sobre a vegetação rasteira, mas de carros, sirenes e conversas em voz alta.

– De fato, Throe, você encontrou acomodações excelentes – falou lentamente.

– O imóvel deve estar pronto amanhã.

– E devo pensar que haverá uma melhora? – Olhou de volta para a casa em que havia passado o dia. – Ou irá nos surpreender com um esplendor ainda menor?

– Vai achar mais adequado. Garanto.

Na verdade, considerando todas as adversidades que tiveram para chegar até lá, o vampiro tinha feito um ótimo trabalho. Tiveram de viajar em dois voos noturnos para garantir que nenhum problema com a luz do dia ocorresse e, quando finalmente chegaram em Caldwell, Throe, de alguma maneira, arranjou tudo: apesar de tudo, aquela casa decrépita tinha um porão sólido e havia um *doggen* servindo as refeições. A decisão permanente sobre a residência ainda tinha de ser tomada, mas aquilo, provavelmente, atenderia as suas necessidades.

– É melhor que esteja fora dessa sujeira urbana.

– Não se preocupe. Conheço suas preferências.

Xcor não gostava de ficar em cidades. Humanos eram como um gado estúpido, mas uma debandada de seres sem cérebro era mais perigoso do que apenas um ser com inteligência – era impossível prever a atitude dos ignorantes. Todavia, havia um benefício: queria conhecer melhor a cidade antes de anunciar sua chegada à Irmandade e ao seu "Rei", e não havia uma localização melhor que aquela.

A casa estava bem no centro da cidade.

– Caminharemos por aqui – disse, seguindo com seu bando de bastardos em formação atrás dele.

Caldwell, Nova York, sem dúvida ofereceria poucas novidades. Como tinha aprendido há muito tempo e comprovado com aquele presente bem iluminado, as cidades durante a noite eram todas iguais, independentemente da geografia: as pessoas que andavam pelas ruas não eram os diligentes seguidores da lei, mas vadios, desajustados e descontentes. E, com certeza, ao avançar pelos quarteirões, veria homens sentados na calçada sobre o próprio excremento, uma escória de pessoas apelando para a agressividade, fêmeas decadentes procurando machos ainda mais miseráveis que elas.

No entanto, não fazia ideia para onde levar seu grupo de homens... apesar de desejar saber. A luta poderia consumir sua energia, mas, com sorte, encontrariam o inimigo e enfrentariam um adversário digno pela primeira vez em duas décadas.

Quando ele e seus homens viraram uma esquina, depararam-se com uma infestação humana: diversos estabelecimentos, dos dois lados da rua, dispunham de uma grande iluminação e tinham filas de pessoas seminuas esperando para entrar neles. Não conseguia ler os letreiros nas portas, mas pela forma como homens e mulheres batiam os pés, contorciam-se e falavam, era óbvio que havia um esquecimento temporário esperando por eles do outro lado daquela espera infeliz.

Xcor considerava abater a todos e tornou-se extremamente consciente de sua foice: a arma repousava sobre suas costas, dobrava-se em duas partes, estava aninhada em seu coldre e oculta sob seu casaco de couro, que se estendia até o chão.

Para mantê-la no lugar, controlou a lâmina com a promessa de usá-la apenas em assassinos.

– Estou com fome – disse Zypher. É claro que o macho não falava sobre comida e realmente era hora: a sugestão para o sexo estava nos planos das fêmeas humanas pelas quais passavam. De fato, as mulheres apresentavam-se para ser usadas, os olhos pintados fixavam-se nos machos que erroneamente acreditavam ser da mesma raça.

Bem, observavam os rostos dos machos, mas não o de Xcor. Lançavam apenas um olhar sobre ele e desviavam rapidamente.

– Mais tarde – disse. – Vou providenciar para que consiga o que está precisando.

No entanto, duvidava muito que participaria do ato. Tinha plena consciência de que seus soldados necessitavam daquele tipo de sustento e estava disposto a conceder-lhes a possibilidade de saciar suas necessidades... Combatentes lutavam melhor quando seus desejos eram atendidos, havia aprendido isso há muito tempo. E quem sabe providenciasse algo para si se chamasse a atenção de seus olhos... Assumindo que a fêmea pudesse desconsiderar sua aparência. Por outro lado, era isso o que faziam por dinheiro. Muitas foram as vezes nas quais ele pagou por fêmeas para que aturassem seu ser dentro do sexo delas. Era muito melhor do que forçá-las, não tinha estômago para isso... Embora não admitisse tal fraqueza a ninguém.

Contudo, tais flertes não aconteceriam tão cedo. Primeiro, precisavam estudar o novo ambiente.

Depois de passarem pelos arredores sufocantes dos clubes, saíram exatamente onde pretendiam... um total vazio urbano: quarteirões inteiros de edifícios estariam desocupados ao longo da noite, ou talvez por mais tempo, estradas destituídas de tráfego, becos escuros e estreitos oferecendo um bom espaço para lutar.

O inimigo estaria ali. Simplesmente sabia que sim: a única afinidade entre as duas partes da guerra era a discrição e, ali, as lutas poderiam acontecer sem o menor temor de que houvesse uma interrupção.

Com seu corpo latejando por um conflito e os sons das solas das botas de seu bando de bastardos atrás dele, Xcor sorriu para a noite. Iria acontecer...

Virando mais outra esquina, deteve-se. Num beco acima à esquerda, havia um bando de carros preto e branco estacionados em círculo em torno da abertura de um beco... como um colar ao redor do pescoço de uma mulher. Não conseguia ler os logotipos nas portas, mas as luzes azuis sobre os veículos lhe disseram que aqueles eram policiais humanos.

Respirando fundo, sentiu o cheiro da morte.

Assassinato recente, concluiu, mas com um aroma não tão encorpado quanto se tivesse sido imediato.

– Humanos – zombou. – Se fossem mais eficientes, matariam uns aos outros completamente.

– Sim – alguém concordou.

– Avante – ele exigiu, prosseguindo.

Enquanto passavam pela cena do crime, Xcor olhou para o beco. Homens humanos com expressões nauseadas e mãos inquietas estavam posicionados ao redor de uma grande caixa, como se esperassem que alguma coisa saltasse dali a qualquer momento e segurassem seus pênis com garras afiadas.

Típico. Vampiros investigariam a fundo o caso e dominariam a situação – ao menos, qualquer vampiro que honrasse sua natureza. No entanto, humanos pareciam encontrar sua coragem apenas quando Ômega intercedia.

Em pé em uma caixa de papelão manchada em vários pontos e grande o suficiente para conter uma geladeira, José de la Cruz acendeu a lanterna e correu o facho de luz sobre outro corpo mutilado. Era difícil ter uma impressão definida do cadáver, considerando a gravidade do que haviam feito com ele e a sensação de que a vítima havia sido sugada em um emaranhado de membros; mas o cabelo raspado de maneira selvagem e o ferimento profundo no braço sugeriam que aquele era um segundo caso para sua equipe.

Endireitando-se, olhou ao redor do beco vazio. Mesmo *modus operandi* que o primeiro, poderia apostar que o criminoso fazia seu trabalho em outro lugar, jogava os restos no centro de Caldwell e seguia para capturar outra vítima.

Tinham de pegar aquele filho da mãe.

Desligando a lanterna, consultou o relógio digital. O pessoal do fórum havia terminado o trabalho minucioso que faziam e o fotógrafo já tinha clicado a porcaria toda, então, era hora de dar uma boa olhada no corpo.

– O legista está pronto para vê-la – disse Veck atrás dele. – E gostaria de um pouco de ajuda.

José girou sobre os calcanhares.

– Trouxe as luvas que...

Fez uma pausa e olhou acima dos ombros largos de seu parceiro. Do outro lado da rua, um grupo de homens andava em formação triangular: um à frente, dois atrás e outros três por último. A organização era tão precisa e os passos eram dados com tanto sincronismo que, em um primeiro momento, tudo o que José notou foi uma marcha militar e o fato de todos eles vestirem roupas de couro pretas.

Então, notou o tamanho deles. Eram enormes e teve de se perguntar que tipos de armas carregavam sob os longos casacos idênticos. Contudo, a lei proibia os oficiais da polícia de revistar civis apenas porque pareciam letais.

O que estava na liderança girou a cabeça e José deu uma olhada no rosto que só uma mãe poderia amar: com ângulos muito agudos, a face era magra, com bochechas cavadas, o lábio superior malformado por uma fenda palatina que não havia sido corrigida.

O homem voltou a olhar para a frente e continuou sem hesitar.

– Detetive?

José sacudiu o corpo.

– Desculpe. Fiquei distraído. Trouxe as luvas?

– Estou segurando-as para você.

– Certo. Obrigado. – José pegou o par de luvas de látex e colocou-as. – Trouxe o...

– Saco? Sim.

Veck era sombrio e muito compenetrado; José aprendeu que eram as principais características do homem – jovem, quase trinta anos, mas lidava com aquilo como um veterano.

Veredito até agora: não era tão ruim como parceiro; mas havia se passado apenas uma semana e meia desde que começaram a trabalhar juntos de verdade.

Em qualquer cena de crime, quem lidava com os corpos dependia de uma série de variáveis. Às vezes, o pessoal da Busca e Salvamento fazia isso. Outras, como era o caso, era uma combinação de quem tinha um estômago mais forte.

– Vamos cortar a frente da caixa – disse Veck. – Tudo foi coletado e fotografado e vai ser melhor do que tentar incliná-la para frente e rasgar o fundo.

José olhou para o legista.

– Tem certeza que pegou tudo?

– Com certeza, detetive. Estava pensando nisso também.

Os três trabalharam juntos, José e Veck segurando a parte da frente, enquanto o outro usava um estilete... e, então, José e seu parceiro baixaram a frente da caixa com cuidado.

Era outra jovem.

– Maldição – resmungou o legista. – De novo não.

Maldito seja, José pensou. Tinham feito a mesma coisa com a pobre garota o que fizeram com as outras, o que significava que tinha sido torturada antes.

– Que inferno – Veck murmurou com a respiração baixa.

Os três caras foram cuidadosos com ela, como se, mesmo morta, o corpo machucado percebesse a mudança de posição dos membros. Carregando-a por apenas dois metros, colocaram-na no saco negro aberto para que o legista e o fotógrafo pudessem finalizar o trabalho deles.

Veck ficou agachado com ela. Seu rosto estava totalmente sério, mas, mesmo assim, passou uma vibração de quem havia se irritado com o que tinha visto...

O brilho do flash de uma câmera irrompeu pelo beco escuro, preciso como um grito dentro de uma igreja. Antes que aquela porcaria se apagasse, José girou a cabeça para ver quem diabos estava tirando fotos, e não foi o único a procurar por isso. O fato também chamou a atenção dos outros oficiais que estavam ali.

Mas Veck foi o único a erguer-se de repente e começar a correr.

O cara da câmera não teve chance. Em um movimento muito preciso, o desgraçado esquivou-se sob a fita da polícia e tirou vantagem de todos estarem concentrados na vítima. Na fuga, atrapalhou-se com a fita que tinha transgredido, tropeçando e caindo antes de conseguir correr e enfiar-se dentro da porta de seu carro que havia deixado aberta.

Veck, por outro lado, tinha as pernas de um velocista e, consequentemente, mais rapidez que aquele garoto branco medíocre: não arremeteu contra a fita amarela, saltou por cima dela e lançou-se sobre o sedã, colocando o peso em cima do capô. E, então, tudo ficou em câmera lenta. Enquanto os outros oficiais corriam para ajudar, o fotógrafo acelerou e os pneus cantaram quando entrou em pânico e tentou arrancar...

Bem na direção da cena do crime.

– Droga! – José gritou, pensando em como protegeriam o corpo.

As pernas de Veck derrapavam enquanto o veículo ultrapassava os limites da fita amarela e ia direto na direção da caixa de papelão. Mas aquele filho da mãe do DelVecchio não ficou só ali como se tivesse sido colado, conseguiu entrar pela janela aberta, agarrar o volante e lançar o sedã contra um contêiner a pouco mais de um metro de distância da maldita vítima.

Quando os *airbags* se estufaram e o motor soltou um rugido feroz, Veck foi jogado para cima, sobre a lata de lixo... e José soube que se lembraria da visão do homem no ar pelo resto de sua vida: a jaqueta do terno do cara abriu-se com força, a arma foi para um lado e o distintivo para outro como se pudesse voar sem asas.

Aterrissou sobre as costas. Com força.

– Oficial ferido – José gritou enquanto corria em direção a seu parceiro.

Mas não houve tempo para dizer ao filho da mãe que ficasse parado ou mesmo uma chance de ajudá-lo. Veck saltou como o maldito coelho da Energizer e cambaleou até o grupo de oficiais que tinham cercado o motorista com armas em punho. Empurrando os outros para fora do caminho, abriu a porta do motorista e arrancou do carro um caçador de fotos parcialmente consciente que estava prestes a ter um ataque cardíaco: o desgraçado era tão gordo quanto o Papai Noel e tinha a coloração avermelhada de um alcoólatra.

Também tinha dificuldades para respirar – embora não estivesse claro se era por ter inalado o pó do *airbag* ou ter feito contato visual com Veck e saber que estava prestes a levar uma porrada.

Só que Veck apenas mergulhou dentro do carro e abriu caminho pelo airbag desinflado.

Antes que pudesse se apossar da máquina e reduzi-la a pó, José interveio:

– Precisamos disso como prova – exclamou quando Veck saiu do carro e ergueu o braço sobre a cabeça como se fosse jogar a máquina com toda força na calçada.

– Ei! – José segurou com as duas mãos o pulso do rapaz e jogou todo seu peso no peito de seu parceiro. Deus, como era grande o filho da mãe... não era apenas alto, parecia um guindaste... e por uma fração de segundo teve de se perguntar se conseguiria alguma coisa ao tentar detê-lo.

No entanto, a maré mudou de repente e Veck virou-se e bateu com força na lateral do carro.

José manteve a voz calma, apesar de estar usando toda sua força para manter o cara no lugar.

– Pense nisso. Se destruir a câmera, não poderemos usar a foto que ele tirou contra ele. Está me ouvindo? Pense, imbecil... *pense.*

Os olhos de Veck deslocaram-se e fixaram-se no criminoso e, francamente, a falta de loucura neles era um pouco perturbadora. Mesmo em meio àquilo tudo, depois de todo o esforço físico, DelVecchio estava relaxado de uma maneira estranha, totalmente focado... e era inegável seu ar ameaçador: José tinha a impressão de que se soltasse o detetive, a câmera não seria a única coisa danificada.

Veck parecia totalmente capaz de matar de uma maneira muito calma e competente.

– Veck, parceiro, sai dessa.

Houve alguns momentos em que nada aconteceu e José sabia muito bem que todos estavam tão inseguros quanto ele sobre a forma como aquilo iria se resolver, incluindo o fotógrafo.

– Ei. Olhe para mim, cara.

Os olhos azuis-bebê de Veck moveram-se lentamente e, então, piscaram. Aos poucos, a tensão naqueles braços foi diminuindo e José acompanhou o movimento até conseguir pegar a câmera do cara – não havia como saber se a tempestade havia realmente acabado.

– Você está bem? – José perguntou.

Veck assentiu e puxou sua jaqueta de volta no lugar. Quando acenou com a cabeça uma segunda vez, José deu um passo para trás.

Grande erro.

Seu parceiro moveu-se tão rápido que não houve como detê-lo. Socou o fotógrafo com tanta força que provavelmente quebrou a maldita mandíbula do cara.

O criminoso caiu no meio dos outros policiais, ninguém disse nada. Todos queriam ter feito aquilo, mas por tudo o que Veck havia passado, o direito era dele.

Infelizmente, haveria uma punição para aquilo e provavelmente o detetive seria suspenso – e talvez o Departamento de Polícia de Caldwell fosse processado.

Balançando a mão que havia esmurrado o criminoso, Veck murmurou:

– Alguém pode me dar um cigarro?

Droga, José pensou. Não havia razão para continuar tentando encontrar Butch O'Neal. Era como se seu velho parceiro estivesse bem na frente dele.

Então, talvez ele devesse desistir de continuar rastreando aquela ligação para a emergência da semana passada. Mesmo com todos os recursos disponíveis na delegacia, não tinha chegado a lugar algum e a falta de pistas talvez fosse algo bom.

Um coringa com um traço autodestrutivo era mais do que poderia lidar na rotina do trabalho, muito obrigado, não precisava de outro.

CAPÍTULO 25

No centro de treinamento do complexo, Butch até queria odiar o cirurgião por lealdade a V, especialmente se levasse em conta aquela história de aparecer seminu enrolado em uma toalha, parecendo pronto para uma performance em um clube de mulheres.

Deus, a ideia de que aquele pedaço de carne havia se aproximado de Payne sem roupa nenhuma... Era péssima, de muitas maneiras.

Teria sido diferente se sua estrutura física fosse a de um jogador de xadrez, por exemplo; mas assim como era, parecia que um lutador bonitão estava dando em cima da irmãzinha de V. Como um cirurgião tinha um corpo daquele?

Ainda assim, havia duas coisas que salvavam o cara: o filho da mãe tinha vestido o uniforme cirúrgico que Butch tinha lhe dado – então, nada mais de gracinhas naquela noite. E, quando sentaram em frente ao computador na sala de exames, o cara parecia realmente preocupado com Payne e seu bem-estar.

Não que a amizade entre eles estivesse chegando a lugar algum; os dois olhavam para a tela do computador como dois cães assistindo *Animal Planet*: muito concentrados, mas incapazes de aumentar o volume ou mudar de canal.

Em uma situação normal? Butch teria telefonado ou enviado uma mensagem de texto a Vishous; mas isso não ia acontecer, considerando os confrontos que se passavam no Buraco.

Deus, esperava que V. e Jane se acertassem.

– E agora? – o cirurgião perguntou.

Butch sacudiu-se para retomar o foco e colocou a palma da mão sobre o mouse.

– Rezamos para que eu arranque os arquivos de segurança da minha bunda. É isso.

– E você reclamava sobre a minha toalha.

Butch esboçou um sorriso.

– Espertinho.

Como se tivessem combinado, os dois se curvaram em direção à tela – como se isso fosse ajudar de alguma maneira mágica o mouse a encontrar o que estavam procurando.

– Odeio isso – o cirurgião murmurou com aversão. – Sou melhor com as minhas mãos.

– Eu também.

– Vá para o menu inicial.

– Estou indo, estou indo...

– Droga – disseram juntos quando todos os arquivos ou programas ou o que quer que fosse terminaram de ser carregados.

Naturalmente, não havia nada nomeado como "Segurança", "Câmeras" ou "Clique aqui, idiota, para encontrar o que está procurando".

– Espere, será que não está em "Vídeos"? – o cirurgião disse.

– Boa ideia.

Aproximaram-se ainda mais, até a ponta do nariz ficar prestes a esbarrar no maldito monitor.

– Posso ajudar, rapazes?

Butch girou a cabeça rapidamente.

– Graças a Deus, Jane. Ouça, precisamos encontrar os arquivos digitais das câmeras de segurança... – deteve-se. – Você está bem?

– Tudo bem, tudo bem.

Uh-hum, certo. Parada no batente da porta, ela não estava bem – não chegava nem perto disso. A ponto de Butch saber que não era prudente perguntar onde V. estava – nem esperar que o Irmão aparecesse tão cedo.

– Ei, doutora – disse Butch, ao se levantar casualmente. – Posso conversar com você um minuto?

– Hã...

Ele interrompeu o protesto que ela estava prestes a iniciar.

– Obrigado. Vamos para o corredor. Manello, tente encontrar o que precisa no computador.

– Farei isso – disse o cara com tom seco.

Quando ele e Jane saíram da sala, Butch baixou a voz.

– O que está acontecendo? E, sim, não é da minha conta; mas quero saber de qualquer jeito.

Depois de um momento, Jane cruzou os braços sobre o jaleco branco e apenas ficou olhando para frente. Mas parecia que a intenção não era calá-lo. Era mais como se estivesse revendo algo em sua mente.

– Fale comigo – ele murmurou.

– Você sabe por que ele recorreu a Manny, certo?

– Não sei os detalhes. Mas... tenho uma ideia. – A fêmea tinha um olhar bastante suicida, de verdade.

– Como médica, sou arrastada em diferentes direções. Se você puder continuar a desenvolver essa ideia...

– Posso sim. Droga.

– Isso não é tudo – ela continuou. – Quando fui arrumar as malas, encontrei um conjunto de roupas de couro no fundo do armário. Havia cera negra por toda parte. Junto com sangue e... – ela respirou estremecendo. – Algo mais.

– Cristo – Butch gemeu.

Quando Jane ficou em silêncio, soube que não desejava envolvê-lo e não ia perguntar em voz alta. Esse era o jeito dela.

Caramba... esforçou-se tanto para honrar a exigência de V. de ficar distante de algumas coisas; só que simplesmente não podia assistir a relação daqueles dois desmoronar.

– Ele não a traiu – disse. – Naquela noite, uma semana atrás? Ele deixou que o espancassem, Jane. Por *redutores*. Encontrei V. cercado por três deles e o golpeavam com correntes.

Ela soltou um gemido, que encobriu com as mãos.

– Oh... Deus...

– Não sei o que encontrou dele, mas não estava com ninguém. Ele mesmo me disse.

– Mas e quanto à cera? E o...

– Já passou pela sua cabeça que ele pode ter feito isso sozinho?

Jane ficou momentaneamente sem palavras.

– Não. Mas, por que ele não disse nada?

Aquela parecia ser a trilha sonora da noite.

– Nenhum cara admitiria a sua esposa que estava se masturbando sozinho. É patético demais... e provavelmente achou que estava lhe traindo de alguma maneira com isso. Ele tem essa devoção a você.

Quando as lágrimas se lançaram dos olhos verde-floresta de Jane, Butch ficou perplexo por um instante. A boa médica era tão fechada quanto seu *hellren*... e aquela força contida era a razão pela qual era tão útil como médica; contudo, não significava que não tinha sentimentos, lá estavam eles.

– Jane... não chore.

– É que eu simplesmente não sei como vamos superar isso. Não sei mesmo. Ele está decepcionado. Eu estou decepcionada, e, além disso, tem a Payne. – De repente, colocou uma das mãos sobre o braço de Butch o e apertou. – Pode, por favor... pode ajudá-lo? Com o que ele precisa? Talvez seja essa fissura no gelo que vai nos ajudar.

Quando os dois se encararam, Butch perguntou-se se estavam de fato no mesmo nível. Mas como ele poderia lidar com isto de maneira criteriosa: então, você quer que eu, ao invés dos *redutores*, dê um jeito nele? E se não estivessem na mesma sintonia? Ela já estava chorando.

– Não posso fazer isso – Jane disse rudemente. – E não só por que temos problemas no momento. Eu só não tenho essa habilidade em mim. Ele confia em você... Eu confio em você... E ele precisa disso. Tenho medo de que se ele não quebrar esse muro que está construindo, não vamos conseguir mais... ou pior. Leve-o para o Commodore, por favor.

Bem, aquilo criava um problema.

Butch limpou a garganta.

– Estive pensando a mesma coisa, de verdade. E, de fato, eu... já ofereci isso a ele.

– Obrigada. – Ela praguejou e enxugou os olhos. – Você o conhece tão bem quanto eu. Ele precisa quebrar aquele gelo... de alguma maneira, de algum jeito.

– Sim. – Butch estendeu a mão e acariciou o rosto dela. – Vou cuidar dele. Não se preocupe.

Ela colocou uma das mãos sobre a dele.

– Obrigada.

Abraçaram-se por um momento e, quando fizeram isso, Butch pensou que não havia nada que não faria para manter Jane e V. juntos.

– Onde ele está agora? – perguntou.

– Não faço ideia. Ele me deu uma mala e eu apenas a preparei e saí. Não o vi no Buraco, mas não estava procurando por ele.

– Já estou nessa. Vai ajudar Manello?

Quando ela assentiu, deu-lhe um pequeno apertão e saiu, alcançando o túnel subterrâneo e subindo rapidamente até chegar à última parada do lugar: o Buraco.

Sem fazer ideia do que ia encontrar, colocou a senha e posicionou a cabeça na porta blindada. Nenhuma fumaça, então, nada estava em chamas. Nenhum grito. Não sentia cheiro de nada, a não ser do pão fresco que Marissa havia feito há pouco tempo.

– V.? Você está aqui? – nenhuma resposta.

Deus, tudo estava tão silencioso.

No corredor, encontrou o quarto de V. e Jane vazio e todo bagunçado. A porta do armário estava aberta e roupas haviam sido retiradas dos cabides, mas não foi isso que realmente chamou sua atenção.

Foi até as roupas de couro e apanhou-as do chão. Um bom rapaz católico como ele não sabia muito sobre sadomasoquismo, mas parece que iria aprender em primeira mão.

Pegando o telefone celular, ligou para V., mas não esperava uma resposta. Concluiu que o GPS viria a calhar outra vez.

– Parece como os velhos tempos.

Manny focou na tela do computador enquanto falava. Difícil dizer qual era a parte mais estranha de se sentar ao lado de sua antiga colega de trabalho. Com tanta coisa para se escolher, o silêncio entre eles foi o melhor, tão bom quanto uma caça aos ovos de Páscoa para crianças de três anos, com objetos mal escondidos, prontos para serem encontrados e capturados.

– Por que quer rever os arquivos digitais? – ela perguntou.

– Vai ver quando chegarmos lá.

Jane não teve problemas em localizar o programa certo e, um momento depois, a imagem vívida de Payne no quarto surgiu na tela. Espere, a cama estava vazia... exceto por uma mochila.

– Câmera errada. Aqui está – Jane murmurou.

E lá estava ela. A Payne dele. Deitada sobre os travesseiros, a ponta de sua trança nas mãos, olhos fixos no banheiro como se ainda estivesse imaginando-o no banho.

Caramba... como estava linda.

– Você acha? – Jane disse suavemente.

Certo, agora seria um ótimo momento para sua boca parar de funcionar como se fosse um órgão independente.

Limpou a garganta.

– Pode voltar mais ou menos meia hora?

– Sem problema.

Voltou a imagem, o pequeno relógio no canto inferior direito retrocedeu os milissegundos.

Quando observou a si mesmo examinando-a com aquela toalha, ficou muito óbvio que estavam atraídos um pelo outro. Oh, Deus... aquela ereção deu-lhe outro motivo para não olhar para Jane.

– Espere... – Sentou-se mais para frente. – Diminua a velocidade. Aí está.

Viu-se voltando para o banho correndo...

– Mas que... caramba – Jane suspirou.

E lá estava: Payne ajoelhada aos pés da cama, seu corpo longo e esbelto equilibrava-se perfeitamente enquanto seus olhos focavam a porta do banheiro.

– Ela está brilhando?

– Sim – murmurou. – Está.

– Espere... – Jane pressionou o botão "avançar", colocando as imagens na ordem certa. – Está testando as sensações dela aqui?

– Nada. Ela não sentiu nada. E, ainda assim... volte outra vez... obrigado. – Apontou para as pernas de Payne. – Aqui, porém, fica claro que ela tem controle muscular.

– Isso não tem lógica. – Jane viu e reviu o arquivo. – Mas ela fez isso... Oh, meu Deus... Ela fez isso. É um milagre.

Claro que parecia um. Só que...

– Qual teria sido o estímulo? – Manny murmurou.

– Talvez você.

– Sem chance. Com certeza minha cirurgia não fez o que deveria ter feito ou ela teria se ajoelhado antes de hoje à noite. Os exames mostraram que ela ainda permanece paralisada.

– Não estou falando sobre seu bisturi.

Jane retrocedeu o arquivo até o momento em que Payne se levantou e, então, congelou a cena.

– É você.

Manny encarou a imagem e tentou ver alguma coisa que não fosse óbvia: com certeza parecia que Payne estava olhando para ele, o brilho nela ficou ainda mais forte e foi capaz de se mover.

Jane avançou o arquivo imagem por imagem. Assim que ele saiu do banheiro e ela voltou a se deitar, o brilho se foi... e não tinha mais sensações.

– Isso não faz sentido – murmurou.

– Na verdade, acho que faz. Deve ser algo da mãe dela.

– Quem?

– A deusa que iniciou tudo isso. – Jane apontou seu próprio corpo. – Sou o que sou por causa da Virgem Escriba.

– Quem? – Manny balançou a cabeça. – Não estou entendendo nada.

Jane sorriu um pouco.

– Não precisa. Está acontecendo. Só precisa ficar com Payne e... ver como ela muda.

Manny voltou a olhar para o monitor. Bem, droga, parece que o cara da barbicha tinha feito a coisa certa. De alguma maneira, o filho da mãe sabia que aquilo aconteceria, ou talvez ele apenas esperasse que acontecesse. De qualquer maneira, parecia que Manny era um tipo de remédio para aquela criatura extraordinária deitada na cama.

Então, com certeza, iria mergulhar naquilo.

Mas não se enganava. Não se tratava de amor ou mesmo sexo, mas de erguê-la e fazer com que recuperasse seus movimentos para poder levar a vida de antes outra vez... não importava o quanto custasse. E sabia que não poderia ficar com ela no final. Iriam descartá-lo como um frasco de medicamento da farmácia... e, sim, claro, ela poderia entrar em contato com ele, mas era uma virgem que não conhecia nada melhor. E tinha um irmão que a forçaria a fazer as escolhas certas. Quanto a ele? Não se lembraria de nada disso, não é mesmo?

Gradualmente, tomou consciência do olhar de Jane observando seu perfil.

– O que foi? – disse ele sem tirar os olhos da tela.

– Nunca o vi assim antes por causa de uma fêmea.

– Nunca conheci ninguém como ela antes. – Ergueu a mão para deter qualquer conversa. – E pode economizar sua fala sobre "não faça isso". Sei o que vai acontecer no final.

Inferno, talvez aqueles bastardos o matassem e o jogassem no rio. Fazendo com que parecesse um acidente.

– Na verdade, não ia dizer isso. – Jane mudou de posição na cadeira. – E acredite em mim... Sei como se sente.

Ele a encarou.

– Mesmo?

– Foi assim que me senti quando conheci Vishous. – Seus olhos se encheram de lágrimas, mas ela limpou a garganta. – Voltando a você e Payne...

– O que está acontecendo, Jane. Diga-me.

– Não está acontecendo...

– Bobagem! Posso dizer o mesmo que me disse. Nunca a vi assim antes. Parece arruinada.

Ela respirou fundo.

– Problemas conjugais. Simples, mas nem tanto.

Era evidente que não queria dividir isso com ele.

– Tudo bem. Bom, estou aqui se precisar... pelo tempo que me for autorizado ficar.

Ele esfregou o rosto. Era uma total perda de tempo se preocupar com quanto tempo aquilo ia durar, quanto tempo tinha. Mas não conseguia evitar; perder Payne o mataria mesmo que mal a conhecesse.

Espere um minuto. Jane tinha sido humana. E estava ali. Talvez houvesse...

Mas que droga!

– Jane...? – disse com voz fraca ao olhar para sua velha amiga. – O que...

As palavras o abandonaram nesse ponto. Estava sentada na mesma cadeira, na mesma posição, usando as mesmas roupas... só que conseguia enxergar a parede atrás dela... os armários de aço... as portas do outro lado. E o "enxergar" tudo isso não se tratava de ver sobre os ombros dela. Estava olhando *através* dela.

– Oh. Desculpe.

Bem diante de seus olhos, ela saiu de seu estado translúcido... voltando ao normal.

Manny pulou da cadeira e foi andando para trás até que sua bunda bateu na mesa de exame e o deteve.

– Precisa conversar comigo – disse com voz rouca. – Meu... Deus...

Quando agarrou a cruz que ficava pendurada em seu pescoço, Jane baixou a cabeça e uma de suas mãos colocou alguns de seus cabelos curtos atrás da orelha.

– Oh, Manny... há muita coisa que você não sabe.

– Então... diga-me. – Quando ela não respondeu, os gritos em sua cabeça ficaram altos demais. – É melhor me dizer, pois estou farto de me sentir como um lunático.

Houve um longo silêncio.

– Eu morri, Manny, mas não no acidente de carro. Aquilo foi encenado.

Os pulmões de Manny ficaram tensos.

– Como?

– Um tiro. Fui baleada. Eu... morri nos braços de Vishous.

Certo, não conseguia mais respirar nesse ponto.

– Quem fez isso?

– Os inimigos dele.

Manny esfregou o crucifixo e o católico nele, de repente, acreditou nos santos como muito mais do que exemplos de bom comportamento.

– Não sou mais quem você conheceu, Manny. De muitas maneiras – havia tanta tristeza em sua voz. – Não estou realmente viva. Foi por isso que não voltei para vê-lo. Não se trata da coisa vampiro/humano... é por que não estou mais aqui, de fato.

Manny piscou, como um idiota. Várias vezes.

Bem... será que a boa notícia nisso tudo foi descobrir que sua antiga cirurgiã do departamento de trauma era uma fantasma? Quase transparente em sua percepção? Sua mente explodiu tantas vezes que perdeu a conta, e como uma junta que havia sido deslocada, tinha total e completa liberdade de movimentos.

Sua funcionalidade estava perdida, claro.

Mas quem se importava?

CAPÍTULO 26

Sozinho no centro de Caldwell, Vishous andava sorrateiramente pela noite, percorrendo trechos obscuros sob as pontes da cidade. Começou indo a sua cobertura, mas não ficou lá mais de dez minutos, e foi irônico como todas aquelas janelas de vidro fizeram com que se sentisse confinado. Depois de se lançar no ar pela varanda, uniu-se às margens do rio. Os outros Irmãos estavam andando pelos becos procurando e encontrando *redutores*, mas não queria ter uma plateia por perto. Queria lutar. Sozinho.

Ao menos, foi o que disse a si mesmo.

Contudo, deu-se conta, após mais ou menos uma hora perambulando sem rumo, de que não estava procurando qualquer tipo de confronto mano a mano; na verdade, não estava à procura de nada. Estava completamente vazio, a ponto de sentir curiosidade em saber de onde aquela rotina de ficar andando à toa tinha surgido, pois tinha certeza que não estava fazendo nada de forma consciente.

Parando e olhando do outro lado das águas lentas e fétidas do Hudson, soltou uma risada fria e dura.

Durante toda sua vida, acumulava uma quantidade de conhecimento que poderia rivalizar com a maldita Biblioteca do Congresso. Parte disso era útil: como saber lutar, como fazer armas, como conseguir informações e como mantê-las em segredo. Havia algumas coisas relativamente inúteis no dia a dia, como o peso molecular do carbono, a teoria da relatividade de Einstein, aquela porcaria de teoria política de Platão. Também havia pensamentos sobre os quais ele refletia uma única vez para nunca mais retornar a eles, jogava com algumas oposições e com ideias que tinha em intervalos regulares como se fossem brinquedos quando estava entediado. Havia também coisas nas quais ele nunca, jamais se permitia pensar.

E entre esses diversos postos cognitivos havia um trecho enorme no cerebelo em que não havia nada além de um terreno baldio cheio de lixo no qual ele não acreditava. E isso fazia dele um cínico? Havia milhas e milhas de podridão metafórica em sacos de lixo cheios de imundície que perfaziam frases como... pais deveriam amar seus filhos... e mães estavam sempre presentes... e blá,blá, blá.

Se houvesse um equivalente mental à Agência de Proteção Ambiental dos Estados Unidos, essa parte do cérebro dele teria sido intimada, multada e trancafiada.

Mas era engraçado; o pequeno passeio daquela noite, naquela passagem subterrânea sinistra pelo rio, levou-o de volta àquele aterro sanitário e puxou algo do meio daquela pilha: e machos vinculados não eram nada sem suas fêmeas.

Muito bizarro. Sempre soube que amava Jane, mas sendo o imbecil que era, tinha alinhavado seus sentimentos sem perceber que a agulha e a linha estavam em suas mãos. Droga, mesmo quando ela voltou para ele depois de morrer e soube naquele breve momento não só o que o termo "superfeliz" significava, mas, também, como era senti-lo... mesmo assim, não se deixou levar, de fato.

Claro, sua camada de terra permanentemente congelada havia cedido um pouco com o calor que ela havia lhe trazido, mas em seu interior, bem no fundo, tinha permanecido o mesmo. Bom Deus, nunca havia se casado de maneira adequada. Apenas levou-a para o quarto dele e amava cada minuto que a tinha por lá, pois passavam as noites separados.

Desperdiçou aquelas horas.

Era um crime, mas havia desperdiçado todas elas.

E, agora, lá estavam, separados por fendas que, apesar de toda sua inteligência, não fazia ideia de como atravessar.

Cristo, quando ela segurou aquelas roupas de couro nas mãos e esperou que ele dissesse alguma coisa, foi como se alguém tivesse grampeado seus lábios... provavelmente por se sentir culpado pelo que havia feito naquele apartamento e como havia feito. Usar as próprias mãos não contava como traição.

No entanto, o problema era que mesmo sendo atraído por aquele tipo de prazer que havia sentido tantas vezes, ainda parecia muito errado; mas isso acontecia por que o sexo era apenas parte da questão.

Naturalmente, isso o fez pensar em Butch. A solução que o cara tinha sugerido era tão óbvia que V. ficou surpreso em não considerar isso antes de verdade... Mas, por outro lado, pedir ao seu melhor amigo para lhe dar uma surra não era exatamente uma ideia casual para se ter.

Desejou ter tido essa opção há uma semana. Talvez tivesse ajudado as coisas... Só que a cena no quarto não era o único problema deles; ela deveria ter conversado com ele primeiro sobre a situação com sua irmã. Deveria ter sido informado e decidido o que fazer.

Quando a raiva manifestou-se como um mau cheiro dentro dele, teve medo do que poderia existir do outro lado daquele vazio. Não era como os outros machos, nunca tinha sido e não apenas pelo fato de sua Mamãezinha Querida ser uma divindade ridícula: conhecendo sua sorte, seria o único macho vinculado na face da terra a passar por esse entorpecimento sem propósito de perder sua *shellan*... e iria a um lugar... há, um lugar muito mais obscuro.

Ao território da insanidade, por exemplo.

Espere, não seria o primeiro, não é mesmo? Murhder havia enlouquecido. Absoluta e irrevogavelmente.

Talvez pudessem organizar um clube, e o aperto de mãos poderia envolver adagas.

Emos filhos da mãe que eram...

Rosnando, V. virou-se na direção do vento e teria oferecido uma oração de agradecimento se não odiasse tanto sua mãe: dentre os espirais da neblina, vindo sobre os vapores de umidade cinza e branca, o cheiro doce do inimigo deu-lhe um propósito e definiu algo que não apenas faltava ao seu estado entorpecido, algo que parecia até rejeitar.

Seus pés começaram a andar cada vez mais rápido e depois a correr. E quanto mais rápido ele ia, melhor se sentia: ser um assassino sem alma era muito, muito melhor do que ficar respirando no vazio. Queria mutilar e matar; queria rasgar com suas presas e agarrar com suas mãos; queria o sangue dos assassinos sobre ele, dentro dele.

Queria que o grito das pessoas que matasse ressoasse em seus ouvidos.

Seguindo o fedor doentio, atravessou ruas, passou por becos e vielas perseguindo o aroma conforme ficava cada vez mais forte. E quanto mais perto chegava, mais aliviado se sentia. Devia haver vários deles. E melhor que isso? Nenhum sinal de Irmãos por perto, o que significava que tinha sido o primeiro a chegar... e seria o primeiro a ser servido.

Estava guardando isso para si mesmo.

Contornando a última curva da sua busca, chocou-se com um trecho urbano curto e fétido e derrapou até parar. O beco não tinha saída, mas como um sistema de rampas para animais, os edifícios dos dois lados direcionavam o vento que vinha do rio, o rebanho de moléculas se embaralhava e trazia os cheiros em seus cascos, e aquele galope atingia seu nariz em cheio.

Mas... que droga... era aquela?

O mau cheiro era tão forte que seu nariz teve de rever suas referências olfativas, mas não havia um bando de loucos e idiotas pálidos por perto afiando suas facas. O lugar estava vazio.

Só que, então, ele notou o som de gotas, como se uma torneira não tivesse sido bem fechada.

Depois de lançar alguns efeitos de *mhis*, tirou sua luva e usou a palma da mão para iluminar o caminho. Ao caminhar, a iluminação formava uma piscina rasa de clara visibilidade diante dele e a primeira coisa que viu foi uma bota... que estava ligada a uma panturrilha revestida de uma calça camuflada... em seguida uma coxa e um quadril...

Era isso.

O corpo do assassino tinha sido cortado pela metade, com certeza, como se fosse um lanche de supermercado; o corte transversal deixou porções do intestino vazando, o início da coluna mostrava uma ponta branca e brilhante em meio ao todo preto e gorduroso.

Um formigamento lancinante o levou a virar para a direita.

Dessa vez a mão da criatura foi vista primeiro... era pálida e cravava suas unhas no asfalto úmido, retraindo-se como se estivesse tentando erguer-se do chão.

Havia apenas o tronco do *redutor*, mas ainda estava vivo... apesar de não ser um milagre; era assim que funcionavam: até que fossem golpeados no coração com alguma coisa feita de aço, eles perduravam, não importava em qual estado seus corpos se encontrassem.

Quando V. moveu lentamente sua mão iluminada, deu uma olhada no rosto da coisa. A boca estava muito aberta, a língua se movimentava como se estivesse tentando falar. Isso era comum na atual safra de assassinos; aquele era um novo recruta, sua pele e cabelos escuros ainda não tinham se transformado naquela coisa branca como farinha.

V. passou por cima do bastardo e continuou. Alguns metros depois, encontrou as duas metades de um segundo *redutor*.

Quando sua nuca formigou ainda mais forte dando-lhe um sinal de aviso, passou sua mão brilhante ao redor, movendo-se para fora do corpo em um círculo concêntrico.

Ora, ora, ora... e não é que aquilo trazia recordações.

Não no bom sentido.

No complexo da Irmandade, Payne permanecia deitada em sua cama, esperando. Não era muito boa quando se tratava de paciência, na melhor das hipóteses, sentia como se tivessem passado dez anos antes de seu curandeiro, finalmente, voltar para ela. Ao retornar, trouxe um painel fino parecido com um livro.

Quando ele se sentou na cama, percebeu uma tensão no rosto forte e bonito.

– Desculpe ter demorado tanto. Jane e eu estávamos carregando os arquivos neste laptop.

Ela não fazia ideia do que aquilo significava.

– Apenas diga o que tem a dizer.

Com mãos ágeis, abriu a metade superior daquela engenhoca.

– Na verdade, precisa ver por si mesma.

Com vontade de amaldiçoar alto e muitas vezes, arrastou os olhos para a tela.

Reconheceu imediatamente a imagem do quarto em que estava. Contudo, não era de agora, pois estava olhando para o banheiro enquanto permanecia deitada na cama. O quadro foi congelado como uma fotografia, mas uma pequena seta branca moveu-se quando ele tocou algo e a figura tornou-se animada.

Com uma careta, concentrou-se em si mesma. Estava brilhando: cada pedaço de carne em seu corpo estava iluminado. Por que isso sempre...

Primeiro, ela ergueu-se sobre o travesseiro, esticando o pescoço para que pudesse espiar o curandeiro. Inclinou-se mais ainda para o lado. E, então, movimentou-se em direção ao pé da cama...

– Eu me sentei – ela ofegou. – Sobre meus joelhos!

De fato, sua forma luminosa tinha se erguido sozinha perfeitamente e pairou com equilíbrio preciso ao conseguir observar Manny no banho.

– Com certeza, foi isso o que fez – disse ele.

– Também estou iluminada. Por que isso acontece?

– Esperávamos que pudesse nos dizer. Já fez isso antes?

– Não que eu soubesse. Mas estive aprisionada por tanto tempo que sinto como se não me conhecesse muito bem. – O arquivo parou. – Pode fazer isso outra vez?

Quando seu curandeiro não respondeu e as imagens não voltaram a se movimentar, ela olhou para ele... e recuou. O rosto de Manny exibia uma fúria estrondosa, a raiva era tão profunda que seus olhos estavam quase negros.

– Presa como? – ele exigiu. – E por quem?

Estranho, ela pensou vagamente. Sempre lhe disseram que os seres humanos eram uma forma muito mais suave de criatura que os vampiros, mas a reação protetora de seu curandeiro era tão ameaçadora quanto a de sua própria espécie.

A menos, claro, que não se tratasse de proteção; era muito possível que o fato de ter sido presa não fosse muito atraente. E quem poderia culpá-lo?

– Payne?

– Ah... Perdoe-me, curandeiro... talvez a palavra que escolhi tenha sido incorreta, já que essa é uma segunda língua para mim. Estive sob os cuidados de minha mãe.

Era quase impossível disfarçar a mágoa em sua voz, mas a camuflagem deve ter funcionado, pois a tensão deixou-o completamente quando respirou fundo.

– Ah, certo. Sim, aquela palavra não significa o que você quis dizer.

De fato, seres humanos também tinham seus padrões de comportamento, não tinham? Seu alívio foi tão grande quanto sua tensão. Mas, por outro lado, não era errado procurar moralidade e decência em fêmeas... ou machos.

Quando reproduziu as imagens dela, mudou o foco para o milagre que tinha acontecido... e viu-se balançando a cabeça para o que via.

– De fato, eu não sabia. Como isso... é possível?

Seu curandeiro limpou a garganta.

– Já conversei sobre isso com Jane e ela... bem, nós... temos uma teoria.

Ele se levantou e foi inspecionar um dispositivo elétrico no teto.

– Parece loucura, mas... talvez Marvin Gaye soubesse do que estava falando.

– Marvin?

Com um movimento rápido, pegou uma cadeira e a colocou sob a câmera.

– Era um cantor. Talvez eu possa colocar uma música dele para você ouvir algum dia. – Seu curandeiro firmou o pé sobre o assento e ergueu-se até o teto onde desconectou alguma coisa com um puxão e voltou a descer. – É bom para dançar.

– Não sei dançar.

Olhou sobre o ombro, as pálpebras se abaixaram.

– Mais uma coisa que eu posso lhe ensinar. – Quando o corpo dela se aqueceu, ele aproximou-se da cama. – E vou gostar de lhe mostrar como dançar.

Quando ele se inclinou sobre ela, os olhos de Payne fixaram-se nos lábios de Manny e a respiração ficou mais difícil. Ele ia beijá-la... que destino maravilhoso, ele ia...

– Você queria saber o que era gozar? – praticamente rosnou, suas bocas estavam apenas a centímetros de distância. – Por que não lhe mostro o que é ao invés de lhe dizer?

Com isso, ele tocou o interruptor e apagou as luzes, mergulhando o quarto em uma penumbra que diminuiu apenas com a luz do banheiro e o facho de iluminação que passava por debaixo da porta do corredor.

– Quer que eu lhe mostre? – disse ele em voz baixa.

Naquele momento, havia apenas uma palavra em seu vocabulário:

– Sim...

Só que, então, ele recuou.

Assim que um protesto estava prestes a sair da boca dela, percebeu que ele estava na linha de iluminação que vinha do banheiro.

– Payne...

O som de seu nome deixando aquela boca fez com que lutasse ainda mais por um pouco de ar.

– Sim...

– Eu desejo... – alcançando a parte inferior de sua camisa folgada, puxou-a lentamente, expondo os músculos esculpidos de seu estômago – que você me deseje.

Oh, doce destino, ela também o desejava.

E ele falava sério ao dizer aquilo. Quanto mais o olhava, mais aquele abdômen definido retesava-se e relaxava, pois ele também respirava com dificuldade.

Suas mãos caíram sobre a cintura.

– Veja o que você faz comigo.

Acariciou o tecido folgado sobre seus quadris e...

– Você é *ríghido*. – ela ofegou. – Oh... de fato, você é.

– Diga-me, isso é uma coisa boa?

– É...

Ela encarou a extensão rígida de seu corpo que estava confinada e lutava contra o volume das calças. Tão denso e suave. Tão grande. A mecânica do sexo não era desconhecida para ela, mas, até agora, não tinha sido capaz de entender como isso exercia tanta atração para uma fêmea. Olhando para ele agora? Seus batimentos cardíacos parariam e seu sangue viraria pedra se não o tivesse dentro dela.

– Quer me tocar? – ele rosnou.

– Por favor... – ela engoliu em seco com a garganta quase fechada. – Oh, sim...

– Primeiro, olhe para você, *bambina*. Erga seu braço e olhe para si mesma.

Ela olhou para baixo só para agradá-lo, para que pudessem continuar...

A pele dela brilhava de dentro para fora, como se o calor das sensações que ele lhe provocava se manifestasse em fosforescência.

– Eu não sei... o que é isso...

– Na verdade, acho que essa é a solução. – Sentou-se perto dos pés dela. – Diga-me se consegue sentir isso. – Tocou gentilmente a parte inferior da perna, colocando a mão sobre sua panturrilha.

– Quente – ela engasgou. – Seu toque é quente.

– E aqui?

– Sim... Sim!

Quando ele se moveu para cima, em direção a sua coxa, ela afastou com veemência os cobertores de si para não ter nenhum impedimento. Seu coração estava trovejando e...

Ele colocou a mão sobre a outra perna.

Dessa vez, ela não sentiu... nada.

– Não, não... toque-me, toque-me outra vez! – o pedido foi áspero, tinha um tom maníaco. – Toque-me...

– Espere...

– Para onde foi...? Faça outra vez! Por tudo o que há de mais sagrado, faça outra vez...

– Payne. – Ele capturou as mãos frenéticas. – Payne, olhe para você.

O brilho havia desaparecido. Sua pele, sua carne... estavam normais.

– Maldição...

– Ei. Linda. Ei... olhe para mim. – De alguma maneira, seus olhos encontraram os dele. – Respire fundo e apenas relaxe... Vamos lá, respire comigo. Isso. Muito bem... Vou trazer essa sensação de volta para você...

Quando se inclinou sobre ela, sentiu o toque suave de seus dedos sobre o pescoço.

– Sente isso?

– Sim... – a impaciência guerreou com o efeito de sua voz profunda e a carícia lenta e sinuosa de Manny.

– Feche os olhos...

– Mas...

– Feche-os para mim.

Quando ela fez o que pediu, as pontas de seus dedos desapareceram... e foram substituídas por sua boca. Os lábios acariciaram sua garganta e, em seguida, chupou sua pele, o puxão sutil desencadeou um calor que jorrou entre as pernas dela.

– Sente isso? – ele disse em uma voz grave.

– Céus... sim...

– Então, deixe-me continuar. – Com uma pressão sutil, colocou os braços dela contra os travesseiros. – Sua pele é tão macia...

Quando ele aninhou-se com ela, o som de sua boca produziu estalos deliciosos sob sua orelha e aqueles dedos voltaram a viajar ao longo de sua clavícula... e, em seguida, mergulharam ainda mais para baixo. Em reação a isso, um calor lânguido e curioso ferveu seu tronco, enrijecendo seus mamilos, e ela tornou-se consciente de todo seu corpo... cada centímetro de si. Inclusive suas pernas.

– Veja, *bambina*, está de volta... Veja.

Suas pálpebras estavam pesadas como pedras quando as abriu, mas ao olhar para baixo, o brilho proporcionou-lhe um grande alívio... e fez com que se fixasse nas sensações que ele lhe oferecia.

– Dê-me sua boca – disse ele asperamente. – Deixe-me entrar.

Sua voz era gutural, mas seu beijo suave e provocante, puxando seus lábios e acariciando-os, antes de lambê-la. E, então, sentiu uma de suas mãos sobre a parte externa da perna.

– Posso senti-lo – disse ela em meio ao beijo, lágrimas surgiram em seus olhos. – Posso senti-lo.

– Estou muito feliz. – Ele recuou um pouco, o rosto sério. – Não sei o que é isso... não vou mentir. Jane não tem certeza também.

– Não me importo. Só quero minhas pernas de volta.

Ele parou por um momento, mas, em seguida, assentiu, como se fosse fazer uma promessa a ela.

– E eu farei tudo o que puder para devolver isso a você.

Seus olhos vagaram até os seios de Payne e a reação foi imediata... a cada respiração, o tecido que cobria seus mamilos parecia golpeá-la e a deixava cada vez mais excitada.

– Deixe-me fazer com que se sinta bem, Payne. E vamos ver até onde isso pode levá-la.

– Sim – ela ergueu as mãos em direção ao rosto de Manny e puxou-o até sua boca outra vez. – Por favor.

De fato, assim como foi quando se alimentou de sua veia, agora ela sentia o calor de seus lábios, a entrada escorregadia de sua língua e a energia que lhe proporcionava.

Gemendo com ele, estava submersa em sensações, desde o peso de seu corpo sobre a cama, ao sangue que corria ao longo do corpo, até a necessidade pulsante entre as pernas e a dor deliciosa em seus seios.

– Curandeiro – ela disse ofegante quando sentiu que a palma da mão dele percorreu sua coxa.

Manny recuou um pouco e ela ficou feliz em ver que ele ofegava também.

– Payne, quero fazer uma coisa.

– Qualquer coisa.

Ele sorriu.

– Posso desfazer a trança em seus cabelos?

Claro que suas tranças eram a última coisa que passaria em sua mente, mas a expressão dele estava tão extasiada e intensa que não poderia negar-lhe o pedido... ou qualquer parte de si.

– Mas é claro.

Seus dedos tremeram ligeiramente quando alcançou a ponta de sua trança.

– Queria fazer isso desde o momento em que a vi pela primeira vez.

Aos poucos, centímetro por centímetro, ele liberou o peso das ondas negras que ela mantinha por nenhuma outra razão senão do desinteresse em cuidar delas. No entanto, quando ele revelou a profunda admiração que tinha por aquilo, começou a perguntar-se se, porventura, não havia subestimado sua importância.

Quando ele terminou, espalhou o comprimento sobre a cama e sentou-se.

– Você é... de uma beleza indescritível.

Sem nunca ter se visto nem mesmo como feminina, quanto mais "bonita", foi um espanto ouvir a reverência que havia não apenas nas palavras, mas em seu tom de voz.

– Na verdade... parece que minha língua não consegue dizer nada – disse-lhe.

– Deixe-me lhe mostrar outra coisa para se fazer com ela.

Quando se uniu a ela sobre a cama, deitando a seu lado, ela virou-se em direção a seu grande peitoral e a rígida extensão de seu abdômen. Ela era grande se comparada a outras fêmeas, seu corpo possuía o poder que havia herdado de seu pai, a ponto de se sentir deselegante em relação a outras fêmeas: nada daquela graça esbelta da Escolhida Layla havia nela... na verdade, fora projetada para lutar, não para o serviço espiritual ou sensual.

Todavia, ali com seu curandeiro, sentiu que tinha as proporções perfeitas. Ele não pesava tanto quanto seu irmão gêmeo, mas era maior e mais denso que ela, em todos os lugares que um macho deve ser. Deitada com ela na sala escura, com seus corpos tão juntos e a temperatura aumentando por toda parte, ela não se sentia como alguém deslocada, com um corpo mal formado em suas curvas e volumes, mas um objeto de desejo e paixão.

– Está sorrindo – ele sussurrou próximo a sua boca.

– Estou?

– Sim. E eu adoro isso.

As mãos dele infiltraram-se em meio a sua camisola sobre seu quadril e ela sentiu tudo, desde o dedo mindinho de Manny até a pele suave de suas mãos e o deslizar quente de seu toque ao percorrer lentamente a parte superior de seu corpo. Fechando os olhos, ela arqueou-se para ele, muito consciente de que estava pedindo alguma coisa, mesmo sem saber ao certo o que estava buscando... mas sabia que ele poderia lhe fornecer.

Sim, seu curandeiro sabia exatamente do que ela precisava: aquela mão subiu sobre sua caixa torácica e parou sobre seus seios macios e consistentes.

– Tudo bem fazer assim? – ela o ouviu perguntar muito distante.

– Qualquer coisa – disse ofegante. – Qualquer coisa para sentir minhas pernas.

Só que assim que as palavras saíram, sentiu que o que a motivava era menos a paralisia e mais o desejo que havia por ele e seu sexo...

– *Curandeiro!*

A sensação de seu seio ser capturado em uma suave carícia foi um choque maravilhoso e ela se arqueou, esparramando as coxas, calcanhares pressionando o colchão. E, então, o polegar de Manny alisou seu mamilo, a carícia disparou uma rajada de fogo em seu núcleo.

Suas pernas dividiram-se sobre a cama, a espiral de sensações intensa que sentia em seu sexo os conduzia.

– Estou me movendo – ela disse rudemente... expondo uma conclusão quase tardia. O que parecia importante agora era unir-se a ele e fazer com que ele... gozasse... dentro dela.

– Eu sei, *bambina* – ele confessou. – E vou garantir que continue assim.

CAPÍTULO 27

No centro da cidade, Butch estacionou o Escalade na garagem subterrânea do Commodore e subiu todo o edifício pelo elevador interno. Não fazia ideia do que ia encontrar quando chegasse ao apartamento de V., mas o sinal de GPS estava vindo dali, então, era onde ele deveria estar.

No bolso do seu casaco de couro, tinha todas as chaves do espaço particular de Vishous: o cartão plástico que deslizava para entrar na garagem, o prateado que usava no elevador para liberar o botão da cobertura e o de cobre que liberava a passagem cheia de travas da porta.

Seu coração bateu forte quando um pequeno *ding* soou e o elevador abriu as portas silenciosamente. *Acesso total* teria um novo significado naquela noite, e quando entrou no corredor, desejou uma bebida. Desesperadamente.

Em frente à porta, pegou a chave de cobre, mas usou os dedos primeiro: bateu algumas vezes.

Passou-se um minuto ou mais até ele se dar conta de que não houve resposta.

Danem-se os punhos. Começou a bater.

– Vishous – ele gritou. – Atenda a maldita porta ou eu vou entrar.

Um, dois, três, quatro...

– Dane-se. – Colocou a chave na fechadura e girou a maçaneta antes de jogar seu ombro sobre a porta sólida de metal e empurrá-la com força.

Irrompendo no local, ouviu o sinal do alarme soar baixinho. O que significava que V. não poderia estar ali.

– Que inferno...?

Inseriu o código no painel, desativou o alarme e trancou a porta atrás de si. Nenhum resíduo de velas acesas... nenhum cheiro de sangue... nada além do ar frio e limpo. Acendeu a luz e piscou com a claridade.

Sim, nossa... quantas memórias... dele vindo e desabando depois que Ômega entrara nele e o deixara de quarentena... V. perdendo a cabeça e atirando-se da varanda...

Foi até a parede de "equipamentos". Um monte de outras coisas tinha acontecido ali também, algumas das quais ele sequer poderia imaginar.

Quando se aproximou dos utensílios de metal e couro, suas botas de combate ecoaram até o teto e sua mente ficou dando voltas dentro do crânio. Especialmente quando chegou ao final da exposição: no canto, havia um jogo de algemas de ferro penduradas no teto por correntes grossas.

Se alguém fosse acorrentado ali, poderia ser levantado e ficar dependurado como um pedaço de carne.

Erguendo a mão, tocou com o dedo uma delas; nada de acolchoado por dentro. Pontas de ferro. Enormes pontas de ferro que poderiam prender-se à pele de alguém como dentes.

Voltando ao que tinha vindo fazer, andou pelo local, checando todos os cantos... e achou o minúsculo chip de computador no balcão da cozinha. Era o tipo de coisa que apenas V. sabia remover do celular.

– Filho da mãe.

Então, não tinha como saber onde...

Quando o telefone tocou, checou a tela. Graças a *Deus*.

– Onde diabos você está?

A voz de V. saiu apreensiva.

– Preciso de você aqui. Nona com a Broadway. Imediatamente.

– Dane-se... por que seu GPS está na sua cozinha?

– Porque era onde eu estava quando tirei-o do meu telefone.

– Que diabos, V. – Butch apertou ainda mais o celular e desejou que houvesse um aplicativo que permitisse viajar pelo telefone e dar uma bofetada em alguém. – Você não pode...

– Dá pra vir até a Nona com a Broadway...? Temos problemas.

– Está brincando comigo, certo? Você se torna impossível de rastrear e...

– Alguém mais está matando *redutores*, tira. E se for quem estou pensando, temos problemas.

Pausa. Um bom tempo de pausa.

– Como assim? – disse lentamente.

– Nona com a Broadway. Agora. E estou ligando para os outros.

Butch desligou e correu para a porta. Deixando o carro na garagem, levou apenas cinco minutos para percorrer as coordenadas corretas no mapa das ruas de Caldwell. E Butch sabia que estava chegando por causa do cheiro nauseante no ar e do formigamento que latejava dentro dele por causa do inimigo.

Quando virou a esquina de um edifício achatado, atingiu uma parede de *mhis* e penetrou no lugar; saindo do outro lado sentiu uma baforada de tabaco turco e vislumbrou uma pequena chama laranja no final do beco.

Correu até V., diminuindo a velocidade apenas quando se aproximou do primeiro corpo. Ou... parte dele.

– Olá, metades.

– Quando Vishous apareceu e cobriu sua luva, Butch teve a rápida impressão de carne morta e intestinos vazando.

– Hummm.

– Corte limpo – V. murmurou. – Cortou os corpos como uma manteiga.

O Irmão estava certo: fora praticamente cirúrgico.

Butch ajoelhou-se e sacudiu a cabeça.

– Não pode ser resultado de alguma política na Sociedade Redutora. Nunca deixariam os corpos a céu aberto assim.

Deus era testemunha de que os assassinos passavam por mudanças na liderança, ou por que Ômega tinha ficado entediado, ou por causa de lutas internas pelo poder. Mas o inimigo sempre foi incentivado a manter seus negócios longe do radar humano tanto quanto os vampiros... então, não havia possibilidade nenhuma de terem abandonado aquela bagunça para o Departamento de Polícia de Caldwell encontrar.

Quando Butch sentiu a chegada dos outros Irmãos, ergueu-se. Phury e Z. surgiram primeiro, do nada. Em seguida, foi Rhage e Tohr. E Blay. Todos que estavam escalados naquela noite: Rehvenge sempre lutava com a Irmandade, mas naquele dia estava na colônia *symphato* brincando de Rei da Maldição, e era folga de Qhuinn, Xhex e John Matthew.

– Diga-me que não estou vendo isto – Rhage disse severamente.

– Seus olhos estão funcionando bem, pode acreditar. – V. apagou seu cigarro artesanal na sola da bota. – Também não conseguiria acreditar.

– Pensei que ele estava morto.

– Ele? – Butch perguntou, encarando os dois. – Quem é "ele"?

– Por onde começar...? – Hollywood murmurou enquanto observava outro pedaço de *redutor*. – Sabe? Se eu tivesse uma estaca, poderíamos fazer churrasquinho grego de *redutor*.

– Só você para pensar em comida numa hora dessas – alguém falou lentamente.

– É só um comentário.

Se houve mais conversa depois disso, Butch não ouviu, pois seu alarme interno, de repente, começou a disparar.

– Rapazes... temos companhia.

Girando, encarou o fim do beco. O inimigo estava se aproximando. Rápido.

– Quantos? – V. perguntou enquanto avançava.

– Pelo menos quatro, talvez mais – disse Butch enquanto pensava no fato de que não havia saída atrás deles. – Pode ser uma armadilha.

No centro de treinamento da Irmandade, Manny dedicava atenção especial a sua paciente.

Enquanto trabalhava sobre o seio de Payne com a mão, ela se contorcia sob ele, agitando as pernas com impaciência sobre o colchão, a cabeça jogada para trás e o corpo brilhando como a lua em uma noite de inverno sem nuvens.

– Não pare, curandeiro – ela gemeu quando ele acariciou em círculos o mamilo com o polegar. – Eu sinto... tudo...

– Não se preocupe. Não vou parar.

Sim, não ia frear tão cedo... não que fossem fazer sexo ali, mas, mesmo assim...

– Curandeiro... – disse contra os lábios dele. – Mais, por favor.

Percorrendo a língua em sua boca, beliscou levemente seu mamilo.

– Vou cuidar de você aqui embaixo.

Ela o ajudou a despi-la e discretamente retirou o equipamento. Quando ficou total e completamente nua, ele sentiu a boca seca por um momento e ficou imóvel ao vê-la.

Seus seios tinham um formato perfeito, com pequenos mamilos rosados e o abdômen longo e plano direcionava-lhe a uma fenda nua de sua pele que deixou sua cabeça pulsando.

– Curandeiro...?

Quando tudo o que fez foi engolir em seco, ela alcançou o lençol para esticá-lo e esconder seu corpo.

– Não... – ele a deteve. – Desculpe. Só preciso de um minuto.

– Para quê?

Em uma palavra: clímax. Para atingir o clímax. Ao contrário dela, sabia exatamente onde toda aquela nudez os levaria... em mais ou menos um minuto e meio, sua boca percorreria todo o corpo dela.

– Você é incrível... e não tem nada do que se envergonhar.

O corpo dela estava enlouquecido, toda aquela massa muscular e aquela pele macia e deliciosa... até onde sabia, era a fêmea perfeita, a melhor de todas. Cristo, nunca sentiu metade desse desespero por aquelas emergentes que eram apenas pele e ossos, com peitos falsos e braços pegajosos.

Payne era poderosa e até onde conseguia enxergar nela, puro sexo. Mas com certeza viveria aquela experiência e sua virgindade continuaria intacta. Sim, ela desejava o que estava lhe proporcionando, mas não era justo, naquelas circunstâncias, tomar algo que ela nunca teria de volta: na busca de reconquistar algum tipo de funcionalidade para suas pernas, poderia ir mais longe do que deveria se fosse apenas sexo por prazer.

Tudo aquilo era uma questão de propósito, e o fato de que essa conclusão o deixou um pouco vazio não lhe despertava o interesse de examinar a questão mais de perto.

Manny inclinou-se sobre ela.

– Dê-me sua boca, *bambina*. Deixe-me entrar.

Quando ela fez o que ele pediu, voltou a colocar a mão sobre aquele seio perfeito.

– Shh... calma – ele disse quando ela quase levantou da cama.

Cara, ela brilhava demais e, por um momento, imaginou como seria cavalgar sobre seus quadris e possuí-la com força.

Corta essa agora mesmo, Manello, disse a si mesmo.

Desvencilhando-se da boca dela, aninhou-se sobre seu pescoço e pressionou rapidamente seus dentes sobre a clavícula... foi o suficiente para que ela sentisse, não o suficiente para machucá-la, e soube pela força que fez ao apertá-lo e por sua respiração ofegante que desejava que fosse exatamente onde estava indo.

Acariciando a parte externa de seu seio, estendeu a língua e fez uma trilha lenta ao deslizar até o tenso mamilo rosa. Circulando o topo de seu seio com a boca, observou-a mordendo o lábio inferior, as presas perfuravam a pele e deixavam o sangue vermelho e brilhante escorrer.

Sem um pensamento consciente, lançou-se e capturou o que estava sendo derramado, bebendo, engolindo...

Seus olhos se fecharam com o gosto: rico e obscuro, denso e macio no fundo de sua garganta. Sua boca formigou... e seu intestino também.

– Não – ela disse com uma voz gutural. – Não deve fazer isso.

Quando forçou-se a abrir os olhos, viu que ela lambia o pouco de sangue que havia restado sobre os lábios.

– Sim. Eu devo – ouviu a si mesmo dizer. Precisava de mais. Muito mais...

Ela colocou a ponta do dedo nos lábios dele e balançou a cabeça.

– Não. Vai enlouquecer com isso.

Ia enlouquecer se não enchesse a boca toda com aquilo; era isso o que ia fazer.

O sangue dela era como cocaína e uísque juntos gotejando em uma intravenosa: com aquele pequeno gole, seu corpo ficou como o do Super-Homem, seu peito inchou, todos os músculos encheram--se de poder.

Como se estivesse lendo sua mente, ela disse com firmeza:

– Não, não... não é seguro.

Provavelmente ela estivesse certa... desconsidere o *provavelmente*. Mas não significava que ele não ia tentar outra vez.

Voltou para o mamilo, sugando e fazendo movimentos rápidos. Quando ela arqueou outra vez, ele apoiou o braço embaixo dela e a ergueu. Tudo o que conseguia pensar era em se colocar entre as pernas dela com sua boca... Mas não tinha certeza de como isso iria acabar. Precisava mantê-la naquela doce zona de excitação... sem assustá-la com qualquer coisa que os homens gostavam de fazer com as mulheres.

Instalou-se para colocar a mão onde desejava que seus lábios estivessem, deslizando a palma da mão devagar ao longo de sua caixa torácica e estômago. Percorreu cada vez mais, para seus quadris. Desceu mais, até a parte superior das coxas.

– Abra para mim, Payne – ele disse, direcionando-se ao outro mamilo, acariciando-o com uma sucção. – Abra para mim para que eu possa tocá-la.

Ela fez exatamente o que pediu, suas pernas graciosas se abriram.

– Confie em mim – ele disse com voz rouca. E poderia mesmo: já se sentia mal o suficiente por todas essas preliminares já estarem acontecendo; não ultrapassaria os limites que tinha estabelecido entre eles.

– Eu confio – ela gemeu.

Que Deus os protegesse, pensou quando a mão dele escorregou até a junção de suas...

– Droga... – ele gemeu. Uma maciez quente, lisa e escorregadia. Inegável.

Estendeu o braço com força, os lençóis saíram voando e seus olhos moveram-se para baixo fixando-se na visão de sua mão aninhada próxima a seu sexo. Quando o corpo dela arqueou, uma de suas pernas caiu para o lado.

– Curandeiro... – ela gemeu. – Por favor... não pare.

– Não sabe o que quero fazer com você – disse a si mesmo.

– Estou com dor.

Manny rangeu os dentes.

– Onde?

– Onde você me tocou e não continuou. Não pare. Eu imploro.

A boca de Manny se abriu e ele começou a respirar por ela.

– Faça o que quiser comigo, curandeiro – ela gemeu. – Seja lá o que for. Sei que sente o mesmo.

Um rosnado saiu dele e ele se moveu tão rápido que a única coisa que poderia detê-lo era se ela dissesse não – e era evidente que essa palavra não existia em seu vocabulário.

Como um raio, estava entre as pernas dela, suas mãos separaram-nas ainda mais, seu sexo aberto implorava face à urgência masculina de dominar e acasalar.

Ele cedeu. Estava ferrado, mas deixou-se levar e beijou o centro de seu sexo; e não houve nada gradual ou gentil nisso; mergulhou nela com sua boca, sugando-a e lambendo-a enquanto ela gritava e arranhava seus antebraços.

Manny gozou. Forte. Apesar de todos os orgasmos que teve naquele escritório. O zumbido formigante em seu sangue, o doce gosto do sexo dela e a maneira como se movimentava contra seus lábios, excitando a si mesma, buscando mais... era além da conta.

– Curandeiro... estou... prestes a... Não sei o que eu...

Lambeu sobre o topo de seu sexo e voltou a movimentar devagar, de maneira mais completa.

– Fique comigo – disse contra ela. – Vou fazer com que sinta prazer.

Movendo a língua delicadamente, levou uma das mãos para baixo e acariciou-lhe sem penetrá-la, dando-lhe exatamente o que desejava, a uma velocidade que a fez lutar com impaciência. Mas ela aprenderia que essa antecipação do gozo era tão boa quanto o orgasmo que estava prestes a ter.

Deus, ela era incrível, aquele corpo rígido dela flexionava, seus músculos ficavam cada vez mais tensos, seu queixo ficava visível entre os seios perfeitos quando a cabeça caía para trás e atingia os travesseiros da cama.

Ele soube quando a explosão em seu sexo aconteceu. Ela ofegou e agarrou os lençóis que cobriam o colchão, rasgando-os com suas unhas enquanto se enrijecia da cabeça aos pés.

Sua língua entrou sorrateiramente.

Ele simplesmente tinha de penetrá-la um pouco... e os impulsos sutis que sentia o deixaram tonto.

Quando teve certeza de que ela havia gozado, moveu-se para trás... e mordeu o lábio quase partindo-o em dois. Ela estava tão, tão pronta para ele, molhada e resplandecendo.

De repente, saiu da cama e teve de andar pelo quarto. Seu membro parecia ter inchado e assumido as dimensões do *Empire State*; suas bolas estavam azuis como o fundo da bandeira americana... tão desesperadas para gozar que tinham sua própria banda e brigada de fogos de artifício. Mas isso não era tudo; algo nele rugia pelo fato de não estar dentro dela... e o desejo ia além do sexo: queria *marcá-la* de alguma maneira... algo que não fazia sentido nenhum.

Nervoso, ofegante, no limite, acabou plantando as mãos sobre os batentes da porta que dava para o corredor e inclinando-se até sua testa ficar contra o aço. De alguma maneira, quase tinha a esperança de que alguém invadisse e acabasse com aquilo.

– Curandeiro... ainda persiste...

Por um momento, fechou os olhos com força: não tinha certeza se conseguiria fazer aquilo outra vez com ela tão cedo. Estava quase morrendo por não...

– Olhe para mim – disse ela.

Forçou a erguer a cabeça e olhou sobre o ombro... e percebeu que ela não estava falando de sexo: estava sentada na beira da cama, pernas penduradas e já estava avançando em direção ao chão, seu brilho a iluminava de dentro para fora. No início, tudo o que conseguia enxergar de fato eram seus seios e a maneira como se sustentavam tão arredondados e cheios de graça, os mamilos tensos por causa do ar frio do quarto. Mas, então, deu-se conta de que ela estava girando os tornozelos, um após o outro.

Certo, como pode ver... não se tratava de sexo, mas de sua mobilidade.

Entendeu, imbecil?, disse a si mesmo. Ela queria que a visse caminhando: sexo como remédio... era melhor não esquecer isso. Aquilo *não* se tratava dele ou de seu pênis.

Manny cambaleou, esperando que ela não notasse o que restou do orgasmo que teve. Mas não precisava se preocupar. Os olhos dela estavam fixos em seus pés, a concentração era feroz.

– Aqui... – teve de limpar a garganta. – Deixe-me ajudá-la a se levantar.

CAPÍTULO 28

As presas de Vishous alongaram-se quando um círculo de assassinos foi formado na entrada do beco. A quantidade já era conhecida, pensou. Pelo menos meia dúzia... e com certeza receberam as coordenadas daquela localização por meio de seus amigos assassinos mutilados. Caso contrário, o *mhis* teria escondido a carnificina deles.

Considerando seu estado de espírito, uma conversinha prévia seria bem interessante para eles.

O problema era que a estrutura do beco sugeria que havia apenas uma saída... e estava além das linhas inimigas... e aquilo significava que teriam de desaparecer. Normalmente, isso não seria um problema; como lutadores experientes, mesmo no auge de uma batalha, poderiam ficar calmos o suficiente para se concentrarem e se desmaterializarem... mas teriam de estar relativamente bem e não poderiam levar ninguém ao partir.

Então, Butch estaria ferrado se algo saísse do controle. Como mestiço, o cara estava de castigo, literalmente incapaz de dispersar suas moléculas como medida de segurança.

V. murmurou baixinho:

– Não seja um herói, tira. Vamos lidar com isso.

– Está brincando comigo, certo? – O olhar foi imediato e fixo. – Só se preocupa consigo mesmo.

Impossível. Não estava perdendo os únicos dois pontos cardeais de sua vida na mesma noite.

– Ei, rapazes – Hollywood gritou para o inimigo. – Vão ficar aí parados ou começar logo com isso?

E... isso fez com que o sino da luta soasse. Os *redutores* avançaram e encararam a Irmandade face a face, mano a mano. Para se certificar de que havia a privacidade necessária, V. dobrou a barreira visual, criando uma miragem de que nada estava acontecendo caso seres humanos passassem por ali.

Quando começou a lutar com o inimigo, manteve os olhos em Butch. É claro que o filho da mãe estava indo bem ali, alto e magro, lançando-se contra o alvo com as mãos desprotegidas... mas Vishous realmente desejava que o desgraçado saísse de lá pulando um muro ou, melhor ainda, se enfiasse num lança-foguetes, direto para o telhado. Dessa maneira, permaneceria longe da luta. Detestava o fato de que o tira ficasse tão perto daquilo, pois sabia o que poderia acontecer se precisasse usar sua mão ou o dano que uma arma de fogo poderia causar ao cara...

O golpe veio do nada, surpreendendo por trás como uma bigorna, atingindo diretamente a lateral do tronco de V. Quando ele voou para trás e bateu na parede de tijolos, lembrou-se do que havia aprendido nos treinos: regra número um na luta? Preste atenção em seu inimigo.

Afinal, poderia ter o melhor punhal do mundo, mas se não tivesse noção do que estava acontecendo... acabaria sendo lançado por todos os lados como uma bola de pingue-pongue. Ou ainda pior.

V. encheu os pulmões inalando profundamente e usou o oxigênio para saltar para frente e pegar o segundo pontapé pelo tornozelo. Porém, o *redutor* tinha habilidades espetaculares e fez um movimento ao estilo *Matrix**, usando as mãos de V. como uma âncora para dar um giro no meio do ar. A bota de combate do inimigo atingiu V. em cheio na orelha, a cabeça foi atirada com força para o lado assim como todos os tendões e músculos. Ainda bem que a dor sempre o concentrava.

A gravidade era um fato, o golpe do assassino atingiu seu tórax e, depois disso, caiu, apoiando os braços no asfalto para impedir que

---

* *Matrix* é um filme de ação e ficção científica, dirigido pelos irmãos Wachowski. (N.E.)

o rosto acertasse o chão em cheio. E era evidente que o desgraçado esperava que o adversário soltasse seu pé, graças ao balão que o crânio de V. parecia agora de tão inchado.

Não. Desculpe, querido.

Mesmo com as consequências desagradáveis do golpe, V. firmou suas mãos no tornozelo e puxou-o na direção oposta do giro do inimigo.

Estalo.

Alguma coisa foi quebrada ou deslocada e considerando o fato de que V. estava segurando o pé e os ossos inferiores, sabia que provavelmente tinha sido o joelho, a fíbula ou a tíbia.

O Sr. Chute Alto soltou um grito, mas V. não terminou quando o bastardo caiu no chão.

Tirando uma de suas adagas, cortou o músculo na parte de trás da perna e, em seguida, pensou em Butch. Dirigiu-se para o corpo que se contorcia, pegou um pouco de cabelo, puxou para cima e produziu no filho da mãe um colar bem interessante com sua lâmina.

Incapacitação parcial não era suficiente naquela noite.

Girando, com a faca pingando sangue nas mãos, avaliou as lutas que aconteciam no momento. Z. e Phury estavam lidando com dois *redutores*... Tohr lutava com outro... Rhage brincava com um dos inimigos... Onde estava Butch...?

Em um canto, o tira tinha levado um assassino ao chão e estava inclinado sobre sua face. Os dois se encaravam e a boca aberta e ensanguentada do *redutor* movia-se como a de um peixe, abrindo e fechando lentamente, como se soubesse que o próximo movimento não lhe traria boas notícias.

A bênção e maldição de Butch foi ativada quando ele começou a respirar, inspirando profundamente. A transferência começou com um fio de fumaça que passava da boca do assassino para a de Butch, mas logo cresceu e fluía como um grande rio, a essência de Ômega era canalizada de um para outro em um arremesso doentio.

Quando terminou, o assassino estava prestes a se tornar nada além de resíduo de cinzas. E Butch ficaria debilitado como um cão e relativamente inútil. V. correu, esquivando-se de uma arma em forma de estrela e empurrou um *redutor* que saiu girando com um peão da zona de espancamento de Hollywood.

– Que droga é essa que está fazendo? – reclamou quando puxou Butch do pavimento e o arrastou da zona de sucção. – Precisa esperar até terminarem.

Butch curvou-se para o lado e teve alguns espasmos. Já estava semipoluído, o fedor do inimigo exalando de seus poros, seu corpo lutando contra a carga de veneno. Precisava ser curado naquele exato momento, mas não teria como V. fazer isso agora...

Mais tarde, ficaria impressionado por ter sido surpreendido duas vezes em uma luta. Mas tal introspecção aconteceria em uma hora vaga, depois que acabassem com aquilo.

O taco de beisebol pegou na lateral do joelho e a queda que veio logo em seguida foi tremenda, no mau sentido. Caiu com força, as pernas entrelaçando-se sob seu peso considerável formando um ângulo que fez seu quadril gritar de agonia... o que sugeria que aquele carma não era tanto sobre vingança, mas sobre a luta contra devaneios: quando caiu por ter sido ferido da mesma maneira que tinha acabado de fazer com a outra criatura, amaldiçoou a si mesmo e ao filho da mãe com o bastão.

Hora de pensar rápido. Estava deitado de costas com uma perna que zumbia como um motor superacelerado. E a intenção do bastão era fazer muito dano... Butch veio do nada, vacilando com toda a graça de um búfalo ferido, o corpo pesado do desgraçado lançou-se contra o *redutor* no mesmo momento que o bastão atingiu um dos ombros de V., sendo que o objetivo era a cabeça dele. Os dois se chocaram contra os tijolos e depois de um momento sem se moverem, o maldito *redutor* idiota deslizou o tronco e ofegou.

Era como observar ovos quebrados escorrendo de um balcão de cozinha: os ossos do assassino liquefizeram-se e a coisa caiu no pavimento, deixando Butch deitado de costas sozinho entrando em colapso com o punhal cheio de sangue negro nas mãos.

Tinha destruído o filho da mãe.

– Você... está bem...? – o policial gemeu.

Tudo o que V. conseguia fazer era olhar seu melhor amigo.

Enquanto os outros continuavam a lutar, os dois apenas se encaravam em meio a uma trilha sonora de fundo cheia de ruídos de metal, grunhidos e palavrões criativos. Deveria haver algo para ser dito um ao outro, V. pensou. Havia tanta coisa... para ser dita.

– Quero aquilo de você – V. exclamou. – Preciso.

Butch assentiu.

– Eu sei.

– Quando?

O tira balançou a cabeça em direção à perna de V.

– Fique bom primeiro. – Butch gemeu e se levantou. – Por falar nisso, vou para o carro.

– Cuidado. Leve um dos Irmãos com...

– Pare com essa baboseira, e fique parado.

– Não vou a lugar algum com esse joelho, tira.

Butch saiu, seu andar era apenas um pouco melhor que o de V. Esticando o pescoço, olhou para os outros. Estavam a todo vapor. Devagar, mas com toda certeza, a maré estava virando a favor deles.

Até cinco minutos depois.

Quando mais sete assassinos apareceram no beco.

Estava claro que tinham atraído reforços e aqueles também eram novos recrutas que não sabiam muito bem como lidar com o *mhis*: era evidente que tinham sido levados até o endereço por causa de seus comparsas, mas os olhos não conseguiam ver nada além de um beco vazio; contudo, aquela hesitação não duraria muito e romperiam a barreira.

Movendo-se o mais rápido possível, V. apoiou as mãos no chão e arrastou-se até uma porta. A dor era tanta que sua visão lhe faltou momentaneamente, mas isso não o impediu de tirar sua luva e colocar a peça dentro de sua jaqueta.

Esperava que Butch não tivesse voltado a lutar. Precisariam de transporte quando tudo acabasse.

Quando a leva seguinte de inimigos avançou, deixou a cabeça cair sobre o peito e respirou tão superficialmente que sua caixa torácica mal se movia. Com o cabelo caindo sobre o rosto, os olhos estavam protegidos, mas foi capaz de observar, através do véu negro, o ataque dos assassinos. Considerando o incrível número de novos recrutas, percebeu que a Sociedade devia estar recrutando psicopatas e outros membros de Manhattan... as possibilidades em Caldwell não eram tão grandes para que surgissem tantos reforços.

O que seria favorável à Irmandade.

E estava certo.

Quatro dos *redutores* lançaram-se direto à luta, mas um deles, um buldogue com ombros e braços enormes que andava como um gorila, veio até V., provavelmente para checar suas armas.

Vishous esperou com paciência, parado, preparando-se para o ataque.

Mesmo quando o filho da mãe inclinou-se para baixo, V. ficou onde estava... Um pouco mais... Um... Pouco... Mais...

– Surpresa, seu filho da mãe – falou. Então, pegou o pulso do *redutor* que estava mais próximo dele e puxou com força.

Parecia que o assassino estava prestes a desabar, bem em cima da perna ruim de V. Mas não importava... a adrenalina era um tremendo analgésico e não só lhe deu forças para suportar a agonia, como também para manter o filho da mãe no lugar.

Erguendo a mão brilhante, Vishous colocou sua maldição logo abaixo do rosto do sujeito, não havia razão para golpeá-lo ou bater nele... um simples contato era suficiente, e pouco antes de aterrissar com aquele toque, seus olhos abriram-se e fixaram-se na iluminação fluorescente.

– Sim, isso vai doer – V. rosnou.

O ruído da mão de V. e o grito foram altos, mas só o primeiro persistiu. No lugar do último surgiu um cheiro desagradável, como de queijo queimado emanando junto à fumaça cheia de fuligem. Levou menos de um segundo para que o poder daquela mão consumisse o idiota do assassino por completo, a carne e os ossos foram corroídos enquanto as pernas do bastardo balançavam e os braços se agitavam.

Quando tudo aquilo parecia mais um filme de terror, V. soltou a mão e cedeu. Teria sido ótimo conseguir tirar o peso do joelho machucado, mas simplesmente não tinha forças.

Seu último pensamento, antes de desmaiar, foi rezar para que os garotos dessem uma rápida lição em todos eles. O *mhis* não ia durar muito se não estivesse ali para sustentá-lo... e isso significava que estariam lutando frente a um grande público.

Tudo. Apagou.

CAPÍTULO 29

Quando Payne pendurou os pés para fora da cama, flexionou um e depois o outro várias vezes, maravilhada com o milagre de pensar alguma coisa e seus membros obedecerem ao comando.

– Aqui, coloque isso.

Olhando para cima, distraiu-se por um momento com a visão da boca de seu curandeiro. Não conseguia acreditar que eles tinham... que ele tinha... até que ela...

Sim, vestir um robe seria bom, pensou.

– Não vou deixá-la cair – disse Manny enquanto a ajudava a vestir-se. – Pode apostar sua vida nisso.

Ela acreditava nele.

– Obrigada.

– Sem problemas – Ele movimentou o braço. – Vamos lá... vamos fazer isso.

Só que a gratidão que Payne sentia era tão complexa que não pôde deixar de expressá-la.

– Por tudo, curandeiro. Tudo.

Ele sorriu brevemente.

– Estou aqui para fazer com que se sinta melhor.

– Sim, está.

Com isso, apoiou-se com cuidado sobre os pés.

A primeira coisa que notou foi que o chão sob seus pés era frio... e, em seguida, seu peso foi transferido para as pernas e as coisas se descontrolaram com isso: seus músculos tiveram espasmos sob a carga, e as pernas foram flexionadas. No entanto, seu curandeiro estava lá quando precisou dele, colocando o braço em volta de sua cintura para apoiá-la.

– Estou... – ela respirou com força. – Estou em pé.

– Com certeza está.

A parte inferior de seu corpo já não era mais a mesma, as coxas e panturrilhas tremiam tanto que seus joelhos se chocavam. Mas estava *em pé.*

– Vamos andar agora – ela disse, rangendo os dentes quando as sensações de calor e frio dispararam por entre seus ossos.

– Talvez, se for devagar seja...

– Vamos ao banheiro – ela exigiu. – Com isso, poderei aliviar minhas necessidades sozinha.

A independência era absolutamente vital. A permissão de ter a dignidade simples e profunda de atender às necessidades de seu corpo parecia uma dádiva dos céus, prova de que as bênçãos, assim como o tempo, eram relativas.

Só que quando tentou dar um passo adiante, não conseguiu erguer o pé.

– Transfira seu peso – o curandeiro disse quando ela girou e movimentou-se atrás dele. – Eu cuido do resto.

Quando apertou-lhe sobre a cintura, Payne fez como ele havia dito e sentiu uma de suas mãos segurar a parte de trás de sua coxa e levantá-la. Sem precisar de qualquer dica, inclinou-se para frente e administrou seu peso gentilmente enquanto ele colocava o joelho na posição correta, restringindo a curvatura da articulação enquanto alisava sua perna.

O milagre teve uma expressão mecânica, mas dar esses pequenos passos não foi menos emocionante: caminhou até o banheiro.

Quando o objetivo foi alcançado, seu curandeiro deu-lhe a privacidade necessária e ela usou a barra parafusada na parede para auxiliar seus movimentos.

Ela sorria o tempo todo, o que era totalmente ridículo.

Depois que terminou, ficou em pé sozinha usando a barra e abriu a porta. Seu curandeiro estava ali e ela o alcançou no mesmo momento que ele estendeu os braços para ela.

– Vamos voltar para a cama – ele disse, e era um comando. – Vou examiná-la e dar-lhe muletas.

Ela assentiu e percorreram o caminho até o colchão lentamente. Estava ofegante quando se deitou, mas mais do que satisfeita. Poderia lidar com isso. Dormência, frio e ser impedida de ir a qualquer lugar? Era uma sentença de morte.

Fechando os olhos, engoliu em seco em meio às profundas respirações enquanto Manny checava seus sinais vitais com eficiência.

– Sua pressão arterial está alta – disse enquanto colocava de lado o objeto com feitio de algema com o qual ela já estava bem familiarizada. – Mas isso pode ser devido ao que... hã, fizemos – limpou a garganta, algo que parecia fazer com frequência. – Vamos checar suas pernas. Quero que relaxe e feche os olhos. Não olhe, por favor.

Depois que fez o que ele pediu, disse:

– Pode sentir isso?

Franzindo a testa, tentou ordenar as várias sensações em seu corpo, desde a suavidade do colchão, o ar fresco sobre o rosto, até os lençóis sobre os quais ela apoiava as mãos.

Nada. Não sentia...

Sentando-se em pânico, olhou para suas pernas... apenas para verificar que ele não a estava tocando: as mãos estavam estendidas nas laterais do corpo dele.

– Você me enganou.

– Não. Não estou presumindo nada... é isso que estou fazendo.

Quando ela retomou a posição e fechou os olhos outra vez, quis xingar, mas conseguia entender o argumento dele.

– E agora?

Abaixo do joelho, houve um peso sutil. Conseguia sentir isso claro como o dia.

– Sua mão... está sobre a minha perna... – Abriu um pouco uma de suas pálpebras e viu que estava certa. – Sim, você está me tocando.

– Alguma diferença de antes?

Ela franziu a testa.

– Está um pouco... mais fácil de sentir.

– Essa melhora é muito boa.

Ele apalpou o outro lado. Em seguida, subiu até chegar perto do quadril. Depois, tocou a sola do pé e, então, na parte interna da coxa... e sobre o joelho.

– E agora? – perguntou uma última vez.

Em meio à escuridão, esforçou-se para perceber a sensação.

– Não sinto nada... agora.

– Certo. Terminamos.

Quando ela abriu os olhos, fitou-o e sentiu um calafrio estranho percorrê-la. Qual seria o futuro deles?, pensou. Após aquele período isolado de convalescença? Sua incapacidade simplificava muito as coisas para eles; mas isso acabaria se ficasse bem. Será que poderia tê-la então?

Payne estendeu a mão e apertou a dele.

– Você é uma bênção para mim.

– Por causa disso? – ele balançou a cabeça. – Foi você, *bambina*. Seu corpo está se recuperando sozinho. É a única explicação. – Curvando-se sobre ela, acariciou o cabelo solto e pressionou um beijo casto sobre sua testa. – Precisa dormir agora. Está exausta.

– Não vai embora, vai?

– Não. – Olhou para a cadeira que usou para alcançar o equipamento no teto. – Vou ficar bem aqui.

– Esta cama... é grande o suficiente para nós dois.

Quando hesitou, Payne teve a impressão de que algo havia mudado para ele. Mas tinha acabado de tratá-la com tamanha perfeição erótica... e seu aroma exalava, de maneira que ela sabia que estava excitado.

Ainda assim... havia uma distância sutil agora.

– Junte-se a mim – pediu. – Por favor.

Ele se sentou ao lado dela na cama e acariciou-lhe o braço lentamente, com um ritmo constante... e a bondade que mostrou deixou-a nervosa.

– Não acho que seja uma boa ideia – murmurou.

– Por que não?

– Acho que será mais fácil para todos se seu novo tratamento ficar apenas entre nós.

– Ah.

– Seu irmão me trouxe aqui porque faria qualquer coisa para deixá-la melhor. Mas há uma diferença entre teoria e prática. Se ele entrar aqui e nos encontrar na cama juntos... Vamos apenas adicionar mais um item na pilha de problemas que já temos.

– E se eu lhe disser para não se importar com o que ele pensa?

– Pediria que facilitasse para o cara – seu curandeiro deu de ombros. – Vou ser honesto com você. Não sou fã dele... mas, por outro lado, seu irmão teve que assistir todo seu sofrimento.

Payne respirou fundo e pensou "Oh, se isso fosse ao menos a metade da história".

– A culpa é minha.

– Não pediu para sofrer um acidente.

– Não pela minha lesão... Mas pela desolação do meu irmão. Antes de sua chegada, pedi-lhe algo que não deveria e, depois, isso foi agravado com... – cortou o ar com a mão. – Sou uma maldição para ele e sua companheira. De fato, sou uma maldição.

Que tivesse perdido a fé na benevolência do destino era compreensível, mas o que fez ao pedir para Jane ajudá-la foi imperdoável. O interlúdio com seu curandeiro era uma revelação e uma bênção sem medida; mas tudo o que conseguia pensar agora era em seu irmão e sua *shellan*... e nas repercussões de sua covardia egoísta.

Praguejando, estremeceu.

– Preciso falar com meu irmão.

– Certo. Vou trazê-lo aqui para você.

– Por favor.

Seu curandeiro ergueu-se e caminhou para a saída. Com a mão na maçaneta, fez uma pausa.

– Preciso saber uma coisa.

– Pergunte e eu prometo responder qualquer coisa.

– O que aconteceu um pouco antes de me trazerem até você? Por que seu irmão saiu para me buscar?

A frase não foi formulada exatamente como uma pergunta. O que a fez suspeitar que ele conseguiria adivinhar.

– Isso é entre ele e eu.

Os olhos do curandeiro estreitaram-se.

– O que você fez?

Ela suspirou e mexeu no cobertor.

– Diga-me, curandeiro, se não tivesse esperança de se levantar da cama outra vez e não tivesse uma arma, o que faria?

As pálpebras de Manny fecharam-se com força por um breve momento. Então, abriu a porta.

– Vou encontrar seu irmão agora mesmo.

Quando Payne foi deixada sozinha com seus lamentos, resistiu ao impulso de amaldiçoar, jogar coisas, gritar com as paredes. Naquela noite de sua ressurreição, deveria estar em êxtase, mas seu curandeiro estava distante, seu irmão furioso, e ela sentia muito medo do futuro. No entanto, aquela sensação não durou muito.

Mesmo com sua mente agitada, seu esgotamento físico logo cancelou sua atividade cognitiva e foi sugada por um buraco negro sem sonhos que a consumiu, corpo e alma.

Seu último pensamento, antes de tudo escurecer e silenciar, foi a esperança de conseguir consertar as coisas.

E, de alguma forma, ficar com seu curandeiro para sempre.

No corredor, Manny jogou as costas contra a parede de concreto e esfregou o rosto.

Não era um idiota; então, no fundo, tinha uma ideia do que havia acontecido: somente sentindo um pouco do sabor do desespero na boca aquele vampiro idiota seria capaz de se abalar até o mundo humano para buscá-lo.

Mas Cristo... e se não o tivesse encontrado a tempo? E se o irmão dela tivesse esperado mais ou...

– Droga.

Afastando-se da parede, entrou na sala de suprimentos e pegou uniformes novos, colocando suas roupas usadas no cesto de roupa suja depois de trocá-las. A sala de exames foi sua primeira parada, mas Jane não estava lá, então, caminhou mais adiante, em direção àquele escritório com portas de vidro.

Não havia ninguém ali.

De volta ao corredor, ouviu o mesmo barulho de antes vindo da sala de musculação e olhou para dentro, recebendo o olhar de um cara de cabelos muito curtos que corria feito um louco na esteira. O suor literalmente escorria do filho da mãe, seu corpo era tão magro que era quase doloroso de se olhar.

Manny esquivou-se saindo da sala. Não havia razão alguma para perguntar qualquer coisa ao filho da mãe.

– Está procurando por mim?

Manny virou-se.

– Chegou em boa hora... Payne precisa ver o irmão. Sabe onde ele está?

– Está fora, lutando, mas volta antes do amanhecer. Tem alguma coisa errada?

Sentiu a tentação de dizer "Você é quem pode me dizer", mas resistiu.

– É entre eles. Não sei muito bem por que ela quer vê-lo.

Os olhos de Jane se afastaram.

– Certo. Bem, darei o recado. Como ela está?

– Ela andou.

Jane virou a cabeça com rapidez.

– Sozinha?

– Com apenas um pequeno auxílio. Você tem algum equipamento? Muletas? Esse tipo de coisa?

– Venha comigo.

Ela o levou a um ginásio profissional e o atravessaram até chegarem a uma sala de equipamentos; Entretanto, não havia nenhuma bola de basquete, vôlei ou cordas ali. Centenas de armas estavam colocadas sobre as prateleiras: facas, *shurikens**, espadas, matracas**.

– Que tipo de aulas de ginástica vocês têm aqui?

– Isso é para o programa de treinamento.

– Devem ter sido acumuladas ao longo de gerações, hein?

– Foram... pelo menos até começarem os ataques.

---

* Estrela-ninja. (N.P.)

** Também conhecidos como "nunchaku" ou apenas "chaku". (N.P.)

Passando por todo aquele cenário de filme de ação, ela empurrou uma porta identificada como "FISIO" e mostrou-lhe uma bela sala de reabilitação, muito bem equipada com tudo o que um atleta profissional precisaria para se manter flexível, seguro e muito ágil.

– Ataques?

– A Sociedade Redutora abateu dezenas de famílias – disse. – E o que restava da população fugiu de Caldwell. Estão voltando lentamente, mas os últimos tempos têm sido muito difíceis.

Manny franziu a testa.

– Que diabos é essa Sociedade Redutora?

– Os humanos não são a verdadeira ameaça. – Abriu a porta de um armário e passou a mão sobre todo o tipo de apoios, muletas, bengalas e suportes. – O que está procurando?

– É contra isso que seu marido luta todas as noites?

– Sim, é. Agora, o que acha que precisa?

Manny olhou para o perfil de Jane e somou dois mais dois.

– Ela pediu para que lhe ajudasse a se matar, não foi?

Os olhos de Jane fecharam-se.

– Manny... sem ofensas, mas não tenho forças para essa conversa.

– Foi o que aconteceu?

– Mais ou menos. Grande parte.

– Ela está melhor agora – disse ele asperamente. – Vai ficar bem.

– Então, está funcionando – Jane sorriu um pouco. – Um toque mágico e pronto.

Limpou a garganta e resistiu à vontade de pisar duro como um adolescente de catorze anos que tinha sido pego no maior amasso.

– Sim. Acho que sim. Hã, acho que vou levar um par de suportes para pernas e muletas de braços... acho que vai funcionar com ela.

Quando ele pegou os equipamentos, os olhos de Jane permaneceram fixos nele, a ponto dele ter de murmurar:

– Antes que pergunte, a resposta é não.

Ela riu baixinho.

– Não ia perguntar nada.

– Não vou ficar. Vou fazer com que fique em pé, ande e, então, vou voltar.

– Na verdade, não era isso que estava passando pela minha cabeça. – Ela franziu a testa. – Mas você poderia dar um jeito, sabe? Já aconteceu antes. Comigo. Butch. Beth. E pensei que gostasse dela.

– Gostar é pouco – disse em voz baixa.

– Então, não faça planos até que tudo esteja acabado.

Ele balançou a cabeça.

– Tenho uma carreira que está indo pelo ralo... a causa disso, aliás, foi as lavagens que fizeram no meu cérebro. Tenho uma mãe que não é muito afeiçoada a mim, mas como ela não se afastaria ao se perguntar por que não teve notícias minhas nem em feriados. E tenho um cavalo que está muito mal. Está me dizendo que seu garoto e a turma dele são como eu, com um pé em cada mundo? Não penso assim. Além disso, o que diabos eu faria? Cuidar dela é um prazer, posso garantir... mas não gostaria de fazer disso uma profissão ou perceber, com o tempo, que ela não gosta de mim.

– O que há de errado com você? – Jane cruzou os braços sobre o peito. – Não é por nada, mas você é um grande homem.

– Faz bem em fugir dos detalhes sobre isso.

– As coisas poderiam dar certo.

– Certo, digamos que isso aconteça. Agora, responda-me... por quanto tempo eles vivem?

– Como?

– A expectativa de vida dos vampiros. Quanto tempo.

– Isso varia.

– Varia décadas ou séculos? – quando ela não respondeu, ele assentiu. – Foi exatamente o que pensei... provavelmente poderei viver mais uns... quarenta anos? E as rugas começarão a aparecer em dez. Já tenho dores todas as manhãs e um início de artrite nos meus dois quadris. Ela precisa de alguém da mesma espécie para se apaixonar, não um humano que vai se tornar um paciente geriátrico em um piscar de olhos. – Ele balançou a cabeça outra vez. – O amor pode conquistar tudo, mas sejamos realistas. E essa realidade vai prevalecer sempre.

Agora, a risada dela foi alta.

– De alguma maneira, não posso argumentar contra isso.

Ele olhou para os suportes.

– Obrigado por isso.

– Por nada – disse lentamente. – E darei o recado a V.

– Ótimo.

De volta ao quarto de Payne, entrou silenciosamente e parou assim que passou pela porta. Ela estava dormindo profundamente na penumbra, o brilho havia desaparecido de sua pele. Será que acordaria paralisada outra vez? Ou o progresso que fez permaneceria?

Concluiu que teriam de descobrir.

Apoiando as muletas e os suportes contra a parede, foi até a cadeira dura perto da cama e sentou-se, cruzando as pernas e tentando ficar em uma posição confortável. Não conseguiria dormir de jeito nenhum; queria apenas observá-la...

– Junte-se a mim – disse ela no silêncio. – Por favor. Preciso do seu calor agora.

Ao permanecer onde estava, percebeu que a rotina de ficar sentado não dependia de fato do irmão dela. Era um mecanismo de sobrevivência que tinha de manter ativo para mantê-los separados o máximo possível. Com certeza teriam relações sexuais outra vez... provavelmente em breve. E ficaria com ela por horas se fosse preciso. Mas não poderia se dar ao luxo de cultivar alguma fantasia sobre uma relação duradoura.

Eram dois mundos diferentes; simplesmente, não pertencia ao dela.

Manny inclinou-se para frente, colocou sua mão na dela e apertou seu braço.

– Shhh... estou bem aqui.

Quando ela virou a cabeça em direção a ele, seus olhos estavam fechados e ele teve a impressão de que estava falando enquanto dormia.

– Não me deixe, curandeiro.

– Meu nome é Manny – ele sussurrou. – Manuel Manello... Médico.

CAPÍTULO 30

O assovio foi forte e alto, e ao percorrer todo o saguão de entrada da mansão, Qhuinn soube que a demanda estridente havia sido feita por John Matthew.

Só Deus sabia o quanto tinha ouvido aquilo nos últimos três anos.

Aparecendo no pé da grande escadaria, enxugou o rosto suado com a camiseta e apoiou-se no corrimão esculpido em madeira maciça. A cabeça, após o treino, estava leve e macia como um travesseiro... contrastando completamente com o resto do corpo: as pernas e nádegas pareciam pesar tanto quanto a mansão.

Quando ouviu o assovio outra vez, pensou "Oh, certo, alguém está conversando com ele". Virando-se, deu uma olhada em John Matthew parado entre os batentes ornamentados da porta da sala de jantar.

Que diabos fez a si mesmo?, o cara gesticulou antes de apontar para a própria cabeça.

Bem, cuide da sua vida, Qhuinn pensou. No passado, uma pergunta como aquela englobaria muito mais do que uma maldita mudança no estilo do cabelo.

– Chama-se corte de cabelo.

Tem certeza? Acho que parece mais uma baita desordem.

Qhuinn esfregou o penteado que havia feito.

– Não é grande coisa.

Pelo menos sabe que perucas são uma opção, não é? Os olhos de John se estreitaram. *E onde está todo seu aparato de metal?*

– No meu armário de armas.

Não suas armas, a porcaria que coloca no rosto.

Qhuinn apenas balançou a cabeça e virou-se para sair, sem interesse em discutir sobre todos os *piercings* que havia tirado. Seu cérebro estava confuso e seu corpo estava exausto, muito tenso e dolorido devido às corridas diárias...

Ouviu o assovio outra vez, e quase soltou um palavrão sobre o ombro. Contudo, resolveu dar um fim àquela babaquice, pois economizaria tempo: John nunca o deixava em paz quando estava com aquele humor.

Olhando para trás, rosnou:

– O quê?

Precisa comer mais; seja junto aos outros ou sozinho. Está se transformando em um esqueleto...

– Estou bem.

Bem, então, ou você começa a mastigar ou vou trancar aquele ginásio e não lhe darei a chave. A escolha é sua. E vou chamar Layla. Ela está no seu quarto lhe esperando.

Qhuinn virou-se rapidamente. Foi uma má ideia: o saguão transformou-se em um carrossel. Agarrando o corrimão de novo, exclamou:

– Eu poderia ter feito isso.

Mas não fez, então, fiz por você... quase como abater uma dúzia de redutores, *será minha boa ação da semana.*

– Quer se candidatar a Madre Teresa? Vai ter mais sorte se praticar isso com outra pessoa.

Desculpe. Escolhi você e é melhor agilizar... não vai querer deixar a moça esperando. Ah, e enquanto Xhex e eu estávamos na cozinha, pedi para Fritz preparar uma refeição para você e entregá-la no seu quarto. Mais tarde.

Quando o cara saiu na direção da despensa, Qhuinn gritou:

– Não estou interessado em ser salvo, idiota. Posso cuidar de mim mesmo.

A resposta de John foi um dedo do meio erguido sobre sua cabeça.

– Oh, pelo amor de Deus – Qhuinn murmurou.

Não estava nem um pouco afim de lidar com Layla naquele momento. Nada contra a Escolhida, mas a ideia de estar em um espaço fechado com alguém interessado em sexo simplesmente o sufocava

– o que era muito irônico. Até bem pouco tempo, o sexo não apenas fazia parte de sua vida – definia-o. Na última semana? A ideia de estar com alguém lhe dava náuseas.

Cristo, tal pensamento o deteve, e a última pessoa com quem gostaria de estar era com uma ruiva.

Muuuito engraçado: estava claro que a Virgem Escriba tinha um tremendo senso de humor.

Forçando seu peso morto a subir as escadas, estava pronto para dizer a Layla, da maneira mais educada possível, que deveria cuidar da vida dela...

A tontura que o atingiu no segundo patamar da escada impediu-o de continuar seu caminho.

Nas últimas sete noites, acostumou-se com a sensação de um flutuar constante que surgiu quando começou a correr o máximo e a comer o mínimo possível, e ficava esperando pelo momento em que as coisas se dissociavam. Pelo amor de Deus, era mais barato do que beber e não parava nunca... ao menos, não até comer.

Mas aquilo era diferente. Sentia como se alguém tivesse lhe dado uma rasteira por trás e levado suas pernas embora... só que sua linha de visão lhe dizia que ainda estava em pé. Assim como o fato de que os quadris estavam contra o corrimão...

Sem aviso, um de seus joelhos se dobrou e Qhuinn caiu como um livro da prateleira.

Estendendo uma das mãos, ergueu-se sobre o maldito degrau, até ficar praticamente pendurado no corrimão. Olhando para a perna, golpeou-a algumas vezes e respirou fundo, desejando que seu corpo obedecesse ao programa.

Não aconteceu.

Em vez disso, deslizou lentamente na vertical e teve de se virar para fazer parecer que estava apenas agachando-se sobre o tapete vermelho-sangue. Não conseguia respirar... ou melhor, estava respirando, mas era horrível. *Deus... Caramba... Vamos lá...*

Que droga.

– Senhor? – uma voz veio do alto.

Fazendo daquilo um inferno duplo.

Quando fechou os olhos, pensou que o fato de Layla ter aparecido naquele momento era a maldita lei de Murphy ao vivo e em cores.

– Senhor, posso ajudá-lo?

Por sua vez, aquilo talvez pudesse ter seu lado bom: melhor que um dos Irmãos.

– Sim. Meu joelho falhou. Machuquei correndo.

Olhou para cima enquanto a Escolhida flutuava até ele, a túnica branca era um choque contra a cor intensa do carpete e o brilho dourado e ressonante dos trabalhos artísticos no saguão.

Sentindo-se um completo idiota quando ela se abaixou até ele, tentou erguer-se sozinho... apenas para chegar a lugar nenhum.

– Eu, hã... devo avisar que peso muito.

Sua mão adorável agarrou a dele e ficou impressionado em ver que seus dedos tremiam quando aceitou a ajuda. Ficou surpreso também quando foi transportado com um único puxão.

– Você é forte – disse ele quando o braço de Layla envolveu sua cintura e o ergueu.

– Vamos caminhar juntos.

– Desculpe, estou suado.

– Não me importo.

Com isso, eles saíram. Movendo-se lentamente, avançaram até as escadas e dirigiram-se ao corredor do segundo andar, passando por várias portas fechadas: pelo escritório de Wrath. Pelo quarto de Tohrment. Pelo de Blay... não olhou para esse. Pelo quarto de Saxton... nem considerou o fato de jogar o puxa-saco do seu primo pela janela. Passaram também pelo quarto de John Matthew e Xhex.

– Vou abrir a porta – a Escolhida disse quando pararam em frente a seu quarto.

Tiveram de virar de lado para passar os batentes por causa do seu tamanho, e ele ficou muito grato quando a Escolhida fechou a porta e o levou para a cama. Ninguém precisava saber o que estava acontecendo e havia uma grande possibilidade da Escolhida aceitar suas desculpas.

Sentar-se era o plano. Só que no instante em que ela o soltou, caiu para trás sobre o colchão feito um tapete de boas-vindas. Olhando para seu corpo em direção aos tênis de corrida, perguntou-se por que não conseguia ver o carro que estava estacionado em cima dele. Definitivamente não era um carro pequeno. Parecia mais uma caminhonete.

Que seja, algo grande.

– Hã... ouça, poderia ir até meu casaco de couro? Tenho uma barra de cereais lá.

De repente, ouviu um ruído de metal sobre porcelana perto da porta. E, então, o cheiro de algo que havia sido preparado no jantar.

– Talvez goste deste rosbife, senhor.

Seu estômago apertou como um punho fechado.

– Deus... não...

– Tem arroz.

– Apenas... uma daquelas barras...

Um ruído sutil sugeriu que ela estava carregando uma bandeja e, um segundo depois, sentiu muito mais do que um simples aroma de qualquer coisa que Fritz havia planejado.

– Pare... Pare com isso, droga... – inclinou-se e tentou vomitar dentro de um cesto de lixo. – Nada... de comida...

– Precisa comer – veio uma resposta que soou forte, foi surpreendente. – E devo alimentá-lo.

– Não se atreva...

– Aqui – Em vez de carne ou arroz, apresentou-lhe um pequeno pedaço de pão. – Abra. Precisa de comida, senhor. Seu amigo John Matthew foi quem disse.

Afundando-se contra os travesseiros, colocou o braço sobre o rosto. Seu coração pulava dentro do peito e, de alguma maneira obscura, percebeu que poderia realmente se matar se continuasse agindo assim.

Engraçado, a ideia não lhe pareceu tão ruim, especialmente quando o rosto de Blay surgiu em sua mente.

Tão lindo. Muito, muito lindo. Parecia bobo e desestimulante chamar o cara assim, mas ele era. Aqueles malditos lábios eram o problema... belos e macios na parte inferior. Ou será que eram os olhos?

Tão azuis.

Tinha beijado aquela boca e amou isso. Encarado aqueles olhos e enlouquecido.

Poderia ter tido Blay primeiro... e para sempre. Mas em vez disso? Foi seu primo quem conseguiu...

– Oh, Deus... – ele gemeu.

– Senhor. Coma.

Sem energia para lutar contra qualquer coisa, fez como lhe pediu, mastigando mecanicamente, engolindo pela garganta seca. E fez outra vez. E outra vez. Descobriu que os carboidratos apaziguavam o terremoto em seu estômago e, mais rápido do que poderia imaginar, viu que ansiava por algo um pouco mais substancial. Em seguida, bebeu um pouco da água que Layla lhe oferecia e tomou goles breves.

– Talvez devêssemos fazer uma pausa – disse ele, segurando outro pão apenas no caso da maré mudar.

Quando virou para o lado, sentiu os ossos de suas pernas se chocarem e percebeu que seu braço estava pendurado de forma diferente... havia menos peitoral no caminho. Sua bermuda esportiva também estava diferente... mais larga na cintura.

Tinha feito todo aquele estrago em sete dias.

Nesse ritmo, sua aparência não seria mais a mesma em pouco tempo. Já não tinha mais *piercings*, como John Matthew bem tinha notado; não só havia raspado a cabeça como também retirado os acessórios metálicos da sobrancelha, do lábio inferior e uma dúzia ou mais deles das orelhas. As argolas em seus mamilos também se foram. Ainda tinha um pino na língua e em seu órgão genital, mas tudo que era visível havia desaparecido.

Estava farto de si mesmo, de muitas maneiras. Enjoado e cansado de ser o homem estranho fora de propósito, exausto da sua reputação de vadio, e sem interesse algum em se rebelar contra os mortos. Pelo amor de Deus, não precisava de um profissional para explicar a psicologia que lhe havia moldado: sua família era o retrato da família perfeita, faziam parte da *glymera* conservadora... em contrapartida era um bissexual prostituto, cheio de *piercings* pelo corpo, vestindo um estilo gótico e com um fetiche por agulhas. Mas quanto disso realmente partia dele e quanto fazia parte de uma vingança olho por olho?

Quem era de fato?

– Quer mais? – Layla perguntou.

Quando a Escolhida posicionou-se na frente dele com a baguete, Qhuinn decidiu parar com sua atitude.

Abrindo a boca, deu uma de filhote de passarinho e comeu a maldita coisa. E mais um pouco. E, então, como se ela tivesse lido sua mente, levou um garfo de prata com um pedaço de carne assada até seus lábios.

– Vamos tentar, senhor... Mas, mastigue devagar.

Era a possibilidade de comer um pouco de gordura. "Fome" tornou-se imediatamente o nome do jogo e ele parecia um tiranossauro com a carne, quase mordendo o garfo com a pressa. Mas Layla não parou, oferecendo uma rodada mais rápido do que conseguiria processar.

– Espere... pare – ele murmurou, com medo de vomitar.

Deitou-se de costas outra vez e deixou uma das mãos descansando sobre o peito. A respiração superficial foi sua salvação. Se fizesse um pouco mais de esforço, iria abrir a boca e esparramar resíduos de todas as cores pelo corpo inteiro.

O rosto de Layla apareceu sobre o dele.

– Senhor... talvez devêssemos parar.

Qhuinn estreitou o olhar nela e observou-a de maneira mais atenta pela primeira vez desde que tinha aparecido.

Deus, era uma visão, com todo aquele cabelo loiro pálido caindo do alto de sua cabeça e seu rosto de uma perfeição impressionante. Com lábios de morango e olhos verdes que brilhavam à luz das lâmpadas, era tudo o que a raça valorizava em termos de DNA... nenhum defeito visível.

Ele estendeu a mão a acariciou o coque. Tão macio. Não precisava de qualquer fixador de cabelo naqueles fios; era como se as ondas soubessem que sua função era emoldurar seus traços e estavam ansiosas para fazer o melhor que podiam nisso.

– Senhor? – ela disse ao ficar tensa.

Ele sabia o que estava sob o manto: seus seios eram absolutamente deslumbrantes e seu abdômen liso como uma tábua... aqueles quadris e aquele sexo macio como seda entre suas coxas eram o tipo de coisa pelas quais um homem nu se despedaçaria.

Sabia desses detalhes, pois já tinha visto tudo, tocado em boa parte de seu corpo e colocado a boca em alguns lugares.

Contudo, ainda não a tinha possuído. Não tinha ido muito longe também. Por ser uma *ehros*, havia sido treinada para o sexo, mas como não havia um Primale para auxiliar a Escolhida nesse sentido, era uma aprendiz acadêmica, nada de aprender saindo "em campo", por assim dizer. E, por um tempo, Qhuinn ficou feliz em mostrar-lhe algumas regras do jogo.

Só que não parecia certo.

Bem, parecia que algo estava certo ali, mas havia coisas demais nos olhos dela e o coração de Qhuinn era pequeno demais para que as coisas continuassem.

– Vai tomar da minha veia, senhor? – ela sussurrou com voz rouca.

Ele apenas a olhou.

Os lábios vermelhos da Escolhida se separaram.

– Senhor, vai... tomar de mim?

Fechando os olhos, viu o rosto de Blay outra vez... mas não como agora, não o desconhecido frio que Qhuinn havia criado. O velho Blay, com aqueles olhos azuis que, de alguma forma, estavam sempre olhando em sua direção.

– Senhor... Sou sua para que me tome. Apesar de tudo. Eternamente.

Quando finalmente olhou para Layla outra vez, os dedos dela tinham alcançado a gola do manto e aberto bem as duas metades, exibindo o pescoço longo e elegante, as asas de sua clavícula e aquele colo glorioso.

– Senhor... quero servi-lo. – Afastando o tecido de cetim mesmo já bem disperso, oferecia não apenas sua veia, mas seu corpo. – Possua-me...

Qhuinn deteve as mãos dela quando se dirigiram para o laço em volta de sua cintura.

– Pare.

Seus olhos repousaram sobre o edredom e ela pareceu ter se transformado em pedra. Ao menos até se afastar dele e arrumar o manto grosseiramente.

– Então, deve tomar meu pulso. – A mão dela tremia quando puxou uma das mangas e prendeu-a mais acima do braço.

– Tome do meu pulso aquilo que necessita de maneira tão evidente.

Não olhava para ele. Provavelmente não conseguia, e, ainda assim, lá estava ela... encerrada em uma desgraça que nunca mereceu e a qual Qhuinn nunca teve a intenção de evocar para ela... ainda assim, oferecia-se para ele... só que não de uma maneira patética, mas por que havia nascido e sido criada para servir a um propósito que não tinha qualquer relação com o que ela queria, e tudo a ver com uma expectativa social... e estava determinada a viver de acordo com os padrões, mesmo se não fosse desejada por quem ela queria.

Cristo, sabia como era aquilo.

– Layla...

– Não se desculpe, senhor. Isso me humilha.

Ele pegou seu braço, pois teve a impressão de que Layla estava prestes a cair.

– Olhe, é culpa minha. Nunca deveria ter começado com essas coisas de sexo com você...

– E digo outra vez: "pare". – Suas costas estavam rígidas e sua voz, estridente. – Deixe-me ir, senhor.

Ele franziu a testa.

– Caramba... você está fria.

– Estou?

– Sim. – Percorreu a mão sobre seu braço. – Precisa se alimentar? Layla? Ei?

– Sou alimentada do Outro Lado, no Santuário, então, não.

Certo, acreditava nisso. Se uma Escolhida estava lá, era por que existia sem existir, sua necessidade de sangue era suspensa... e parecia que estava sempre bem: nos últimos anos, Layla era a única que servia os Irmãos que não podiam se alimentar de suas *shellans*. Era a Escolhida pela qual todos optavam.

E, então, deu-se conta.

– Espere, você não chegou a ir para o norte?

Agora que Phury havia libertado as Escolhidas de sua existência rígida e confinada, a maioria delas deixou o Santuário onde ficavam presas por toda eternidade e dirigiram-se para os grandes campos de Adirondack para aprender sobre as liberdades que existiam na vida deste lado.

– Layla?

– Não, não vou mais para lá.

– Por quê?

– Não posso. – Ela interrompeu a conversa e puxou a manga de seu manto outra vez. – Senhor? Vai tomar da minha veia?

– Por que não vai para lá?

Os olhos dela finalmente encontraram os de Qhuinn e mostravam-se muito irritados. Algo que produziu um estranho alívio. A mansa aceitação de tudo fazia com que ele questionasse sua inteligência. Mas considerando sua expressão agora? Havia muita coisa sob o manto que ela usava... e não estava falando apenas de seu corpo perfeito.

– Layla. Responda-me. Por que não?

– Não posso.

– Quem disse? – Qhuinn não era muito próximo de Phury, mas o conhecia o suficiente para causar um problema ao Irmão. – Quem?

– Não se trata de uma pessoa e não se preocupe. – Apontou para o pulso. – Alimente-se para que fique tão forte quanto precisa estar e, então, eu lhe deixarei em paz.

– Tudo bem, se quer as palavras certas... *O que* é, então?

A frustração queimou em seu rosto.

– Não é problema seu.

– Eu decido o que é problema meu. – Não costumava ameaçar fêmeas, mas parecia que seu cavalheiro dormente tinha saído da zona neutra de ação e resolvido jogar tudo para o ar. – Fale comigo.

Ele era a última pessoa que pedia para colocar as cartas na mesa; ainda assim, lá estava ele, começando o jogo. Contudo, a questão era que não poderia deixar nada machucar aquela fêmea.

– *Tudo bem.* – Ela ergueu as mãos. – Se eu for para o norte, não poderei lhes servir quando precisarem de sangue. Por isso, vou ao Santuário para me recuperar e fico no aguardo de ser convocada novamente. Venho a este lado, sirvo-lhes e tenho que voltar em seguida; então, não, não posso ir para as montanhas.

– Jesus... – eles eram muitos. Deveriam ter previsto esse problema... ou Phury deveria. A menos que... – Já conversou com o Primale?

– Sobre o que, exatamente? – ela retrucou. – Diga-me, senhor, teria pressa de apresentar as falhas que cometeu no campo de batalha diante de seu rei?

– Onde, diabos, está falhando? Está mantendo, mais ou menos, quatro de nós vivos.

– Exatamente. E estou servindo todos vocês dentro de uma capacidade muito limitada.

Layla levantou-se em um salto e caminhou até a janela. Quando olhou para fora, ele a desejou: naquele momento, teria dado qualquer coisa para sentir por ela o mesmo que ela sentia por ele... afinal, ela era tudo que sua família valorizava, ocupava o topo social para uma fêmea. E ela o desejava.

Mas quando Qhuinn olhava para dentro, havia um outro nome em seu coração. E nada mudaria isso. Nunca... temia.

– Não sei quem ou o que sou exatamente – Layla disse, como se estivesse falando consigo mesma.

Bem, parecia que os dois estavam no mesmo trem que levava a lugar algum quando o destino era essa questão.

– Não vai descobrir até que deixe aquele Santuário...

– Impossível se eu tiver que servir...

– Nós podemos chamar outra pessoa. Simples assim.

Houve uma inspiração profunda e, então, ela disse:

– Mas é claro. Deve fazer como deseja.

Qhuinn observou a linha bem definida de seu queixo.

– Isso deveria ajudá-la.

Ela olhou por cima do ombro.

– Não ajuda... pois isso me deixaria sem nada. Sua escolha, meu destino.

– A vida é sua. Pode escolher.

– Não vamos mais falar disso. – Ela ergueu as mãos. – Pelo amor da Virgem Escriba, você *não* faz ideia do que é desejar coisas que não está destinado a ter.

Qhuinn soltou uma risada dura.

– Até parece que eu não sei. – Quando as sobrancelhas dela se ergueram, ele revirou os olhos. – Você e eu temos mais em comum do que imagina.

– Você tem toda liberdade do mundo. O que poderia desejar?

– Confie em mim.

– Bem, eu o quero e não posso tê-lo, isso não é minha escolha. Ao menos, servindo você e aos outros, tenho um propósito além de lamentar a perda de algo que sonhei.

Quando Qhuinn respirou fundo, teve de respeitar a fêmea. Não havia qualquer sinal de piedade, parada diante daquela janela. Estava expondo os fatos como os conhecia.

Droga, era mesmo exatamente o tipo de *shellan* que sempre desejou. Mesmo sendo um nada ambulante, no fundo sempre visualizou a si mesmo com uma fêmea, num relacionamento a longo prazo. Alguém com uma linhagem impecável e muita classe... uma fêmea a qual seus pais não só aprovariam, como talvez o respeitassem um pouco por tê-la a seu lado.

Aquele tinha sido seu sonho; no entanto agora que parecia poder se tornar realidade... agora, que estava em seu quarto, olhando para seu rosto... Agora, queria outra pessoa totalmente diferente.

– Gostaria de sentir algo profundo por você – disse de maneira rude, oferecendo a verdade em troca da verdade. – Faria quase qualquer coisa para sentir o que deveria por você. Você é... a minha fantasia em termos de fêmea, tudo o que sempre desejei, mas que pensei que nunca poderia ter.

Seus olhos se abriram tanto que pareciam duas luas, belos e brilhantes.

– Então, por quê...?

Ele esfregou o rosto e perguntou-se o que diabos estava dizendo, o que diabos estava fazendo.

Quando abaixou as mãos, sentiu que deixou algo úmido e escorregadio para trás e recusava-se a pensar muito sobre isso.

– Estou apaixonado – disse com voz rouca. – Por outra pessoa. É por isso.

CAPÍTULO 31

Comoção no corredor. Uma confusão de passos... palavrões ditos em voz baixa... um ruído inoportuno em dado momento.

Todo aquele barulho acordou Manny e ele passou de um estado meio adormecido para a plena consciência em um piscar de olhos, como se um desfile de sons estivesse passando pelo corredor. A barulheira continuou até ser interrompida drasticamente, como se uma porta tivesse sido fechada naquele espetáculo, seja lá o que tenha sido.

Arrumando o local onde havia apoiado sua cabeça na cama de Payne, olhou para a paciente. Linda, simplesmente linda. E dormia tranquila...

Um raio de luz atingiu o rosto de Manny.

A voz de Jane soou tensa; quando parou no batente da porta, via-se apenas o recorte escuro do perfil de seu corpo.

– Preciso de mais um par de mãos aqui. Agora.

Não precisou pedir duas vezes. Manny correu para a porta, o cirurgião dentro dele estava pronto para trabalhar, sem fazer perguntas.

– O que temos?

Enquanto se apressavam pelo corredor, Jane passou a mão sobre seu uniforme manchado de vermelho.

– Traumas múltiplos. A maioria de facas, um tiro. E estão trazendo outro.

Invadiram a sala de exames e, meu Deus... caramba... havia homens feridos por toda parte... nos cantos, apoiados sobre a mesa, inclinados no balcão, xingando enquanto andavam impacientes pela sala.

Elena ou Elaina, a enfermeira, estava ocupada pegando bisturis, linhas e outros acessórios, e também havia um pequeno homem idoso servindo água para todos em uma bandeja de prata.

– Ainda não avaliei todos – Jane disse. – São muitos.

– Onde encontro um estetoscópio e um aparelho de pressão extras?

Jane foi até um armário, abriu uma gaveta e puxou os dois.

– A pressão é muito mais baixa do que está acostumado a ouvir. O batimento cardíaco também.

O que significava que, mesmo sendo um profissional da medicina, não tinha como julgar de fato se aqueles pacientes estavam mal ou não.

Colocou o equipamento de lado.

– É melhor você e a enfermeira fazerem as avaliações. Vou fazer a preparação.

– Deve ser melhor mesmo – Jane concordou.

Manny aproximou-se da enfermeira loira que estava trabalhando de maneira eficiente com os suprimentos.

– Vou assumir a partir daqui. Ajude Jane com as leituras.

Ela assentiu brevemente e foi direto medir os sinais vitais.

Manny abriu as gavetas com rapidez e tirou kits cirúrgicos, alinhando-os sobre os balcões. Os analgésicos estavam em um armário vertical; encontrou as seringas mais embaixo. Quando terminou de vasculhar tudo, estava impressionado com a qualidade profissional: não sabia como Jane fizera aquilo, mas havia tudo o que um hospital precisava.

Dez minutos depois, Jane, ele e a enfermeira encontraram-se no meio da sala.

– Temos dois muito mal – disse Jane. – Rhage e Phury estão perdendo muito sangue... temo que as artérias tenham sido cortadas pois os cortes são muito profundos. Z. e Tohr precisam tirar radiografias e acho que Blaylock está com uma concussão juntamente com uma ferida terrível no estômago.

Manny foi até a pia e iniciou o procedimento de higienização.

– Vamos fazer isso. – Olhou ao redor e apontou para o mamute loiro com uma poça de sangue sob a bota esquerda. – Eu cuido dele.

– Certo, eu vou cuidar de Phury. Ehlena, comece a tirar as radiografias dos ossos quebrados.

Considerando que aquela era uma situação urgente, Manny assumiu o comando do seu paciente que estava estendido no chão, exatamente onde ele havia caído mais cedo. O grande bastardo vestia couro preto da cabeça aos pés e estava com muita dor, sua cabeça caiu para trás e apertava os dentes.

– Vou começar a trabalhar em você – disse Manny. – Tem algum problema com isso.

– Não se conseguir impedir meu sangramento.

– Considere feito. – Manny pegou uma tesoura. – Vou cortar a perna da calça primeiro e tirar a bota.

– Botas de combate – o cara gemeu.

– Tudo bem. Seja lá como a chama, está sendo retirada.

Nada de desamarrar... cortou o cordão entrelaçado na frente da maldita coisa e tirou aquilo de um pé que tinha o tamanho de uma mala. Em seguida, o couro deslizou facilmente saindo do caminho até o quadril, caindo para os lados como uma segunda pele.

– O que temos, doutor?

– Um peru de Natal, amigo.

– Tão fundo assim?

– Sim. – Não havia necessidade de mencionar que o osso estava exposto e que o sangue estava escorrendo num fluxo constante. – Tenho que me limpar outra vez. Já volto.

Depois que saiu da pia, Manny colocou um par de luvas, sentou-se e pegou um frasco de lidocaína.

O cara grande, loiro e ensanguentado o deteve.

– Não se preocupe com a dor, doutor. Costure-me e cuide dos meus Irmãos, eles precisam mais do que eu. Eu cuidaria disso sozinho, mas Jane não vai permitir.

Manny parou.

– Você costuraria a si mesmo?

– Faço isso há décadas, antes mesmo do senhor ter nascido, doutor.

Manny balançou a cabeça e murmurou:

– Desculpe, fortão. Não vou correr o risco de você se repuxar enquanto eu estiver trabalhando no seu vazamento.

– Doutor...

Manny apontou a seringa direto no belo rosto do seu paciente.

– Cale-se e deite-se. Deve apagar com isso, então, não se preocupe... haverá muito para contar e bancar o herói.

Outra pausa.

– Tudo bem, doutor, tudo bem. Não fique chateado. Pode apenas me pular... e ajudá-los.

Era difícil não respeitar a lealdade do cara.

Trabalhando rápido, Manny anestesiou a área da melhor maneira possível, empurrando a agulha contra a carne sobre um círculo definido. Cristo, aquilo o levava de volta à faculdade de medicina e, de uma maneira estranha, trouxe-lhe de volta à vida, produzindo um efeito que as operações que vinha realizando ultimamente não produziam mais.

Aquilo era... a realidade no volume máximo, e seria um imbecil se não gostasse do som.

Agarrando uma pilha de toalhas limpas, empurrou-as sob a perna e enxaguou o ferimento com um líquido antisséptico. Quando o paciente assoviou e enrijeceu, disse:

– Calma, garotão. Estamos apenas limpando o ferimento.

– Sem... problema.

Até parece. Manny desejava poder fazer mais para controlar a dor, mas não havia tempo. Havia fraturas expostas para lidar. Estabilizar. Seguir em frente.

Quando alguém gemeu e houve outra série de xingamentos soando a sua esquerda, Manny cuidou mais um pouco da artéria; em seguida, cobriu o músculo e dirigiu-se para o tecido da coxa.

– Está indo bem – murmurou quando notou que os punhos do paciente estavam fechados com força.

– Não se preocupe comigo.

– Certo, certo... seus irmãos – Manny parou por um segundo. – Você está bem, sabe disso.

– Caramba... – o lutador sorriu, mostrando as presas. – Estou... perfeito.

Então, o cara fechou os olhos e recostou-se, a mandíbula estava tão tensa que era um milagre conseguir engolir a saliva.

Manny trabalhou o mais rápido que pôde sem sacrificar a qualidade. E quando começou a limpar a linha de sutura com o auxílio de uma gaze, ouviu Jane gritar.

Virando a cabeça, murmurou:

– Droga.

Na porta de entrada da sala de exames, o marido de Jane estava envolvido nos braços pelo cara do boné do *Red Sox*, parecendo que tinha sido atropelado por um carro: a pele estava pálida, os olhos eram minúsculos na cabeça e... santo Deus, sua bota – bota de combate – estava apontando para o lado errado.

Manny gritou para a enfermeira.

– Pode fazer um curativo nisso? – olhando para seu atual paciente, disse: – Tenho que dar uma olhada no...

– Vá – o cara deu um tapa no ombro dele. – E obrigado, doutor. Não vou esquecer isso.

Enquanto se dirigia para o recém-chegado, Manny teve de se perguntar se o cara do cavanhaque de boca grande permitiria que ele o operasse. Porque aquela perna... Parecia completamente destruída mesmo observando rapidamente do outro lado da sala.

A consciência de Vishous oscilava no momento em que Butch entrou na sala de exame, carregando-o.

Aquela combinação de ferimentos no joelho e no quadril ia além da agonia, adentrava outro território, e as sensações esmagadoras minavam suas forças e seu processo cognitivo. Entretanto, não era o único que estava mal. Quando Butch entrou cambaleando fraco pela porta, bateu a cabeça de V. contra o batente.

– Que inferno!

– Droga... desculpe.

– Não... é nada demais – V. disse ofegante quando a dor de cabeça começou a gritar, o cara poderia até harmonizá-la com um rock pesado estilo *Welcome to the Jungle*.

Para calar o concerto do inferno, abriu os olhos e esperou uma distração.

Jane estava bem na frente dele, havia uma agulha de sutura em sua mão ensanguentada e envolta por uma luva, seus cabelos estavam puxados para trás por uma faixa.

– Ela não – gemeu. – Ela... não...

Médicos nunca deveriam tratar seus companheiros; era a receita para o desastre. Se seu joelho ou quadril tivesse sofrido um dano permanente, não queria que aquilo pesasse na consciência dela. Deus era testemunha de que já tinham problemas suficientes.

Manny parou em frente a sua *shellan*.

– Então, sou sua única opção. Não precisa agradecer.

Vishous revirou os olhos. Ótimo; que bela escolha.

– Você consente? – o humano perguntou. – Talvez queira pensar sobre isso um pouco, assim, suas articulações podem se recuperar assumindo a forma da perna de um flamingo. Ou talvez sua perna gangrene e caia.

– Bem, que seja... não é... uma negociação.

– E a resposta é...?

– Tudo bem. Sim.

– Coloque-o sobre a mesa.

Butch foi cuidadoso ao deitá-lo, mas mesmo assim, V. quase vomitou sobre os dois quando seu peso foi redistribuído.

– Filho da mãe... – Assim que o xingamento saiu dos seus lábios, o rosto do cirurgião apareceu sobre o dele. – Desculpe, Manello... não acho que queira... ser tão próximo a mim...

– Quer me dar um soco? Tudo bem, mas espere até eu dar um jeito na sua perna.

– Não, estou... enjoado.

Manello balançou a cabeça.

– Preciso de analgésico aqui. Tragam-me um pouco de Demer...

– Demerol não – V. e Jane disseram juntos.

Os olhos de V. dispararam na direção dela. Estava do outro lado, no chão, inclinada sobre o estômago de Blaylock, costurando um corte médio. Suas mãos eram firmes e seu trabalho absolutamente perfeito; tudo nela traduzia a imagem da competência profissional, menos as lágrimas que escorriam em seu rosto.

Com um gemido, olhou para o lustre acima dele.

– Pode ser morfina? – Manello perguntou enquanto cortava a manga da jaqueta de motoqueiro. – E não se incomode em ser durão. A última coisa que preciso é de você bufando enquanto vasculho o que há aqui embaixo.

Jane não respondeu dessa vez, então, V. o fez.

– Sim. Não tem problema.

Quando uma seringa foi preenchida, Butch aproximou-se do cirurgião. Mesmo com a respiração debilitada, o tira foi totalmente ameaçador quando falou:

– Não preciso dizer para não ferrar com o meu amigo, certo?

O cirurgião voltou-se para sua rotina de frasco, agulha e seringa.

– Não estou interessado em sexo no momento, muito obrigado. Mas se estivesse, com certeza não seria com ele. Então, em vez de se preocupar com quem estou pegando, por que não faz um favor a todos nós e vai tomar um banho? Está fedendo.

Butch piscou. Então, sorriu um pouco.

– Você honra as calças que veste.

– E elas cobrem duas bolas feitas de bronze, tão grandes quanto os sinos de uma igreja.

A próxima coisa que V. soube foi que alguma coisa fria estava sendo esfregada na junção do seu braço, em seguida, houve uma picada e, depois, começou a fazer um pequeno passeio, seu corpo transformou-se em uma bola de algodão, muito leve e arejada. De vez em quando, a dor irrompia, balançando-se em seu intestino e cravando as garras em seu coração. Mas nada estava ligado àquilo que Manny fazia em sua lesão: V. não conseguia tirar os olhos de sua companheira enquanto tratava dos Irmãos.

Através do painel ondulado de sua visão, observou quando ela lidou com Blay e depois com Tohrment. Não conseguia ouvir o que ela dizia, pois seus ouvidos não estavam funcionando muito bem, mas era evidente que Blay estava grato e Tohr pareceu se acalmar apenas por sua presença. De tempos em tempos, Manello perguntava-lhe alguma coisa, ou Ehlena a detinha com uma pergunta, ou Tohr estremecia e ela fazia uma pausa para acalmá-lo.

Aquela era sua vida, não? Aquele processo de cura, a busca por excelência, a devoção permanente a seus pacientes.

Seu dever para com eles a definia, não era isso?

E enxergá-la assim fez com que repensasse o que tinha acontecido entre ela e Payne. Se Payne estava tão disposta a tirar a própria vida, com certeza Jane teria tentado impedi-la. E, então, quando ficou evidente que não conseguiria...

De repente, como se soubesse que estava olhando para ela, os olhos de Jane fixaram-se nos dele. Estavam tão obscurecidos que não conseguia dizer qual era a cor deles e, por um momento, ela perdeu sua forma corpórea, como se ele tivesse sugado a vontade de viver de dentro dela.

O rosto daquele cirurgião entrou no caminho.

– Precisa de mais analgésico?

– O quê? – V. perguntou com a sensação de que a língua estava grossa e seca.

– Você gemeu.

– Não... é... o joelho.

– Não é apenas o joelho.

– O quê...?

– Acho que deslocou o quadril. Vou tirar totalmente as calças do caminho.

– Que seja...

Quando V. voltou a olhar para Jane, tinha apenas a vaga impressão de que uma tesoura cortava os dois lados da sua calça, mas soube exatamente quando o cirurgião tirou o couro por completo. O cara soltou um silvo agudo... que foi rapidamente encoberto.

Com certeza aquela reação não estava relacionada aos avisos tatuados no Antigo Idioma.

– Desculpe, doutor – V. resmungou, sem ter certeza do porquê estava se desculpando pela confusão que havia abaixo da sua cintura.

– Eu vou, hã... Vou cobri-lo. – O humano saiu e voltou com um cobertor que colocou sobre a parte inferior do abdômen de V. – Só preciso examinar suas articulações.

– Bem... faça isso.

Os olhos de Vishous voltaram para Jane e viu-se pensando... se ela não tivesse morrido e sido trazida de volta como foi, será que chegariam a tentar ter um filho? Duvidava que pudesse gerar alguma coisa além de um orgasmo se considerasse o dano que seu pai havia lhe feito. E ele nunca quis ter filhos... ainda não queria.

No entanto, ela teria sido uma ótima mãe. Era boa em tudo que fazia.

Será que sentia falta de estar viva?

Por que nunca havia perguntado isso a ela?

A volta do rosto do cirurgião interrompeu seus pensamentos.

– Seu quadril está deslocado. Vou ter que cuidar disso antes de trabalhar no joelho, pois estou preocupado com sua circulação. Certo?

– Apenas me conserte – V. gemeu. – Não importa o que for preciso.

– Bom. Vou colocar o joelho em um suporte temporário. – O humano olhou para Butch que, apesar do pedido do banho, tinha se apoiado contra a parede a pouco mais de meio metro de distância. – Preciso da sua ajuda. Não há mais ninguém por perto com as mãos livres.

O tira mostrou-se bem disposto, juntando suas forças e se aproximando.

– O que quer que eu faça?

– Segure a bacia dele no lugar. – O homem pulou sobre a mesa de aço inoxidável colocando-se em cima das pernas de V., agachando-se para evitar bater a cabeça no lustre. – Vai ser um trabalho braçal... não existe outra maneira de fazer isso. Quero que olhe para mim, e vou lhe mostrar onde deve colocar as mãos.

Butch seguiu as instruções, deslizando e descendo as mãos.

– Onde?

– Aqui. – V. teve a vaga sensação de um peso quente dos dois lados do quadril. – Um pouco mais para fora... direita. Bom.

Butch olhou para V. sobre o ombro.

– Está pronto para isso?

Que pergunta tola. Era como perguntar se alguém estava pronto para uma colisão frontal.

– Vai fundo – V. murmurou.

– Apenas concentre-se em mim.

E V. concentrou-se... observando as nódoas esverdeadas nos olhos cor de avelã do tira, os contornos daquele nariz quebrado e a barba por fazer.

Quando o humano agarrou a parte inferior da coxa de V. e começou a levantar, V. ergueu-se contra a mesa, sua cabeça caiu para trás, esticando o queixo.

– Calma – o tira disse. – Concentre-se em mim.

Uh-hum, certo. Sentiu dor e, em seguida, mais DOR. Aquilo era **DOR**.

Vishous esforçou-se para respirar, seus caminhos neurológicos estavam repletos de sinais, seu corpo explodia mesmo com a pele intacta.

– Diga a ele para respirar – alguém disse. Provavelmente o humano.

Sim, aquilo ia acontecer mesmo. Ou não.

– Certo, no três, eu vou forçar a articulação de volta no lugar, pronto?

V. não fazia ideia com quem o cara estava falando, mas se fosse com ele, não tinha como responder. Seu coração pulava, os pulmões eram como pedras e seu cérebro parecia Las Vegas com suas luzes noturnas e...

– Três.

Vishous berrou.

A única coisa que soou mais alto foi o estalo do quadril sendo recolocado, por assim dizer. E a última coisa que viu antes de se hospedar no Hotel da Inconsciência foi Jane virando-se em pânico. Havia horror puro nos olhos dela, como se a pior coisa que ela pudesse imaginar fosse vê-lo em agonia...

E foi então que V. soube que ainda a amava.

CAPÍTULO 32

Na mansão, no quarto de Qhuinn, não havia nada além de um silêncio avassalador... o que era normal quando se jogava uma bomba, fosse real ou metafórica.

Deus do céu, não conseguia acreditar que havia dito aquelas palavras: mesmo sabendo que apenas ele e Layla estavam ali, sentiu como se tivesse subido no topo de um edifício no centro de Caldwell e anunciado aos gritos a novidade.

– Seu amigo – sussurrou Layla. – Blaylock.

O coração de Qhuinn congelou, mas depois de um momento, forçou-se a concordar.

– Sim. É ele.

Esperou por algum tipo de nojo ou careta ou... mesmo um choque. Por vir de onde vinha, sabia muito bem o que era homofobia... e Layla era uma Escolhida, pelo amor de Deus, aquilo faria todo aquele bando mais tradicional da *glymera* ficar completamente encantado.

Aquele belo olhar permaneceu em seu rosto.

– Acho que já sabia. Vi como ele olhou para você.

Bem, aquilo não existia mais. E...

– Não lhe incomoda? Que seja outro macho?

Houve uma pequena pausa, e, então, a resposta que lhe deu transformou-o de maneira curiosa:

– Nem um pouco. Por quê?

Qhuinn teve de desviar o olhar. Pois temia que seus olhos estivessem brilhando.

– Obrigado.

– Pelo quê?

Tudo o que ele conseguiu fazer foi encolher os ombros.

Quem diria que a aceitação seria curiosamente tão dolorosa quanto toda a rejeição que sempre sofreu?

– Acho melhor ir – disse asperamente.

– Por quê?

Porque estava considerando seriamente a ideia de encharcar o quarto e não queria dar uma de salgueiro chorão na frente de ninguém, nem mesmo dela.

– Senhor, está tudo bem – soava uma seriedade tremenda em sua voz. – Não o julgo se a pessoa por quem está apaixonado é macho ou fêmea... mas pela forma como a ama.

– Então, deve me odiar – Deus, por que será que sua boca ainda estava se mexendo? –, pois parti seu coração.

– Então... ele não sabe o que o senhor sente por ele?

– Não – Qhuinn estreitou os olhos na direção dela. – E não vai saber, ficou claro? Ninguém sabe.

Ela inclinou a cabeça.

– Seu segredo está seguro comigo. Mas sei bem como ele olhou para o senhor. Talvez devesse dizer a ele que...

– Deixe-me poupá-la de uma lição que aprendi da maneira mais difícil: algumas vezes é tarde demais. Ele está feliz agora... e merece isso. Dane-se, quero que ele tenha amor, mesmo que eu esteja apenas observando isso de longe.

– Mas e quanto a você?

– Quanto a mim? – Passou os dedos ao longo do cabelo e percebeu que tinha raspado tudo. – Ouça, chega... Só lhe disse isso tudo para que saiba que essa coisa entre você e eu não é por não ser boa ou atraente o suficiente. Sinceramente? Estou farto de estar com outra pessoa para fins sexuais. Não vou fazer mais isso. Não me leva a lugar nenhum... sim. Parei com isso.

Que irônico. Agora que não estava com Blay, estava sendo fiel ao filho da mãe.

Layla atravessou o quarto, aproximando-se dele, e sentou-se na cama, posicionando as pernas e alisando o manto com mãos pálidas e elegantes.

– Fico feliz por ter me contado.

– Sabe... eu também. – Estendeu a mão e segurou a dela. – E eu tenho uma ideia.

– Mesmo?

– Amigos. Você e eu. Você vem até aqui, eu a alimento e ficamos juntos. Como amigos.

O sorriso dela foi incrivelmente triste.

– Devo dizer que... sempre soube que não se interessava por mim de uma maneira especial. Foi muito contido ao me tocar e mostrou-me coisas que me deixaram extasiada... mas sob a onda de paixão que senti, eu sabia...

– Também não está apaixonada por mim, Layla; simplesmente não está. Sente muita coisa física e isso faz com que pense que é emocional. O problema é que o corpo precisa de muito menos que a alma para se conectar.

Ela colocou a mão livre sobre o coração.

– A dor está aqui.

– Porque você tem uma queda por mim. Mas vai passar, especialmente quando conhecer o cara certo.

Deus, dê só uma olhada nisso; de prostituto a conselheiro de acampamento religioso em apenas uma semana. Próximo passo: ser convidado por algum programa de variedades dedicado ao público feminino.

Ele estendeu o braço.

– Tome da minha veia, assim, poderá ficar mais deste lado e descobrir o que deseja na vida... não o que deve ser ou fazer, mas o que realmente quer. Posso até ajudá-la, se puder. Deus sabe que sei muito bem como é estar perdido.

Houve um longo momento, e, então, aqueles olhos verdes voltaram-se para os dele.

– Blaylock... não sabe o que está perdendo.

Qhuinn balançou a cabeça com tristeza.

– Oh, ele sabe muito bem. Pode acreditar.

Não foi fácil limpar tudo.

Enquanto Jane tirava um balde e um esfregão do armário de limpeza, deu uma olhada no que precisavam obter para repor todo o material necessário: utilizaram centenas de pacotes de gaze, o número de agulhas restantes era uma piada, e estavam quase sem curativos...

Abrindo a porta da sala de exames com o quadril, virou o balde com o esfregão e fez uma pausa. Havia sangue por todo o chão e também nas paredes. Chumaços de gaze branca manchadas de vermelho eram como cotões do Freddy Krueger. Três sacos de lixo de risco biológico estavam tão cheios ao ponto de parecer que precisavam de um antiácido para o inchaço.

Meeeeeu Deus...

Observando aquilo tudo, percebeu que se Manny não estivesse com ela, poderiam ter perdido um dos Irmãos. Rhage, por exemplo, poderia ter sangrado demais. Ou Tohr... pois o que parecia apenas uma lesão no ombro acabou mostrando ser muito, muito mais.

Manny acabou tendo de operá-lo. Depois de terminar a cirurgia em Vishous.

Fechando os olhos, apoiou a cabeça contra o cabo do esfregão. Como fantasma, não ficava exausta da maneira como costumava: nada mais de dores nem da sensação de que alguém tinha amarrado pesos de musculação em seus dois tornozelos. Agora era sua mente que se cansava, a ponto de ter de fechar os olhos para não ter de ver, nem fazer absolutamente nada... como se a placa-mãe de seu cérebro precisasse ser desligada para esfriar. E ela dormia em seguida. E sonhava.

Ou... como provavelmente seria o caso de hoje... não. De tempos em tempos a insônia ainda era um problema...

– Vai precisar varrer primeiro.

Levantando a cabeça, tentou sorrir para Manny.

– Acho que você está certo.

– Que tal deixar que eu cuide disso?

Sem chance. Não estava com pressa de se fechar na sala de recuperação e ficar olhando para o teto. Além disso, Manny devia estar tão cansado quanto ela.

– Quanto tempo se passou desde que se alimentou pela última vez? – ela perguntou.

– Que horas são?

Ela olhou para o relógio.

– Uma hora.

– Da tarde?

– Sim.

– Umas doze horas ou mais – ele pareceu ficar surpreso com isso.

Pegou o telefone sobre a mesa.

– Vou ligar para Fritz.

– Ouça, não precisa...

– Deve estar quase desmaiando.

– Na verdade, estou ótimo.

O ser humano não era assim. A menos que... Ora, droga, ele parecia energizado em vez de esgotado. Que fosse; ainda assim iria alimentá-lo.

O pedido que fez não demorou mais que um minuto e Fritz ficou emocionado com a ordem. Geralmente, depois da Última Refeição, o mordomo e sua equipe retiravam-se para um breve descanso antes da limpeza diária começar, mas preferiam continuar trabalhando.

– Onde fica o armário da limpeza? – Manny perguntou.

– No corredor. À sua esquerda.

Enquanto ela enchia o balde com água sanitária e água, ele encontrou uma vassoura, voltou à sala e começou a cuidar das coisas.

Enquanto trabalhavam juntos, ela só conseguia pensar em Vishous. Durante a correria em tratar os Irmãos, havia tanto em que se concentrar; mas agora, passando as tiras do esfregão pelo chão, era como se toda a angústia que havia tido nos bastidores de seu cérebro se libertasse e corresse contra as suas grades de proteção mental.

Qualquer pessoa menos ela.

Ela o ouviu dizer isso várias vezes; viu seu rosto pálido, seus olhos gélidos e a maneira como a deixou de fora.

Engraçado... a eternidade que lhe tinha sido concedida parecia ser a maior bênção de todas. Até pensar nas eras que viveria sem o homem que amava.

Agora, era uma maldição.

Para onde iria? Não poderia continuar no complexo. Não se continuassem como estranhos. Seria muito difícil para todos...

– Aqui.

Jane pulou quando um tecido flutuou na frente de seu rosto. O pequeno quadrado branco estava pendurado nas pontas dos dedos firmes de Manny e ele o balançou outra vez quando percebeu que ela apenas olhava para a coisa.

– Está chorando – ouviu ele dizer.

Apoiando a alça do esfregão na curva do cotovelo, apanhou o que tinha lhe oferecido e ficou surpresa ao descobrir que ele estava certo: quando retirou de seus olhos o lenço de papel e o observou, estava úmido.

– Sabe? – Manny falou lentamente. – Vê-la assim me dá vontade de amputar a maldita perna dele.

– Isso é culpa dele apenas em parte.

– Isso é o que você diz. Posso olhar para a situação da maneira que eu quiser.

Ela ergueu o olhar.

– Tem outro desses?

Ele estendeu uma caixa e tirou mais alguns. Enxugou. Enxugou. Um delicado assoar de nariz. Enxugou. Ela terminou a rápida crise de choro com um... dois... três... lenços jogados no lixo.

– Obrigada por me ajudar. – Quando ela olhou para cima, havia um olhar furioso em seu rosto e teve de sorrir. – Senti falta disso.

– Falta do quê?

– Dessa expressão enfurecida que usa com tanta frequência. Lembro-me dos bons e velhos tempos. – Ela o encarou com firmeza. – V. vai ficar bem?

– Se eu não acabar com ele por sua causa... sim.

– Tão gentil – e ela estava sendo sincera. – Você foi incrível hoje.

Estava sendo sincera também.

Manny colocou os lenços de papel ao lado, sobre o balcão.

– Você também. Isso acontece muito?

– Na verdade, não. Mas tenho a impressão de que as coisas podem mudar.

Voltando ao trabalho, deu algumas passadas superficiais com o esfregão, sem conseguir melhorar de fato a situação do piso, mas apenas espalhando o sangue pelo local. Daquela forma, teria mais sorte se esguichasse o local com uma mangueira.

Poucos minutos depois, houve uma batida na porta e Fritz colocou a cabeça para dentro.

– Sua refeição está pronta. Onde gostaria de jantar?

– Ele vai comer no escritório – Jane respondeu. – Na mesa. – Olhou para o antigo colega. – Melhor ir antes que esfrie.

O olhar de Manny foi o equivalente a um dedo do meio estendido, mas ela apenas acenou, dando um tchauzinho.

– Vá. E descanse um pouco depois.

Só que ninguém dizia a Manny Manello o que fazer.

– Vou para lá em um minuto – disse para o mordomo.

Quando Fritz saiu, o antigo chefe de Jane colocou as mãos sobre os quadris. E apesar dela já se preparar para uma discussão, tudo o que ele disse foi:

– Onde está minha maleta? – Quando Jane piscou, ele deu de ombros. – Não vou forçá-la a conversar comigo.

– Então, virou uma nova página.

– Ponto para mim – ele acenou com a cabeça em direção ao telefone instalado na parede. – Tenho que verificar minhas mensagens e quero meu maldito celular de volta.

– Ah... certo. Seu carro deve estar estacionado na garagem. Basta seguir pelo corredor. Talvez esteja no Porsche.

– Obrigado...

– Está pensando em ir embora?

– O tempo todo. – Ele virou-se e foi para a porta. – Só consigo pensar nisso.

Bem... eram dois. Mas Jane nunca imaginou não estar ali, prova inegável de que não era muito útil formular um monte de ideias brilhantes sobre o futuro.

CAPÍTULO 33

Tradicionalmente, na e entre os membros da *glymera*, quando alguém entra na casa de outra pessoa, um cartão de visitas é colocado sobre uma bandeja de prata, que é levada por um *doggen* até o anfitrião. O cartão deveria ter um único nome e a linhagem listada, e o propósito era anunciar o visitante, enquanto, ao mesmo tempo, prestava-se uma homenagem aos costumes sociais que moldavam e definiam as classes mais altas.

Mas, e quando alguém não conseguia escrever ou ler... ou, mais objetivamente, quando alguém preferia métodos de comunicação mais diretos e menos formais?

Bem, então, esse alguém deixava corpos mortos que ele mesmo havia assassinado em um beco para seu "anfitrião" encontrar.

Xcor levantou-se da mesa em que estava sentado e levou sua caneca de café com ele. Os outros estavam dormindo e sabia que deveria se juntar a eles, mas não haveria descanso. Não naquele dia. Talvez, nem no dia seguinte.

Deixar aqueles *redutores* cortados ao meio e contorcendo-se para trás foi um risco calculado. Se os humanos os encontrassem? Problemas, e mesmo assim, tinha valido a pena. Wrath e a Irmandade governavam aquele continente há muito tempo e para que fim? A Sociedade Redutora ainda persistia. A população de vampiros tinha se dispersado, e aqueles seres arrogantes, flácidos e irresponsáveis estavam por toda parte.

Xcor parou nas escadas do corredor e olhou em torno de suas acomodações permanentes. A casa que Throe havia providenciado era de fato apropriada. Feita de pedra, era velha e afastada, dois itens importantes que eram muito apropriados para seus propósitos. Em algum momento da história, aquela casa deve ter sido palco de muitos eventos, mas esse tempo havia passado assim como sua distinção. Agora, era a sombra do que havia sido e tudo de que ele precisava: paredes fortes, telhado resistente e com espaço mais do que suficiente para abrigar seus homens.

Não que alguém fosse frequentar aquelas salas do andar de cima ou os sete quartos do segundo andar; apesar das pesadas cortinas puxadas sobre as janelas, os incontáveis painéis de vidro precisavam ser revestidos de tijolos para que as coisas ficassem realmente seguras durante o dia.

Na verdade, todos ficaram no subsolo, na adega.

Era como nos bons e velhos tempos, ele pensou, pois só nos tempos modernos que a concepção de acomodações separadas tinha criado raiz. Antes, comiam juntos, transavam juntos e repousavam como um grupo, como soldados deveriam fazer.

Talvez os obrigasse a permanecer debaixo da terra. Juntos.

Ainda assim, não estava lá com eles, nem tinha estado. Impaciente e agitado, pronto para prosseguir, mas sem vítimas no momento, passava de quarto em quarto, todos vazios, espalhando a poeira com seu desejo de conquistar aquele novo mundo.

– Eu os encontrei. Todos eles.

Xcor parou. Deu mais um gole em sua caneca. Virou-se.

– Como você é inteligente.

Throe entrou no que antes havia sido um grande salão, mas que agora não era nada além de um lugar frio e vazio. O lutador ainda estava vestido com roupas de couro, só que, de alguma maneira, tinha uma aparência elegante. Não era surpresa: ao contrário dos outros, seu *pedigree* era tão perfeito quanto seus cabelos dourados e seus olhos azul cor de céu. Assim também era seu corpo e seu semblante: sem defeitos visíveis por dentro ou por fora.

No entanto, era um dos bastardos.

Quando o macho limpou a garganta, Xcor sorriu. Mesmo após todos esses anos juntos, Throe ainda não se sentia à vontade em sua presença. Que curioso.

– E... – Xcor solicitou.

– Há remanescentes de duas famílias em Caldwell no presente momento. O que resta das outras quatro principais linhagens está espalhado por onde chamam de Nova Inglaterra. Assim, talvez alguns estejam de oitocentos a mil quilômetros de distância.

– De quantas você é parente?

Limpou a garganta mais uma vez.

– Cinco.

– Cinco? Isso preencheria sua agenda social rapidamente... planeja fazer algumas visitas?

– Sabe que não posso.

– Oh... é verdade. – Xcor terminou seu café. – Esqueci-me que foi denunciado. Acho que terá que permanecer aqui conosco, meros pagãos.

– Sim. Terei.

– Hummm – Xcor levou um momento para desfrutar do silêncio constrangedor. Só que, em seguida, o outro macho estragou tudo.

– Não temos motivos para continuar – Throe disse. – Não somos da *glymera*.

As presas de Xcor foram expostas quando deu um sorriso.

– Preocupa-se demais com as regras, meu amigo.

– Não pode convocar uma reunião com o Conselho. Não tem apoio.

– É verdade; no entanto, outra história pode lhes ser apresentada com um motivo para a convocação. Não foi você mesmo quem disse que alguns boatos sobre o Rei começaram a circular após as invasões?

– Sim. Mas tenho plena consciência do que procura e o objetivo final, na melhor das hipóteses, é uma traição... e suicídio, na pior.

– Que mentalidade estreita, Throe. Mesmo com toda sua educação, tem uma grande falta de visão.

– Não pode depor o Rei... e com certeza não está pensando em tentar matá-lo.

– Matá-lo? – Xcor ergueu uma sobrancelha. – Não quero um caixão como cama para ele. Não mesmo. Desejo-lhe uma longa vida... assim, poderá se revirar na lama de seu fracasso.

Throe balançou a cabeça.

– Não sei por que o odeia tanto.

– Por favor – Xcor revirou os olhos. – Não tenho nada pessoal contra ele. É seu *status* que cobiço, pura e simplesmente. Vê-lo vivo enquanto sento-me no trono é apenas um tempero adicional a minha refeição.

– Às vezes... temo que esteja louco.

Xcor estreitou os olhos.

– Garanto-lhe... Não estou nem furioso, nem louco. E pense com cuidado quando for expor comentários como esse.

Era plenamente capaz de matar seu velho amigo. Hoje. Naquela noite. Amanhã. Seu pai o ensinou que soldados não eram diferentes de nenhuma outra arma... e quando havia um risco de falharem? Tinham de desaparecer.

– Perdoe-me – Throe fez uma pequena reverência. – Minha dívida com você ainda permanece, assim como minha lealdade.

Que coisa triste e patética. Apesar de ser verdade o fato de Xcor ter assassinado o macho que havia contaminado a irmã de Throe, aquilo havia sido um investimento muito rentável em termos de tempo e força em campo, pois isso amarrou aquele lutador com firmeza e fidelidade junto a ele. Para sempre.

Throe vendeu-se para Xcor para que o ato fosse realizado. Naquela época, o macho era covarde demais para cometer o assassinato com as próprias mãos e, assim, infiltrou-se nas sombras para procurar o que nunca teria convidado para entrar sequer pela porta de serviço de sua mansão. Ficou chocado quando o dinheiro oferecido foi recusado e já estava saindo quando Xcor fez sua exigência.

A rápida lembrança de como a irmã dele havia sido encontrada foi o suficiente para que ele se comprometesse.

E o treinamento subsequente tinha feito maravilhas. Sob a tutela de Xcor, Throe fortaleceu-se ao longo do tempo, como aço forjado no fogo. Agora era um assassino, e útil para fazer algo diferente além de brincar de estátua social em jantares e bailes.

Era uma vergonha que sua linhagem não visse a transformação como uma melhoria... apesar do fato de seu pai ter sido um Irmão, pelo amor de Deus. A família deveria ficar grata. Infelizmente, negaram o pobre filho da mãe.

Isso fez com que Xcor lamentasse muito todas as vezes que pensava sobre a situação.

– Vai escrever para ele – Xcor sorriu outra vez, as presas formigando, sentia o mesmo no pênis. – Vai escrever para todos eles e vai anunciar nossa chegada. Vai apontar suas perdas, lembrando-lhes das crianças e mulheres que foram mortas naquela noite de verão. Vai lembrar-lhes todas as reuniões que não tiveram com seu Rei. Expressará a devida indignação por conta disso e fará isso de uma maneira que irão entender... pois é um deles. E, então, vamos aguardar... até sermos convocados.

Throe curvou-se.

– Sim, meu *lídher*.

– Enquanto isso, vamos caçar *redutores* e manter um registro de nossa matança. De modo que, quando perguntarem sobre nossa saúde e bem-estar, o que a aristocracia certamente fará, poderemos informar que apesar de terem muitos cavalos de raça nos estábulos... um bando de lobos é o que precisam para guardar suas portas.

A *glymera* era inútil de muitas maneiras, mas tão previsível quanto um relógio de bolso: a autopreservação era o que movia suas mãos, grandes e pequenas, a fazer o que fosse preciso, sempre... e várias vezes.

– Melhor descansar – Xcor disse lentamente. – Ou já vai iniciar a caça de um de seus desviados? – Quando não houve resposta, franziu a testa para a resposta implícita no silêncio. – Você tem um propósito que vai além de passar horas lutando. Os mortos humanos são uma preocupação muito menos importante do que a vida de nossos inimigos.

– Sim.

Leia-se: Não.

– Não tarde buscando outras coisas, prejudicando assim o alcance de nossos objetivos.

– Já o deixei alguma vez?

– Ainda há tempo, velho amigo. – Xcor olhou para o macho por baixo das pálpebras semicerradas. – Há sempre tempo para que a natureza de seu coração mole o coloque em apuros, e antes que discorde, posso lembrá-lo das circunstâncias em que se encontra nos últimos dois séculos.

Throe enrijeceu.

– Não. Não precisa. Tenho plena consciência de onde estou.

– Bom – Xcor assentiu. – Isso é muito importante nesta vida. Vá.

Throe inclinou-se em reverência.

– Desejo-lhe um bom descanso, meu *lídher*.

Xcor assistiu à partida do macho e, quando se viu sozinho outra vez, o calor intenso em seu corpo o irritou. A necessidade sexual era uma perda de tempo tão grande, pois nem assassinava nem alimentava, mas em intervalos regulares, seu pênis precisava de alguma coisa diferente de uma sessão de luta.

Quando a escuridão preenchesse a noite, Throe teria de providenciar outra coisa para o grupo de bastardos e, dessa vez, Xcor também seria forçado a utilizar-se disso.

Além do mais, iriam precisar de sangue. De preferência que não fosse humano, mas se tivessem de se contentar com isso por enquanto...

Bem, teriam apenas que se livrar dos corpos, não é mesmo?

CAPÍTULO 34

No centro de treinamento, Manny acordou na cama do hospital, não na cadeira. Depois de uma confusão momentânea, as lembranças nebulosas voltaram todas de uma vez: depois que o mordomo tinha aparecido com a comida, Manny comeu no escritório, como Jane disse para que fizesse... e lá, e não em seu carro, estavam seu celular, carteira, chaves e maleta. A pequena coleção de acessórios do Dr. Manelo estava bem diante dele, sobre uma cadeira, e a ausência de segurança o surpreendeu, considerando como tudo estava trancado.

Só que quando tentou ligar o celular, percebeu que seu chip havia desaparecido.

Estava disposto a apostar que precisaria de uma bomba atômica para entrar ou sair daquela garagem sem a permissão deles. Então, suas chaves eram inúteis.

Maleta? Não havia nada dentro dela além de uma barra de cereais e alguns papéis que não tinham nada a ver com as instalações subterrâneas, com os vampiros, ou com Payne.

Achava que toda essa ausência de informação explicava o fato de ter apagado.

Estava prestes a desistir de encontrar alguma explicação para tudo aquilo quando pensou em checar as mensagens de voz, mas decidiu usar o telefone do escritório que estava perto de seu cotovelo. Pegando o aparelho, discou 9... o ruído do tom de discagem foi um choque total. Porém, quais eram as chances de alguém ser deixado ali sozinho sem vigilância? Quase nenhuma.

Exceto em um dia, quando noventa por cento dos moradores tinham sido feridos em uma luta e os outros dez por cento preocupados com seus irmãos.

Em pouco tempo, Manny executou três sistemas de mensagem de voz: casa, celular e escritório. A primeira tinha duas mensagens de sua mãe. Nada específico... estava precisando de reparos na casa e tinha acertado o tão complicado nono buraco no golfe. Havia uma mensagem do veterinário no celular, que ele ouviu duas vezes. E do escritório... as mensagens foram tão desanimadoras quanto as notícias de Glory: havia sete mensagens de colegas de todo o país com um tom devastadoramente normal. Queriam que tirasse uma licença e fizesse consultas ou escrevesse artigos para conferências ou abrisse um espaço no seu programa de residência para encaixar os filhos ou algum amigo da família.

A triste verdade era que aqueles pedidos ficaram para trás, onde sua vida realmente estava; como bancaria o maioral para os pobres bastardos que ligavam para ele agora? E se aqueles vampiros dessem um jeito no cérebro dele outra vez, não fazia ideia se restaria alguma coisa para pensar além de contar até dez, quanto mais se conseguiria operar um paciente ou administrar o departamento cirúrgico. Não tinha como saber em quais condições ficaria quando saísse daquela situação...

O som de uma descarga fez com que se levantasse rapidamente.

Quando a porta do banheiro se abriu, viu a silhueta de Payne ser contornada pela luz atrás dela, seu corpo maravilhoso estava envolto para nada mais do que um lençol transparente.

Santo... Deus...

Sua ereção matinal começou a pulsar e aquilo fez com que desejasse ter dormido na maldita cadeira. O problema era que quando finalmente voltou para cuidar dela, não teve forças para dizer não quando pediu para se juntar a ela.

– Você acordou – disse ela com voz rouca.

– E você está em pé. – Ele sorriu um pouco. – Como estão as pernas?

– Fracas. Mas funcionam. – Olhou por cima do ombro. – Gostaria de tomar um banho...

Droga, do jeito que a coisa soou, ela estava procurando ajuda... e a mente dele pensou logo nos dois separados apenas por uma camada de sabão.

– Acho que tem um banco lá dentro para se sentar. – Ele saiu pelo outro lado da cama para que pudesse conter sua ereção na cintura de seu uniforme.

Aproximando-se dela, tentou lhe dar o máximo de espaço possível ao olhar a banheira.

– Sim, bem aqui.

Estendeu a mão e ligou a água, então, ajeitou o banco.

– Vou arrumar isso...

Ao olhar por cima do ombro, congelou. Payne tinha desfeito os laços de sua bata de hospital e lenta e inexoravelmente... deixou cair... de seus ombros.

Quando a ducha atingiu seu braço e começou a ensopar seu uniforme, engoliu em seco... e teve vontade de gritar quando ela ergueu as mãos e protegeu os seios.

Ela ficou assim, como se estivesse esperando para ver o que ele ia dizer, e quando seus olhos se encontraram, seu pênis ficou tão enrijecido que foi um milagre não ter rasgado suas calças.

– Pode soltar, *bambina* – ouviu-se dizendo.

E ela soltou.

Maldição, nunca pensou antes em adorar a lei da gravidade, mas poderia fazer isso agora: gostaria de se prostrar diante do altar de Newton e chorar com gratidão pela bênção que fazia todas as coisas caírem no chão.

– Olhe para você – ele rosnou, observando os mamilos rosados ficarem excitados.

Sem seguir qualquer estímulo ou pensamento consciente, estendeu o braço molhado e a agarrou, puxando-a contra sua boca, segurando-a com força enquanto sugava seu mamilo em sua boca. Mas não precisava se preocupar em tê-la ofendido. As mãos de Payne mergulharam nos cabelos dele e o aninhou contra ela, curvando as costas até que ele a envolveu por completo e ela mostrou-se toda nua e pronta para ser devorada.

Girando-a, desviou-a do foco de luz em que se encontrava e levou os dois para debaixo da ducha quente do chuveiro. Com o corpo dela iluminado, ele abaixou-se, capturando com a língua a água quente que jorrava entre os seios e escorria pelo abdômen de Payne.

Quando ela estendeu a mão para se equilibrar, Manny a segurou, guiando-a para que ficasse segura sentada no banco. Arqueando-se, envolveu a nuca dela com a palma da mão e beijou-a profundamente enquanto pegava o sabonete e preparava-se para assegurar que ela ficasse muito, muito limpa. Quando a língua dela encontrou a dele, estava tão perdido na sensação dos mamilos roçando contra seu peito e seus lábios contra os dele que sequer notou ou se importou que o cabelo estivesse emboçado em seu crânio de tanta água ou que sua roupa cirúrgica estivesse enrolada nele como um filme plástico, colado ao corpo.

– Curandeiro... – ela arfou quando ele começou a ensaboar sua pele.

A parte superior de seu corpo ficava cada vez mais escorregadia e quente enquanto as mãos dele deslizavam por toda parte, do pescoço à base da coluna. E, então, começou a percorrer as pernas; em seguida, lavou os delicados pés e tornozelos, voltando a subir, passando pelas panturrilhas e atrás dos joelhos.

A água os envolvia por toda parte, caindo entre eles, enxaguando-a assim que ele a ensaboava, o som do jato caindo sobre o ladrilho abafado apenas pelos gemidos de Payne.

Cara, aquilo só ia ficar mais alto.

Chupando seu pescoço, ele separou os joelhos dela cada vez mais, para colocar-se entre eles.

– Eu disse – ele a mordeu de leve – que ia gostar da hora do banho.

Como resposta, as mãos dela lançaram-se sobre os ombros dele e as unhas foram cravadas na pele fazendo com que imaginasse se não era hora de pensar em estatísticas de beisebol, códigos postais... preço de automóveis.

Eleanor Roosevelt.

– Estava certo, curandeiro – disse ela, ofegante. – Adoro isso, mas você está vestido demais.

Manny fechou os olhos ao estremecer, e, então, conseguiu assumir controle suficiente sobre si para dizer.

– Não... estou bem assim. Apenas incline-se para trás e deixe-me cuidar disso.

Antes que ela pudesse responder, selou a boca sobre a dela e empurrou-a contra a parede com seu peito. Para distanciá-la do assunto sobre ele ficar nu, deslizou as duas mãos por dentro de suas coxas e correu a ponta dos dedos sobre seu sexo.

Quando sentiu o quanto estava molhada – e molhada de uma maneira que não tinha nada a ver com a água e tudo a ver com o que ele desejava envolver com a língua – afastou-se um pouco e olhou para baixo.

Que... inferno... estava tão pronta para ele, e, cara, a aparência dela... estava toda curvada para trás, com a água fazendo seus seios brilharem, lábios entreabertos e um pouco vermelhos por tê-la beijado e as pernas bem abertas.

– Vai me possuir agora? – ela gemeu com os olhos cintilando e as presas se alongando.

– Sim...

Manny agarrou os joelhos dela e desceu, colocando a boca onde seus olhos já estavam fixos. Quando ela gritou, começou a agir com mais firmeza e mais rápido, engolindo o sexo dela, conduzindo-a com força, sem pedir desculpas por desejá-la tanto. Quando ela explodiu, sua língua entrou e sentiu tudo, os impulsos, a maneira como ela se movimentava contra seu queixo e nariz, o aperto rígido das mãos dela sobre sua cabeça.

Não havia razão para parar por aí.

Com ela, tinha uma energia sem fim e sabia que, desde que suas roupas permanecessem sobre sua pele, poderia continuar assim com ela... para sempre.

Vishous acordou em uma cama que não era a sua, mas não precisou de mais que um nanossegundo para saber onde estava: na clínica. Em uma das salas de recuperação.

Depois de esfregar bem os olhos, observou ao redor. A luz do banheiro estava acesa e a porta, aberta, então, havia espaço suficiente para ver... e a primeira coisa que se destacava era a mochila no chão do outro lado do local.

Uma das suas mochilas. Especificamente, a que havia dado para Jane; no entanto, ela não estava ali – pelo menos não naquele quarto.

Quando se sentou, sentiu como se tivesse sofrido um acidente de carro; as dores se espalhavam por todo o corpo como se fosse uma antena e todos os sinais de rádio do mundo estivessem sendo emitidos para seu sistema nervoso. Com um gemido, mudou de posição de maneira que suas pernas penderam para fora da cama... e, então, teve de respirar um pouco.

Alguns minutos depois, foi o caso de impulsionar e rezar: impulsionou seu peso para fora do colchão e esperou que...

Bingo. As pernas aguentaram.

O lado que Manello havia tratado não estava exatamente pronto para correr uma maratona, mas quando V. arrancou os curativos e fez algumas flexões, teve de ficar impressionado. As cicatrizes da cirurgia no joelho já estavam quase completamente curadas, não havia nada exceto uma linha de um tom rosa-claro deixada para trás. Mas, mais importante, o que havia sob isso era totalmente mágico: a articulação estava fantástica. Mesmo com a rigidez que ainda persistia, poderia dizer que estava funcionando perfeitamente bem.

O quadril também parecia novo.

Aquele maldito cirurgião humano era um profissional milagroso.

Seguindo o caminho até o banheiro, seus olhos passaram pela mochila. As memórias de sua viagem à base de morfina voltaram e ficaram muito mais claras do que a verdadeira experiência tinha sido. Deus, Jane era uma médica espetacular. Na confusão das lutas noite após noite, tinha esquecido de que não observava isso há algum tempo. Ela sempre ia mais além por seus pacientes. Sempre. E não tratava os Irmãos tão bem por serem ligados a ele; não tinha nada a ver com ele... aquelas pessoas lhe pertenciam naqueles momentos. Ela trataria exatamente da mesma maneira civis, membros da *glymera*... até mesmo humanos.

Dentro do banheiro, entrou no chuveiro e, cara, o *box* parecia pequeno demais. Ao pensar sobre Jane e sua irmã, teve a terrível sensação de ter sido simplista demais com o que havia acontecido há duas noites. Não tinha parado para considerar que poderia haver outro tipo de relacionamento entre as duas fêmeas. Pensou apenas nele e em sua irmã... e nada sobre o relacionamento médico/paciente.

Risque essa parte: pensou apenas nele. Não considerou nem um pouco Payne e o que ela desejava para sua vida. Ou o que Jane havia feito ou não para sua paciente.

Em pé com a cabeça baixa e a água batendo na nuca, olhou para o ralo entre seus pés.

Não era bom em pedir desculpas, ou conversar; mas também não era um covarde.

Dez minutos depois, vestiu uma bata hospitalar e saiu mancando pelo corredor em direção ao escritório. Se sua Jane estivesse ali, achava que estaria dormindo debruçada sobre a mesa, considerando a quantidade de camas que estavam ocupadas pelos Irmãos nas salas de recuperação.

Ainda não fazia ideia do que lhe dizer sobre as roupas de couro, mas poderia, ao menos, tentar fazer algo sobre Payne.

Só que o escritório estava vazio.

Sentando-se em frente ao computador, levou menos de quinze segundos para encontrar sua *shellan*. Quando ele instalou o sistema de segurança da mansão, do Buraco e de suas instalações, colocou câmeras em cada quarto que havia ali... exceto a suíte da Primeira Família. Naturalmente, o equipamento poderia ser desconectado facilmente retirando-o da tomada e, como era de se esperar, os quartos de seus Irmãos exibiam uma tela preta no monitor do computador.

O que era bom. Não havia necessidade de assistir as relações sexuais deles.

Contudo, o quarto de hóspedes decorado de azul da mansão ainda estava sendo monitorado e, sob a luz do abajur dos criados-mudos, viu a figura encolhida de sua companheira. Jane tinha morrido para o mundo, mas estava muito claro que não descansava em paz: suas sobrancelhas estavam cerradas como se seu cérebro tentasse desesperadamente mantê-la dormindo como estava. Ou talvez estivesse sonhando com coisas que a assustavam em vez de algo prazeroso.

Seu primeiro instinto foi ir até lá, mas quanto mais pensava sobre isso, mais percebia que a coisa mais gentil que poderia fazer era permitir que ela continuasse deitada onde estava e deixá-la descansar. Ela e Manello tinham trabalhado por muitas horas seguidas, englobando toda a manhã. Além disso, ficaria em casa naquela noite: Wrath havia dado folga a todos em função de todos aqueles ferimentos.

Cristo... aquela maldita Sociedade Redutora. Não tinham visto tantos assassinos em anos... e não estava pensando naquela dúzia que tinha aparecido na noite passada. Ao longo das últimas duas semanas, estava disposto a apostar que Ômega havia transformado uma centena daquelas coisas malditas... e tinha a impressão de que eram como baratas: para cada um que via, havia outros dez escondidos.

O bom era que os Irmãos eram letais. E Butch curou-se com relativa facilidade após cumprir suas tarefas como *Dhestroyer*... inferno, Vishous sequer tinha sido capaz de cuidar do tira depois da operação. Não que tivesse se lembrado de fazer isso, mas mesmo assim.

Sufocado por tudo aquilo, apalpou os bolsos procurando seus cigarros artesanais... e percebeu que estava usando uma bata hospitalar: nenhuma possibilidade de fumar.

Levantou-se da cadeira. Voltou ao corredor. E seguiu para onde estava.

A porta do quarto de Payne estava fechada e não hesitou em abri-la. Havia grandes chances de que o cirurgião humano estivesse lá com ela, mas não tinha como o cara ficar para fora. Tinha salvado a pele dele.

Quando Vishous entrou, deveria ter prestado mais atenção no cheiro que havia no ar. E talvez devesse fazer o mesmo para perceber que o chuveiro estava ligado. Mas estava chocado demais ao ver que a cama estava vazia... e que havia suportes e muletas em um canto do quarto.

Se algum paciente estivesse paralisado... Precisaria de cadeiras de rodas, não de um equipamento que auxiliava a mobilidade. Então... será que ela estava *andando*?

– Payne?

Aumentou o tom de voz:

– *Payne?*

A resposta que teve de volta foi um gemido. Um gemido profundo e satisfeito...

O que não era o tipo de coisa que se evocava nem mesmo no melhor banho possível.

V. atravessou o quarto e quase quebrou a porta quando invadiu o banheiro quente e úmido. Mas que inferno, a cena diante dele era muito pior do que pensava.

Entretanto, a ironia era que o que estavam... Oh, Deus, não conseguia sequer expressar em palavras o que estavam fazendo... Mas aquilo salvava a vida do cirurgião: V. ficou tão horrorizado que teve de desviar o olhar e a rotina de avestruz o impediu de rasgar um buraco do tamanho de um cano de esgoto no pescoço de Manello.

Quando Vishous tropeçou ao sair, ouviu uma variedade de ruídos confusos no banheiro. E, então, percebeu que era o caso de debandar o mais rápido possível: bateu na cama, levantou-se outra vez, derrubou uma cadeira, apoiou-a na parede.

Nesse ritmo, encontraria a saída em uma semana. Ou mais.

– Vishous...

Quando Payne aproximou-se dele, V. manteve os olhos no chão e acabou tendo uma visão dos pés descalços de sua irmã gêmea. Então, ela havia recuperado a sensação nas pernas.

Uhúúúú!

– Por favor, poupe-me de uma explicação – exclamou antes de olhar para Manello. O filho da mãe estava ensopado, cabelos grudados na cabeça, uniforme agarrado ao corpo. – E *não* se afeiçoe a ela. Está aqui apenas até o momento de não precisar mais de você... e se considerarmos como ela está bem? Não ficará por muito mais tempo...

– Como *ousa*... eu escolho com quem me acasalar.

Ele balançou a cabeça para sua irmã.

– Então, escolha outra pessoa que não seja um humano que tem a metade de seu tamanho e um quarto de sua força. A vida aqui não é como nas nuvens, querida... e a Sociedade Redutora marcou um alvo em seu peito assim como no resto de nós. Ele é fraco, arrisca nossa segurança e precisa voltar para onde pertence... e permanecer lá.

Bem, parece que aquilo deixou sua irmã furiosa: seus olhos ficaram muito centrados, as sobrancelhas negras caíram sobre os olhos, estreitando-se.

– Saia. Daqui.

– Pergunte a ele o que fez durante toda a manhã – V. exigiu. – Espere... eu lhe digo. Ele costurou a mim e à Irmandade, pois estávamos tentando defender nossas fêmeas e nossa raça. Esse humano? Na minha opinião, ele é um *redutor* em potencial... nada mais, nada menos.

– Como ousa! Não sabe nada sobre ele.

V. inclinou-se para ela.

– E nem você. Esse é o ponto.

Antes que a coisa saísse de controle, virou-se para sair, apenas para visualizar uma cena deles no espelho da parede. Que bela imagem formavam: sua irmã, nua e sem qualquer timidez; o humano, ensopado e sombrio; e ele, com um olhar selvagem e pronto para matar alguém.

A raiva cresceu tão rapidamente e chegou a um ponto tão alto que se liberou antes mesmo que ele pudesse reconhecer a emoção.

Vishous deu dois passos a frente, colocou a cabeça para trás e bateu o rosto no vidro, quebrando o maldito reflexo e indo embora.

Quando sua irmã berrou e o cirurgião gritou, deixou-os à própria sorte e saiu.

No corredor, sabia exatamente para onde estava indo.

No túnel, bastante ciente do que estava prestes a fazer.

Enquanto caminhava, o sangue escorria pelo rosto até o queixo, as lágrimas vermelhas caíam pelo peito e abdômen.

Não sentia dor alguma.

Mas, com um pouco de sorte, sentiria. Muito em breve.

CAPÍTULO 35

Quando Payne se vestiu e saiu para o corredor, seu irmão gêmeo já havia partido. No entanto o sangue no chão indicou-lhe a direção que ele seguiu e ela acompanhou a trilha ao longo do corredor e do espaço envidraçado em que se lia "Escritório". No interior, as pequenas partículas vermelhas faziam um caminho ao redor da mesa e desapareciam por uma porta; então, ela se aproximou a abriu...

Apenas um armário, nada além de um estoque de papéis e material de escritório. Porém, havia mais do que isso; tinha de haver. A trilha de gotas terminava em uma parede de prateleiras.

Tateando, procurou uma alavanca ou alguma coisa que se movesse, enquanto pensava na cena do espelho estilhaçado.

Tinha muito medo, não por ela, mas por Vishous... e o que ela havia lhe induzido a fazer, outra vez. Ela queria ter um relacionamento com seu irmão, mas não assim; nunca havia desejado aquela interação tóxica.

– Procurando alguma coisa?

Olhou por cima do ombro em direção a seu curandeiro. Parado na entrada do escritório, ainda estava molhado, mas não pingava mais e tinha uma toalha branca ao redor de seu pescoço. O cabelo curto e escuro estava desgrenhado, como se tivesse esfregado para secar e deixado como estava.

– Não consigo encontrar o caminho. – Não só relacionado àquilo, mas a muitas outras coisas.

Payne levou um bom tempo apenas olhando fixamente para as pilhas de blocos de notas amarelos, caixas de canetas e fileiras de objetos bem ordenados e alinhados com cuidado cuja função Payne poderia apenas imaginar. Quando finalmente desistiu e saiu, seu curandeiro ainda estava na entrada do escritório, ainda a encarava. Seus olhos estavam negros com a emoção, os lábios finos... e, por alguma razão, sua expressão fez com que ela percebesse como estava totalmente vestido.

Como ele permanecia completamente vestido sempre que se deitava com ela.

Nunca permitiu que ela o tocasse, não foi?

– Você concorda com meu irmão – disse ela com um tom sombrio. – Não concorda?

Não era uma pergunta, e ficou surpresa quando ele assentiu.

– Não é uma coisa a longo prazo – disse com uma gentileza horrível. – Não para você.

– Então foi por isso que não tive o prazer do seu sexo.

As sobrancelhas de Manny ergueram-se brevemente, como se a sinceridade dela o incomodasse.

– Payne... não pode dar certo entre nós.

– Quem disse? A escolha é nossa quanto a quem...

– Tenho uma vida para a qual preciso voltar.

Quando sua respiração ficou mais tensa, ela pensou: como era incrivelmente arrogante. Nunca lhe ocorreu que ele tinha outro lugar para ir; por outro lado, assim como seu irmão havia apontado, quanto ela sabia sobre ele?

– Eu tenho família – ele continuou. – Um trabalho. Um cavalo que preciso ver como está.

Payne caminhou até ele, aproximando-se com sua cabeça erguida.

– Por que chegou à conclusão de que só pode ser isso ou aquilo? Antes que tente, não gaste palavras dizendo que não me deseja. Sei que é verdade... seu perfume não nega.

Ele limpou a garganta.

– Sexo não é tudo, Payne. E mesmo sentindo todo o prazer, não passa disso.

Com isso, outro calafrio percorreu o corpo de Payne, como se houvesse uma brisa passando pela sala. Mas, então, balançou a cabeça.

– Você me desejou, curandeiro. Quando voltou e me viu naquela cama... seu aroma não tinha nada a ver com a condição em que eu me encontrava, e é um covarde se fingir o contrário. Esconda-se se quiser, curandeiro...

– Meu nome é Manny – ele retrucou. – Manuel Manello. Trouxeram-me aqui para ajudá-la... e, no caso de não ter notado, está em pé. Então, eu ajudei. Agora? Estou apenas esperando para que sua gente mexa com meu cérebro outra vez e prendam-me de alguma maneira para que eu não consiga separar o dia da noite e os sonhos da realidade. Este é o seu mundo, não o meu, e existe *apenas* uma coisa ou outra.

Os olhos deles se encontraram e, naquele momento, como se as instalações estivessem em chamas, ela sentiu que não poderia desviar o olhar... e percebeu que ele também não.

– Se pudesse dar certo – ela disse com tom severo –, se permitissem que entrasse e saísse quando bem entendesse, ficaria comigo?

– Payne...

– Minha pergunta é clara. Responda. Agora. – Quando as sobrancelhas dele se ergueram, não conseguia dizer se estava animada ou assustada com seu ímpeto, mas não se importava com isso naquele momento.

– A verdade é o que é – balançou a cabeça lentamente. – Seu irmão não acha que...

– Dane-se meu irmão – ela rebateu. – Diga-me o que *você* acha.

No silêncio tenso que se seguiu, ela percebeu o que tinha acabado de dizer e teve vontade de amaldiçoar outra vez. Abaixando a cabeça, olhou para o chão, não com brandura, mas sentindo-se frustrada. Fêmeas de valor não usavam palavras como aquela e não pressionavam as pessoas nem por guardanapos de pano, muito menos por algo assim.

Na verdade, uma fêmea adequada permaneceria sob os cuidados do membro masculino mais velho da família, que controlaria todas as grandes decisões em sua vida, moldando todo seu caminho, desde onde moraria até com quem se casaria.

Explosões. Sexo. Palavrões. Um pouco mais disso e realizaria o desejo de Vishous, pois seu curandeiro – Manuel, esse era o nome dele – a consideraria tão pouco atraente que iria implorar para se afastar dela, sem memória alguma de seu tempo juntos.

Será que ela nunca se encaixaria no padrão feminino de perfeição que era Layla?

Esfregando os olhos, ela murmurou:

– Vocês dois têm razão... só que pelos motivos errados. Nossa relação não poderia dar certo nunca, pois não sou uma boa companheira para nenhum tipo de macho.

– O quê?

Cansada de tudo... dele, de seu irmão, de si mesma, de machos e fêmeas em geral... Fez um breve gesto como se estivesse dissipando alguma coisa no ar com a mão e virou-se.

– Você diz que esse é meu mundo? Pois está muito errado; não pertenço a esse lugar mais do que você.

– Do que diabos está falando?

Na verdade, ele poderia muito bem ter uma imagem real das coisas ao sair dali. Inferno. Olhou por cima do ombro.

– Sou filha de uma deusa, Manuel. Uma divindade. Aquele brilho que provoca em mim? É a essência dela como uma entidade. Isso é o que ela é. Quanto a meu pai? Não era nada além de um bastardo sádico que me transmitiu o desejo de matar... isso não é um "dom". E quer saber o que fiz com isso? Quer? – Tinha consciência de que o volume de sua voz estava aumentando, mas estava muito pouco inclinada a se acalmar. – Eu o matei, Manuel. E por cometer tal crime contra minha linhagem, por essa ofensa contra os padrões de comportamento das fêmeas, fui aprisionada e mantida assim por séculos. Então, você tem toda razão. Vá... Faça isso agora; é o melhor. Mas não pense que me encaixo melhor do que você neste lugar.

Com outro resmungo passou por ele e saiu para o corredor, acreditando que Manuel se veria livre muito em breve...

– Foi seu irmão. Não foi?

As palavras calmas e baixas ecoaram pelo árido corredor, detendo não apenas os passos de Payne, mas seu coração.

– Eu vi o estado dele – Manuel disse com uma voz profunda. – Existe alguma possibilidade de seu pai ter feito aquilo com o cara?

Payne virou-se lentamente. Em pé, no meio do corredor, seu curandeiro não mostrava nem choque nem horror, apenas uma inteligência que já esperava dele.

– Por que acha isso? – ela disse em um tom letal.

– Quando o operei, vi cicatrizes e ficou muito claro que alguém tentou castrá-lo. Será que estou extrapolando? Pela minha limitada interação com ele, diria que é sensível e agressivo demais com qualquer um que queira o melhor para ele; então, ou foi atacado por um bando de loucos ou alguém o pegou em um momento em que era muito vulnerável. Acho que a última opção é a mais provável, pois... bom, digamos que eu ficaria surpreso se abusos sexuais por parte dos pais não acontecesse também em meio a sua espécie.

Payne engoliu em seco e levou um longo, longo tempo antes que ela conseguisse encontrar sua voz.

– Nosso pai... Sujeitou V. Ordenou um ferreiro tatuá-lo... e a usar um alicate.

Manuel fechou os olhos por alguns instantes.

– Sinto muito. Sinto muito... mesmo.

– Nosso pai foi escolhido para ser um tipo de senhor e reprodutor por sua agressividade e crueldade, e meu irmão foi entregue a ele quando era muito jovem... enquanto eu ficava no Santuário com nossa *mahmen*. Como não tinha nada para passar meu tempo, via o que acontecia aqui na Terra nas bacias da visão e... meu irmão foi abusado ao longo dos anos no campo de guerra. Dizia isso a minha mãe de tempos em tempos, mas ela insistia em cumprir o acordo com Bloodletter. – Fechou os punhos com força. – Aquele macho, aquele maldito e sádico macho... não era capaz de cuidar de filho algum, mas ela lhe garantiu um de nós para que concordasse em se acasalar com ela. Três anos depois que nascemos, ela abandonou Vishous à crueldade de nosso pai enquanto fazia o máximo possível para me forçar a seguir um modelo que nunca se encaixaria comigo, e, então, aquele último episódio de quando Vishous foi... – Lágrimas brotaram de seus olhos. – Não poderia mais aceitar... não poderia mais deixar de fazer alguma coisa. Desci até aqui e.. e cacei Bloodletter. Eu o detive no chão enquanto o queimava até virar cinzas. E não me arrependo disso.

– Quem a aprisionou?

– Minha mãe. Mas a prisão foi apenas parcial, pois ele estava morto. Algumas vezes eu achava que era mais por ela sentir uma decepção tremenda com relação a mim. – Enxugou o rosto rapidamente e secou a umidade dos dedos. – Mas chega disso, chega de... tudo isso. Vá agora... Vou falar com o Rei e enviá-lo de volta. Adeus, Manuel.

Em vez de esperar que respondesse, saiu com rapidez passando por ele mais uma vez...

– Sim, eu a desejo.

Payne parou e olhou sobre o ombro outra vez. Depois de um momento, ela disse:

– É um ótimo curandeiro e precisa exercer seu trabalho, como teve toda razão em mencionar. Não temos mais motivos para conversar.

Quando voltou a andar, os passos dele se aproximaram com rapidez e a alcançou, girando-a.

– Se tivesse tirado minhas calças, não conseguiria me afastar de você.

– Mesmo?

– Dê-me sua mão.

Sem olhar, ela lhe ofereceu uma das mãos.

– Por que...

Ele agiu rápido, colocando a palma da mão dela entre suas pernas e pressionando-a contra e extensão quente e dura que havia entre seus quadris.

– Você está certa – moveu-se contra ela, seu pênis latejava, a ereção pressionava a mão dela quando ele começou a ofegar. – Mesmo se eu tentasse me convencer do contrário, sabia que se ficasse nua, você permaneceria virgem até o momento que a estendesse sobre a cama. Nada romântico, mas real e totalmente verdadeiro.

Quando os lábios dela se abriram, seus olhos estenderam-se para a boca e ele rosnou.

– Pode sentir a verdade, não pode? Está na sua mão.

– Não se importa com o que eu fiz...?

– Quer dizer, quanto ao seu pai? – ele deteve a carícia e franziu a testa. – Não. Para ser sincero, sou o tipo de cara adepto à lei de talião*. Seu irmão poderia muito bem ter morrido com aqueles machucados... Não importa quão rápido sua gente pode se curar. Mas, indo direto ao ponto, estou disposto a apostar que essa relação pai e filho deve ter detonado a cabeça dele para o resto da vida... então, não, não tenho problemas com o que fez.

Justiça retaliatória, pensou quando as palavras dele infiltraram-se dentro dela.

Voltando a pressionar onde ele a havia induzido, retomou o que tinha parado, fazendo movimentos para cima e para baixo sobre o sexo dele, acariciando-o.

– Fico feliz por se sentir assim.

E aquilo era verdade de muitas maneiras: a ereção dele era deliciosa, tão rígida e contundente na ponta. Desejava explorá-lo assim como ele fez com ela... com os dedos... a boca... a língua...

Manuel revirou os olhos lentamente enquanto rangia os dentes.

– Mas... seu irmão ainda está certo.

– Está...? – Ela curvou-se e lambeu os lábios. – Tem certeza?

Quando ela recuou, houve um momento escaldante quando os olhos deles se encontraram... e, então, com um rugido, ele a girou e a empurrou contra a parede.

– Tenha cuidado. – ele rosnou.

– Por quê? – Mergulhou os lábios sobre o pescoço dele e arrastou uma presa lenta e inexoravelmente ao longo de sua jugular.

– Oh, droga... – Xingando desesperado, fixou os olhos nos dela, mantendo a palma de sua mão naquele lugar entre seus quadris, obviamente tentando mudar o foco. – Ouça-me. Por mais que seja bom o que existe entre nós... – ele engoliu em seco. – Muito bom... Droga, olha, seu irmão sabe o que está acontecendo... não posso cuidar de você da maneira adequada e...

---

* Cuja máxima diz "Olho por olho, dente por dente". (N.P.)

– Posso cuidar de mim mesma. – Pressionou a boca contra a dele e sabia que o possuía quando seus quadris começaram a se movimentar para frente e para trás: ele poderia ter detido sua mão, mas seu corpo estava muito à vontade ali.

– Droga – ele rugiu. – Você me deseja agora?

– Sim. Quero saber como é.

Mais beijos. E embora fosse ele quem estivesse agarrando-a e pressionando-a contra a parede, era ela a agressora.

Manny recuou, mas foi apenas o que pareceu, com um grande esforço. Depois de respirar fundo várias vezes, disse:

– Perguntou-me se eu ficaria com você se pudesse. Não tem nem o que pensar. Você é linda, *sexy* e eu não sei o que sua mãe ou qualquer outra pessoa têm na cabeça comparando você com alguma coisa ou alguém. Nada se compara a você... de maneira alguma.

Enquanto falava, estava mortalmente sério e era muito sincero... e aquela aceitação foi generosa e única: ela nunca teve aquilo de ninguém. Mesmo o próprio irmão queria negar-lhe a escolha do parceiro.

– Obrigada – ela sussurrou.

– Não é um elogio. As coisas são assim. – Manuel beijou sua boca suavemente e manteve o contato.

– Mas o cara do cavanhaque ainda está certo, Payne.

– Cavanhaque... Cara?

– Desculpe. É um pequeno apelido que atribui a seu irmão – ele deu de ombros. – Mas, de qualquer forma, acho mesmo que ele tem os melhores interesses dentro daquele coração e você realmente vai precisar de alguém que não seja eu em longo prazo... Se eu posso ficar aqui ou não é apenas parte do problema.

– Não a meu ver.

– Então, precisa enxergar com mais clareza. Vou morrer em mais ou menos quatro décadas. Se tiver sorte. Quer mesmo assistir meu envelhecimento? Minha morte?

Ela teve de fechar os olhos e virar a cabeça apenas por pensar nele morrendo.

– Deus... não.

No silêncio que se seguiu, a energia entre eles mudou, passando de algo sexual... para um tipo diferente de desejo. E como se ele estivesse sentindo o mesmo que ela, colocou-a contra seu corpo, segurando-a com força entre seus braços fortes.

– Se existe uma coisa que aprendi como médico – disse ele –, é que a biologia prevalece. Você e eu podemos decidir fazer qualquer coisa, mas não podemos fazer nada para mudar as diferenças biológicas. Minha expectativa de vida é apenas uma fração da sua... no máximo, teríamos um intervalo de dez anos antes que eu tivesse que entrar na terra do Viagra.

– O que é isso?

– É um lugar muito, muito flácido – disse ele secamente.

– Bem... eu iria até lá com você, Manuel. – Ela recuou um pouco para que pudesse observar aqueles belos olhos castanhos. – Seja lá onde for.

Houve um breve silêncio, e, então, ele sorriu triste.

– Adoro a maneira como pronuncia meu nome.

Suspirando, colocou a cabeça sobre o ombro dele.

– E eu adoro dizê-lo.

Enquanto permaneciam ali parados, um contra o outro, ela se perguntou se seria a última vez, e aquilo fez com que pensasse em seu irmão. Estava preocupada com Vishous e precisava conversar com ele, mas ele havia optado por deixá-la sem mostrar qualquer maneira de encontrá-lo.

Que assim seja. Por mais difícil que fosse, deixaria Vishous partir por enquanto... e se concentraria no macho que estava com ela.

– Tenho algo para lhe pedir – ela disse para seu curandeiro... Manuel, corrigiu-se.

– Diga.

– Leve-me a seu mundo. Mostre-me... se não tudo, pelo menos alguma coisa.

Manuel se enrijeceu.

– Não sei se é uma boa ideia. Consegue ficar em pé sozinha apenas há doze horas.

– Mas sinto-me forte e tenho maneiras para lidar com a viagem. – Na pior das hipóteses, poderia se desmaterializar de volta ao complexo:

sabia, por ter visto nas bacias de visões, que seu irmão tinha cercado as instalações com o *mhis* e aquilo era um ponto de referência que poderia ser encontrado facilmente. – Confie em mim, não estarei em perigo.

– Mas como poderíamos sair juntos?

Payne afastou-se de seus braços.

– Pode vestir seu corpo enquanto eu tomo conta de tudo. – Quando parecia que ia argumentar, ela balançou a cabeça. – Não disse que a biologia sempre vence? Muito bem; mas eu lhe digo que temos esta noite... por que desperdiçar isso?

– Mais tempo juntos... só vai tornar a partida mais difícil.

Oh, aquilo doeu.

– Disse que me faria um favor, está em suas mãos. Sua palavra não é um compromisso?

Os lábios dele se estreitaram. Mas, então, inclinou a cabeça.

– Está certo. Vou me vestir.

Quando ele se dirigiu para o quarto, ela voltou para o escritório e pegou o telefone, enquanto Jane e Ehlena mostravam-lhe como fazer. Deu tudo certo ao discar... e o *doggen* mordomo atendeu com uma voz alegre.

Aquilo tinha de funcionar, disse a si mesma. Tinha de funcionar.

No Antigo Idioma, ela disse:

Aqui é Payne, irmã de sangue de Vishous, membro da Irmandade da Adaga Negra, filho de Bloodletter. Gostaria de falar com o Rei, se pudesse me agraciar com tamanha cortesia.

CAPÍTULO 36

Quando Vishous irrompeu no Buraco pelo túnel subterrâneo, teve de enxugar o rosto ensanguentado com a palma da mão para que pudesse continuar até o quarto. Considerava ter sido uma coisa boa conseguir acertar o espelho em cheio, pois isso significava que havia alguns cacos nele... mas, na verdade, não dava a mínima.

Quando chegou à porta de Butch e Marissa, bateu. Com força.

– Só um minuto.

Butch não levou muito tempo para abrir e ainda estava vestindo um roupão.

– O que é... – então, tudo o que conseguiu dizer foi: – Jesus Cristo... *V.*

Atrás do ombro do cara, Marissa sentou-se na cama, faces vermelhas, os cabelos loiros emaranhados, as cobertas puxadas até os seios, e mantendo-as assim. A satisfação sonolenta logo foi substituída pelo choque.

– Deveria ter só telefonado. – V. ficou impressionado com o tom calmo de sua voz e sentiu um gosto metálico na boca enquanto falava. – Mas não sei onde está meu telefone.

Quando seu olhar encontrou o de seu melhor amigo, sentiu-se um diabético desesperado por insulina. Ou talvez fosse mais parecido com o vício da heroína ansiando por uma agulha. Não importa a metáfora, tinha de fugir de si mesmo ou perderia a cabeça e acabaria cometendo algum ato criminoso estúpido, como pegar suas lâminas e transformar aquele cirurgião em carne para hambúrguer.

– Eu os peguei juntos – ouviu-se dizendo. – Mas não se preocupe. O humano ainda está respirando.

E, então, simplesmente ficou ali, a pergunta que veio fazer estava tão evidente quanto o sangue em seu rosto.

Butch olhou para sua *shellan*. Sem hesitar, ela assentiu, os olhos tristes e gentis compreendiam bem que V. estava emocionado... mesmo naquele estado entorpecido.

– Vá – disse ela. Cuide dele. Eu te amo.

Butch assentiu. Provavelmente gesticulou com a boca um "eu te amo" de volta para ela. Em seguida, olhou para V. e murmurou rispidamente:

– Espere no pátio. Vou pegar o Escalade... e uma toalha do banheiro, tudo bem? Está parecendo o maldito Freddy Krueger.

Quando o tira foi até o armário para tirar o roupão e se vestir, V. olhou para a *shellan* do macho.

– Está tudo bem, Vishous – ela disse. – Vai ficar tudo bem.

– Não ansiava por isso. – Mas precisava fazer antes que se tornasse um perigo letal para si mesmo e para os outros.

– Eu sei. E eu também te amo.

– És *uma bênção sem medida* – pronunciou no Antigo Idioma.

E, então, fez uma reverência para ela e se afastou.

Quando o mundo voltou a entrar em foco algum tempo depois, V. viu-se sentado no banco do passageiro do Escalade. Butch estava atrás do volante e considerando a maneira como o tira lidava com os pedais, já tinham percorrido uma boa distância: as luzes de Caldwell não estavam mais distantes, mas por toda parte, brilhando nas janelas da frente e laterais do automóvel.

O silêncio no carro era tenso como um punhal e tão denso quanto um tijolo. E mesmo aproximando-se do destino, V. teve problemas em compreender a viagem que estavam fazendo. No entanto, não tinha volta. Para nenhum dos dois.

Estacionaram na garagem do Commodore.

Motor desligado.

Duas portas se abrindo... duas portas se fechando.

E, em seguida, subiram pelo elevador, que pareceu como a viagem do complexo até o Commodore: nada se encaixava na mente de V.

A próxima coisa que percebeu foi Butch usando a chave de cobre para abrir a cobertura.

V. entrou primeiro e acendeu as velas com a força de sua vontade. No instante em que as paredes e teto negros foram iluminados, passou do modo zumbi para o totalmente ligado, seus sentidos intensificaram-se a ponto de seus passos soarem como bombas caindo e o som da porta trancando-os ali dentro parecer o de um prédio caindo.

Cada respiração que dava era uma rajada de vento. Cada batida de seu coração era como o golpe de um boxeador. Cada porção de saliva que engolia era um porre que passava por sua garganta.

Era assim que seus submissos se sentiam? Com aquele formigamento tão vívido?

Parou próximo a sua mesa. Nenhum casaco para tirar; nada além da bata hospitalar cobria suas costas.

Atrás dele, a presença de Butch pairava tão grande como uma montanha.

– Posso usar seu telefone? – V. perguntou asperamente.

– Aqui.

V. virou-se e apanhou com a mão enluvada o BlackBerry que lhe foi jogado. Selecionando a opção de criar uma nova mensagem, escolheu o contato *Dra. Jane* na agenda.

Seus dedos se acalmaram nesse momento. Seu cérebro estava entupido de emoções, os gritos que precisava soltar ficavam no caminho e transformavam sua circunspecção usual em um conjunto sólido de barras de aço que o prendiam dentro de si mesmo.

Por outro lado, era por isso que estavam ali.

Xingando em voz baixa, cancelou a tela de texto vazia.

Quando foi devolver o celular, Butch estava perto da cama, tirando um de seus casacos de couro; nada de jaquetas de motoqueiro na rotina do tira inativo... O casaco que costumava vestir ia até o quadril e encaixava-se perfeitamente em seu peitoral. O material era como manteiga dentro de uma nuvem macia. Algo que V. conhecia por já ter segurado a coisa algumas vezes. O cara não relutava ao fazer aquilo, e estava tirando pelas razões certas: não havia motivo para manchar de sangue uma roupa como aquela.

Quando V. colocou o telefone na cama e se afastou, Butch dobrou o casaco com mãos cuidadosas e precisas e quando apoiou o couro, era como se estivesse deitando um filho sobre o edredom negro. Em seguida, aqueles dedos fortes e firmes puxaram as calças pretas para cima e ajeitaram a camisa de seda preta.

Silêncio.

E não do tipo em que as pessoas sentiam-se confortáveis.

Vishous olhou para os painéis de vidro instalados ao redor da cobertura e observou o reflexo de seu melhor amigo.

Depois de um momento, o tira virou a cabeça.

Os olhos deles encontraram-se no vidro.

– Vai continuar vestindo isso? – Butch perguntou com um tom obscuro.

Vishous alcançou o laço que havia em sua nuca e puxou os dois cordões que uniam a bata. Em seguida, fez o mesmo na cintura. Quando a roupa deslizou de seu corpo, o tira observou do outro lado da sala a coisa cair ao chão.

– Preciso de uma maldita bebida – Butch disse.

No bar, o cara serviu-se de uma dose de uísque. E de outra. Então, deixou o copo de lado, pegou a garrafa e bebeu com vontade.

Vishous permaneceu onde estava, a boca aberta, a respiração disparando para dentro e para fora dele enquanto continuava concentrado na figura de seu melhor amigo.

Butch apoiou a garrafa, mas continuou segurando-a, a cabeça baixa como se tivesse fechado os olhos.

– Não tem que fazer isso – disse V. com voz rouca.

– Sim... eu tenho.

A cabeça do policial ergueu-se e, então, ele se virou.

Quando finalmente avançou, deixou a bebida no bar e parou ao se posicionar atrás de Vishous. Estava perto... perto o suficiente para que o calor de seu corpo fosse facilmente percebido.

Ou talvez fosse o próprio sangue de V. começando a ferver.

– Quais são as regras? – disse o tira.

– Não existem. – Vishous endireitou sua postura e se preparou. – Faça o que quiser... mas tem que acabar comigo. Tem que me despedaçar.

No complexo, Manny trocou outro conjunto de uniforme cirúrgico. Se as coisas continuassem assim, poderia comprar ações da maldita loja especializada naquele tipo de roupa. Ou de uma indústria de máquinas de lavar.

No corredor, apoiou-se contra o muro de concreto e encarou seus tênis. Não achava que as solas poderiam animá-lo... tinha a impressão de que ele e Payne não iam a lugar algum. Ao menos, não juntos.

Filha de uma divindade.

Eeeeeee... aquilo não importava para ele. Poderia ser a filha de um avestruz que não dava a mínima importância.

Esfregando o rosto, não conseguiu decidir se ficava impressionado consigo mesmo ou com medo de ter aceitado tão bem as novidades. Provavelmente era mais saudável ficar todo chocado, incrédulo e dizendo "oh, Deus, não!"; contudo, seu cérebro fluiu bem com tudo aquilo... o que significava que ou era realmente flexível com aquilo que considerava realidade ou sua massa cinzenta tinha caído em um estado de aprendizado impotente.

Provavelmente era a primeira opção, pois, apesar de tudo, sentia-se como... droga, sentia-se melhor do que nunca: apesar de ter operado por doze horas seguidas e dormido em uma cadeira durante parte da noite – ou dia, não importava a hora –, o conjunto corpo e mente estava forte, saudável e afiada como uma tacha. Mesmo quando se esticou, não houve rigidez... ou estalos ou rangidos. Era como se estivesse em férias há um mês, fazendo massagens e sessões de ioga de frente para o mar. Não que já tivesse feito sequer algumas daquelas posições mais fáceis da ioga.

Eeeeeeeeeeee naquele momento, uma imagem realmente fabulosa e muito suja de Payne surgiu em sua mente. Quando seu pênis enrijeceu-se todo alegre para chamar a atenção, pensou que não seria uma boa ideia levá-la para fazer um *tour* em, digamos, seu quarto. Na verdade, pensando nos últimos acontecimentos, que envolviam ele de joelhos... seu banheiro também estaria fora dos limites. Será que deveria evitar cômodos cobertos por telhado? Então, sua cozinha não era uma boa. A entrada do apartamento também não...

Payne saltou para fora do escritório e trazia sua maleta e outras coisas com ela.

– Estamos livres!

Com toda a graça de uma atleta, correu para ele, os cabelos se movimentavam atrás dela, seu andar era tão natural quanto as ondas negras caindo de sua cabeça.

– Estamos livres! Estamos livres!

Quando ela pulou em seus braços, ele a pegou e a girou no ar.

– Eles nos deixaram ir? – disse ele.

– De fato! Temos autorização para pegar seu automóvel e sair daqui. Enquanto entregava as coisas dele, sorria tanto que suas presas ficaram expostas. – Pensei que precisaria disso. E o telefone funciona agora.

– Como sabe que são minhas coisas?

– Têm o seu perfume. E Wrath me contou sobre o cartãozinho que meu irmão removeu.

Coisas de telefone. Mas o fato dela ter reconhecido as coisas dele pelo cheiro o excitou, lembrando-lhe exatamente o quanto estiveram próximos...

Certo, hora de parar com aquele filme.

Ela colocou a mão no rosto dele.

– Sabe de uma coisa?

– O quê?

– Gosto da maneira como olha para mim, Manuel.

– Mesmo?

– Faz com que eu pense nos momentos em que sua boca estava sobre mim.

Manny gemeu e quase perdeu a firmeza. Então, para evitar que as coisas saíssem do controle, colocou o braço em volta da cintura dela.

– Vamos lá. Vamos sair antes que percamos a oportunidade.

O sorriso de Payne era tão despreocupado que, por algum motivo, aquilo dividiu o peito dele com muita força e expôs as batidas de seu coração. E isso foi antes dela se inclinar e beijar sua bochecha.

– Está excitado.

Manny olhou para ela.

– E você está brincando com fogo.

– Eu gosto de ficar quente.

Manny soltou uma risada alta.

– Bem, não se preocupe... você é quente.

Quando chegaram à saída de emergência, ele colocou a mão sobre a barra.

– Isto realmente vai abrir?

– Tente e descubra.

Inclinou-se sobre a barra... e a trava foi liberada, os painéis de metal pesado se abriram.

Quando não viu vampiros com armas e facões correndo na direção deles e surgindo por todos os lados, ele balançou a cabeça.

– Como conseguiu isso?

– O Rei não está feliz. Mas não sou uma prisioneira aqui, já sou adulta e não há razão para que não me permitissem deixar o complexo.

– E no final da noite... o que vai acontecer? – Quando a alegria dela diminuiu, ele pensou "Uh-hum, foi assim que ela conseguiu". Tecnicamente, ela estava o escoltando para casa... Aquele era o adeus.

Ele acariciou o cabelo dela para trás.

– Está tudo bem. Está... tudo bem, *bambina*.

Ela pareceu engolir com dificuldade.

– Eu não deveria pensar no futuro, nem você. Temos horas e horas pela frente.

Horas. Nada de dias, semanas ou meses... ou anos. Horas.

Deus, não se sentia livre.

– Vamos lá – disse ele, saindo e pegando a mão dela. – Vamos fazer valer a pena.

Seu carro estava estacionado nas sombras à direita e quando chegou até lá, encontrou a coisa aberta. Mas, vamos lá, até parece que ninguém ia sequer verificá-lo.

Abriu a porta do passageiro.

– Deixe-me ajudá-la a entrar.

Pegando o braço dela como um cavalheiro, acomodou-a e, em seguida, estendeu o cinto de segurança sobre ela, encaixando-o no lugar.

Quando os olhos dela percorreram o interior do carro e suas mãos acariciaram as laterais do banco, ele percebeu que aquele poderia ser seu primeiro passeio de carro. E como aquilo era bom.

– Já esteve em um desses antes? – perguntou.

– De fato, não.

– Bem, irei devagar.

Ela pegou a mão dele quando se endireitou no banco.

– Isso anda rápido?

Manny riu um pouco.

– É um Porsche. Ser rápido é a função dele.

– Então, você deve nos levar contra o vento! Será como na época em que eu cavalgava!

Manny tirou uma foto mental da felicidade selvagem que havia em seu rosto: ela resplandecia... e não no sentido etéreo, simplesmente por sentir a alegria de viver.

Ele inclinou-se e beijou-a.

– Você é tão linda.

Ela agarrou o rosto dele.

– E eu lhe agradeço por isso,

Oh, mas nada daquilo se devia a ele. O que a iluminava era a liberdade, a saúde, o otimismo... e ela não merecia nada menos na vida.

– Quero que conheça alguém – ele desabafou.

Payne sorriu para ele.

– Então, dirija, Manuel. Leve-nos pela noite.

Depois de um momento olhando-a um pouco mais... foi exatamente isso o que fez.

CAPÍTULO 37

Parado nu na cobertura, Vishous esperou por alguma coisa... qualquer coisa.

Em vez disso, Butch afastou-se e desapareceu na cozinha. Quando foi deixado ali com sua solidão, V. fechou os olhos e praguejou. Foi uma má ideia; não se pedia a um bom garoto católico para brincar com os tipos de brinquedos que V...

O ataque veio por trás, rápido e seguro.

Foi um golpe de luta livre modificado e executado muito bem: dois braços enormes envolveram seu peito e quadris, detendo-o e jogando-o contra a parede próxima à mesa de trabalho, que foi quando o golpe de luta "livre" aconteceu: cada centímetro dele sentiu o impacto. No entanto, nada de voltar para trás, nada de ricochetear.

Estava preso no lugar pela nuca e pelo traseiro.

– Braços sobre a cabeça.

Aquele rosnado foi como uma arma na nuca e V. esforçou-se para obedecer ao comando, lutando contra a pressão que prendia seus dois braços na frente do peito. O lado direito foi liberado primeiro... e no instante em que seu pulso foi exposto, foi agarrado e preso em uma algema. Isso também aconteceu com o lado esquerdo e muito rápido.

Por outro lado, tiras eram bons com aquele acessório de aço.

Houve uma rápida trégua, quando foi capaz de respirar um pouco. Em seguida, o som das correntes de metal sendo agitadas ao longo de uma engrenagem anunciou para onde as coisas estavam indo: para cima.

Gradualmente, seu peso foi retirado de seus pés e carregado para suas articulações e braços. A subida parou pouco antes da ponta dos dedos deixarem o chão completamente... e, então, ficou ali pendurado, de frente para as janelas, o ar entrava e saía com dificuldade de seus pulmões enquanto ouvia Butch movendo-se atrás dele.

– Abra a boca.

Com o comando, V. abriu largamente seu maxilar, a articulação produziu um estalo, os cantos dos olhos enrugaram, seus cortes faciais reviveram com um coro de uivos.

Uma mordaça foi puxada para baixo ao longo de sua cabeça e encaixou-se onde deveria; a bola foi pressionada contra suas presas e forçou a boca a se abrir ainda mais. Com um rápido puxão, as cintas de couro apertaram-se ao longo da nuca e a fivela foi presa com força até ficar cravada no couro cabeludo.

Foi uma combinação perfeita: a suspensão e o confinamento asfixiante cumpriram sua função, estimulando sua adrenalina e fazendo seu corpo ficar tenso de muitas maneiras diferentes.

O colete de arame farpado foi o próximo, a peça encaixada no tronco, não colocada sobre os ombros, as pontas de metal no interior do couro afundaram em sua pele. Butch começou com a alça que havia próxima ao esterno e, em seguida, iniciou uma sequência de puxões, apertando mais forte, mais forte, mais forte... Até que desde a caixa torácica de V. até seu abdômen e o topo dos quadris sentia círculos concêntricos de pura dor que formigaram sua coluna, lançando-se direto aos receptores nervosos de seu cérebro e deixando seu pênis duro como rocha.

O oxigênio silvou em suas narinas quando houve uma breve calmaria sem que tocasse em nada e, em seguida, Butch voltou com quatro cintas de borracha. Para um amador, tinha ótimos instintos: tanto a bola da mordaça quanto o colete tinham anéis de aço inoxidável pendurados em cada centímetro de sua extensão, e era evidente que o tira ia dar um bom uso a todos eles.

Trabalhando com afinco, Butch fez ganchos com os acessórios da mordaça e esticou a borracha para baixo, fixando-o na frente e atrás do colete.

O que, na prática, prendeu a cabeça de Vishous para frente.

Então, Butch balançou-o no ar e fez um pequeno movimento de carrossel com ele. Naquele estado de imobilidade, foi difícil entender o que estava acontecendo, e não levou muito tempo para que não tivesse certeza se ainda estava em movimento ou se era a sala que girava: as coisas passavam uma após a outra, o bar, a porta, a mesa de trabalho... Butch... a cama, as janelas de vidro... em seguida, voltava para o bar, a porta, a mesa... e Butch...

Que tinha caminhado até as correntes e cintas penduradas.

O tira permanecia ali, olhos fixos em Vishous.

Como um trem parando na estação, a rotação foi ficando cada vez mais lenta até que parou completamente... com os dois encarando um ao outro.

– Você disse que não tinha regras – disse Butch com os dentes cerrados. – Ainda é assim?

Sem possibilidade de assentir ou balançar a cabeça, V. fez o possível com seus pés, movendo-os para cima e para baixo sobre o chão.

– Tem certeza?

Quando repetiu o movimento, os olhos de Butch brilharam sob a luz das velas... como se houvesse lágrimas neles.

– Certo – disse com voz rouca. – Se é assim que tem que ser, assim será.

Butch limpou o rosto, virou-se para a parede e foi em direção aos brinquedos. Quando aproximou-se dos chicotes, V. imaginou a franja com pontas afiadas cravando em suas costas e coxas... mas o tira continuou a caminhar. Em seguida, estavam os chicotes de nove cordas e V. podia sentir as pontas açoitando sua carne... mas Butch não parou. Depois, vinham os clipes de mamilo e as algemas de aço inoxidável com arame farpado que poderiam ser colocadas nos tornozelos, nos antebraços, na garganta...

Quando o cara foi passando por cada seção, Vishous franziu a testa, perguntando-se se o tira estava apenas provocando e como aquilo foi inexpressivo...

Porém, Butch parou. E estendeu a mão em direção ao...

V. gemeu e começou a se debater contra os elos que o prendiam no alto. Os olhos se abriram, fez o possível para implorar, mas não havia como movimentar a cabeça e possibilidade alguma de falar.

– Disse que não havia limites – Butch disse um tanto sufocado. – Então, é assim que vamos fazer.

V. teve espasmos nas pernas e seu peito começou a gritar por falta de oxigênio.

Não havia orifícios na máscara que o tira havia escolhido, nem para os olhos, nem para os ouvidos ou para a boca. Feita de couro e costurada com fios de aço inoxidável finos, a única forma de conseguir oxigênio era através de dois painéis de malha laterais posicionados na parte de trás da peça, então, não havia como entrar qualquer facho de luz... e o ar que circulava passava pela pele quente e apavorada antes de entrar pela boca e descer pelos pulmões. V. tinha comprado o acessório, mas nunca o havia utilizado antes: só o mantinha por que o apavorava, e só isso já era razão suficiente para possuí-lo.

Ter sua visão e audição roubadas era a única coisa garantida que poderia fazer Vishous perder a cabeça e foi exatamente por isso que Butch pegou a máscara. Sabia muito bem os botões que devia pressionar... sentir dor física era uma coisa... mas tortura psicológica era bem pior, e, portanto, mais eficaz.

Butch caminhou lentamente ao redor dele e saiu de vista. Com movimentos furiosos V. tentou reposicionar-se para enfrentar o cara, mas os dedos dos pés mal conseguiam tocar o chão... que foi outro ato bem-sucedido da estratégia do tira. Lutar, contorcer-se e chegar a lugar algum apenas aumentava o terror.

De uma só vez, as luzes se apagaram.

Debatendo-se incontrolavelmente, Vishous tentou lutar, mas era uma batalha perdida: com um rápido movimento, a máscara foi apertada ao redor de seu pescoço, de maneira segura, e não ia a lugar algum.

A asfixia mental instalou-se imediatamente. Não havia oxigênio, não passava nada, nada...

Sentiu algo em sua perna. Algo longo, fino e frio, como uma lâmina.

Ficou totalmente imóvel, a ponto de seus esforços anteriores ainda o manterem oscilando para frente e para trás com as correntes acima dele, seu corpo era uma estátua suspensa por cadeias de metal.

A respiração de V. dentro do capuz era como um rugido em seus ouvidos enquanto se concentrava na sensação abaixo da cintura: a faca viajava lenta e inexoravelmente para cima e, enquanto subia, movia-se pela parte interna da coxa.

Atrás dela, uma trilha úmida brotava e escorria sobre os joelhos.

Sequer sentiu a dor do corte enquanto a lâmina dirigia-se para seu sexo: as implicações eram como um maldito golpe no seu botão de destruição.

Em um lampejo, passado e presente misturaram-se, a alquimia inflamada pela adrenalina pulsava em cada uma de suas veias. Num instante, foi arrastado de volta ao longo dos anos até a noite em que os machos de seu pai o seguraram sob o comando sujo de Bloodletter. As tatuagens não foram o pior de tudo. E lá estava, acontecendo outra vez; apenas sem os alicates.

Vishous gritou através da mordaça... e continuou gritando. Gritou por tudo que havia perdido... gritou pelo meio homem que era... gritou por Jane... gritou por quem eram seus pais e pelo que desejava para sua irmã... gritou pelo que forçou seu melhor amigo a fazer... gritou e gritou até não ter mais fôlego para isso, nem consciência, nem nada.

Nenhum passado ou presente.

Nem ele mesmo existia mais.

E, no meio do caos, da maneira mais estranha, libertou-se.

Butch soube o momento exato que seu melhor amigo desmaiou. Não apenas pelo fato de que seus pés suspensos ficaram imóveis. Foi o repentino relaxamento da musculatura. Não havia mais qualquer esforço naqueles braços enormes, nem naquelas coxas sólidas. O grande peito não ofegava mais. Não havia mais tendões tensos nos ombros ou nas costas.

Imediatamente, Butch afastou a colher que havia pegado na cozinha das pernas de V. e também parou de escorrer água morna do copo que havia pegado no bar.

As lágrimas em seus olhos não o ajudaram a soltar o capuz e libertá-lo. Nem ajudaram a remover o simples esquema de imobilização. E lutou especialmente ao tirar a mordaça.

O colete foi terrível para ser removido, mas, apesar do desespero que sentia para libertar logo V., era muito mais fácil soltar as coisas quando se tinha uma carga emocional para lidar com tudo aquilo. Logo, o Irmão estava sangrando, mas livre.

Sobre a parede, Butch soltou o guincho e abaixou o tremendo corpo inanimado de V. Não houve sinais de que a mudança de altitude tenha sido percebida e o chão sofreu um impacto apenas quando as pernas soltas dele desmoronaram e seus joelhos dobraram-se enquanto o mármore erguia-se para saudar suas nádegas e o tronco.

Houve mais sangue quando Butch tirou as algemas.

Deus, seu amigo estava acabado: as tiras da mordaça tinham deixado vergões vermelhos em seu rosto; o dano feito pelo colete mostrou-se ainda mais generalizado e, ainda por cima, os pulsos estavam rasgados de forma irregular.

Além de tudo isso, o rosto do cara estava em péssimo estado, por tê-lo colidido com o que quer que fosse..

Por um momento, tudo o que conseguiu fazer foi acariciar os cabelos escuros de V. com as mãos que tremiam como se tivesse alguma doença. Então, olhou para o corpo do amigo, a mancha abaixo da cintura, o sexo flácido... as cicatrizes.

Bloodletter era um desgraçado sem medida por torturar seu filho como havia feito. E a Virgem Escriba era uma estúpida inútil por ter deixado isso acontecer.

E Butch quase tinha morrido por ter usado esse passado horrível para atingir seu amigo com toda força. Só que não queria atingir V. fisicamente... não era um covarde, mas não teria estômago para isso. Além disso, a mente era a arma mais poderosa que qualquer um possuía contra si mesmo.

Ainda assim, as lágrimas escorreram em seu rosto enquanto pegava a colher e a passava pela parte interna da perna... pois sabia exatamente o efeito instantâneo que aquilo provocaria. E tinha plena consciência de que a água morna solidificaria de fato o deslocamento do presente.

Os gritos foram abafados pela mordaça e pelo capuz... ainda assim, aquele som emudecido havia perfurado os ouvidos de Butch como nada mais poderia.

Levaria um longo, longo tempo até conseguir se recuperar daquilo: toda vez que fechasse os olhos, tudo o que conseguiria ver seria o corpo de seu melhor amigo debatendo-se em espasmos.

Esfregando o rosto, Butch levantou-se e caminhou até o banheiro. Foi até as prateleiras do armário e pegou uma pilha de toalhas pretas. Deixou algumas secas; outras, umedeceu com água quente na pia.

Voltando a se colocar ao lado de Vishous no chão, limpou o sangue e o suor do medo que escorria do corpo de seu melhor amigo, virando-o de um lado a outro para que não deixasse nada para trás.

A limpeza levou uma boa meia hora. E várias viagens de ida e volta até a pia.

A sessão durara apenas uma fração disso.

Quando terminou, reuniu todo aquele tremendo peso de V. em seus braços e levou o cara para a cama, deitando sua cabeça contra os travesseiros de cetim preto. O banho de esponja, tal como havia sido, deixou a pele de V. arrepiada; assim, Butch cobriu o Irmão, soltando os lençóis da cama e esticando-os sobre ele.

A cura já começava a acontecer, a carne arranhada ou cortada estava se regenerando e apagando as marcas que haviam sido feitas.

Isso era bom.

Quando se afastou, parte de Butch queria deitar na cama e abraçar seu amigo. Mas não faria isso consigo mesmo... e, além disso, se não saísse dali e se embebedasse logo, iria enlouquecer.

Quando teve certeza de que V. estava bem, pegou seu casaco, o qual teve de jogar no chão para instalar o amigo...

Espere, as toalhas sangrentas e a bagunça lá fora.

Movendo-se rapidamente, limpou o chão e, em seguida, pegou a carga úmida e pesada e levou tudo para o cesto do banheiro, o que fez com que quisesse saber quem realizava as tarefas domésticas. Talvez fosse Fritz... ou talvez V. cumprisse sozinho a rotina de empregada feliz.

De volta à sala principal, verificou outra vez que todas as evidências tinham desaparecido, menos o copo e a colher... e, então, saiu dali para ver se V. ainda estava dormindo... ou naquele estado de semicoma.

Duro. Frio. Apagado.

– Vou buscar o que realmente precisa – Butch disse suavemente, perguntando-se se conseguiria respirar direito outra vez... seu peito parecia tão apertado quanto o de V. esteve há pouco tempo. – Aguente firme, cara.

Em seu caminho até a porta, tirou o celular para discar... e deixou cair a maldita coisa.

Hum. Parece que as mãos dele ainda estavam tremendo. Veja só.

Quando em determinado momento pressionou a tecla para *send*, rezou para que a chamada fosse...

– Está feito – disse em tom áspero. – Venha para cá. Não, acredite... ele vai precisar de você. Isso foi feito por vocês dois. Não... sim. Não, estou saindo agora. Bom. Certo.

Depois que desligou, trancou V. e chamou o elevador. Enquanto esperava, tentou colocar seu casaco e atrapalhou-se tanto com a camurça que desistiu e jogou-a sobre o ombro. Quando as portas soaram e se abriram, entrou, apertou o botão onde se lia S... e desceu, desceu, desceu de maneira equilibrada e perfeita graças à caixinha de metal que era o elevador.

Mandou uma mensagem para sua *shellan* ao invés de telefonar por duas razões: não confiava na própria voz e, para ser franco, não estava pronto para responder às perguntas que ela fatal e justificadamente faria.

Td ok. Indo p casa descansar. Amo vc. Bj. B.

A resposta de Marissa foi tão rápida que ficou evidente que o telefone estava em suas mãos enquanto ela esperava por notícias: *Tb te amo. Estou no Safe Place, mas posso ir para casa.*

O elevador abriu as portas e o cheiro doce de gasolina disse-lhe que tinha chegado a seu destino. Enquanto se dirigia para o Escalade, enviou uma mensagem de volta: *Não, sério, estou bem. Fique e trabalhe... estarei* lá quando terminar.

Estava pegando as chaves quando o telefone soou.

Certo, mas se precisar de mim, saiba que é a coisa mais importante.

Deus, tinha uma fêmea de muito valor.

O mesmo para você. Bj, ele digitou em resposta.

Desativando o alarme do carro e destrancando a porta do motorista, entrou, fechou a porta e voltou a trancá-la.

Deveria começar a dirigir. Em vez disso, apoiou a testa sobre o volante e respirou fundo.

Ter uma boa memória era uma habilidade superestimada, e embora não invejasse em nada Manello e todo aquele processo de apagar as coisas da mente do cara, Butch daria qualquer coisa para se livrar daquelas imagens em sua cabeça.

Contudo, não apagaria V. Não apagaria aquele... relacionamento.

Nunca desistira do macho. Jamais.

CAPÍTULO 38

– Aqui, achei que ia gostar de um pouco de café.

Quando José de la Cruz colocou a bebida da Starbucks na mesa de seu parceiro, sentou-se na cadeira do outro lado da mesa.

Veck devia estar se sentindo como uma vítima de acidente de carro, considerando que estava com as mesmas roupas de quando deu uma de personagem do filme *Missão Impossível* no capô daquele carro na noite anterior. Em vez disso, o filho da mãe conseguia, de alguma forma, parecer resistente e não surrado.

Assim, José estava disposto a apostar que as outras seis xícaras de café consumidas pela metade em volta do computador foram trazidas por várias moças do departamento.

– Obrigado, cara. – Quando Veck pegou a mais recente oferta de bebida quente, seus olhos não saíram da tela do computador... era bem provável que estivesse pesquisando os arquivos de pessoas desaparecidas e puxando casos com mulheres entre dezessete e trinta anos.

– O que está fazendo? – José perguntou assim mesmo.

– Pessoas desaparecidas – Veck esticou-se na cadeira. – Notou quantas pessoas entre dezoito e vinte e quatro anos foram listadas aqui ultimamente? Homens, não mulheres.

– Sim. O prefeito está tentando organizar uma força-tarefa.

– Há muitas garotas também, mas, Cristo, o que está acontecendo é uma epidemia.

No corredor, dois policiais de uniforme passaram por eles, José e Veck cumprimentaram os oficiais. Depois que os passos se distanciaram, Veck limpou a garganta.

– O que o pessoal da unidade de Assuntos Internos diz? – Não era uma pergunta, e aqueles olhos azuis escuros estavam fixos no banco de dados. – É por isso que veio, certo?

– Bom, também para entregar o café; mas parece que já cuidaram de você.

– Foi o pessoal da recepção no andar de baixo.

Ah, sim. As duas Kathys, Brittany, que se escrevia "Britnae", e Theresa. Todas elas deviam achar que o cara era um herói.

José pigarreou.

– Acontece que o fotógrafo já tem algumas acusações de assédio pendentes contra ele, pois tem o hábito de aparecer em lugares onde não é bem-vindo. Ele e o advogado dele querem que tudo isso desapareça, por que outra invasão de cena de crime não vai ser muito boa para ele. O pessoal dos Assuntos Internos está tomando depoimentos de todos e, moral da história, foi apenas uma simples tentativa de agressão de sua parte... nada grave. Além disso, o fotógrafo disse que se recusa a cooperar com a promotoria contra você se for o caso. Provavelmente porque acha que isso vai ajudá-lo.

Finalmente, aqueles grandes olhos mudaram de foco.

– Graças a Deus.

– Não se anime.

Os olhos de Veck se estreitaram... mas não por estar confuso. Sabia exatamente qual era a situação.

Ainda assim, não perguntou, apenas esperou.

José olhou em volta. Às dez da noite, o Departamento de Homicídios estava vazio, embora os telefones ainda estivessem tocando e alguns ruídos surgissem aqui e ali até o correio de voz atender. No corredor, a equipe de limpeza ocupava-se com aspiradores, o zumbido das máquinas vinha de longe, do laboratório da perícia.

Portanto, não havia razão para não falar sem rodeios.

Mesmo assim, José fechou a porta. Voltando-se para Veck, sentou-se outra vez e pegou um clipe de papel, traçando uma pequena imagem invisível sobre a tampa da mesa de madeira falsa.

– Perguntaram-me o que eu achava de você. – Deu um leve golpe sobre as têmporas com o clipe. – Psicologicamente. Queriam saber o quanto você é estável.

– E você disse...?

José apenas deu de ombros e ficou quieto.

– Aquele filho da mãe estava tirando fotos de um *cadáver*. Para *ganhar dinheiro*...

José ergueu a mão para interromper o protesto.

– Não terá argumento. Dane-se, todos nós queríamos dar um soco nele. Porém, a questão é... se eu não o detivesse... até onde você iria, Veck?

Isso produziu outro franzir de testa no cara.

E então tudo caiu em um grande silêncio. Silêncio mortal. Bem, exceto pelos telefones.

– Sei que leu meus arquivos – Veck disse.

– Sim.

– Bem, certo, *não* sou meu pai – as palavras foram pronunciadas de maneira baixa e lenta. – Eu nem cresci com o cara. Mal o conhecia e não tenho nada a ver com ele.

Traduzindo: Às Vezes Você Tem Sorte.

Thomas DelVecchio tinha várias coisas a seu favor: tirou as notas máximas em sua especialização em Direito Criminal... o primeiro da classe na academia de polícia... seus três anos na patrulha foram impecáveis, e tinha tão boa aparência que nunca havia comprado o próprio café.

Mas era filho de um monstro.

E essa era a raiz do problema que tinham. Considerando o lado bom e correto das coisas, não era justo lançar os pecados do pai em volta do pescoço do filho. E Veck estava certo: em suas avaliações psicológicas, obteve resultados tão normais quanto qualquer outra pessoa.

Então, José o aceitou como parceiro sem pensar um segundo em quem era seu pai.

Aquilo havia mudado desde a noite passada e o problema foi a expressão no rosto de Veck quando se atirou em direção ao fotógrafo.

Muito frio. Muito calmo. Como se aquilo não o afetasse mais do que se tivesse puxado o anel de uma lata de refrigerante.

Tendo trabalhado no Departamento de Homicídios durante quase toda sua vida adulta, José conheceu muitos assassinos. Tinha os caras dos crimes passionais que descontavam sua fúria em um homem ou uma mulher; havia os tipos estúpidos, cujas mentes estavam repletas de drogas, álcool e da violência das gangues; e, por fim, os psicopatas sádicos que precisavam ser presos como cães raivosos.

Todas essas variações do tema causavam tragédias inimagináveis para as famílias de suas vítimas e para a comunidade. Mas não eram os únicos que deixavam José acordado durante a noite.

O pai de Veck havia matado vinte e oito pessoas em dezessete anos... e esses números referiam-se apenas aos corpos encontrados. O desgraçado estava no corredor da morte naquele momento, há mais de duzentos quilômetros dali, na cidade de Somers, Connecticut, e prestes a tomar a injeção letal, apesar de toda a apelação de seu advogado. Mas qual era a importância de tudo aquilo? Thomas DelVecchio, pai, tinha um fã-clube – internacional. Com cem mil amigos no Facebook, propagandas em cafeterias e bandas *death-metal* compondo músicas sobre ele, o cara era uma celebridade infame.

Caramba, Deus era testemunha de que toda aquela droga fazia José enlouquecer. Aqueles idiotas que idolatravam o filho da mãe deveriam fazer o trabalho dele por uma semana. Queria saber se ainda achariam os assassinos legais na vida real.

Se as coisas continuassem como estavam, nunca chegaria a conhecer DelVecchio, o velho, pessoalmente, mas já havia assistido muitos vídeos de vários promotores e entrevistas de departamentos de polícia. Por fora, o cara parecia bem lúcido e tão calmo quanto um instrutor de ioga. Agradável também. Não importava quem estivesse na frente dele ou o que fosse dito para deixá-lo furioso, ele nunca se inflamava, nunca vacilava, nunca se abatia, nunca dava uma indicação de que alguma coisa importava.

Só que José havia detectado algo em seu rosto... assim como alguns outros profissionais: de vez em quando, exibia um brilho nos olhos que fazia José recorrer a sua cruz. Era o tipo de coisa que um garoto de dezesseis anos pode ter quando vê um carro sofisticado passando ou uma garota de corpo bonito e com um belo traseiro vestindo uma blusa que mostra a barriga. Era como a luz do sol brilhando em uma lâmina afiada... um breve lampejo de luz e prazer.

No entanto, isso era tudo o que tinha demonstrado. Foi tal evidência que o convenceu; nunca seu testemunho.

E *aquele* era o tipo de assassino que deixava José olhando para o teto enquanto sua mulher dormia ao lado dele. DelVecchio pai era esperto suficiente para permanecer no controle e cobrir seus rastros. Era independente e engenhoso. E implacável com a mudança das estações... celebrava o Halloween mas como se estivesse em um universo paralelo: ao invés de uma pessoa normal com uma máscara, era um demônio por trás de um rosto simpático e bonito.

Veck parecia-se muito com seu pai.

– Ouviu o que eu disse?

Ao som da voz do garoto, José voltou a se concentrar.

– Sim, ouvi.

– Então, é aqui que termina nossa parceria... – Veck disse drasticamente. – Está dizendo que não quer mais trabalhar comigo? Supondo que eu ainda tenha um trabalho.

José voltou para seu desenho com o clipe de papel.

– A unidade de Assuntos Internos lhe dará uma advertência.

– Sério?

– Disse a eles que sua cabeça está no lugar que deveria estar – José disse depois de um momento.

Veck limpou a garganta.

– Obrigado, cara.

José continuou a mover o clipe, o ruído do objeto arranhando a mesa era bastante alto.

– A pressão neste trabalho é assassina – Nesse momento, encarou bem os olhos de Veck. – Não vai ficar mais fácil.

Houve uma pausa. Então, seu parceiro murmurou:

– Não acredita no que disse, não é mesmo?

José deu de ombros.

– O tempo dirá.

– Por que diabos salvou meu trabalho, então?

– Acho que deve ter uma chance para corrigir seus erros... mesmo que não sejam seus, de fato.

O que José guardou para si foi que não era a primeira vez que tinha um parceiro com... coisas para acertar fora do trabalho, digamos assim.

Sim, e veja como Butch O'Neal havia terminado: desaparecido. Provavelmente morto, apesar daquilo que José tinha ouvido na gravação da emergência.

– Não sou meu pai, detetive. Juro. Só porque não fui muito profissional quando atingi o cara...

José inclinou-se para frente, seus olhos fixos nos do garoto.

– Como sabe o que me incomodou no momento do ataque? Como sabe que foi a questão de toda aquela sua calma?

Quando Veck empalideceu, José recostou-se na cadeira outra vez. Após um momento, ele balançou a cabeça.

– Não significa que é um assassino, filho. E só porque teme alguma coisa não significa que seja verdade. Mas acho que você e eu precisamos ser bem claros um com o outro. Como disse, não acho que seja justo ser tratado de forma diferente por causa do seu pai... mas se tiver outra explosão como aquela outra vez... e refiro-me a qualquer coisa, como bilhetes de estacionamento – apontou para a caneca da Starbucks –, café ruim, goma demais na sua camisa... a maldita fotocopiadora... será fim de jogo. Estamos entendidos? Não vou deixar alguém perigoso usar um distintivo... ou uma arma.

De repente, Veck voltou a olhar para o monitor. Sobre ele, havia o rosto de uma bela moça loira de dezenove anos que havia desaparecido há duas semanas. O corpo ainda não havia sido encontrado, mas José poderia apostar que já estava morta.

Depois de assentir, Veck pegou o café e tomou um gole da bebida.

– Combinado.

José expirou e colocou o clipe de papel de volta ao lugar que pertencia, na pequena caixa clara de borda magnética.

– Bom. Porque temos que encontrar esse cara antes que ele ataque outra pessoa.

CAPÍTULO 39

Rumando na direção sul da "estrada", como Manuel chamava, os olhos de Payne estavam famintos pelo mundo que havia a seu redor. Tudo era uma fonte de fascinação, desde o fluxo dos carros no tráfego dos dois lados da estrada, até o vasto céu negro acima e o estimulante frio noturno que percorria a cabine do automóvel toda vez que ela abria a janela – algo que acontecia a cada cinco minutos. Ela simplesmente amava a mudança de temperatura... quente, frio, quente, frio... Era tão diferente do Santuário, onde tudo era monoclimático. Além disso, havia a grande explosão de ar que soprava em seu rosto, emaranhava seus cabelos e a fazia sorrir.

– Você não perguntou para onde estamos indo – ele disse, depois do último fechamento da janela.

Na verdade, aquilo não importava; estava com ele, estavam livres, sozinhos e aquilo era mais do que suficiente...

Vai apagar a memória dele. No final da noite, vai apagar a memória dele e voltar. Sozinha.

Payne manteve seu estremecimento em segredo: Wrath, filho de Wrath, tinha o tipo de voz que combinava com coroas, tronos e adagas negras sobre o peito. Era um tom real, não um disfarce. Esperava ser obedecido e Payne tinha a ideia errada de que só porque era filha da Virgem Escriba, não estava sujeita às regras de alguma forma. Enquanto estivesse ali, aquele era o mundo dele e estava inserida nele agora.

Enquanto o Rei pronunciava aquelas palavras horríveis teve de fechar os olhos com força e, apesar do silêncio que reinou em seguida, percebeu prontamente que ela e Manuel não iriam a lugar algum se ele não concordasse.

E então... ela concordou.

– Gostaria de saber? Olá? Payne?

Com um estalo, forçou um sorriso no rosto.

– Preferiria ser surpreendida.

Com isso, ele sorriu profundamente.

– É ainda mais divertido... bem, como eu disse, quero apresentá-la a alguém.

O sorriso dela desapareceu um pouco.

– Acho que pode gostar dela.

Ela? Como se fosse uma fêmea?

Gostar?

Na verdade, aquilo só aconteceria se o "ela" em questão tivesse cara de cavalo e um corpo horrível, Payne pensou.

– Adorável – ela disse.

– Aqui é nossa saída. – Houve estalos suaves e, então, Manuel girou o volante e saiu da rodovia para uma rua em declive.

Quando pararam em uma fila de outros veículos, ela observou ao longe o horizonte da enorme cidade, algo que seus olhos esforçavam-se para compreender: grandes edifícios marcados com um número incalculável de luzes levantavam-se em uma extensão coberta de estruturas menores... e não era um lugar estático. Luzes vermelhas e brancas serpenteavam ao redor de suas extremidades... sem dúvida, deveriam ser centenas de carros semelhantes àqueles que tinham visto durante a viagem.

– Está olhando para a cidade de Nova York – Manny disse.

– É... linda.

Ele sorriu um pouco.

– Partes dela realmente são, e a escuridão e a distância são grandes recursos para retocar a obra do artista.

Payne estendeu a mão e tocou a janela de vidro a sua frente.

– Durante meu longo tempo lá em cima, não havia grandes vistas, nenhuma grandeza; nada além de um céu leitoso opressivo e os limites asfixiantes da floresta. Isso é tudo tão maravilhoso...

Um som estridente soou atrás deles e depois outro.

Manny olhou para o pequeno espelho acima de sua cabeça.

– Relaxa, cara. Eu vou...

Quando Manny acelerou, eliminando rapidamente a distância que havia com relação ao carro da frente, ela sentiu-se mal por distraí-lo.

– Sinto muito – ela murmurou. – Não queria atrapalhar.

– Pode falar para sempre que vou ouvir bem feliz.

Bem, era bom saber disso.

– Tenho alguma familiaridade com algumas coisas que observamos aqui, mas a maior parte é uma revelação. As bacias de visão que temos do Outro Lado oferecem apenas algumas imagens rápidas do que acontece aqui na Terra, com foco nas pessoas, não nos objetos... a menos que alguma coisa inanimada faça parte do destino de alguém. Na verdade, nos é mostrado apenas o destino, não o progresso... da vida, não a paisagem. Isto aqui é... tudo o que eu queria quando desejava me libertar.

– Como saiu?

Em qual das vezes?, ela pensou.

– Bem, da primeira vez... percebi que quando minha mãe concedia grandes audiências ao público daqui de baixo, havia uma pequena janela em que a barreira entre os dois mundos transformava-se... em uma espécie de malha. Descobri que conseguia mover minhas moléculas através daqueles finos espaços que eram criados... e foi assim que consegui. – O passado a envolveu, as memórias voltaram à vida e queimavam não só em sua mente, mas em sua alma. – Minha mãe ficou furiosa e foi atrás de mim, exigindo que eu voltasse ao Santuário... e eu disse não. Estava em uma missão e nem mesmo ela poderia me desviar disso. – Payne balançou a cabeça. – Depois que eu... fiz o que fiz... pensei que iria simplesmente viver a minha vida, mas houve coisas as quais eu não antecipei. Aqui embaixo, preciso me alimentar e... há outras preocupações.

Seu cio, especificamente... mas não iria explicar como o período fértil a havia afetado e impactado. Tinha sido um choque. Lá em cima, as fêmeas da Virgem Escriba estavam prontas para conceber quase o tempo todo e, assim, as grandes oscilações de hormônio não afetavam seu corpo. No entanto, quando desciam até ali e passavam um dia ou mais, o ciclo se apoderava delas. Ainda bem que isso acontecia apenas uma vez a cada dez anos... Porém, Payne havia chegado à errônea conclusão de que teria dez anos pela frente para se preocupar com isso.

Infelizmente, acabou acontecendo dez anos depois que o primeiro ciclo se iniciou: seu período de cio começou não mais que um mês depois de ter saído do Santuário.

Conforme se lembrava, as fortes dores para se acasalar deixaram-na indefesa e desesperada. Focou no rosto de Manuel. Será que serviria naquele período? Será que cuidaria de seus desejos violentos e amenizaria seu desejo por sexo? Será que um humano poderia fazer isso?

– Mas acabou voltando para lá? – ele disse.

Ela limpou a voz.

– Sim, voltei. Tive algumas... dificuldades e minha mãe veio até mim outra vez. – Na verdade, a Virgem Escriba temia que os machos no cio se aproveitassem de sua única filha que já havia... arruinado... tanto a vida que lhe fora dada. – Ela disse que iria me ajudar, mas apenas do Outro Lado. Concordei em ir com ela, pensando que seria como antes, que poderia encontrar a saída outra vez. Mas isso não aconteceu.

Manny colocou sua mão sobre a dela.

– Mas está longe de tudo isso agora.

Estava mesmo? O Rei Cego estava tentando administrar seu destino assim como sua mãe fazia. Porém, seus motivos eram menos egoístas... além disso, tinha a Irmandade, as *shellans* de cada um deles e uma criança morando sob seu teto e tudo isso merecia ser protegido. Só que temia que a visão dos humanos que seu irmão tinha fosse compartilhada por Wrath: ou seja, que eram *redutores* esperando para serem chamados ao serviço.

– Sabe de uma coisa? – ela disse.

– O quê?

– Acho que poderia ficar neste automóvel com você para sempre.

– Engraçado... eu sinto a mesma coisa.

Mais alguns estalos e viraram à direita.

Quando seguiram por ali, havia menos carros e mais edifícios, e ela entendeu o que Manny quis dizer sobre a noite melhorar o aspecto da cidade, não havia grandeza naquele bairro. Janelas quebradas estavam obscurecidas por dentro dando uma aparência de dentes faltando e a sujeira transbordava pelas laterais dos armazéns e das lojas, como se fossem sinais da idade. Havia manchas produzidas pela podridão ou acidentes ou vandalismo prejudicando o que, sem dúvida, haviam sido belas e iluminadas fachadas; a pintura havia desaparecido, a flor da juventude havia perdido para as intempéries e para a passagem do tempo. E, além disso, os humanos que estavam apoiados nas sombras não estavam em melhores condições.

Vestindo roupas amassadas com as cores da calçada e do asfalto, pareciam curvados por estarem sobrecarregados de peso, como se uma barra invisível forçasse todos os joelhos... e tal objeto os manteria assim sempre.

– Não se preocupe – Manuel disse. – As portas estão trancadas.

– Não estou com medo. Estou... triste, por alguma razão.

– A pobreza urbana fará isso com você.

Passaram por outra caixa podre que cobria muito mal dois seres humanos que dividiam um único casaco. Nunca imaginou que encontraria algum valor na perfeição opressiva do Santuário. Mas talvez sua mãe houvesse criado o paraíso para proteger as Escolhidas contra visões como aquela. Vidas... como aquelas.

No entanto, a aparência dos arredores logo melhorou. E, pouco depois, Manuel saiu da via entrando em uma rua paralela a uma instalação, uma extensão nova que apareceu cobrindo uma grande parcela de terra. Havia postes de luz bem altos por toda parte, lançando uma iluminação cor de pêssego sobre a construção abaixo, sobre os materiais brilhantes que constituíam dois veículos estacionados e sobre os arbustos que margeavam as passagens.

– Aqui estamos – disse ele, parando o carro e voltando-se para ela. – Vou apresentá-la como uma amiga, tudo bem? Apenas tente agir assim.

Ela sorriu.

– Vou tentar fazer isso.

Saíram juntos e... oh, o ar. Um conjunto tão complexo de odores bons e ruins, metálicos e doces, de terra e de algo divino.

– Eu amo isso – disse. – Eu amo isso!

Estendeu os braços e girou sobre um dos pés, que havia sido calçado pouco antes de deixarem o complexo. Quando parou seu giro e seus braços descansaram nas laterais do corpo, viu que Manny a observava e teve de rir constrangida.

– Desculpe. Eu...

– Venha aqui – ele rosnou, pálpebras semicerradas, um olhar quente e possessivo.

Ela ficou excitada imediatamente; seu corpo sentiu um calor intenso, e, de alguma forma, sabia que deveria levar um tempo para se aproximar dele. Sabia como provocá-lo, fazendo-o esperar, mesmo que não fosse por muito tempo.

– Você me deseja – ela falou lentamente quando ficaram face a face.

– Sim. Com certeza. – As mãos dele agarram sua cintura e a puxou com firmeza. – Dê-me sua boca.

Quando ela fez isso, colocou os braços ao redor da nuca de Manny e fundiram-se como um só corpo. O beijo apoderou-se dos dois, e quando terminaram, ela não conseguia parar de sorrir.

– Gosto quando exige algo de mim – disse. – Leva-me de volta ao banho, quando você estava...

Ele soltou um gemido e a interrompeu, colocando a mão sobre a boca dela suavemente.

– Sim, eu me lembro... *pode acreditar*... eu me lembro.

Payne deu uma lambida sobre a palma de sua mão.

– Vai fazer isso comigo outra vez. Esta noite.

– Devo ter muita sorte.

– Tem sim. E eu também tenho.

Ele riu um pouco.

– Sabe de uma coisa? Vou ter que colocar um dos meus casacos.

Manuel abriu outra vez a porta e inclinou-se dentro do carro. Quando reapareceu, vestiu um casaco branco que tinha seu nome impresso em letra cursiva na lapela. E soube pela maneira como ele fechou as duas metades que estava tentando esconder a reação do seu corpo perante ela.

Pena. Gostava de vê-lo naquela condição, todo orgulhoso e excitado.

– Vamos... vamos entrar – disse, pegando a mão de Payne, e, em seguida, quase sussurrando, pareceu dizer: – Antes de entrar...

Quando não terminou a frase, Payne deixou seu sorriso onde estava, bem na frente e no centro de seu rosto.

Após um exame mais detalhado, percebeu que a instalação parecia ser fortificada para uma batalha, com barras discretas nas janelas e uma cerca alta que se estendia a uma longa distância. As portas das quais se aproximaram também tinham barras e Manuel não recorreu às maçanetas.

Era lógico assegurar o edifício daquela maneira, pensou. Considerando como aquela grande parte da cidade aparentava.

Manuel apertou um botão e imediatamente uma voz distante e distorcida disse:

– Hospital Equino Tricounty.

– Dr. Manuel Manello. – Virou a cabeça em direção a uma câmera. – Estou aqui para ver...

– Olá, doutor. Entre.

Houve um zumbido e, em seguida, Manuel segurou a porta aberta para Payne entrar.

– Depois de você, *bambina.*

O interior do local que entraram era simples e muito limpo, com um chão de pedra lisa e filas de cadeiras, como se as pessoas passassem muito tempo esperando naquela sala da frente. Nas paredes, imagens de cavalos e bovinos estavam emolduradas; muitos dos animais tinham fitas vermelhas e azuis penduradas em seus cabrestos. Do outro lado, havia um painel de vidro com a palavra RECEPÇÃO gravada mais acima em letras douradas formais e havia portas... muitas portas. Algumas com o símbolo do sexo masculino, outras com o símbolo do sexo feminino... outras com inscrições que diziam VETERINÁRIO DIRETOR... e FINANCEIRO... e GERENTE PESSOAL.

– Que lugar é esse? – perguntou.

– Um lugar onde se salvam vidas. Venha... vamos por esse lado.

Ele a levou por um caminho que atravessava um par de portas duplas e ia até um homem humano uniformizado sentado atrás de uma mesa.

– Olá, Dr. Manello. – O homem apoiou um jornal com letras grandes no topo do papel onde se lia *New York Post*. – Não nos vemos há um tempo.

– Esta é uma amiga minha, Pa... Pamela. Vamos ver minha garota.

O humano focou o rosto de Payne. E, então, pareceu estremecer.

– Ah... ela está onde a deixou. O doutor responsável pelo tratamento passou bastante tempo com ela hoje.

– Sim. Ele me ligou. – Manuel bateu o tampo da mesa com os dedos. – Vejo você daqui a pouco.

– Claro, doutor. Prazer em conhecê-la... Pamela.

Payne inclinou a cabeça.

– Foi adorável conhecê-lo também.

Houve um silêncio constrangedor quando ela se endireitou. O humano estava completamente atordoado por ela, sua boca ligeiramente aberta, os olhos arregalados... e muito agradecido.

– Calminha aí, garotão – Manuel disse de maneira sombria. – Pode voltar a piscar a qualquer momento... como, por exemplo, agora. Mesmo. De verdade.

Manny colocou-se entre os dois e pegou a mão dela ao mesmo tempo, bloqueando a visão e estabelecendo um ponto de domínio sobre ela. E isso não foi tudo: o aroma de especiarias escuras flutuou dele, um aroma que advertia o outro homem de que a fêmea sendo admirada estava disponível apenas sobre o cadáver de Manuel.

E aquilo fez com que Payne sentisse um sol escaldante no centro do peito.

– Venha, Pay... Pamela. – Quando Manuel voltou-se para ela e os dois começaram a andar, Manny acrescentou com um sussurro: – Antes que a mandíbula do garoto caia do rosto e aterrisse na seção de esportes.

Payne saltitou uma vez, e, em seguida, fez de novo. Manuel olhou.

– O pobre guarda lá atrás esteve prestes a ter uma experiência de quase-morte com seu crachá sendo enfiado pela garganta e você está feliz?

Payne beijou rapidamente a bochecha de Manuel, enxergando por trás da falsa carranca e observando seu lindo rosto.

– Você gosta de mim.

Manuel revirou os olhos e puxou-a pelo pescoço, retribuindo o beijo.

– Dã...

– Dã – ela imitou...

Alguém tropeçou no pé de alguém, difícil dizer quem foi, e Manuel foi o único que evitou que caíssem.

– Melhor prestar atenção – o macho dela disse. – Antes que sejamos nós precisando ser ressuscitados.

Ela deu uma cotovelada nele.

– Sábia conclusão.

– Está me bajulando?

Payne olhou por cima do ombro, e, então, deu um tapa no traseiro dele... forte. Quando ele protestou, ela piscou para ele.

– Sim. De fato, estou mesmo. – Baixando muito os olhos e a voz, disse: – Deseja que eu faça isso outra vez, Manuel? Talvez... do outro lado?

Quando ela arqueou as sobrancelhas para ele, o som do riso de Manny retumbou e preencheu todo o corredor vazio, soando alto e forte. E quando colidiram um com o outro mais uma vez, ele a deteve.

– Espere, precisamos fazer isso melhor. – Aninhou-a sob o braço dele, beijou sua testa e alinhou-se com ela. – No três, use a direita. Pronta? Um... dois... três.

No momento certo, os dois estenderam suas longas pernas direitas e, em seguida, as esquerdas... direita... esquerda.

Andavam perfeitamente.

Lado a lado.

Percorreram o corredor. Juntos.

Nunca ocorreu a Manny que sua vampira *sexy* pudesse ter senso de humor, e aquilo completava a encomenda perfeitamente.

Ah, inferno, não era só isso. Era toda aquela sensação dela de encantamento, sua alegria e a impressão de que estava pronta para qualquer coisa. Não havia absolutamente qualquer relação com aquelas *socialites* frágeis e quebradiças ou com aquelas modelos magras demais com quem tinha saído.

– Payne?

– Sim?

– Se eu lhe dissesse para escalar uma montanha esta noite...

– Oh! Eu adoraria! Adoraria observar uma longa vista de...

Bingo. No entanto, Deus, tinha de pensar na crueldade de finalmente encontrar seu par perfeito... alguém tão incompatível.

Quando chegaram ao segundo conjunto de portas duplas que dava para a parte clínica do hospital de cavalos, abriu bem uma delas e, sem perder o ritmo, voltaram a ficar um ao lado do outro e continuaram a passar... e foi então que aconteceu.

Sentiu-se completamente apaixonado por ela.

Foi a conversa alegre dela, o saltitar em seus passos e os olhos de gelo que brilhavam como cristal. Foi a história dela que compartilhou, a dignidade que mostrou e o fato de que tinha sido julgada por um padrão que ele costumava usar... e, agora, não seria capaz de suportar sentar-se do outro lado de uma mesa de jantar com alguém com quem costumava sair. Era a força de seu corpo e a perspicácia de sua mente e...

Cristo... nem pensou no sexo.

Irônico. Ela havia lhe concedido os melhores orgasmos da vida e isso sequer chegou ao topo da lista "Motivos pelos quais amo você".

Achava que isso se devia ao fato dela ser simplesmente espetacular.

– Não sei por que está sorrindo, Manuel – Payne disse. – Será que está antecipando o lugar que minha mão ocupará sobre seu traseiro?

– Sim. Exatamente isso.

Ele a puxou para outro beijo... e tentou ignorar a dor em seu peito: não havia necessidade de estragar os momentos que tinham com despedidas que já estavam lhes esperando. Aquilo aconteceria muito em breve. Além disso, tinham encontrado seu destino.

– Ela está por aqui – disse, virando à esquerda e entrando em uma área de recuperação.

No instante em que a porta se abriu, Payne hesitou, sua testa franziu quando ouviu os sons ocasionais de relinchos e cascos batendo no chão e sentiu o cheiro de feno exalando no ar.

– Mais à frente – Manny puxou-a pela mão. – Seu nome é Glory.

Glory era a última do lado esquerdo, mas no instante em que Manny disse seu nome, o pescoço longo e elegante estendeu-se e sua cabeça perfeitamente proporcional emergiu no topo da baia.

– Ei, garota – disse. Em resposta, ela soltou uma saudação apropriada, a ponta das orelhas se esticaram e o focinho ricocheteou no ar.

– Céus... – Payne respirou, soltando a mão de Manny e indo à frente dele.

Quando ela se aproximou da baia, Glory sacudiu a cabeça, sua crina negra moveu-se com graça e ele teve uma súbita visão de Payne sendo mordida.

– Cuidado – disse quando iniciou uma pequena corrida. – Ela não gosta... – No instante em que Payne colocou a mão no focinho de seda, Glory voltou-se para ter mais, colidindo contra a palma da mão, procurando mais carinho.

– De gente nova... – Manny terminou pouco convincente.

– Oi, querida – Payne murmurou, com os olhos percorrendo o cavalo ao se inclinar sobre a baia. – Você é tão linda... tão grande e forte... – As mãos pálidas encontraram o pescoço negro e acariciaram em um ritmo lento. – Por que suas pernas estão enfaixadas?

– Ela machucou a direita. Feio. Há uma semana.

– Posso entrar?

– Hã... – Deus, ele não conseguia acreditar, mas Glory parecia estar apaixonada, seus olhos se fechavam enquanto recebia uma boa carícia atrás das orelhas. – Sim, acho que vai ficar tudo bem.

Ele soltou a trava da porta e os dois entraram. E quando Glory teve de se mover para trás, ela mancou... com o que tinha sido seu lado bom.

Tinha perdido tanto peso que suas costelas estavam expostas como estacas de uma cerca sob a pele. E poderia apostar que quando as visitas fossem embora, sua explosão de energia se esvairia rapidamente.

A mensagem no correio de voz deixada pelo médico havia sido muito clara: ela estava caindo. O osso quebrado estava se recuperando, mas não rápido o suficiente e a redistribuição do peso fez com que as camadas do casco oposto enfraquecessem e se separassem.

Glory estendeu o focinho em seu peito e deu-lhe um rápido empurrão.

– Ei, mocinha.

– Ela é extraordinária. – Payne afagou a égua. – Simplesmente extraordinária.

E agora havia outra coisa em sua consciência: talvez trazer Payne ali não tenha sido um presente, mas uma crueldade. Por que apresentá-la a um animal que provavelmente seria...

Deus, não conseguia sequer pensar nisso.

– Não é o único que marca território – Payne disse suavemente.

Manny olhou para Payne sobre a cabeça de Glory.

– Como?

– Quando me disse que ia conhecer uma fêmea, eu... eu esperava que ela tivesse cara de cavalo.

Ele riu e acariciou a fronte de Glory.

– Bem, isso ela tem, com certeza.

– O que vai fazer com ela?

Enquanto tentava formar as palavras, reuniu a crina que caía um pouco acima dos olhos quase negros do cavalo.

– Sua falta de resposta já é suficiente – Payne disse com voz triste.

– Não sei por que a trouxe aqui. Quero dizer... – ele limpou a garganta. – Na verdade, eu sei... e é muito patético. Tudo o que tenho é meu trabalho... Glory é a única coisa que não está relacionada a meu trabalho. É algo pessoal para mim.

– Deve estar de coração partido.

– Estou. – De repente, Manny olhou sobre o dorso de seu cavalo doente para observar a cabeça da vampira de cabelos escuros que tinha apoiado a bochecha sobre o flanco de Glory. – Estou... totalmente destruído com a perda.

CAPÍTULO 40

Alguns poucos momentos após a ligação de Butch, Jane ficou congelada no terraço da cobertura de V. Enquanto sua forma assumia peso, o ar frio da noite movia seus cabelos e fazia seus olhos encherem-se de água.

Ou... talvez fossem apenas as lágrimas.

Olhando pelo vidro, viu tudo muito claramente: a mesa, os açoites, os chicotes, as... outras coisas.

Quando ia até ali antes com Vishous, aquelas armadilhas de suas predileções *hardcore* pareciam nada mais do que um pano de fundo assustador e tentador para o incrível sexo que tinham. Mas a versão dela para o "jogo" era como a de um poodle se comparada ao do lobisomem que ele adotava.

E como ela via claramente aquilo agora.

O que será que Butch havia usado? Que tipo de instrumento encaixava-se com seu companheiro? Será que haveria muito sangue?

Espere um minuto: onde V. estava?

Passando pela porta de vidro, ela...

Nada de sangue no chão, ou escorrendo dos instrumentos. Nada de ganchos suspensos pendurados no teto. Tudo estava exatamente da mesma maneira que havia deixado da última vez que esteve ali, como se nada tivesse acontecido...

Um gemido veio de fora do círculo de velas e o som fez sua cabeça girar. Claro: a cama.

Ao lançar-se pelo véu da escuridão, seus olhos se ajustaram e lá estava ele: envolto em lençóis de cetim, deitado, contorcendo-se de dor... ou estaria dormindo?

– Vishous? – disse suavemente.

Com um grito, ele acordou de imediato, seu tronco ereto, olhos arregalados. Instantaneamente, ela notou que o rosto dele estava marcado com cicatrizes que já desapareciam... e havia outras ao longo de seu peitoral e abdômen. Mas a expressão em seu rosto foi o que, de fato, chamou sua atenção: ele estava horrorizado.

De repente, houve uma agitação furiosa quando ele tirou as cobertas de seu corpo. Ao olhar para baixo, para si mesmo, o suor brotou no peito e nos ombros, sua pele assumiu um brilho repentino, nas sombras que o envolviam fez um gesto para cobrir seu sexo... como se estivesse protegendo o que restou.

Com a cabeça baixa, respirou fundo várias vezes. Inspira. Expira. Inspira. Expira...

O padrão transformou-se em soluços.

Encolhendo-se, as mãos abrigaram o trabalho de açougueiro que foi feito há muito, muito tempo, chorou em grandes ondas de emoção, sua reserva havia desaparecido, seu controle sumira, sua inteligência não era mais um governante, e sim, um súdito.

Ele não percebeu que ela estava em pé ao lado dele.

E ela deveria ir embora, Jane pensou. Ele não gostaria que o visse assim... nem mesmo antes de tudo que havia desabado sobre eles. O macho que ela conhecia, amava e tinha casado não gostaria de nenhuma testemunha...

Foi difícil dizer o que chamou a atenção dele... e mais tarde ela se perguntaria como ele escolheu o exato momento em que já ia se desmaterializar para olhá-la.

Por um instante, ficou incapacitada: se ficou magoado pelo que havia feito com Payne, iria odiá-la agora... não havia como voltar atrás naquela invasão de privacidade.

– Butch me ligou – ela desabafou. – Ele disse que estaria...

– Ele me machucou... Meu pai me machucou.

As palavras soaram tão baixas e suaves que quase não foram registradas. Mas quando o fizeram, o coração dela parou.

– Por quê? – Vishous perguntou. – Por que ele fez isso comigo? Por que minha mãe fez isso? Nunca pedi a nenhum deles para nascer... e não escolheria nascer se alguém tivesse perguntado... Por quê?

Suas bochechas estavam escorregadias com as lágrimas que derramavam pelos olhos de diamante, em um fluxo incessante que ele não notava nem parecia se importar. E ela teve a sensação de que ia levar um bom tempo para que aquele vazamento cessasse... alguma artéria havia se rompido e aquele era o sangue de seu coração, derramando-se, cobrindo-o.

– Sinto muito – disse, desajeitada. – Não sei quais foram os motivos... mas sei que não merecia nada disso. E... e não é culpa sua.

Suas mãos deixaram a posição protetora e ele olhou para baixo. Passou-se um longo tempo antes que falasse e, quando o fez, suas palavras eram lentas e ponderadas... e saíram num ritmo tão incessante e calmo quanto suas lágrimas.

– Gostaria de ser inteiro. Gostaria de lhe dar filhos se os quisesse e pudesse concebê-los. Gostaria de ter lhe dito que quando pensou que estive com outra pessoa isso me matou. Gostaria de ter passado o último ano acordando todas as noites ao seu lado e lhe dizendo que a amava. Gostaria de ter me acasalado com você da maneira adequada na noite em que voltou para mim dos mortos. Gostaria... – agora, seu olhar cintilante fixou-se no dela. – Gostaria de ter a metade da sua força e gostaria de merecê-la. E... é isso.

Certo. Muito bem. Agora os dois estavam chorando.

– Sinto tanto por Payne – ela disse com voz rouca. – Eu queria falar com você, mas ela estava decidida. Tentei convencê-la, tentei mesmo, mas, no final, eu apenas... apenas... não queria que fosse você que tivesse que fazer isso. Eu preferia viver com essa verdade horrível na minha consciência por uma eternidade do que você ter que matar sua irmã, ou vê-la se machucando mais do que estava.

– Eu sei... Eu sei disso agora.

– E, para ser honesta, o fato de ela estar curada agora? Sinto calafrios ao pensar na quase perda que tivemos.

– Mas está tudo bem. Ela está bem.

Jane enxugou os olhos.

– E eu acho que quando se trata de... – ela olhou para a parede envolvida pela luz amanteigada das velas que não fazia nada para suavizar as pontas afiadas e todas as implicações dos acessórios ali pendurados. – Quando se trata das... coisas... sobre você e seu sexo, sempre me preocupei de não ser o suficiente para você.

– Nossa... não... você é *tudo* para mim.

Jane colocou a mão sobre a boca para não perder o controle, pois era exatamente o que precisava ouvir.

– Nunca nem sequer escrevi seu nome nas minhas costas – V. disse. – Pensei que era bobagem e uma perda de tempo... mas como pode sentir que estamos vinculados sem isso... especialmente quando cada macho no complexo foi marcado por causa de sua *shellan*?

Deus, ela não tinha pensado nisso.

V. balançou a cabeça.

– Você me deu espaço... para sair com Butch, lutar com meus Irmãos e fazer o que gosto na internet. O que lhe dei em troca?

– Minha clínica, em primeiro lugar. Não poderia ter construído aquele lugar sem você.

– Não foi exatamente um buquê de rosas.

– Não subestime suas habilidades na carpintaria.

Ele sorriu um pouco com isso. E, então, ficou muito sério outra vez.

– Posso lhe dizer uma coisa que sempre penso todas as vezes que acordo a seu lado?

– Por favor.

Vishous, aquele que tinha resposta para tudo, parecia estar com a língua presa. Mas, então, disse:

– Você é a razão pela qual eu me levanto todas as noites da cama. É a razão pela qual mal posso esperar para voltar para casa ao amanhecer. Não a guerra. Não os Irmãos. Nem mesmo Butch. É... você.

Oh, palavras tão simples... mas com tanto significado. Bom Deus, quanto significado.

– Vai me deixar abraçá-lo agora? – disse ela roucamente.

Seu companheiro estendeu os grandes braços.

– Que tal eu abraçá-la?

Quando Jane saltou para frente e mergulhou sobre ele, respondeu:

– Não precisa ser uma coisa ou outra.

Instantaneamente, ela assumiu sua forma corpórea completa sem esforço algum, aquela química mágica entre eles a chamava e a prendia. E quando Vishous aninhou o rosto em seu cabelo e estremeceu como se tivesse corrido muito e finalmente tivesse voltado para casa... soube exatamente como ele se sentia.

Com sua *shellan* apertada contra ele, V. sentia como se tivesse explodido em mil pedaços... e agora se reagrupasse.

Deus, o que Butch tinha feito por ele. Por todos eles.

O caminho que o tira percorreu foi o mais correto. Horrível, terrível... mas com certeza o correto. E enquanto V. segurava sua fêmea, seus olhos observavam o espaço onde tudo tinha acontecido. Tudo estava limpo... exceto algumas coisas que estavam fora do lugar no chão: uma colher e um copo quase vazio que tinha de ser água.

Tudo tinha sido uma ilusão: nada havia o cortado, de fato. E apostaria que Butch havia deixado os dois objetos bem em frente e centralizados no local para que V. os observasse ao acordar, para que soubesse os meios que levaram ao fim.

Em retrospecto, parecia tudo tão estúpido... não a sessão com o tira, mas o fato de que V. nunca pensou realmente em Bloodletter naqueles anos no campo de guerra. A última vez que aquele pedaço do seu passado havia sido trazido à tona, foi quando Jane ficou com ele pela primeira vez... e foi só por ela tê-lo visto nu, então, teve de explicar.

Meu pai não queria que eu reproduzisse.

Isso foi tudo o que disse. Em seguida, como um cadáver que havia sido jogado em águas calmas, aquela porcaria afundou, reassentando-se sobre o banco de areia bem dentro dele.

A.J., ou Antes de Jane, só tinha feito sexo vestido. Não por vergonha – ou ao menos era isso o que dizia a si mesmo –, mas porque simplesmente não tinha interesse em ir até o fim com machos e fêmeas anônimos que tinha submetido.

D.J.? Foi tudo diferente. Estar nu era mais do que bom, provavelmente porque Jane ficou tranquila com a revelação, e, ainda assim, quando pensava naquilo agora, percebia que sempre a distanciou, mesmo quando a apertava em seus braços. Na verdade, tinha sido mais próximo de Butch... mas aquilo era uma coisa entre machos, ou seja, algo que, de alguma forma, era menos ameaçador do que a relação macho-fêmea.

Sombras de problemas com a Mamãe, sem dúvida: depois de tudo que sua *mahmen* havia arrancado dele, simplesmente não conseguia confiar nas mulheres da mesma maneira que confiava em seus Irmãos, ou em seu melhor amigo.

Só que Jane nunca o traiu. Na verdade, estava disposta a lutar contra a própria consciência apenas para salvá-lo do ato inqualificável que sua irmã havia exigido dele.

– Você não é minha mãe – ele disse através dos cabelos de sua *shellan.*

– Tem toda razão. – Jane recuou e olhou bem nos olhos dele... como era característica sua fazer. – Nunca teria abandonado meu filho, ou tratado minha filha desse jeito.

V. inspirou fundo e quando deixou o oxigênio sair de seus pulmões, sentiu como se estivesse expelindo os mitos com os quais definia a si mesmo... e Jane... e seu acasalamento.

Precisava mudar o paradigma.

Por eles. Por si mesmo. Por Butch.

Cristo, a expressão no rosto do tira quando as coisas foram acontecendo ali foi trágica.

Então, sim, era hora de parar de usar recursos superficiais para medicar suas emoções. O sexo extremo e a dor pareceram excelentes soluções por muito tempo, mas na verdade tinham sido maquiagem sobre uma espinha: a feiura continuava ali.

O que precisava fazer era lidar com o lixo interior; então, não precisava mais de Butch ou de qualquer outra pessoa para espancá-lo para que conseguisse libertar-se das coisas. Assim, as excentricidades poderiam ser reservadas apenas para o prazer com Jane.

Colocar toda aquela porcaria para fora... era mesmo o certo a se fazer... percebeu que estava finalmente preparado para tentar uma versão psiquiátrica de um tratamento eficaz para a pele.

A próxima coisa que faria seria ir até a TV, olhar para a câmera e dizer: “Só é preciso uma camada de autoconsciência... depois, enxáguo com o sabonete. Defina-se e minha mente e emoções ficam limpas e brilhantes”.

Certo, agora estava mesmo perdendo o juízo, tudo bem.

Acariciando os cabelos macios de Jane, murmurou:

– Quanto... às coisas que tenho aqui. Se você estiver no jogo, ainda quero brincar... se é que entende o que estou dizendo. Mas, de agora em diante, é apenas por diversão e apenas para você e para mim.

Caramba, tiveram uma boa dose de sexo extravagante, naquele lugar, envolvendo muito couro, e gostaria sempre de ter aquilo com ela. Com sorte, ela gostaria de fazer o mesmo...

– Gosto do que fazemos aqui – ela sorriu. – Fico excitada.

Bem... parece que aquilo fez seu pênis latejar.

– Eu também.

Quando ele sorriu de volta para ela, reconheceu a chave mestra daquela mistura: aquela decisão de virar a página era muito boa... mas como mantê-la? Na noite seguinte simplesmente não conseguiria mais suportar acordar e ser aquele cara que saía dos trilhos.

Droga, achava que teria de descobrir como fazer isso, não é mesmo?

Com um toque gentil, acariciou a bochecha de sua *shellan*.

– Nunca estive em um relacionamento antes de você. Deveria saber que teríamos algum impasse em algum momento.

– É assim que funciona.

Pensou em seus Irmãos e na quantidade de precipitações, brigas e discussões que aquele bando de cabeças duras teve entre si. De alguma forma, sempre lidavam com isso... geralmente golpeando uns aos outros de vez em quando. Coisa própria de garotos.

Estava claro que com ele e Jane seria a mesma coisa. Tirando os golpes, claro, mas com as mesmas estradas esburacadas e as resoluções finais. Afinal, aquilo era a vida... não um conto de fadas.

– Mas sabe qual é a melhor coisa? – sua Jane perguntou, quando colocou os braços em volta de seu pescoço.

– Não sentir mais que estou morto por não estar em minha vida?

– Bem, sim, isso também – ela estendeu-se e o beijou. – Duas palavras: sexo reconciliatório.

Ohhhh, siiiiim. Só que...

– Espere, não se diz "sexo de reconciliação"?

– Também é uma possibilidade. – Pausa. – Já mencionei que você é o nerd mais gato que já conheci?

– Eu mereço essa observação. – Baixou a cabeça e roçou a boca contra a dela. – Apenas mantenha isso em segredo. Tenho uma reputação de cara durão a zelar.

– Seu segredo está seguro comigo.

V. ficou sério.

– *Eu* estou seguro com você.

Jane tocou seu rosto.

– Não posso prometer que não vamos passar por períodos difíceis outra vez e sei que nem sempre vamos concordar com tudo. Mas tenho certeza de uma coisa: você sempre estará seguro comigo. Sempre.

Vishous puxou-a para mais perto de si e enfiou a cabeça em sua garganta. Imaginou que, depois que ela voltou dos mortos por ele em sua forma fantasmagórica adorável, nada superaria isso. Mas estava errado. Percebeu que o amor era como as adagas que fazia em sua oficina: quando as contemplava pela primeira vez, eram novas e brilhantes e as lâminas cintilavam sob a luz. Segurando-a contra a palma da mão, ficava cheio de entusiasmo pelo que ela poderia fazer no campo de batalha e mal podia esperar para experimentá-la. Só que, geralmente, as primeiras noites são difíceis até se acostumar com ela.

Ao longo do tempo, o aço perde seu brilho original e o punho fica manchado, e talvez precise ser lixado algumas vezes. Contudo, o que ganha em troca pode salvar sua vida: uma vez que estiver bem familiarizado com o objeto, torna-se parte de você de tal forma que parece uma extensão de seu braço. Ele o protege e lhe dá um meio de proteger seus irmãos; proporciona confiança e poder para enfrentar qualquer coisa que lhe sobrevenha na noite e, onde quer que vá, ele vai com você, junto a seu coração, sempre ali quando precisa dele.

Entretanto, precisa manter a lâmina afiada e reposicionar o cabo de tempos em tempos, verificar outra vez o peso.

Engraçado... tudo aquilo parecia *tão* óbvio quando se tratava de armas. Por que não se deu conta de que com o casamento era a mesma coisa?

Revirando os olhos, pensou: Cristo, talvez alguma loja de presentes ainda estivesse aberta à possibilidade de criar uma linha de cartões do dia dos namorados inspirada na época medieval, alguma coisa levemente gótica. Isso seria perfeito para o que precisava.

Fechando os olhos e abraçando Jane, estava quase feliz por ter perdido a cabeça, só para que pudessem chegar até ali.

Bem, ele teria escolhido uma rota mais fácil se existisse uma; mas tinha de merecer onde estavam agora.

– Tenho uma pergunta para lhe fazer – disse ele suavemente.

– Qualquer coisa.

Recuando um pouco, ele acariciou o cabelo de Jane com a mão enluvada e precisou de um tempo para perguntar o que estava na ponta da língua.

– Você vai... permitir que eu faça amor com você?

Quando Jane o encarou e Vishous sentiu seu corpo contra o dela, ela soube que nunca o deixaria. Nunca. E soube também que se conseguiram passar pela última semana, conseguiriam permanecer juntos conforme acontecia nos bons casamentos e acasalamentos.

– Sim – disse ela. – Por favor...

Seu *hellren* a possuiu tantas vezes desde que estavam juntos: durante a noite e durante o dia; no banho e na cama; vestido, nu, seminu; rápido e forte... forte e rápido. O fato de V. estar sempre no limite fazia parte da emoção... isso e a imprevisibilidade. Ela nunca sabia o que esperar... se ia exigir coisas dela, ou assumir o controle de seu corpo, ou conter-se para que ela fizesse qualquer coisa que desejasse com ele. Porém, um fato constante era que nunca foi seu estilo ir devagar.

Agora, ele apenas acariciava seu cabelo, correndo os dedos através das ondas e posicionando-as por trás de suas orelhas. E manteve o olhar fixo no dela quando suas bocas uniram-se suavemente.

Afagando e acariciando, ele lambeu os lábios dela... mas quando ela abriu a boca, não mergulhou como sempre fazia. Apenas continuou beijando... até ela ficar atordoada com as sucções e carícias da carne contra a carne.

O corpo dela geralmente rugia pelo dele, mas, agora, sentia um desabrochar delicioso percorrê-la, relaxando e acalmando, provocando uma tranquilizante excitação que, de alguma forma, era tão profunda e avassaladora quanto a paixão desesperada que normalmente sentia.

Quando o corpo dele mudou de posição, ela seguiu a liderança, apoiando totalmente as costas quando ele se ergueu e cobriu o corpo dela por completo. O beijo continuava e estava tão envolvida que não percebeu que ele deslizou a mão por baixo de sua camisa. A palma da mão quente arrastava-se para cima, buscando seus seios... encontrou-os e os capturou. Nada de provocações, nada de beliscões, nada de apertões. Apenas passava o dedão em volta e sobre o mamilo, até ela se arquear e gemer em sua boca.

As mãos dela estenderam-se pelas laterais do corpo de Vishous e... oh, Deus, havia aquele padrão de marcas que ela havia visto. E continuavam ao longo de todo seu tronco...

Vishous pegou seus pulsos e os levou de volta para a cama.

– Não pense nisso.

– O que ele fez com você...?

– Shhh.

O beijo foi retomado e ficou tentada a lutar, mas as carícias delicadas submergiram seu cérebro em sensações.

Estava feito, disse a si mesma. Tudo o que tinha acontecido havia ajudado a chegarem até ali.

Isso era tudo o que precisava saber.

A voz de Vishous sussurrou em seu ouvido, profunda e baixa:

– Quero tirar sua roupa. Posso?

– Por favor... sim... Deus, sim.

Despi-la foi parte do prazer, os meios foram tão gloriosos quanto o fim, quando ficaram pele contra pele, e, de alguma maneira, a revelação gradual do que havia observado tantas vezes fez com que parecesse novo e especial.

Seus seios ficavam cada vez mais excitados conforme o ar frio os atingia, e ela observou o rosto de V. contemplá-la. A necessidade estava lá, só que havia muito mais... reverência, gratidão... uma vulnerabilidade que sempre sentiu, mas nunca enxergou com clareza antes.

– Você é tudo o que eu preciso – disse ele quando abaixou a cabeça. Suas mãos estavam em toda parte, sobre o abdômen, os quadris, entre as coxas.

Sobre seu sexo escorregadio.

O orgasmo que lhe deu foi uma onda quente que percorria seu corpo, irradiando-se de dentro para fora, possuindo-a em uma nuvem de êxtase e prazer. Em meio a tudo isso, ele a montou e a penetrou. Nada de golpes fortes dentro dela, apenas mais daquela onda, dentro e fora, enquanto o corpo dele se movia e sua ereção pulsava para frente e para trás.

Nenhum movimento rápido, apenas mais daquele amor lento.

Nada de urgência, apenas todo o tempo do mundo.

Quando ele finalmente gozou, foi em meio a um último movimento de sua coluna e um pulsar dentro dela, e ela o acompanhou; os dois abraçaram-se com ternura, fundindo o corpo... e a alma.

Virando-se na cama, levou-a para cima dele, envolvendo-a com seu peitoral musculoso, firme e tão suave e quase tão leve quanto uma brisa de verão. Ela estava flutuando e quente e...

– Você está bem? – disse Vishous quando a olhou.

– Mais do que bem – Ela examinou seu rosto. – Sinto como se tivesse feito amor com você pela primeira vez.

– Que bom – Ele a beijou. – Esse era o plano.

Deitando a cabeça sobre o coração dele, olhou ao longo da parede atrás da mesa. Nunca pensou que seria grata por aquele bando de "brinquedos" aterrorizantes, mas estava. Em meio à tempestade... encontraram a calmaria.

Separaram-se por um tempo... Mas, agora, eram um só novamente.

CAPÍTULO 41

Na mansão, Qhuinn andava pelo quarto como um rato procurando uma saída em sua gaiola. De todas as noites, aquela era a pior para Wrath mantê-los confinados.

Dane-se.

Quando fez mais outra viagem passando pela porta aberta do banheiro, pensou que o fato da quarentena fazer sentido o irritava ainda mais: apenas John e Xhex não estavam feridos naquele momento; todos que estiveram naquela briga ficaram cortados, fatiados ou arranhados de alguma forma.

Aquilo parecia um maldito Pronto Atendimento, mas, por favor, os três poderiam estar lá fora dando o troco.

Parando em frente às portas da varanda, olhou os jardins bem cuidados que estavam prestes a desabrochar com a primavera. Com as luzes apagadas em seu quarto, pôde ver claramente a piscina com seu toldo de inverno esticado sobre toda a extensão de seu ventre... como se fosse a maior cinta modeladora que o mundo já tinha visto, e as árvores ainda estavam nuas em sua maioria. Os canteiros de flores...

Blay tinha sido ferido.

Ainda não eram nada além de bancos de terra marrom-escuros...

– Droga.

Esfregando os cabelos que agora estavam muito curtos, tentou negociar com a pressão no centro do peito. De acordo com John, Blay tinha sido atingido na cabeça e sofreu um corte no abdômen. O primeiro machucado estava sendo monitorado; o último havia sido costurado pela Doutora Jane. Nenhum deles colocava sua vida em risco.

Tudo muito bem.

Que pena que seu peito não estava assimilando o fato muito bem. Desde que John Matthew havia lhe dado a notícia, aquela maldita dor havia se instalado, como se uma toupeira entrasse e saísse de seus brônquios sem parar.

Literalmente, não conseguia respirar fundo.

Maldição, se fosse um macho maduro – e considerando a maneira como lidava com as coisas algumas vezes, aquilo era bastante discutível, se não completamente errado – sairia no corredor, andaria até o quarto de Blay e bateria na porta. Colocaria a cabeça para dentro, veria por si mesmo que o coração do ruivo ainda estava batendo e todos os sentidos estavam funcionando... e, então, continuaria a fazer suas coisas.

Em vez disso, lá estava ele, tentando fingir que não estava pensando no cara enquanto afundava um caminho no carpete.

Assim, continuou com a caminhada. Teria ido à sala de musculação e corrido um pouco, mas o fato de que Blaylock estava ali, próximo dele, era como uma corda de marionete que o mantinha preso no local, sem muita vontade de puxá-lo, direcionando-o para a luta ou... digamos... mesmo se a casa estivesse pegando fogo, era evidente ser incapaz de se libertar.

E quando se viu em frente às portas francesas outra vez, teve uma vaga ideia do motivo que o fazia parar ali.

Tentou tirar a mão da alça da maçaneta.

Não funcionou.

O trinco produziu um estalo e o ar gelado foi como um tapa em seu rosto. Saindo com os pés descalços e roupão, mal notou a ardósia congelada ou o frio que percorreu suas pernas e agarrou-se em seu pênis.

À frente, uma luz irradiava das portas duplas do quarto de Blay. O que era bom... com certeza eles fechavam a cortina antes de terem relações sexuais.

Então, era seguro ficar observando. Certo...?

Além disso, Blay estava se recuperando de um ferimento; então, não poderiam sair rolando pelo quarto.

Dando uma de xereta, Qhuinn esquivou-se nas sombras e tentou não se sentir um intruso ao andar na ponta dos pés. Quando chegou ao lado da porta, preparou-se, inclinou-se e... respirou fundo e aliviado.

Blay estava sozinho na cama, deitado apoiado contra a cabeceira, seu roupão estava amarrado em meio à cintura, os tornozelos cruzados, os pés cobertos por meias pretas. Seus olhos estavam fechados e sua mão repousava sobre o ventre, como se estivesse cuidando do que, provavelmente, ainda estava enfaixado.

Um movimento do outro lado abriu as pálpebras de Blay e levou seus olhos a se fixarem na direção oposta às janelas. Era Layla que emergia do banheiro e andava lentamente. Os dois trocaram algumas palavras... sem dúvida, ele estava agradecendo pelo alimento que tinha acabado de ingerir e ela estava dizendo que era um prazer: não era surpresa ela estar ali. A Escolhida fazia rondas pela casa naquela noite e Qhuinn já havia cruzado com ela pouco antes da Primeira Refeição... ou o que teria sido a Primeira Refeição se alguém tivesse aparecido.

E quando ela saiu do quarto de Blay, Qhuinn esperou que Saxton entrasse. Nu. Com uma rosa vermelha entre seus dentes, e uma maldita caixa de chocolates.

E uma ereção que faria um monumento nacional parecer pequeno.

Nada.

Blay deixou a cabeça cair para trás e suas pálpebras fecharam-se outra vez. Parecia completamente exausto e, pela primeira vez, mais velho. Não era um garoto em transição recente; era um macho puro-sangue.

Um macho... belíssimo... e puro-sangue.

Em sua mente, Qhuinnn viu-se abrindo a porta e entrando. Blay olharia em volta e tentaria se sentar... mas Qhuinn acenaria para ele, para detê-lo, ao se aproximar.

Perguntaria sobre o ferimento. E Blay abriria o roupão para mostrar. Qhuinn estenderia a mão e tocaria o curativo... e, então, deixaria os dedos vagarem pela gaze e pelo esparadrapo sobre a pele lisa e quente do abdômen de Blay. Ele ficaria chocado, mas, naquela fantasia, Qhuinn deslizaria aquela mão... Mais para baixo, afastando-se do ferimento e descendo para os quadris e seu...

– Droga!

Qhuinn recuou com rapidez, mas já era tarde demais: de alguma forma, Saxton havia entrado no quarto, andado até as janelas e começou a fechar as cortinas. E, durante o processo, tinha visto o idiota do lado de fora da varanda dando uma de câmera de segurança.

Quando Qhuinn virou-se e pegou o caminho de volta para seu quarto, pensou: "Não abra a porta... não abra a porta..."

– Qhuinn?

Pego em flagrante.

Congelando como um assaltante com uma TV de plasma nos braços, certificou-se de que seu roupão estava fechado antes de se virar. Droga. Saxton estava saindo e o bastardo também estava de roupão.

Bem, parece que todos ostentavam um. Mesmo Layla estava vestida com uma peça de roupa assim.

Quando Qhuinn encarou seu primo, percebeu que não tinha dirigido mais que duas palavras ao cara desde que Saxton havia se mudado.

– Só estava pensando em como ele estava. – Não havia razão alguma para usar um nome... estava bem óbvio a quem estava observando.

– Blaylock está dormindo no momento.

– Ele se alimentou? – Qhuinn perguntou mesmo já sabendo a resposta.

– Sim – Saxton fechou a porta atrás dele, sem dúvida para não deixar o frio entrar e Qhuinn tentou ignorar o fato de que os tornozelos e os pés do cara estavam nus, pois havia grandes chances de que o resto dele estivesse assim também.

– Ah, desculpe ter incomodado vocês – Qhuinn murmurou. – Tenha uma boa no...

– Poderia ter simplesmente batido. No corredor – as palavras foram ditas com uma inflexão aristocrática que fez Qhuinn ficar completamente tenso. Não porque odiava Saxton; aquilo apenas lembrava-lhe demais a família que perdeu.

– Não queria lhe incomodar. Incomodá-lo. Nenhum dos dois.

Quando uma rajada de vento percorreu a casa, os cabelos muito grossos, loiros e ondulados de Saxton não se abalaram – como se cada parte dele, cada fio, fosse encorpado e bem-educado demais para ser afetado por... qualquer coisa.

– Qhuinn, você não estaria interrompendo nada.

Mentiroso, Qhuinn pensou.

– Estava aqui primeiro, primo – Saxton murmurou. – Se queria vê-lo ou ficar com ele, eu os deixaria a sós.

Quinn piscou. Então... os dois tinham um relacionamento aberto? Como assim?

Ou espere... talvez tivesse feito um ótimo trabalho ao convencer não apenas a Blay, mas a Saxton, de que não queria nada sexual com seu melhor amigo.

– Primo, posso falar sinceramente?

Qhuinn limpou a garganta.

– Depende do que tem a dizer.

– Sou o namorado dele, primo...

– Ei... – ergueu a mão. – Isso não é da minha conta...

– ... não o amor de sua vida.

Qhuinn piscou outra vez, e, em seguida, por uma fração de segundo, foi sugado para um lugar onde seu primo saía de cena graciosamente e Qhuinn substituía muito bem o filho da mãe. Só que... havia uma grande falha naquela fantasia: Blay tinha cortado relações com ele.

Havia projetado aquele resultado ao longo de muitos anos.

– Entende o que digo, primo? – Saxton manteve a voz baixa, mesmo com o vento soprando e a porta fechada. – Está me ouvindo?

Certo, aquilo não fazia parte nem um pouco do que Qhuinn esperava para a noite... ou para qualquer outra noite. Maldição, seu corpo começou a formigar de repente e tinha menos de um segundo para dizer a seu primo que fosse embora ou que se ferrasse ou mandá-lo para o inferno.

Só que, então, pensou em como Blay parecia mais envelhecido. O cara finalmente havia dado um grande passo em sua vida e era um crime negociar algo sobre isso ali fora, no escuro.

Qhuinn balançou a cabeça.

– Não é certo.

Não para Blay.

– Você é um tolo.

– Não. Eu costumava ser.

– Eu discordo. – A mão elegante de Saxton aproximou a gola de seu roupão. – Se me der licença, é melhor eu entrar. Está frio aqui fora.

Bem, aquilo soava como uma ótima metáfora.

– Não conte a ele sobre isso – Qhuinn disse asperamente. – Por favor.

Os olhos de Saxton se estreitaram.

– Seu segredo está muito bem guardado. Pode acreditar.

Com isso, virou-se e voltou a entrar no quarto de Blaylock; a porta fechou-se com um clique e, em seguida, a luz foi apagada assim que as cortinas pesadas foram arrastadas de volta para o lugar.

Qhuinn esfregou os cabelos outra vez.

Parte dele queria entrar e dizer: *Eu mudei de ideia, porque... Agora, caia fora daqui para que eu possa...*

Dizer a Blay o que disse a Layla.

Mas Blay deveria estar apaixonado por Saxton e Deus era testemunha de que Qhuinn havia ferrado com seu amigo muitas vezes.

Ou, melhor, ignorou-o, como era o caso.

Quando finalmente voltou para o quarto – apenas porque era patético demais ficar ali parado olhando para as cortinas fechadas –, percebeu que sua vida estava toda relacionada a ele. Era o que desejava, o que precisava, o que tinha de possuir.

O antigo Qhuinn teria pegado um ônibus e atravessado aquela porta com ele...

Com uma careta, tentou não pensar na frase de maneira tãããão literal; porém, a questão era que o homossexual patético e fraco estava certo: se você ama alguém, tem de libertá-lo.

Em seu quarto, virou-se e sentou-se na cama. Olhando ao redor, viu a mobília que não havia comprado... e a decoração era ótima, mas anônima, e não tinha nada a ver com seu estilo. As únicas coisas que lhe pertenciam eram suas roupas no armário, o barbeador no banheiro e os tênis de corrida que usava quando chegava mais cedo.

Era como na casa de seus pais.

Bem, ali, as pessoas de fato lhe davam valor, mas conforme o tempo passava, não tinha uma vida própria, realmente. Era o protetor de John, um soldado da Irmandade. E...

Caramba, agora que não se entregava mais ao vício do sexo, esse era o fim da lista.

Recostando-se contra a cabeceira da cama, cruzou os pés e arrumou o roupão. A noite estendia-se à frente dele em uma planície horrível... como se estivesse dirigindo, dirigindo e dirigindo ao longo de um deserto... e tinha apenas mais do mesmo pela frente.

Meses do mesmo.

Anos.

Pensou em Layla e no conselho que tinha dado a ela. Cara, os dois estavam exatamente no mesmo lugar, não?

Fechando os olhos, ficou aliviado quando começou a divagar. Mas tinha a sensação de que qualquer tranquilidade não ia durar muito tempo.

E estava certo.

CAPÍTULO 42

No Hospital Equino Tricounty, Manny permaneceu parado enquanto Glory fungava em seu uniforme hospitalar, provavelmente sabendo que a deixaria. Mas constatou que era incapaz de separar-se ou separar Payne do cavalo.

O tempo estava se esgotando para sua Glory e isso o matava. Mas não poderia deixá-la definhar, permitir que ficasse cada vez mais magra e mais manca a cada dia que passava. Ela merecia muito mais que isso.

– Você a ama – Payne disse suavemente, sua mão pálida deslizava em volta do puro-sangue, descendo para o flanco.

– Sim. Amo.

– Ela tem muita sorte.

Não, ela estava morrendo e isso era uma maldição.

Ele limpou a garganta.

– Acho que precisamos...

– Dr. Manello?

Manny inclinou-se e olhou para a porta da baia.

– Oh, ei, doutor. Tudo bem?

Quando o veterinário-chefe caminhou até eles, seu *smoking* estava destoando tanto do local quanto um pinguim em uma praia tropical.

– Estou bem... e você parece muito bem.

O cara ajeitou a gravata borboleta.

– O traje de pinguim é porque vou a uma ópera. Mas tinha que passar por aqui e dar uma olhada na sua garota.

Manny aproximou-se e estendeu a mão.

– Eu também.

Quando apertaram as mãos, o veterinário olhou ao redor da baia... e seus olhos se arregalaram quando viu Payne.

– Ah... oi.

Quando Payne ofereceu ao homem um breve sorriso, o bom doutor piscou como se o sol tivesse se desvencilhado de várias nuvens e brilhado sobre ele.

Ceeerto, Manny estava farto de idiotas olhando para ela daquele jeito.

Colocando-se no caminho, disse:

– Existe algum tipo de suporte que poderia colocar nela? Para aliviar a pressão?

– Nós a imobilizamos durante algumas horas todos os dias. – Enquanto o veterinário respondia, avançava pouco a pouco para o lado de maneira que Manny teve de inclinar o tronco para continuar a bloquear a visão.

– Não quero correr o risco de problemas respiratórios ou gastrointestinais.

Entediado com a coisa da inclinação e querendo afastar Payne da conversa, Manny pegou o braço do cara e moveu os dois para um lado.

– Qual será nosso próximo passo?

O veterinário esfregou os olhos como se precisasse de um segundo para organizar sua mente.

– Para ser franco, doutor Manello, não tenho um bom pressentimento sobre nossa situação. O outro casco está afundando e apesar de estar fazendo tudo a meu alcance para tratar isso, não está reagindo.

– Tem que haver mais alguma coisa.

– Sinto muito.

– Quanto tempo até termos certeza...

– Tenho certeza agora. – O olhar do homem era muito triste. – Foi por isso que passei por aqui esta noite... estava esperando um milagre.

Bem, os dois estavam fazendo isso.

– Vou lhe dar um pouco mais de tempo com ela – o veterinário disse. – Fique o quanto precisar.

Na linguagem médica isso queria dizer: *pode se despedir.*

O veterinário colocou a mão no ombro de Manny brevemente e, então, virou e foi embora. Enquanto saía, verificou cada baia, checando seus pacientes, acariciando um focinho aqui e ali.

Um cara legal, bastante cuidadoso.

Alguém que esgota todas as possibilidades até determinar um cenário de derrota.

Manny respirou fundo e tentou dizer a si mesmo que Glory não era um animal de estimação. As pessoas não tinham cavalos de corrida como animais de estimação, e ela merecia mais do que sofrer em uma pequena baia enquanto ele encontrava coragem para fazer o que era certo em relação a ela.

Colocando a mão no peito, acariciou sua cruz atrás do jaleco e teve uma vontade súbita de ir à igreja...

No início, tudo o que notou foram as sombras na parede do outro lado. Em seguida, pensou que talvez alguém tivesse acendido as luzes.

Finalmente, percebeu que a iluminação vinha da baia de Glory.

O... que...

Escorregando, recuou... e teve de se equilibrar.

Payne estava de joelhos no feno macio, as mãos posicionadas sobre as pernas dianteiras de seu cavalo, os olhos fechados, sobrancelhas tensas.

E seu corpo brilhava com uma luz forte e bela.

Acima dela, Glory estava imóvel, mas seu couro contraía-se e os olhos reviravam. Alguns relinchos satisfeitos percorriam seu longo pescoço e saíam por suas narinas... como se tivesse uma sensação de alívio, alívio da dor.

As pernas dianteiras machucadas iluminaram-se levemente.

Manny não se moveu, não respirou, sequer piscou. Apenas segurou sua cruz ainda mais forte... e rezou para que ninguém interrompesse aquilo.

Não tinha certeza de quanto tempo os três permaneceriam assim, mas, em determinado momento, ficou claro que Payne estava se sobrecarregando com o esforço: seu corpo começou a vibrar e a respirar de maneira forçada.

Manny entrou na baia e a afastou de Glory, segurando seu corpo vacilante contra o seu, e tirou-a do caminho no caso do cavalo se assustar e fazer algo imprevisível.

– Payne? – Oh, Deus...

Os olhos dela tremularam.

– Eu... a ajudei?

Manny acariciava seus cabelos para trás enquanto olhava para a égua. Glory estava parada com firmeza, levantando um dos cascos da frente, depois outro e voltava a movimentar o primeiro como se estivesse tentando descobrir o que causou o repentino conforto. Então, estremeceu... e beliscou o feno que não havia tocado.

Quando aquele maravilhoso som da ponta de um focinho tocando a grama seca encheu o silêncio, olhou para baixo em direção a Payne.

– Você conseguiu – disse com voz rouca. – Acho que conseguiu.

Seus olhos pareceram se esforçar para voltar o foco.

– Não queria que a perdesse.

Transbordando de uma gratidão que não tinha palavras para expressar, Manny puxou-a para mais perto de seu coração e segurou-a por um momento. Desejava ficar daquela maneira por muito mais tempo, mas ela parecia não estar bem e só Deus sabia se alguém mais havia notado o brilho daquela luz. Tinha de tirá-los dali.

– Vamos para minha casa – disse. – Assim, poderá se deitar.

Quando ela assentiu, girou-a em seus braços e ela se encaixou perfeitamente. Quando fechou a baia, olhou para Glory. O cavalo estava fungando contra o feno como se aquilo fosse tudo o que tinha.

Meu Deus... será que tinha funcionado mesmo?

– Volto amanhã – disse a ela, antes de começar a se afastar, impulsionado por uma esperança incandescente.

No balcão da segurança, sorriu e deu de ombros para o cara.

– Alguém está fazendo plantão dobrado no hospital. Ela está exausta.

O homem levantou-se como se a mera presença de Payne, mesmo inconsciente, fosse suficiente para chamar sua atenção.

– É melhor levá-la para casa. É preciso cuidar bem de uma mulher como essa.

Com certeza.

– É exatamente para onde estou indo.

Movendo-se com rapidez, passou pela recepção e aguardou o ruído para que pudesse empurrar as últimas portas. Com alguma sorte, o veterinário-chefe não tinha visto nada...

– Obrigado, Jesus – Manny murmurou quando ouviu o sinal e abriu a porta com o quadril.

Não perdeu tempo ao se dirigir para o carro, apesar de tirar as chaves e manter Payne erguida ao mesmo tempo ter sido uma confusão. Abrir a porta também foi difícil. Mas, em seguida, colocou-a no banco do passageiro, perguntando-se o tempo todo se estava doente. Droga, não tinha como entrar em contato com ninguém do mundo dela.

Dando a volta e sentando-se atrás do volante, pensou: "Dane-se, vou levá-la direto para os vampiros..."

– Posso pedir-lhe uma coisa? – disse ela lentamente.

– Qualquer coisa... O que você...

– Posso tomar de sua veia um pouco? Encontro-me... curiosamente esgotada.

Certo, tudo bem. Estamos aqui para isso: trancou as portas, puxou as mangas da roupa e estendeu-lhe o braço.

Os lábios macios encontraram seu pulso, mas sua mordida não foi ágil, como se estivesse tendo problemas para reunir forças. Ainda assim, começou o trabalho e ele pulou, a dor aguda cravou-se em seu coração e o deixou um pouco tonto. Ou... talvez aquilo estivesse acontecendo em função da excitação súbita e avassaladora que percorreu não apenas seu pênis como o corpo inteiro.

Com um gemido, seus quadris moveram-se sobre o banco do Porsche e deixou sua cabeça cair para trás. Deus, aquilo era bom... o ritmo da sucção que sentia seguia sua ereção... e, mesmo doendo, os puxões e os goles que recebia eram um prazer, um doce e picante prazer pelo qual tinha certeza que poderia morrer.

Caiu em um estado de total felicidade; parecia que havia se passado séculos desde a última vez que não estiveram ligados por aquelas presas em sua carne.

O tempo não tinha qualquer significado nem a realidade de que estavam em um estacionamento dentro de um carro com janelas de vidros claros.

Dane-se o mundo.

Eram apenas ele e ela, juntos.

E isso foi antes dos olhos de diamante de Payne se abrirem e se fixarem nele, observando não seu rosto, mas seu pescoço.

Vampira... ele pensou. Linda vampira.

Minha.

Quando aquele pensamento fundiu-se em sua mente, começou a agir no piloto automático, deslocando a cabeça para o lado, oferecendo sua jugular para ela...

Não precisou pedir duas vezes. Em um grande impulso, Payne se ergueu, lançando-se sobre o corpo dele; sua mão penetrou seus cabelos e apertou sua nuca. Enquanto o detinha sob seu controle, Manny ficou totalmente imobilizado, e ela também, por capturá-lo... presa para sua predadora. E agora que o possuía, suas presas deslizaram sobre a pele e encaixaram-se na altura da garganta, fazendo-o enrijecer ao antecipar a sensação da punção e da sucção...

– Droga! – ele vociferou quando ela o mordeu. – Oh... *sim*...

As mãos dele agarraram os ombros de Payne, puxando-a para ainda mais perto.

– Tome tudo... tome... oh, Deus... oh, droga...

Algo acariciou seu pênis. E uma vez que sabia exatamente onde estavam suas mãos, tinha de ser ela. Ao movimentar-se, ergueu-se um pouco mais e deu-lhe o máximo de espaço possível para se mover... e ela o fez, para cima e para baixo contra sua ereção, os quadris de Manny ajudavam, intensificando as carícias.

A respiração dele era alta no interior do carro quando começou a ofegar e seus gemidos também: não levou muito tempo até que seu pênis ficasse dormente, a ponta tensa contra a pressão.

– Eu vou gozar – ele gemeu. – É melhor parar se não quiser que...

Com isso, ela puxou o laço do uniforme hospitalar e colocou uma das mãos ali dentro...

Manny viu estrelas. No instante que as peles se encontraram, ele gozou como nunca antes, sua cabeça foi para trás com força, as mãos cravaram sobre os ombros de Payne, os quadris se movimentavam como loucos. E ela não parou de beber ou de acariciar... assim como havia sido antes, ele continuou gozando, o prazer se intensificava a cada espasmo que tinha contra a ereção.

Acabou cedo demais.

Por outro lado, poderiam ficar ali por uma década e ele continuaria faminto.

Quando Payne desvencilhou-se dele, recuou e lambeu as feridas feitas por suas presas afiadas, sua língua era rosada contra as pontas brancas. Cara... aquela luz gloriosa brilhava sob sua pele, fazendo com que ela parecesse um sonho.

Oh, espere, ela era um sonho, não era?

– Seu sangue é forte – disse com voz rouca enquanto curvava-se sobre ele outra vez e lambia sua garganta. – Muito forte.

– É? – ele murmurou. Mas não teve certeza se pronunciou mesmo alguma coisa. Talvez tivesse apenas pensado as palavras.

– Posso sentir o poder percorrendo dentro de mim.

Cara, nunca esteve em um carro esportivo grande antes – aquelas máquinas eram muito desajeitadas e a direção era instável, pareciam pedregulhos caindo de uma montanha –, mas o que não daria por um banco traseiro onde pudesse colocar algo maior que uma bolsa de tacos de golfe. Queria deitá-la ali e...

– Quero mais de você. – Payne murmurou ao se aninhar sobre ele.

Bem, Manny ainda estava duro como uma pedra, mesmo tendo acabado de...

– Quero você na minha boca.

A cabeça de Manny foi impulsionada para trás e gemeu quando seu pênis estremeceu como se uma corrida fosse começar lá embaixo. Mas, por mais que a desejasse, não tinha certeza se ela sabia o que estava por vir. Apenas o pensamento dos lábios dela sobre seu...

A cabeça de Payne desceu sobre o colo antes que ele pudesse encontrar fôlego para falar e não houve preliminares: ela o chupou, masturbando-o em sua boca quente e molhada.

– Droga! Payne!

Suas mãos apoiaram-se sobre os ombros dela, para puxá-la de maneira ostensiva... mas ela não deu a mínima para isso.

Sem qualquer treino, sabia exatamente como fazer, puxando e sugando antes de lamber o tronco. Em seguida, ela o explorou com tal profundidade que Manny só pôde concluir que estava gostando daquilo tanto quanto ele... e aquilo era demais.

Só que sentiu presas no topo, provocando-lhe.

Ele a ergueu rapidamente nesse momento, capturando sua boca em um beijo forte enquanto segurava seu rosto, mas logo perdeu aquilo que tinha entre as mãos. Não durou muito. Ela se desvencilhou dele e voltou para onde estava, capturando-o outra vez no meio de um orgasmo, lambendo o local de seu corpo que parecia desejá-la com todas as forças.

Quando os espasmos pararam, ela se afastou, olhou para ele... e, lentamente, lambeu os lábios.

Manny teve de fechar os olhos diante dessa visão, sua ereção pulsando a ponto de doer.

– Vai me levar para sua casa agora – ela rosnou. Não era uma solicitação. E o tom sugeria que estavam pensando exatamente o mesmo.

Assim, aquilo os levaria apenas a uma única coisa.

Manny reuniu forças e abriu os olhos. Endireitando-se, tocou o rosto dela e acariciou o lábio inferior com o polegar.

– Não tenho certeza se deveríamos, *bambina* – disse em um tom áspero.

A mão dela apertou seu pênis e ele gemeu.

– Manuel... acho que é exatamente o que precisamos fazer.

– Não é... uma boa ideia.

Payne afastou-se e recolheu a mão, seu brilho desapareceu.

– Mas está excitado. Mesmo agora.

Acha mesmo?

– Esse é o ponto.

Seus olhos percorreram o rosto dela e foram para os seios. Estava tão desesperado por ela, que sentia a tentação de rasgar aquele uniforme hospitalar em dois e tirar a virgindade dela em seu carro.

– Não serei capaz de me segurar, Payne. Mal consigo fazer isso agora...

Ela ronronou de satisfação e lambeu os lábios vermelhos outra vez.

– Eu gosto quando perde o controle.

Oh, Deus, aquilo não ajudava em naaada.

– Eu... – ele balançou a cabeça, pensando que aquilo era ridículo... negar-lhe tal coisa machucava muito. – Acho que deve fazer o que precisa e me deixar agora. Enquanto ainda consigo deixá-la ir.

O som de batidas na janela não fez sentido no começo. Só havia eles dois ali naquele estacionamento vazio. Mas, então, o mistério foi resolvido:

– Saia do carro. E passe a carteira.

Uma voz masculina vinda da janela atingiu a cabeça de Manny... de onde visualizou o tambor de uma arma.

– Você me ouviu, cara. Saia do carro ou eu atiro.

Quando Manny colocou Payne de volta no assento do passageiro, disse suavemente:

– Quando eu sair, tranque as portas. Bem aqui.

Moveu uma das mãos sobre um painel e pressionou um botão.

– Deixe-me lidar com isso. – Tinha mais ou menos quatrocentos dólares em dinheiro na carteira e vários cartões de crédito. – Fique aqui dentro.

– Manuel...

Ele não deu tempo para responder... até onde sabia, aquela arma tinha todas as respostas e impunha todas as regras.

Pegando a carteira, abriu a porta lentamente, mas foi rápido ao sair e quando fechou Payne lá dentro, esperou ouvir as travas das portas.

E esperou.

Desesperado para ouvir o som de Payne acionando as travas de segurança, ouviu vagamente quando o cara de máscara de esqui vociferou:

– A carteira. E diga para a vadia sair do carro.

– Tem quatrocentos...

A carteira desapareceu.

– Diga para sair ou ela vem comigo. E o relógio. Quero o relógio.

Manny olhou para o edifício. Havia janelas em toda parte e com certeza aquele guarda tinha que dar uma olhada para verificar como estavam as coisas lá fora de vez em quando.

Talvez, se ele entregasse devagar...

O cano da arma foi pressionado contra seu rosto.

– Relógio. Agora.

Não era um bom relógio... não operava com seu Piaget, pelo amor de Cristo. Mas não tinha importância... o idiota podia ficar com a maldita coisa. Além disso, quando fingiu que suas mãos tremiam, percebeu que não havia o que questionar...

Difícil dizer o que aconteceu e em qual ordem.

Relembrando, sabia que Payne tinha de ter aberto a porta primeiro. Mas parece que no instante em que ouviu o som horrível do lado do passageiro, ela já estava atrás do ladrão.

E outra coisa estranha foi que isso não aconteceu até que Manny amaldiçoou o fato do bastardo ter percebido a presença de um terceiro elemento no cenário. Só que não poderia ser verdade... ele a teria visto andando ao redor do carro, certo?

Seja como for... foi assim que aconteceu e o mascarado acabou saltando para trás e oscilava entre Payne e Manny com a arma.

Mas aquela partida de tênis não ia durar muito. Com uma lógica terrível, Manny sabia que o cara ia se voltar para Payne, pois era a parte mais fraca do...

Quando, outra vez, o cano da arma oscilou em direção a ela, Payne... desapareceu. E não foi por ter se abaixado ou se esquivado ou corrido muito rápido. Ela estava lá num momento, ocupando espaço... e havia desaparecido em seguida.

Reapareceu uma fração de segundo depois e pegou o pulso do cara no momento em que ia colocar a arma de volta no rosto de Manny. O ato de desarmá-lo também foi muito rápido: primeiro, ela pegou a arma; depois, tirou-a das mãos do filho da mãe; em seguida, jogou-a para Manny, que pegou a coisa.

Então, era hora de finalizar.

Payne girou o cara, agarrou a parte de trás da cabeça e colou o rosto dele no capô do Porsche. Depois de lustrar um pouco a pintura do carro com aquela carranca, reposicionou-o e agarrou a calça jeans folgada do filho da mãe. Erguendo-o pelos cabelos e pelo que era ou o cós de sua calça ou seu ânus, ela o dominou e o jogou... a uns dez metros de distância.

O Super-Homem não faria tão bem... e o ladrão acabou acertando em cheio a parede do hospital equino. O edifício não reagiu e, como era de se esperar, nem o ladrão. Ele aterrissou de bruços em um canteiro de flores e ficou lá, os membros inertes como carne morta e daí para mais.

Nenhum movimento. Nenhum gemido. Nenhuma tentativa de se levantar.

– Você está bem, Manuel?

Manny virou a cabeça lentamente para Payne. Ela sequer estava ofegando.

– Jesus... Cristo... – ele sussurrou.

Quando as palavras de Manny foram levadas por uma brisa, Payne ajeitou sua blusa folgada e as calças soltas. Então, alisou o cabelo. Parecia ser a única coisa possível de se fazer para ficar mais apresentável após o ato de violência.

Quanto esforço desperdiçado na tentativa de ficar mais feminina. Enquanto isso, Manuel continuava apenas olhando para ela.

– Não vai dizer mais nada? – disse ela em voz baixa.

– Hã... – Manuel colocou a mão livre sobre a cabeça. – Sim. Hã... deixe-me ver se ele está vivo.

Payne cruzou os braços enquanto caminhava até o humano. Na verdade, não se importava muito com as condições que tinha deixado o ladrão. Sua prioridade era tirar aquela arma letal do rosto de Manuel e cumpriu sua tarefa. Qualquer coisa que tivesse acontecido com o ladrão era irrelevante... mas era evidente que não conhecia as regras daquele mundo, ou as implicações do que havia feito.

Manuel estava na metade do caminho do canteiro quando a "vítima" rolou com um gemido. As mãos que seguravam a arma de fogo foram até a máscara que cobria seu rosto e ele puxou a malha até a testa.

Manuel ajoelhou-se.

– Eu sou médico. Quantos dedos têm aqui?

– O quê...?

– Quantos dedos?

– Três...

Manuel colocou a mão sobre o ombro do rapaz.

– Não se levante. Foi um golpe forte na cabeça. Tem algum formigamento ou dormência nas pernas?

– Não – o rapaz encarou Manuel. – Por que... está fazendo isso?

Manuel despistou a pergunta.

– Isso se chama curso de medicina... cria uma necessidade compulsiva de tratar uma doença ou um ferimento independentemente da circunstância. Acho que vamos precisar chamar uma ambulância...

– De jeito nenhum!

Payne desmaterializou-se para aproximar-se deles. Apreciava as boas intenções de Manuel, mas preocupava-se com a possibilidade de haver outra arma com o ladrão...

No instante em que apareceu atrás de Manuel, o cara encolheu-se no chão de horror, ergueu os braços e recuou.

Manuel olhou sobre o ombro... e nesse momento Payne viu que ele não era ingênuo. Tinha a arma apontada para o homem.

– Tudo bem, *bambina*. Peguei o cara...

Atordoado e desajeitado, o ladrão levantou-se e Manuel o acompanhou com a arma apontada em sua direção enquanto o humano tropeçava e recuperava o equilíbrio apoiando-se no edifício.

Era evidente que estava pronto para fugir.

– Vamos ficar com a arma – Manuel disse. – Entendeu? E não preciso dizer o quanto você tem sorte em estar vivo... ninguém agride minha namorada.

Quando o cara sumiu nas sombras, Manny levantou-se.

– Preciso levar essa arma à polícia.

Então, ele simplesmente a olhou.

– Tudo bem, Manuel. Posso cuidar da minha presença diante do guarda, assim, ninguém ficará sabendo de nada. Faça o que deve ser feito.

Com um aceno de cabeça, ele tirou um pequeno dispositivo telefônico, abriu e pressionou alguns botões. Colocando-o sobre o ouvido, disse:

– Sim, meu nome é Manuel Manello e fui abordado com uma arma de fogo em meu veículo. Estou no Hospital Tricounty...

Enquanto falava, ela olhou em volta e pensou que não desejava que aquilo tivesse acabado assim. Só que...

– Tenho que ir – ela disse quando Manuel desligou. – Não posso... continuar aqui se aparecer mais humanos. Só complicaria as coisas.

Manny abaixou o telefone lentamente.

– Certo... sim – franziu a testa. – Ah, ouça... se a polícia chegar, preciso me lembrar do que aconteceu ou... droga, terei uma arma nas mãos sem poder lhes dar qualquer motivo para isso.

De fato, parecia que estavam presos. E, pela primeira vez, estava grata por um aprisionamento.

– Quero que se lembre de mim – ela disse em voz suave.

– Esse não era o plano.

– Eu sei.

Ele balançou a cabeça.

– Você é a coisa mais importante nisso tudo. Então, precisa cuidar-se e isso significa apagar minha...

– Dr. Manello! Dr. Manello... o senhor está bem?

Payne olhou sobre o ombro. O primeiro macho humano que viram no balcão dentro do hospital vinha correndo pelo gramado em pânico.

– Faça isso – Manuel disse. – E vou descobrir um jeito depois...

Quando o guarda aproximou-se correndo deles, Payne encarou o recém-chegado.

– Estava fazendo minha ronda – o homem disse. – E quando estava checando os escritórios na outra extremidade do prédio, vi o senhor pela janela... e corri o mais rápido que pude!

– Estamos bem – disse ela ao guarda. – Mas poderia observar uma coisa para mim?

– Claro! A polícia já foi chamada?

– Sim – ela tocou sob o olho direito. – Olhe para mim, por favor.

Ele já estava fixado no rosto dela e a concentração extra só facilitou seu trabalho; tudo o que ela teve de fazer foi abrir caminho dentro de seu cérebro para colocar um remendo mental em tudo o que se relacionava a ela.

Até onde o humano sabia, o cirurgião tinha chegado e saído sozinho.

Manteve o homem em transe e virou-se para Manuel.

– Não precisa se preocupar. As memórias dele são de muito curto prazo, vai ficar bem.

Ao longe, ouviram o som de sirenes, estridente e urgente.

– É a polícia – disse Manuel.

– Então, tenho que ir.

– Como vai para casa?

– Da mesma maneira que saí do seu carro.

Ela esperou que se aproximasse dela... ou dissesse alguma coisa... ou... mas apenas ficou ali parado com o ar noturno silencioso e frio pairando entre eles.

– Vai mentir para eles? – Manny perguntou. – Dizer que apagou minhas lembranças?

– Não sei.

– Bem, no caso de precisar voltar para fazer isso, estarei no...

– Boa noite, Manuel. Por favor, permaneça em segurança.

Com isso, ela ergueu uma das mãos e, de maneira silenciosa e inexorável, desapareceu.

CAPÍTULO 43

Se aquilo era um truque, era um muito estranho.

– Então, onde está seu amigo?

Karrie Ravisc, mais conhecida nas ruas como Kandy, prostituía-se há mais ou menos nove meses, então, já tinha visto muita porcaria. Mas aquilo...

O homem enorme na porta do quarto de motel falou em voz baixa:

– Está chegando.

Karrie deu outra tragada e pensou: bem, ao menos aquele cara na sua frente era bonitão. Já tinha pagado quinhentos dólares e a instalou naquele quarto. Ainda assim... Havia alguma coisa errada ali.

Sotaque estranho. Olhos estranhos. Ideias estranhas.

Mas muito bonitão.

Enquanto esperavam, deitou-se nua na cama com todas as luzes apagadas. Porém, não estavam totalmente no escuro. O sujeito com a carteira cheia de dinheiro tinha colocado uma grande lanterna no quarto, sobre a cômoda barata. A luz estava direcionada para iluminar seu corpo, como se estivesse em um palco, ou talvez em uma obra de arte.

O que, na verdade, era menos estranho do que algumas coisas que já havia feito. Droga, se a prostituição não fizesse alguém pensar que os homens eram nojentos e uns bastardos doentes, nada mais faria: além dos trapaceiros loucos e dos tipos que gostavam de ficar no comando, havia os filhos da mãe cheios de fetiches, aqueles que gostavam de ser espancados e outros que desejavam que urinassem sobre eles.

Finalizando o baseado, apagou a bituca e pensou que talvez aquela coisa de holofotes não fosse tão ruim. Um idiota quis comer hambúrgueres em cima dela há duas semanas e aquilo, sim, foi grosseiro...

O clique da fechadura virando fez ela pular e percebeu com um estalo que alguém, de alguma forma, havia entrado sem ela notar; aquilo era a porta *sendo* trancada. Por dentro.

E agora havia um segundo homem perto do primeiro.

Ainda bem que seu cafetão estava no quarto ao lado.

– Boa noite – ela disse, ao se estender mecanicamente para os dois. Seus seios eram falsos, mas boas falsificações, seu estômago era plano mesmo já tendo um filho e não estava apenas depilada, mas havia passado por um processo de eletrólise.

Isso permitia cobrar o que cobrava.

Cara... outro grandão, pensou quando o segundo cara se aproximou e parou na beirada da cama. Na verdade, aquele era enorme. Um mamute, mas não gordo e desleixado... seus ombros eram tão quadrados que pareciam ter sido desenhados com uma régua e seu peito formava um triângulo perfeito sobre seus quadris firmes. Não conseguia ver seu rosto, uma vez que a luz estava vindo por trás dele, mas não se importou quando o primeiro cara deitou-se ao lado dela na cama.

Droga... ela viu-se excitada de repente. Era o tamanho deles e o perigo da escuridão e aroma que exalavam. Deus... o cheiro era incrível.

– Vire de bruços – o segundo exigiu.

Deus, aquela voz. O mesmo sotaque estrangeiro do cara que a tinha instalado ali, mas muito mais profundo... e havia uma vantagem nisso.

– Quer mesmo ver meu traseiro? – disse lentamente, enquanto se sentava. Colocando as mãos sobre os seios extragrandes, ela os ergueu e os uniu. – Porque minha frente é ainda melhor.

Com isso, ela ergueu um dos seios e esticou a língua para lamber o próprio mamilo enquanto os olhos iam e vinham entre os homens.

– De bruços.

Certo, era evidente que havia uma hierarquia ali: o cara deitado ao lado dela ostentava uma tremenda ereção, mas não fazia nenhum movimento em direção a ela. E o Sr. Mandão era o único que falava.

– Se é assim que deseja.

Tirando os travesseiros da cama, fez um show ao girar, torcendo o tronco de modo que um de seus seios ainda aparecesse. Com a unha pintada de esmalte preto, fazia círculos ao redor dos bicos ao arquear as costas e mostrar as nádegas.

Um rosnado sutil percorreu através do ar saturado e rarefeito do quarto e esse foi o sinal. Abrindo as pernas, arqueou a parte inferior do corpo para cima, posicionando os dedos dos pés e curvando a coluna outra vez.

Sabia exatamente o que mostrava ao sujeito parado nos pés da cama... e o rosnado sugeriu que gostou daquilo que tinha. Então, era hora de ir mais além. Olhando para ele, colocou o dedo médio na boca e o sugou; então, deslocou seu peso para cima e levou o dedo até seu sexo para acariciar-se.

Se era a erva ou... droga, alguma coisa naqueles homens... ficou muito excitada de repente. A ponto de querer o que estava prestes a acontecer.

Quando o cara começou a se aproximar dela, o que estava comandando a situação colocou a mão na frente dos quadris.

– Beije-a – ele ordenou.

Ela estava tão pronta para isso, mesmo sendo algo que não permitisse normalmente. Virando o rosto para o outro, sentiu sua boca ser tomada por um conjunto de lábios macios e exigentes... e, em seguida, uma língua a penetrou...

Ao mesmo tempo, mãos enormes agarraram a parte superior das suas coxas e as afastaram ainda mais.

E outro par de mãos instalou-se sobre seus seios.

Mesmo sendo uma profissional, sua mente fez uma pequena viagem, toda aquela porcaria com a qual geralmente se preocupava enquanto fazia o que precisava fazer fugiu... e levou consigo coisas como: onde estavam as camisinhas? Quais eram as regras do jogo?

Fivela. Zíper. Em seguida, ouviu o som de calças caindo ao chão e sentiu o movimento do colchão quando algo pesado deitou-se.

Perguntou-se vagamente se o pênis que havia surgido ali era tão grande quanto o resto do homem atrás dela... se fosse, cara, já estava pensando em oferecer uma segunda rodada grátis. Isso se conseguissem manter o ritmo por tanto tempo...

Uma cabeça cheirando a álcool e cigarro aproximou-se dela enquanto mãos ergueram seus quadris do colchão e a colocaram de quatro.

Deus, o cara era *enorme*... e ela se preparou para uma série de movimentos quando a palma daquela mão percorreu sua coluna e os dedos enroscaram-se em seus cabelos curtos. Parecia que ia arrancar sua cabeça, mas não se importava. Só queria mais daquele homem dentro dela...

Só que não entrou com força e não se moveu imediatamente; em vez disso, acariciou-a como se tivesse gostado da sensação da sua carne, passando a mão em seus ombros e, mais uma vez, ao redor de sua cintura... e mais abaixo em seu sexo lubrificado. E quando a penetrou completamente, era como uma lâmina lisa e deu-lhe um segundo para se acostumar com a grossura e o comprimento.

Então, travou em seus quadris com as palmas das mãos e começou a arremeter. Nesse momento, o amigo dele se colocou embaixo dela para chupar-lhe os seios.

Com a intensificação do ritmo, os mamilos açoitavam a boca do que estava embaixo dela para frente e para trás ao ritmo dos quadris que pulsavam em seu traseiro várias vezes. Mais rápido. Mais forte. Mais rápido...

– Acabem comigo – ela vociferou. – Oh, droga, isso...

De repente, o que estava deitado no colchão virou-se, reposicionou-a e preencheu a boca dela com o maior pênis que já havia ingerido.

Ela realmente teve um orgasmo.

Se *eles* continuassem assim, *ela* iria pagá-los.

Uma fração de segundo depois, o homem atrás dela recuou e ela sentiu um jato quente espalhar-se ao redor dela. Mas ele não tinha terminado. Recomeçou os movimentos um momento depois, tão grosso e rígido como na primeira investida.

O que estava chupando gemia e foi separada dele, pois sua cabeça foi erguida. Ele gozou em seus seios, jorrando violentamente ao longo do seu peito com mais daquele cheiro incrível quando o outro saiu e ejaculou outra vez em suas costas.

Em seguida, o mundo girou e ela viu-se de costas, o cara da carteira assumiu o lugar do que estava no comando e a penetrou, preenchendo-a com algo tão grosso quanto o do outro.

Foi ela quem estendeu a mão para o amigo silencioso que comandava, trazendo seu pênis até a boca, conseguiu afastá-lo de seu papel de espectador e o introduziu dentro dela outra vez.

Era tão grande que teve de abrir bem a mandíbula para conseguir encaixá-lo na garganta e o sabor era delicioso... nada parecido com o que teve antes. Ao sugá-lo com seu amigo atrás dela golpeando muito bem, estava envolta da sensação de ser preenchida, de ser invadida por algo rígido, por pênis poderosos que abalavam todo seu corpo.

Em seu delírio, tentou ver o homem que estava sugando, mas, de alguma forma, ele mantinha a luz atrás de si... e tornava tudo ainda mais erótico, como se estivesse chupando uma sombra. Cara, ao contrário do outro, não emitia qualquer som e nem ofegava. Mas estava excitado, de verdade, empurrava seu sexo contra sua boca, tirava e empurrava de volta. Até que se retirou e apertou a ereção com uma das mãos. Unindo os seios, ela proporcionou um ótimo terreno para gozar e, cara, mesmo sendo a terceira vez, ele a cobriu por inteiro.

Até seu peito ficar brilhante, escorregadio... e escorrendo.

A próxima coisa que percebeu foi que seus joelhos foram erguidos até as orelhas e o cara do dinheiro ia dar um jeito nela da melhor maneira possível. E, então, o chefe beijou-lhe os lábios outra vez, pressionando, querendo mais. Algo pelo qual ela estava muito feliz em proporcionar.

Ao observá-los enquanto moviam-se em sincronia, sentiu uma sensação de medo percorrê-la. Arqueada embaixo deles, teve a sensação de que poderiam quebrá-la ao meio se quisessem.

Mas não a machucaram.

E continuaram, os dois trocavam de lugar várias vezes. Era óbvio para ela que faziam aquilo sempre e, Deus, estava com muita vontade de lhes dar o número de seu telefone.

Finalmente, acabaram.

Nenhum deles disse nada. Nem para ela, nem entre eles... o que era diferente, pois a maioria dos *ménages à trois* que fazia acabava com os caras conversando alegremente entre si. Aqueles dois, não; fecharam seus zíperes e... bem, como era de se esperar, as carteiras apareceram outra vez.

Enquanto permaneciam parados em cima dela, levou as mãos à boca, ao pescoço e aos seios. Estava lambuzada em tantos lugares que mal conseguia contar – e adorou. Acariciou o que os caras deixaram sobre sua pele, brincando com aquilo, pois simplesmente desejava... não era mais para diverti-los.

– Queremos lhe dar outros quinhentos – o primeiro disse em voz baixa.

– Para quê? – aquele tom satisfeito era mesmo dela?

– Vai ser bom. Prometo.

– É algo depravado?

– Muito.

Ela riu e revirou os quadris.

– Então, eu digo sim.

Quando o cara tirou as verdinhas, parecia haver muitas delas na carteira... e talvez se ele fosse outra pessoa, ela poderia ter ido até seu cafetão e sugerir a Mack para abordá-lo no estacionamento. Mas não ia fazer isso; em parte porque o sexo tinha sido incrível; e além disso, os caras provavelmente espancariam a droga do seu chefe.

– O que você quer que eu faça? – perguntou enquanto pegava o dinheiro e o fechava com força nas mãos.

– Abra as pernas.

Ela não pensou duas vezes, seus joelhos se afastaram.

E eles não hesitaram, os dois se inclinaram em direção a seu sexo escorregadio.

Caramba, será que iam chupá-la? Apenas pensar sobre isso fez seus olhos revirarem e ela gemeu...

– Ai!

Tentou erguer-se, mas as mãos forçaram-na a ficar no colchão.

A sucção sutil veio em seguida e deixou-a tonta. Porém, não era em seu sexo. Estavam nas laterais, bem próximos do centro, na junção onde suas pernas encontravam o tronco.

A sucção era rítmica... como se estivessem se alimentando.

Karrie suspirou e entregou-se àquela sensação. Tinha a impressão chocante de que estavam se alimentando dela de alguma forma, mas aquilo era incrível... especialmente quando alguma coisa a penetrou. Talvez dedos... provavelmente.

Sim, definitivamente.

Quatro dedos a penetraram e duas mãos separadas iniciaram uma série de puxões alternativos enquanto as duas bocas sugavam sua pele.

Ela gozou de novo.

E de novo.

E de novo.

Depois de só Deus sabe quanto tempo, eles a lamberam algumas vezes... nos locais onde tinham sugado, não onde suas mãos estavam.

E, então, tudo se desprendeu, bocas, dedos, corpos.

Os dois se endireitaram.

– Olhe para mim – o líder disse.

Suas pálpebras estavam tão pesadas que teve que se esforçar para obedecer. E no momento em que fez isso, sentiu uma dor lancinante em suas têmporas. Mas que não durou muito e depois... ficou apenas flutuando.

Foi por isso que não prestou muita atenção no grito abafado e distante que veio da porta ao lado... não do quarto onde Mack estava instalado, mas do outro.

Bum! Tum. Pum...

Karrie começou a adormecer nesse ponto, morta para o mundo, o dinheiro colado na palma da mão enquanto aquilo que estava molhado começava a secar.

Não se preocupava com nada. Na verdade, sentia-se incrível.

Droga... com quem havia estado...?

Quando Xcor saiu do quarto de motel da prostituta com Throe logo atrás dele, fechou a porta e olhou para a esquerda e para a direita. A instalação que seu soldado havia escolhido para aquela diversão carnal estava nos arredores da cidade. Decaído e já apodrecendo em alguns lugares, o edifício de apenas um andar tinha sido dividido em mais ou menos cinquenta pequenas caixas do tamanho de armários, com o escritório no final do caminho à esquerda. Queria o último quarto na outra extremidade para ter mais privacidade, mas o melhor que Throe pôde fazer foi conseguir algo perto da entrada.

Porém, quais eram as chances reais daquele local estar totalmente ocupado? Não havia quase ninguém ali.

Analisando as vagas de estacionamento em frente ao quarto deles, viu um Mercedes preto que tentava desesperadamente parecer mais novo do que era... e uma caminhonete com uma capa sobre a cabine. Os outros dois carros estavam mais distantes, perto do escritório.

Aquele lugar era perfeito para o propósito que tinham. Isolado, ocupado por pessoas que não queriam ninguém se metendo em suas vidas e preparado para estender serviços semelhantes a outros. E a iluminação externa era precária: apenas uma a cada seis lâmpadas funcionavam... Inferno, o dispositivo elétrico ao lado de sua cabeça havia sido esmagado. Então, tudo estava escuro e sombrio.

Ele e seu bando de bastardos teriam de encontrar fêmeas de sua raça para servir a suas necessidades de sangue a longo prazo e isso acabaria acontecendo. Até lá? Teriam de se valer daquilo que ele e Throe haviam acabado de saborear e fariam aquilo ali, naquele lugar deserto.

Throe falou calmamente:

– Satisfeito?

– Sim. Ela era muito boa.

– Fico feliz.

Um aroma no ar atraiu as duas cabeças em direção à porta do quarto mais distante. Xcor inalou profundamente para confirmar o que tinha sentido com a leve brisa, o cheiro de sangue humano fresco foi uma surpresa desagradável.

Ao contrário da expressão no rosto de Throe: desagradável, mas sem surpresa alguma.

– Sequer pense nisso – Xcor vociferou. – Throe... *Droga*!

O soldado virou-se para a porta com uma expressão estrondosa... seu instinto agressivo sem dúvida foi inflamado porque era o sangue de uma fêmea sendo derramado: a fertilidade no ar era óbvia.

– Não temos tempo para isso – Xcor disparou.

Como resposta, Throe chutou a maldita porta.

Quando Xcor xingou, considerou rapidamente em se desmaterializar da cena; o que o distanciou do impulso foi o ato de dar uma olhada dentro do local. A veia heroica ridícula de Throe abriu caminho para uma grande confusão. Literalmente.

Uma fêmea humana estava amarrada à cama com alguma coisa amontoada em sua boca. Estava quase morta... e perto demais de colocar o pé na cova para ser salva. Seu sangue estava em toda parte, na parede atrás dela, pingando no chão, encharcando o colchão. As ferramentas que tinham auxiliado o ato estavam na mesa de cabeceira: duas facas, fita adesiva, tesouras... e meia dúzia de pequenos frascos com fluidos transparentes dentro deles e com as tampas retiradas.

Havia coisas flutuando na...

Uma batida ecoou do banheiro. Como se um painel ou uma janela tivessem sido abertos e fechados em seguida.

Quando Throe correu em direção ao som, Xcor avançou e pegou o macho pelo braço. Com dois movimentos rápidos, Xcor tirou a braçadeira de metal que mantinha junto a seu cinto de armas e apertou o objeto no braço grosso do soldado. Puxando de volta o macho com todo seu peso, balançou-o como uma bola no final de uma corrente. Houve um baque na parede quando o gesso barato recebeu o impacto do pêndulo vampiro.

– *Deixe-me ir.*

Xcor puxou o cara para ainda mais perto.

– Isso não é problema seu.

Xcor puxou o braço e deu um soco na parede, quebrando o superfície plana.

– É sim! Solte-me!

Xcor batcu na nuca do macho.

– Não. É. Seu. Mundo!

Nesse momento, começaram a se debater, os dois lutavam e batiam em objetos do quarto, produzindo mais barulho do que deveriam. E estavam prestes a cair no carpete ensanguentado quando um macho humano atarracado e com óculos escuros do tamanho de vidraças deslizou pela porta. Deu uma olhada na cama, outra para Xcor e Throe e, em seguida, murmurou alguma coisa, cobrindo os olhos com seus antebraços ao se abaixar e sair.

Uma fração de segundo depois, a porta do quarto onde tinham transado com aquela fêmea humana abriu e fechou... em seguida, abriu e fechou outra vez. Saltos altos ressoaram em passos rápidos e descoordenados e houve um barulho de pessoas entrando em um carro.

Um motor rugiu e o Mercedes saiu rápido do estacionamento, sem dúvida, com a prostituta e o dinheiro dentro dele.

A rápida partida provou serem verdadeiras as hipóteses que Xcor tinha elaborado sobre a clientela do lugar.

– Ouça-me – disse a Throe. – Ouça-me bem, seu bastardo estúpido... não é problema nosso. Mas se ficar aqui vai acabar sendo...

– O assassino foi embora!

– E nós também vamos.

Os olhos pálidos de Throe encararam a cama e a máscara de raiva escorregou por um breve momento. O que havia sob ela deteve até mesmo o impulso agressivo de Xcor. Tanta dor. Deus, quanta dor.

– Ela não é sua irmã – Xcor sussurrou. – Agora, venha comigo.

– Não posso... deixá-la... – Os grandes olhos vidrados atingiram os dele. – Não pode me pedir isso.

Xcor virou-se, mantendo o pulso firme sobre o soldado. Tinha de haver algo do assassino ali, algo que pudesse ter...

Xcor arrastou o lutador para o banheiro e houve uma satisfação cruel quando observaram a janela acima do vaso sanitário. O painel espesso de vidro fosco estava intacto, mas havia uma faixa vermelha brilhante na borda da caixa de metal.

Era exatamente o rastro de que precisavam.

Xcor aproximou-se da janela e passou dois dedos ao redor do que havia detido e rasgado a carne humana.

O sangue aderiu a sua carne, empoçando-a.

– Abra – ordenou.

Throe abriu a boca e sugou aqueles dois dedos, fechando os olhos para se concentrar enquanto sirenes começavam a soar pela noite.

– Temos que partir – Xcor disse. – Venha comigo agora e permitirei que saia para encontrar o macho. Concorda? Pode assentir com a cabeça. – Quando Throe assentiu, decidiu que precisava de mais. – Jure.

Throe inclinou-se em reverência.

– Juro.

A braçadeira foi liberada... então, os dois desapareceram no fino ar assim que luzes azuis anunciaram a chegada da polícia humana.

Xcor não era misericordioso em situação alguma; mas se tinha de ser assim, não ofereceria piedade alguma àquele humano criminoso... que agora era o alvo de Throe... e, logo, seria sua presa.

CAPÍTULO 44

– Dr. Manello?

Ao som de seu nome, Manny voltou-se para a realidade e descobriu que, sim, ainda estava no Tricounty, no gramado. Era muito irônico o fato do guarda de segurança ter sido o único a receber um tratamento mental e, ainda assim, ser o único focado na situação.

– Ah... sim. Desculpe. O que disse?

– O senhor está bem?

– Não, não estou.

– Bem, o senhor foi demais... Não posso acreditar como lidou com ele. Em um minuto, ele o enfrentava... no outro, o senhor tinha a arma e ele estava.... voando. Claro que deve estar cansado.

– Sim. É isso. Exatamente.

Os policiais apareceram dois segundos depois e foi uma enxurrada de perguntas e respostas. E foi ótimo; o guarda sequer mencionou Payne. Era como se ela nunca tivesse estado lá.

Não deveria ser novidade, se considerasse tudo o que Manny havia passado não apenas com ela, mas com Jane. Mesmo assim, era estranho.

Simplesmente não tinha entendido muito bem tudo aquilo: Payne havia desaparecido no ar na frente dele; não deixou nada de si para trás, ao menos não até onde o guarda sabia, mas o cara se lembrava muito bem de Manny; não sabia como ela havia conseguido ficar tão calma e sob controle em uma situação tão ameaçadora.

Na verdade, aquela última parte tinha sido totalmente erótica. Observá-la surrar aquele maldito sujeito foi muito excitante... Manny não tinha certeza do que aquilo poderia dizer sobre si mesmo, mas era isso.

E pensou que ela ia mentir. Diria às pessoas que tinha limpado a mente dele. Diria que havia cuidado das coisas.

De fato, Payne havia encontrado uma solução: Manny ainda tinha sua mente, ela tinha suas pernas funcionando e ninguém saberia disso entre seu irmão e sua classe.

Sim, tudo estava resolvido. Tudo o que tinha de fazer agora era passar o resto de sua vida indo atrás de uma mulher que nunca encontraria. Super fácil.

Uma hora depois, entrou no Porsche e dirigiu-se para Caldwell. Guiando sozinho, o carro não parecia apenas vazio, mas um terreno baldio e viu-se abaixando e subindo as janelas. Não era o mesmo.

Payne não sabia onde ele morava, pensou. Mas isso não importava, não é mesmo? Ela não voltaria.

Deus, era complicado decidir o que era mais difícil: uma longa despedida onde ela olharia em seus olhos e o impediria de falar demais ou aquele esparadrapo retirado de uma só vez.

De qualquer maneira era terrível.

No Commodore, entrou no subsolo, estacionou em sua vaga e saiu. Chamou o elevador. Subiu até seu apartamento. Entrou. Fechou a porta.

Quando o celular tocou, atrapalhou-se para tirá-lo do bolso e quando viu o número, amaldiçoou. Era Goldberg, ligando do centro médico.

Atendeu sem entusiasmo algum.

– Oi.

– Você atendeu – disse o cara com alívio. – Tudo bem?

Certo. Não queria muito responder.

– Estou bem – Quando houve uma pausa, disse. – E você?

– Estou bem. As coisas têm sido... – *Hospital. Hospital. Hospital hospital, hospitalh ospit alhosp. Ital hospit alhospital...*

Entrava por um ouvido e saía pelo outro. Porém, Manny ocupou-se um pouco. Foi até o bar na cozinha, pegou um Lagavulin e sentiu-se como tivesse recebido um soco na cabeça quando viu como havia pouca bebida na garrafa. Inclinando-se no gabinete, pegou um

Jack Daniels da parte de trás que estava ali há tanto tempo que já havia poeira na tampa.

Algum tempo depois, desligou o telefone e levou a sério a questão da bebida. A garrafa do uísque Lagavulin primeiro. O Jack em seguida. Então, foi o caso de recorrer às garrafas de vinho na geladeira. E o que restou das cervejas... foram guardadas na despensa; portanto não estavam geladas.

Porém, seu cérebro não reconheceu qualquer diferença entre a bebida quente e a porcaria gelada.

Dito isso, gastou uma hora no festival do consumo alcoólico. Talvez mais. E foi muito eficaz. Quando pegou a última cerveja e começou a ir para o quarto, sentiu como se estivesse na ponte de comando da *Enterprise**, cambaleando para a esquerda e para a direita... e voltando um pouco para trás. E mesmo conseguindo enxergar bem o caminho com a luz ambiente da cidade, tropeçou com várias coisas: por algum milagre inconveniente, sua mobília ganhara vida e a porcaria estava determinada a ficar em seu caminho... tudo, das cadeiras de couro acolchoadas até a...

– Droga!

... mesa de centro.

Eeeeeeee o fato de que esfregar a canela enquanto avançava foi como adicionar um par de patins à festa. Quando chegou ao quarto, deu um gole na cerveja para celebrar e tropeçou na banheira. Água ligada. Roupas tiradas. Entrar. Não havia razão para esperar a coisa esquentar. Não conseguia sentir nada mesmo e esse era o ponto.

Não se preocupou em se secar; apenas caminhou até a cama com a água pingando do corpo e acabou com a cerveja quando se sentou. Então... só havia um monte de nada. Seu teor de álcool estava bem alto, mas ainda tinha de alcançar mais fundo para derrubá-lo com tudo.

Mas *consciência* era um termo relativo. Embora estivesse acordado, sem dúvida estava totalmente desconectado... e não só por causa de sua taxa de álcool no sangue. Estava sem energia por dentro, de uma maneira muito curiosa.

---

* Nome da nave espacial de *Jornada nas Estrelas*. (N.P.)

Caindo sobre o colchão, pensou que se a situação Payne estava resolvida era hora de começar a reorganizar sua vida... ou pelo menos fazer uma tentativa disso amanhã de manhã, quando sua ressaca o acordasse. Sua mente estava bem, então não havia razão para não voltar ao trabalho e tratar de distanciar aqueles malditos momentos do resto de sua vida normal.

Enquanto olhava para o teto, ficou aliviado quando sua visão ficou turva.

Até que ele percebeu que estava chorando.

– Maldito covarde.

Enxugando os olhos, decidiu que não ia continuar com aquilo de jeito nenhum. Só que foi o que fez... e permaneceu assim. Deus, a saudade que sentia dela já chegava ao ponto da agonia.

– Maldito... inferno...

Ergueu a cabeça de repente e seu pênis latejou. Olhou para fora através da porta de vidro deslizante em seu terraço e procurou pela noite com um desespero que o fez se sentir como se suas crises de loucura estivessem de volta.

Payne...

Payne...?

Lutou para se levantar da cama, mas seu corpo recusou-se a obedecer... como se seu cérebro estivesse falando em um idioma e seus braços e pernas não conseguissem traduzir. E então a embriaguez venceu, pressionando o Ctrl-Alt-Del e fechando seus programas.

Porém, não reiniciou.

Depois que suas pálpebras se fecharam, as luzes se apagaram, por mais que lutasse contra a maré.

No terraço, Payne permaneceu parada no vento frio, os cabelos eram açoitados, sua pele formigava devido à temperatura.

Havia desaparecido da visão de Manuel. Mas não havia lhe deixado.

Mesmo depois de Manny provar ser capaz de cuidar de si mesmo, ela se camuflou com o *mhis* e permaneceu parada no gramado do hospital equino, observando-o conversar com a polícia e o guarda de segurança. E quando entrou no carro, ela o seguiu desmaterializando-

-se pouco a pouco e conseguiu segui-lo graças à pequena quantidade de sangue que tomou dela.

A viagem até sua casa culminou nas profundezas de uma cidade menor do que a que havia visto no carro, mas ainda era impressionante, com seus prédios altos, ruas belas e pavimentadas, pontes altas que atravessavam um rio muito largo. Caldwell era realmente adorável à noite.

Será que tinha ido até ali para dizer um adeus invisível?

Quando Manuel entrou em algum tipo de instalação subterrânea para veículos, ela o deixou continuar sozinho. O propósito de Payne foi alcançado quando ele chegou a seu destino com segurança; com isso, soube que precisava partir.

Mas permaneceu ali na rua, mantendo-se no *mhis*, vendo os carros passarem e os pedestres atravessarem as ruas. Uma hora se passou. E mais um pouco. E, ainda assim, não conseguia partir.

Cedeu a seu coração e começou a subir, subir, subir... dirigindo-se para onde Manuel estava. Tomou forma do lado de fora do terraço do apartamento... e o encontrou no meio do caminho entre a cozinha e a sala. Seu desequilíbrio era evidente, tropeçava em várias peças da mobília... porém, não pelo fato das luzes estarem apagadas. Sem dúvida, era pela bebida em suas mãos. Ou, mais precisamente, toda bebida que já havia tomado antes disso.

Em seu quarto, não se despiu, arrancou as roupas e entrou no chuveiro. Quando saiu do banheiro todo molhado, ela teve vontade de chorar. Parecia tão difícil compreender que apenas um dia os separava do momento em que ela testemunhou pela primeira vez o corpo dele assim... Contudo, na verdade, ela sentia como se pudesse praticamente estender a mão no tempo e tocar aqueles momentos elétricos quando estiveram prestes a... não era apenas um presente, era um futuro.

Não mais.

Sentou-se sobre a cama... depois, jogou-se no colchão.

Quando começou a enxugar as lágrimas, ela ficou completamente arrasada. E isso aumentou sua necessidade de aproximar-se dele...

– Payne.

Com um grito baixinho, ela virou-se. Do outro lado do terraço, em pé na brisa... estava seu irmão gêmeo, e, no instante em que colocou os olhos sobre Vishous, soube que alguma coisa havia mudado nele. Sim, sua face já estava curada do dano que infligiu a si mesmo no espelho... mas não era essa a alteração. O interior dele estava diferente: a tensão, a raiva e a frieza assustadora haviam desaparecido.

Quando o vento emaranhou os cabelos dela, tentou recompor-se rapidamente, enxugando as lágrimas que brilhavam sobre seus olhos.

– Como sabia... que eu estava...?

Com sua mão enluvada, apontou para cima.

– Tenho um apartamento. No topo do edifício. Jane e eu estávamos saindo quando senti que estava aqui.

Ela deveria saber. Da mesma maneira que conseguia sentir o *mhis* dele... ele poderia sentir o dela.

E como desejava que ele não se detivesse ao ir embora. A última coisa que precisava naquela noite era outra rodada de "autoridade" masculina dizendo-lhe o que fazer. Além disso, o Rei já havia decretado suas leis. O decreto de Wrath não precisava de um reforço vindo de seu irmão.

Ergueu a mão para detê-lo antes que dissesse qualquer palavra sobre Manuel.

– Não estou interessada em lhe ouvir dizendo tudo o que nosso Rei já disse. E já estava indo embora.

– A memória dele já foi apagada?

Ela ergueu o queixo.

– Não, não foi. Ele me levou para sair e houve um... incidente...

O rosnado que seu irmão soltou foi mais alto que o vento.

– O que ele fez...?

– Não foi ele. Por um acaso, poderia... deixar de odiá-lo? – Quando esfregou as têmporas, perguntou-se se a cabeça de alguém já havia explodido... ou se todos na Terra sentiam-se assim de vez em quando. – Fomos atacados por um humano e no processo de desarmá-lo...

– O humano?

– Sim... nesse processo, eu machuquei o homem e a polícia foi chamada...

– Você *desarmou* um humano?

Payne encarou seu irmão gêmeo.

– Quando remove a arma de alguém, é assim que chamam, não?

Os olhos de Vishous se estreitaram.

– Sim. É.

– Não podia apagar as memórias de Manuel, pois ele não seria capaz de responder as perguntas feitas pela polícia. E eu estou aqui... pois queria vê-lo em casa em segurança.

No silêncio que se seguiu, ela percebeu que tinha se apoiado em algum lugar. Para proteger Manuel, acabou comprovando o argumento de seu irmão de que o macho que desejava não era capaz de cuidar dela. Ah, mas isso não importa. Se levasse em conta que estava disposta a obedecer ao Rei, de qualquer maneira não havia futuro para ela e Manuel.

Quando Vishous ia abrir a boca, ela gemeu e levou as mãos aos ouvidos.

– Se tem alguma compaixão, deixe-me chorar sozinha. Não consigo ouvir todas as razões pelas quais preciso me separar dele... conheço todas. Por favor. Apenas vá.

Fechou os olhos, virou-se e rezou para que sua mãe permitisse que ele fizesse o que tinha pedido...

A mão em seu ombro era pesada e quente.

– Payne. Payne, olhe para mim.

Sem energia para lutar, ela deixou cair os braços e encontrou aqueles olhos sombrios.

– Responda-me uma coisa – seu irmão gêmeo disse.

– O quê?

– Ama esse bast... esse homem? Você o ama?

Payne olhou através do vidro em direção ao humano sobre a cama.

– Sim. Estou apaixonada por ele. E se tentar dissuadir-me disso com o fato de que ainda não vivi o suficiente para julgar, eu lhe digo: dane-se. Não preciso conhecer o mundo para perceber o que meu coração deseja.

Houve um longo silêncio.

– O que Wrath disse?

– A mesma coisa que você diria. Que devo apagar as lembranças relacionadas a mim da memória dele e nunca, jamais voltar a vê-lo.

Quando seu irmão não disse nada, ela balançou a cabeça.

– Por que ainda está aqui, Vishous? Está tentando pensar em alguma coisa para dizer e, assim, me convencer a ir para casa? Deixe-me poupá-lo do esforço... quando a madrugada se aproximar, eu partirei... e obedecerei às regras, mas não porque é bom para você ou para o Rei ou para mim mesma. É porque é a coisa mais segura a se fazer por ele... ele não precisa de inimigos como você e a Irmandade para torturá-lo só porque me sinto assim. Então, estará acabado, assim como deseja. Só que... – nesse momento, ela o encarou – não vou limpar as memórias dele. A mente dele é valiosa demais para ser desperdiçada... e ele não vai suportar outro processo. Vou mantê-lo seguro não voltando mais aqui, mas não vou condená-lo a uma vida de demência. Isso não vai acontecer... ele não fez nada além de me ajudar. Merece mais do que ser usado e descartado.

Payne voltou os olhos para o vidro.

Depois de um longo período de silêncio, concluiu que seu irmão havia partido. Então, quase gritou quando parou em frente a ela e bloqueou a visão de Manuel.

– *Ainda* está aqui – ela vociferou.

– Vou dar um jeito nisso para você.

Payne recuou e, em seguida, rosnou:

– Não se atreva a pensar em matá-lo...

– Com Wrath. Vou dar um jeito nisso. Vou... – Vishous alisou os cabelos. – Vou fazer alguma coisa para que possa ficar com ele.

Payne piscou. Em seguida, sentiu a boca se abrir.

– O que... o que disse?

– Conheço Wrath há muitos anos. E, tecnicamente, de acordo com as Leis Antigas, sou o líder da nossa pequena família feliz. Irei até ele e lhe direi que aprovo essa... união e que acho que pode ver o bast... o cara. Homem. Manello – limpou a garganta. – Wrath é muito preocupado com a segurança, mas com o *mhis* ao redor do complexo... Manello não conseguiria nos encontrar se quisesse. Além disso, é hipocrisia negar-lhe o que os outros Irmãos fazem de vez em quando. Droga, Darius teve uma criança com uma mulher humana... e Wrath está casado com a filha dele agora. De fato... se tentasse separar nosso Rei de sua Beth quando a conheceu... Ele teria matado qualquer um que tivesse sequer mencionado tal sugestão. A Mary de Rhage? Mesma coisa. E deve ser o mesmo... para você. Falo até com nossa *mahmem*, se necessário.

Payne colocou uma das mãos sobre o coração que pulsava forte.

– Não... não entendo porque faria... isso.

Olhou sobre o ombro e encarou o humano que ela amava.

– É minha irmã. E ele é o que você quer – deu de ombros. – E... bem, eu me apaixonei por uma humana. Apaixonei-me por Jane em menos de uma hora depois de conhecê-la. Se o que sente por Manello for ao menos metade do que sinto por minha *shellan*, sua vida nunca será completa sem ele...

Payne lançou-se sobre seu irmão e o abraçou. Quase o derrubando ao chão.

– Oh... meu irmão...!

Passou os braços ao redor dela e a envolveu.

– Desculpe-me por ter sido tão idiota.

– Você foi... – procurou outra palavra. – Sim, você foi muito idiota.

Ele riu, o som retumbou em seu peito.

– Viu? Conseguimos concordar em alguma coisa.

Enquanto ela o abraçava, disse:

– Obrigada... Obrigada...

Depois de um momento, afastou-se.

– Deixe-me falar com Wrath primeiro antes de falar com Manello, certo? Quero ajeitar tudo com antecedência... e, sim, vou para casa agora. Jane está de plantão e a Irmandade está de folga esta noite, então, já posso acertar alguma coisa com o Rei. – Houve uma pausa. – Só quero uma coisa em troca.

– O quê? Qualquer coisa. Pode dizer.

– Se for ficar aqui até o amanhecer, entre. Está congelando aqui fora. – Deu um passo para trás. – Vá em frente... vá e fique com seu... macho... – Esfregou os olhos e Payne teve a sensação de que estava se lembrando do que viu quando a encontrou no banho com seu curandeiro. – Vou voltar... ah, ligue... Tem um telefone? Aqui pegue o meu... Droga, não estou com ele.

– Está tudo bem, meu irmão. Voltarei ao amanhecer.

– Bom, sim... eu deveria saber.

Ela o encarou.

– Amo você.

Agora, ele sorria. Um sorriso largo e sem reservas. Erguendo a mão, acariciou o rosto dela.

– Amo você também, irmãzinha. Agora, entre e se aqueça.

– Vou entrar. – Deu um pulo e beijou a bochecha dele. – Vou entrar!

Com um aceno, ela se desmaterializou através do vidro.

Oh, como o interior parecia quente em comparação ao terraço... ou talvez fosse apenas a onda de alegria que emanava dela. Seja lá o que fosse, girou sobre um dos pés e, depois, seguiu até a cama.

Manuel não estava apenas dormindo, mas desmaiado... Mas ela não se importava. Subindo na cama, colocou um braço ao redor dele e, instantaneamente, ele gemeu e virou-se para ela, puxando-a para si e a abraçando.

Quando seus corpos fundiram-se e sua ereção tocou o quadril de Payne, os olhos dela voltaram-se para o terraço.

Não havia razão para forçar a sorte com Vishous... mas, felizmente, ele tinha partido.

Sorrindo na escuridão, ela ficou à vontade e acariciou o ombro de seu macho. Tudo ia dar certo e a chave disso era a lógica avassaladora que Vishous havia detalhado. Na verdade, o argumento era tão eficaz que não podia acreditar que não havia pensado nisso antes.

Porém, Wrath poderia não gostar disso; mas, concordaria, pois fatos eram fatos... e era um governante justo que havia provado várias vezes não ser um escravo das antigas leis.

Quando aconchegou-se ao lado dele, sabia que não havia qualquer possibilidade de dormir e, assim, correr o risco de ser queimada pelo sol: estava incandescente quando deitou-se na cama ao lado de Manuel, brilhava tanto que lançava sombras sobre a sala.

Nada de cair no sono para ela.

Queria apenas desfrutar daquele sentimento.

Para sempre.

CAPÍTULO 45

Vishous chegou em casa em um piscar de olhos e depois de dar uma olhada em Jane na clínica dirigiu-se para a mansão por meio do túnel subterrâneo. Quando saiu no saguão de entrada, tudo o que ouviu foi um nada retumbante e ficou desconfortável com o silêncio.

Era uma tranquilidade estranha.

Claro, normalmente, aquilo acontecia quando se era duas horas da madrugada e os Irmãos estavam todos fora no campo de batalha. Contudo, naquela noite, todos estavam recolhidos, provavelmente fazendo sexo, recuperando-se disso, ou preparando-se para fazer outra vez.

Sinto como se tivesse feito amor com você pela primeira vez.

Quando a voz de Jane voltou em sua mente, não sabia se sorria ou se chorava. Mas não importava, havia um admirável mundo novo para ele, começando a partir daquela noite... Não que tivesse plena certeza do que isso significasse, mas estava disposto a entrar nessa. Muito disposto.

Chegando à grande escadaria, alcançou rapidamente o escritório de Wrath, enquanto tateava todos os bolsos que não tinha. Ainda estava vestido com a maldita bata hospitalar. Com as manchas de sangue. E sem cigarros.

– Filho da mãe.

– Senhor? Precisa de alguma coisa?

Quando parou no topo da escada, olhou para Fritz, que estava limpando o corrimão, e quase beijou o mordomo na boca.

– Estou sem meu tabaco. E também sem meus papéis para enrolar...

O velho *doggen* abriu um sorriso tão largo que as rugas em seu rosto fizeram com que parecesse um Shar-Pei.

– Tenho mais disso na despensa. Volto já... vai se encontrar com o Rei?

– Sim.

– Posso levar o material para seus cigarros até lá... assim como um roupão, talvez?

A segunda sugestão foi dita delicadamente.

– Caramba, obrigado, Fritz. Você salvou minha vida.

– Não, o senhor salvou – fez uma reverência. – O senhor e a Irmandade nos salvam todas as noites.

Fritz iniciou seu caminho rapidamente, descendo a escadaria com uma alegria primaveril que ia além do esperado. Por outro lado, ele amava estar a serviço, o que era muito legal.

Certo. Hora de trabalhar.

Sentindo-se totalmente deslocado com aquela bata, V. marchou em direção às portas fechadas do escritório de Wrath, cerrou as mãos e bateu.

A voz do Rei chegou até ele através dos pesados painéis de madeira.

– Entre.

V. empurrou a porta.

– Sou eu.

– E aí, Irmão?

Do outro lado da sala de cores delicadas, Wrath estava posicionado atrás da pesada mesa, sentado no trono de seu pai. No chão ao lado dele, deitado em uma cama de cachorro vermelho-real feita sob medida da Orvis, George levantou sua cabeça dourada e endireitou as orelhas em um triângulo perfeito. O *golden retriver* abanou o rabo em saudação, mas não deixou de ficar ao lado de seu mestre.

O Rei e seu cão-guia nunca se separavam. E não só porque Wrath precisava de ajuda.

– Então, V. – Wrath recostou-se na cadeira esculpida e abaixou a mão para acariciar a cabeça do cão.

– Seu aroma está interessante.

– É? – V. sentou-se na frente do Rei, colocando as mãos sobre as coxas e apertando-as na tentativa de distrair o desejo pela nicotina.

– Deixou a porta aberta.

– Fritz vai me trazer alguns cigarros.

– Não vai acender nada perto do meu cachorro.

Droga.

– Ah... – Tinha se esquecido da nova regra... e pedir para George prender a respiração não ia dar certo... afinal, Wrath poderia ter perdido a visão, mas o maldito ainda era letal e V. tinha passado por atos sadomasoquistas suficientes naquela noite, muito obrigado.

Fritz entrou assim que as sobrancelhas negras do Rei ergueram-se atrás dos óculos escuros.

– Senhor, seu tabaco – o mordomo disse feliz.

– Obrigado, cara. – V. aceitou os papéis e a embalagem... e o isqueiro que o *doggen* pensou muito bem em providenciar. Assim como o roupão.

A porta se fechou.

V. olhou para o cão. A grande cabeça quadrada de George estava apoiada sobre as patas, seus olhos marrons e gentis pareciam se desculpar pela rotina da proibição do cigarro. Tentou até mesmo balançar o rabo para isso.

Vishous acariciou a embalagem com o delicioso tabaco turco como um perdedor patético.

– Importa-se se eu apenas enrolasse um?

– Um movimento do isqueiro e vou socá-lo em cima desse carpete.

– Entendido. – V. alinhou o material sobre a mesa. – Vim falar sobre Payne.

– Como está sua irmã?

– Ela está... ótima. – Abriu a bolsa, inalou e teve de engolir o seu *hummm*. – Funcionou... não sei bem como, mas o fato é que ergueu-se e está andando por aí. Em pé, nova em folha.

O Rei inclinou-se para frente.

– Sério? De verdade?

– É isso aí.

– É um milagre.

Evidente que o milagre chamava-se Manuel Manello.

– Pode chamar assim.

– Bem, isso são ótimas notícias. Quer providenciar um quarto para ela aqui? Fritz pode...

– É um pouco mais complicado do que isso.

Quando as sobrancelhas desapareceram atrás dos óculos outra vez, V. pensou: cara, mesmo o Rei sendo totalmente cego, ainda parecia focar as coisas como sempre fez, o que dava a sensação de ter uma arma nas mãos de alguém bem treinado apontada para sua cabeça.

V. começou a tirar pequenos quadrados brancos.

– É aquele cirurgião humano.

– Oh... pelo amor de Deus. – Wrath ergueu os óculos sobre a testa e esfregou os olhos. – Não brinque comigo dizendo que eles se vincularam.

V. permaneceu em silêncio ao pegar a embalagem e ocupar-se com a fase de ajeitar as coisas.

– Estou esperando que diga que estou errado. – Wrath deixou seus óculos caírem de volta ao lugar. – Ainda estou esperando.

– Ela está apaixonada por ele.

– E você está tranquilo quanto a isso?

– Claro que não. Mas ela poderia se vincular a um Irmão que o filho da mãe não seria bom o suficiente para ela. – Pegou um dos papéis já preenchidos com tabaco e começou a enrolar. – Então... se ela o deseja, eu digo viva e deixe viver.

– V.... Sei o que está querendo dizer e não posso permitir isso.

Vishous parou no meio do processo de lamber o cigarro e considerou a ideia de trazer Beth para aquela pequena conversa; mas parecia que o Rei já estava começando a ter dor de cabeça.

– Até parece que não pode permitir isso. Rhage e Mary...

– Rhage foi agredido, lembra-se? Por uma razão. Além disso, os tempos estão mudando, V. A guerra está ficando mais intensa, a Sociedade Redutora está recrutando mais membros do que nunca... e, acima de tudo isso, existe aquele bando de esquartejadores que encontrou ontem no centro da cidade.

Maldição, V. pensou. Aqueles assassinos abatidos...

– Além do mais, acabei de receber isso. – Sem olhar, Wrath tateou à esquerda e pegou uma página em braile.

– É uma cópia da carta enviada por e-mail para o que resta das Famílias Fundadoras. Xcor realocou-se com seus garotos... razão pela qual encontrou aqueles *redutores* naquelas condições.

– Droga... Que inferno. Sabia que era ele.

– Ele está nos preparando.

V. enrijeceu.

– Para quê?

Wrath enviou um olhar de "cai na real" por trás da mesa.

– As pessoas perderam ramificações inteiras de suas famílias. Fugiram de suas casas, mas querem voltar. Enquanto isso, as coisas estão ficando cada vez mais perigosas, em vez de mais seguras em Caldwell. Não se pode ter certeza de nada nesse momento.

Leia-se: acreditava que seu trono estava sendo ameaçado. Não importava o que fizesse para continuar sentado sobre ele.

– Então, não é que eu não entenda a situação de Payne – Wrath disse. – Mas temos que fechar o cerco e nos prepararmos. Não é hora de passar pelas complicações de se ter um humano aqui.

O local ficou ainda mais silencioso por um momento.

Enquanto V. pensava sobre seus argumentos, pegou outro quadrado, enrolou com firmeza, lambeu a aba e enrolou.

– Ele ajudou minha Jane ontem à noite. Quando os Irmãos e eu voltamos depois do confronto naquele beco, Manello foi muito eficiente e foi além do que precisava fazer. É um cirurgião espetacular... e eu deveria saber. Ele me operou. Está longe de ser inútil. – V. olhou do outro lado da mesa. – Se a guerra se intensificar futuramente, poderíamos usar um par de mãos extras aptas para uma boa cirurgia na clínica.

Wrath praguejou em sua língua. Em seguida, no Antigo Idioma.

– Vishous...

– Jane é incrível, mas é uma só. E Manello tem habilidades técnicas que ela não tem.

Wrath ergueu os óculos escuros outra vez e esfregou os olhos. Com força.

– Está dizendo que o cara vai aceitar viver aqui nesta casa dia e noite pelo resto da vida? É pedir muito.

– Então, eu mesmo pedirei.

– Não gosto disso.

Looongo silêncio. O que significava que V. estava fazendo progressos. Porém, o Rei sabia mais coisas do que demonstrava.

– Pensei que queria matar o bastardo – Wrath reclamou. Como se fosse um objetivo melhor.

De repente, a imagem de Manello de joelhos na frente de Payne clareou na mente de V., ao ponto de desejar pegar uma caneta e arrancar os próprios olhos.

– Ainda quero – disse de modo sombrio. – Mas... é ele a quem Payne deseja. O que posso fazer?

Outro looongo silêncio, durante o qual confeccionou um belo conjunto de cigarros.

Finalmente, Wrath passou uma das mãos pelos seus longos cabelos negros.

– Se ela deseja vê-lo fora daqui, não é problema meu.

Vishous abriu a boca para argumentar, mas calou-se em seguida. Era melhor que um não definitivo e quem sabia o que o destino reservava: se V. conseguiu evoluir a um lugar onde, mesmo após o pesadelo do banho, Manello permanecia em pé e respirando, tudo poderia acontecer.

– Está certo – voltou a fechar a embalagem. – O que vamos fazer com relação a Xcor?

– Esperar até que o Conselho convoque uma reunião para discutir sobre ele... o que acontecerá em algumas noites, sem dúvida. A *glymera* vai engolir esse lixo e, em seguida, teremos problemas de verdade – o Rei concluiu, com uma voz seca. – Ao contrário de todos esses problemas simples que temos.

– Quer que a Irmandade reúna-se aqui?

– Não. Deixe-os descansar o resto da noite. Isso não vai acontecer agora.

V. levantou-se, puxou o roupão e juntou os cigarros.

– Obrigado. Sabe? Sobre Payne.

– Não é um favor.

– É a melhor mensagem que eu poderia dar a ela.

Vishous estava no meio do caminho quando Wrath disse:

– Ela vai querer lutar.

V. virou-se.

– Como?

– Sua irmã – Wrath colocou os cotovelos sobre a papelada e se inclinou, sua face cruel estava séria. – Precisa se preparar para quando ela pedir para sair e lutar.

Oh, inferno, não.

– Não estou ouvindo isso.

– Mas vai ouvir. Já lutei com ela. É tão letal quanto você e eu e se acha que ela vai ficar contente rondando a casa nos próximo seiscentos anos, está completamente louco. Mais cedo ou mais tarde, é o que ela vai querer.

Vishous abriu a boca. Em seguida, fechou.

Bem, teve ótimos momentos aproveitando a vida por... mais ou menos vinte e nove minutos.

– Não me diga que permitiria isso.

– Xhex luta.

– Ela é problema de Rehvenge. Não seu. – As sobrancelhas de Wrath desapareceram uma terceira vez. – São coisas diferentes.

– Primeiro, todos que estão sob meu teto são problemas meus. E, segundo, não é diferente só porque ela é sua irmã.

– É claro – *que sim!* – que não.

– Uh-hum. Certo.

Vishous limpou a garganta.

– Está mesmo pensando em deixá-la...

– Você viu como eu ficava depois de treinar com ela, certo? Não estava dando nenhuma vantagem, Vishous. Aquela fêmea sabe o que faz.

– Mas ela é... – minha irmã. – Não pode deixá-la sair daqui.

– Nesse momento, preciso do maior número de lutadores possíveis.

Vishous colocou um cigarro entre os lábios.

– Acho melhor eu sair.

– Boa ideia.

No segundo que saiu e fechou a porta, acendeu o isqueiro dourado que Fritz havia lhe dado e inalou como um aspirador de pó.

Quando pensou em seu próximo movimento, achou que poderia voltar ao Commodore e dar as boas novas para sua irmã... Mas estava um pouco mais que preocupado com a forma que conseguiria materializar. Além disso, tinha até o amanhecer para convencer a si mesmo de que Payne no campo de batalha não era uma ideia tão absurda.

Lembrou que também havia alguém que precisava ver.

Descendo as escadas, cruzou o saguão e alcançou a entrada. Lá fora, andou rápido sobre o pátio de pedregulhos e entrou no Buraco através da forte porta da frente.

A familiaridade dos sofás, da tela de plasma e da mesa de pebolim o acalmou.

A visão de uma garrafa de uísque vazia sobre a mesa de centro? Não muito.

– Butch?

Nenhuma resposta. Então, seguiu pelo corredor em direção ao quarto do tira. A porta estava aberta e dentro... não havia nada além do enorme guarda-roupa de Butch e uma cama bagunçada e vazia.

– Estou aqui.

Franzindo a testa, V. virou-se e entrou no próprio quarto. As luzes estavam apagadas, mas as arandelas no corredor deram-lhe iluminação suficiente para se movimentar.

Butch estava sentado do outro lado da cama, de costas para a porta, a cabeça baixa, os pesados ombros encolhidos.

Vishous entrou e fechou-os ali. Nem Jane nem Marissa apareceriam... as duas estavam ocupadas com seus trabalhos. Mas Fritz e sua equipe viriam limpar o local em algum momento... só que o mordomo, abençoado seja, nem mesmo batia nas portas fechadas. Já morava ali há muito tempo.

– Oi – V. disse na escuridão.

– Oi.

V. avançou seguindo o contorno do pé da cama e usou a parede para se localizar. Sentando-se sobre o colchão, posicionou-se ao lado de seu melhor amigo.

– Você e Jane estão bem? – o tira perguntou.

– Sim. Está tudo bem – que eufemismo. – Ela chegou bem na hora que eu acordei.

– Eu liguei para ela.

– Imaginei. – Vishous virou a cabeça e olhou na direção de Butch, mesmo sabendo que aquilo não faria diferença na escuridão. – Obrigado por...

– Desculpe – Butch resmungou. – Oh, Deus, eu sinto muito...

O exalar rouco que saiu foi um soluço mal disfarçado.

Apesar de estar cego naquele local, V. estendeu o braço e envolveu o tira. Ao puxar o macho para mais perto de si, apoiou a cabeça sobre o peito do amigo.

– Está tudo bem – disse com firmeza. – Está tudo certo. Tudo bem... Fez a coisa certa...

De algum modo, acabou movendo o cara até que deitaram juntos e seus braços estavam ao redor do tira.

Por alguma razão, pensou na primeira noite que passaram juntos. Já havia se passado um milhão de anos, foi na mansão de Darius na cidade. Duas camas de solteiro lado a lado no andar de cima. Butch perguntou sobre suas tatuagens. V. lhe disse para cuidar de sua vida.

E lá estavam eles no escuro outra vez. Considerando tudo o que tinha acontecido desde então, era difícil de acreditar que haviam sido aqueles dois machos que selaram a amizade por causa dos *Sox*.

– Não me peça para fazer isso outra vez tão cedo – o tira disse.

– Combinado.

– Mesmo assim. Se precisar... é só dizer.

Estava na ponta da língua de V. dizer algo como *Nunca mais*, mas isso era bobagem. Ele e o tira já haviam feito vários passeios no terreno psicológico de V. e embora estivesse virando uma nova página... nunca se sabe.

Então, apenas repetiu o juramento que tinha feito a si mesmo para Jane. De agora em diante, ia deixar aquela porcaria de lado. Mesmo se aquilo o incomodasse ao ponto de gritar, era melhor que a estratégia de conter as emoções. Mais saudável também.

– Espero que não seja mais necessário – murmurou. – Mas, obrigado, cara.

– Mais uma coisa.

– O quê?

– Acho que estamos namorando agora – Quando V. soltou uma risada, o tira deu de ombros. – Vamos lá... eu o vi nu. Você usou um maldito colete. E nem preciso falar do banho de esponja depois de tudo.

– Babaca.

– Com certeza.

Quando o riso deles passou, V. fechou os olhos e desligou momentaneamente o cérebro. Com o grande peitoral de seu melhor amigo contra o seu e sabendo que ele e Jane estavam bem outra vez, seu mundo estava completo.

Agora, se ao menos pudesse manter sua irmã longe das ruas e dos becos... a vida seria perfeita.

CAPÍTULO 46

Quando José estacionou em frente ao Motel Monroe, ficou claro que a única coisa nova no lugar era a fita amarela que tinha acabado de rodear a cena do crime. Tudo mais estava decaído e desgastado, inclusive os automóveis estacionados perto do escritório.

Passando pelos carros de polícia alinhados, percorreu todo o caminho até a última vaga e estacionou seu veículo sem identificação oficial na diagonal com relação aos outros do Departamento de Polícia de Caldwell.

Quando puxou o freio do sedan, olhou para o banco do passageiro.

– Pronto para isso?

Veck já estava agarrando a maçaneta da porta.

– Pode acreditar.

Quando os dois saíram, os outros oficiais aproximaram-se e Veck foi envolvido por vários tapinhas nas costas. No departamento, o pessoal achava que o cara era um herói pelo Incidente com o *Paparazzo*... e aquela onda de aprovação não diminuiu nem um pouco pelo fato do cara sempre ignorar qualquer bajulação.

Firme e calmo, apenas puxou as calças e tirou um cigarro. Após acendê-lo, falou exalando a fumaça:

– O que temos aqui?

José deixou o garoto avançar e se abaixar para passar por baixo da fita. A porta quebrada que dava para o crime tinha sido fechada vagamente, e empurrou-a com o ombro para abri-la.

– Droga – disse sussurrando.

O ar impactava com o cheiro do sangue fresco... e formol.

Nesse momento, o *flash* do fotógrafo da polícia surgiu e o corpo da vítima foi iluminado sobre a cama... bem como os pequenos frascos a seu lado. E as facas.

Fechou os olhos brevemente.

– Detetive?

– Temos o registro da caminhonete. Illinois. Pertencente a David Kroner. Não há denúncia de que foi roubado e adivinhe... Kroner é um homem branco, trinta e três anos... solteiro... deficiente fís... que inferno. – A conversa de Veck parou completamente quando aproximou-se da cama. – Deus.

O *flash* disparou outra vez e houve um chiado eletrônico enquanto a câmera se recuperava do esforço.

José olhou para o médico legista.

– Há quanto tempo ela está morta?

– Não muito. Ainda está quente. Posso lhe dar uma noção mais exata quando terminar.

– Obrigado. – José andou até uma pequena mesa decrépita e usou uma caneta para empurrar um anel fino de ouro, um par de brincos em forma de raio e uma pulseira rosa e preta.

A tatuagem que havia sido recortada da pele da vítima e colocada num tipo de frasco ao lado dela era rosa e preta também. Provavelmente eram suas cores favoritas.

Ou tinham sido.

Continuou a andar pelo quarto, procurando coisas fora do lugar, verificando cestos de papéis, observando o banheiro.

Era evidente que alguém havia perturbado o divertimento do assassino. Alguém havia visto ou ouvido alguma coisa e arrombou a porta, provocando uma fuga rápida pela janela dos fundos que havia sobre o vaso sanitário.

A ligação para a emergência foi feita por um macho que recusou se identificar. Disse apenas que havia um cadáver no quarto no fim do corredor e isso foi tudo. Não era o assassino que procuravam. Desgraçados como ele não paravam até serem forçados a isso e não deixavam para trás os troféus que estavam na pequena mesa de cabeceira.

– Aonde você foi depois disso? – José disse a si mesmo. – Para onde fugiu...

Havia unidades com cães farejadores procurando no bosque que havia nos fundos, mas José tinha um palpite de que não ia dar em nada. A pouco mais de cem metros do motel havia um rio raso suficiente para atravessar... ele e Veck passaram pela ponte que atravessava a maldita coisa no caminho para aquele local.

– Está mudando seu *modus operandi* – Veck disse. Quando José se virou, o cara plantou as mãos na cintura sobre os quadris e balançou a cabeça. – É a primeira vez que faz isso num lugar público. Seu trabalho deve ser confuso... e potencialmente ruidoso. Teríamos encontrado mais cenas assim depois de ter acabado.

– Concordo.

– David Kroner é a resposta.

José encolheu os ombros.

– Talvez. Ou pode ser mais um corpo que encontraremos.

– Ninguém denunciou seu desaparecimento.

– O que foi que disse... solteiro, certo? Talvez more sozinho. Quem saberia que estava desaparecido?

Só que mesmo com José lançando buracos na teoria, juntou dois mais dois e chegou a uma conclusão semelhante. Era raro uma pessoa desaparecer sem que alguém sentisse falta... família, amigos, colegas de trabalho, senhorio... não era impossível, mas muito improvável.

A questão era, onde o assassino teria ido? Se o bastardo seguisse a lógica convencional, deveria estar numa fase inicial de excesso da própria patologia. No passado, as vítimas apareciam num intervalo de meses, mas agora encontravam duas por semana.

Então, se seguisse essa premissa, sabia que deveria tomar alguns cuidados antes de sair pela janela: não importavam os padrões para despistar o crime, tinham de ser feitos mesmo diante de uma fuga frenética. A boa notícia era que o garoto desleixado tornou as coisas mais fáceis para encontrá-lo. A má notícia era que a situação poderia piorar antes de melhorar. Veck aproximou-se dele.

– Vou entrar naquela caminhonete. Quer vir comigo?

– Sim.

Lá fora, o ar não cheirava a cobre e produtos químicos. José respirou fundo algumas vezes quando Veck estalou as luvas ao colocá-las e começou o trabalho. Naturalmente o veículo estava trancado, mas isso não deteve o cara. Pegou uma barra e abriu a porta do lado do motorista como se fosse um veterano em arrombamento.

– Nossa. – murmurou enquanto recuava. Não levou muito tempo para o fedor atingir José e acabou cobrindo a boca para tossir. Mais formol, um cheiro doce de coisas mortas.

– Não está na cabine – Veck balançou sua lanterna ao redor dos assentos. – Na parte de trás.

Havia um cadeado nas portas duplas e quadradas do tampão. Veck saiu da caminhonete, foi até o carro sem identificação oficial e retornou com uma serra movida a bateria.

Ouviram um ruído estridente... um *plim!*... e, em seguida, Veck estava lá dentro.

– Oh... droga...

José balançou a cabeça quando virou-se para ver o motivo pelo qual seu parceiro tinha resmungado.

A lanterna de Veck iluminava uma coleção inteira de pequenos frascos com coisas flutuando ou afundadas no líquido claro. Os recipientes estavam bem firmes em um engradado feito sob medida e montado do lado esquerdo. O lado direito era reservado às ferramentas: facas e cordas, fita adesiva, martelos, formões, lâminas de barbear, bisturis e retratores cirúrgicos.

Olá, David Kroner: era muito improvável que o assassino instalasse tudo aquilo na caminhonete de outra pessoa... e quanto estava disposto a apostar que os troféus em todos aqueles frascos já haviam preenchido aqueles buracos na pele das vítimas.

Sua esperança era que as unidades com os cães farejadores o localizassem no bosque.

Caso contrário, perderiam outra mulher. José estava disposto a apostar sua casa nisso.

– Vou entrar em contato com o FBI – disse. – Precisam vir até aqui ver isso.

Veck examinou o interior do veículo.

– Vou dar uma ajuda para a perícia criminal. Gostaria de levar esse veículo para a delegacia o mais rápido possível, assim tudo poderia ser registrado corretamente.

José assentiu, pegou seu celular e acessou a discagem rápida. Quando começou a chamar, sabia que depois que entrasse em contato com os federais, teria de ligar para sua esposa. Não tinha como voltar para casa a tempo de tomarem o café da manhã juntos.

Não mesmo.

CAPÍTULO 47

– O sol! Oh, meu Deus! Rápido, é melhor...

Manny acordou rapidamente: na verdade, pulou da cama e juntou o edredom e os vários travesseiros em seus braços, que caíram todos ao mesmo tempo sobre seus pés.

A luz do sol entrava pelas janelas de vidro, inundando o quarto com um brilho intenso.

Payne estava ali, seu cérebro lhe disse. Estava *ali*.

Ao olhar em volta freneticamente, correu para o banheiro. Vazio. Correu ao longo do resto do apartamento. Vazio.

Esfregando o cabelo, voltou para a cama... e, então, percebeu que, caramba, ainda tinha todas as memórias. Dela. De Jane. Do cara de cavanhaque. Da cirurgia... daquele banho incrível. E de Glory.

Céus...

Inclinando-se, pegou um travesseiro e o colocou em seu nariz. Sim, definitivamente esteve ali deitada ao lado dele. Mas por que tinha vindo? E se veio, porque não apagou as memórias dele?

Caminhou até o corredor de entrada, pegou o celular e... só que não poderia ligar para ela. Não tinha seu número.

Ficou parado por um momento como uma árvore. E, então, lembrou-se de que havia combinado de se encontrar com Goldberg em menos de uma hora.

Reprimido e curiosamente em pânico por um motivo que não conseguia sequer apontar, colocou suas roupas esportivas e chamou o elevador. Na academia, assentiu para outros três caras que faziam musculação ou abdominais e foi até a esteira que costumava usar.

Esqueceu-se do seu maldito iPod, mas sua mente estava agitada, portanto, o silêncio não era bem o que havia entre seus ouvidos. Quando começou a assumir um ritmo no aparelho, tentou lembrar-se do que havia acontecido depois de ter tomado banho na noite anterior... mas nada lhe veio à mente. Entretanto, não sentia dor de cabeça. O que parecia sugerir que seu buraco negro era algo natural, cortesia do álcool.

Ao longo do exercício, teve de ajustar a máquina alguma vezes... era óbvio que algum idiota tinha usado a maldita coisa e o ritmo estava lento. E quando marcou oito quilômetros, deu-se conta de que estava de ressaca. Por outro lado, havia tanto zumbido em sua cabeça que ficou distraído demais para se preocupar com qualquer tontura ou enjoo.

Quando saiu da esteira mais ou menos quinze minutos depois, precisava de uma toalha e dirigiu-se até uma pilha delas que havia próximo à saída. Um dos levantadores de peso chegou até lá ao mesmo tempo, mas o cara recuou um pouco por respeito.

– Você primeiro, cara – disse, estendendo as mãos como se estivesse fazendo uma oferta.

– Obrigado.

Quando Manny se enxugou e se dirigiu para a porta, fez uma breve pausa ao perceber que ninguém se movia: todos no local pararam o que estavam fazendo e o observavam. Deu uma breve olhada para baixo e percebeu que o que estava errado não era seu guarda-roupa. Que diabos?

No elevador, esticou suas pernas e braços e pensou que poderia percorrer mais uns quinze ou vinte e cinco quilômetros facilmente. E apesar da bebida, parece que teve uma boa noite de sono, pois estava bem acordado e cheio de energia... Mas isso era o que a endorfina fazia por alguém. Mesmo quando se está caindo aos pedaços, uma boa corrida era melhor que cafeína... ou que a sobriedade.

Sem dúvida, aquilo terminaria em algum momento, mas se preocuparia com isso quando a exaustão o abatesse.

Meia hora depois, entrou no Starbucks em Everett onde ele e Goldberg haviam se encontrado há um ano... só que, claro, naquela época o pequeno café ainda não fazia parte de uma rede de franquias. O cara foi aluno na Universidade de Columbia e inscreveu-se para fazer um estágio no São Francisco e Manny estava na equipe de recrutamento que havia sido convocada para cooptar o bastardo... Goldberg era uma estrela, mesmo naquela época, e Manny queria construir o melhor departamento cirúrgico do país.

Quando entrou na fila para pedir sua bebida, olhou em volta. O lugar estava lotado, mas Goldberg já havia conseguido uma mesa ao lado da janela. Não era surpresa. Aquele cirurgião sempre chegava cedo nos encontros... já devia estar ali há uns bons quinze, vinte minutos. Contudo, não procurava por Manny. Encarava sua caneca de papel como se estivesse tentando mexer mentalmente o cappuccino.

Ah... ele tinha uma notícia.

– Manuel? – o cara atrás do balcão chamou.

Manny aceitou o que tinha pedido e começou a andar entre os viciados em cafeína, as vitrines de canecas e CDs e a lousa branca triangular que anunciava as ofertas especiais.

– Oi! – disse ao sentar-se em frente a Goldberg.

O outro cirurgião ergueu os olhos. E sua reação foi um pouco demorada.

– Ah... oi.

Manny tomou um gole de sua caneca e acomodou-se na cadeira, o encosto reclinado incomodou sua coluna.

– Como está?

– Estou... bem. Deus, você está com uma aparência fantástica.

Manny esfregou o queixo mal barbeado. Que grande mentira era aquela a de Goldberg. Nem se preocupou em fazer a barba e estava com um agasalho de moletom e calças jeans. Nada muito atraente.

– Vamos pular os elogios. – Manny tomou outro gole de sua bebida. – O que tem para me dizer?

Os olhos de Goldberg dispararam em diferentes direções. Até que Manny teve pena dele.

– Querem que eu tire uma licença, não é isso?

Goldberg limpou a garganta.

– A direção do hospital acredita que seja o melhor... para todos.

– Pediram-lhe para que assumisse a chefia, não foi?

Limpou a garganta mais uma vez.

– Hã...

Manny apoiou a caneca.

– Está tudo bem. Isso é legal. Fico feliz... Você vai se dar muito bem.

– Sinto muito... – Goldberg balançou a cabeça. – Eu... isso parece tão errado. Mas... você pode voltar, sabe, depois. Além disso, o descanso está lhe fazendo bem. Quero dizer, você está...

– Fantástico – Manny disse secamente. – Uh-hum.

Isso era o que as pessoas diziam às outras pelas quais sentiam pena.

Os dois beberam seus cafés em silêncio e Manny se perguntou se o cara pensava o mesmo que ele: Deus, como as coisas haviam mudado. Quando estiveram ali pela primeira vez, Goldberg estava tão nervoso quanto agora, mas por um motivo diferente. E quem poderia imaginar que Manny receberia um afastamento? Naquela época, teria lutado para ficar no topo e nada poderia detê-lo... ou poderia?

O que fazia sua reação à solicitação da diretoria uma surpresa. Não estava chateado mesmo. Sentia-se... desconectado de alguma forma, como se estivesse acontecendo com alguém que conhecia, mas que há muito tempo não mantinha contato: sim, era importante, mas... não fazia diferença.

– Bem... – o som do celular o interrompeu. E a ideia do que realmente importava ficou claro na maneira como se atrapalhou para pegar o telefone como se o moletom estivesse em chamas.

No entanto, não era Payne. Era o veterinário.

– Tenho que atender – disse a Goldberg. – Dois segundos... Sim, doutor, como ela... – Manny franziu a testa. – Mesmo? Uh-hum. Sim... sim... ótimo... – Um sorriso foi alargando-se lentamente em seu rosto até ficar radiante como um farol. – Sim. É mesmo, não? Foi um tremendo milagre.

Quando desligou o telefone, olhou para o outro lado da mesa. As sobrancelhas de Goldberg tinham escalado toda sua testa.

– Boas notícias. Sobre meu cavalo.

E o par de sobrancelhas ergueu-se ainda mais.

– Não sabia que tinha um.

– O nome dela é Glory. É um puro-sangue.

– Oh. Nossa.

– Estou no mundo das corridas.

– Não sabia disso.

– Sim.

E essa foi toda a conversa pessoal. O que deu a Manny uma noção do quanto falavam sobre trabalho. No hospital, ele e Goldberg passavam horas conversando sobre pacientes, problemas da equipe e administração do departamento. Agora? Não tinham muito o que dizer.

Ainda assim, estava sentado em frente a um homem muito bom... Alguém que provavelmente seria o próximo chefe do departamento cirúrgico do Hospital São Francisco. A diretoria faria uma pesquisa nacional, é claro, mas Goldberg seria o escolhido, pois os outros cirurgiões, que se assustavam com facilidade e prosperavam cheios de estabilidade, confiavam nele. E deveriam: Goldberg era tecnicamente brilhante em uma sala de cirurgia, competente na administração e tinha um temperamento muito melhor do que Manny.

– Vai fazer um ótimo trabalho – Manny disse.

– O quê...? Ah. É apenas temporário até você... sabe, voltar.

O cara parecia acreditar naquilo, o que testemunhava sua natureza.

– Sim.

Manny mudou de posição na cadeira e quando cruzou as pernas outra vez, olhou em volta... e viu três garotas do outro lado. Deviam ter mais ou menos dezoito anos e no instante em que fez contato visual, riram e voltaram as cabeças umas para as outras como se estivessem fingindo que não estavam olhando para ele.

Sentiu-se como se estivesse na academia do prédio outra vez e voltou a verificar suas roupas. Nada. Não estava nu. Mas que inferno...

Quando ergueu os olhos, uma delas tinha se levantado e se aproximado dele.

– Oi. Minha amiga acha que você é um gato.

Hum...

– Ah, obrigado.

– Aqui está o número dela...

– Oh, não... não. – Pegou o pedaço de papel que ela havia colocado na mesa e forçou-o de volta para uma das mãos da moça.

– Estou lisonjeado, mas...

– Ela tem dezoito...

– E eu quarenta e cinco.

Com isso, o queixo da garota caiu.

– Sem chance.

– Pode acreditar. – Passou uma das mãos pelo cabelo, perguntando-se quando começou a atrair o elenco de *Gossip Girl* ou algo do gênero. – E eu tenho namorada.

– Oh – a garota fácil sorriu. – Isso é legal... mas poderia ter dito. Não precisava mentir sobre ser um velhote.

Com isso, ela saiu e ao se sentar, houve um lamento coletivo. E, então, ele se dispersou daquilo.

Manny olhou para Goldberg.

– Crianças. Quero dizer, francamente.

– Hum. Sim.

Certo, era hora de acabar com aqueles momentos sem graça. Olhando pela janela, Manny começou a planejar a saída...

No vidro, viu o reflexo de seu rosto. Mesmas maçãs do rosto salientes. Mesmo queixo quadrado. Mesma proporção entre nariz e boca. Mesmo cabelo escuro. Mas havia alguma coisa diferente.

Inclinando-se, pensou... seus olhos estavam...

– Ei – disse calmamente. – Vou até o banheiro. Poderia dar uma olhada no meu café enquanto isso?

– Claro – Goldberg sorriu aliviado, como se estivesse feliz por ter uma estratégia de saída e um trabalho. – Leve o tempo que precisar.

Manny levantou-se e seguiu até o banheiro *unissex*. Depois de bater e não obter resposta, abriu a porta e acendeu a luz. Quando se trancou e o ventilador de teto foi acionado, aproximou-se do espelho com aquele pequeno aviso "Funcionários devem lavar as mãos".

A luz focava diretamente a pia onde Manny parou em frente. Então, pela lógica, deveria estar horrível por causa da exaustão, com olheiras do tamanho de malas para uma semana e uma cor cinzenta na pele.

Mas não era isso o que o espelho mostrava. Mesmo com a pouca luz fluorescente que brilhava sobre ele, parecia dez anos mais jovem do que se lembrava. Estava reluzente de saúde, como se alguém tivesse copiado uma versão da cabeça dele mais jovem e colado sobre a antiga com Photoshop.

Recuando, esticou os braços para frente do peito e se agachou, dando ao quadril a oportunidade de se levantar e gritar. Ou suas coxas, as quais ele tinha exercitado há menos de uma hora. Ou suas costas.

Nada de dor. Nada de rigidez. Nenhuma tensão.

Seu corpo estava no ponto.

Pensou sobre o que o veterinário-chefe havia lhe dito há pouco no telefone, a voz do homem estava confusa e emocionada ao mesmo tempo: *Houve uma regeneração do osso e o casco curou-se espontaneamente. É como se nunca tivesse sofrido uma lesão.*

Santo... *Deus.* E se Payne tivesse exercido sua mágica sobre ele? Enquanto estiveram juntos? Sem que nenhum dos dois percebesse... e se ela tivesse curado o corpo dele em termos de tempo... voltando não apenas meses no relógio, mas uma década ou mais?

Manny agarrou a cruz pendurada em seu pescoço.

Quando alguém bateu na porta, deu descarga e deixou correr um pouco de água na pia para que não parecesse que fez algo nojento. Quando saiu meio atordoado, assentiu para a mulher que precisava entrar e voltou para Goldberg.

Ao sentar-se, teve de limpar as mãos suadas sobre os joelhos em seu jeans.

– Preciso de um favor – disse para seu ex-colega de trabalho. – É algo que não pediria a mais ninguém...

– Diga. Qualquer coisa. Depois de tudo o que fez por mim...

– Quero que faça alguns exames em mim. E tire algumas radiografias.

Goldberg assentiu imediatamente.

– Não ia dizer isso, mas acho que é uma boa ideia. As dores de cabeça... os esquecimentos. Precisa descobrir se existe algo... comprometido – o cara parou aí, como se não quisesse soltar outro argumento ou soar mórbido. – Mas, meu Deus, falando sério... Nunca o vi tão bem.

Manny apanhou o café e o levou até os dentes, seu alarme de emergência interno zumbindo não tinha nada a ver com a cafeína.

– Vamos. Está com tempo agora?

Goldberg foi direto:

– Para você, sempre tenho tempo.

CAPÍTULO 48

De vez em quando, a morte de Qhuinn voltava a atormentá-lo. Acontecia em sonhos. Em raros momentos quando estava calmo e silencioso. Algumas vezes era só para brincar com sua mente.

Sempre tentava evitar a colagem de visões, aromas e sons que vinham como uma praga, mas, apesar de já haver pedido uma medida cautelar restritiva para isso em seu tribunal interno, o advogado que o acusava era implacável e sempre recorria... então, a porcaria continuava a aparecer.

Quando deitou-se na cama, a extensão nebulosa da paisagem mental que não parecia nem sonolenta nem desperta era como uma linha disponível para aquela noite horrível telefonar e, como era de se esperar, ela fez a ligação, as memórias tocaram seus sinos e, de alguma maneira, forçaram Qhuinn a atender.

Seu próprio irmão havia feito parte da guarda de honra determinada a dar uma surra nele e o bando de filhos da mãe vestidos com mantos negros o localizaram na beira da estrada ao sair da mansão de sua família pela última vez. Carregava poucas coisas nas costas e não fazia ideia para onde estava indo. Seu pai havia lhe expulsado e foi extirpado de sua árvore genealógica, então... lá estava. Sem raízes. Sem rumo.

Tudo por conta de seus olhos de cores diferentes.

A guarda de honra deveria apenas espancá-lo por sua ofensa à linhagem. Não deveria matá-lo; mas as coisas saíram do controle e, com um movimento surpreendente, seu irmão tentou parar a coisa.

Qhuinn lembrava-se bem dessa parte, da voz do irmão dizendo que parassem. Contudo, era tarde demais e Qhuinn flutuou não apenas distanciando-se da dor, mas da Terra em si... Apenas para ver-se em meio a uma névoa que se separava e revelava uma porta. Sem que lhe dissessem, sabia que era a entrada para o Fade e também sabia que, uma vez aberta, estaria tudo acabado.

Algo que parecia ser uma ótima ideia na época. Nada a perder...

Ainda assim, recusou-se no último momento. Por algum motivo que não se lembrava.

Foi a coisa mais estranha de todas... De tudo que ficou gravado em seu cérebro naquela noite, essa era a parte que não conseguia se recordar, não importava o quanto tentasse.

Mas se lembrava de quando voltou com toda força para seu corpo: ao recobrar a consciência, Blay estava fazendo o processo de ressuscitação cardiopulmonar nele e não é que valia a pena viver por aqueles lábios?

A batida que soou em sua porta despertou-o completamente e, com isso, Qhuinn lançou longe os travesseiros e acendeu as luzes com a mente para ter certeza de onde estava.

Sim. Em seu quarto. Sozinho.

Mas não por muito tempo.

Quando seus olhos se moveram em direção à porta, ainda tentando recuperar o foco, soube quem estava do outro lado. Poderia identificar o aroma delicado no ar e sabia por que Layla tinha vindo. Inferno, talvez fosse por isso que não tinha conseguido dormir de verdade... esperava ser acordado por ela a qualquer momento.

– Entre – disse ele suavemente.

A Escolhida deslizou em silêncio para dentro do quarto e quando se virou em direção a Qhuinn, estava com uma aparência horrível. Desgastada. Um terreno baldio.

– Senhor...

– Pode me chamar de Qhuinn, sabe disso. Faça isso, de verdade.

– Obrigada – ela curvou-se até a cintura e pareceu se esforçar quando se endireitou. – Gostaria de saber se posso servir-me mais uma vez de sua gentil oferta de... tomar de sua veia. Na verdade, estou... esgotada e sinto-me incapaz de voltar ao Santuário.

Quando encontrou aquele olhar esverdeado, algo infiltrou-se no fundo de sua mente, um tipo de... percepção, que fincou raízes e germinou a ideia de que algo estava para acontecer, mas o que seria?

Olhos verdes. Verdes como as uvas, como a pedra de jade e os brotos primaveris.

– Por que está me olhando assim? – ela disse enquanto aproximava as lapelas de seu manto.

Olhos verdes... em um rosto que era...

A Escolhida olhou para a porta.

– Talvez... eu deva sair...

– Sinto muito – estremecendo, certificou-se de que os cobertores estavam sobre a cintura e acenou para ela. – Acabei de acordar... não ligue para mim.

– Tem certeza?

– Absoluta, venha até aqui. Amigos, lembra? – estendeu a mão e quando ela ficou a seu alcance, tomou sua mão e a induziu para que se sentasse.

– Senhor? Ainda está me olhando.

Qhuinn examinou o rosto dela e, em seguida, o corpo. Olhos verdes.

O que havia nos malditos olhos? Já os havia visto antes...

Olhos verdes...

Engoliu um xingamento. Deus, era como se houvesse uma canção em sua mente; lembrava-se de tudo, exceto da letra.

– Senhor?

– Qhuinn. Diga, por favor.

– Qhuinn.

Ele sorriu um pouco.

– Aqui, pegue o que precisa.

Quando ergueu o pulso, pensou enquanto Layla se inclinava e abria a boca: cara, estava tão magra. As presas eram longas e muito brancas, mas delicadas. Não eram como as dele. E sua mordida foi tão gentil e feminina quanto todo o resto dela.

Algo que o tradicionalista dentro dele pensava ser somente apropriado.

Enquanto ela se alimentava, Qhuinn observou seus cabelos loiros que estavam enrolados em uma trama complexa, seus ombros largos e suas lindas mãos.

Olhos verdes.

– *Deus.* – Quando fez menção de se retirar, ele colocou a mão sobre a nuca dela e a manteve em seu pulso. – Está tudo bem. Cãibra no pé.

O mais correto era cãibra no cérebro.

Frustrado, ergueu a cabeça e em vez de encarar a parede, esfregou os olhos. Quando voltou a focar o olhar, estava encarando a porta... Layla tinha acabado de sair.

Foi sugado de volta para o sonho imediatamente. Mas não era o sonho da surra e de seu irmão. Viu-se na entrada do Fade... em pé em frente aos grandes portões brancos... estava parado com uma das mãos estendida, prestes a tocar a maçaneta.

A realidade estava distorcida, distante e ficou tão confusa que não sabia se estava acordado ou dormindo... ou morto.

O redemoinho começou a se formar no centro da porta, como se o material que a compunha se liquidificasse a ponto de atingir a consistência do leite. E no centro do tornado uma imagem coalesceu-se e aproximou-se dele, mais como se um som estivesse prestes a assumir forma do que algo visual propriamente dito.

Era o rosto de uma jovem mulher.

Uma jovem fêmea com cabelos loiros e traços refinados... e olhos azuis-claros.

Ela o encarava, sustentando firmemente o olhar dele como se tivesse capturado seu rosto em suas belas e pequenas mãos.

Então, ela piscou. E sua íris mudou de cor. Uma ficou verde e a outra azul. Assim como os olhos dele.

– Senhor!

Em princípio, ficou completamente confuso... perguntando-se por que a fêmea o chamou assim. Como ela sabia quem era?

– Qhuinn! Deixe-me selá-lo!

Ele piscou. E descobriu que tinha se jogado contra a cabeceira e, no processo, havia se desvencilhado das presas de Layla e sangrava por todo o lençol.

– Deixe-me...

Empurrou a Escolhida com veemência e selou a própria ferida. Quando terminou, não conseguia tirar os olhos de Layla.

Era muuuito fácil encontrar características comuns em Layla e naquela jovem fêmea, algo muito mais profundo do que a mera semelhança.

Quando o coração dele começou a bater forte, precisou de um pouco de tempo para lembrar-se de que nunca havia pensado naquilo antes. Ao contrário de V., não conseguia prever o futuro.

Layla moveu-se lentamente ao sair da cama, como se não quisesse assustá-lo.

– Devo buscar Jane? Ou é melhor eu simplesmente ir embora?

Qhuinn abriu a boca... e descobriu que não saía nada.

Nossa. Nunca esteve em um acidente de carro, mas imaginava que a onda de terror que sentia naquele momento era, provavelmente, parecida com o que as pessoas sentiam quando viam alguém ultrapassar um sinal vermelho e aproximar-se para atingir em cheio a lateral do veículo: era possível calcular a direção e a velocidade daquilo que vinha contra seu carro e chegar à conclusão de que o impacto era iminente.

Contudo, não conseguia imaginar um mundo onde engravidava Layla.

– Eu vi o futuro – disse, distante.

As mãos de Layla ergueram-se até a garganta como se estivesse sufocando.

– É ruim?

– Não é... possível. De jeito nenhum.

Quando colocou a cabeça entre as mãos, tudo o que conseguia ver na escuridão era aquele rosto... aquele que era parte Layla e parte ele.

Oh, que Deus... os protegesse. Protegesse... a todos.

– Senhor? Está me assustando.

Bem, eram dois.

Só que aquilo não era possível. Era?

– Vou sair – ela disse asperamente. – Agradeço seu favor.

Ele assentiu e não pôde olhar para ela.

– Não foi nada.

Quando a porta se fechou pouco tempo depois, estremeceu, um medo frio o envolveu, instalando-se em seus ossos... e atingindo em cheio sua alma.

Era mesmo irônico, pensou. Seus pais nunca quiseram que ele reproduzisse e olhe só... a ideia de ter uma filha defeituosa com Layla, ou, ainda pior, de legar o fardo de seus malditos olhos a uma jovem inocente, o fez abraçar o voto de celibato como nada mais conseguiria.

E, na verdade, deveria estar feliz. De todos os destinos que poderia ter enxergado, aquele era cem por cento evitável, não?

Simplesmente, nunca faria sexo com Layla.

Nunca.

Assim, aquilo se tornava algo impossível. Assunto encerrado.

CAPÍTULO 49

Manny voltou a seu apartamento por volta das seis da tarde, depois de ter passado oito horas no hospital sendo espetado e cutucado por várias pessoas a quem conhecia melhor que membros da família.

Os resultados dos exames estavam na caixa de entrada de seu e-mail... pois encaminhava cópias de tudo que recebia no e-mail do hospital para sua conta pessoal. Não que houvesse qualquer motivo para abrir todos os anexos. Sabia as anotações de cor. Os resultados de cor. As imagens das radiografias e tomografias computadorizadas de cor.

Jogou as chaves sobre o balcão da cozinha e foi até a geladeira, desejando que houvesse um suco de laranja fresco ali. Em vez disso... sachês de molho de soja que vinha com a comida chinesa que comprava na mesma rua do Commodore... uma garrafa de ketchup... e uma lata redonda com algumas sobras de um jantar de negócios que teve há duas semanas.

Não importava. Não estava com fome.

Inquieto e aflito, avaliou a iluminação no céu: ainda havia um pouco de luz do dia remanescente do lado oeste; porém, não teria de esperar muito tempo.

Payne voltaria depois do pôr do sol. Poderia sentir em seus ossos. Ainda não tinha certeza do motivo pelo qual havia passado a noite com ele ou por que suas memórias ainda continuavam, mas teve de se perguntar se ela, finalmente, daria um jeito nisso quando voltasse.

No quarto, seu primeiro movimento foi pegar os travesseiros do chão e colocá-los de volta onde pertenciam. Em seguida, esticou o edredom... e, com isso, estava pronto para fazer as malas.

Aproximando-se do gabinete, começou a tirar a roupa e a fazer uma pilha com elas sobre a cama arrumada.

Nada de voltar ao São Francisco. Demitiu-se no meio de todos os testes.

Não havia razão para ficar em Caldwell... de qualquer maneira, sair da cidade parecia ser o melhor a se fazer.

Não fazia ideia de onde iria, mas não precisava de um destino para se chegar a algum lugar.

Meias. Cuecas. Camisas polo. Jeans. Calças cáqui.

Uma vantagem de se ter um guarda-roupa formado basicamente por uniformes cirúrgicos era não ter muita coisa para colocar na mala. E Deus era testemunha de que possuía mochilas esportivas suficientes.

Da gaveta na extremidade inferior da cômoda tirou as duas únicas blusas que possuía...

O porta-retratos embaixo delas estava voltado para baixo, o papelão deitado de costas para cima.

Manny estendeu a mão e pegou a coisa. Não precisou virar para ver quem era. Havia memorizado o rosto do homem há muitos e muitos anos.

Ainda assim, continuava sendo um choque virar a foto em suas mãos e olhar para a imagem de seu pai.

O filho da mãe era bonito. Muito, muito bonito. Cabelos escuros... iguais aos de Manny. Olhos profundos... iguais aos de Manny.

E não estava nada disposto para continuar com a retrospectiva. Como sempre, quando se tratava das porcarias relacionadas ao seu pai, empurrava tudo para um canto da memória e seguia com sua vida.

O que significava que, naquela noite, o porta-retratos seria enfiado na mochila mais próxima e pronto...

A batida no vidro veio cedo demais para ser ela, pensou.

Só que quando olhou para o relógio percebeu que a rotina de fazer as malas já havia levado uma hora.

Olhando por cima do ombro, seu coração triplicou o ritmo ao ver Payne parada do outro lado do vidro. Deus... do céu... ela o nocauteou. Estava com os cabelos trançados, vestia um longo manto branco amarrado na cintura e estava... de tirar o fôlego.

Aproximando-se da porta deslizante, abriu-a e a explosão do frio noturno atingiu seu rosto e tirou-lhe o foco.

Com um largo sorriso, Payne simplesmente entrou dando um salto em seus braços, seu corpo era tão sólido contra o dele, seus braços tão fortes em volta de sua nuca.

Deu a si mesmo uma fração de segundo para abraçá-la... pela última vez. Em seguida, por mais que aquilo o matasse, colocaria Payne no chão e usaria a desculpa de fechar a porta por causa do frio para se afastar dela.

Quando a olhou, a alegria em seu rosto havia desaparecido e ela cruzava os braços.

– Achei que voltaria – disse ele com voz rouca.

– Eu... eu tenho boas notícias. – Payne olhou para a fila de mochilas esportivas na cama. – O que está fazendo?

– Tenho que sair daqui.

Quando os olhos dela se fecharam brevemente, aquilo quase destruiu a determinação de Manny de não ir até lá para confortá-la. Mas já estava sendo difícil o suficiente. Tocá-la outra vez ia parti-lo em dois.

– Fui ao médico hoje – ele disse. – Passei a tarde inteira no hospital.

Ela empalideceu.

– Está doente?

– Não exatamente. – Andou pelo quarto até a cômoda, onde empurrou de volta ao lugar a gaveta de baixo vazia. – Longe disso, na verdade... Parece que meu corpo tem regenerado algumas partes sozinho. – Uma das mãos tocou os quadris. – Há anos tenho uma artrite no quadril por me exercitar demais... sempre soube que em algum momento precisaria substituir isso. Mas, segundo as radiografias que tirei hoje, está em perfeitas condições. Nenhuma artrite foi encontrada, nenhuma inflamação. Está tão bom quanto na época dos meus dezoito anos.

Quando a boca dela se abriu, pensou em como desejava beijá-la com todo seu ser. Puxando a manga da camisa, percorreu uma das mãos sobre o antebraço.

– Tive sardas por danos causados pelo sol durante duas décadas... sumiram. – Inclinou-se e ergueu a perna da calça. – As dores na canela que tenho de vez em quando? Despareceram. E tudo isso sem contar o fato que corri doze quilômetros sem nem pensar nisso... em menos de quarenta e cinco minutos. Meu exame de sangue não constou colesterol, os valores hepáticos e as taxas de ferro e plaquetas estão perfeitos. – Deu uma leve batida sobre as têmporas. – E quase precisei usar óculos de leitura, tinha que esticar o braço para enxergar melhor cardápios e revistas... só que não preciso mais. Sou capaz de ler letras miúdas a dois centímetros do meu nariz. E acredite ou não, tudo isso está apenas começando.

Ele nem citou o desaparecimento dos pés de galinha ao redor dos olhos e o fato de que a cor cinzenta em suas têmporas foi substituída por um marrom escuro e que seus joelhos não estavam doloridos.

– E você acha... – Payne colocou a mão sobre a garganta. – E você acha que sou a causa?

– Sei que é. O que mais poderia ser?

Payne começou a balançar a cabeça.

– Não entendo porque isso não é uma bênção. A juventude eterna é buscada por todas as raças...

– Não é *natural*. – Com isso, ela estremeceu, mas ele tinha que continuar. – Sou médico, Payne. Sei tudo sobre o envelhecimento dos corpos humanos e como lidar com as lesões que isso causa. Isso... – fez um sinal sobre seu corpo com as mãos – isso não está certo.

– Isso é regeneração...

– Mas onde isso vai parar? Vou virar um Benjamin Button* da vida e rejuvenescer até a infância?

– Isso seria impossível – ela rebateu. – Fui exposta à luz mais do que você e não estou rejuvenescendo assim.

---

* Referência a *O curioso caso de Benjamin Button*, filme dirigido por David Fincher e estrelado por Brad Pitt e Cate Blanchett. (N.P.)

– Certo, tudo bem, então vamos assumir que isso não aconteça... O que me diz de todas as outras pessoas em minha vida? – Não que fosse uma lista longa, mas mesmo assim. – Minha mãe vai me ver dessa maneira e pensar que fiz uma cirurgia plástica... mas e depois de dez anos? Ela tem setenta... confie em mim, quando chegar aos oitenta ou noventa vai se dar conta de que seu filho não está envelhecendo. Ou será que devo deixá-la?

Manny começou a andar outra vez e quando passou as mãos pelo cabelo, poderia jurar que estava mais volumoso.

– Perdi meu trabalho hoje... por causa do que aconteceu depois que apagaram minha memória. Durante a semana que estive longe de você, minha cabeça ficou tão prejudicada que não conseguia distinguir o dia da noite e isso foi tudo o que precisaram saber para me demitirem, pois não posso explicar o que realmente aconteceu. – Virou-se para ela. – Meu problema é: este é o único corpo que tenho, a única mente, o único... tudo. Vocês vampiros fizeram uma bagunça na minha cabeça e eu quase perdi tudo... Quais foram as consequências? Tudo o que sei é a causa... A magnitude do efeito? Não faço ideia e tenho um ótimo motivo para que isso me assuste.

Payne passou a ponta da trança por cima do ombro e a acariciou enquanto baixava o olhar.

– Eu... sinto muito.

– Não é culpa sua, Payne – ele gemeu ao erguer as mãos. – Não quero colocar toda a responsabilidade disso sobre você, mas eu...

– É culpa minha. Eu sou a causa.

– Payne...

Quando começou a se aproximar, Payne ergueu as mãos e se afastou.

– Não, não chegue perto de mim.

– Payne...

– Você está certo. – Ela parou quando atingiu o vidro por onde havia entrado. – Sou perigosa e destrutiva.

Manny esfregou a cruz atrás da camisa. Apesar de tudo o que disse, naquele momento queria voltar tudo e encontrar uma maneira de consertar as coisas entre eles.

– É um dom, Payne. – Afinal, ela e o cavalo demonstraram os benefícios que havia em se expor à luz em curto prazo. – Vai ajudá-la, ajudar sua família e seu povo. Caramba, com essa capacidade, vai afastar Jane dos negócios.

– De fato.

– Payne... olhe para mim. – Quando seus olhos ergueram-se em determinado momento, teve vontade de chorar. – Eu...

Só que a frase ficou à deriva. A verdade era que a amava. Completamente e para sempre, mas acreditava que tudo aquilo era uma maldição para os dois.

Nunca a esqueceria e nunca mais haveria qualquer pessoa para ele.

Levantando os ombros, preparou-se.

– Tenho uma coisa para pedir.

– O que seria? – ela disse asperamente.

– Não apague minhas memórias. Não direi a ninguém sobre você e sua raça... Juro pela vida da minha mãe. Apenas... deixe como está quando partir. Sem minha mente, terei menos que nada.

Payne estava voando alto quando deixou o complexo. Seu irmão havia lhe contado as incríveis notícias assim que voltou pouco antes do amanhecer e ela passou o dia inteiro entre flutuar nas nuvens e a impaciência pela lentidão com que o tempo se movia.

Então, tinha chegado até ali.

Era difícil imaginar que seu coração esteve tão cheio de alegria há apenas dez minutos.

Entretanto, não era difícil entender a posição de Manuel. E ficou surpresa por nenhum deles antecipar as grandes implicações de seu... poder de cura. Ou seja lá o que fosse.

É claro que aquilo o afetaria.

Olhando para Manuel, viu que a tensão nele era insuportável: estava honesta e verdadeiramente ansioso sobre como as coisas ficariam se ela retirasse do alcance consciente suas memórias do tempo que passaram juntos. E como não ficaria? Havia perdido seu amado trabalho por causa dela. Seu corpo e sua mente estavam em perigo por causa dela.

Céus, ela nunca deveria ter se aproximado dele.

E era exatamente por isso que não se aprovava o inter-relacionamento com os humanos.

– Não se preocupe – ela disse suavemente. – Não vou comprometê-lo mentalmente. Já fiz mais do que o suficiente com você.

Quando respirou aliviado, Payne sentiu que as lágrimas obstruíam sua garganta.

Manny olhou um momento para ela.

– Obrigado.

Ela fez uma pequena reverência e quando se endireitou ficou chocada em ver um brilho em seus belos olhos de mogno.

– Quero me lembrar de você, Payne... de tudo sobre você. Tudo.

Aquele olhar ansioso e triste examinou o rosto dela.

– Seu gosto e a sensação de tê-la. O som de seu sorriso... e dos momentos que ficou ofegante. O tempo que tive perto de você... – a voz dele falhou, mas recuperou-se ao limpar a garganta. – Preciso que essas memórias durem o resto de minha vida.

Lágrimas escorriam pela face de Payne enquanto seu coração não conseguia funcionar direito.

– Vou sentir sua falta, *bambina*. Todos os dias. Sempre.

Quando estendeu os braços, ela se aproximou dele e perdeu completamente a compostura. Soluçando em sua camisa, estava envolvida pelo corpo sólido e forte de Manny e ela o segurou com a mesma firmeza.

Em seguida, os dois interromperam o abraço ao mesmo tempo, como se fossem um só coração. E ela acreditava que eram.

De fato, havia uma parte dela que desejava lutar, argumentar e tentar fazê-lo enxergar por outro lado, de alguma outra maneira. Mas não tinha certeza se havia uma alternativa. Não tinha uma capacidade maior de prever o futuro do que a de Manny e não sabia nada sobre as consequências do que havia mudado dentro dele.

Não havia mais nada a ser dito. Aquele final que havia chegado de maneira inesperada foi um impacto que não poderia ser amenizado pela fala ou pelo toque ou sequer, ela suspeitava, pelo tempo.

– Devo ir agora – ela disse, afastando-se.

– Deixe-me abrir a porta para você...

Quando ela se desmaterializou, percebeu que aquelas foram as últimas palavras que lhe diria.

Foi o adeus.

Manny olhou para o espaço que sua mulher havia acabado de ocupar. Não havia mais nada dela ali; tinha sumido no fino ar com a mesma precisão de uma luz sendo apagada.

Desapareceu.

Seu impulso imediato foi de ir até o armário da entrada, pegar seu bastão de baseball e despedaçar o lugar. Simplesmente quebrar todos os espelhos, vidros, louças e qualquer outra porcaria... Em seguida, continuar com o trabalho jogando a pouca mobília que tinha pelo terraço. Depois disso... talvez pegasse seu Porsche, dirigisse até a estrada, atingisse mais de cem quilômetros por hora seguindo um caminho que terminaria nos alicerces de uma ponte.

Não havia cinto de segurança naquele cenário, óbvio.

No entanto, no final, ele apenas se sentou na cama ao lado das mochilas e colocou a cabeça entre as mãos. Não era um covarde para chorar como se estivesse em um funeral. Até parece. A coisa simplesmente pingava sobre seu tênis de corrida.

Machão. Muito machão mesmo.

Mas sua aparência, assim como seu orgulho, seu ego, seu pênis e sua coragem, não tinham a menor importância naquele apartamento vazio... nada disso tinha valor.

Deus... aquilo não era apenas triste.

A perda o deixou arrasado.

Ele carregaria aquela dor ao longo de todo o resto de sua vida natural.

Que irônico. O nome dela pareceu tão estranho em um primeiro momento. Soava como a palavra "dor" em inglês**. Agora, era muito adequado.

** Payne: "dor", em inglês, é "pain". (N.P.)

CAPÍTULO 50

Payne não voltou para a mansão, não tinha interesse em ver ninguém que morava ali. Nem o Rei, que lhe havia concedido a liberdade que acabou não sendo necessária. Nem seu irmão gêmeo, que havia argumentado junto ao Rei em favor dela. E, com certeza, nenhum dos felizes, alegres e abençoados casais que viviam sob o teto real.

Então, em vez de se dirigir para o norte, voltou-se para as margens do canal que corria ao lado dos altos e envidraçados prédios da cidade. A brisa era suave ali no chão e levava o som das águas lambendo os flancos rochosos do rio. Ao fundo, o zumbido dos automóveis que atravessavam a ponte levemente curvada e que, ao final da travessia, desapareciam para a esquerda ou para a direita, fez Payne sentir com mais intensidade a profundidade e a amplitude da paisagem.

Rodeada por seres humanos, ela estava totalmente sozinha.

No entanto, tinha pedido por isso. Essa era a liberdade tão cara que havia procurado com tanta avidez.

No Santuário, nada mudava. Mas nada dava errado também.

Porém, ainda assim, teria escolhido toda aquela dificuldade em vez do isolamento dormente de antes.

Oh, Manuel...

– Oi, querida...

Payne olhou sobre o ombro. Um humano macho aproximava-se dela, ao sair de um dos suportes da ponte. Cambaleava e cheirava a camadas e camadas de suor fermentado e sujeira.

Sem sequer uma saudação, Payne desmaterializou-se mais abaixo do rio. Não havia razão para limpar a memória dele. Era improvável que conseguisse se lembrar de que a viu. E sem dúvida culparia as drogas alucinógenas.

Olhando para a superfície ondulada do rio, não foi atraída pelo fundo escuro. Não ia se machucar por isso. Não era uma prisão... e, além disso, não seguiria um caminho tão covarde. Apoiando os pés sobre a terra, cruzou os braços e permaneceu no local onde estava, o tempo escoava pela peneira da realidade ignorada enquanto as estrelas giravam lá em cima, mudando de posição...

No princípio, o cheiro penetrou em seu nariz sorrateiramente, misturando-se aos aromas de terra fresca, pedra molhada e poluição urbana. Bem no início, não notou o odor de nada distinto; porém, seu tronco cerebral logo despertou com o reconhecimento.

Com um arrepio instintivo, sua cabeça inclinou-se sem que ela pensasse nisso e girou a parte superior da coluna. Seus ombros seguiram o movimento... depois os quadris.

Aquele odor rançoso era do inimigo.

Um *redutor*.

Quando saiu em uma corrida leve, sentiu um impulso agressivo em seu sangue não apenas pela mágoa e frustração com o que o destino havia feito a ela. Levada pelo cheiro, foi animada por uma profunda herança de violência e proteção; seus braços, a mão da adaga e as presas formigavam.

Transformada por um propósito mortal, não era nem macho nem fêmea, nem Escolhida, nem irmã, nem filha. Quando espreitou e começou a sondar os becos e ruas, era um soldado.

Em um dos becos que virou encontrou um par de assassinos cujo cheiro havia atraído-lhe no rio. Estavam em pé, parados, perto do que ela identificou como sendo um telefone; eram novos recrutas, com cabelos escuros e corpos inquietos.

Não olharam para ela quando parou junto deles. O que lhe deu tempo para pegar um disco de metal prateado com o nome "Ford" inscrito nele. Era uma boa arma... poderia se proteger com ela ou lançá-la contra o inimigo.

Um momento depois, o vento soprou e seu manto esvoaçou, puxando-o para fora de seu corpo. O movimento deve ter chamado a atenção dos inimigos, pois se viraram.

Facas surgiram. E também um par de sorrisos que fez seu sangue ferver.

Garotos idiotas, pensou ela. Acham que por ser uma fêmea, não apresentava ameaça alguma.

O ritmo com o qual se aproximaram dela não a preocupou nem um pouco. Na verdade, iam gostar da surpresa e acabariam mortos.

– O que está fazendo aqui, moça? – o maior dos dois perguntou. – Sozinha.

Vim cortar sua garganta com o que tenho nas costas. Depois disso, vou quebrar suas duas pernas, não porque eu deva fazer isso, mas porque vou gostar do som. E, em seguida, vou procurar algo de aço para perfurar seu peito vazio e mandá-lo de volta para seu criador. Ou talvez eu lhe deixe se contorcendo no chão.

Payne permaneceu em silêncio. Em vez de falar, distribuiu o peso do corpo sobre os pés e firmou as coxas. Nenhum dos *redutores* pareceu notar a mudança de posição; estavam ocupados demais aproximando-se dela e exibindo-se como dois pavões. Sequer se separaram e a cercaram. Nenhum deles tentou encará-la de frente enquanto o outro viria por trás.

Ficaram bem a sua frente... onde poderia alcançá-los.

Infelizmente, aquilo seria fácil, mas serviria como um bom aquecimento. Porém, se houvesse outros que soubessem algo sobre luta, seriam mais adequados para distraí-la...

Xcor podia sentir a mudança agitando-se em seu bando de bastardos.

Enquanto caminhavam em formação pelas ruas do centro de Caldwell, a energia atrás dele era um rufar de tambores de agressividade. Precisa. Renovada. Mais forte do que havia sido ao longo de toda uma década.

Na verdade, mudar-se foi a melhor decisão que já havia tomado. E não apenas porque ele e seu Throe fizeram um bom sexo e beberam na noite anterior. Seus homens eram como punhais retirados com rapidez da forja, os instintos assassinos estavam renovados e brilhavam sob o luar artificial da cidade. Não era de se admirar não haver mais assassinos no Antigo País. Estavam todos ali, a Sociedade Redutora concentrou todos os seus esforços em...

A cabeça de Xcor virou-se e ele desacelerou.

O aroma no ar fez com que suas presas se alongassem e seu corpo ressoasse com poder.

Sua mudança de direção não anunciava nada. Seus bastardos foram logo atrás dele, rastreando, assim como ele, o cheiro doce que havia sentido sobre as asas das rajadas de vento noturnas.

Quando viraram a esquina e seguiram em linha reta, Xcor rezou para que fossem muitos. Uma dúzia. Uma centena. Duzentos. Queria ser coberto com o sangue do inimigo, banhado com o óleo preto que saía de suas entranhas...

Na entrada de um beco, seus pés não pararam, era mais como se tivessem cimentados no chão.

Entre um piscar de olhos e outro, o passado veio à tona, superando a distância entre meses, anos e séculos para se concretizar no presente.

No centro do beco, uma mulher com um manto branco lutava com um par de *redutores*. Ela os agredia com chutes e socos, girava e pulava tão rápido que tinha de esperar que voltassem a cair perto dela.

Com suas habilidades superiores de luta, simplesmente brincava com eles. E havia uma nítida impressão de que não reconheciam tudo o que ela poderia fazer com eles.

Letal. Era letal e só estava esperando para atacar.

E Xcor sabia exatamente quem era.

– Ela é... – a garganta de Xcor interrompeu o resto das palavras.

Procurou por séculos e seu alvo sempre lhe foi negado... apenas para encontrá-lo em uma noite qualquer em uma cidade escolhida de maneira aleatória do outro lado de um imenso oceano... era o destino se manifestando.

Tinham de se encontrar outra vez.

Ali. Naquela noite.

– Ela é a assassina do meu pai. – retirou a foice de seu cinto. – É a assassina de meu sangue.

Alguém pegou sua mão e imobilizou seu braço.

– Não aqui.

O fato de não ter sido o coração mole de Throe foi a única coisa que o deteve. Era Zypher.

– Vamos capturá-la e levá-la para casa. – O guerreiro sorriu de maneira sombria, havia um profundo tom erótico em sua voz. – Está aliviado, mas existem outros entre nós que precisam do que você teve na noite passada. Depois disso? Pode ensiná-la sobre as consequências dos atos de vingança.

Zypher era o mais propenso a planejar algo assim. E embora a ideia de abatê-la imediatamente o atraísse, Xcor já havia esperado muito tempo para saborear aquele fim.

Tantos anos.

Anos demais... até que perdeu as esperanças de encontrá-la. Apenas seus sonhos mantinham viva a memória do que o definia e dava um posicionamento em sua vida.

Sim, pensou. Seria adequado fazer à maneira de Bloodletter. Nada de facilitar para a fêmea.

Xcor voltou a guardar sua foice enquanto a assassina cuidava apropriadamente dos *redutores*. Sem aviso, ela saltou para frente e pegou um deles pela cintura, abaixou-se dentre aqueles braços que se debatiam e o levou direto contra o edifício. Aconteceu tão rápido que o segundo *redutor* ficou impressionado... e, obviamente, não possuía treino algum... para salvar seu amigo.

Contudo, ainda se o número dois fosse um desafio para ela, não teria chance. Praticamente no mesmo momento em que o atacou, a mulher girou e rasgou o lado direito do pescoço do assassino. O corte profundo o distraiu imediatamente da tentativa de vencê-la. Quando o óleo negro jorrou e seus joelhos vacilaram, ela despachou o assassino jogando-o contra os tijolos ao perfurar seu rosto duas vezes e uma vez no pomo de Adão. Então, ergueu o corpo e bateu com força sobre seu joelho erguido.

O estalo da coluna foi alto.

E quando se desvaneceu, ela virou-se para confrontar aqueles que assistiam seu trabalho. O que não foi uma surpresa. Uma guerreira tão boa quanto ela sabia imediatamente quando outros se aproximavam dela.

Inclinando a cabeça para o lado, Payne não se assustou... Por outro lado, por que se assustaria? Ocultavam-se com as sombras e estava muito claro que eram de sua espécie: até Xcor se revelar, não fazia ideia do perigo que corria.

– Boa noite, fêmea – disse em um tom baixo vindo das trevas.

– Quem está aí? – ela gritou.

Chegou a hora, ele pensou, dando um passo à frente em direção à luz...

– Não estamos sozinhos – Throe sussurrou de repente.

Xcor parou de avançar, seus olhos estreitaram-se nos sete assassinos que apareceram no final do beco.

De fato. Não estavam sozinhos.

Mais tarde, Xcor viria a acreditar que a única razão pela qual foi bem-sucedido no ato de capturar a fêmea foi a chegada daqueles novos *redutores*. O avanço do inimigo desviou seus olhos... e sua atenção. Mas antes que pudesse se desmaterializar em outra posição, Xcor colocou-se muito próximo a ela.

Apesar de seu coração estar batendo forte, a vingança deu-lhe foco para dispersar suas moléculas assim que ela se virou para enfrentar o esquadrão que se aproximava. O punho de aço de Xcor segurou o pulso de Payne num piscar de olhos e quando ela se virou com uma fúria cega em seu rosto, ele lembrou-se do processo de incineração que havia lançado sobre seu pai.

O que o salvou foi um tiro disparado por um *redutor*.

O barulho foi sutil, mas sua consequência um benefício espetacular: no momento em que ela já estava levantando a mão livre para colocar sobre ele, a perna vacilou e ela caiu, estava claro que a bala havia atingido algo vital. E naquele momento de fraqueza, Xcor a dominou... tinha apenas uma chance de assumir o controle sobre ela. Se não fizesse isso, não tinha certeza se conseguiria livrar-se daquela situação.

Unindo os pulsos, pegou a trança e a envolveu em volta da garganta. Puxando com força, obstruiu a passagem de ar enquanto seus soldados avançavam com as armas em punho.

Oh, como ela lutou. Tão valente. Tão poderosa.

Era apenas uma fêmea... mas muito mais do que isso. Quase tão forte quanto ele e essa não era sua única vantagem. Mesmo capturada e à beira da asfixia, os olhos claros permaneciam fixos nos dele, como se pudesse penetrar em sua mente e controlar seus pensamentos.

Mas ele não se intimidou. Enquanto os sons do combate eclodiam no beco, manteve o olhar de diamante da assassina de seu pai enquanto seus grandes braços estreitavam cada vez mais o laço ao redor do pescoço.

Lutando para respirar, ela engasgava e se contorcia, seus lábios se moviam.

Ele baixou a orelha, queria ouvir o que ela tinha a...

– ... por quê...?

Xcor recuou, ao mesmo tempo em que ela parou de lutar e aqueles olhos deslumbrantes reviraram.

Pelo amor da Virgem Escriba, a fêmea nem sabia quem ele era.

CAPÍTULO 51

Como o homem das cavernas que era, V. sempre pensou que a sala de bilhar na mansão da Irmandade tinha tudo. Uma tela de TV gigante com som estéreo. Sofás com estofamento suficiente para qualificá-los como camas. Uma lareira com chamas bastante atrativas. Um bar com todo tipo de bebida concebível: refrigerante, chá, café, cerveja, qualquer coisa.

E uma mesa de bilhar. Dã.

A única coisa "ruim", na verdade, era um benefício: a máquina de pipoca era um vício recente... e travava uma estranha batalha. Rhage gostava de brincar com a maldita coisa, mas toda vez que o fazia, Fritz ficava nervoso e queria entrar em ação. De qualquer forma, era legal. As pequenas cestas de vime ficavam sempre cheias, então qualquer que fosse o casal que não tivesse ainda apanhado uma delas tinha sua vez na máquina.,

Enquanto Vishous esperava para dar sua próxima tacada, pegou um bloquinho de giz azul e esfregou sobre a ponta do taco. Do outro lado do feltro verde, Butch curvou-se e alinhava seus ângulos enquanto a música *Aston Martin Music*, de Rick Ross, tocava alto.

– Sete no canto – o tira disse.

– Vai acertar essa, não? – V. apoiou o giz e balançou a cabeça quando houve um golpe, algo rolou e, por fim, uma batida. – Bastardo.

Butch ergueu os olhos, havia uma expressão de "Peguei você" brilhando naquele olhar.

– Eu sou muito bom. Desculpe, otário.

O tira tomou um gole de uísque e voltou a se posicionar do outro lado da mesa. Ao avaliar as bolas, seu sorriso esperto estava exatamente onde deveria estar: à frente e no centro, revelando um pouco de sua coroa de porcelana.

V. mantinha seus olhos no cara. Depois de passarem horas juntos, separaram-se de maneira meio desajeitada e tomaram uma ducha separados. Felizmente, porém, a água quente reinicializou os dois e encontraram-se outra vez na cozinha do Buraco, conversando sobre as mesmas coisas de sempre.

E era uma pena continuar assim.

Não que não houvesse a tentação de perguntar ao cara se estava tudo bem. Isso acontecia, mais ou menos, a cada cinco minutos. Parecia que tinham lutado juntos e exibiam feridas e hematomas que já desapareciam como prova disso. Mas V. tinha de lidar com o que acontecia bem diante dele: seu melhor amigo estava lhe dando uma surra no bilhar.

– E esse é o fim do jogo – o tira anunciou quando a bola oito rolou e acertou em cheio a caçapa.

– Você me venceu.

– Sim – Butch sorriu e ergueu a taça. – Quer mais uma rodada?

– Pode apostar.

O cheiro de manteiga derretida e o som de grãos estourando na maldita máquina anunciaram a chegada de Rhage... ou seria Fritz? Não, era Hollywood perto da máquina com sua Mary.

V. inclinou-se para enxergar através do arco, ao longo do saguão, em direção à sala de jantar onde o mordomo e sua equipe estavam organizando a Última Refeição.

– Cara, Rhage está brincando com fogo – Butch disse ao começar a recolher as bolas. – Dou trinta segundos para que Fritz... Lá vem ele.

– Vou fingir que não estou aqui.

V. tomou um gole de seu Goose.

– Eu também.

Enquanto se ocupavam recolhendo as bolas, Fritz veio a todo vapor pelo corredor de entrada como um míssil em busca de uma fonte de calor.

– É melhor Hollywood tomar cuidado – V. murmurou enquanto Rhage aproximava-se com uma cesta de pipocas quentinhas.

– É bom mesmo. Ele precisa do exercício... Fritz! Como vai, cara?

Enquanto Butch e V. reviravam os olhos, Rehv entrou com Ehlena vestido com seu grosso casaco de visom. O filho da mãe de cabelo moicano estava agasalhado, como de costume, e sempre apoiado sobre sua bengala, mas seu sorriso permanente de macho vinculado estava ali e sua *shellan* brilhava ao lado dele.

– Garotos – ele disse.

Vários grunhidos o cumprimentaram enquanto Z. e Bella entrava com Nalla. Phury e Cormia chegaram também, pois passaram o dia ali. Wrath e Beth ainda deviam estar no escritório... talvez verificando a papelada; talvez colocando George brevemente no topo da escada para que pudessem ter um pouco de "privacidade".

Quando John e Xhex desceram com Blay e Saxton, as únicas pessoas que não tinham aparecido eram Qhuinn e Tohrment, que deveriam estar na academia, e Marissa, que estava no Lugar Seguro.

Bem, aqueles três e sua Jane, que estava na clínica repondo os suprimentos gastos na noite anterior.

Oh, e claro, sua irmã gêmea, que sem dúvida estava em meio a muitos... "hum, isso"... com o cirurgião dela.

Com todos os recém-chegados na sala, o som de vozes profundas multiplicava-se e retumbava enquanto pessoas serviam bebidas, passavam o bebê de mão em mão e apanhavam punhados de pipoca. Enquanto isso, Rhage e Fritz colocavam uma nova carga de grãos na máquina. E alguém mudava os canais da TV, provavelmente Rehv, que nunca estava satisfeito com o que passava. E outra pessoa cutucava o fogo ruidoso da lareira.

– Ei. Você ainda está bem? – Butch disse suavemente.

V. camuflou sua surpresa com tudo aquilo enrolando um cigarro que tirou do bolso de sua jaqueta de couro. O tira falou tão baixo que não havia possibilidade de ninguém mais ter ouvido e isso era bom. Sim, estava tentando livrar-se daquela coisa toda de ser tão reservado, mas ninguém precisava saber quão longe tinham chegado. Aquilo era assunto particular.

Acendendo o cigarro, tragou.

– Sim. Estou bem, de verdade. – Em seguida, encarou os olhos de avelã de seu melhor amigo. – E... você?

– Sim. Eu também.

– Legal.

– Legal.

Eeeeei, olha só o maldito relacionamento. Mais um pouco e ele ganharia uma estrela dourada no caderno.

Em um estalar de dedos, Butch estava de volta ao jogo, alinhando a primeira tacada enquanto V. se deliciava no brilho de se relacionar com as pessoas como se fosse um profissional.

Ia dar outro gole em sua bebida forte quando seus olhos pularam para a entrada arqueada da sala.

Jane hesitou quando olhou para dentro, seu jaleco branco abriu-se quando se inclinou para o lado, como se procurasse por ele.

Quando seus olhos se encontraram, ela sorriu um pouco. Em seguida, muito.

Seu primeiro impulso foi esconder seu sorriso por trás da bebida. Mas, então, não se conteve. Vivia uma nova ordem mundial.

Vamos lá, *sorria*, filho da mãe, pensou.

Jane fez um rápido aceno e fez uma brincadeira com isso, era assim que costumavam agir quando estavam juntos em público. Virando-se, ela foi até o bar para servir-se de alguma coisa.

– Espere um pouco, tira – V. murmurou ao apoiar a bebida e o taco sobre a mesa.

Sentia como se tivesse quinze anos; colocou o cigarro entre os dentes e ajeitou a camiseta na cintura da calça. Uma rápida passada de mãos no cabelo e estava... Bem, tão pronto quanto possível.

Aproximou-se de Jane por trás na mesma hora em que ela se inclinou para conversar com Mary... e quando sua *shellan* virou-se para cumprimentá-lo, parecia um pouco surpresa por ele ter vindo até ela.

– Oi, V... Tudo...

Vishous aproximou-se ainda mais, deixando-os corpo a corpo, então, passou os braços ao redor da cintura de Jane. Ao segurá-la numa atitude de posse, inclinou seu corpo lentamente até ela ter de segurar em seus ombros e seus cabelos caírem do rosto.

Quando ela ofegou, disse exatamente o que ele pensava:

– Senti sua falta.

Com isso, colocou seus lábios sobre os dela e beijou seu corpo sólido que ficaria eternamente vivo, deslizando uma das mãos para baixo até o quadril enquanto enfiava a língua na boca e continuava, continuava, continuava...

Tiveram a vaga impressão de que a sala caiu num silêncio profundo e que tudo o que respirava ali olhava para ele e sua companheira. Mas não importava. Aquilo era o que desejava fazer e faria na frente de qualquer um... e do cachorro do Rei, como viram depois.

Pois Wrath e Beth chegaram, vindos do saguão de entrada.

Quando Vishous endireitou lentamente sua *shellan*, as vaias e assovios começaram e alguém jogou um punhado de pipoca como se fosse confete.

– É isso aí – Hollywood disse. E jogou mais pipoca.

Vishous limpou a garganta.

– Tenho um anúncio a fazer.

Certo. Tudo bem, havia muitos olhos sobre os dois. Mas com certeza estava disposto a engolir a vontade de desistir.

Aconchegando sua inquieta e corada Jane a seu lado, disse em alto e bom tom:

– Vamos nos acasalar. Apropriadamente. E espero que todos vocês estejam lá e... Sim, é isso.

Silêncio. Total.

Então, Wrath soltou a coleira de George e começou a aplaudir. Alto e devagar.

– Já era hora!

Seus irmãos, suas *shellans* e todos os convidados da casa seguiram o exemplo e, logo, os lutadores começaram a cantar tão alto que atingiram o teto e algo mais... suas vozes vibraram pelo ar.

Quando olhou para Jane, ela brilhava. Resplandecia.

– Talvez eu devesse ter perguntado antes – ele murmurou.

– Não – ela o beijou. – Isso foi *perfeito*.

Vishous começou a rir. Cara, se isso era a vida em todo seu potencial, manteria a rotina noite após noite: seus Irmãos estavam com ele, sua *shellan* estava feliz e... bem, poderia passar sem a pipoca no cabelo, mas enfim.

Minutos depois, Fritz trouxe taças de champanhe e, agora, havia um tipo diferente de estalo no ar, eram rolhas voando, e as pessoas falavam ainda mais alto do que antes.

Quando alguém empurrou um copo para sua mão enluvada, sussurrou no ouvido de Jane:

– Champanhe me deixa excitado.

– Mesmo...?

Deslizando a mão sobre seus quadris... e ainda mais abaixo... puxou-a contra sua ereção repentina.

– Já conhece a área dos banheiros?

– Acho que fomos formalmente apresen... Vishous!

Parou de mordiscar seu pescoço, mas continuou empurrando seu quadril contra o dela. O que era um pouco indecente, mas nada que os outros casais não fizessem de vez em quando.

– O que foi? – falou lentamente. Quando ela pareceu sem palavras, V. sugou seus lábios e resmungou: – Se não me engano, estávamos falando sobre o banheiro. Estava pensando que talvez pudesse apresentar vocês dois. Não sei se está ciente disso, mas o balcão da pia está gritando por você.

– E você deve fazer um ótimo trabalho nessas pias.

V. arranhou uma de suas presas pela garganta dela.

– Com certeza.

Quando sua ereção começou a latejar, pegou a mão de sua fêmea...

O relógio de pêndulo no canto da sala começou a soar e ouviram quatro badaladas profundas. O que o fez recuar um pouco e checar o relógio mesmo sem precisar... pois aquele relógio dava a hora certa há duzentos anos.

Quatro da manhã? Onde diabos estava Payne?

Quando o impulso de ir ao Commodore para trazer sua irmã de volta para casa o atingiu em cheio, lembrou-se de que embora o amanhecer fosse chegar rápido, ela ainda tinha mais ou menos uma hora. E considerando o que ele e Jane estavam prestes a fazer atrás de uma porta fechada, não poderia culpá-la querer prolongar cada momento que tinha com seu macho... mesmo se V. não concordasse nem um pouco com isso.

– Está tudo bem? – Jane perguntou.

Voltando à realidade, baixou a cabeça.

– Vai ficar assim que eu colocá-la sobre aquele balcão.

Ficaram no banheiro por quarenta e cinco minutos.

Quando saíram, todos ainda estavam na sala de bilhar. Colocaram música para tocar e a canção *I'm not a human being*, de Lil Wayne, ecoava até o teto do saguão. O *doggen* circulava pela sala servindo algumas coisas finas em bandejas de prata e havia um círculo de pessoas rindo ao redor de Rhage enquanto ele contava piadas.

Por um momento, pareciam os bons e velhos tempos.

Mas, então, não viu sua irmã na multidão. E ninguém veio até ele para dizer que ela havia subido para o quarto de hóspedes que estava usando.

– Volto já – disse para Jane. Deu um rápido beijo e esquivou-se da festa, andou rápido pelo saguão de entrada e entrou na sala de jantar vazia. Ao contornar a mesa bem arrumada, mas abandonada tirou o celular do bolso e discou para o telefone que havia dado a Payne.

Ninguém atendeu.

Tentou outra vez. Nenhuma resposta. Terceira vez? Nenhuma... maldita resposta.

Praguejando, discou o número de Manello e estremeceu com a ideia do que poderia interromper... mas, provavelmente, puxaram as cortinas e perderam a noção do tempo. E os telefones poderiam perder-se nos lençóis, pensou com uma careta.

Ring... ring.... ring...

– Atenda seu...

– Alô?

Manello parecia estar mal. Baleado. Mortalmente ferido.

– Onde está minha irmã? – pois não havia razão para o cirurgião atender assim se ela estivesse na cama dele.

A pausa também não foi uma boa notícia.

– Não sei. Ela saiu daqui há horas.

– *Horas?*

– O que está acontecendo?

– Jesus Cristo... – V. desligou na cara dele e ligou para sua irmã outra vez. E outra vez.

Procurando com a cabeça, olhou para o saguão de entrada e para a porta principal.

Com um zumbido sutil, as persianas de aço que protegiam a casa do sol começaram a descer.

Vamos lá, Payne... vamos lá. Agora mesmo.

Agora...

Mesmo...

O toque suave de Jane arrastou-o de volta à realidade.

– Está tudo bem? – ela perguntou.

Seu primeiro instinto foi o de esconder tudo com uma mentira usando uma das piadas de Rhage.

Em vez disso, forçou-se a ser sincero com sua companheira.

– Payne está... talvez esteja desaparecida. – Quando ela ofegou e estendeu a mão procurando a sua, quis fugir de alguma maneira. Mas manteve os pés firmes sobre a tapeçaria oriental. – Ela deixou Manello... – *há horas* – ah, há horas. E agora estou rezando para uma mãe que desprezo para que ela passe logo por aquela porta.

Jane não disse mais nada. Em vez disso, inclinou-se para conseguir observar também a entrada e esperou com ele.

Ao pegar a mão dela, percebeu que era um alívio não estar sozinho quando a coisa toda surgiu... e sua irmã ainda não tinha voltado para casa.

Aquela visão que teve dela sobre um cavalo negro, cavalgando em um assustador declive, voltou a ele no silêncio da sala de jantar. Seus cabelos escuros esvoaçavam junto com a crina do garanhão, os dois corriam a toda velocidade... indo para Deus sabe onde.

Uma alegoria?, pensou. Ou apenas o anseio de seu irmão de que ela estivesse finalmente livre...?

Jane e ele ainda ficaram ali parados, juntos, olhando para a porta que não se abriu quando o sol ergueu-se oficialmente vinte e dois minutos depois.

Enquanto Manny andava pelo apartamento, começou a ficar preocupado. Muito preocupado. Queria deixar o local logo depois de

Payne ter saído, mas ficou sem energia e acabou passando a noite toda olhando... a noite.

Extremamente vazio.

Simplesmente vazio demais para se mover.

Quando o telefone tocou ao lado dele, observou o número e sentiu um alívio momentâneo. Número particular. Tinha de ser ela.

E considerando que sua mente retomava o que havia dito a ela várias vezes, precisou de um segundo para organizar as coisas depois de toda aquela divagação inútil. No momento em que proferiu aquele discurso, parecia tão racional, razoável e inteligente... Até que olhou para o futuro que estava além de um vago e profundo buraco negro.

Atendeu a ligação sem esperar que nenhum macho falasse com ele do outro lado.

Muito menos o irmão dela. Muito menos o bastardo ficando todo surpreso por Payne não estar no apartamento.

Enquanto Manny andava em círculos, encarou o telefone, desejando que tocasse outra vez... desejando que o maldito dispositivo eletrônico soasse e fosse Payne dizendo que estava bem. Ou seu irmão. Qualquer um.

Ninguém.

Pelo amor de Deus, Al Roker* poderia lhe telefonar para dizer que ela estava bem.

Só que a madrugada passou rápido demais e o telefone permaneceu em silêncio, e, como um fracassado, acessou sua lista de chamadas recentes e tentou ligar de volta para o número "particular". Quando tudo o que ouviu foi um tom de discagem, quis jogar o celular pelo quarto, mas onde isso o levaria?

A impotência era esmagadora. Um grande triturador.

Queria sair e... droga, encontrar Payne se estivesse perdida. Ou trazê-la de volta se estivesse lá fora sozinha. Ou...

O telefone tocou. Número particular.

– Graças a Deus – disse quando foi atendido. – Payne...

* Trabalha como homem do tempo para a rede de televisão NBC, além de escrever livros de mistério e atuar. (N.P.)

– Não.

Manny fechou os olhos: o irmão dela parecia péssimo.

– Onde ela está?

– Não sabemos. E não podemos fazer nada daqui... estamos presos dentro da casa. – O cara suspirou como se estivesse fumando algo. – O que diabos aconteceu antes dela sair? Pensei que passaria a noite inteira com você. Tudo bem se vocês dois... sabe...? Mas por que ela saiu tão cedo?

– Disse a ela que não ia dar certo.

Longo silêncio.

– Que *lixo* tem na cabeça?

Com certeza, se não estivesse tão iluminado e ensolarado lá fora, o filho da mãe bateria na porta de Manny, procurando acabar com algum descendente de italiano.

– Achei que isso o deixaria feliz.

– Ah, sim. Com certeza... partiu o coração da minha irmã. Adorei. – Soltou o ar outra vez com força, como se estivesse soprando fumaça. – Ela está *apaixonada* por você, idiota.

Aquilo tirou-o dos trilhos. Mas continuou com o programa.

– Ouça, ela e eu...

Nesse momento, deveria explicar a coisa toda sobre os resultados dos exames físicos e como estava assustado e que não sabia as repercussões daquilo. Mas o problema era que assim que Payne saiu, percebeu, durante aquelas horas, que havia algo mais importante acontecendo dentro dele: estava sendo um grande canalha. Dispensou Payne por que, na verdade, estava morrendo de medo por finalmente ter se apaixonado de fato por uma mulher... fêmea... não importa. Sim, houve uma tremenda sobreposição de elementos metafísicos que ele não entendia, nem conseguia explicar, blá, blá, blá. Mas a questão central de tudo isso era que sentia algo tão profundo por Payne que não sabia mais quem era e *essa* era a parte assustadora.

Saiu correndo quando teve uma chance.

Mas aquilo havia acabado.

– Estamos apaixonados – disse com clareza.

E maldito seja, devia ter tido coragem para dizer isso a ela. E abraçá-la. E ficar com ela.

– Então, como eu disse, que *lixo* tem na cabeça?

– Ótima pergunta.

– Meu... Deus.

– Ouça, como posso ajudar...? Posso sair à luz do dia e não há nada que eu não faça para trazê-la de volta. *Nada*. – Energizado pela obsessão, procurou suas chaves. – Se ela não está com você, para onde poderia ir? E quanto àquele lugar... o Santuário?

– Cormia e Phury foram até lá. *Nada*.

– Então... – Odiava pensar assim. – E quanto a seus inimigos? Onde eles ficam durante o dia... Vou até lá.

Ouviu uma maldição. Uma baforada de ar. Pausa. Em seguida, o som de um movimento rápido e algo sendo inalado, como se o cara estivesse acendendo outro cigarro.

– Sabe? Não deveria fumar – Manny ouviu-se dizendo.

– Vampiros não têm câncer.

– Sério?

– Sim. Certo, o negócio é o seguinte: não temos um local específico para a Sociedade Redutora. Os assassinos tendem a se infiltrar na população humana em pequenos grupos, por isso, é quase impossível encontrá-los sem criar uma situação perturbadora grave. A única coisa... Vá aos becos localizados próximos ao rio no centro da cidade. Ela deve ter encontrado alguns *redutores*... vai procurar por evidências de uma luta. Haverá óleo negro por toda parte. Como óleo de motor. E um cheiro doce... como se houvesse uma mistura de carniça e talco. É muito evidente. Vamos começar por aí.

– Preciso ser capaz de entrar em contato com você. Preciso de seu número.

– Vou mandar uma mensagem de texto com ele. Tem uma arma? Qualquer uma?

– Sim. Tenho. – Manny já estava tirando sua pistola calibre quarenta licenciada do armário. Viveu na cidade durante toda sua vida adulta e coisas ruins aconteciam... então, aprendeu a lidar com uma arma há vinte anos.

– Diga que é maior que uma nove milímetros.

– Sim.

– Pegue uma faca. Vai precisar de uma lâmina de aço inoxidável.

– Entendido. – Foi até a cozinha e pegou a maior e mais afiada faca que tinha. – Mais alguma coisa?

– Um lança-chamas. Bastões. Estrelas-ninja. Uma metralhadora compacta. Quer que eu continue?

Se ao menos ele tivesse aquele tipo de arsenal.

– Vou levá-la de volta, vampiro. Escreva minhas malditas palavras... Vou levá-la de volta. – Pegou sua carteira e estava se dirigindo para a porta quando um pavor o deteve. – Quantos são? Seus inimigos?

– Um número incontável.

– São... machos?

Pausa.

– Costumavam ser. Antes de serem transformados, são homens humanos.

Um som saiu da boca de Manny... um que tinha plena certeza de que nunca havia proferido antes.

– Não, ela consegue lidar sozinha com uma luta mano a mano – seu irmão disse em um tom mortal. – Ela é forte assim.

– Não era isso que eu estava pensando. – Teve de esfregar os olhos. – Ela é virgem.

– Ainda...? – o cara perguntou depois de um momento.

– Sim. Não achei certo... tirar isso dela.

Oh, Deus, a ideia de que ela poderia ser ferida...

Sequer conseguiu finalizar a frase para si mesmo.

Entrando em ação, saiu do apartamento e chamou o elevador. Enquanto esperava, percebeu que só houve silêncio do outro lado por um tempo.

– Oi? Você está aí?

– Sim – a voz do irmão gêmeo irrompeu. – Sim. Estou aqui.

A conexão entre eles permaneceu aberta enquanto Manny entrava no elevador e apertava S. E toda a viagem dele até o carro aconteceu sem dizerem absolutamente nada.

– São impotentes – o irmão gêmeo finalmente murmurou assim que Manny entrou no Porsche. – Não conseguem fazer sexo.

Bem, aquilo realmente não fez com que se sentisse melhor. E considerando o tom do irmão dela, o cara também estava pensando da mesma maneira.

– Eu te ligo – Manny disse.

– Faça isso, cara. Faça isso mesmo.

CAPÍTULO 52

Quando Payne recobrou a consciência, não abriu os olhos. Não havia motivo algum para chamar atenção ao fato de que estava acordada para os outros que a rodeavam.

As sensações do corpo informaram sua situação: estava em pé, com os pulsos algemados e puxados para as laterais e as costas estavam apoiadas contra uma parede de pedra úmida. Os tornozelos estavam esticados e amarrados também, e a cabeça pendia para frente em uma posição muito desconfortável.

Quando respirou mais fundo, sentiu o odor de sujeira almiscarada e vozes masculinas vinham da esquerda.

Vozes muito profundas. Uma excitação ressoava como se algo bom tivesse sido preso em suas garras.

Era ela.

Quando reuniu suas forças, não teve ilusões sobre o que fariam com ela. Em breve. E quando se recompôs um pouco mais, afastou os pensamentos de seu Manuel... aqueles homens fariam de tudo, abusariam dela muitas vezes antes de matá-la, tirando dela o que deveria ser de seu curandeiro...

Só que não podia, nem pensaria nele. Aquele pensamento era um buraco negro que a sugaria, a prenderia e a deixaria indefesa.

Em vez disso, puxou os fios da memória, fundiu as imagens dos rostos de seus sequestradores com o que conhecia das bacias do Santuário.

Por quê?, ela se perguntava. Não fazia ideia do porquê de algum deles desejar destruí-la com tanto ódio...

– Sei que está acordada – a voz era incrivelmente baixa, havia um forte sotaque e estava bem perto de seu ouvido. – Sua respiração mudou.

Ao abrir os olhos e erguer a cabeça ao mesmo tempo, deslocou o olhar até o soldado. Estava nas sombras ao lado dela; assim, não conseguia enxergá-lo muito bem.

De repente, as outras vozes silenciaram e sentiu que muitos olhares estavam sobre ela.

Então, era assim que uma presa se sentia.

– Estou magoado por não se lembrar de mim, fêmea. – Com isso, trouxe uma vela para mais perto de seu rosto. – Penso em você todas as noites desde que nos vimos pela primeira vez. Centenas de anos atrás.

Ela estreitou os olhos. Cabelos negros. Olhos cruéis de um azul-marinho. E um lábio leporino que obviamente era de nascença.

– Lembre-se de mim – não era uma pergunta, mas uma exigência. – *Lembre-se* de mim.

E, então, as lembranças voltaram. A pequena aldeia à beira de um vale arborizado, onde ela matou seu pai. Aquele era um dos soldados de Bloodletter. Sem dúvida, todos eles eram.

Oh, era definitivamente uma presa, pensou. E estavam ansiosos para machucá-la antes de a matarem, em retaliação por ter assassinado o líder deles.

– *Lembre-se de mim.*

– Você é um dos soldados de Bloodletter.

– *Não* – vociferou, colocando o rosto sobre o dela. – Sou *mais* que isso.

Quando ela franziu a testa, ele apenas recuou e andou pelo local em um pequeno círculo, os punhos fecharam-se com força, a vela pingava cera sobre a mão contorcida.

Quando voltou a ficar diante dela, estava sob controle. Um pouco.

– Sou o filho dele. Seu *filho*. Você roubou meu pai de mim...

– Impossível.

– ... injustamente... O quê?

Em seu silêncio vacilante, ela disse em alto e bom tom:

– É impossível que seja filho dele.

Quando as palavras foram registradas, a fúria cega no rosto dele era a melhor definição de ódio e sua mão tremia quando levantou-a acima do ombro.

Bateu nela com tanta força que Payne viu estrelas.

Quando endireitou a cabeça e encontrou os olhos dele, não se importava com nada daquilo. Nem com aquela crença equivocada. Nem com aquele grupo de homens que media seu corpo. Nem com a ignorância criminal.

Payne sustentou o olhar do seu captor.

– Bloodletter gerou um e apenas um filho macho...

– Vishous, membro da Irmandade da Adaga Negra – sua risada forte ecoou. – Ouvi algumas histórias de suas perversões...

– Meu irmão não é um pervertido!

Nesse momento, Payne perdeu todo o controle, a raiva que a induziu naquela noite quando matou seu pai voltou e sobrepôs-se a tudo: Vishous era seu sangue e seu salvador por tudo o que havia feito por ela. E não ia aceitar que o desrespeitassem... mesmo se defendê-lo custasse-lhe a vida.

Em um piscar de olhos, foi consumida por uma energia interior que iluminou com uma luz branca intensa a adega onde estavam.

As algemas queimaram, caindo no chão de terra fazendo um barulho metálico.

O macho diante dela saltou para trás e preparou-se, assumindo uma posição de combate, enquanto os outros pegavam suas armas. Mas ela não ia atacar, não fisicamente.

– Ouça-me bem – proclamou. – Sou nascida da Virgem Escriba. Sou uma Escolhida do Santuário. Então, quando digo a você que Bloodletter, meu pai, não gerou outro filho macho, isso é um fato.

– Mentira – o macho ofegava. – E você... não pode ter nascido da Mãe da raça. Ninguém nasce dela...

Payne ergueu seus braços brilhantes.

– Sou o que sou. Negar isso é por sua conta.

A cor desapareceu da pele do macho e houve um longo e tenso impasse; enquanto armas tradicionais apontavam em sua direção, ela brilhava com uma fúria sagrada.

E, então, o líder saiu de sua posição de combate, deixou as mãos caírem para os lados e as coxas se endireitaram.

– Não pode ser – engasgou. – Impossível...

Macho tolo, ela pensou.

Erguendo o queixo, ela declarou:

– Sou fruto gerado da união entre Bloodletter e a Virgem Escriba. E lhe digo agora – deu um passo para aproximar-se dele – que matei *meu* pai, *não* o seu.

Levantando a palma da mão, colocou-a para trás e atingiu o rosto dele.

– E não insulte meu sangue.

Quando a fêmea o atingiu, a cabeça de Xcor virou tão rápido e com tanta força que precisou firmar o ombro na tentativa de manter a maldita coisa sobre a coluna. O sangue inundou imediatamente sua boca e cuspiu um pouco antes de se endireitar.

Na verdade, a fêmea diante dele era majestosa em sua fúria e determinação. Quase tão alta quanto ele, olhava diretamente em seus olhos, com as mãos fechadas em punho, estava preparada para usá-las contra ele e seu bando de bastardos.

Aquela não era uma fêmea comum. E não só pela maneira como dissolveu aquelas algemas.

De fato, quando ela o encarou com firmeza, Xcor lembrou-se de seu pai. Tinha a vontade de aço de Bloodletter não apenas em seu rosto, seus olhos ou em seu corpo. Estava em sua alma.

Com efeito, ele tinha a impressão muito clara de que todos eles poderiam atacá-la, ao mesmo tempo, que ela combateria a todos até o último suspiro, até a última batida de seu coração.

Deus era testemunha de que o golpeou como um guerreiro. Nada parecido com a força de uma fêmea.

Mas...

– Ele era meu pai. Ele me disse isso.

– Era um mentiroso – dito isso, ela sequer piscou. Nem abaixou os olhos ou o queixo. – Sou testemunha, observando nas bacias de visão, das incontáveis filhas bastardas que teve. Mas havia apenas um filho e é meu irmão gêmeo.

Xcor não estava preparado para ouvir isso na frente de seus machos.

Olhou para eles. Até mesmo Throe estava armado e na face de cada um deles havia uma raiva impaciente. Um ato seu de assentir com a cabeça e todos iriam atacá-la, mesmo se incinerasse a todos.

– Deixem-nos a sós – ele ordenou.

Não foi surpresa quando Zypher foi o único a argumentar.

– Deixe-nos segurá-la enquanto o senhor...

– *Deixe-nos.*

Houve um momento de imobilidade. Em seguida, Xcor gritou:

– *Deixe-nos!*

Rapidamente, começaram a se mover e desapareceram pela escadaria que dava para a sala escura no andar de cima. Então, a porta foi fechada e passos soaram em suas cabeças à medida que andavam pelo local, como animais enjaulados.

Xcor voltou a se concentrar na fêmea, e, por um bom tempo, apenas olhou para ela.

– Procuro por você há séculos.

– Não estava sobre a Terra. Até agora.

Ela permaneceu inflexível ao confrontá-lo sozinho. Totalmente inflexível. E quando ele examinou seu rosto, pôde sentir uma mudança glacial nos campos gélidos de seu coração.

– Por quê? – ele disse asperamente. – Por quê... o matou?

A fêmea piscou lentamente como se não quisesse mostrar vulnerabilidade e precisasse de um momento para certificar-se de que não expressaria nada com relação a isso.

– Porque ele machucou meu irmão gêmeo. Ele... torturou meu irmão e, por isso, precisou morrer.

Bem, talvez houvesse algo verdadeiro naquela lenda, Xcor pensou.

De fato, assim como a maioria dos soldados, Xcor já havia ouvido falar muitas vezes sobre um boato de Bloodletter ter exigido que seu filho unigênito fosse fixado ao chão, tatuado... e, em seguida, castrado. A lenda dizia que os ferimentos foram parciais... havia rumores de que Vishous havia queimado suas amarras magicamente e, então, escapou pela noite antes de ser cortado por completo.

Xcor olhou as algemas que caíram dos pulsos da fêmea... queimadas. Ao erguer uma das mãos, olhou para a própria carne.

Que nunca havia brilhado.

– Disse-me que nasci de uma fêmea que ele havia visitado em busca de sangue. Disse-me... que ela não me quis por causa do meu... – tocou seu lábio mal formado, deixando a sentença incompleta. – Ele me pegou e... ensinou-me a lutar. A seu lado.

Xcor tinha uma vaga consciência de que sua voz estava rouca, mas não se importou. Sentiu como se estivesse olhando para um espelho e vendo o reflexo de si mesmo, um reflexo que não reconhecia.

– Disse-me que era seu filho... e me criou como seu filho. Depois de sua morte, assumi o lugar dele, como os filhos fazem.

A fêmea o avaliou e, em seguida, balançou a cabeça.

– Digo-lhe que ele mentiu. Olhe nos meus olhos. Veja que falo a verdade que deveria ter ouvido há muito, muito tempo – a voz dela diminuiu para um mero sussurro. – Conheço bem a traição de sangue. Conheço a dor que sente agora. Não é certo este fardo que carrega. Mas não se vingue baseado em uma ficção, eu lhe imploro. Pois serei forçada a matá-lo... e se não for eu, meu irmão irá caçá-lo com a Irmandade e fará com que rogue pela própria morte.

Xcor procurou dentro de si e viu algo que desprezava, mas não podia ignorar: não tinha memória alguma da vadia que o concebera, mas sabia muito bem a história de como ela o rechaçou na sala de parto por causa de sua feiura.

Queria ser reivindicado. E Bloodletter fez isso... a desfiguração física nunca foi importante para o macho. Importava-se apenas com as coisas que Xcor tinha em abundância: velocidade, agilidade, resistência, potência... e uma concentração letal.

Xcor sempre achou que era assim por ter puxado seu pai.

– Ele me deu um nome – ouviu-se dizendo. – Minha mãe me rejeitou. Mas, Bloodletter... Deu-me um nome.

– Sinto muito.

E sabe qual era a coisa mais estranha? Ele acreditava nela. Antes pronta para lutar até a morte, agora parecia estar triste.

Xcor afastou-se dela e andou pelo lugar. Se não era o filho de Bloodletter, então, quem era? Será que ainda deveria liderar seus machos? Será que deveriam segui-lo no campo de batalha outra vez?

– Olho para o futuro e não vejo... nada – murmurou.

– Também sei como é essa sensação.

Ele parou e encarou a fêmea. Ela havia cruzado os braços levemente sobre os seios e não olhava para ele, mas para a parede do outro lado. Em suas feições, via o mesmo vazio que sentia dentro do peito.

Erguendo os ombros, dirigiu-se até ela.

– Não tenho qualquer problema para resolver com você. Suas ações relacionadas a meu... – pausa – a Bloodletter... tiveram motivos válidos.

Na verdade, tinham sido guiados pela mesma lealdade ao sangue e pelo mesmo sentimento de vingança que o incitou a buscar por ela.

Como um guerreiro faria, ela curvou-se até a cintura, aceitando a mudança da situação e, com isso, o ar ficou mais leve entre eles.

– Estou livre para ir?

– Sim... mas ainda é dia. – Quando ela olhou em volta para os beliches e a cama como se estivesse imaginado os machos que a desejavam, ele interrompeu. – Nenhum mal lhe sucederá aqui. Sou o líder deles e...

Bem, havia sido o líder.

– Vamos passar o dia no andar de cima em favor de sua privacidade. Comida e bebida estão sobre a mesa logo ali.

Xcor fez aquelas modestas concessões de provisão e acomodação não por causa de questões ridículas de decoro que giravam em torno de uma Escolhida. Mas aquela fêmea era... algo que respeitava: se alguém era capaz de compreender a importância da vingança contra um insulto à família, esse alguém era ele. E Bloodletter tinha causado danos permanentes ao irmão dela.

– Ao cair da noite – disse ele –, vamos levá-la daqui com os olhos vendados, pois não pode saber onde estamos instalados. Mas será libertada ilesa.

Virando as costas para ela, foi até a única cama que não tinha um andar superior. Sentindo-se um tolo, ainda assim endireitou o cobertor áspero. Não havia travesseiro, então, inclinou-se e pegou algumas de suas camisas lavadas.

– Aqui é onde eu durmo... pode usá-la para seu descanso. E caso tema por sua segurança ou virtude, há uma arma em cada lado no chão. Mas não se preocupe. Chegará ao pôr do sol em segurança.

Ele não fez um voto formal colocando sua honra em jogo, pois, na verdade, já havia feito. E não olhou para trás quando aproximou-se das escadas.

– Qual é seu nome? – ela disse.

– Ainda não sabe, Escolhida?

– Não sei tudo.

– Pois é – colocou a mão sobre o corrimão áspero. – Nem eu. Bom dia, Escolhida.

Ao subir as escadas, sentiu como se tivesse envelhecido séculos desde que carregou o corpo quente e inanimado daquela fêmea até o subsolo.

Ao abrir a pesada porta de madeira, não fazia ideia do que encontraria ali. Após o anúncio de sua condição, seus homens poderiam muito bem decidir ignorá-lo...

Lá estavam todos, em semicírculo, Throe e Zypher assumiam cada ponta do grupo. As armas estavam empunhadas e seus rostos demonstravam algo fúnebre e sombrio.

Fechou a porta e recostou-se contra ela. Não era covarde para fugir deles ou do que havia acontecido lá embaixo e não via nenhum benefício em amenizar o que havia sido revelado com pausas ou palavras cuidadosas.

– A fêmea disse a verdade. Não tenho uma relação sanguínea com aquele que pensava ser meu pai. Então, o que têm a dizer?

Não disseram uma palavra. Não olharam um para o outro. E não houve qualquer hesitação.

Ajoelharam-se todos de uma vez, afundando-se sobre o assoalho e abaixando as cabeças.

Throe falou:

– Estamos sob seu comando.

Com a resposta, Xcor limpou a garganta. E fez isso outra vez. E mais uma vez. No Antigo Idioma, pronunciou:

– *Nenhum líder jamais conheceu maior proteção e tamanha lealdade quanto a que se reúne aqui diante de mim.*

Os olhos de Throe se ergueram.

– Não foi em memória de seu pai que servimos todos esses anos.

Houve um grande brado de concordância... que foi melhor do que qualquer voto dito em linguagem rebuscada. E, em seguida, as adagas foram enterradas sobre o piso de madeira diante dos pés de cada um deles, os punhos que as envolveram com firmeza pertenciam aos soldados que foram e continuavam a ser liderados por ele.

E teria deixado as coisas daquela maneira, mas seus planos em longo prazo exigiam uma revelação e posterior confirmação.

– Tenho um propósito maior do que lutar paralelamente à Irmandade – disse em voz baixa, assim, a fêmea no andar de baixo não poderia ouvir nada. – Minhas ambições são uma sentença de morte se forem descobertas por outras pessoas. Entendem o que estou dizendo?

– O Rei – alguém sussurrou.

– Sim – Xcor olhou para cada um daqueles olhos. – O Rei.

Nenhum deles desviou o olhar ou se levantou. Eram uma unidade sólida de músculos, força e determinação letal.

– Se isso muda alguma coisa para qualquer um de vocês – declarou –, deve ser dito agora e, em seguida, deve-se partir ao cair da noite e nunca mais voltar ou será condenado à morte.

Throe moveu-se ao baixar a cabeça. Mas isso era o mais longe que iria. Não se levantou para ir embora e nenhum outro fez isso também.

– Bom – Xcor disse.

– E quanto à fêmea? – Zypher disse com um sorriso sombrio.

Xcor balançou a cabeça.

– Absolutamente, não. Ela não merece punição.

As sobrancelhas do macho se ergueram.

– Tudo bem. Posso fazer só coisas boas com ela, então.

Oh, pelo amor de Deus, já estava farto do maldito *Lhenihan*.

– Não. Não deve tocá-la. Ela é uma Escolhida. – Isso chamou a atenção deles, mas não iria adiante com as revelações. Já tinha dito o suficiente. – E vamos dormir aqui em cima.

– Que diabos? – Zypher ficou em pé e os outros o acompanharam. – Se diz que ela não pode ser tocada, eu a deixarei em paz, assim como os outros. Por que...

– Porque é isso o que eu decreto.

Para reforçar a determinação, Xcor sentou-se ao pé da porta e apoiou as costas contra os painéis. Confiava em seus soldados no campo de batalha, mas havia uma bela e poderosa fêmea lá embaixo e eles eram filhos da mãe no cio e excitados, todos eles.

Teriam de passar por cima de Xcor para chegar até ela.

Afinal, era um bastardo, mas não totalmente desprovido de um código de conduta, e ela merecia a proteção de que provavelmente não necessitava, pela boa ação que havia feito a ele.

Matar Bloodletter?

Aquilo havia se revelado um favor a Xcor naquele momento, pois significava que não teria de matar o mentiroso filho da mãe.

CAPÍTULO 53

Manny estava atrás do volante do carro, segurava-o com força, olhos fixos na estrada a sua frente, quando fez uma curva fechada... e foi direto à descrição exata do cenário que Vishous havia lhe dito.

Finalmente. Após umas boas três horas dando voltas e voltas quarteirão após quarteirão para encontrar a maldita coisa.

Mas, sim, era o que estava procurando: à luz das dez horas da manhã que sangrava entre os edifícios, uma bagunça oleosa e escorregadia brilhava ao longo do pavimento, nas paredes de tijolos, na lixeira e naquelas janelas envoltas com cercas de arame.

Acionando a embreagem, colocou o carro em ponto morto e pisou no freio.

No instante em que abriu a porta, recuou.

– Mas que inferno...

O mau cheiro era indescritível. Provavelmente porque acertou em cheio seu nariz e bloqueou o cérebro. Horrível.

Mas reconheceu o aroma. O cara com o boné dos *Sox* exalava esse cheiro na noite em que Manny operou os vampiros.

Ao pegar o telefone, ligou para o número supersecreto de Vishous e pressionou a tecla *send*. A linha mal tocou uma vez antes que o irmão gêmeo de Payne atendesse.

– Achei – disse Manny. – É tudo como você me falou... cara, o *cheiro*. Certo. Sim. Entendi. Falo com você depois.

Quando desligou, parte dele consumia-se ao pensar na possibilidade de Payne estar envolvida no que era evidente ter sido um banho de sangue. Mas se conteve enquanto procurava ao redor por alguma coisa, qualquer coisa, que pudesse lhes dizer o que aconteceu...

– Manny?

– Caramba! – quando se virou, agarrou sua cruz... ou talvez fosse seu coração, para que a coisa não saísse pela boca. – Jane?

A forma fantasmagórica de sua ex-chefe de traumatologia solidificou-se diante de seus olhos.

– Oi.

Seu primeiro pensamento foi: meu Deus, o sol... o que demonstrava o quanto sua vida havia mudado.

– Espere! Não tem problemas com a luz do dia...?

– Estou bem – ela estendeu a mão e o acalmou. – Vim para ajudar... V. disse-me onde estava.

Segurou seu ombro por alguns instantes.

– Estou... muito feliz em vê-lo.

Jane deu-lhe um abraço rápido e firme.

– Vamos encontrá-la. Prometo.

Sim, mas em quais condições ela estará?

Trabalhando juntos, os dois vasculharam o beco, esquadrinhando as sombras e as partes iluminadas. Graças a Deus ainda era cedo e aquela era uma parte deserta da cidade, pois não estava no clima de lidar com a complicação de pessoas – especialmente a polícia – aparecendo por ali.

Na próxima meia hora, ele e Jane percorreram cada centímetro quadrado do beco, mas tudo o que acharam foram restos de drogas usadas, lixo e alguns preservativos que Manny não tinha a menor intenção de olhar mais de perto.

– Nada – murmurou. – Nada mesmo.

Certo. Não importava. Continuaria agindo, procurando, esperançoso...

Um ruído estridente chamou sua atenção e o levou à lixeira.

– Tem alguma coisa fazendo barulho por aqui – ele gritou enquanto se ajoelhava. Só que conhecendo a sorte que tinham, não seria nada além de um rato tomando café da manhã.

Jane aproximou-se assim que ele alcançou o latão.

– Acho... acho que é um telefone – ele resmungou quando estendeu-se e vasculhou com a ponta dos dedos, com a esperança de pegar... – Consegui.

Ao se inclinar, descobriu que, sim, era um celular tocando e a coisa vibrava, o que explicava o barulho. Infelizmente, seja lá quem estivesse telefonando, cairia no correio de voz, pois quando pressionou o botão *send* para atender viu que estava bloqueado.

– Cara, está coberto por uma tinta escura. – Limpou a mão na borda do contêiner de lixo... enquanto dizia: – E a coisa está protegida por senha.

– Precisamos levar para V. Ele consegue hackear qualquer coisa.

Manny levantou-se e olhou para ela.

– Não sei se tenho permissão de ir até lá. – Tentou entregar o telefone. – Aqui. Leve. Enquanto isso, tentarei encontrar outros lugares como este.

Porém, honestamente, parece que já tinha percorrido todo o centro.

– Não prefere saber o que acontece em primeira mão?

– Claro que sim, mas...

– E se V. descobrir alguma coisa, não seria melhor você sair outra vez com o equipamento certo?

– Bem, sim, mas...

– Então, nunca ouviu falar em fazer alguma besteira e desculpar-se depois por isso? – Quando ele ergueu uma sobrancelha, ela deu de ombros. – Foi assim que lidei com você no hospital durante anos.

Manny apertou a mão sobre o celular.

– Está falando sério?

– Vou levar-nos de volta ao complexo e, se houver algum problema, darei um jeito nisso. E sugiro parar em sua casa primeiro para pegar tudo o que for necessário para ficar hospedado por um tempo.

Ele balançou a cabeça lentamente.

– Se ela não voltar...

– *Não.* Não vamos pensar assim. – Os olhos de Jane eram mortais ao encará-lo. – Quando ela *voltar* para casa, não importa quanto tempo isso leve, você estará lá. V. disse que deixou seu trabalho... porque Payne contou para ele. Podemos falar disso depois...

– Não há nada a dizer. A diretoria do São Francisco simplesmente pediu que eu saísse.

Jane engoliu em seco.

– Oh, Deus... Manny...

Deus, não pôde acreditar no que saiu de sua boca:

– Não importa, Jane. Contanto que ela volte bem... é tudo o que importa para mim.

Ela fez um gesto com a cabeça em direção ao carro.

– Então, por que ainda estamos conversando?

Ótima pergunta.

Os dois foram para o Porsche, instalaram-se e saíram com Jane ao volante.

Quando ela acelerou o carro em direção ao Commodore, Manny estava transformado por um propósito: tinha estragado tudo com sua mulher uma vez. Mas isso não ia acontecer de novo.

Jane estacionou em frente ao arranha-céu e Manny correu para o saguão, chamou o elevador e subiu até seu apartamento. Movendo-se como um raio, pegou o laptop, seu carregador de celular...

O cofre.

Lançou-se para o armário em seu quarto, colocou a combinação e destravou a pequena porta. Com mãos ágeis e uma mente determinada, tirou sua certidão de nascimento, sete mil dólares, dois relógios de ouro e seu passaporte. Pegando uma mala aleatoriamente, colocou tudo nela, junto com o computador e o carregador. Em seguida, pegou mais duas mochilas que já estavam transbordando de roupas e saiu correndo do apartamento.

Enquanto aguardava o elevador, percebeu que estava mudando sua vida. Para melhor. Se, no final, ficasse com Payne ou não, não voltaria atrás... e não se tratava apenas do endereço físico.

No momento em que deu as chaves para Jane, pela segunda vez, virou uma esquina em sua tempestade de neve metafórica: não fazia ideia do que estava à frente dele, mas não havia como voltar atrás e estava tranquilo com relação a isso.

Na rua, jogou suas coisas no porta-malas e no banco traseiro.

– Vamos lá.

Mais ou menos trinta e cinco minutos depois, Manny estava outra vez no terreno nebuloso da montanha dos vampiros.

Olhando para o celular quase em ruínas na palma da mão, rezou para que aquilo pudesse conectá-lo a Payne e fazê-los ficar juntos outra vez... dando a ele mais uma chance de conseguir o que havia jogado fora...

– Mas que... droga... – Mais à frente, emergindo de uma estranha névoa, uma tremenda quantidade de rocha assomava-se, tão grande quanto o Monte Rushmore*.

– Que... casa enorme.

Mausoléu era outra palavra para ela.

– Os Irmãos levam a segurança muito a sério. – Jane estacionou o carro em frente a um conjunto de escadas digno de uma catedral.

– Ou isso... – ele murmurou. – Ou os parentes de algum deles têm uma pedreira.

Saíram juntos, e antes de pegar as malas, Manny analisou a paisagem. O muro que protegia a propriedade a envolvia em todas as direções, erguendo-se a mais de seis metros do chão e havia câmeras por toda a parte externa, assim como cercas de arame farpado retorcido na parte superior. A mansão em si era enorme, expandia-se em todas as direções e exibia quatro andares. E por falar em fortaleza: todas as janelas estavam cobertas com folhas de metal. E aquelas portas duplas? Seria necessário um tanque de guerra para ultrapassá-las.

Havia carros no pátio, alguns dos quais, em outras circunstâncias, ele teria bastante inveja, e viu outra casa bem menor feita com a mesma pedra do castelo. A fonte central estava seca, mas poderia imaginar os sons tranquilos que produzia quando a água caía.

– Por aqui – Jane disse quando abriu o porta-malas e pegou uma de suas mochilas.

– Eu faço isso. – Pegou a que estava com ela, assim como outras duas. – Primeiro, as damas.

---

* Localizado em Keystone, Dakota do Sul, é nele que estão esculpidos os rostos de quatro presidentes norte-americanos: George Washington, Thomas Jefferson, Theodore Roosevelt e Abraham Lincoln. (N.P.)

Jane ligou para seu macho logo na entrada, assim, Manny teve a clara impressão de que a gente de Payne não o mataria no momento. Mas quem poderia dizer com certeza?

Que bom que não se importava consigo naquele momento.

Na grandiosa entrada, ela tocou a campainha e o bloqueio foi liberado. Ao entrar com ela, viu-se em um vestíbulo sem janelas que o fez pensar em uma prisão... uma prisão muito elegante e, cara, cheia de painéis de madeira esculpidos e um aroma de limão no ar.

Não havia possibilidade de saírem dali a não ser que alguém permitisse.

Jane falou para a câmera:

– Somos nós. Estamos...

O segundo conjunto de portas foi aberto imediatamente e Manny ficou impressionado quando a entrada foi aberta completamente. O saguão colorido e brilhante do outro lado não era nada do que esperava: majestoso e decorado com as matizes de cores do arco-íris, era tudo o que a parte externa fortificada não era. E, bom Deus, parecia que cada tipo imaginável de mármore decorativo e pedras foram usados... e, caramba, havia muito cristal e objetos folheados a ouro.

Então, ele entrou e viu os afrescos no teto três andares acima... e uma escadaria que faria as de *E o vento levou...* parecerem uma escada portátil.

Quando as portas fecharam-se atrás dele, o irmão de Payne surgiu do que parecia ser uma sala de bilhar, com o cara do boné do *Red Sox* a seu lado. Quando o vampiro avançou, estava muito concentrado em colocar um cigarro entre as presas e ajeitar sua roupa de couro preto.

Ao pararem na frente de Manny, os dois o encararam... e teve de se perguntar se aquilo chegaria a um fim antes mesmo de começar... com ele servido como refeição.

Só que, em seguida, o vampiro estendeu uma das mãos.

Claro, o celular.

Manny largou as malas e tirou o aparelho do bolso do casaco.

– Aqui... este é...

O cara aceitou o que foi oferecido, mas não olhou para a coisa. Apenas trocou de mão e estendeu a direita outra vez.

O gesto era tão simples, mas significava algo tão profundo.

Manny agarrou a mão dele e nenhum deles disse nada. Não havia razão para isso, pois a mensagem estava clara: respeito oferecido e aceito de ambos os lados.

Quando soltaram as mãos, Manny disse:

– O telefone?

Para o vampiro, descobrir tudo sobre a coisa era jogo rápido.

– Deus... você é rápido – Manny murmurou.

– Não. Esse foi o aparelho que dei a ela. Estava ligando de hora em hora. O GPS foi retirado... caso contrário, eu teria lhe dado o endereço exato de onde o encontrou.

– Droga. – Manny esfregou o rosto. – Não havia mais nada ali. Jane e eu vasculhamos o beco... e dirigi pelo centro durante horas. E agora?

– Esperamos. É tudo o que podemos fazer enquanto a luz do dia estiver lá fora. Mas, assim que escurecer, a Irmandade sairá daqui com um sentimento de vingança. Vamos encontrá-la, não se preocupe...

– Vou também – disse. – Só para que fique bem claro.

Quando o irmão gêmeo de Payne começou a fazer um gesto com a mão, Manny interrompeu qualquer protesto de "seja razoável".

– Desculpe. Pode ser sua irmã lá fora... mas ela é minha mulher. E isso significa que faço parte disso.

Com isso, o cara do boné de *baseball* tirou o acessório e alisou o cabelo.

– Mas que droga...

Manny congelou, o resto do que o cara disse não foi registrado.

Aquele rosto... aquele maldito rosto.

Aquele... *maldito*... rosto.

Manny enganou-se sobre onde havia visto o cara.

– O que foi? – o cara disse, olhando para si mesmo.

Manny tinha a vaga consciência de que o irmão de Payne franziu a testa e de que Jane olhava para ele preocupada. Mas seu foco era no outro homem. Examinou aqueles olhos cor de avelã, aquela boca e aquele queixo, tentando encontrar alguma coisa que não encaixasse, algo fora do lugar... algo que discordasse da lógica que ele sustentava.

A única coisa que parecia um pouco fora do lugar era o nariz... mas só porque tinha sido quebrado pelo menos uma vez.

A verdade estava nos ossos.

E a conexão não estava no hospital ou sequer na Catedral de São Patrício... pois, pensando melhor, tinha visto mesmo o homem, o macho... vampiro, que seja... na igreja antes.

– Que porcaria é essa? – Butch murmurou, olhando para Vishous.

Para explicar-se melhor, Manny inclinou-se e vasculhou as malas. Enquanto procurava pelo que havia trazido sem intenção, soube, sem dúvida, que encontraria. O destino havia alinhando os dominós com perfeição demais para que aquele momento não acontecesse.

E, sim, lá estava.

Quando Manny se endireitou, suas mãos tremiam tanto que o suporte da moldura da imagem bateu contra a parte traseira.

Já que sua voz havia sumido, tudo o que conseguiu fazer foi virar o vidro e mostrar aos três a fotografia em preto e branco.

Que era uma imagem vívida do macho chamado Butch.

– Esse é meu pai – Manny disse asperamente.

A expressão do cara passou de *sim, tanto faz* para um choque pálido e suas mãos começaram a tremer ao estender uma delas para pegar a antiga imagem com cuidado.

Não se incomodou em negar nada. Não poderia.

O irmão de Payne exalou uma nuvem de fumaça de aroma delicioso.

– Maldição.

Bom, aquilo resumia tudo muito bem.

Manny olhou para Jane e, em seguida, para o homem que poderia ser seu meio-irmão.

– Você o reconhece?

Quando o cara afirmou lentamente com a cabeça, Manny olhou para o irmão gêmeo de Payne.

– Os humanos e vampiros podem...

– Sim.

Ao encarar outra vez a face que não deveria ser tão familiar, pensou "Droga, como isso foi acontecer?"

– Então, você é...

– Um mestiço? – o cara disse. – Sim. Minha mãe era humana.

– Filho da mãe – Manny sussurrou.

CAPÍTULO 54

Quando Butch pegou a imagem do homem que era inegavelmente idêntico a ele, pensou, de uma maneira bem estranha, nas placas de advertência das rodovias.

Aquelas onde se lia PISTA ESCORREGADIA... ou ÁREA COM DESMORONAMENTO... ou as placas temporárias de DEVAGAR, HOMENS TRABALHANDO encontradas antes de áreas em construção ou reforma. Pensou até mesmo naquelas com a silhueta de um cervo saltando ou com grandes setas pretas apontando para a esquerda ou para a direita.

Naquele momento, parado ali no saguão, teria agradecido muito alguma advertência prévia de que sua vida estaria prestes a sair dos trilhos.

Por outro lado, colisões eram colisões e não poderiam ser planejadas.

Erguendo os olhos da fotografia, olhou para os olhos do humano cirurgião. Eram de um castanho profundo, uma bela cor à moda antiga. Mas o formato deles... Deus, por que não viu a semelhança com os seus antes?

– Tem certeza? – ouviu-se dizendo. – Este é seu pai?

Só que sabia a resposta antes mesmo do cara assentir.

– Quem... Como... – Sim, que grande jornalista seria, hum? – O que...

Muito bem. Agora era só acrescentar um *quando* e um *onde* que poderia substituir um grande apresentador de notícias da TV.

No entanto, a questão era que depois de ter se acasalado com Marissa e passado pela transição, finalmente tinha encontrado paz com quem era e com o que fazia de sua vida. No mundo humano, por outro lado, foi um estranho para todos, andando ao lado deles, mas nunca interagindo de verdade com sua mãe, irmãs e irmãos.

E seu pai, claro.

Ou ao menos quem as pessoas diziam que era seu pai.

Acreditava que com aquele verdadeiro lar e sua companheira, tinha concluído a assimilação, alcançado uma reconciliação pacífica com tudo o que tinha sido tão doloroso.

E não é que aquela porcaria toda veio à tona outra vez?

O humano falou gravemente:

– Seu nome era Robert Bluff. Era cirurgião no hospital Columbia Press em Nova York quando minha mãe trabalhava lá como enfermeira...

– Minha mãe era enfermeira – a boca de Butch ficou seca. – Mas não nesse hospital.

– Ele atuou em vários lugares... até... até mesmo em Boston.

Houve um grande silêncio durante o qual Butch testou as águas frias e confusas de uma possível infidelidade de sua mãe.

– Todos aqui precisam de uma bebida, não? – disse V.

– Lag...

– Lagavulin...

Butch e o cirurgião ficaram em silêncio quando V. revirou os olhos.

– Por que isso não me surpreende?

Enquanto o Irmão dirigia-se ao bar na sala de bilhar, Manello disse:

– Eu nunca o conheci de verdade. Acho que o vi... uma vez? Para ser sincero, não consigo me lembrar.

V. atuou como uma comissária de bordo e voltou com a bebida.

Quando Butch tomou um bom gole do que havia no copo, Manello fez o mesmo e, em seguida, balançou a cabeça...

– Sabe? Nunca gostei desse até depois de...

– Do quê?

– Rapazes, vocês estão começando a me enlouquecer. Você costumava gostar do uísque Jack. Porém, ano passado... tudo mudou.

Butch assentiu mesmo não tendo acompanhado o comentário. Cara, simplesmente não conseguia parar de olhar para a fotografia e, depois de um tempo, foi estranho, mas aquilo tudo era um alívio.

A análise de seus antepassados havia provado que descendia de Wrath, mas nunca soube com certeza ou se importou em saber exatamente como. E lá estava. Na frente dele.

Caramba, era como se tivesse uma doença o tempo todo e alguém finalmente a nomeasse: você sofre da síndrome de Tenho Outro Pai. Ou seria Bastardonice?

Tudo aquilo fazia sentido. Sempre achou que seu pai o odiava e talvez esse fosse o motivo por trás de tudo. Apesar de ser quase impossível imaginar sua mãe piedosa e puritana ou mesmo flertando com alguém. Aquela noite contava a história de ao menos uma noite com outra pessoa.

Seu primeiro pensamento foi de que precisava encontrar sua mãe e pedir detalhes... bem, alguns detalhes.

Mas, como faria isso? Afastou-se da realidade há muito tempo por causa da demência e estava tão distante que mal o reconhecia... O que era a única razão pela qual ele não a visitava mais. E não poderia perguntar a seus irmãos e irmãs. Eles o apagaram de suas vidas quando desapareceu, mas o ponto principal é que deviam saber tanto quanto ele.

– Ele ainda está vivo? – Butch perguntou.

– Não tenho certeza. Acreditava que estava enterrado no Cemitério Bosque dos Pinheiros. Mas agora? Quem pode saber?

Depois de um momento de silêncio, V. disse:

– Posso descobrir. – Manny e Butch olharam para o Irmão. – É só dizer alguma coisa e vou encontrá-lo... estando no mundo vampiro ou no humano.

– Encontrar quem?

A voz profunda vinha do alto da escada e todos olharam para cima quando as palavras ecoaram por todo o saguão. Wrath estava parado no patamar do segundo andar com George a seu lado e o humor do Rei era fácil de adivinhar, mesmo com os olhos ocultos atrás dos óculos escuros: havia algo mortal em sua mente.

Porém, era difícil saber se era por causa do humano no saguão ou não, pois Deus era testemunha de que havia milhares de coisas com as quais o cara tinha de lidar naquele momento.

Vishous falou... o que foi bom. Butch havia perdido a voz e era evidente que Manello também.

– Parece que esse bom cirurgião pode ser um parente seu, meu senhor.

Quando Manello recuou, Butch pensou: *Santo Deus.*

Aquilo lançou um pouco mais de lenha ao fogo.

Manny esfregou a testa quando o enorme vampiro de longos cabelos negros desceu as escadas, um cachorro dourado parecia liderar o caminho. Pelo jeito o filho da mãe era o dono do lugar e, considerando a droga toda relacionada ao "meu senhor", era realmente isso.

– Será que ouvi direito, V.? – o macho perguntou.

– Sim. Ouviu.

Eeeeeeeeee aquilo levantava outra questão... pois Manny se perguntava se estava com algum problema nos ouvidos também.

– Esse é nosso Rei – Vishous anunciou. – Wrath, filho de Wrath. Este é Manello. Doutor Manny Manello. Acho que os dois não foram apresentados formalmente antes.

– É o macho de Payne.

Não houve hesitação sobre isso. Nenhuma hesitação em sua resposta.

– Sim. Sou eu.

O rugido baixo que saiu de uma boca cruel era parte riso, parte maldição.

– E como acha que somos parentes?

V. limpou a garganta e respondeu:

– Há uma semelhança impressionante entre o pai de Manny e Butch. Quero dizer... droga, é como olhar a foto de meu amigo.

As sobrancelhas escuras desapareceram por trás dos óculos escuros. Então, a expressão aliviou.

– É desnecessário dizer, mas não posso fazer tal ligação.

Ah, então ele era cego. Isso explicava o cachorro.

– Podemos fazer uma regressão de ancestrais com ele – Vishous sugeriu.

– Sim – Butch disse. – Vamos fazer...

– Espere um minuto, isso não pode matá-lo? – Jane interveio.

– Espere – Manny fez um movimento de cautela com as mãos. – Esperem um maldito minuto. Regressão de quê?

Vishous exalou a fumaça.

– É um processo no qual entro em você e vejo o quanto de nosso sangue há em suas veias.

– Mas isso poderia me matar? – Droga, o fato de que Jane balançava tanto a cabeça não inspirava confiança alguma.

– É a única maneira de se ter certeza. Se você é um mestiço, não podemos ir ao laboratório e dar uma olhada em seu sangue. Mestiços são diferentes.

Manny olhou em volta, para todos eles: o Rei, Vishous, Jane... e o cara que poderia ser seu meio-irmão. Cristo, talvez fosse por isso que se sentia tão diferente com relação a Payne... Desde o segundo em que a viu, foi como se... uma parte dele tivesse despertado.

Talvez aquilo explicasse também a alta temperatura de seu sangue, e depois de uma vida inteira questionando-se sobre seu pai e suas raízes, pensou... poderia ter encontrado a verdade agora.

Só que quando olharam de volta para ele, lembrou-se de ir até o hospital na semana anterior pensando ser manhã, mas descobriu que era noite. E depois aquela coisa toda com Payne e a mudança em seu corpo veio-lhe à mente.

– Sabem de uma coisa? – disse. – Estou bem assim.

Jane assentiu como se concordasse com ele. Com isso, teve certeza de que estava no caminho certo.

Além disso, estavam se distraindo do verdadeiro problema.

– Payne voltará para casa de uma forma ou de outra – ele disse. – E não vou arriscar minha vida antes de vê-la outra vez... mesmo se isso significar a diferença entre pertencer ao mundo de vocês ou não. Sei quem é meu pai... e estou olhando para o reflexo dele na minha frente neste momento. Isso é tudo o que eu preciso saber... a não ser que Payne pense diferente.

Deus... sua mãe, pensou abruptamente... Será que ela sabia?

Quando Vishous cruzou os braços sobre o peito, Manny preparou-se para discutir.

– Gosto de você idiota – o cara disse em vez de contrariá-lo. – Gosto mesmo.

Se considerasse o que o desgraçado havia feito há não muito tempo, aquilo era surpreendente. Mas não se abalou.

– Certo, então, concordamos nisso. Se minha mulher quiser... eu faço. Mas, caso contrário, estou bem com quem eu sou.

– É justo – Wrath pronunciou.

Naquele momento, não houve nada além de silêncio. Porém, o que havia para ser dito? A realidade sobre onde Payne estava... ou não estava... pairava sobre todos.

Manny nunca se sentiu tão impotente em toda sua vida.

– Com licença – seu meio-irmão disse. – Preciso de outra bebida.

Quando Butch saiu e entrou na outra sala, Manny observou-o desaparecer pelo arco bem ornamentado.

– Sabe, serei o próximo com a bebida.

– Minha casa é sua casa – o Rei disse sombriamente. – O bar é por ali.

Lutando contra um estranho impulso de fazer uma reverência, Manny apenas assentiu.

– Obrigado, cara – Quando o Rei estendeu uma das mãos fechadas, ele o cumprimentou ao golpear os nós de seus dedos e acenou com a cabeça para Jane e seu marido.

A sala em que entrou era como a melhor sala de espera de grandes centros hípicos que já havia visto. Cara, tinham até uma máquina de pipoca.

– Mais Lag? – o cara murmurou do outro lado.

Manny virou-se e viu-se observando um superbar.

– Sim. Por favor.

Trouxe um copo até o cara e o entregou. Quando o som da bebida ecoou tão alto quanto um grito, vagou até um sistema de som que provavelmente poderia ser usado em um grande show a céu aberto.

Ao ligar o som, ouviu... um rap de gângster.

Mudando rápido as estações do rádio de alta definição, procurou por uma que tocasse metal. Quando *Dead Memories*, do Slipknot, começou a tocar, respirou fundo.

O anoitecer. Esperava apenas o anoitecer.

– Aqui – o tira disse, entregando a bebida. Com uma careta, acenou para um dos alto-falantes. – Você gosta dessa porcaria?

– Sim.

– Bem, não nos parecemos nisso.

O irmão gêmeo de Payne colocou a cabeça para dentro da sala.

– Que diabos é esse *barulho*? – Como se alguém estivesse falando em alguma língua estranha. Ou talvez tivesse colocado Justin Bieber para tocar.

Manny apenas balançou a cabeça.

– É música.

– Só se for para você.

Manny revirou os olhos e voltou para um lugar muito escuro e perigoso em sua mente. A realidade de que não podia fazer nada por sua mulher naquele momento o fez desejar machucar alguém. E o fato de que, aparentemente, havia um vampiro dentro dele era exatamente o tipo de revelação que não precisava ter em um dia como aquele.

Deus, sentia como se estivesse morto.

– Alguém quer jogar bilhar? – disse entorpecido.

– Claro que sim.

– Com certeza.

Jane entrou na sala e deu-lhe um rápido abraço.

– Pode contar comigo.

Parece que não era o único desesperado por uma distração.

CAPÍTULO 55

Quando Payne sentou-se em algo acolchoado com as mãos no colo, imaginou que estivesse em um carro, pois a sensação de uma sutil vibração era similar ao que sentiu quando viajou ao lado de Manuel em seu Porsche. Contudo, não conseguia confirmar isso visualmente, porque assim como o soldado de Bloodletter havia prometido, estava de olhos vendados. Porém, ao lado dela, sentia o cheiro do macho que liderava os outros. Como ele permanecia imóvel em seu lugar, outra pessoa estava dirigindo o veículo.

Nada havia acontecido a ela entre as horas seguintes ao confronto e aquele passeio de carro: passou o dia sentada na cama do líder, joelhos recolhidos contra o peito, as duas armas próximas a ela sobre o cobertor áspero. Contudo, ninguém a incomodou, então, depois de um tempo, parou de prestar atenção em cada ruído que vinha do andar de cima e relaxou um pouco.

Pensamentos sobre Manuel logo ocuparam a maior parte de sua atenção e começou a passar e repassar cenas do breve tempo quando estiveram juntos até seu coração doer de agonia. Porém, sem se dar conta, o líder desceu e perguntou se ela gostaria de algo para comer antes de partirem.

Não, ela não queria comer.

Depois disso, ele a vendou com um tecido branco e imaculado... tão limpo e adorável que Payne perguntou-se onde ele havia conseguido. Então, pegou seu cotovelo com firmeza e a guiou lentamente ao subir as escadas onde a havia carregado em direção contrária antes.

Foi difícil saber quanto tempo passaram no carro. Vinte minutos? Talvez meia hora?

– Aqui – o líder disse em dado momento.

A seu comando, quem quer que fosse, diminuiu a velocidade, parou em seguida e uma das portas foi destrancada. Quando o ar fresco e frio invadiu o interior do carro, seu cotovelo foi tomado mais uma vez e a equilibraram quando saiu. A porta fechou-se e houve um estrondo... como se um punho tivesse golpeado uma parte do veículo.

Os pneus lançaram terra sobre seu manto. E, então, ficou sozinha com o líder.

Apesar de estar em silêncio, pôde senti-lo movimentando-se atrás dela e o tecido sobre seus olhos foi solto. Quando caiu, ela ficou ofegante.

– Pensei que se fosse ser libertada, deveria ser diante de uma vista digna de seus olhos pálidos.

Toda a cidade de Caldwell foi revelada sob eles, as luzes cintilantes e o fluxo do tráfego foram um acontecimento glorioso para sua visão. Na verdade, estavam sobre os ombros de uma pequena montanha, com a cidade esparramando-se a seus pés às margens do rio.

– Isso é lindo – ela sussurrou, olhando para o soldado.

Quando se distanciou, ficou longe o bastante para se retirar, sua desfiguração ficou oculta nas sombras. Então, voltou-se para ela.

– Cuide-se bem, Escolhida.

– Você também... Ainda não sei seu nome.

– É verdade – ofereceu-lhe uma meia-reverência. – Boa noite.

Com isso, ele partiu, desmaterializando-se para longe dela.

Depois de um momento, voltou-se para a vista e perguntou-se onde poderia estar Manuel naquela cidade. Seria no emaranhado dos altos edifícios, passando pela ponte, seria... ali?

Sim, ali.

Erguendo uma das mãos, desenhou um círculo invisível em torno da construção alta e esguia de vidro e aço onde tinha certeza que Manny morava.

Quando seu peito doeu e ela ficou sem ar, permaneceu ali mais um pouco e, em seguida, dispersou-se a nordeste, em direção ao complexo da Irmandade. Não havia qualquer entusiasmo na viagem, apenas um sentimento de obrigação em informar seu irmão gêmeo de que estava viva e bem.

Ao assumir forma nos degraus de pedra da grande mansão, aproximou-se das portas duplas com um estranho temor. Sentia-se grata por estar de volta àquela casa que, de alguma forma, era seu lar, mas a ausência de seu macho a esvaziava de qualquer alegria que deveria sentir com os reencontros.

Depois de tocar a campainha, a primeira porta de entrada imediatamente se abriu e pôde se esquivar da noite fria.

O segundo conjunto de portas foi aberto ainda mais rápido pelo mordomo sorridente.

– Madame! – ele gritou.

Quando entrou no saguão que a encantou no momento em que o viu pela primeira vez dias atrás, teve uma leve impressão de que seu irmão saltou surpreso sob o arco da sala de bilhar.

Porém, tudo o que teve dele foi essa breve visão.

Algo forte atingiu Vishous com tanta intensidade que ele quase flutuou, sua mão soltou o copo que segurava e a bebida nele foi pulverizada no ar.

Manuel saiu correndo pelo saguão, o corpo surgia diante dela, a expressão em seu rosto era de descrença, terror e alívio ao mesmo tempo.

Só que não fazia sentido ele estar correndo em sua direção, não fazia sentido que ele estivesse ali na...

Tomou-a em seus braços antes que pudesse finalizar o pensamento e, oh céus, seu aroma era o mesmo, aquelas especiarias escuras que eram tão singulares, tão próprias de Manuel, inundavam seus sentidos. E, com isso, seus ombros mostraram-se tão largos quanto se lembrava, a cintura era estreita e seu abraço ainda era maravilhoso.

O forte corpo dele tremia enquanto a envolvia com força por um momento e, em seguida, ele recuou como se tivesse medo de machucá-la. Seus olhos estavam frenéticos.

– Você está bem? O que posso fazer por você? Precisa de um médico? Está machucada...? Estou fazendo muitas perguntas... Desculpe. Deus... o que aconteceu? Onde estava. Droga, tenho que parar...

Talvez aquelas não fossem as palavras floridas que toda fêmea gostaria de ouvir em um encontro romântico, mas, para ela, significavam tudo no mundo.

– Por que você está aqui? – ela sussurrou, colocando as mãos sobre o rosto dele.

– Porque eu amo você.

De muitas maneiras, aquilo não explicava nada... e disse-lhe tudo o que precisava saber.

De repente, colocou as mãos atrás das costas.

– Mas e quanto ao que fiz com seu corpo...?

– Não me importo. Vamos dar um jeito nisso... descobrir algo... mas eu estava errado sobre nós. Fui um maricas... um covarde, estava errado e sinto muito. Droga. – Ele balançou a cabeça. – Preciso parar de falar assim. Oh, Deus, seu manto...

Ela olhou para baixou e viu o sangue negro dos assassinos que matou, bem como a mancha vermelha que representava o seu.

– Estou inteira e bem – ela disse claramente. – E amo você...

Interrompendo-a, ele beijou-a na boca solenemente.

– Diga isso outra vez. Por favor.

– Amo você.

Quando ele gemeu e passou os braços ao redor dela, Payne sentiu em seu coração um grande fluxo de calor e gratidão e deixou as emoções carregá-la contra ele. E enquanto se abraçavam, olhou sobre o ombro de seu macho. Seu irmão estava em pé com sua *shellan* a seu lado.

Ao encontrar os olhos de seu irmão gêmeo, leu todas as perguntas e medos em seu olhar.

– Estou ferida – disse para seu macho e seu irmão.

– O que aconteceu? – Manuel perguntou contra seus cabelos. – Encontrei seu celular esmagado.

– Estava procurando por mim?

– Claro que sim – recuou. – Seu irmão me ligou de madrugada.

De repente, viu-se rodeada por pessoas, como se algum gongo tivesse soado e chamado todos os machos e fêmeas da casa até o saguão. Sem dúvida, a comoção de sua chegada os atraiu e estavam afastados por respeito. Ficou claro que sua chegada tranquilizou mais do que apenas duas mentes, e aquilo fez com que se sentisse parte daquela família.

– Estava às margens do rio – disse em voz alta para que todos pudessem ouvi-la – quando senti o cheiro do inimigo. Atraída em direção a eles, percorri os becos e encontrei dois *redutores*. – Sentiu Manuel enrijecer-se e viu que seu irmão fazia o mesmo. – Pareceu-me importante lutar...

Nesse ponto, ela hesitou. Só que o Rei assentiu com a cabeça. E uma mulher forte de cabelos curtos fez o mesmo... como se também lutasse na guerra e soubesse a necessidade e a satisfação que havia nisso. Porém, ficou claro que os Irmãos não se sentiram à vontade.

Ela continuou:

– Um grupo de machos aproximou-se atrás de mim... fortes, bem armados, na verdade, um esquadrão de soldados. O líder era muito alto, com olhos e cabelos escuros e... – ela colocou uma das mãos sobre a boca – tinha um defeito no lábio superior.

Nesse momento, maldições começaram a ser proferidas... e quando isso aconteceu, desejou ter utilizado mais as bacias de visão do Outro Lado antes de ter partido. Estava claro que o macho que descreveu não era um desconhecido para eles e não foi bem recebido durante a narrativa.

– Ele me aprisionou... – Não houve apenas um, mas dois rugidos ao dizer isso: vindos de seu irmão e de Manuel. E ao tranquilizar o macho que permanecia tão perto dela, olhou para seu irmão. – Houve um mal-entendido e ele achou que eu havia cometido um atentado contra sua linhagem. Ele acreditava ser o filho de Bloodletter... e testemunhou a noite em que levei a morte até seu pai. De fato, procurava por mim para vingar-se há séculos.

Nesse ponto, conteve-se, percebendo que tinha acabado de admitir o parricídio. Porém, ninguém pareceu incomodado... O que lhe disse com clareza não apenas sobre o caráter dos machos e fêmeas que ali estavam como também sobre o desgraçado que havia sido seu pai.

– Esclareci ao soldado que estava cometendo um engano. – Ela não mencionou o fato de que ele a golpeou de lado e ficou contente de que o hematoma em seu rosto havia desaparecido. De alguma forma, acreditava que ninguém precisava saber disso. – E ele acreditou em mim. Não me machucou... de fato, protegeu-me de seus machos, oferecendo-me sua cama...

Manuel exibiu os dentes como se tivesse presas... e aquilo a excitou.

– Sozinha, eu dormi sozinha. Manteve todos os subordinados no andar de cima. – Sentiu que acalmava Manuel outra vez... ao menos até perceber que estava totalmente excitado, como faria um macho cuja intenção seria marcar sua fêmea.

E aquilo era muito erótico.

– Ah... ele me vendou e levou-me até um local onde havia uma vista panorâmica da cidade. Então, deixou-me ir. Isso foi tudo.

Wrath falou:

– Ele a levou contra sua vontade.

– Ele acreditava ter uma causa. Pensou que eu havia matado seu pai. E assim que soube disso, dispôs-se a me libertar, mas era dia, então, eu não poderia ir a lugar algum. Teria ligado, mas meu telefone foi perdido e não parecia que ele tivesse algum disponível, também não vi nada. Na verdade, eles vivem à moda antiga, de maneira comunitária e modesta, em uma sala subterrânea iluminada por velas.

– Tem ideia de onde eles ficam? – perguntou seu irmão gêmeo.

– Não. Estava inconsciente quando... – Ao soar um rugido de alarme em muitas gargantas, ela balançou a cabeça. – Fui baleada por um *redutor*...

– Mas que droga...

– Você foi o quê?!

– Uma arma...

– Baleada com uma...

– ... ferida?!

Humm. Parece que aquilo não ajudou.

Quando os Irmãos começaram a falar todos ao mesmo tempo, Manuel pegou-a no colo e a manteve erguida, seu rosto era a máscara de uma fúria profunda.

– É isso. Já chega por enquanto. Vou fazer um exame em você. – Olhou para o irmão dela. – Onde posso levá-la?

– Subindo as escadas. Vire à direita. Três portas depois há um quarto de hóspedes. Vou pedir que entreguem comida e fale comigo se precisar de suprimentos médicos.

– Entendido.

Com isso, o macho de Payne chegou à escadaria com ela em seus braços.

Foi bom ele ter finalizado sua história: levando em conta o queixo de Manuel, ela não iria falar mais nada sobre seu sofrimento por algum tempo.

A menos que ela quisesse vê-lo totalmente furioso.

De fato, ao observá-lo ali, parecia que aquele soldado tinha algo com que se preocupar se um dia seus caminhos se cruzassem.

– Estou tão feliz por vê-lo – disse ela. – Você era tudo o que eu pensava quando estava...

Ele fechou brevemente os olhos como se estivesse com dor.

– Eles não a machucaram?

– Não. – E foi então que percebeu o quanto Manuel estava preocupado.

Colocando uma das mãos sobre seu rosto, ela disse.

– Ele não me tocou. Nenhum deles.

O estremecimento que percorreu o corpo que a carregava foi tão forte, que ele quase tropeçou. Mas seu macho recuperou-se logo... e continuou andando.

Quando Vishous assistiu o humano levar sua irmã ao longo da grande escadaria, percebeu que estava testemunhando o futuro desenrolar-se bem diante de seus olhos. O casal estava tentando fazer a coisa funcionar e aquele cirurgião com um gosto musical muito questionável faria parte da vida dela... e da vida de V... para sempre.

De repente, sua mente voltou doze meses, o botão de retroceder parou de ser pressionado quando chegou ao ponto da narrativa em que tinha ido ao escritório do cirurgião para apagar as memórias do cara sobre si mesmo durante o tempo que passou no São Francisco.

Irmão.

Havia ouvido a palavra *irmão* em sua cabeça.

Naquela época, não fazia a menor ideia do que aquela palavra significava... pois, ora, como poderia?

E, ainda assim, lá estava, a realidade mais uma vez fazia jus a suas visões. Porém, para ser mais exato, a palavra deveria ser *cunhado*.

Só que, nesse momento, olhou para Butch. Parecia que seu melhor amigo também estava olhando para cima em direção ao cara.

Droga, pensou que *irmão* encaixava-se muito bem. O que era bom. Manello era o tipo de cara com quem ninguém se incomodaria de ser aparentado.

Como se o Rei lesse sua mente, Wrath anunciou:

– O cirurgião pode ficar. O quanto quiser. E pode entrar em contato com qualquer família humana que tiver... se desejar. Como um parente meu, é bem-vindo em minha casa sem restrições.

Houve um burburinho de consentimento: como sempre, quando se tratava da Irmandade, segredos nunca mantinham-se guardados por muito tempo; então, todos já sabiam sobre a conexão Manello/Butch/Wrath. Inferno, todos olharam aquela fotografia. Especialmente V.

Contudo, V. havia feito um pouco mais do que isso. O nome "Robert Bluff" era apenas um escudo... óbvio. E o macho tinha de ser um mestiço, caso contrário, não haveria como trabalhar em qualquer hospital durante a luz do dia. A questão era se ele sabia e o quanto sabia sobre seu lado vampiro... e se ainda estava vivo.

Quando Jane colocou uma das mãos sobre o peito de Vishous, passou os braços ao redor dela com mais firmeza ainda. E, então, olhou para Wrath.

– Xcor, não?

– Sim – o Rei disse. – O sinal é evidente. E essa não foi a última vez que ouviremos falar dele. É só o começo.

Com certeza, V. pensou. A chegada do bando de bastardos não era uma boa notícia para ninguém... especialmente para Wrath.

– Cavalheiros – o Rei disse em voz alta – e damas, a Primeira Refeição está esfriando.

Essa foi a deixa para que todos voltassem para a sala de jantar e realmente comessem o que havia sido ignorado até agora.

Com Payne em segurança e em casa, os apetites estavam livres para andar à solta outra vez... Porém, Deus era testemunha de que se esforçaria para *não* pensar sobre o que o cirurgião e sua irmã estavam prestes a fazer.

Quando V. gemeu, Jane apertou o braço em volta da cintura dele.

– Está tudo bem?

Olhou para sua *shellan*.

– Acho que minha irmã não tem idade suficiente para fazer sexo.

– V., ela tem a mesma idade que você.

Ele franziu a testa por um momento. Ela tinha? Ou será que ele havia nascido primeiro?

Sim, só havia um lugar aonde ir para se obter a resposta.

Cara, sequer pensou em sua mãe durante tudo isso. E agora que a ideia lhe sobreveio... não tinha qualquer desejo ou interesse de ir até lá e anunciar que Payne estava *ótima*, dane-se aquilo tudo.

Não. A Virgem Escriba desejava ser atualizada sobre o que suas "crianças" estavam fazendo? Poderia visualizar isso naqueles *lixos* que eram as bacias de visão que ela gostava tanto.

Beijou sua *shellan*.

– Não ligo para o que o calendário diz ou qual é a ordem de nascimento. É minha irmãzinha e nunca ficará velha o suficiente para... "oh, sim".

Jane riu e reposicionou-se debaixo do braço dele.

– Você é um macho muito doce.

– Imagina.

– É sim.

Levando-a para sala de jantar e até a mesa, ele puxou a cadeira para ela como um cavalheiro e sentou-se a sua esquerda, assim, Jane ficou ao lado da mão da adaga.

Quando as conversas se espalharam no ar, as pessoas encheram seus pratos e sua Jane riu de algo que Rhage havia dito; Vishous olhou para frente e viu Butch e Marissa sorrindo um para o outro, de mãos dadas.

Quer saber?, ele pensou... a vida estava boa demais naquele momento.

Estava mesmo.

CAPÍTULO 56

No andar de cima, Manny chutou a porta atrás dele e de sua mulher e, então, deitou-a sobre uma cama do tamanho de um campo de futebol.

Não havia razão para trancar a porta. Apenas um idiota os incomodaria.

O brilho das janelas agora abertas oferecia luz suficiente para enxergar e, cara, adorou o que estava diante de seus olhos: sua mulher, sã e salva, deitada em... bem, certo, aquela não era a cama deles, mas ele daria um jeito nisso antes de amanhecer.

Quando sentou-se ao lado dela, tentou esconder discretamente a grande ereção que sentia desde que a viu entrar por aquela porta. E apesar de terem muitas coisas para conversar, tudo o que conseguia fazer era olhar para ela. Até o médico nele vir à tona.

– Está ferida?

Suas mãos adoráveis desceram ao longo do manto e quanto mais a barra da vestimenta subia, mais as pálpebras de Payne se fechavam.

– Acho que verá que já estou curada. Foi apenas um arranhão... bem aqui.

Ele engoliu em seco. Caramba... sim, ela estava bem. A pele de sua coxa estava tão macia quanto seda.

– Porém, talvez queira me examinar mais de perto – ela disse arrastando as palavras.

Os lábios dele se abriram quando os pulmões ficaram tensos.

– Tem certeza de que está bem... e que eles... não a machucaram?

Ele nunca superaria se acaso aquilo acontecesse.

Payne sentou-se e encontrou os olhos dele.

– Aquilo que sempre o pertenceu continua intacto para que o possua.

Fechou os olhos brevemente. Não queria que ela tivesse a impressão errada.

– Não me importaria se você não fosse mais... quero dizer, não é uma questão de propriedade... – Céus, parecia que não conseguia conversar aquela noite. – Só não suportaria se tivessem machucado você.

O sorriso dela fez com que se sentisse grato pelo colchão onde estava sentado. Pois se estivesse em pé, ela o teria nocauteado.

– Sinto muito por ontem à noite – disse ele. – Cometi um erro...

Payne colocou a mão sobre a boca dele.

– Estamos aqui agora. Isso é tudo o que importa.

– Tenho algo que preciso lhe dizer.

– Vai me deixar?

– Nunca.

– Ótimo. Então, vamos ficar juntos primeiro e depois conversamos. – Inclinando-se ainda mais, substituiu os dedos pela boca, beijando-o longa e profundamente. – Hummm... sim, muito melhor que falar, eu acho.

– Tem certeza que deseja... – isso foi o mais longe que Manny chegou antes da língua dela roubar seus pensamentos.

Gemendo, ergueu-se sobre a cama e colocou-se sobre ela. Em seguida, ao encontrar seus olhos, aproximou lentamente seu corpo sobre o dela... o último contato foi o da ereção sendo colocada entre suas pernas.

– Não vai ter volta se eu beijá-la agora. – Droga, a voz dele era tão gutural, que parecia praticamente um rosnado no ouvido dela. Mas estava sendo sincero em cada palavra. Havia alguma outra força que o impulsionava... não era apenas o sexo, apesar da mecânica do ato estar envolvida. Ao tomar sua virgindade, ele a marcava de uma maneira que não entendia, mas também não questionava.

– Eu o desejo – ela disse. – Esperei durante séculos por aquilo que só você pode me dar.

Minha, ele pensou.

Antes de beijá-la outra vez, virou-se para o lado e liberou seus cabelos da trança. Espalhou as ondas escuras por cima da colcha de cetim e passou os dedos ao longo do comprimento.

Então, posicionou os quadris sobre o núcleo de Payne, empurrava, recuava e repetia o movimento... enquanto deslizava uma das mãos em seu seio, pressionando o tecido frágil do manto.

Sinceramente, ficou chocado com o que ele desejava fazer.

– Desejo ficar nua diante de você – ela ordenou. – Faça isso, Manuel.

O maldito manto não teve chance alguma. Erguendo-se, agarrou-o pelas lapelas e rasgou a parte da frente, ao dividir o material com precisão, desnudou seus seios expondo-os a seus olhos quentes e ao ar fresco. Reagindo ao movimento, ela arqueou e gemeu... e foi isso: ele se lançou sobre os mamilos enrijecidos com a boca e tocou seu núcleo com uma das mãos. Seu corpo estava sobre ela completamente, levando-a a um orgasmo ao chupá-la e acariciá-la com cuidado e quando uma liberação rápida e desesperada tomou Payne, ele abafou o grito dela.

Manny queria dar mais... e tinha toda a intenção de fazer isso... mas seu corpo não ia esperar. Suas mãos tatearam confusas as calças, então, liberou o cinto e desceu o zíper para liberar seu pênis.

Estava pronta para ele, escorregadia e aberta... e ansiosa, considerando a maneira como suas pernas pressionavam seu corpo.

– Irei devagar – ele disse contra sua boca.

– Não tenho medo da dor. Não com você.

Bom, então, talvez aquilo funcionasse fisicamente da mesma maneira que acontecia com as mulheres humanas. O que significava que a primeira vez não seria fácil para sua mulher.

– Shhh – ela sussurrou. – Não se preocupe. Possua-me.

Estendendo a mão, ele se posicionou e... oh, cara... quase gozou. Ela estava quente, lubrificada e...

Ela se moveu tão rápido que Manny não conseguiria parar mesmo se quisesse. As mãos dela estenderam-se para baixo e agarraram o traseiro dele, as unhas cravaram com força sobre a pele e, então...

Payne impulsionou os quadris e, ao mesmo tempo, puxou-o para baixo e o fez percorrer o caminho até o fim, penetrando total e irrevogavelmente. Quando ele resmungou, ela ficou rígida e silvou por causa do golpe... o que era muito injusto, pois, cara, estava maravilhosa. Mas ele não ia se mover... não até que ela se recuperasse da invasão.

Então, teve uma ideia.

Quando serpenteou uma das mãos ao redor de sua nuca, colocou os lábios perto da garganta de Payne.

– Possua-me.

O som que ela produziu fez com que gozasse dentro dela... era simplesmente muito gostoso para segurar. E quando seu pênis teve um espasmo, as presas de Payne penetraram profundamente sua veia.

O sexo tornou-se selvagem. Ela se movia contra ele, seu sexo apertado o pressionava e liberou uma grande quantidade do líquido leitoso quando gozou outra vez... e, então, começou a golpear os quadris com força. O sangue sorvido e o ritmo alucinado levaram os dois a um violento movimento de corpos e ele sabia como se sentiriam pela manhã depois disso: não havia nada de civilizado, eram um homem e uma mulher destilando seus instintos mais primitivos.

E Manny sentiu que foi a melhor coisa que já havia feito na vida.

CAPÍTULO 57

Thomas DelVecchio sabia exatamente onde seu assassino iria em seguida.

Não havia dúvida em sua mente. Quando o detetive de la Cruz voltou à delegacia para trabalhar com os outros garotos sobre teorias e induções – o que era bem inteligente – Veck sabia onde ir.

E quando aproximou-se do estacionamento do Motel Monroe com a moto bem devagar e as luzes dos faróis apagadas, pensou que talvez fosse uma boa ideia ligar para de la Cruz e dizer ao cara onde estava.

Porém, acabou deixando o telefone onde estava em seu bolso.

Parando a moto perto das árvores à direita do estacionamento, baixou o descanso, desceu e pendurou o capacete no guidão. Sua arma estava no coldre sob a axila e disse a si mesmo que permaneceria ali se alguém aparecesse.

Quase acreditou nessa mentira também.

Porém, a terrível verdade era que estava sendo animado por algo há muito, muito tempo adormecido. De la Cruz estava certo em ser cauteloso sobre tê-lo como parceiro... e correto ao perguntar onde os pecados do pai terminavam e os do filho começavam.

Pois Veck era um pecador. E juntou-se à força policial para tentar drenar aquilo de si; mas, provavelmente teria sido melhor ser exorcizado, porque às vezes sentia como se houvesse um demônio dentro dele, sentia mesmo.

Ainda assim, não estava ali para matar alguém. Estava ali para pegar um assassino sob custódia antes que o desgraçado voltasse ao trabalho.

Honesto.

Quando Veck aproximou-se do motel, deteve-se devido à escuridão das árvores e focou-se no quarto onde a última garota havia sido encontrada. Tudo estava da mesma maneira que o Departamento de Polícia de Caldwell havia deixado: ainda havia uma fita amarela formando um triângulo ao redor da porta e parte da calçada em frente a ela... Também havia um selo no batente, o que teoricamente só poderia ser rompido em uma missão oficial. Não havia luzes no interior do quarto ou sua área externa era iluminada. Ninguém por perto.

Ao posicionar-se atrás de um tronco grosso de uma árvore viçosa, usou as mãos com as luvas pretas para baixar o gorro preto, aproximando-o da gola alta da blusa.

Era tão bom ficar em silêncio que quase desaparecia. Também era muito bom em canalizar sua energia para atingir uma calma penetrante que conservava seus recursos para deixá-lo hiperalerta.

Sua vítima ia aparecer; aquele assassino louco tinha perdido todos os troféus... sua coleção estava agora nas mãos das autoridades e o pessoal da perícia criminal estava se esforçando para relacioná-lo aos outros assassinatos não solucionados que ocorreram por todo o país. Mas o safado doentio não voltaria ao local na esperança de obter alguma coisa ou tudo de volta. O retorno seria para revisitar e lamentar a perda do que havia se esforçado tanto para adquirir.

Seria um ato imprudente? Com certeza, mas fazia parte de um ciclo voraz. O assassino não devia estar pensando com clareza e provavelmente estava desesperado devido a suas perdas. E Veck esperaria com calma durante as próximas noites até que o sujeito aparecesse.

Enquanto o tempo passava e ele esperava e esperava e esperava um pouco mais... mostrava-se tão paciente quanto qualquer bom caçador. Porém, deu-se conta de que poderia ser desastroso ficar ali sozinho, com uma faca guardada na parte de trás da cintura e aquela maldita arma...

O estalar de um galho lançou seus olhos para a direita, mas não sua cabeça. Não se moveu ou mudou a respiração ou sequer se contraiu.

E lá estava: um homem surpreendentemente magro percorria seu caminho com cautela ao longo das armações de arbustos macios da floresta. A expressão no rosto do homem era quase de devoção ao se aproximar da lateral do motel, mas aquele não era o único elemento que o identificava como o assassino. Suas roupas estavam cobertas de sangue seco e seus sapatos também. Mancava, como se tivesse uma lesão na perna e seu rosto exibia arranhões... de unhas.

Peguei você, Veck pensou.

E agora que encarava o assassino... uma das mãos deslizou até os quadris e foi até a parte de trás. Em direção à faca.

Mesmo quando disse a si mesmo para deixar a arma onde estava e recorrer aos punhos, não conseguiu mudar sua atitude. Sempre existiram duas metades dele, duas pessoas em uma só pele e, em momentos como aquele, tinha a impressão de que observava a si mesmo enquanto agia, como se fosse o passageiro de um táxi e independentemente do destino que tivesse solicitado, não chegaria lá como resultado de seus esforços.

Começou a andar em direção ao homem, seguindo-o em silêncio; como uma sombra, encurtou a distância até estar a menos de dois metros do desgraçado. A faca havia se amoldado à palma da mão de Veck e ele realmente não a queria ali, mas era tarde demais para guardá-la. Tarde demais para desviar-se daquele caminho. Tarde demais para ouvir a voz que lhe dizia que aquilo era um crime que o levaria para a cadeia. O outro lado dele havia assumido o controle e estava perdido, prestes a matar...

Um terceiro homem surgiu do nada.

Um cara gigantesco, vestido com roupas de couro, saltou na frente do assassino e bloqueou seu caminho. E quando David Kroner recuou assustado, um silvo percorreu o ar como se algo fervilhasse.

Deus, aquilo não soava humano. E... aquilo eram... *presas*?

Mas que inferno...?

O ataque foi tão brutal que com apenas o primeiro golpe no pescoço do assassino em série, a cabeça do cara quase foi separada de seu corpo. E o massacre continuou, voou tanto sangue e tão longe que salpicou as pesadas calças pretas, a blusa de gola alta e o gorro de Veck.

Só que não havia nenhuma faca ou punhal envolvido.

Dentes. O filho da mãe rasgava o homem com os *dentes*.

Veck tentou recuar confuso, mas bateu em uma árvore e o impacto o desestabilizou muuuito mais do que o necessário. E deveria ter saído correndo em direção à moto ou simplesmente ter fugido, mas ficou paralisado pela violência... e a convicção de que tudo aquilo que visualizava não era humano.

Quando o ataque acabou, o monstro deixou cair os restos massacrados do assassino em série sobre o chão... e, em seguida, olhou para Veck.

– Santo... Deus... – Veck sussurrou.

O rosto tinha uma estrutura óssea bem humana, mas as presas não condiziam com isso, nem o tamanho, nem aquele olhar vingativo. Deus, havia sangue pingando de sua boca.

– Olhe nos meus olhos – a voz com um forte sotaque pronunciou.

Um som de algo borbulhando ergueu-se do que havia restado do assassino em série. Mas Veck não olhou. Estava paralisado por um conjunto impressionante de olhos... muito azuis... e brilhantes...

– Droga... – engasgou quando uma súbita dor de cabeça atingiu tudo o que via ou ouvia. Caindo para o lado, assumiu uma posição fetal por causa da dor e permaneceu assim.

Piscou um pouco.

Por que estava no chão?

Piscou.

Cheirava a sangue. Mas por quê?

Piscou mais um pouco.

Com um gemido, levantou a cabeça e...

– Droga!

Erguendo-se rapidamente em choque, olhou para a bagunça sangrenta que estava a sua frente.

– Oh... droga – amaldiçoou. Tinha feito aquilo. Finalmente matou alguém.

Só que, em seguida, olhou para a faca em sua mão. Não havia sangue. Nem na lâmina. Nem em suas mãos. E apenas alguns respingos em suas roupas.

Olhando em volta, não fazia ideia do que tinha acontecido. Lembrava-se de ter dirigido até lá... estacionado a moto... e perseguido o homem que agora estava morto no chão.

Se fosse bastante sincero consigo mesmo, assumiria que teve a intenção de matar, o tempo todo; mas, considerando as evidências físicas? Não tinha sido ele.

O problema era que um buraco negro sem qualquer informação era tudo o que possuía.

Um gemido do assassino em série fez com que voltasse a cabeça para a direita. O homem estendia-se para ele. Pedia uma ajuda muda enquanto sangrava por toda parte. Como ainda estava vivo?

Com as mãos trêmulas, Veck pegou o celular e discou para a emergência.

– Sim, detetive DelVecchio, Departamento de Homicídios da Polícia de Caldwell. Preciso de uma ambulância no Motel Monroe.

Depois que o relato foi registrado e os médicos estavam a caminho, arrancou o paletó, enrolou-o em formato de uma bola e ajoelhou-se ao lado do homem. Pressionando o casaco sobre as feridas na garganta do cara, rezou para que o desgraçado sobrevivesse. Em seguida, teve de se perguntar se isso era bom ou ruim.

– Eu não matei você – disse. – Matei?

Oh, Deus... o que diabos havia acontecido ali?

CAPÍTULO 58

– Ele veio vê-lo.

Do ponto de vista de Blaylock deitado na cama, Saxton, filho de Tyme, exibia seu melhor ângulo. E não, não era seu traseiro. O macho barbeava-se em frente ao espelho do banheiro e seu perfil perfeito era banhado pela luz suave vinda de cima.

Deus, era um macho muito bonito.

De muitas maneiras, o namorado que tinha era tudo o que poderia desejar.

– Quem? – Blay disse suavemente.

Os olhos que se deslocaram em direção aos dele tinham um ar de "ah, por favor".

– Ah – Para evitar qualquer conversa, Blay olhou para baixo em direção ao edredom e puxou-o sobre seu peito descoberto. Estava nu sob o peso do cetim, assim como Saxton também estivera até ter colocado um roupão.

– Queria saber se você estava bem – Sax continuou.

Já que "Ah" já havia sido utilizado como resposta, Blay soltou um...

– Mesmo?

– Estava lá fora na varanda. Não quis entrar e nos incomodar.

Engraçado, enquanto permanecia desmaiado após seu abdômen ter sido costurado, perguntou-se vagamente o que Saxton fazia lá fora. Mas estava com tanta dor no momento, que era difícil pensar demais sobre qualquer coisa.

Agora, porém, sentiu um arrepio terrível percorrer seu corpo.

Graças à Virgem Escriba, já havia se passado um bom tempo desde que sentira aquele formigamento tão familiar pela última vez; porém, o lapso de tempo não havia diminuído a sensação, e o rubor que se seguiu, após se perguntar sobre o que tinham conversado, não era algo que pudesse controlar. Por um lado aquilo era um desrespeito para com Saxton; por outro, era inútil.

O bom era que tinha munição suficiente para manter-se calado: tudo o que deveria fazer era pensar em Qhuinn voltando para casa há mais ou menos uma semana, cabelos desgrenhados, com o cheiro de perfume de outro homem exalando dele e aquela expressão arrogante de satisfação que ostentava no momento.

A ideia de que Blay havia se jogado para o macho não apenas uma, mas duas vezes... e ser repelido? Sequer conseguia suportar pensar naquilo.

– Não quer saber o que ele disse? – Saxton murmurou enquanto deslizava uma lâmina afiada sobre a garganta, evitando com habilidade a marca da mordida que Blay havia lhe dado há meia hora.

Blay fechou os olhos e perguntou-se se conseguiria afastar-se da realidade de que Qhuinn havia transado com tudo e com todos menos com ele.

– Não? – Saxton perguntou.

Quando a cama se moveu, Blay abriu os olhos. Saxton tinha se sentado sobre a borda do colchão, o macho enxugava seu queixo e bochechas com uma toalha cor de sangue.

– Não? – repetiu.

– Posso perguntar uma coisa? – Blay disse. – E essa não é uma boa hora para lançar seu charme sarcástico.

Instantaneamente, o rosto deslumbrante de Saxton ficou muito sério.

– Pergunte.

Blay acariciou o edredom sobre seu peito. Algumas vezes.

– Eu... lhe dou prazer?

– Na cama? – Saxton perguntou.

Os lábios de Blay estreitaram-se quando ele assentiu e pensou que talvez pudesse ter explicado um pouco melhor, mas, quando as palavras saíram, sua boca ficou seca.

– Por que diabos me perguntou isso? – Saxton disse suavemente.

Bem, porque devia ter algo de errado com ele.

Blay balançou a cabeça.

– Não sei.

Saxton dobrou a toalha e colocou-a de lado. Em seguida, estendeu um dos braços sobre os quadris de Blay e inclinou-se até ficarem face a face.

– Sim – Com isso, colocou a boca sobre a garganta de Blay e deu um leve chupão. – Sempre.

Blay colocou uma das mãos sobre a nuca do macho e encontrou o cabelo macio e ondulado na base do pescoço.

– Graças a Deus.

Nunca experimentou nada parecido com a familiaridade daquele corpo debruçado sobre o seu antes e sentiu que era certo. Parecia bom. Conhecia cada curva e saliência do peito, dos quadris e das coxas de Saxton. Sabia quais eram os pontos que deveriam ser pressionados e mordidos, sabia exatamente como segurar, deslizar e arquear-se para que Saxton ficasse excitado.

Então, não, provavelmente não deveria ter perguntado.

Mas Qhuinn... Alguma coisa naquele macho o desnudava e o feria. E mesmo com todos os curativos que havia aprendido a fazer por fora, a ferida permanecia tão ruim e profunda quanto no momento em que havia sido feita... quando ficou óbvio que o único homem a quem desejava acima de todos os outros, nunca, jamais ficaria com ele.

Saxton recuou.

– Qhuinn não consegue lidar com o que sente por você.

Blay soltou uma risada áspera.

– Não vamos falar dele.

– Por que não? – Saxton estendeu a mão e deslizou o polegar sobre o lábio inferior de Blay. – Ele está aqui conosco, quer façamos alguma coisa ou não.

Blay pensou em mentir, mas desistiu de lutar.

– Sinto muito por isso.

– Está tudo bem... sei no que me envolvi. – A mão livre de Saxton serpentou sob o edredom. – E sei o que quero.

Blay gemeu quando a palma daquela mão acariciou o que imediatamente tornou-se uma forte ereção. E quando seus quadris ergueram-se e ele abriu as pernas para Saxton, encontrou os olhos de seu namorado e chupou aquele polegar para dentro de sua boca.

Aquilo era muito melhor do que subir na montanha-russa de Qhuinn... Conhecia e gostava daquilo. Estava seguro. Não seria ferido. E havia encontrado uma conexão profunda e sexual ali.

O olhar de Saxton era quente e sério quando soltou o que havia encontrado, tirou as cobertas do corpo de Blay e soltou o nó do laço do roupão.

Aquilo era muito bom, Blay pensou. Aquilo era o certo...

Quando a boca de seu namorado encontrou sua clavícula e desviou-se mais para baixo, Blay fechou os olhos... só que quando começou a se perder nas sensações, o que viu não foi Saxton.

– Espere, pare... – sentou-se e levou o outro macho a fazer o mesmo.

– Está tudo bem – Saxton disse em voz baixa. – Sei onde estamos.

O coração de Blay partiu-se um pouco. Mas Saxton apenas balançou a cabeça e colocou os lábios de volta sobre o peito de Blay.

Nunca falaram de amor... a aquilo fez com que percebesse que nunca falariam, pois Saxton deixou as coisas bem claras: Blay ainda estava apaixonado por Qhuinn... e provavelmente sempre estaria.

– Por quê? – disse a seu namorado.

– Porque o desejo pelo tempo que puder tê-lo.

– Não vou a lugar algum.

Saxton apenas balançou a cabeça contra o abdômen contraído que mordiscava.

– Pare de pensar, Blaylock. E comece a sentir.

Quando aquela boca talentosa começou a descer sobre seu corpo, Blay sibilou uma respiração e decidiu seguir o conselho. Pois era a única maneira de sobreviver.

Alguma coisa lhe dizia que era apenas uma questão de tempo antes de Qhuinn aparecer e anunciar que ele e Layla se acasalariam.

Não sabia muito bem como, mas sabia. Os dois encontravam-se há semanas e a Escolhida esteve lá outra vez no dia anterior... percebeu seu aroma e sentiu o sangue dela no quarto ao lado, e embora aquela convicção fosse apenas um exercício mental para deprimi-lo ainda mais, sentia que era muito mais do que isso. Era como se a névoa que normalmente encobria os dias, meses e anos vindouros tivesse se tornado muito fina e as sombras do destino estivessem se mostrando para ele.

Era apenas uma questão de tempo.

Deus, aquilo iria matá-lo.

– Estou feliz por estar aqui – gemeu.

– Eu também – disse seu namorado em torno de sua ereção. – Com certeza, eu também.

CAPÍTULO 59

Na noite seguinte, Payne rodeou a mansão da Irmandade, passando da sala de jantar, ao longo do saguão, e indo até a sala de bilhar, voltando pelo mesmo caminho outra vez. E outra vez. E outra vez.

Seu macho havia deixado a casa no meio da tarde para "cuidar de algumas coisas", e embora tivesse se recusado a informá-la o que eram essas coisas, ela gostou muito do sorriso maroto em seu rosto enquanto a detinha na cama que haviam usado tão bem durante a noite... e, então, ele partiu.

Não conseguiu dormir depois disso. Nem um pouco. Estava feliz demais, por muitos motivos. E surpresa também.

Parando em frente a uma das portas francesas que se abria para o pátio, pensou na fotografia que Manuel havia lhe mostrado. Era tão óbvia a relação de sangue entre ele, Butch e o Rei. Mas nem Manny nem ela estavam interessados em arriscar uma regressão de linhagem. Não, ela concordava plenamente com ele sobre isso. Tinham um ao outro e levando em conta tudo o que superaram, não havia razão para arriscar a possibilidade de um resultado ruim.

Além disso, a informação não mudaria nada: o Rei abriu a casa para que seu macho transitasse livremente sem uma declaração formal de afinidade sanguínea e foi permitido a Manuel ter contato com sua família humana. Além disso, foi decidido que trabalharia ali, com a doutora Jane, e também com Havers. Afinal, a raça precisava de bons médicos e Manuel era um superlativo disso.

Quanto a ela? Sairia para lutar. Nem Manuel nem seu irmão estavam exatamente animados com o perigo que ela iria enfrentar, mas não a deteriam. De fato, depois de ter conversado longamente com Manuel, ele pareceu aceitar que aquilo fazia parte de quem era. Sua única ressalva foi de que teria de levar as melhores armas possíveis... e seu irmão insistiu que asseguraria isso.

Céus, os dois pareciam estar se dando bem. E quem poderia ter previsto?

Movendo-se para a próxima janela, procurou por luzes na escuridão.

Onde ele estava? Onde ele estava...

Manuel também conversaria com a doutora Jane sobre as mudanças físicas que experimentou... mudanças que, considerando a maneira como Payne brilhava toda vez que faziam amor, iriam continuar. Ele iria monitorar o corpo e ver o que aconteceu e os dois estavam rezando para que o efeito que ela tinha sobre ele fosse de torná-lo mais saudável e jovem para sempre. Apenas o tempo poderia dizer.

Resmungando, ela voltou a cruzar o saguão... e entrou na sala de jantar.

Na terceira janela de uma fileira delas, olhou para o céu. Não tinha qualquer interesse em ver sua mãe. Deveria ser maravilhoso compartilhar seu amor com aqueles que a trouxeram ao mundo; mas seu pai estava morto e sua *mahmen*? Payne não confiava na Virgem Escriba e temia que a aprisionasse outra vez: Manuel era um mestiço. Devia passar longe da ideia de pureza que sua mãe aprovaria...

Dois faróis brilhantes subindo a montanha sobre a qual o complexo havia sido construído fizeram seu coração disparar. E, então, uma música... um som abafado fazia o vidro trepidar.

Payne saiu correndo da sala de jantar e atravessou a todo vapor o mosaico que representava uma macieira em plena floração. Estava fora do saguão e saiu pela noite um momento depois...

Deslizou até parar no topo da escadaria externa.

Manuel não estava desacompanhado. Atrás de seu Porsche havia um veículo sólido, algum tipo de... um veículo enorme de duas partes.

Seu macho saiu de trás do volante do carro.

– Oi – ele gritou.

Era todo sorrisos quando se aproximou dela, colocou as mãos em seus quadris e a trouxe contra seu peito.

– Senti sua falta – murmurou contra a boca dela.

– Eu também – agora ela também sorria. – Mas... o que você trouxe?

O mordomo idoso saiu de trás do volante do outro veículo.

– Senhor, posso...

– Obrigado, Fritz, mas cuido disso de agora em diante.

O mordomo se curvou.

– Tem sido um prazer servi-lo.

– Você é o melhor, cara.

O *doggen* estava radiante ao entrar na casa. E, então, o macho de Payne virou-se para ela.

– Fique aqui.

Quando o som de algo batendo ressoou de dentro da grande geringonça, ela franziu a testa.

– Claro.

Depois de beijá-la outra vez, Manuel desapareceu atrás da coisa.

As portas se abriram. Mais batidas. Algo rangendo e rolando, em seguida, uma série de batidas rítmicas. E, então...

O relincho lhe disse o que ela sequer ousava esperar. E, então, a bela potranca de Manny desceu uma rampa e foi trazida até ela.

Payne apertou as mãos sobre a boca enquanto lágrimas se formavam. A égua desfilava com graça, o pelo brilhava sob a luz que vinha da casa, sua força e vitalidade estavam de volta.

– O que... o que ela está fazendo aqui? – disse Payne com voz rouca.

– Os humanos dão para suas noivas alguma coisa como símbolo de seu amor – Manuel abriu um grande sorriso. – Pensei que Glory fosse melhor que qualquer diamante que eu pudesse comprar. Significa mais para mim... e espero que para você também.

Quando ela não respondeu, ele estendeu as rédeas de couro que conduziam o cavalo.

– Estou dando ela a você.

Com isso, Glory soltou um tremendo relincho e pulou como se concordasse com a mudança de propriedade.

Payne enxugou os olhos e atirou-se em Manuel, beijando-o profundamente.

– Não tenho palavras.

Então, ela aceitou as rédeas quando Manuel estufou o peito todo orgulhoso.

Respirando fundo, ela...

Sem se dar conta do movimento, pulou no ar e montou sobre Glory como se as duas estivessem juntas há anos, não há minutos.

A égua não precisava de esporas, de permissão, de nada... Glory avançou, batendo com força seus cascos sobre os seixos e iniciando uma corrida a toda velocidade.

Payne enrolou seus dedos na longa crina negra e equilibrava-se perfeitamente no vigoroso dorso que se movimentava embaixo dela. Quando o vento atingiu seu rosto, ela sorriu de puro encantamento como se disparasse em um caminho de alegria e liberdade. Sim... sim! Mil vezes sim!

Para o sair pela noite.

Para a liberdade de se movimentar.

Por ter um amor esperando por ela.

Aquilo era mais do estar apenas viva. Aquilo era *viver*.

Enquanto Manny ficava parado junto ao reboque do cavalo e observava suas meninas decolarem juntas, estava louco de alegria. Eram uma combinação perfeita, ambas um corte da mesma roupa, uma só unidade, fortes, rasgando a escuridão em um galope que a maioria dos carros teria problemas para acompanhar.

Certo. Talvez estivesse um pouco emocionado. Mas que droga. Aquela era uma noite incrível para...

– Eu vi isso.

– Jesus Cristo... – ele agarrou sua cruz e virou-se. – Você sempre se aproxima sorrateiro assim?

O irmão de Payne não respondeu... ou talvez não conseguisse. Os olhos do vampiro estavam fixos em sua irmã e na égua galopante, e parecia tão emocionado quanto Manny.

– Pensei que seria um garanhão – Vishous balançou a cabeça. – Mas, sim, foi isso o que vi... ela sobre um puro-sangue negro, cabelos no vento. Porém, não achei que seria o futuro...

Manny voltou-se para suas garotas, que estavam bem longe do muro de proteção e faziam uma grande volta para retornar à casa.

– Eu a amo tanto – Manny ouviu-se dizer. – Aquele é o meu coração. Aquela é minha mulher.

– Muito bem.

Quando um acordo poderoso entre eles percorreu o ar, Manny sentiu-se em casa de muitas maneiras e não queria pensar muito sobre isso por medo de que as frágeis bênçãos se afastassem.

Um momento depois, olhou em volta.

– Será que posso perguntar uma coisa.

– Vá em frente.

– Que *diabos* você fez com o meu carro?

– Como assim, está falando sobre a música?

– Onde estão todos os meus...

– Aquela porcaria? – os olhos de diamante encontraram os dele. – Vai morar aqui, precisa começar a ouvir os meus ritmos, entendeu?

Manny balançou a cabeça.

– Está de brincadeira?

– Está dizendo que não gostou da nova batida?

– Que seja. – Depois de uma expressão de descontentamento, Manny acabou concordando. – Tudo bem, não são um lixo total.

A risada foi apenas um pooouco triunfante demais.

– Eu sabia.

– Então, o que era?

– Agora ele quer nomes. – O vampiro pegou um cigarro artesanal e acendeu. – Vamos ver... *Cinderella Man*, do Eminem. *I'm not a human*, de Lil Wayne's. Aquela do Tupac...

A lista continuou e Manny ouviu até voltar a olhar sua mulher cavalgar enquanto acariciava o pesado crucifixo de ouro em seu pescoço.

Ele e Payne estavam juntos... Aquele tal de Butch e ele iam à igreja juntos à meia-noite... E Vishous não o esfaqueou. Além disso, se a memória não lhe enganava, o irmão gêmeo de Payne dirigia aquele

Escalade preto por aí e isso significava que poderia se vingar com uma boa dose de Black Veil Bride, Bullet for My Valentine e Avenged Sevenfold tocando no sistema de som do carro.

Aquele pensamento o fez sorrir.

Somando tudo?

Sentia como se tivesse ganhado na loteria. Em cada um dos cinquenta estados do país. Ao mesmo tempo.

Eles *todos* eram sortudos assim.

PAPEL CHAMOIS a arte de ler

Este livro foi impresso em
Papel Chamois Fine 75 g/m²,
certificado FSC e produzido
pela MD Papéis Ltda.